Ruhm und Untergang der mächtigen Stadt Segu am Niger sind eng verknüpft mit dem Schicksal Dusika Traorés und seiner Familie. Er ist Herr über fünf Frauen und Vater von vielen Kindern. Er ist das Haupt einer reichen Bambara-Familie und ein Vertrauter des Königs. Durch Hochmut und Eitelkeit verliert Dusika jedoch seine Stellung am Hof, seine Familie immer mehr an Einfluss, bis sie schließlich auseinander gerissen wird – in einer Zeit des Umbruchs und der raschen Veränderungen, als der Islam in Afrika immer weiter vordringt, christliche Missionare und in ihrem Gefolge die europäischen Kolonisatoren ins Land kommen und der Sklavenhandel blüht.

Maryse Condé hat die faszinierende Geschichte einer versunkenen Welt geschrieben. Sie erzählt von Kriegern und religiösen Eiferern, von Händlern und Bauern, von Eroberern und Sklaven und immer wieder vom Schicksal der Frauen, die in jeder Generation und unter jeder Herrschaft zu leiden haben. Segu ist eine große Familiensaga, ein spannender historischer Roman.

Maryse Condé wurde in Guadeloupe geboren und lebte in verschiedenen afrikanischen Ländern. Sie ist Dozentin für die Literatur der Antillen an der Columbia Universität in New York. Für ihre Romane, die in über zwanzig Sprachen übersetzt wurden, hat sie zahlreiche internationale Literaturpreise erhalten. Weitere lieferbare Titel im Fischer Taschenbuch Verlag: »Sturminsel« (Bd. 15693); »Wie Spreu im Wind« (Bd. 15968).

Unsere Adresse im Internet: www.fischer-tb.de

Maryse Condé

SEGU

Die Mauern aus Lehm

Roman

Aus dem Französischen von
Uli Wittmann

Fischer Taschenbuch Verlag

Die Übersetzung aus dem Französischen
wurde unterstützt von der Gesellschaft zur Förderung der Literatur aus Afrika, Asien und Lateinamerika e. V.

Veröffentlicht im Fischer Taschenbuch Verlag,
einem Unternehmen der S. Fischer Verlag GmbH
Frankfurt am Main, März 2004

Lizenzausgabe mit freundlicher Genehmigung von
Kiepenheuer & Witsch, Köln

Die französische Originalausgabe erschien 1984
unter dem Titel ›Ségou. Les murailles de terre‹
bei Editions Laffont, S. A., Paris

Satz: Pinkuin Satz und Datentechnik, Berlin
Druck und Bindung: Nørhaven Paperback A/S, Viborg
Printed in Denmark
ISBN 3-596-15969-5

Inhalt

Für meine Bambara-Ahnin

Ich kann nicht all diejenigen hier aufführen, die mir mit ihren bibliographischen Hinweisen geholfen haben oder mich ihre Dokumentation haben einsehen lassen. Dennoch möchte ich an dieser Stelle ganz herzlich meinen Freunden, den Geschichts- und Geisteswissenschaftlern Amouzouvi Akakpo, Adame Ba Konare, Ibrahima Baba Kake, Lilyan Kestleloot, Elikia M'Bokolo, Madina Ly Tall, Olabiyi Yai, Robert Pageard und Oliveira dos Santos danken. Ihnen habe ich es zu verdanken, dass dieser Roman sich nicht allzu weit von der historischen Wirklichkeit entfernt.

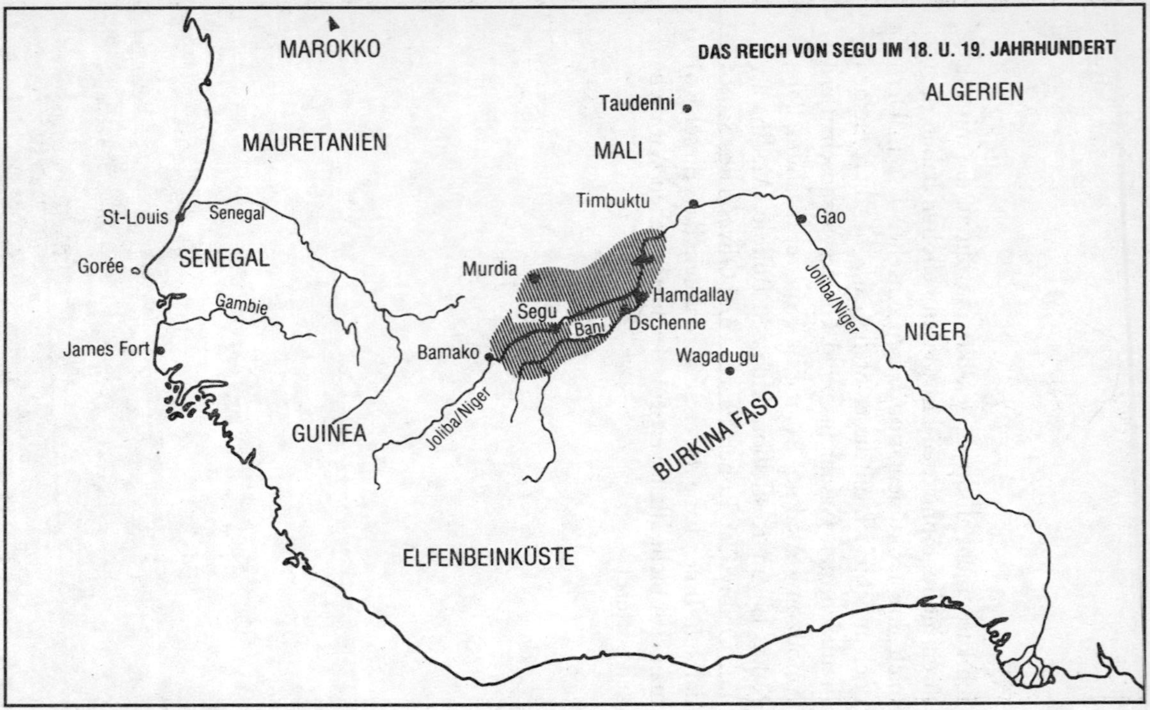
DAS REICH VON SEGU IM 18. U. 19. JAHRHUNDERT
MAROKKO
ALGERIEN
MAURETANIEN
Taudenni
MALI
Timbuktu
Gao
St-Louis
Senegal
SENEGAL
Gorée
Murdia
Hamdallay
Gambie
Segu
Bani
Dschenne
Joliba/Niger
NIGER
James Fort
Bamako
Wagadugu
Joliba/Niger
BURKINA FASO
GUINEA
ELFENBEINKÜSTE

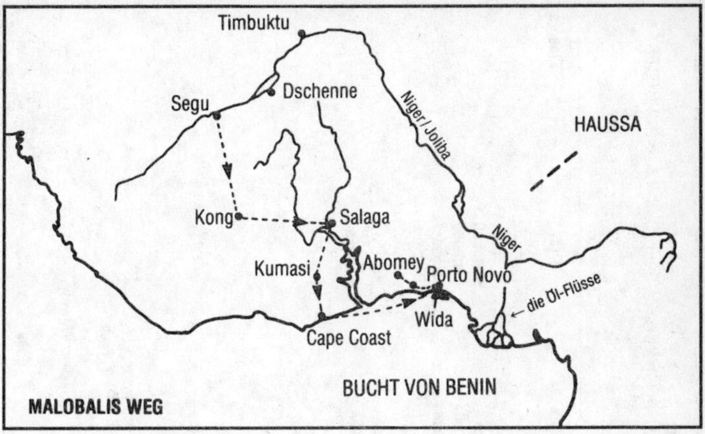
Timbuktu
Dschenne
Segu
Niger / Joliba
HAUSSA
Kong
Salaga
Niger
Kumasi
Abomey
Porto Novo
die Öl-Flüsse
Wida
Cape Coast
BUCHT VON BENIN
MALOBALIS WEG

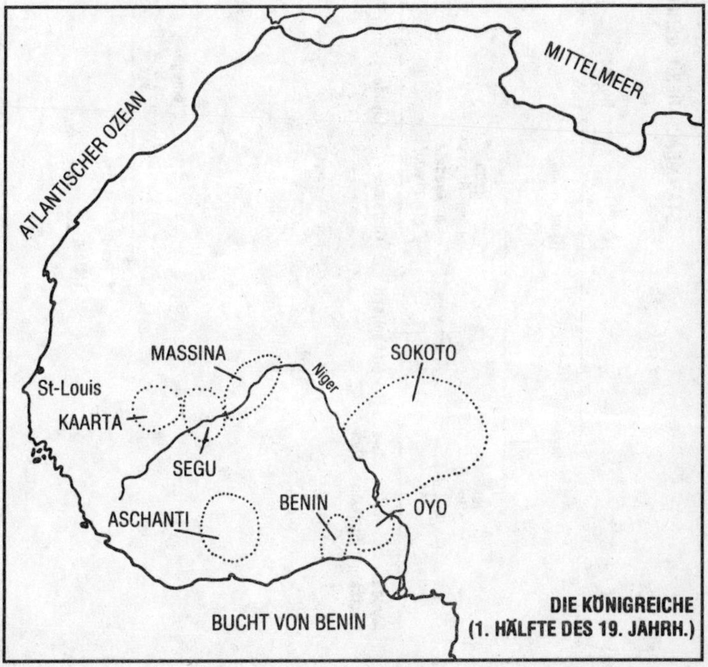
MITTELMEER
ATLANTISCHER OZEAN
MASSINA
SOKOTO
Niger
St-Louis
KAARTA
SEGU
ASCHANTI
BENIN
OYO
BUCHT VON BENIN
DIE KÖNIGREICHE
(1. HÄLFTE DES 19. JAHRH.)

STAMMBAUM DER 1. GENERATION

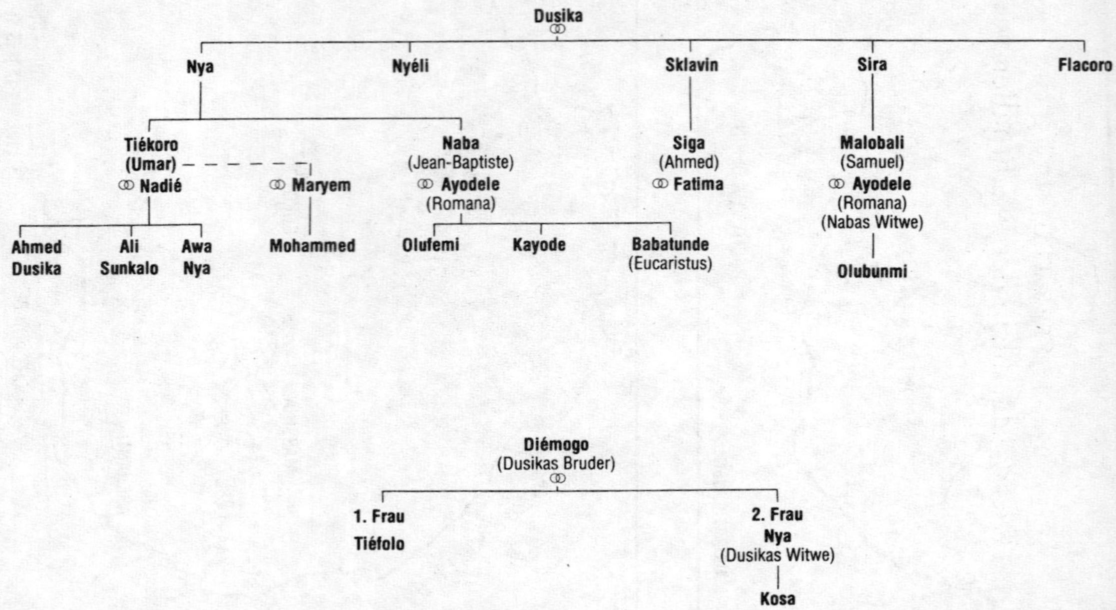

ERSTER TEIL

Die Worte, die in der Nacht fallen

1

Segu ist ein Garten, in dem die List wächst. Segu ist auf Verrat gebaut. Sprich von Segu außerhalb von Segu, aber sprich nicht von Segu in Segu.

Warum wollte Dusika dieser Gesang der Griots*, den er schon so oft gehört hatte, ohne ihn groß zu beachten, nicht aus dem Sinn? Warum wurde er von finsteren Vorahnungen gequält wie eine schwangere Frau von Übelkeit? Warum diese Angst bei Anbruch des Tages? Dusika durchforschte seine Träume, um darin ein Zeichen oder einen Hinweis zu finden, was ihn erwarten mochte. Nichts. Er hatte tief und fest geschlafen, ohne von einem der Ahnen im Traum besucht worden zu sein. Dusika saß auf einer Matte im Vorraum seiner Hütte und nahm etwas *dègué* zu sich, jene Mischung aus Hirsebrei, Sauermilch und Honig, die er morgens gern aß. Er fand sie zu flüssig für seinen Geschmack und rief gereizt seine erste Frau Nya herbei, um sie auszuschelten. Während er auf sie wartete, nahm er seinen Kaustab aus *n'tomi*-Holz, steckte ihn zwischen seine schönen, gefeilten Zähne, damit sich der Saft des Holzes mit seinem Speichel vermischte und seine Körperkraft und seine sexuelle Potenz erhöhte.

Als Nya nicht antwortete, stand er auf, trat aus der Hütte und ging in den ersten Hof des Anwesens, wo seine Frauen wohnten.

Der Hof war leer. Leer?

* Sänger von Lobliedern und epischen Gesängen.

Nur ein paar Kornschwingen für die Hirse lagen neben kleinen Holzschemeln auf dem makellos reinen Sand.

Dusika war ein *yèrèwolo*, ein Mann aus adligem Geschlecht, Mitglied des königlichen Rats, persönlicher Freund des Mansa*, Vater von einem Dutzend legitimer Söhne, und er herrschte in seiner Eigenschaft als *fa*, das heißt als Patriarch, über fünf Familien, und zwar zunächst über seine eigene und dann über jene seiner jüngeren Brüder, die mit ihm zusammen dort wohnten. Dusikas Anwesen spiegelte die Stellung wider, die er in der Gesellschaft von Segu einnahm. Die hohe Lehmfassade zur Straße hin war mit Skulpturen und dreieckigen Zeichnungen verziert, die in die Wand geritzt waren, und endete in ungleich hohen Türmchen, was einen sehr gelungenen Effekt erzielte. Im Inneren setzte sich das Anwesen aus einer Reihe von Lehmhütten zusammen, die alle flache Dächer hatten und durch mehrere Innenhöfe miteinander verbunden waren. Im ersten Hof stand ein prachtvoller *dubale*-Baum mit einem riesigen Blätterdach, gestützt von etwa fünfzig Säulen, die aus den am Hauptstamm herabwachsenden Wurzeln gebildet wurden.

Der *dubale*-Baum war in gewisser Weise der Zeuge und Hüter des Lebens der Traoré. Unter seinen mächtigen Wurzeln war die Nachgeburt zahlreicher Ahnen nach der glücklichen Entbindung vergraben worden. In seinen Schatten setzten sich Frauen und Kinder, um sich Geschichten zu erzählen, und die Männer, um Entscheidungen über das Leben der Familie zu fällen. In der Trockenzeit schützte er vor der Sonne. In der Regenzeit gab er Feuerholz. Und wenn die Nacht hereingebrochen war, versteckten sich die Geister der Ahnen in seinem Laub und behüteten den Schlaf der Lebenden. Wenn die Geister

* König.

unzufrieden waren, ließen sie es wissen, indem sie eine Folge schwacher Laute von sich gaben, die zugleich geheimnisvoll und transparent wie eine verschlüsselte Botschaft waren. Dann nickten diejenigen mit dem Kopf, denen die Erfahrung die Macht gab, die Laute zu entschlüsseln: »Achtung, unsere Väter haben heute Abend gesprochen!«

Alle, die die Schwelle des Anwesens der Traoré überschritten, wussten, mit wem sie es zu tun hatten. Sie errieten sofort, dass die Leute, die hier wohnten, genügend Klafter guter Erde besaßen, die mit Hirse und Baumwolle bepflanzt war und von Hunderten von Haussklaven und Gefangenen bestellt wurde. In den Vorratskammern häuften sich die Säcke mit Kaurimuscheln und Goldstaub, den der Mansa großzügig verschenkte, und in einer Einfriedung hinter den Hütten schnaubten Araberpferde, die den Mauren abgekauft worden waren. Der Reichtum ließ sich an tausend Zeichen erkennen. Und nun war der erste Hof leer, in dem es gewöhnlich von Menschen nur so wimmelte? Von Mädchen, die bis auf eine Perlen- oder Kaurikette um die Hüften nackt waren, und Jungen, die stattdessen einen Baumwollfaden trugen; von Frauen, die Hirse stampften oder worfelten, die Baumwolle spannen und dabei den Scherzen eines Spaßmachers oder den epischen Gesängen eines Griot lauschten, der um einen Teller *to** bat; von plaudernden Männern, die ihre Pfeile für die Jagd vorbereiteten oder ihre Ackergeräte schärften. Mit zunehmender Verärgerung betrat Dusika den zweiten Hof, an dem die Hütten seiner drei Frauen und seiner Konkubine Sira lagen.

Er fand Sira auf einer Matte ausgestreckt, mit einem Ausdruck des Leidens, der ihr hübsches, schweißglänzen-

* Hisebrei; ein sehr geschätztes Gericht.

des Gesicht verzerrte. Er herrschte sie an: »Wo sind sie denn alle?«

Sie versuchte sich aufzurichten und flüsterte in ihrem schlechten Bambara: »Am Fluss, *kokè**.«

Er brüllte beinah: »Am Fluss? Was machen sie denn alle am Fluss?«

Sie stieß mit Mühe hervor: »Ein weißer Mann! Ein weißer Mann ist am Ufer des Joliba**!«

Ein weißer Mann? Was phantasierte diese Frau? Dusikas Blick senkte sich bis auf ihren Bauch, der sich unter dem lose geknüpften Wickeltuch hoch aufwölbte, und glitt dann erschrocken wieder an den Wänden der Hütte hoch, die aus einer Mischung von Lehm und Kaolin bestanden. Allein mit einer Frau, die kurz vor der Niederkunft war! ...

Um sein Entsetzen zu verbergen, fragte er schroff: »Was ist mit dir los?«

Sie stammelte im Ton der Entschuldigung: »Ich glaube, es ist so weit ...«

Seit mehreren Monaten suchte Dusika die zum zweiten Mal schwangere Sira aus Rücksicht auf das Leben, das sie in sich trug, nicht mehr auf. Ebenso musste er sich während der gesamten Wehen von ihr fern halten und durfte erst nach der Entbindung zusammen mit dem Fetischpriester auftauchen, wenn sie das Neugeborene bereits in den Armen hielt. Würde seine Anwesenheit zu einem Zeitpunkt, da ihre Wehen bereits eingesetzt hatten, nicht die Ahnen erzürnen? Er zögerte noch, sich zurückzuziehen und sie allein zu lassen, als Nya mit einem Kind auf dem Rücken auftauchte und zwei weiteren Kindern, die

* Anrede, die eine Ehefrau für ihren Mann benutzt, denn sie darf seinen Namen nicht aussprechen.

** Name des Nigerstroms auf Bambara.

sich an ihre mit Indigo gefärbten Baumwollwickeltücher klammerten. Er explodierte: »Wo warst du? Ich kann verstehen, dass alle hier den Kopf verlieren, aber du?«

Ohne ein Wort der Erklärung oder gar der Entschuldigung ging Nya an ihm vorbei und beugte sich über Sira: »Leidest du schon lange?«

Sira flüsterte: »Nein, es hat eben erst angefangen!«

Bei keiner anderen Frau hätte Dusika ein derart respektloses Benehmen, das an Unverschämtheit grenzte, geduldet, aber Nya war seine erste Frau, seine *bara muso*, der er einen Teil seiner Autorität übertragen hatte, und daher konnte sie wie eine Gleichgestellte mit ihm umgehen. Außerdem war sie eine geborene Kulubari, verwandt mit dem alten Herrschergeschlecht von Segu, und Dusika, wenn auch adliger Abstammung, konnte sich nicht einer solch ruhmvollen Herkunft brüsten. Nyas Vorfahren hatten diese Stadt am Ufer des Joliba gegründet, die schnell zum Zentrum eines riesigen Reiches geworden war. Die Brüder ihrer Vorfahren regierten über Kaarta. Daher steckte in Dusikas Liebe zu ihr auch ein großer Teil Respekt, beinah Furcht. Er zog sich zurück und stieß im ersten Hof auf einen Boten des Palasts. Der Mann warf sich zum Zeichen des Respekts in den Staub und grüßte ihn in dieser Haltung: »Du und der Tag!«

Dann rasselte er die Devise der Traoré herunter: »Traoré, Traoré, Traoré, der Mann mit dem langen Namen zahlt nicht für seine Flussüberquerung*.«

Und schließlich übermittelte er seine Botschaft: »Traoré, der Mansa bittet dich, sofort in den Palast zu kommen! ...« Dusika war überrascht: »In den Palast? Aber heute ist doch nicht der Tag der Ratsversammlung!«

Der Mann hob den Kopf: »Es geht nicht um eine Rats-

* Anspielung auf die Macht der Traoré.

versammlung. Ein weißer Mann ist am Ufer des Flusses und möchte vom Mansa empfangen werden ...«

»Ein weißer Mann?« Sira hatte also doch nicht phantasiert? Dusika hatte allerdings auch schon von diesem weißen Mann gehört. Reiter, die aus Kaarta zurückgekehrt waren, hatten berichtet, sie hätten ihn auf einem Pferd reiten sehen, das ebenso erschöpft war wie er selbst. Aber Dusika hatte es für eine jener Geschichten gehalten, mit denen die Frauen abends die Kinder unterhalten, und hatte ihr keinerlei Aufmerksamkeit geschenkt. Nachdem er seine kegelförmige Kappe aufgesetzt hatte, denn die Sonne stieg am Himmel allmählich höher, verließ Dusika sein Anwesen.

Im Jahre 1797 war Segu – die Stadt mit den 1444 heiligen *balanza*-Bäumen, der irdischen Verkörperung von Pemba, dem Gott der Schöpfung, und Hauptstadt des gleichnamigen Bambara-Reiches – eine weitläufige Siedlung aus vier Stadtvierteln am Ufer des Joliba, der an dieser Stelle gut dreihundert Meter breit war. In Segu-Koro befand sich das Grabmal des Stadtgründers Biton Kulubari, während sich in Segu-Sikoro der Palast des Mansa Monzon Diarra erhob. Im Umkreis mehrerer Tagesmärsche hätte man keinen belebteren Ort finden können. Der wichtigste Markt fand auf einem großen, viereckigen Platz statt, der von Schuppen mit Holz- oder Mattenwänden und Dächern aus gestampftem Lehm umstanden war, unter denen Frauen alles Erdenkliche zum Verkauf anboten: Hirse, Zwiebeln, Reis, Süßkartoffeln, geräucherten Fisch, frischen Fisch, Gewürze, Karitefett und Junghennen, während Handwerker ihre Produkte über Seile gehängt hatten: gewebte Baumwollbänder, Sandalen, Pferdesättel und kunstvoll verzierte Kalebassen. Links vom Markt befand sich der Basar, in dem dicht gedrängt und mit den abgerissenen Zweigen junger Bäume aneinander gefesselt die Kriegsgefangenen untergebracht waren. Dusika schenkte diesem allzu vertrauten Anblick keinerlei Beachtung. Selbst auf die Gefahr hin, seine Würde aufs Spiel zu setzen, eilte er daran vorbei und wies mit entschlossener Geste die Griots zurück, die überall auf den Straßen darauf warteten, einen Lobgesang auf die Männer von hoher Geburt anzustimmen.

Segu war auf dem Gipfel seines Ruhms. Bis zu den Märkten von Dschenne, der großen Handelsstadt am Ufer des Bani, erstreckte sich seine Macht. Segu war gefürchtet bis nach Timbuktu am Rand der Wüste. Die Fulbe aus Massina waren seine Vasallen und zahlten Segu jährlich hohe Abgaben an Vieh und Gold. Das war jedoch nicht immer so gewesen. Hundert oder hundertfünfzig Jahre zuvor hatte Segu unter den Städten des Sudans* noch keinerlei Bedeutung. Es war nur ein Dorf, in dem Niangolo Kulubari Zuflucht gesucht hatte, während sich sein Bruder Barangolo weiter nördlich niederließ. Und dann war sein Sohn Biton zum Freund des Gottes Faro geworden, dem Herrn des Wassers und des Wissens, und hatte unter seinem Schutz eine Ansammlung von Lehmhütten in ein stolzes Gebilde verwandelt, dessen Name allein Somono, Bozo, Dogon, Tuareg, Fulbe und Sarakole zum Zittern brachte ... Mit all diesen Völkern führte Segu Krieg und erhielt dadurch Sklaven, die es auf den Märkten verkaufte oder von denen es seine Felder bearbeiten ließ. Der Krieg war der Antrieb seiner Macht und seines Ruhms.

Der Grund für Dusikas Eile lag darin, dass der Ruf des Mansa ihn beruhigte und überzeugte, dass er nicht in Ungnade gefallen war, wie er befürchtet hatte. Am Hofe fehlte es nicht an Leuten, die auf seine allzu große Vertrautheit

* So nannten die Araber das Land der Schwarzen südlich der Sahara. Nicht zu verwechseln mit dem heutigen Staat Sudan.

mit Monzon Diarra und die besondere Beziehung, die zwischen ihnen bestand – jene Bande der Freundschaft, des scherzhaften Spottes und der gegenseitigen Unterstützung –, eifersüchtig waren. Daher hatten sie seine Einstellung zum Krieg als Vorwand benutzt, um Monzon ins Ohr zu flüstern: »Dusika Traoré ist der Einzige, der sich deinem Ruhm entgegenstellt. Er sagt, die Bambara hätten genug vom Krieg, und das alles, weil er auf dich und deinen Reichtum eifersüchtig ist. Vergiss nicht, dass seine Frau eine Kulubari ist!«

Und nach und nach bemerkte Dusika, wie das Misstrauen im Blick von Monzon aufkam und jedes Mal, wenn dieser ihn ansah, sich eine Frage darin abzeichnete: »Ist er mein Freund oder mein Feind?«

Dusika betrat den Hof des Palastes. Es war ein prächtiges Gebäude, erbaut von Maurern aus Dschenne. Eine Mauer aus Lehmziegeln umgab es, die ebenso dick war wie eine Stadtmauer, mit nur einem einzigen Tor, vor dem immer Wächter standen; sie waren mit Gewehren bewaffnet, die über die Sklavenhändler von der Küste gekommen waren. Dusika durchquerte sieben Vorräume voller *tondyons**, bis er zum Raum der Ratsversammlung gelangte, vor dessen Tür Fetischpriester damit beschäftigt waren, die Zukunft mit Hilfe von Kolanüssen und Kaurimuscheln zu entziffern, während Höflinge auf das Wohlwollen der Griots warteten, um beim Mansa eingeführt zu werden.

Monzon Diarra lag auf einem Rinderfell, das auf einem Podest ausgebreitet war, und hatte den linken Ellbogen auf ein mit Schnörkeln verziertes Kissen aus Ziegenleder gestützt. Er machte einen besorgten Eindruck. Mit der ei-

* Ein vom Stadtgründer Biton Kulubari geschaffenes Soldatencorps.

nen Hand streichelte er einen der beiden dicken Zöpfe, die vom Scheitel aus geflochten waren und sich unterm Kinn kreuzten. Mit der anderen drehte er den Ring, der sein linkes Ohr schmückte. Drei Sklaven fächelten ihm Luft zu. Zwei andere, die nicht weit davon hockten, bereiteten in kleinen Mörsern den Tabak zu, bevor sie ihn ihm in schweren goldenen Tabakdosen reichten.

Der Rat war vollzählig versammelt, und Dusika stellte voller Wut fest, dass er der Letzte war. Er verbeugte sich tief, wie es der Brauch war, schlug sich dabei auf die Brust und rutschte auf den Knien zu seinem Platz neben seinem Todfeind Samaké.

Monzon Diarra hatte die Schönheit seiner Mutter Makoro geerbt, die die Griots noch immer besangen. Seine ganze Persönlichkeit flößte Respekt und Grauen ein, als habe die Königswürde, die sein Vater Ngolo den Nachfahren von Biton Kulubari entriss, in ihm ihre Legitimität gefunden. Er hatte ein weißes Baumwollhemd an, das aus den besten Webstühlen von Segu stammte, und eine ebenfalls weiße Hose, die an der Taille von einem breiten Gürtel gehalten wurde. Er trug ein Stirnband aus Baumwolle, und seine muskulösen Arme waren mit Tierhörnern und -zähnen geschmückt, die ihn beschützen sollten, aber auch mit Amuletten, die von Marabuts hergestellt worden waren: kleine, sorgsam gefertigte Ledersäckchen, die Koranverse enthielten. Er senkte den Blick auf Dusika und fragte spöttisch: »Nun, Dusika, welche von deinen Frauen hat dich denn so lange zurückgehalten?«

Die spottlüsterne Versammlung der Höflinge brach in Lachen aus, während Dusika sich mit unterdrücktem Zorn entschuldigte: »Herr der Kräfte, dein Bote hat mich erst vor sehr kurzer Zeit benachrichtigt. Sieh, ich bin so schnell gegangen, dass ich jetzt noch schwitze ...«

Nach dieser Unterbrechung erhob sich Tiétiguiba Danté, der oberste Griot, der der Versammlung die Worte des Mansa übermittelte, und sagte: »Der Herr der Götter und der Menschen, der auf dem königlichen Fell lagert, der große Mansa Monzon hat euch aus folgendem Grund einberufen: Ein weißer Mann – weiß und mit zwei Ohren rot wie ein glimmendes Holzstück – befindet sich am anderen Ufer des Flusses und möchte vom Mansa empfangen werden. Was will er?«

Daraufhin setzte sich Tiétiguiba wieder, und dem Zeremoniell entsprechend erhob sich ein anderer Griot. Tiétiguiba wurde von allen gefürchtet wegen seiner großen Vertrautheit mit dem Herrscher. Er war auf recht eindrucksvolle Weise mit einem indigoblauweißen Baumwollkaftan gekleidet und trug einen Kopfschmuck aus Raubtierfell und Kaurimuscheln. Da er gleichzeitig als Spion fungierte, ließ er seinen Blick langsam über jedes Ratsmitglied schweifen, als wolle er jeden Einzelnen abschätzen und Bericht über ihn erstatten. Als der zweite Griot verstummt war, erhob er sich erneut und sagte: »Dieser weiße Mann behauptet, er sei kein Maure und habe nichts mit ihnen gemein. Er will nichts verkaufen und nichts kaufen. Er sagt, er sei gekommen, um sich den Joliba anzusehen ...«

Schallendes Gelächter. Gab es im Land des Weißen keine Flüsse? Und ähnelt ein Fluss nicht dem anderen? Nein, die Sache musste einen Haken haben, und der weiße Mann wollte nicht die wirkliche Absicht seines Besuchs verraten. Dusika meldete sich zu Wort: »Sind die Seher und Marabuts befragt worden?«

Samaké spottete leise: »Meinst du, wir hätten erst auf dich gewartet, um darauf zu kommen?«

Dusika schluckte erneut seinen Zorn herunter und wiederholte seine Frage. Tiétiguiba antwortete ihm: »Sie äußern sich nicht!«

Sie äußerten sich nicht? Das konnte nur ein Zeichen dafür sein, wie ernst die Situation war. Tiétiguiba fuhr fort: »Sie sagen, was immer wir auch mit diesem weißen Mann machen, es werden andere kommen, die so sind wie er und sich unter uns vermehren.«

Verblüfft blickten sich die Ratsmitglieder an. Weiße Männer, die sich in Segu niederließen und unter den Bambara lebten? Freunde oder Feinde, das schien unmöglich! Dusika beugte sich vor und flüsterte in Richtung seines Freundes Kone, der nicht weit von ihm saß: »Hast du ihn gesehen, den weißen Mann?«

In dem allgemeinen Schweigen wurde diese etwas kindische Bemerkung unglücklicherweise von allen gehört. Der Mansa richtete sich auf und entgegnete ihm ironisch: »Wenn du ihn sehen willst, er ist am andern Ufer des Joliba. Dort triffst du Frauen und Kinder und die Männer der niederen Kasten ...« Die Versammlung brach noch einmal in ein hämisches Gelächter aus. Und Dusika stand erneut im Mittelpunkt des Spottes und des Hohns. Was warf man ihm eigentlich vor? Dass er in gewisser Weise ein doppeltes Spiel trieb, dass er seinem Hass auf den Krieg bei jeder Gelegenheit Ausdruck verlieh, aber dennoch seinen Teil an der Kriegsbeute einstrich und sich somit auf leichte Art bereicherte, da er nur selten an den Expeditionen teilnahm. Außerdem schienen ihm seine Vertrautheit mit dem Mansa und die königliche Abstammung seiner Frau derart zu Kopf gestiegen zu sein, dass er alle Leute mit Verachtung behandelte: Kurz, man warf ihm Arroganz und Überheblichkeit vor. Manche sagten, er müsse das wohl von seinem Vater Falé geerbt haben, der der stolzeste *yèrèwolo* war, den es je in der Stadt gegeben hatte, sodass die Götter ihn mit einem schmachvollen Tod bestraft hatten: Sein Pferd hatte ihn mitten in einem Sumpf abgeworfen, wo er stundenlang mit dem Tod gerungen hatte.

Man ging zwar nicht so weit, Dusika ein ähnliches Ende zu wünschen, aber dennoch waren alle am Hofe der Meinung, eine ordentliche Lehre könne ihm nicht schaden.

Währenddessen beugte sich Nya über Sira.

Die beiden Frauen waren nicht mehr allein. Die Zahl jener, die den weißen Mann sehen wollten, war derart groß gewesen, dass die Pirogen, die den Joliba überquerten, dem Ansturm nicht gewachsen waren. Nach mehrstündiger Wartezeit hatten daher viele Sklaven tief betrübt in ihr Anwesen zurückkehren müssen, um ihren Pflichten nachzukommen.

Nya hatte eilends Suka holen lassen, jene Matrone, die alle Frauen von Dusika entbunden und mit ihren geschickten Händen mehr als einen Säugling, der noch zögerte, in die Welt des Sichtbaren einzutreten, zum Leben erweckt hatte. In der Zwischenzeit verbrannte sie schon Pflanzen, um böse Geister zu vertreiben und das Einschießen der Milch zu erleichtern. Dann kehrte sie wieder zu Sira zurück, die in der Hocke saß, um die Ausstoßung zu erleichtern.

Sira nahm eine Sonderstellung im Anwesen ein. Sie war keine Bambara, sondern eine Fulbe. Der Mansa Monzon hatte auf einer Strafexpedition gegen seine Fulbe-Vasallen aus Massina, deren *ardo** nie ihre Steuer entrichteten, als Druckmittel ein Dutzend Jungen und Mädchen aus den besten Familien der Hauptstadt Tenenku festnehmen lassen. Er hatte vor, sie freizulassen, sobald die Schuld getilgt war. Aber eines Tages hatte Dusika, als er auf dem Weg zur Ratsversammlung durch einen der Innenhöfe des Palasts kam, Sira gesehen und sie sich als Konkubine erbeten. Aufgrund der engen Beziehung, die zwischen den beiden Männern bestand, hatte Monzon sie ihm trotz seines Missfallens nicht versagen können. Als anschließend die

Steuern bezahlt worden waren, hatte Siras Familie eine Delegation geschickt, um sie zurückzuholen. Aber Dusika hatte sich geweigert zu gehorchen. Im Übrigen war es zu spät, denn Sira war bereits schwanger. Da sie jedoch aus einem fremden Volk stammte und noch dazu eine Gefangene war, hatte Dusika sie nicht heiraten können. Dennoch war es klar, dass er sie seinen rechtmäßigen Ehefrauen vorzog, die dieselbe Sprache sprachen und dieselben Götter verehrten wie er.

Zunächst hatte Nya Sira gehasst. Es war allerdings nicht das erste Mal, dass Dusika sich eine Konkubine nahm. Die Anzahl der Sklavinnen, die sich nachts in seiner Hütte ablösten, war nicht mehr zu zählen. Aber keiner von ihnen hatte er so viel Wertschätzung zukommen lassen. Nya täuschte sich nicht; sie konnte seine Leidenschaft an tausend kleinen Zeichen ablesen, die den anderen unsichtbar blieben. Und dann waren ihr Hass und ihre Eifersucht ohne eigentlichen Grund in eine Mischung aus Mitleid, Solidarität und Zuneigung umgeschlagen. Das Schicksal, das Sira beschieden war, hätte auch ihr widerfahren können. Die Gewalt der Männer oder die Laune eines Einzelnen hätte sie dem Haus ihres Vaters, den Armen ihrer Mutter entreißen und sie zum Objekt eines Tauschhandels werden lassen können. Und so hatte sie zum Erstaunen aller begonnen, ihre frühere Rivalin in ihren Schutz zu nehmen.

Trotz ihrer eisernen Selbstbeherrschung stöhnte Sira auf. Nya, die nicht wollte, dass man ihrer Nebenfrau nachsagen könne, im Augenblick der obersten Prüfung keinen Mut gezeigt zu haben, legte ihr schnell die Hand auf den Mund. Gleichzeitig nahm sie sich vor, eine weitere Opfergabe in der Hütte mit den Opferaltären im hinter-

* Kriegsoberhäupter der Fulbe aus dem Clan Diallo.

sten Hof des Anwesens niederzulegen, sobald Suka eintraf. Sie hatte zwar schon kurz nach dem Aufwachen jene Pflicht erfüllt, aber da sie wusste, dass Sira in der letzten Regenzeit ein totes Kind zur Welt gebracht hatte, war doppelte Vorsicht geboten. Sie hatte noch einen weißen Hahn zurückbehalten, dessen Farbe dem Gott Faro gefallen würde, der Tag und Nacht über den Gang des Universums wachte.

Suka trat ein. Sie war schon ziemlich alt und mit einem Schmied verheiratet, der wie alle Männer seiner Kaste zugleich das Amt eines Fetischpriesters ausübte. Aber auch sie selbst stand mit den Schutzmächten im Bund und hatte eine starke Ausstrahlung. Um den Hals trug sie eine Kette aus Tierhörnern, die mit Pulvern und Heilsalben gefüllt waren. Ein Blick auf Sira überzeugte sie davon, dass diese noch viele Stunden vor sich hatte, und sie begann, Wurzeln und Blätter in einem Mörser zu zerstampfen, und murmelte dabei Gebete, die nur sie kannte. Beruhigt über ihre Ankunft ging Nya fort, um ein wenig Ziegenmilch zu holen, denn es würde dem Neugeborenen gut tun, ein paar Tropfen davon zu trinken, bevor es die Muttermilch bekam.

In den verschiedenen Innenhöfen des Anwesens herrschte wieder ein geschäftiges Treiben. Alle schienen vom Fluss zurückgekommen zu sein. Niéli, Dusikas zweite Frau, saß vor der Tür ihrer Hütte und verschlang mit Heißhunger Hirsekrapfen, *n'gomi*, die eine ihrer Sklavinnen ihr zubereitet hatte. Nya machte sich Vorwürfe, dass sie es nicht fertig brachte, Niéli wie eine kleine Schwester zu behandeln. Doch wie sollte sie sich auch mit deren Faulheit, Launen und ständigem Gezeter abfinden? Aber Niéli konnte eben nicht vergessen, auf welche Weise sie in die Sippe gekommen war. Jahre zuvor hatte Dusikas Vater Falé den Mansa Ngolo Diarra nach Niamoma begleitet. Als er den Abend bei einem befreundeten Bambara-Edlen verbrachte, bemerkte er, dass die Frau seines Gastgebers schwanger war. Dem Brauch folgend bat er sich das Kind als Braut für seinen Sohn aus, falls es ein Mädchen sein sollte.

Dusika war ein respektvoller Sohn. Er hatte diese Ehefrau, die er nicht gewählt hatte, stets gerecht behandelt, aber nie geliebt. Seit Sira im Haus war, hatte Niéli unter diesem Gefühlsunterschied gelitten, der sich an unzähligen Einzelheiten und kleinen Gesten ablesen ließ.

Niéli hörte auf, an ihren *n'gomi* zu kauen, und fragte: »Hat die Fremde entbunden?«

Sie nannte Sira nie anders. Nya überging den Ausdruck und entgegnete nur: »Nein, der kleine Unbekannte ist noch nicht unter uns. Mögen die Ahnen ihm eine unbeschwerliche Reise gewähren ...«

Niéli war wohl oder übel gezwungen, das übliche Gebet zu murmeln. Nya war auf dem Weg zu der kleinen Hütte mit den Opferaltären. Es war ein geheimnisumwobener Ort, zu dem nur die der Familie nahe stehenden Fetischpriester, die Oberhäupter der verschiedenen Familienzweige und einige Frauen Zugang hatten, die wie sie selbst eine gewisse Autorität besaßen. Im zweiten Hof stieß sie auf Dusika, der vom Palast zurückgekommen war und sie offensichtlich suchte. Er sagte: »Monzon hat mich wieder einmal gekränkt und ...«

Sie unterbrach ihn: »Mach den Gürtel an deiner Hose auf. Sira liegt in den Wehen ...«

Konnte sie ihren Groll nicht beherrschen? Es war nicht mehr Siras Anwesenheit, die sie Dusika vorwarf, sondern die Tatsache, dass die Zeit seine Gefühle für sie verbraucht hatte, dass er sie nicht mehr begehrte. Die Routine in ihrer Beziehung. In den Nächten, die sie in seiner Hütte verbrachte, schliefen sie jetzt, ohne sich zu berühren. Ihre

Gespräche drehten sich nur noch um die Kinder, den Besitz und die Sorgen des öffentlichen Lebens. Ach, wie schwer ist es doch, zu altern!

Er sagte in bittendem Tonfall: »Hör zu! Ich sag dir, dass Monzon sich zweimal mitten in der Ratsversammlung über mich lustig gemacht hat ... Lass Kumaré kommen ...«

Nya blickte auf den Boden aus weißem Sand, der mit fein zerstampften Steinen vermischt war: »Wann willst du ihn sehen?«

»So schnell wie möglich! ...«

Kumaré war der Schmied und Fetischmeister, Hoher Priester des Komo*, der seit Jahren für Dusika die Zeichen des Unsichtbaren und des Sichtbaren interpretierte und bemüht war, ungünstige Ereignisse abzuwenden. Er hätte in jedem Falle bald geholt werden müssen, sobald Siras Kind geboren war, damit er es mit schützenden Mitteln umgab. Nya ging weiter. Aber als sie an den Durchgang zum dritten Hof gelangte, hatte sie Mitleid mit Dusika, der unbeweglich auf der Stelle stehen geblieben war und nicht wusste, ob er ihr folgen oder in seine Hütte zurückgehen sollte. Sie drehte sich um und sagte gutmütig: »Warte auf mich. Ich komme sofort wieder.«

Er blickte ihr nach, hin- und hergerissen zwischen dem Kummer über ihre Gleichgültigkeit und dem Wunsch, sich wie ein kleines Kind an den Zipfel ihres Wickelrocks zu klammern. Wie alt war sie? Er wusste es nicht, genauso wenig wie er sein eigenes Alter kannte. Sie waren seit sechzehn Trockenzeiten verheiratet. Sie musste dann wohl zweiunddreißig sein. Ihre Taille war kräftiger geworden. Ihre Brüste waren schlaff geworden, und die Falten der

* Bedeutende Geheimgesellschaft mit einem Klerus an der Spitze, der von einem Hohepriester geleitet wird.

Verantwortung unterstrichen bereits ihre stolzen, feinen Züge, die sie mit allen Kulubari gemein hatte; deshalb wurde von ihnen gesagt, sie seien die schönsten unter den Bambara. Sie hatte oft einen Ausdruck im Gesicht, den man für Strenge halten konnte, aber wenn sie lächelte, kam ein strahlender Glanz in ihre mandelförmigen Augen. Er brauchte Nyas Kraft. Warum verweigerte sie sie ihm?

Nya betrat die Hütte mit den Opferaltären, in der sich ein Holzstamm befand, der *pembélé* genannt wurde und den Gott Pemba darstellte; dieser Gott hatte die Erde geschaffen, indem er im Kreis herumgewirbelt war, während der Gott Faro den Himmel und die Gewässer für sich beanspruchte. Rund um den *pembélé* waren rote Steine platziert, die die Ahnen der Familie darstellten, und *boli*, Fetische aus den unterschiedlichsten Stoffen wie Hyänenschwänzen, Skorpionschwänzen, Baumrinden und Baumwurzeln, die regelmäßig mit Tierblut begossen wurden: symbolische Konzentrate der Mächte des Universums, die der Familie Glück, Wohlstand und Fruchtbarkeit gewähren sollten.

Nya ergriff einen kleinen Besen aus Pflanzenfasern und fegte sorgfältig den Boden. Alles war in Ordnung, nur das Blut, das die *boli* bedeckte, war eingetrocknet. Sie würde bald wiederkommen, um ihnen eine Erfrischung zu bringen, sie hatten sicher Durst.

2

Sira war allein mit ihrer Angst und ihrem Schmerz.

Angst, weil sie im vergangenen Jahr eine Totgeburt gehabt hatte. Neun Monate der Unruhe, um eine kleine Fleischkugel auf die Welt zu bringen, der die Götter kein Leben hatten einhauchen wollen. Warum? Waren sie verärgert über diese widernatürliche Bindung zwischen einer Fulbe und einem Bambara?

Fulbe, hüte deine Herde.
Schwarzer, bleib bei deinem Spaten,
dem, der dich ermüdet.

So hieß es im Hirtenlied. Keinerlei Bande waren zwischen diesen beiden Völkern möglich. Und dabei wussten sie doch, dass sie es nicht gewollt hatte und nur ein Opfer war ... Warum dann die Strafe? Würden sie sie erneut bestrafen und sie zu diesem sterilen Warten verurteilen? Und noch einmal eine Beerdigung, während sie doch hoffte, sich im Ruhm einer Taufe zu sonnen? Sie warf einen Blick auf den kleinen Hügel in ihrer Hütte, wo das winzige Wesen begraben lag, das man ihrer Zuneigung sofort entzogen hatte, und ihre Augen füllten sich mit Tränen. Ach, dass doch die Götter ihrem Kind Leben gewährten, auch wenn es einen Bambara zum Vater hatte, einen Mann, den sie hassen musste.

Ohne es zu wollen, stöhnte sie auf, und Suka kam, korrigierte ihre Hockstellung, half ihr, die Hände im Nacken zu falten, und massierte ihr sanft den Bauch, wobei sie ein Lied summte. Der Geruch von glimmendem *wolo*, einer Pflanze, die der Gott Faro liebte und die die Entbindung erleichterte, stieg ihr in die Nase. Sie musste niesen und löste dadurch eine solche Welle des Schmerzes aus, dass sie glaubte zu sterben. Sie entsann sich der Ratschläge ihrer Mutter, der Ratschläge Nyas und aller Frauen, die vor ihr dasselbe durchgemacht hatten. Sich nicht rühren. Die Schmerzen beherrschen. Aber das war unmöglich. Unmöglich! Sie biss die Zähne zusammen, biss sich auf die Lippen, spürte den faden Geschmack von Blut, öffnete schließlich die Augen und blickte auf Sukas sorgsam geflochtenes Haar voller Amulette, die sich über ihren Unterleib beugte.

Als sie noch ein Kind war, hatte sie sich mit einem ihrer Brüder in die Sümpfe von Dia vorgewagt, wo dieser in der Trockenzeit die Kühe weiden ließ. Da es aber Regenzeit war, war der Wasserstand gestiegen. Sie hatten den Boden unter den Füßen verloren und waren hilflos zwischen den Wasserpflanzen dahingetrieben, die die Oberfläche bedeckten. Sie hatten geglaubt, ihre Mutter oder die Hütte ihres Vaters nie wieder zu sehen, als plötzlich ein Reisfeld auftauchte, dessen zarte Halme ihnen Halt boten. Sie erlebte jetzt dieselben Qualen, dieselbe Verwirrung wie damals, und auf einmal denselben Frieden. Völlig unerwartet.

Ungläubig hörte Sira ein Weinen oder eher ein Quäken. Sie stammelte: »Was ist das?«

Suka erhob sich und ging mit einem kleinen Häufchen aus blutverschmiertem Fleisch zu einer Kalebasse mit warmem Wasser und begann, es mit erstaunlich sanften und vorsichtigen Bewegungen zu waschen: »Noch ein *bilakoro** …«

Dann kamen im Gefolge von Nya die Sklavinnen hastig herein; die einen brachten eine Brühe aus getrocknetem Fisch und Pfefferschoten, die anderen zerstampfte Lianen, um der Wöchnerin den Bauch zu massieren.

* Ein noch unbeschnittener Junge.

Sira wandte sich flüsternd an Nya: »Ist er lebendig, richtig lebendig?«

Nya tat, als habe sie diese unglückliche Frage, die die Götter erzürnen könnte, nicht gehört.

Suka dagegen betrachtete das Neugeborene. Wie viele hatte sie schon mit ihren großen, kräftigen Händen empfangen! Wie viele Nabelschnüre hatte sie schon durchtrennt! Wie viele Nachgeburten eingegraben! Daher brauchte sie nur noch die Linien eines Mundes oder die Form eines Augenlids näher zu betrachten, um zu erraten, ob das Kind zum Stolz seiner Eltern heranwachsen oder aber sich auf zu dünnen Beinen dahinschleppen würde. Sie wusste, dass der kleine Junge, den sie auf dem Schoß hielt, ein Abenteurer sein würde, dem ein außergewöhnliches Schicksal bevorstand. Es wäre gut, wenn Nya den *boli* der Familie Antilopenherzen und ein Ei von einer schwarzen Henne opfern würde, die keine einzige weiße Feder besaß. Außerdem sollte Dusika nicht geizig mit rot gefiederten Hähnen sein, deren Blut er vergießen musste, um damit das Geschlechtsteil des Neugeborenen zu bestreichen. Diese Vorkehrungen waren erforderlich, um dessen Wohlergehen zu gewährleisten. Suka rieb den warmen, kleinen, formlosen Körper mit Karitefett ein, hüllte ihn in ein feines weißes Tuch und reichte ihn der Mutter, wobei sie auf die stumme Frage antwortete, die sich in Nyas Augen abzeichnete: »Ja, er ist hübsch! Und die Götter werden ihm Leben schenken …«

Sira nahm endlich ihren Sohn in die Arme. Der Tradition zufolge würde er erst am achten Tag seinen Namen erhalten. Aber da ihm eine Totgeburt vorausgegangen war, wusste sie, dass man ihn Malobali nennen würde. Sie drückte den zarten kleinen Mund gegen den ihren und war erstaunt, dass ein so leichtes Bündel bereits ein solches Gewicht in ihrem Leben hatte. Da war er nun, ihr

Sohn, völlig gesund. Wie auch immer die Begleitumstände seiner Geburt waren, er würde ihre Demütigung, ihr Leiden und ihren Niedergang rächen – sie, die Tochter eines Fulbe und Ardo, der eine Herde von mehreren hundert Stück Vieh besaß, war die Konkubine eines Bauern geworden.

Wenn Sira an ihr früheres Leben dachte, glaubte sie zu träumen. In Massina wurde der Rhythmus des Lebens von den Jahreszeiten bestimmt. Die Herden wurden von den Weiden in Dia zu jenen in Murdia getrieben oder umgekehrt. Die Frauen molken die Kühe und stellten Butter her, die die Sklaven auf den umliegenden Märkten gegen Hirse eintauschten. Die Männer liebten ihre Tiere mehr als ihre Frauen und besangen ihre Schönheit abends vor dem offenen Feuer. Daher spotteten die anderen Völker:

Dein Vater ist gestorben, und du hast nicht geweint.
Deine Mutter ist gestorben, und du hast nicht geweint.
Ein kleines Rind ist verendet, und du sagst o weh!
Das Haus ist zerstört!

Aber welche Bedeutung hatten die anderen Völker? Man kam mit ihnen nur in der Trockenzeit in Berührung, um über den Zugang zu den Weidegründen und zum Wasser zu verhandeln.

Und dann waren eines Tages die Bambara-Tondyons aufgetaucht, sie trugen zweispitzige Kappen und gelbe Umhänge, die bis zum Knie gingen, und waren über und über mit Tierhörnern und -zähnen oder Amuletten behängt, die sie bei den Moslems gekauft hatten. Den Pulvergeruch noch in der Nase, fand sich Sira im Palast des Mansa in Segu wieder. Trotz des Kummers über ihre Gefangenschaft konnte sie nicht umhin, ihre neue Umgebung zu bewundern. Hinter Mauern, die den Himmel herausforderten, saßen Sklaven im Schutz von Dächern und webten mit Hilfe einfacher Rahmen, die aus vier senkrecht in die Erde gesteckten Hölzern und ein paar waagerechten Verstrebungen bestanden, und Sira konnte sich nicht satt sehen an der langen weißen Gewebeschlange. Maurer besserten die Fassaden aus oder verputzten sie neu. Überall boten Händler Berberteppiche, Parfums und Seidenstoffe an, während Spaßmacher, deren Körper buchstäblich in Kleidern aus kleinen karoförmigen, mit Kaurimuscheln besetzten Tierfellflicken versanken, zur Freude der königlichen Kinder umhertänzelten. Da die Fulbe im Gegensatz zu den Bambara keine Häuser bauten, sondern sich mit ihren Rundhütten aus geflochtenem Stroh oder Zweigen begnügten, war sie von alledem fasziniert. Hatten die Götter sie an Dusika ausgeliefert, um sie für ihre unbeabsichtigte, beinah unbewusste Bewunderung für ihre Bezwinger zu strafen?

Nein, sie durfte jetzt nicht an Dusika denken, das würde ihr die Freude an diesem Augenblick verderben. Aber kann man ein Kind von seinem Vater lösen?

Und da trat Dusika auch schon ein, begleitet von Kumaré, den man in Eile für die ersten Opferhandlungen hatte holen lassen. Sie wandte den Kopf ab, um nicht seinem Blick zu begegnen und seine Freude nicht teilen zu müssen. Zugleich warf sie sich Heuchelei vor. Was hinderte sie eigentlich daran, ihn und Segu zu verlassen? Sie redete sich ein, auf eine furchtbare Rache durch ihr Volk oder die Götter zu warten, die sie selbst überfordert hätte. War das die Wahrheit?

Einige Wochen zuvor war ein Fulbe aus der Kaste der *labo*, der Handwerker, die das Holz bearbeiten, in das Anwesen gekommen, um Mörser, Stößel und Werkzeugstiele anzubieten. Sie hatten sich an der Sprache erkannt, dem sanften Klang des *fulfulde**. Der Mann hatte ihr

* Name der Fulbe-Sprache aus Musina.

Neuigkeiten aus ihrem Land erzählt. Die Fulbe waren die Herrschaft von Segu und die Razzien und Übergriffe der Bambara leid. Sie waren vom Ardo Ya Gallo vom Clan der Diallube* abgefallen und hatten alle ihre Hoffnungen auf einen jungen Mann gesetzt, Amadu Hammadi Bubu vom Clan der Barri, einen leidenschaftlichen Moslem; dieser hatte geschworen, sie zu einem unabhängigen Staat zu vereinen, der als einzigen Herrn Allah anerkennen würde! Und so kam es, dass eine Prophezeiung von Mund zu Mund ging, die mehrere hundert Jahre zuvor dem Askia** Mohammed aus dem Songhai-Reich von Gao gemacht worden war. Man hatte ihm geweissagt, dass ein Fulbe der Bambara-Herrschaft den Todesstoß versetzen und ein riesiges Reich gründen würde. Amadu Hammadi Bubu sollte nun dieser Fulbe sein!

War das möglich?

Sira streichelte sanft den Kopf ihres Neugeborenen und malte sich dabei aus, wie die Feuerschlange mit ihrer gespaltenen Zunge den Palast des Mansa, die Anwesen und die Kronen der Bäume berührte und am Ufer des Joliba Halt machte, nachdem sie die Pirogenflotte der Somono verbrannt hatte. Das war das Mindeste, um sie zu rächen! Sie schloss die Augen.

Währenddessen zählte Suka alle körperlichen Besonderheiten auf, die es Kumaré ermöglichten zu bestimmen, von welchem Ahnen das Neugeborene die Reinkarnation war. Anschließend hörte Sira die Flügelschläge und den kurzen Schrei des Hahns, dem der Schmied und Fetischpriester den Hals durchschnitt. Danach wurde es still, und sie war mit ihrem Sohn allein.

* Herrschende Fulbe-Dynastie: »Jene, die den Familiennamen Diallo tragen.«

** Songhai-Wort für König.

Naba zog Tiékoro am Hemd und jammerte: »Lass uns nach Hause gehen. Ich hab Hunger und bin müde …«

Aber Tiékoro konnte sich nicht entschließen: Er wollte unbedingt den weißen Mann sehen. Er fragte einen Mann, der ihnen entgegenkam und dem der Schweiß über den nackten Oberkörper lief: »Hast du ihn gesehen? Wie ist er?« Der Mann verzog verächtlich den Mund: »Er gleicht einem Mauren, nur hat er zwei rote Ohren, und seine Haare haben die Farbe von Gras in der Trockenzeit …«

Tiékoro hatte eine Idee: »Die Bäume! Lass uns auf einen Baum klettern!«

Aber als er den Kopf hob, stellte er fest, dass auch das unmöglich war. An den Ästen der Karite- oder der Kapokbäume hingen die Menschen wie Trauben. Er sagte missmutig: »Na gut, dann lass uns gehen!«

Mit fünfzehn Jahren war Tiékoro, Dusikas ältester Sohn von der ersten Frau Nya, fast so groß wie ein Erwachsener. Die Griots, die in das Anwesen kamen, um mit ihren Lobliedern die Familie zu ehren, verglichen ihn mit der Palmyrapalme, die in der Wüste wächst, und sagten ihm eine einzigartige Zukunft voraus. Er war ein schweigsamer, nachdenklicher Junge, den alle für überheblich hielten. Ein paar Monate zuvor war er beschnitten worden, aber seine Initiation in die Geheimgesellschaft des Komo stand noch bevor.

In Wirklichkeit hatte Tiékoro ein Geheimnis, das ihm keine Ruhe ließ. Alles hatte an jenem Tag angefangen, als er aus Neugier in eine Moschee gegangen war. Am Tag zuvor hatte er den Ruf des Muezzins gehört und irgendetwas Unerklärliches war in ihm erwacht. Er war überzeugt, dass sich diese erhabene Stimme an ihn richtete. Aber seine Schüchternheit war stärker gewesen, und er war den Somono nicht gefolgt, die das Gebäude betraten.

Er hatte erst am nächsten Tag den Mut dazu gefunden, nachdem er sich die ganze Nacht lang mit Vorsätzen gewappnet hatte.

In einem Hof saß ein Mann im Alter seines Vaters auf einer Matte. Er trug ein weites dunkelblaues Gewand über einer gleichfarbigen Hose und hellgelbe Pantoffeln. Auf seinem glatt rasierten Schädel saß eine dunkelrote Kappe. So weit nichts Ungewöhnliches. Es war nicht das erste Mal, dass Tiékoro Männer in ähnlichem Aufzug sah; selbst im Palast des Mansa, wohin er manchmal seinen Vater begleitete, hatte er sie schon angetroffen. Was ihn stutzig machte, war die Beschäftigung, der sich der Mann hingab. In der rechten Hand hielt er einen Holzstift, der an einem Ende zugespitzt war. Diesen Stift tauchte er in ein Gefäß und zeichnete damit winzige Figuren auf eine weiße Oberfläche. Tiékoro hockte sich neben ihn und fragte: »Was machst du da?«

Der Mann lächelte und sagte: »Das siehst du doch, ich schreibe ...«

Tiékoro wälzte das letzte Wort, das er nicht verstand, in seinem Kopf hin und her. Dann kam ihm eine Erleuchtung. Er erinnerte sich an die Amulette, die manche trugen, und rief: »Ach, du machst Zauberdinge ...«

Der Mann lachte und fragte: »Du bist ein Bambara, nicht wahr?«

Tiékoro spürte den Unterton der Verachtung in der Stimme des Mannes und erwiderte stolz: »Ja, ich bin der Sohn von Dusika Traoré, einem der Ratgeber am königlichen Hof ...«

»Dann wundert es mich nicht, dass du nicht weißt, was schreiben bedeutet ...«

Tiékoro war tief gekränkt. Er suchte nach einer bissigen Antwort und fand keine. Aber was kann ein Kind auch schon gegen einen Erwachsenen ausrichten? Doch bereits am nächsten Tag machte er sich erneut auf den Weg in die Moschee. Von da an ging er jeden Tag dorthin.

Naba beklagte sich jetzt: »Du gehst zu schnell …«

Tiékoro verlangsamte den Schritt und entgegnete: »Was würdest du tun, wenn ich fortginge?«

Das Kind sah ihn überrascht an: »In den Krieg? Mit dem Mansa?«

Tiékoro schüttelte energisch den Kopf: »O nein, an diesen Kriegen werde ich niemals teilnehmen!«

Töten, vergewaltigen, plündern! Und immer nur Blutvergießen! War nicht die ganze Geschichte von Segu im Übrigen blutig und gewalttätig?

Von seiner Gründung über den Ausbau durch Biton bis zum heutigen Tag! Nur Morde und Massaker. Lebendig eingemauerte Jünglinge, an Türschwellen geopferte Jungfrauen und Herrscher, die mit Baumwollbändern von ihren Sklaven erdrosselt wurden. Und immer wieder die Opferungen. Opfergaben für die *boli* der Stadt, des Reiches, der Ahnen und der Familie. Jedes Mal, wenn Tiékoro an der Hütte vorbeikam, in der sich die *boli* der Traoré befanden, erschauerte er. Eines Tages hatte er es gewagt hineinzugehen und sich entsetzt gefragt, woher das Blut kam, das auf diesen widerwärtigen Formen klebte.

Eine Religion dagegen, die von der Liebe sprach und diese unheimlichen Opfer verbot! Und den Menschen von der Angst befreite! Von der Angst vor dem Unsichtbaren und sogar der Angst vor dem Sichtbaren! Als sie an der Moschee der Somono vorbeikamen, ging Tiékoro schneller, da er befürchtete, erkannt zu werden und Naba sein Geheimnis zu verraten. Dann schämte er sich seiner Feigheit. Muss ein Gläubiger nicht bereit sein, für seinen Glauben zu sterben? Und er war doch gläubig, nicht wahr?

»Außer Allah gibt es keinen Gott, und Mohammed ist sein Prophet!« Diese Worte berauschten ihn. Er hatte nur einen Wunsch: Segu zu verlassen und nach Dschenne zu gehen oder besser noch nach Timbuktu und sich an der Universität von Sankore einzuschreiben*.

Die beiden Jungen begannen, so schnell sie konnten durch die gewundenen Gassen zu laufen, sprangen dabei über Schafe und Ziegen und wichen knapp den Fulbe-Frauen aus, die um diese Zeit ihre Kalebassen mit Milch anboten. Aus den Schänken riefen ihnen die Tondyons, die dort saßen und *dolo*, Hirsebier, tranken, anzügliche Bemerkungen zu.

Als sie schweißtriefend in dem Anwesen ankamen, stürzten sich alle auf sie, und ein Stimmengewirr erhob sich: »Habt ihr ihn gesehen? Habt ihr ihn gesehen? ...«

»Den Weißen?«

Sie mussten gestehen, dass es ihnen nicht gelungen war. Flacoro, Dusikas dritte Frau, die kaum älter als Tiékoro war, verzog verächtlich den Mund: »Und dafür habt ihr nun den ganzen Tag am Flussufer verbracht ...«

Dann fügte sie hinzu: »Sira hat einen Jungen zur Welt gebracht ...«

»Einen Jungen, und ist er gesund und munter?«

Tiékoros Herz schwoll vor Freude. Er hatte seine Sympathie für Sira entdeckt, seit er sich für den Islam interessierte, denn er hatte gehört, dass diese Religion unter den Fulbe ziemlich verbreitet war. Und dennoch hatte sie ihm keine Auskunft geben können, als er schließlich den Mut aufgebracht hatte, sie zu befragen. Einer ihrer Onkel war zwar zum Islam übergetreten, aber sie wusste nichts über diese Religion. Der Islam war noch völlig neu in der Gegend, denn er war erst vor kurzem mit den Karawanen der Araber wie eine exotische Ware importiert worden.

Tiékoro schlich an Siras Hütte vorbei, zu der, wie er

* Berühmte sudanische Universität.

wusste, eine Woche lang niemand Zugang haben würde. Er sah, wie sein Vater zusammen mit Kumaré, dem Schmied und Fetischpriester, herauskam. Ohne die Furcht zu zeigen, die ihm der Fetischpriester einflößte, grüßte er die beiden höflich und wollte sich gerade aus dem Staub machen, als ihm sein Vater ein Zeichen machte, ihm zu folgen. Zitternd gehorchte er.

Noch vor wenigen Jahren hatte Tiékoro seinen Vater wie einen Gott bewundert. Viel mehr als den Mansa. Wann hatte er angefangen, ihn als einen Barbaren und noch dazu einen unwissenden Trinker von Alkohol zu betrachten? Als das Werk der Moslems in seinem Leben an Bedeutung gewann. Wenn er auch seinen Vater nicht mehr bewunderte, so bedeutete das nicht, dass er aufgehört hatte, ihn zu lieben. Und so litt Tiékoro unter der Trennung von Herz und Geist, von instinktiven Gefühlen und verstandesmäßigen Überlegungen. Er setzte sich schweigend in eine Ecke des Vorraums, und als ihm eine Tabakdose gereicht wurde, nahm er im Bewusstsein der Ehre, die ihm zuteil wurde, eine Prise. Er wagte nicht, zu Kumaré herüberzublicken, denn er glaubte, dieser könne seine Gedanken lesen und entdecken, was er ihnen allen verheimlichte. Tatsächlich richtete der Zauberpriester seine rot geäderten Augen auf ihn. Sobald es nicht mehr allzu unhöflich aussah, stand Tiékoro auf und ging nach draußen. Als Reaktion auf die Angst und die Anstrengung, die er hatte vollbringen müssen, zog sich sein Magen zusammen, und unter Schmerzen erbrach er gegen die Mauer eines der Häuser einen schleimigen braunen Saft. Danach blieb er eine Weile mit brennendem Kopf unbeweglich stehen. Wie lange würde er noch sein Geheimnis für sich behalten können?

Währenddessen war Kumaré, der mit Dusika allein zurückgeblieben war, nachdenklich geworden. Er wandte den Blick nicht von der niedrigen Tür, durch die Tiékoro verschwunden war. Irgendetwas beschäftigte den Jungen, aber was?

Aus einem kleinen Beutel holte er seine Wahrsageschnur mit den zwölf Kaurimuscheln hervor und warf sie auf den Boden. Was er dort sah, war so erstaunlich, dass er sie aufhob und die Angelegenheit auf später verschob. Dusika bemerkte seine Verwunderung und fragte mit Nachdruck: »Was siehst du, Kumaré? Was siehst du?«

Er dachte allerdings an sich selbst und den Spott der Ratsversammlung, daher beschloss Kumaré, ihn nicht aufzuklären: »Ich kann dir noch nichts sagen. Die Sache ist nicht klar. Ich werde die ganze Nacht daran arbeiten, anschließend kann ich dir mehr sagen ...«

Nein, die Sache war nicht klar! Ein Sohn kam hinzu, ein anderer ging fort! Erst wurde der Vater geehrt und dann erniedrigt! Ein wahres Chaos befiel das bisher wohl geordnete Anwesen, aber warum nur?

Kumaré gehörte einer der drei großen Familien an, die seit Generationen das Schmiedehandwerk ausübten und deren Vorfahren aus dem unterirdischen Dorf Gwonna stammten und das Geheimnis der Metalle entdeckt hatten. Als sie sich eines Tages an einem großen Feuer aufwärmten, hatten sie gesehen, wie einer der Steine der Feuerstelle schmolz. Sie hoben ihn auf und stellten fest, dass es ihnen nicht gelang, ihn zu zerbrechen. Das war das erste Stück Kupfer. Anschließend entdeckten sie das Geheimnis des Goldes und des Eisens. Daraufhin stellten sie Waffen, Messer, Pfeile und Pfeilspitzen her, und so konnten die Bambara ihre alten Steinwerkzeuge ersetzen. Da die Schmiede unter dem Schutz des Gottes Faro und seiner Hilfsgeister standen, die die Macht über Luft und Wind besaßen, waren sie auch die Herren der Wahrsagekunst.

Für Kumaré besaß das Unsichtbare kein Geheimnis.

3

»Was aus der Nacht kommt, sind Worte von Unbekannten, die in den Schoß des Zufalls fallen. Die schlechten Worte sind Gestank. Sie wirken auf die Kraft des Menschen ein. Sie gehen von der Nase in den Hals, in die Leber und die Geschlechtsorgane.«

Das dachte Monzon Diarra, als er Samaké ansah. Daher unterbrach er ihn unwirsch: »Was beweist mir, dass deine Worte gut sind? Woher weißt du das alles?«

Samaké gelang es, jenem Blick standzuhalten, den die Griots mit dem des Schakals verglichen, und antwortete: »Herr, ich weiß es von meiner ersten Frau Sanaba, die, wie du weißt, zur selben Altersgruppe gehört wie Dusikas erste Frau Nya. Außerdem gehören sie derselben Geheimgesellschaft an. Du weißt, wie Frauen sind, sie reden. Vorgestern hat Dusika Abgesandte von Dessekoro empfangen, den du in Gemu besiegt hast und der sich mit seinem Hofstaat nach Dioka zurückgezogen hat. Dessekoro hat den Auftrag, die beiden Clans der Kulubari, den aus Kaarta und den aus Segu, zu versöhnen. Das Ziel dieser Bestrebungen ist es, dich zu stürzen und die beiden Reiche unter der Herrschaft einer Familie zu vereinen ...«

Monzon schüttelte den Kopf: »Ich glaub dir nicht ...«

Die Kulubari aus Kaarta und die aus Segu hassten sich. Eine Versöhnung der beiden war unwahrscheinlich. Tiétiguiba Danté, der diese geheime Zusammenkunft arrangiert hatte und mit Samaké und jenen verbündet war, die Dusika zugrunde richten wollten, mischte sich ein: »Herr der Kräfte, täusche dich nicht. Die Kulubari haben es nie verwunden, dass dein Vater sie um den Thron von Segu gebracht hat. Sie werden vor nichts zurückschrecken, um wieder an die Macht zu kommen. Du weißt, dass Dusika nach Reichtum giert, ohne jedoch die Kraft zu haben, selbst dafür zu kämpfen. Man wird ihm Gold versprochen haben …«

Für Monzon schien es ein schwerer Schlag zu sein, er murmelte: »Dusika ist mein Blutsbruder. Wir sind am selben Tag beschnitten worden. Warum sollte er das tun, warum? Welchen Nutzen hätte er davon, wenn er mich verriete?«

Samaké und Tiétiguiba wechselten vor Überraschung über die Aufrichtigkeit seines Schmerzes einen Blick. Dann sprang Monzon auf und ging mit großen Schritten im Raum auf und ab. Die Sklaven machten erschrocken Platz, da sie fürchteten, dass er seinen Zorn an ihnen auslassen könnte. Als Monzon seine Selbstbeherrschung wieder gefunden hatte, ließ er sich auf seinem Rinderfell nieder und sagte: »Morgen bei der Ratssitzung werde ich ihm das Messer an die Kehle setzen und ihn ausfragen, dann wird er schon gestehen …«

Tiétiguiba Danté schüttelte den Kopf: »Genauso hitzig und aufbrausend wie der Vater! Nein, Herr, so solltest du nicht vorgehen. Fang ihn mit List …«

Er ging auf den König zu, blieb aber in respektvoller Entfernung vor ihm stehen, damit sein Atem ihn nicht berührte:

»Entehr ihn. Wirf ihm vor, er habe dich mit Steuern betrogen. Verbann ihn deshalb von deinem Hof, sodass er weder im Rat noch im Gericht seinen Sitz behält. Und dann lass ihn überwachen. Du wirst schon sehen, wie er reagiert.«

Monzon entgegnete nichts und saß nur in Gedanken vertieft da. Er besaß nicht die Grausamkeit, die manchen Herrschern vor ihm eigen war. Dekoro zum Beispiel, Bitons Sohn, hatte aus Wut über die Niederlage seiner Truppen vor den Städten Kirango und Doroni, die er einnehmen wollte, jeweils sechzig Männer auf allen vier Seiten eines Quadrats aufstellen lassen, das sein Schmied und Fetischpriester auf den Boden gezeichnet hatte, und sie lebendig in eine Wand einmauern lassen und dabei gerufen: »So werde ich mitten unter meinen Sklaven leben, und sie werden mir dienen, ob sie es wollen oder nicht.«

Monzon dagegen übte sein Herrscheramt mit Toleranz und Gerechtigkeit aus. Dusikas Verrat schmerzte ihn. Was gewann er bloß dadurch, einem anderen Herrn zu dienen? Würde ein neuer Mansa ihn mit noch größeren Ehren und Reichtümern überschütten? Stimmte es, dass er unter dem Einfluss seiner ersten Frau Nya stand? In dem Fall war alles möglich. Wer weiß, wie weit eine Frau einen Mann bringen kann, wenn sie seinen Verstand oder seinen Körper in ihrer Gewalt hat?

In dem Augenblick kam ein Sklave und teilte Monzon mit, dass Mori Zumana ihn zu sprechen wünschte. Mori Zumana war einer der mächtigsten Seher von Segu. Er arbeitete mit den vier großen *boli*, aber hatte auch die Magie der Araber gelernt, deren Sprache er perfekt beherrschte. Er war nach moslemischer Art gekleidet, mit einem *serual*, weißen Kaftan, und einem *haik* auf dem Kopf. Um seiner geistigen Unabhängigkeit Ausdruck zu verleihen, warf er sich vor dem Mansa nicht auf den Boden, sondern hockte sich nur nieder: »Herr der Kräfte, der Geist deines Vaters selbst hat mir den Weg gezeigt, den wir einzuschlagen haben. Sende gleich morgen früh einen Boten zum weißen Mann. Lass ihm sagen, du wollest ihm, der sich so weit von seinem Land entfernt befinde, behilflich sein und schicktest ihm daher einen Sack mit fünftausend Kauris, damit er sich Lebensmittel kaufen könne. Lass ihm weiterhin sagen, er könne die Dienste deines Boten als Führer bis nach Dschenne in Anspruch nehmen, falls er sich dorthin begeben wolle. Aber erlaube ihm nicht, nach Segu zu kommen.«

Monzon nickte zustimmend und fragte: »Wo befindet sich der weiße Mann im Augenblick?«

»Eine Frau hat ihm Unterschlupf gegeben …«

Die vier Männer blickten sich an und brachen in Lachen aus, und Monzon erlaubte sich, trotz der getrübten Stimmung, in die ihn die Nachricht von Dusikas Verrat versetzt hatte, einen Scherz: »Nun, dann wird er sowohl das Wasser der Frau als auch das Wasser von Segus Strom kennen lernen.« Samaké, Tiétiguiba Danté und Mori Zumana zogen sich zurück. Um auf andere Gedanken zu kommen, ließ Monzon Macalu, einen seiner Lieblingsgriots rufen, der mit einem *tamani** unterm Arm eintrat. Als dieser sah, in welcher Verfassung sich sein Herr befand, fragte er leise: »Was soll ich für dich singen? Die Geschichte von der Gründung Segus? Oder die Geschichte deines Vaters?«

Monzon gab durch eine Geste zu verstehen, dass er ihm die Wahl überließ, und Macalu, der die Vorlieben des Mansa kannte, begann die Geschichte von Ngolo Diarra zu singen: »Da Ngolos Vater tot war, musste Menkoro, einer seiner Onkel, sich zum König Biton begeben, um die Steuern zu bezahlen, und brachte das Kind mit nach Segu. Wie gewöhnlich nahm Menkoro die Gastfreundschaft von Danté Balo in Anspruch, der Frau eines der Schmiede vom Hof. Und wie gewöhnlich zog er von Schänke zu Schänke und blähte sich derart den Bauch mit *dolo* auf, dass er, wie er am nächsten Morgen feststellen musste, die gesamte Ladung Hirse, mit der er die Steuer bezahlen sollte, verschleudert hatte. Da ging er zu seiner Gastgeberin

* Eine Trommel, die unter der Achsel gespielt wird.

und erklärte ihr, dass ein paar Tondyons ihn nachts bestohlen hätten, und bejammerte das Los, das Biton für ihn bereithalten würde. Die gutherzige Frau ließ sich von seiner gespielten Verzweiflung täuschen und erklärte sich bereit, sich bei Biton für ihn einzusetzen, dass dieser das Kind als Pfand akzeptiere ...«

Monzon lauschte der ihm so vertrauten Geschichte. Biton war von Ngolos Intelligenz derart hingerissen, dass er ihm all seine Geheimnisse anvertraute, bis etwas ihn warnte und er versuchte, ihn loszuwerden ... aber vergeblich. Nach Bitons Tod und Jahren der Anarchie ergriff Ngolo die Macht. Dann kehrte er in sein Dorf zurück und ließ aus Rache dafür, dass man ihn zum Sklaven gemacht hatte, seine ganze Verwandtschaft töten.

Gleichzeitig war Monzon aber mit seinen Gedanken jenseits dieser vertrauten Worte und harmonischen Akkorde bei Dusika und auch bei jenem weißen Mann vor den Toren seines Reiches. Hingen die beiden Dinge zusammen, der Verrat seines Freundes und die Gegenwart dieses Unbekannten, der vielleicht von einer Furcht erregenden Welt ausgespuckt worden war? Waren es zwei scheinbar getrennte Zeichen, die ihm die Götter sandten? Wovor wollten sie ihn warnen?

Er hielt sich für unbesiegbar und glaubte, dass sein Reich es ebenfalls sei. Und plötzlich drohten vielleicht im Dunklen irgendwelche Gefahren. Er erschauerte.

In dem Raum, in dem er sich befand, wurde es allmählich dämmrig, da die Dochte in den Lampen das Karitefett verbraucht hatten. Da es schon sehr spät war, wagten die Sklaven nicht, die im Übrigen schon halb schliefen, sie zu erneuern.

Macalu beendete seine Geschichte: »Ngolo Diarra regierte sechzehn Jahre lang. Bevor er starb, befragte er seine Fetischpriester, wie er seinen Namen unvergesslich machen könne. Daraufhin rieten sie ihm, eine seiner Töchter Allah zu geben; das tat er sofort und vertraute sie dem Marabut Markaké Darbo in Kalabugu an. Außerdem rieten sie ihm, hundertzwanzig Kaimanen goldene Ohrringe durch die Kiemen zu ziehen: Auf diese Weise wird dein Name nicht vergehen, solange es Kaimane im Fluss gibt ...«

Solange es Kaimane im Fluss gibt! Die Götter haben wirklich eine Art, ihren Spott in rätselhafte Worte zu kleiden, die sich auf jede Weise auslegen lassen! Hieß das etwa, dass die Nachwelt sich noch in tausend oder zehntausend Jahren an Ngolo erinnern würde? Und was würde von ihm selbst bleiben? Die Erinnerung an einen mächtigen und gerechten Mansa? Mächtig? Begannen nicht die Fulbe, die er nie völlig unterworfen hatte, wieder aufrührerisch zu werden? ... Diesmal hatten sie einen neuen Vorwand gefunden, die Religion. Den Islam. Auch wenn Monzon die Dienste von moslemischen Marabuts in Anspruch nahm, hatte er eine tiefe Abneigung gegen den Islam, der Männer kastrierte, die Zahl der Frauen begrenzte und den Alkohol verbot. Kann ein Mann ohne Alkohol leben? Woher soll er ohne ihn die Kraft nehmen, jeden neuen Tag zu überstehen?

In einem anderen Saal des Palastes saßen Tiétiguiba Danté und Samaké und leerten wie zur Bestätigung dieser Gedanken zusammen mit einigen Tondyons und Fatoma, dem Herrn des Krieges, der ebenfalls an dem Komplott gegen Dusika beteiligt war, Kalebassen voll *dolo*. Der Herr des Krieges grölte: »Bald leg ich wieder mein gelbes Kriegsgewand an und ziehe in den Kampf. Segu ist nicht für den Frieden geeignet. Segu liebt den Pulvergeruch und den Blutgeschmack ...«

Dieser Meinung waren sie alle. Aber Samaké hatte noch zu tun und ließ die Zecher allein. Jedes Mal, wenn er nachts durch den Königspalast mit seiner Flucht spärlich erleuchteter oder gar dunkler Räume ging, überfiel ihn ein Grauen, wie er es nie im Kampf empfand. Das lag wohl daran, dass Menschen keine Furcht einjagen, sondern nur die Geister, denn Samaké rechnete immer damit, sie aus den bauchigen Tonkrügen hervorkommen zu sehen, die die Opfergaben enthielten, mit denen die Geister besänftigt werden sollten und nicht besänftigt worden waren.

Fané, sein Fetischpriester, der auf ihn gewartet hatte, löste sich aus dem Schatten des dritten Vorraumes. Samaké fragte ihn: »Nun, wie steht's?«

»Sie hat einen Jungen bekommen …«

»Lebt das Kind?«

»Ja …«

Samaké machte eine wütende Bewegung: »Wofür bezahle ich dich dann eigentlich?«

Fané ging neben Samaké her und erklärte: »Dusika Traoré ist ein sehr reicher Mann, der an nichts spart. Er hat Kumaré das Doppelte von dem gegeben, was du mir gezahlt hast. Daher habe ich seine Arbeit nicht zunichte machen können. Das Kind lebt. Aber glaub mir, es wird kein gutes Leben führen. Seine Eltern werden nicht die Früchte seines Samens sehen, und er wird nicht bei ihnen sein, wenn sie die große Reise antreten. Er wird ein vergifteter Pfeil im Herzen seiner Mutter sein. Er wird eines bösen Todes sterben.«

Samaké war der Urheber der Verschwörung gegen Dusika. Auch er entstammte einem adligen Geschlecht, war ein *yèrèwolo*. Aber seine Eltern, die aus der Gegend von Pogo kamen, hatten sich Segu lange widersetzt. Er war der Erste aus seiner Familie, der am Hofe gut angesehen war, und Monzon behandelte ihn listig wie einen ergebenen Vasallen. Nach den Kriegszügen, in denen er sich regelmäßig durch seine waghalsige Kühnheit hervortat, erhielt er stets einen geringeren Anteil von der Kriegsbeute als Dusika, der so wenig wie möglich an den Kämpfen teilnahm. Und schließlich hatte dieser ihn zweimal erniedrigt, indem er ihm durch wertvollere Geschenke, als er sie selbst hätte machen können, eine Frau weggenommen hatte. Aus all diesen Gründen hatte er beschlossen, ihn ins Verderben zu stürzen.

Nachts in Segu, wenn der Mond sich weigerte, über dem Joliba aufzusteigen und die Stadt zu erleuchten, glaubte man, in einen dicken Schleier eingehüllt zu sein, der schwärzer war als das dunkelste Indigo. Nur aus den Schänken, in denen *dolo* getrunken wurde, drangen ein paar Lichtstrahlen. Das *dolo* war nicht irgendein beliebiges Getränk, mit dem man sich nur den Magen hätte aufwärmen können. Zur Zeit von Biton Kulubari, dem Gründer, war der Handel mit diesem Getränk ein königliches Monopol gewesen. Auch wenn dieses Monopol nicht mehr bestand, ließ Monzon Diarra dennoch die Wirtshäuser, in denen es ausgeschenkt wurde, aufs schärfste überwachen. Seine Spione steckten mit den Wirtinnen unter einer Decke und mischten sich unter die Zecher, die stundenlang vor den kochenden Töpfen hockten. An diesen Orten wurde mit allem gehandelt. Händler aus Kangaba oder aus Bure boten Gold zu einem Preis an, der unter dem vom Mansa festgelegten Kurs von fünfhundert Kauris für ein *mutuku** lag. Süße Kolanüsse aus Gutugu. Amulette der moslemischen Mauren. Und Verschwörungen wurden dort geplant. Fané und Samaké beschleunigten den Schritt, denn sie hatten beide Angst, von der Nacht verschlungen zu werden. Fané ging nach Haus ins Viertel der Schmiede, das auf einer Anhöhe über dem Flussufer lag, und Samaké eilte in die Schänke von Bata-

* Maßeinheit, Geld.

nemba, wo seine Freunde auf das Ergebnis seiner Unterredung mit dem Mansa warteten.

»Sie hat sich in den Brunnen gestürzt! Sie hat sich in den Brunnen gestürzt!« Zwanzig Köpfe beugten sich über den gähnenden Schacht, auf dessen Grund sich das Wasser spiegelte und aus dem ein kühler Lufthauch aufstieg. Mit Hilfe eines komplizierten Systems von Seilen und Lianen zog man schließlich den zierlichen Körper hoch, spitze Brüste eines Mädchens an der Schwelle zum heiratsfähigen Alter und ein Bauch wie ein sanfter Hügel. Sie wurde auf die Erde gelegt, gegen die sie sich so schwer versündigt hatte, indem sie es gewagt hatte, sich das Leben zu nehmen, und eine Frau legte aus Mitleid eines ihrer Wickeltücher ab, um ihre Blöße zu bedecken.

Wer sollte jetzt diesen Körper aufheben? Diesen Körper einer Selbstmörderin? Diesen Körper einer Gemarterten?

In diesem Augenblick erwachte Siga aus seinem Traum. Es war Nacht. Eine Nacht wie eine bedrückende Gegenwart. Er hatte Angst. Vor der Nacht oder vor seinem Traum? Er wusste nicht, ob es sich so abgespielt hatte. Er war damals noch zu jung gewesen, kaum zwei oder drei Jahre alt, und später hatte ihm nie wieder jemand von seiner Mutter erzählt. Er wusste nur das eine: Sie hatte sich in den Brunnen gestürzt.

Siga war Dusikas Sohn, der am selben Tag wie Tiékoro geboren war, im Abstand von ein paar Stunden. Nur war seine Mutter eine Sklavin, die Dusika eines Tages aufs Kreuz gelegt haben musste, weil der Anblick eines zu eng gewickelten Tuchs um ihre Schenkel ihn erregt hatte. Und während dann am achten Tag unter dem Getöse von Hörnern, hölzernen Xylophonen und Trommeln jeglicher Größe das Blut von weißen Widdern zu Ehren von Tiékoro verspritzt worden war, hatte man den Göttern und Ahnen lediglich zwei Hähne geopfert, damit Siga nicht völlig in Ungnade bei ihnen fiel. Beim Beschneidungsfest war es ebenso zugegangen. Siga und Tiékoro hatten im Angesicht des Messers des Fetischpriesters den gleichen Mut bewiesen. Endlich waren sie Männer und würden bald Hosen tragen dürfen, und so hatten sie unter den anfeuernden Rufen der Frauen und dem Knallen von Schüssen Seite an Seite getanzt, während die Griots mit lauter Stimme die neue, blutige Geburt ankündigten. Und doch hatten Dusika und die ganze Familie nur Augen für Tiékoro in seinem ockerfarbenen Hemd und seinem hohen, über die Ohren gehenden Kopfschmuck. Daher hatte diese Zeremonie, die Siga mit Stolz hätte erfüllen müssen, bei ihm nur ein Gefühl der Enttäuschung und der Verbitterung hinterlassen.

Das waren die Zufälle der Geburt. Wenn er eine andere Frau zur Mutter gehabt hätte, wäre sein ganzes Leben anders gewesen. Er war ebenso groß und hübsch wie Tiékoro. Häufig verwechselte man sie, denn beide hatten sie die gleiche dunkle Hautfarbe, die gleichen dunklen, schmalen Augen und den gleichen fleischigen, dunkelroten Mund wie ihr Vater und auf den Wangen die rituellen Wundmale der Söhne aus Adelsgeschlechtern. Und dennoch war für ihn alles anders.

War es daher verwunderlich, dass Sigas ganzes Dasein in dem Kampf bestand, wenn schon nicht mit dem Günstling zu rivalisieren, denn das war undenkbar, so doch diesen zu zwingen, ihn wenigstens als ein menschliches, wenn schon nicht ebenbürtiges, Wesen zu betrachten? Aber Tiékoro nahm Siga gar nicht wahr. Er vergötterte seinen kleinen Bruder Naba, der ihm treu überallhin folgte, und sah Siga nicht. Er verachtete ihn nicht, er sah ihn einfach nicht.

Seit einiger Zeit hatte auch Siga ein Geheimnis, das an

ihm nagte, nämlich das seines Bruders Tiékoro. Siga war die Gegenwart der Moslems in Segu nicht unbekannt. Es waren Mauren, Somono oder Sarakole, jedenfalls fremde oder fremdartige Menschen, die lange weite Gewänder trugen und deren Töchter nicht mit nackten Brüsten herumliefen. Sie drängten sich wie die Schafe in ihre Moscheen, über denen seltsamerweise ein Halbmond prangte, oder warfen sich ganz einfach auf den Straßen, Plätzen oder Märkten in den Staub. Wie jeder gute Bambara hatte er für sie nur Verachtung übrig.

Und dann hatte er eines Tages mit seinen eigenen Augen mitansehen müssen, wie Tiékoro in den Hof einer Moschee ging! Siga hatte sich gegen die Außenmauer gedrückt und beobachtet, wie Tiékoro seine Sandalen aus Rindsleder auszog und sich mit den anderen Gläubigen auf den Boden warf. Ein anderes Mal hatte er gesehen, wie Tiékoro unter Anleitung eines alten Mannes geheimnisvolle Zeichen auf eine Tafel malte. War er verrückt geworden? Sigas erster Impuls war zu Nya zu laufen und ihr die ganze Sache zu erzählen, aber dann hatte er plötzlich Angst bekommen. Das Vergehen war derart schwerwiegend. Bestand nicht die Gefahr, dass er das Schicksal jener Boten erlitt, die schlechte Nachrichten übermitteln? Dass er mit Schlägen bestraft würde und für immer in Ungnade fiel? Daher hatte er kein Wort darüber fallen lassen, und dieses Schweigen, das ihn zum Mitwisser machte, quälte ihn. Seine Gesundheit litt darunter; er konnte nicht mehr schlafen und verlor den Appetit, sodass bereits geflüstert wurde, seine Mutter, für die es keine Möglichkeit der Reinkarnation gab, sei es leid, allein wie ein böser Geist von Zweig zu Zweig zu streichen, wolle ihn daher in ihr Reich locken und tränke sein Blut. Nya hatte schließlich Mitleid gehabt und war mit ihm zu Kumaré gegangen, der sich bei dem Sohn einer Sklavin jedoch keine Mühe gemacht und

Siga nur Bäder mit dem Zusatz einer Mischung aus Wurzeln und dem Pulver der Palmyrapalme verschrieben hatte.

Wie Tiékoro, Naba und alle Kinder der Familie hing Siga sehr an Nya und schätzte sie besonders. Sie hatte ihn aufgezogen. Nach dem Selbstmord seiner Mutter hatte sie ihn in der Nähe der Grube aufgelesen, wo die Lehmziegel hergestellt wurden, und mit zu sich nach Hause genommen. Sie hatte ihn an ihrer Brust genährt, mit derselben Milch, die für Tiékoro bestimmt war. Und sie hatte ihm die Reste *dègué* oder *to* gegeben, die Tiékoro übrig ließ, wenn er satt war, oder die *n'gomi*, die dieser nicht hatte knabbern wollen. Sie war gerecht und gutherzig zu ihm gewesen. Aber jeder hatte seinen festen Platz: Der Sohn einer Sklavin war nun einmal nicht dasselbe wie der Sohn einer Prinzessin.

Siga erhob sich und stieg über zwei oder drei nackte Leiber neben ihm, denn er war noch nicht alt genug, um eine eigene Hütte zu haben, und schlief mit einem Dutzend anderer Jungen seines Alters zusammen. Sie alle waren Söhne von Dusika oder dessen vier jüngeren Brüdern Diémogo, Bo, Da und Mama, nannten diese ohne Unterschied Vater und wuchsen unter deren gemeinsamer Autorität auf. Dann hockte er sich neben die Tür und starrte auf das pechschwarze Rechteck.

Nacht über Segu. Kein Stern am Himmel. Über den Terrassendächern der Häuser, die wie ängstliche Tiere aneinander klebten, erhoben sich die Kronen der Zedrachbäume, der Baobabs und darüber die schlanken Palmyrapalmen. Der Geruch von Austern und Flussschlamm war von einer frischen nächtlichen Brise vertrieben worden, auch wenn tagsüber eine glühende Hitze geherrscht hatte. Diese Milde, die die Dunkelheit den müden Leibern gewährte, trug zum Zauber dieser Stadt bei. Siga hörte ein

Schnarchkonzert, das seine Schlaflosigkeit noch steigerte. Irgendwo krähte ein Hahn. Aber dieses dumme Vieh musste sich irren. Die Nacht war noch jung und kräftig und voller Geister, die sich dafür rächten, dass sie von den Lebenden fern gehalten wurden und nun versuchten, im Traum mit ihnen in Verbindung zu treten.

Gibt es Länder, in denen die Nacht nicht existiert? Im Land der weißen Männer vielleicht? Wie alle Bewohner von Segu war auch Siga ans Ufer des Joliba gelaufen, um den seltsamen Besucher in Augenschein zu nehmen. Aber er hatte nichts gesehen, außer einem großen Gedränge. Es hatte einen Sturm auf die Pirogen gegeben. Ein paar Unvorsichtige kämpften weit draußen mit der Strömung. Wo mochte der weiße Mann jetzt sein? Hatte er wohl eine Unterkunft für die Nacht gefunden? Eine abergläubische Furcht befiel Siga. Vielleicht war es gar kein Mensch, sondern ein listiger Geist? Dann hatte der Mansa gut daran getan, ihn nicht in die Stadt zu lassen. Für einen kurzen Augenblick empfand Siga ein Gefühl der Dankbarkeit gegenüber dem Herrscher. Dann ging er zu seiner Matte zurück und rollte sich ein wie eine Kugel …

»Sie hat sich in den Brunnen gestürzt. Sie hat sich in den Brunnen gestürzt!« Der Kreis zieht sich zusammen. Der zierliche Körper. Die spitzen Brüste. Die sanfte Wölbung des Bauches. Die mitleidige Geste der Frau.

Siga stellte fest, dass er einen Moment geschlafen hatte oder, besser gesagt, wieder seinen nächtlichen Qualvorstellungen anheim gefallen war. Da war ihm die Schlaflosigkeit doch lieber, und so fasste er einen Entschluss. Er wusste, dass Nya als Erste aufstand. Nachdem sie ihre Hütte mit Wasser besprengt und ausgeräuchert hatte, um auch die letzten Geister zu vertreiben, die sich dort noch nach Tagesanbruch herumdrückten, ging sie ins Badehaus der Frauen und wusch sich endlos lange mit Sennesseife.

Ohne die Hilfe ihrer Sklavinnen in Anspruch zu nehmen, denn sie tat gern alles selbst, legte sie anschließend die Hirsebrote, takula, auf die Feuerstelle aus Lehm und bereitete für die Jüngsten das *dègué* vor.

In der Zeit durfte er sie auf keinen Fall stören. Er würde sich links von ihrer Tür hinhocken und warten, bis alle sie begrüßt hatten und sie sich eine Weile hinsetzte, um einen Aufguss von Kassieblättern zu trinken, mit dem sie ihre Migränen behandelte. Er stützte den Kopf in die Hände und bat die Götter, ihm den Schmerz zu verzeihen, den er ihr antun würde.

4

Die königlichen Ausrufer blieben an jeder Kreuzung stehen und verkündeten allen die Absetzung von Dusika Traoré, Ratgeber am Hofe und Mitglied des königlichen Gerichtshofs. Das hatte es noch nie gegeben, soweit die Einwohner von Segu zurückdenken konnten. Ein Angehöriger eines Adelsgeschlechts, der in aller Öffentlichkeit als Dieb bezeichnet wurde! Die Nachricht verbreitete sich bald aus der Hauptstadt in die Kriegerdörfer, wo Dusika viele Freunde hatte. Alle witterten den Aasgeruch von abgekartetem Spiel, der der Sache anhing. Was war das für eine Steuer in Höhe des vierzigsten Teils des Vermögens an Gold und Kaurimuscheln, die Dusika angeblich nicht entrichtet hatte? War nicht ebendieses Vermögen an Gold und Kauris ein Geschenk des Mansa gewesen? Wieso war es dann zu versteuern? Andere behaupteten dagegen, dass der Mansa Dusika zwar entehren wollte, ihn aber noch glimpflich behandelt habe. Dusika habe sich mit dem Erbfeind aus Kaarta verbündet und verdiene daher den Tod.

Diese Erklärung überzeugte jedoch nur wenige.

Die Ursachen für den Streit mit den Bambara aus Kaarta verloren sich in grauer Vorzeit, denn die Angelegenheit ging auf die Auseinandersetzungen der beiden Brüder Niangolo und Barangolo zurück. Von Jahr zu Jahr spitzte sich der Streit zu, besonders, seit der Clan der Kulubari aus Segu von den Diarra gestürzt worden war. Was hätte Dusika schon davon gehabt, sich da einzumischen? Und diejenigen, die daran erinnerten, dass seine Frau eine Kulubari war, vergaßen, welcher Hass zwischen den Kulubari aus Segu und jenen aus Kaarta bestand … Inmitten dieser Verwirrung hätte man sich gewünscht, dass Dusika sich wie ein Mann verteidigte. Er unternahm jedoch nichts.

Sobald das Urteil, das ihn vom Hof verbannte, verkündet worden war, sah man ihn nicht mehr wie sonst auf der Straße, während er einem *diély** zuhörte, den er zufällig an einer Kreuzung getroffen hatte, wie er Sandalen bei seinem bevorzugten Schuster bestellte, mit den Männern seiner Altersgruppe eine Kalebasse *dolo* leerte oder sich unter einem *balanza*-Baum zu ihnen gesellte, um mit ihnen zu plaudern, zu lachen oder eine Partie *wori*** zu spielen. Auch über sein Anwesen hatte sich eine Atmosphäre der Trauer gelegt. Die Neugierigen, die an seinen Mauern vorbeischlichen, sagten, dass sie keinen Ton gehört hätten. Weder das Weinen von Kindern noch einen Streit unter Frauen.

Für Dusika war die Welt von der Nacht in Besitz genommen worden. Für immer. Mit geschlossenen Augen blieb er im Dämmerlicht seiner Hütte auf der Matte liegen, während ihm immer wieder dieselben Fragen durch den Kopf gingen. Wann hatte er die Götter und die Ahnen vernachlässigt? Wann hatte er es versäumt, ihnen einen Teil seiner Ernte zu opfern? Wann hatte er vergessen, die *boli* mit Blut zu begießen? Wann hatte er etwas gegessen, ohne vorher der Erde, unser aller Mutter, ihr Teil zu geben? Die Wut überkam ihn. Er hatte sich keinen Vorwurf zu machen. All das kam von seinem ältesten Sohn Tiékoro, dem, der eigentlich sein Stolz hätte sein müssen. Er rief sich noch einmal die trotzige Kühnheit des Kindes vor Augen, wie es vor ihm gestanden hatte: »Fa, ich sage dir, außer Allah gibt es keinen Gott, und Mohammed ist sein Prophet!«

* Das Bambara-Wort für Griot.
** Eine Art Damespiel.

Gefährliche Worte, die den Zorn der Götter und der Ahnen entfesselt und über ihn hatten hereinbrechen lassen und anschließend den Zorn des Mansa! Ein moslemischer Traoré! Ein Traoré, der den Göttern des Volkes den Rücken kehrte!

Nicht Samaké und dessen Komplizen waren für seinen Sturz verantwortlich. Sie waren nur das Instrument eines höheren Zorns, den sein eigener Sohn hervorgerufen hatte. Dusika stöhnte und wälzte sich von einer Seite auf die andere. Dann hörte er im Vorraum Nyas Schritte. Er wünschte, sie würde Mitleid mit ihm haben und ihn trösten wie ein Kind. Aber wenn sie auch bei ihm wachte und ihn die ganze Zeit pflegte, so lag doch in ihrem Blick und in ihrer Stimme eine gewisse Kälte und Verachtung, als werfe sie ihm vor, dass er sich so völlig habe entmutigen lassen. Sie blieb in einer Ecke des Raumes stehen und sagte: »Kumaré ist da und möchte dich sprechen ...«

Kumaré war neben Nya der Einzige, der seit Bekanntwerden von Dusikas Absetzung dessen Türschwelle überschritten hatte. Er trat ein, und Dusika versuchte, an diesem düsteren, rätselhaften Gesicht ein Anzeichen für seine Zukunft abzulesen. Als Erstes streute Kumaré irgendein Pulver in die vier Ecken des Raumes. Dann hockte er sich hin und rührte sich längere Zeit nicht, als horche er aufmerksam auf irgendetwas. Schließlich näherte er sich der Matte, von der aus Dusika jede seiner Gesten ängstlich verfolgte: »Traoré, es war schwer, aber schließlich sind dein Vater und dein Großvater doch gekommen, um mir etwas zu sagen, und das waren ihre Worte: Dusika, lass Tiékoro gehen, wohin er will.« Überrascht und ungläubig richtete Dusika sich auf: »Ist das alles, was sie dir gesagt haben?«

Kumaré nickte: »Kein Wort mehr. Lass ihn also nach Timbuktu gehen und seine Stirn im Staub reiben. Aber ich möchte in Erfahrung bringen, warum die Ahnen das gesagt haben. Ich werde sie weiterhin befragen und mich dazu sieben Tage lang zurückziehen. Lass deinen Sohn nicht aus Segu weggehen, ehe ich nicht zurück bin.«

Daraufhin erhob sich Kumaré. Der Saft der Kolanüsse und der Weissagungspflanzen, die er ständig kaute, hatte seine Lippen blutrot gefärbt, genau wie das Weiße seiner Augen, in denen das Feuer seiner Schmiede zu lodern schien. Er spuckte zielsicher einen schwärzlichen Saft neben die beiden Enden der Matte und ging hinaus. In der Nähe des *dubale*-Baums stieß er auf Nya, die sich während seiner Unterredung mit Dusika diskret zurückgezogen hatte. Sie stellte ihm bescheiden eine Frage, wobei sie sich gleichsam für ihre Kühnheit entschuldigte: »Wie wird es meinem Sohn ergehen?«

Kumaré ließ sich zu einem Murmeln herab: »Sei unbesorgt, er wird fortgehen! Unsere Götter nehmen ihm nicht das Leben ...«

Vor lauter Glück konnte Nya nichts entgegnen. Auch Dusika war glücklich oder zumindest besänftigt, denn sein Vater und sein Großvater hatten sich darauf eingelassen, das Unsichtbare zu verlassen, um Kumaré ihren Willen mitzuteilen. Wenn sich ein Dialog anbahnte, so war Vergebung möglich. Zum ersten Mal seit vierzehn Tagen hatte er die Kraft, aufzustehen und seine Hütte zu verlassen.

Die Sonne stand fast im Zenit. Ein Himmel der Trockenzeit, der einem nagelneuen Indigotuch ähnelte. In seiner Mitte die Goldranken der Sonne. Das Leben ging weiter. Dusika dachte an seinen jüngsten Sohn Malobali. Aufgrund von Dusikas Krankheit hatte Diémogo, der älteste seiner jüngeren Brüder, die Namenszeremonie vorgenommen, die Opfer an der Seite von Kumaré dargebracht und Verwandte und Besucher empfangen. Daher empfand Dusika dem Kind gegenüber eine gewisse Schuld und ging zu Siras Hütte. Da ihre rituelle Ruhezeit zu Ende war, saß sie mit dem Säugling in den Armen auf der Schwelle zu ihrer Hütte.

Beim Anblick ihres schlanken Körpers, ihrer runden Schultern und ihrer glänzenden, hellen Haut der Fulbe überkam ihn ein Gefühl der Lust. Er versuchte, sich nichts anmerken zu lassen, und betrachtete seinen Sohn. Bis auf einen Mittelstreifen, der von der Stirn bis in den Nacken reichte, waren die seidigen Haare des Kindes abrasiert worden. Seine schräg geschnittenen Augen mit den schwarz gefärbten Lidern hatten denselben Glanz wie die seiner Mutter, und im Schnitt seiner hohen Backenknochen war irgendetwas, das unbestreitbar an seine Fulbe-Herkunft erinnerte.

Dusika dachte: »Zu schön! Nur eine Frau hat das Recht, so schön zu sein …«

Er drückte erst den kleinen Körper an sich und hielt ihn dann mit dem Kopf nach unten an den Füßen fest, um die Beweglichkeit seiner Muskeln zu prüfen. Sira protestierte leise: »Er hat gerade getrunken, *kokè* …«

Und dennoch übergab sich Malobali nicht und weinte auch nicht, und sein funkelnder Blick wanderte von links nach rechts, als versuchte er zu verstehen, was plötzlich die Ordnung der Welt um ihn herum durcheinander gebracht hatte. Das würde ein stolzer Kerl werden, voller Neugier auf die Menschen und die Dinge. Dusika gab ihn der Mutter zurück.

Ein Sohn kommt und einer geht. Das Leben ist der Baumwollstreifen eines Webrahmens, das Grab der Wiederauferstehung, das Schlafgemach der Eheleute, die fruchtbare Gebärmutter.

Dusika hatte Sira seit ihrer Entbindung nicht wieder gesehen. Daher hatte er gehofft, sie würde die furchtbaren

Ereignisse kommentieren, die über ihn hereingebrochen waren. Sie schwieg jedoch und hatte das Gesicht leicht abgewandt, um seinem Blick nicht zu begegnen. Er fragte sie: »Was meinst du zu den Ereignissen in unserer Familie?«

Sie sah ihm ins Gesicht: »Es ist nicht meine Familie.«

»Es ist die Familie deines Sohnes ...«

Sie gab nicht nach: »Es ist nicht die meine ...«

Sie hatte Recht. Dusika schämte sich über sich selbst, wie er da stand und um die Liebe einer Gefangenen bettelte. Wer machte sich eigentlich in diesem Anwesen Sorgen um ihn? Niemand. Weder Nya noch Sira – denn seine anderen Frauen zählten nicht – bedeutete er etwas. Traurig ging er wieder in seine Hütte zurück.

Nya war inzwischen in den Hof gegangen, wo die jüngeren Söhne der Familie wohnten. Tiékoro, der mittlerweile offen seine religiösen Überzeugungen bekundete, saß umringt von einer Schar Neugieriger im Eingang einer der Hütten und malte Zeichen auf eine Tafel.

Nya erschauerte: Ihr Sohn war zu einem Magier besonderer Art geworden! Wie hatte sich diese Wandlung vollzogen? Und ohne, dass sie davon gewusst hatte? Eine Art heiliger Schrecken verstärkte die blinde Liebe, die sie für ihn als Erstgeborenem immer schon empfunden hatte. Tiékoro wies auf die Zeichen, die die Tafel bedeckten: »Weißt du, was ich da geschrieben habe?«

Nya antwortete nicht, aus gutem Grund. Daraufhin fuhr er fort: »Ich habe den göttlichen Namen Allahs aufgeschrieben ...«

Im Bewusstsein ihrer Unwissenheit und ihrer Unwürdigkeit senkte Nya den Kopf. Und doch hatte Tiékoro seine Mutter nicht verletzen wollen. Er hatte nur seinem überschwänglichen Glück Ausdruck verliehen, dass er seinen Glauben nun nicht länger zu verheimlichen brauchte und die vier geheiligten Buchstaben vor sich ausgebreitet sah wie eine Sternengarbe. Alif. Lam. Lam Hâ.*

Tiékoro erinnerte sich an die tastenden Versuche seiner Hand und den Spott seines Lehrers. El-Hadj Ibrahima schlug ihn nicht wie seine Mitschüler, die kleinen Mauren oder die kleinen Somono, die er auch schon mal mit einem glimmenden Holzscheit quälte, wenn er sich zu sehr über ihre Fehler beim Aufsagen der Koranverse ärgerte. Nein, ihn verspottete er nur: »Bambara! Du wirst dein ganzes Leben lang ein nichtswürdiger Fetischanbeter und ein *dolo*-Trinker bleiben!«

»Geh und bring deine Hühneropfer dar!«

Dann biss Tiékoro die Zähne zusammen und verfluchte seine plumpen, ungeschickten Finger und sein armseliges Gedächtnis. »Wort Gottes, du wirst in mir fließen. Du wirst einen Tempel aus meinem Körper machen.« Wenn er dagegen die Verse fehlerlos aufgesagt hatte, schenkte El-Hadj Ibrahima ihm ein Lächeln, und dieses Lächeln nahm Tiékoro mit nach Hause in das Anwesen. Es erhellte seine Abende und Nächte und gab ihm die Kraft, weiter den Unterricht zu besuchen.

Nya legte ihre Hand auf die ihres Sohnes und murmelte: »Tiékoro, Kumaré hat mir gerade gesagt, dass du nach Timbuktu gehen kannst. Die Ahnen legen dir nichts in den Weg.«

Mutter und Sohn sahen sich an. Tiékoro liebte seine Mutter. Im Grunde hatte er sie immer als einen Teil seiner selbst betrachtet. Sie war das Gerüst seines Wesens und seiner Existenz. Er wusste, dass sein Übertritt zum Islam sie zu trennen drohte, und litt darunter. Er weigerte sich, daran zu denken, und dennoch traf es zu. Er würde sie verlassen. In weiter Ferne von ihr leben. Wie viele Jahre

* Die vier Buchstaben, die auf Arabisch den Namen Allah bilden.

lang? Als er daher diese Nachricht erfuhr, über die er sich eigentlich hätte freuen müssen, füllten sich seine Augen mit Tränen. Worte der Entschuldigung sprudelten ihm über die Lippen. Gleichzeitig wurde er von einer leidenschaftlichen Erregung gepackt. Er sprang auf und lief los, um seinem Lehrer Bescheid zu sagen.

Kumaré nahm in einem Schilfboot Platz und ruderte auf eine kleine Insel in der Mitte des Stromes zu. Die Nacht brach bereits herein, denn die Arbeit, die er vor sich hatte, erforderte Dunkelheit und Geheimhaltung. Als die letzten Fischer ihm auf ihrem Weg nach Hause begegneten, wandten sie vorsichtshalber den Kopf ab, da sie diesen gefährlichen Schmied und Fetischpriester kannten und wussten, dass das, was passieren würde, nicht für die Augen gewöhnlicher Sterblicher bestimmt war. Je länger Kumaré ruderte, desto tiefer versanken die Mauern von Segu in der Nacht. Horden von Geiern saßen regungslos mit schräg hochgezogenen Flügeln auf hohen Pfählen, sodass sie sich kaum von diesen abhoben. Auf dem steinigen Strand zu ihren Füßen zeichneten sich ein paar unbestimmte Formen ab. Kumaré zog das Ziegenfell, das er zum Schutz gegen die abendliche Kühle trug, enger um die Schultern und entnahm einem Antilopenhorn ein wenig Schnupftabak, den er in die Nasenlöcher steckte. Dann begann er wieder zu rudern.

Er war schnell am Ziel. Nachdem er sein Boot im Schilf versteckt hatte, ging er zu einem Hügel, auf dem sich eine Strohhütte erhob, die genau wie die Schäferhütten der Fulbe aussah, aber dennoch hätte sich niemand davon täuschen lassen. Man wusste, dass es der Tempel der grauenvollen Unterredungen mit dem Unsichtbaren war.

Seit drei Tagen hatte sich Kumaré jeglichen sexuellen Verkehrs mit seinen Frauen enthalten, da er befürchtete, seine Kraft zu vergeuden, wenn er seinen Samen vergoss.

Außerdem kaute er *daga*, was hellsichtig macht. Schnell suchte er unter den Pflanzen, die um die Hütte herum wuchsen, jene aus, die er für seine Arbeit brauchte.

Die Aufgabe, die ihm bevorstand, war schwer. Eine unförmige Anhäufung von Störungen und Trauerfällen schien Dusikas Familie noch bevorzustehen. Was war der Grund dafür? Der Übertritt des ältesten Sohnes zum Islam? Aber warum duldeten dann die Götter und die Ahnen seine Abreise nach Timbuktu? War es eine List? Ein noch schrecklicheres Mittel, um Dusika ins Verderben zu stürzen? Welche Stürme wollten sie noch über seinem Kopf entfesseln?

Kumaré legte frische Rinde vom Zedrachbaum und Warzenschweinborsten in eine kleine Kalebasse und träufelte ein paar Tropfen Menstruationsblut von einer Frau darüber, die siebenmal abgetrieben hatte. Dann fügte er ein wenig Pulver aus getrocknetem Löwenherzen hinzu und murmelte dabei die rituellen Worte:

Ke korte, Vater, Ahn,
der du in der Unterwelt bist,
du siehst, wie blind ich bin,
ke korte, leih mir deine Augen …

Die Paste, die er so hergestellt hatte, legte er vorsichtig auf ein Baobabblatt, faltete es zusammen und begann, darauf herumzukauen. Dann legte er sich auf den nackten Boden und schien einzuschlafen.

In Wirklichkeit war er in Trance geraten und ließ seinen Menschenkörper zurück, während sein Geist durch die Unterwelt reiste.

Sieben Tage und sieben Nächte dauerte diese Reise. Aber die Zeit der Menschen und die Zeit der Unterwelt lassen sich nicht auf dieselbe Art messen. In der Zeit der Menschen dauerte Kumarés Reise nur drei Tage und drei Nächte.

Und in diesen drei Tagen und drei Nächten ging das Leben in der Hauptstadt Segu weiter. Die zivilen und militärischen Pirogenflotten, die mit Fahrgästen, Handelsgütern und Pferden beladen waren, ließen sich auf einen Wettkampf mit den wandernden Fischschwärmen ein. Die Esel, auf die die Handelsgüter dann umgeladen wurden, trotteten folgsam zu den verschiedenen Märkten. Vom weißen Mann wurde nicht mehr gesprochen, denn man hatte inzwischen andere Sorgen und andere Gesprächsthemen. Den Islam!

Hatte er doch eine der besten Familien des Königreiches geschlagen! Anscheinend war der älteste Sohn von Dusika Traoré vom Imam der Moschee am Somono-Kai bekehrt worden. Bisher hatten jene Leute in einer Art stillschweigenden Übereinkommens keine Bekehrungsversuche unter den Bambara unternommen. Da sie jetzt diese Regel brachen, erwartete man, dass der Mansa einschreiten und hart durchgreifen würde, indem er sämtliche Moscheen schließen ließ und all diejenigen verjagte, die es wagten, das obszöne Glaubensbekenntnis abzulegen: »Außer Allah gibt es keinen Gott, und Mohammed ist sein Prophet!«

Stattdessen zögerte Monzon. Er zögerte, weil er sich bewusst war, dass Segu jeden Tag mehr zu einer Insel wurde, die von islamisierten Ländern umgeben war. Und der neue Glaube hatte nicht nur Nachteile. Zum einen waren die rätselhaften Zeichen ebenso wirksam wie so manches Opfer. Seit Generationen hatten die verschiedenen Mansa von Segu Marabuts aus den Somono-Familien Kane, Dyire und Tyéro konsultiert, die ihre Probleme ebenso glänzend lösten wie die Fetischpriester. Außerdem ermöglichten es diese Zeichen, Bündnisse mit weit entfernten Völkern einzugehen und zu festigen, und schufen eine geistige Gemeinschaft, der anzugehören nicht von Nachteil war. Gleichzeitig war der Islam eine Gefahr, denn er untergrub die Macht der Könige und legte die Oberherrschaft in die Hände einer alleinigen, obersten Gottheit, die der Welt der Bambara völlig fremd war. Wie sollte man diesem Allah gegenüber, der irgendwo im Osten wohnte, nicht misstrauisch sein?

Als Kumaré am Ende seiner Reise in die Unterwelt aufwachte, dröhnten ihm noch die Ohren von dem Tumult, der dort geherrscht hatte: das Stöhnen von Geistern, deren Nachkommen die notwendigen Speise- und Trankopfer vernachlässigt hatten; die Klagen von Geistern, die vergeblich versucht hatten, im Körper eines männlichen Fötus wieder geboren zu werden, und die Wutschreie von Geistern, die über die scheußlichen Verbrechen aufgebracht waren, die die Menschen ständig begingen. Er holte die Wurzeln, die er in einer Kalebasse gelassen hatte, zerstampfte und kaute sie, um wieder in die Welt der Menschen zu gelangen.

Endlich stand ihm die Zukunft der Traoré klar vor Augen. Die Milde der Götter und Ahnen im Hinblick auf Tiékoro war trügerisch. Die gemeinsamen Anstrengungen von Dusikas zahlreichen Feinden hatte sie allen Gebeten gegenüber taub und allen Opfern gegenüber unempfindlich werden lassen. Es stand sehr schlecht um Dusika, und Kumarés hartnäckige Bemühungen hatten nur das Schlimmste verhüten können.

Vier Söhne, Tiékoro, Siga, Naba und der jüngste, Malobali, mussten als Geiseln betrachtet werden, als Sündenböcke, die den Launen des Schicksals ausgeliefert waren, damit nicht die ganze Familie zugrunde ging. Vier Söhne: Tiékoro, Siga, Naba und Malobali im Vergleich zu etwa zwanzig Kindern. Letztlich kam Dusika noch glimpflich davon.

Und doch war Kumaré besorgt, denn die Geister der

Götter und Ahnen hatten ihm eines nicht verheimlicht: Gegen den neuen Gott, diesen Allah, den der kleine Tiékoro verehrte, waren sie machtlos. Er würde wie ein Schwert unter den Menschen wüten. In seinem Namen würde die Erde mit Blut überschwemmt werden und die Höfe vom Feuer verzehrt. Friedliche Völker würden zu den Waffen greifen. Der Sohn würde sich vom Vater abwenden und der Bruder vom Bruder. Eine neue Aristokratie würde entstehen, während sich unter den Menschen neue Beziehungen abzeichneten.

Der Tag brach an. Spiralen aus grauen Schleiern lösten sich am Horizont auf, vor dem sich die hochmütige Silhouette der Palmyrapalmen abhob. Menschen und Tiere erwachten und schüttelten die nächtliche Angst ab. Die Menschen überdachten ihre Träume, und die Tiere verbrachten Stunden des Schreckens. Nachdenklich ging Kumaré an den Fluss. Er erschauerte bei der Berührung mit dem kalten Wasser und sprang in die Fluten. Das Wasser des Joliba, der Lieblingsort des Gottes Faro. Das Wasser, das Wesentliche. Im Wasser des Leibes seiner Mutter nimmt ein Kind Form an und erwacht zum Leben. Der Mensch regeneriert jedes Mal, wenn er mit ihm in Berührung kommt. Kumaré schwamm lange mit der Strömung. Die Krokodile und Wassertiere mieden ihn, da sie seine Macht spürten. Dann kam er ans Ufer zurück und zog das Boot aus dem Schilf, um nach Segu zurückzurudern.

Vielleicht würden die Götter der Bambara mit Allah zu einer Übereinkunft gelangen und dem hochmütigen Neuankömmling die Hauptrolle überlassen, während sie im Hintergrund wirkten, denn es war doch wohl nicht möglich, dass sie sich kampflos geschlagen gaben. Makungoba, Nangokolo, Kontara und Bagala ..., all die großen Gottheiten des Reiches, für die jedes Jahr aufwendige Zeremonien veranstaltet wurden, konnten doch nicht einfach missachtet und vergessen werden, sonst würde Segu nicht mehr das sein, was es bisher gewesen war, und zu einer Gefangenen werden, zu einer Kurtisane, die sich dem Sieger ergab …

Am grauen Ufer des Joliba, das mit riesigen Austernmuscheln übersät war, schöpften Frauen mit Kalebassen Wasser. Sklaven zogen hintereinander unter Aufsicht eines freien Mannes vorüber. Sie alle vermieden es sorgfältig, den Fetischpriester anzusehen, denn es ist nicht ratsam, einem Meister des Komo zu begegnen. Wer weiß, ob er nicht in einem Anfall von Verärgerung die Kräfte in Bewegung setzt, die Unfruchtbarkeit, einen gewaltsamen Tod oder eine Seuche auslösen. Daher sah der Fetischpriester nur gesenkte Blicke, geschlossene Augen und verstohlene, ängstliche Gesten. Nach kurzer Zeit gelangte er in Sichtweite von Dusikas Anwesen. Ihm lag daran, Dusika möglichst schnell die Anweisungen aus dem Jenseits mitzuteilen: »Ja, dein Sohn Tiékoro soll gehen, aber sein Bruder Siga muss ihn begleiten. Siga und Tiékoro sind die beiden gegensätzlichen Atemzüge desselben Geistes, in Wirklichkeit sind sie unzertrennbare Doppelgänger. Der eine hat ohne den anderen keine Identität. Ihre Schicksale ergänzen sich. Die Fäden ihres Lebens sind ebenso miteinander verwoben wie die eines Baumwollstreifens, der aus dem Webstuhl kommt.«

Als Kumaré in den wegen der morgendlichen Stunde noch leeren Hof kam, tauchte Tiékoro zwischen den Hütten auf. Vermutlich war er auf dem Weg zum ersten Morgengebet, denn man hörte irgendwo in der Ferne über den Terrassendächern die Stimme des Muezzins. Sichtlich erschrocken blieb er stehen. Kumaré hatte dem Jungen nie besondere Aufmerksamkeit geschenkt, da er sich in seinen Augen nicht von den anderen Söhnen der Familie unterschied. Er hatte ihn zwar beschnitten, aber damals schien der Junge auch nicht tapferer zu sein als die anderen, denn er hatte die Zähne zusammengebissen, um nicht zu schreien. Plötzlich entdeckte er in den noch kindlichen Zügen einen Ausdruck von Kühnheit, Intelligenz und das Anzeichen eines erstaunlichen inneren Anspruchs. Welche Macht hatte diesen Jungen auf den Weg des Islam getrieben? Woher hatte er den Mut, sich von den Bräuchen zu lösen, die seine Familie und sein Volk in Ehren hielten? Unmöglich, sich diesen einsamen Kampf vorzustellen.

Tiékoro sah Kumaré an. Allmählich verschwand seine Angst. Statt einer Furcht einflößenden Gestalt hatte er nur noch einen älteren Mann, fast einen Greis, mit struppigem Bart vor sich, dessen Körper mit Vogelköpfen, Gazellenhörnern, die in ein rotes Tuch gewickelt waren, und Kuhschwänzen behangen war. Darüber trug er ein graues Ziegenfell. Eine wahre Vogelscheuche! Mit einer Art sanftem Hochmut grüßte er ihn: »*As salam aleykum …*«

5

Vor den Toren von Segu beginnt die Wüste. Die Erde ist ockerfarben und sengend heiß. Wenn irgendwo Gras durchkommt, ist es gelblich. Meistens herrscht jedoch eine öde, steinige Kruste vor, von der sich nur Baobabs und Akazien nähren und der Karitebaum, das Symbol der ganzen Gegend.

An manchen Stellen ragt eine Felswand wie ein Bollwerk aus dem Boden, das den Horizont versperrt, und fällt auf der anderen Seite ebenso steil wieder auf die kahle Ebene dahinter ab – eine Zitadelle, in der sich die Behausungen der Dogon an die Berge klammern. Alles beugt sich vor dem Harmattan*, wenn er mit Macht bläst und die Fulbe und ihre Herden immer weiter fort zu den Wasserstellen treibt. Dann verschwindet das Felsgestein, vom Sand besiegt, aus dem hier und dort harte Gräser mit stechenden Ähren sprießen. So weit das Auge sehen kann, erstreckt sich eine gelblichweiße Ebene unter einem blassroten Himmel. Kein Vogelschrei, kein Raubtiergebrüll ist zu hören. Man hat den Eindruck, als gäbe es hier kein Leben außer dem Fluss, der an manchen Stellen wie ein Trugbild erscheint, geboren aus der Einsamkeit und dem Schrecken.

Und doch fühlten sich Siga und Tiékoro zu ihrer eigenen Überraschung von dieser ausgedörrten Landschaft angezogen, die nichts für den Menschen übrig hatte. Als sich Tiékoro mit den Mauren der Karawane in Richtung Mekka niederwarf, spürte er, wie die Gegenwart Gottes ihn wie einen brennend heißen Wind erfüllte. Siga dage-

* Kühler Wind.

gen empfand ein Gefühl des Friedens, das er nie zuvor verspürt hatte, als habe der Geist seiner Mutter sich darauf eingelassen, das Leichentuch nicht zu verlassen. Und die beiden Brüder fühlten sich auf einmal vereint wie Reisende auf einem Floß. Als sie nach Timbuktu gelangten, war die Stadt nur noch ein Abbild ihrer glänzenden Vergangenheit. Mehrere Jahrhunderte zuvor war sie mit Gao das Prunkstück des Songhai-Reiches gewesen, das auch das Gold- und Salzreich genannt wurde. Das Songhai-Reich hatte das Mali-Reich zerstört, indem es ihm seine nördlichen Provinzen nahm und somit das Gold aus Bambuk und Galam unter seine Kontrolle brachte. Der Handel sicherte seinen Wohlstand. Wie in Segu der Sklavenhandel mit dem Maghreb, aber auch der Handel mit Kolanüssen, Gold, Elfenbein und Salz. Karawanen, die zum Schutz gegen die Überfälle der Mauren und Tuareg bewaffnet waren, zogen in Richtung auf das »Meer der Sahara«, jenes »Meer«, aus dem später die Gefahr und letztlich der Ruin für sie kommen sollte. Im sechzehnten Jahrhundert zerstörten die Marokkaner des Sultans Mulaye Ahmed das Songhai-Reich von Grund auf, um die Salinen und Goldminen in ihren Besitz zu bringen, bevor sie es ihren Söhnen überließen, die sie mit den Frauen der lokalen Aristokratie, den Arma, gezeugt hatten. Seit dieser Eroberung war Timbuktu, das so mancher Schriftgelehrte und Reisende wie eine Frau besungen hatte oder wie ein Fulbe seine Kuhherde, nur noch ein Körper ohne Seele. Dennoch übte die Stadt auf Siga und Tiékoro einen starken Reiz aus. Die beiden Jungen und ihre Begleiter gelangten zunächst in den Vorort Albaradiu, der den Reisenden und besonders jenen, die aus dem Maghreb kamen, als Karawanserei diente. Dort trennten sich die beiden von ihren Weggefährten, da die Mauren nur darauf bedacht waren, sich eine Weile auszuruhen, ehe sie ihre Waren eintauschten, die Kamele mit der neuen Fracht beluden und den Rückweg antraten. Bald erreichten die Brüder Madugu, den Palast, den der Mansa Mussa nach seiner Rückkehr aus Mekka hatte erbauen lassen. Sie wussten nichts über die Geschichte der Stadt und wagten es nicht, die Vorübergehenden zu befragen, bei denen es sich meistens um Tuareg handelte, die in ihrem schweren indigofarbenen Bubu*, ihrem Turban, ihrem Litham**, ihrem zweischneidigen Säbel mit dem kreuzförmigen Heft und ihrem Dolch, der mit einem breiten Lederarmband am Handgelenk befestigt war, einen Furcht erregenden Eindruck machten. Sie gelangten auf den Fleischmarkt, wo sich ihnen der abschreckende Anblick von ganzen Rinder- oder Hammelvierteln bot, die schwarz von Fliegen waren. Moslems, an ihrer Kleidung und ihrem kahl geschorenen Haupt erkennbar, brieten Lammkeulen auf Holzrosten.

Tiékoro war derjenige von den beiden, der stärker enttäuscht war, denn sein Lehrer in Segu El-Hadj Ibrahima hatte ihm so viel von dieser Stadt erzählt, »dem Wohnort von Heiligen und frommen Männern, dessen Erde nie von Götzenkulten besudelt worden war«, sodass er mit einem paradiesischen Ort gerechnet hatte, dabei war Timbuktu nicht schöner als Segu. Aber vor allem litt Tiékoro unter der Anonymität, in der er lebte, seit er die Mauern seiner Vaterstadt verlassen hatte. Für die anderen war er nur ein Bambara, der zwar einem durchaus mächtigen Volk angehörte, das aber nicht in gutem Ruf stand und als blutrünstig und götzendienerisch galt. Wenn sie erfuhren, dass er an der Universität von Sankore Theologie studieren wollte, brachen sie in spöttisches Gelächter aus: »Seit wann studieren denn die Bambara und noch dazu den Islam?«

* Weites Gewand wie eine Tunika.
** Gesichtsschleier.

Oder sie machten sich über seine schlechten Arabischkenntnisse lustig, da El-Hadj Ibrahima ihm in seinem Unterricht in Segu nur die Grundkenntnisse hatte beibringen können. Tiékoro wandte sich Siga zu, der vor lauter Schreck über zwei Tuareg, die ihn aber überhaupt nicht beachteten, wie angewurzelt stehen blieb. Mit wie vielen verschiedenen Völkern waren die beiden Brüder doch auf ihrer Reise zusammengekommen! Zunächst die Bozo und Somono, die sie bereits kannten, Fischer, die praktisch im Flussbett lebten und sich selbst die »Herren des Wassers« nannten. Dann die Sarakole, die »Herren der Erde«, Ackerbauern, die in ihren Baumwoll-, Tabak- und Indigofeldern kleine Vogelscheuchen auf großen gabelförmigen Pfählen aufstellten; die scheuen und gleichzeitig wilden Dogon, die in Gruppen aus ihren Behausungen kamen, die entweder aus Felsenhöhlen bestanden oder aus Hütten, die sich in die Unebenheiten der Felsen einpassten; die Malinke, die als Händler in Erinnerung an die Zeiten des großen Mali-Reiches lebten, das ihre Vorfahren gegründet hatten, und sich weigerten, dessen Verfall zur Kenntnis zu nehmen, denn heute war es nur noch ein Vasall von Segu. Und dann überall moslemische oder noch fetischgläubige Fulbe, die für die anderen Völker nur Verachtung übrig hatten, und schließlich noch Araber, die endlos lange Kamelkarawanen anführten …

El-Hadj Ibrahima hatte Tiékoro einen Brief für seinen Freund El-Hadj Baba Abu mitgegeben, einen großen moslemischen Gelehrten in Timbuktu, in dem er ihn bat, diesem Jungen zu helfen, der aus einer fetischgläubigen Familie stammte und ganz allein den Weg des wahren Gottes gefunden hatte.

Nachdem sie längere Zeit herumgeirrt waren, gelangten Tiékoro und Siga in das Viertel von Kisimo-Banku, im Süden der Stadt. El-Hadj Baba Abu bewohnte ein sehr schönes Haus aus Lehm, das genauso gebaut war wie die Häuser in Segu. Aber es hatte nicht jenen rötlichen Putz, der mit Karitefett vermischt war, sondern war mit Kaolin getüncht. Außerdem war die Fassade weniger undurchdringlich und besaß nicht als einzige Öffnung zur Straße hin eine Tür, sondern war nur von einer sehr niedrigen Mauer umgeben, sodass man von draußen erkennen konnte, was drinnen vor sich ging. Der erste Stock endete in einer Terrasse, auf der mehrere Mädchen lagen, die vor Lachen losprusteten, als sie die beiden herankommen sahen. Es stimmte wohl, dass die Brüder nicht gerade wie aus dem Ei gepellt aussahen, nachdem sie so viele Nächte in provisorischen Nachtlagern verbracht hatten, wo sie sich nur hastig den Mund mit Wasser aus einen Schlauch aus Ziegenleder hatten ausspülen können und immer überglücklich gewesen waren, wenn einmal ein Fluss in der Nähe war, sodass sie ein Bad nehmen konnten. Wer sie so vor sich sah, konnte sich wohl nur schwer vorstellen, dass es sich um zwei Jungen aus vornehmer Familie handelte, deren Herkunft die Griots besangen!

Tiékoro klopfte an die Tür und benutzte dazu den hübschen kupfernen Hammer, der eine Faust darstellte. Nach einer Weile öffnete ihnen ein schlanker junger Mann mit arroganter Miene, der einen makellos weißen Kaftan trug und sie in kühlem Ton willkommen hieß, wobei sein Blick die Worte Lügen strafte: »*As salam aleykum!*«

Tiékoro machte sich, so gut er konnte, verständlich und zog dann aus den Tiefen seiner Kleidung den kostbaren Brief hervor, den er seit Monaten auf der nackten Haut aufbewahrt hatte. Der junge Mann nahm ihn mit leicht angewiderter Miene entgegen und sagte: »El-Hadj Baba schläft. Wartet bitte.«

Dann schloss er die Tür vor ihnen. Tiékoro und Siga setzten sich vor das Haus auf die breite Bank aus Lehm.

»Der Gast ist ein Geschenk Gottes.« Dieser Satz von El-Hadj Ibrahima aus Segu ging Tiékoro immer wieder durch den Kopf, während er dort neben seinem Bruder in der Sonne saß und wartete und sie beide von den Vorübergehenden angestarrt wurden. Er dachte auch daran, wie sein Vater die Fremden behandelte und wie Nya sie zur Gästehütte führte und ihnen warmes Wasser für ihr Bad bringen ließ, bevor ihnen ein üppiges Mahl serviert wurde. Und wenn sie über Nacht bleiben mussten, wurde ihnen eine Frau zur Verfügung gestellt, damit es ihnen an nichts fehlte. Wie weit war man hier von dieser Höflichkeit entfernt!

Nach unendlich langer Zeit hatte El-Hadj Baba Abu seinen Mittagsschlaf beendet und zeigte sich auf der Straße. Er war hoch gewachsen und hatte eine sehr helle Hautfarbe, die arabisches Blut verriet, ein asketisches Gesicht, einen glatt rasierten Schädel und hatte um den Hals einen Haik aus feiner weißer Seide geschlungen. Er trug einen langen Umhang, wie ihn Tiékoro und Siga noch nie gesehen hatten. Nach einem kurzen Austausch von Grußformeln bemerkte er: »Ihr seid zu zweit. In dem Brief ist aber nur die Rede von einem Schüler ...«

Tiékoro stammelte: »Ich bin der Schüler. Er ist mein Bruder, der mich begleitet.«

El-Hadj machte eine entschiedene Geste: »Wenn er kein Schüler und vor allem kein Moslem ist, kann ich ihn nicht aufnehmen. Du aber, folge mir ...«

Was sollte er tun? Als die Tür sich wieder vor ihm öffnete, war er so gebannt, dass er nur noch gehorchen konnte. Und Siga befand sich allein in der engen Straße dieser fremden Stadt. Über seinem Kopf hörte er wieder das Lachen der Mädchen. Worüber machten sie sich lustig? Über seine Zöpfe? Über die Amulette, die er an den Armen und um den Hals trug? Über den Ring in seinem Ohr?

Während der ganzen Reise hatten die Mauren, in deren Obhut die beiden Brüder reisten, über ihre Art, sich zu kleiden, ihre gefeilten Zähne und vor allem über ihre Hautfarbe gelästert, auch wenn sie insgesamt eher freundlich waren. Und wenn Siga sich nicht so heftig gegen diesen Spott gewehrt hatte wie Tiékoro, so lag das daran, dass er ihn nicht verstand. Ist es denn nicht schön, schwarz zu sein und eine zarte, glänzende Haut zu haben, die sich über den Gelenken spannt und mit Karitefett eingerieben ist?

Der Spott dieser unbekannten Mädchen erfüllte ihn mit Wut und vermischte sich mit einem Gefühl der Einsamkeit und der Verzweiflung. Was sollte jetzt in dieser Stadt, in der er niemand kannte, aus ihm werden?

Was hatte ihn hierher gebracht? Der Auftrag, Tiékoro zu begleiten. Und warum? Warum hatte man ihn zum Diener, ja beinah zum Sklaven seines Bruders gemacht? Mit welcher Gleichgültigkeit hatte dieser ihn behandelt und sich ohne ein Wort des Protests hinter seinem Gastgeber ins Haus gestürzt! Hätte er nicht rufen können: »Unmöglich! Das ist mein Bruder …?« Nein, er hatte ihn gehen lassen!

Was würden sie zu Hause dazu sagen, wenn sie es erführen? Ja, aber wie sollte er sie benachrichtigen? Siga sah sich schon verloren und vielleicht gar tot, und das mehrere Tagesmärsche von den Seinen entfernt. Dann fasste er sich wieder und beschloss, in die Karawanserei zurückzugehen und die Mauren aufzusuchen, die sie hierher gebracht hatten.

Da sich das Viertel Albaradiu an der nördlichen Spitze der Stadt befand, war es ein weiter Weg von Kisimo-Banku. Als Siga in der Karawanserei ankam, wurde es bereits dunkel. Die sengende Hitze, als ob irgendwo ein Brand Sand und Steine zum Glühen gebracht hätte, hatte nachgelassen. Aber sosehr er auch suchte, fand er keine Spur von den drei Mauren. Vergeblich fragte er andere Karawanenführer, die neben ihren Zelten lagen und mit der endlosen Zeremonie des grünen Tees beschäftigt waren, er konnte keinerlei Auskunft bekommen. Niemand hatte die drei Mauren gesehen. Niemand wusste, in welche Richtung sie gegangen waren, noch was sie mit ihren Kamelen gemacht hatten. Sie schienen sich einfach in Luft aufgelöst zu haben! Siga ging ihr Verschwinden immer wieder durch den Kopf. Waren diese drei Mauren nicht Geister, die Anweisungen der Ahnen ausführten, um Dusikas Söhne auf den rechten Weg zu bringen? Waren nicht bereits die Umstände, wie Dusika die drei Männer auf dem Markt von Segu getroffen hatte, geheimnisvoll gewesen? Siga versuchte, sich irgendeine Einzelheit ins Gedächtnis zu rufen, die das übernatürliche Wesen dieser Männer hätte bestätigen können, fand aber nichts. Sie hatten gegessen, getrunken und gelacht wie Menschen. Aber bestand das Privileg der Geister nicht gerade darin, die Menschen zu täuschen?

Was sollte er tun? Nach Segu zurückkehren? Aber wie? Siga setzte sich in den Sand. Und als er dort so saß und den Kopf in die Hände gestützt hatte, kam ein etwa gleichaltriger Junge auf ihn zu und fragte: »Sprichst du Arabisch?«

Siga deutete durch eine Handbewegung an, wie gering seine Kenntnisse auf dem Gebiet waren. Da fragte der andere weiter: »Sprichst du Diula*?«

»Das ist meiner Muttersprache sehr ähnlich …«

»Wo ist der Junge, der heute Morgen mit dir zusammen war?«

Siga zuckte die Achseln. Er hatte nicht die geringste Lust, über seine Auseinandersetzung mit seinem Bruder zu sprechen. Der fremde Junge setzte sich neben ihn und legte ihm freundschaftlich die Hand auf die Schulter: »So,

* Diula, Bambara und Malinke sind Mande-Sprachen.

so. Er hat dich sitzen lassen, und jetzt bist du hier ganz allein. Ich kann dir vielleicht ein paar Tipps geben …«

Siga schüttelte die Hand des Jungen von sich ab und fragte:

»Wie heißt du denn überhaupt?«

Der Junge lächelte geheimnisvoll: »Nenn mich Ismael … Hör zu, hier bringst du es zu nichts, wenn du nicht Moslem bist. Du kannst dir nicht vorstellen, wie die Leute hier sind. Wenn du nicht fünfmal am Tag betest oder freitags nicht in der Moschee erscheinst, bist du in ihren Augen geringer als ein Hund. Sie würden dir nicht mal etwas zu essen geben, wenn du Hunger haben solltest …«

Siga brummte: »Ich will kein Moslem werden …«

Ismael lachte: »Wer sagt denn, dass du Moslem werden sollst? Du brauchst nur so zu tun. Lass dir diese Zöpfe abrasieren und wirf den Firlefanz weg …«

Sollte er wirklich seine Schutzamulette ablegen, von denen er einige seit seiner Geburt trug, andere ihm nach der Beschneidung am Körper befestigt worden waren, ganz zu schweigen von denen, die Kumaré ihm vor der Abreise aus Segu gegeben hatte, damit sie ihn im fremden Land beschützen sollten?

Ismael lachte: »Mach es doch so wie alle andern auch und versteck sie einfach. Wenn du wüsstest, was die großen Schriftgelehrten unter ihrem Kaftan verbergen! Nenn dich Ahmed und trink nicht in der Öffentlichkeit, dann ist das Problem geregelt …«

Siga blickte ihn misstrauisch an: »Und wozu soll das gut sein?«

»Wenn du meinen Rat befolgst, kann ich dir schon morgen früh eine Anstellung besorgen. Ich bin Eseltreiber. Ich werde dich dem *ara-koy** vorstellen … Das ist ein

* Chef der Eseltreiber auf Jonghai.

guter Beruf. In zwei Monaten wirst du genug verdient haben, um nach Hause reisen zu können oder anderswohin, wenn dir das lieber ist ...«

Siga schüttelte entschlossen den Kopf. Er hatte nicht die geringste Lust, Eseltreiber zu werden und sich um begriffsstutzige, unsaubere Tiere zu kümmern. Er stand auf und wollte weggehen, als ihn Ismaels spöttische Stimme zurückhielt: »Du weißt nicht mal, wo du heute Nacht schlafen wirst, und ist dir übrigens bekannt, dass die *hakim** alle Leute einsammeln, die nachts draußen schlafen, und erst recht, wenn sie sie in einer solchen Aufmachung antreffen wie dich ...«

El-Hadj Baba Abu gehörte der Familie des berühmten Rechtsgelehrten Ahmed Baba an, dessen Ruf sich durch den Maghreb bis nach Bugie und Algier verbreitet hatte. Auch er selbst war ein Gelehrter, der eine Abhandlung über Astrologie und ein Buch über die verschiedenen sudanischen Kasten geschrieben hatte. Aus all diesen Gründen war mehrfach versucht worden, ihn in politische Intrigen zu verwickeln. Aber er hatte sich geweigert und bezog sein nicht gerade geringes Einkommen aus seiner Koranschule mit hundertzwanzig Schülern, die er auf die Zulassung für die drei großen Universitäten der Stadt vorbereitete. Während seines Studiums in Marrakesch hatte er eine Marokkanerin geheiratet und nach seiner Rückkehr nach Timbuktu als Zweitfrau eine Songhai aus dem Sklavenstand, um zu zeigen, dass er genau wie sein Vorfahre Ahmed Baba jenes »Elend der Epoche«, die Sklaverei, verurteilte. Er war ein herablassender, ungeduldiger Mann, der trotz seiner erhabenen Prinzipien und seiner Gottesfürchtigkeit keinerlei Nachsicht mit den menschli-

* Ordnungshüter auf Songhai.

chen Schwächen kannte. Er vertraute Tiékoro seinem Sekretär Ahmed Ali mit folgenden, nicht gerade barmherzigen Worten an: »Sorg dafür, dass er ein Bad nimmt, er stinkt.«

In Wirklichkeit roch Tiékoro nur nach Karitefett, mit dem er wie alle Bewohner aus Segu seinen Körper ausgiebig einrieb.

El-Hadj Baba Abu war nicht sehr froh darüber, dass dieser derart ungehobelte, unwissende Junge bei ihm aufgetaucht war. Aber er konnte auch nicht seinen Freund El-Hadj Ibrahima vor den Kopf stoßen, dem sehr viel daran lag, Schüler aus fetischgläubigen Familien anzuwerben, damit sie dann anschließend ihre Familien bekehrten. In diesem Punkt war er anderer Meinung als El-Hadj Ibrahima, denn der Islam jener Konvertiten war derart unrein und vermischt mit magischen Praktiken, dass es eine Beleidigung Gottes war.

Während Tiékoro in einer Ecke des Hofes wartete, dachte er an Siga. Wie mochte es ihm wohl ergehen? Allein, ohne Familie und ohne Freunde. Ohne Gold und ohne Kaurimuscheln. Er war jedoch zu sehr mit seiner eigenen Situation in diesem Haus beschäftigt, in dem jeder Gegenstand und jedes Gesicht ihm auf subtile Weise bedeutete, dass er mit niemand anderem als sich selbst Mitleid zu haben brauche. Auf einmal kam ein halbes Dutzend Jungen in den Hof, die alle den gleichen dunkelbraunen Kaftan trugen, und starrten ihn neugierig an. Mit feiner Ironie stellte Ahmed Ali ihn vor: »Euer neuer Mitschüler, Tiékoro Traoré ...«

Einer der Jungen zog die Augenbrauen hoch und fragte:

»Tiékoro?« Ahmed Ali lächelte: »Euer Mitschüler kommt aus Segu ...« Zum Glück brachten die Bediensteten Wasser und eine große Schüssel Hirsekuskus mit

Hammelfleisch. Alle setzten sich im Kreis hin, und eine Zeit lang bewegten sich nur die Hände zwischen Schüssel und Mund hin und her. Trotz des Hungers, der ihn quälte, wagte Tiékoro kaum zu essen. Was warfen sie ihm eigentlich vor? Seine ethnische Abstammung? War das etwa das wahre Gesicht des Islam? Sagt er nicht, dass alle Menschen gleich sind wie die Zähne eines Kamms? ... Kaum war das Mahl beendet, da begannen seine Kameraden eine gelehrte Unterhaltung über ein Manuskript von Ahmed Baba aus dem Jahre 1589, also ein Jahr bevor die Marokkaner das Songhai-Reich eingenommen hatten. Tiékoro war überzeugt, dass sie ihr Wissen nur in der Absicht ausbreiteten, ihn zu beeindrucke und fand seine Intuition bestätigt, als einer der Jungen sich an ihn wandte: »Was hältst du von dem Text? Meinst du nicht auch, dass zwischen diesem Text und den politischen Fragen jener Zeit keinerlei Verbindung zu sehen ist?«

Tiékoro hatte den Mut aufzustehen und schlicht zu sagen: »Gestattet, dass ich mich erst ein wenig ausruhe. Gestern habe ich noch unter freiem Himmel geschlafen ...«

Das Zimmer, das man ihm zugeteilt hatte, war klein, aber hatte eine hohe Decke und war mit einem dicken Wollteppich ausgelegt. Das Bett bestand aus vier in den Boden gerammten Pfählen, über die ein Rinderfell gespannt war, auf dem eine große, etwas raue Decke aus Kamelhaar lag. Tiékoro fand es sehr bequem und schlief trotz seines Kummers und der Erniedrigung sofort ein.

Hätte er die spöttischen Bemerkungen gehört, die von allen Seiten kamen, sobald er den Jungen den Rücken zugewandt hatte, wäre er wohl nicht so leicht eingeschlafen. El-Hadj Baba Abus Zöglinge stammten aus den adligen Familien Gaos und den angesehensten Familien Timbuktus. Ihre Väter, die Ratgeber und Gefährten des jeweils herrschenden Askia waren, ließen sich seit Generationen das Kopfhaar scheren und warfen sich vor Allah auf den Boden. In ihren Bibliotheken befanden sich Hunderte von arabischen Handschriften, die Schriftgelehrte aus ihrer Verwandtschaft über die verschiedensten Themen verfasst hatten: Rechtsprechung, Korandeutungen und Gesetzestexte. An Tiékoro verachteten sie nicht nur den »Fetischglauben« oder den »Polytheismus«, wie sie sagten, sondern eine Kultur, die in ihren Augen niedriger stand als ihre eigene, da sie schriftlos war und den Geruch nach Erde hatte, die ihre Väter nie bebaut hatten. Nur einer verteidigte ihn, Mulaye Abdallah, dessen Vater das Amt eines Kadis ausübte. Er war ein zutiefst gläubiger Junge mit einem Hang zur Mystik, der über die Arroganz seiner Kameraden betrübt war. Er beschloss, Tiékoro unter seine Fittiche zu nehmen und ihm beim Studium zu helfen, damit er nicht den Mut aufgab. War das nicht ein Mittel, um in Allahs geheiligtes Reich aufgenommen zu werden? Der Gedanke an diese Aufgabe erregte ihn die ganze Nacht. Als Tiékoro am nächsten Morgen seine vorgeschriebenen Waschungen und sein erstes Gebet vollzogen hatte, stand Mulaye Abdallah daher bereits im Hof und wartete auf ihn. Er lächelte freundlich: »Der Meister will dich sprechen. Anschließend kann ich dir die Stadt zeigen, wenn du willst, denn ich habe heute Morgen keinen Unterricht ...«

Tiékoro stimmte freudig zu und trat ins Haus. Er war verblüfft über die Einrichtung. In Segu waren die Häuser leer bis auf Matten, Schemel und Tonkrüge mit frischem Wasser. Hier war der Boden völlig mit Teppichen ausgelegt. Aber am meisten bestaunte er die Wandbehänge. Einer war abwechselnd mit Seiden- und Goldfäden broschiert und hatte in einem Karo ein Blumenmotiv. Ein anderer bestand aus einem einfarbigen türkisblauen Hintergrund aus Seide, von dem sich Sternenornamente abhoben. El-Hadj Baba Abu saß auf einem niedrigen Sofa, auf dem eine dicke Decke lag, die ebenso weiß wie sein Kaftan und seine Pantoffeln war. In seinen feingliedrigen elfenbeinfarbenen Händen, die ein wenig heller als sein Gesicht mit dem seidigen, am Kinn geteilten Bart waren, hielt er ein Buch. Mit einer Handbewegung forderte er Tiékoro auf, ihm gegenüber Platz zu nehmen: »Es gibt ein paar Dinge, über die wir gestern noch nicht gesprochen haben. Deine Kenntnisse des Arabischen und der Theologie sind eindeutig unzureichend, um direkt an der Universität aufgenommen zu werden, daher wirst du zunächst am Unterricht in meiner Koranschule teilnehmen. Einer deiner Mitschüler, Mulaye Abdallah, ist bereit, dir Nachhilfestunden zu geben. Wie gedenkst du übrigens dein Schulgeld zu zahlen?«

Tiékoro stotterte: »Ich habe fünfzig Goldstücke ...« El-Hadj Baba war völlig verblüfft und stieß hervor: »Wo hast du das Gold?«

Tiékoro wühlte wieder in den Tiefen seiner Kleidung, zog einen kleinen Beutel aus Ziegenleder hervor und erklärte: »Mein Vater hat mir das vor der Abreise gegeben, weil er befürchtete, dass die Mauren meinen Bruder und mich als Sklaven zu den Barbaren bringen könnten, denn es wird erzählt, dass so etwas vorkommt. Und in dem Fall hätten wir uns freikaufen können ...«

Zum ersten Mal huschte ein Lächeln über das strenge Gesicht des Meisters. Er griff hastig nach dem Beutel. In diesem Augenblick trat ein junges Mädchen in den Raum. Sie hatte eine noch hellere Hautfarbe als El-Hadj Baba, langes schwarzes Haar, das zu zwei Zöpfen geflochten und halb unter einem roten Kopftuch verborgen war, und trug eine Fülle von Altsilberketten um den Hals, viereckige Ohrringe und einen kleinen Ring durch den linken Nasenflügel; Tiékoro kam sie vor wie eine übernatürliche

Erscheinung. El-Hadj Baba schien über ihre Gegenwart und besonders über Tiékoros Blicke unverhüllter Bewunderung verärgert zu sein. Er schickte sie mit schroffen Worten weg, wurde sich dann seiner Unhöflichkeit bewusst und brummte, während sie noch auf der Türschwelle stand: »Meine Tochter Ayisha ... Umar, ein neuer Schüler ...«

Umar? Tiékoro protestierte nicht. Da das Gespräch beendet war, erhob er sich. Sichtlich milder gestimmt, wies El-Hadj Baba ihn an: »Lass dich zu meinem Schneider und meinem Schuster bringen. Du bist gekleidet wie ein Heide.«

Mit fünfzehneinhalb war Tiékoro der Kindheit kaum entwachsen. Eine Nacht Schlaf, ein neuer Freund und die Aussicht, neue Kleidung zu bekommen, reichten aus, um ihn in Freude zu versetzen. Als sie auf der Straße waren, ergriff Mulaye Abdallah seinen Arm und begann das Gespräch mit jener leichten Affektiertheit, die zu diesem Ort zu gehören schien: »Ich möchte dir von dieser Stadt erzählen, in der du mehrere Jahre verbringen wirst. Die Einwohner von Timbuktu sind die größten Chauvinisten, die es gibt. Sie verachten alle Leute. Zunächst die Tuareg, die von Gott Verlassenen, wie sie sie nennen, dann die Marokkaner, die Bambara und die Fulbe, vor allem die Fulbe. Weißt du, dass der Ahnherr des Clans Aq-it, Mohammed Aq-it, Massina verließ, weil er befürchtete, dass seine Kinder sich mit den Fulbe vermischen könnten und seine Nachkommen durch deren Blut befleckt würden?«

Tiékoro war von diesem Gespräch fasziniert. Eines Tages würde auch er mit dieser Selbstsicherheit und dieser eleganten Ungezwungenheit reden können.

»Du kennst doch die Geschichte der Stadt, nicht wahr? Ein Tuareg-Lager, das der Obhut einer ›Timbuktu‹-Frau anvertraut war, das heißt, ›der Mutter mit dem großen

Bauchnabel‹, und das nach und nach zu einem Haltepunkt für Karawanen wurde und sich mit seinem Gürtel aus geflochtenen Blättermatten der Wüstenpalme immer weiter ausdehnte. Nach seiner Rückkehr von der Pilgerreise nach Mekka nahm Kankan Mussa die Stadt ein. Die Tuareg eroberten sie zurück. Sonni Ali Ber aus dem Songhai-Reich nahm sie ihnen wieder ab, und dann kamen die Marokkaner. Siehst du, diese Stadt ist wie eine Frau, um die sich die Männer geschlagen haben und die niemand gehört. Schau nur, wie schön sie ist!«

Tiékoro gehorchte, aber er musste dennoch feststellen, dass Segu sie an Schönheit und vor allem an Belebtheit übertraf. Sie gelangten zu der großen Moschee von Jingereber; das war das erste Gebäude, das ihn beeindruckte. Aus Lehmziegeln erbaut, die dieselbe graue Farbe hatten wie der Wüstenboden, setzte sie sich aus einer Unzahl von Säulengängen zusammen, die zunächst einen Eindruck von Wirrwarr und Durcheinander hervorriefen, aber in Wirklichkeit einer strengen Ordnung gehorchten. All diese Säulengänge mündeten auf einen quadratischen Hof, in dem ein paar alte Männer ihre Perlenschnüre abbeteten. Tiékoro bewunderte die stumpfen Pyramiden der Minarette, die mit dreieckigen Motiven verziert waren. Wie viel Arbeit steckte allein in diesem Gebäude zum Ruhm Gottes! Tiékoro wurde nicht müde, es von allen Seiten zu betrachten und dann unter die hohen Gewölbe bis in die Nische oder auf das Holzpodest vorzudringen, von wo aus der Marabut die Koranverse verlas. Mulaye Abdallah musste ihn mit sich ziehen.

Timbuktu war nicht von Mauern umgeben, und daher erstreckte sich der Blick bis in das Viertel der Strohhütten, einer Art Vorort, in dem die Sklaven und die nicht ansässige Bevölkerung wohnten. Was für ein Kontrast zwischen diesen elenden Behausungen und jenen der Arma, den gegenwärtigen Herren der Stadt, und den Häusern der Händler! Sie gelangten an einen Markt, auf dem alles verkauft wurde: Baumwollgewebe, gegerbtes rotes und gelbes Leder, Mörser und Stößel, Kissen, Teppiche, Matten und überall Stiefel aus dünnem roten Leder, die mit gelben Stickereien verziert waren. Ja, die Bambara-Hauptstadt war voll übersprühenden Lebens und Fröhlichkeit wie ein Kind, das glaubt, dass die schöneren Jahre noch vor ihm liegen. Aber Timbuktu hatte den Reiz einer Frau, die ein erfahrungsreiches und nicht immer aufrichtiges Leben hinter sich hat.

Bei dem Schneider von El-Hadj Baba Abu nähten neun Gehilfen an blauen und weißen Kaftanstoffen, während ihnen alte Männer mit näselnder Stimme Koranverse vorlasen. Tiékoro war von der Feinheit ihrer Stickereien fasziniert, die in Segu unbekannt waren. Diese Lebenskunst, die er hier zu entdecken begann, war von einer Raffinesse, die zum Teil fernen Völkern entlehnt worden war, die die Seinen nicht kannten. Marokko, Ägypten, Spanien.

Nachdem er eine Hose und zwei Kaftane bestellt hatte, schlenderten sie weiter in Richtung Hafen. Plötzlich wurde ihnen der Weg von einer schwer beladenen Eselskarawane versperrt. Sie wurde von vier Jungen angetrieben, die heftig mit Knüppeln auf das Hinterteil der Tiere einschlugen und sich dabei gut zu amüsieren schienen. Tiékoro begegnete dem Blick eines Jungen, und in einer Stille, die sein ganzes Wesen auszufüllen schien, sodass er glaubte, seinen Herzschlag zählen zu können, erkannte er Siga. Siga hatte einen kahl geschorenen Kopf. Aber da er seinen Ring im linken Ohr behalten hatte, gab ihm das ein ganz anderes Aussehen, fast einen Ausdruck von Brutalität. Sein blaues, weit ausgeschnittenes Baumwollhemd ließ seinen aufrechten, schlanken Hals frei, der wie der Stamm eines jungen Baumes wirkte. Vielleicht war es das erste

Mal, dass Tiékoro bemerkte, wie sehr Siga ihrem Vater ähnelte, und er hatte den Eindruck, als blickte ihn ein um zwanzig Jahre verjüngter Dusika an, der ihm schweigend die Frage stellte: »Was hast du mit deinem Bruder gemacht?«

Siga rührte sich nicht vom Fleck und sagte kein Wort, als wartete er auf ein Zeichen, eine Geste. Aber Mulaye Abdallah hatte Tiékoro schon wieder am Arm ergriffen. Konnte er sich von seinem Freund losmachen und auf ein Wesen in solch erniedrigender Stellung zulaufen und ihren Verwandtschaftsgrad bloßstellen? Sollte er sich dem Spott aussetzen, der diesmal sogar verdient war? In dem Augenblick brüllte einer der Eseltreiber ohne jede Strenge, sondern eher gut gelaunt: »Ahmed, was ist los mit dir? Hast du einen Dschinn gesehen?«

Siga wandte sich ab und rannte zu den anderen, wobei er seinen Knüppel über dem Kopf schwang, als richtete er einen Abschiedsgruß an seinen Bruder. Umar? Ahmed? Tiékoro traten die Tränen in die Augen. Er spürte einen Kloß im Hals, während Mulaye Abdallah ihn mit sich zog: »Als du heute Morgen bei unserm Meister warst, hast du da die schöne Ayisha gesehen? Ich wette, sie ist nur gekommen, um dich mal aus der Nähe zu sehen. Nimm dich vor ihr in Acht! Sie hat uns allen, einem nach dem andern, den Kopf verdreht, um uns dann zum Narren zu halten.«

6

Nyas Kummer seit der Abreise ihres Sohnes war schwer mitanzusehen. Um ihm im Geist folgen zu können und die Gefahren abzuwenden, die ihm in jenem unbekannten gottlosen Land drohten, suchte sie zahllose Fetischpriester auf. Manche opferten nur ein Federvieh, um die *boli* der Familie zu besänftigen und insbesondere Tiékoros persönliches *boli*, das sie im Vorraum ihrer eigenen Hütte mitten unter Maiskolben und Kalebassen mit Milch untergebracht hatte. Andere warfen von morgens bis abends Kaurischnüre in die Luft und beobachteten ihre Lage, wenn sie auf den Boden zurückgefallen waren.

Innerlich tadelten die Leute sie. Sie war schließlich die Mutter von neun Kindern, darunter fünf Söhnen. Warum den Kopf verlieren, wenn einer in der Fremde war? Was hätte sie getan, wenn der Tod ihn ihr entrissen hätte? Wenn er wie eine grüne Frucht, die unreif zu Boden fällt, vor ihr gegangen wäre? Blieb ihr nicht noch eine Hütte voller Lachen, runder Köpfe und liebevollem Streit?

Nya war sich sehr wohl darüber im Klaren, was ihre Umgebung von ihr dachte. Sie wusste, dass ihr Verhalten unvernünftig erscheinen mochte. Aber die anderen wussten eben nicht, welche Rolle Tiékoro in ihrem Leben spielte. Er war nicht nur einfach der Erstgeborene. Er war das Zeichen, die Erinnerung an die Liebe, die sie mit Dusika verbunden hatte. Er war noch in der Hochzeitsnacht gezeugt worden. Ihre Familie wohnte in Farako auf der anderen Seite des Joliba. Als die Diarra den Thron an sich gerissen hatten, war es für die Kulubari nicht mehr ratsam gewesen, innerhalb der Mauern von Segu zu bleiben. Und so hatten ihr Großvater und seine Brüder ihre Frauen, Kinder und Sklaven um sich versammelt und sich auf anderen Ländereien der Familie niedergelassen, die seit Jahren brachgelegen hatten und auf denen jetzt wieder *tiékala** wuchs. Dort hatte Buba Kalé, der Griot von Dusikas Vater, ihren Vater aufgesucht. Dieser hatte zunächst gezögert, wegen der besonderen Bande, die die Diarra mit den Traoré vereinten. Aber als er dann an all die Klafter Erde, all das Gold und die Sklaven dachte, hatte er nachgegeben. Der Tradition entsprechend hatte sie Dusika kein einziges Mal vor ihrer Hochzeit gesehen und auch nicht vor dem Augenblick, als sie in seine Hütte geführt wurde. Es war dunkel. Ihre Mutter hatte sie beruhigt: Die Fetischpriester hatten alle übereinstimmend erklärt, es würde eine gute und fruchtbare Ehe. Trotzdem hatte sie Angst. Angst vor diesem Unbekannten, der plötzlich über ihr Leben und ihren Tod bestimmen konnte und sie besitzen würde wie seine Hirsefelder. Dusika war eingetreten. Sie hatte seine zögernden Schritte im Vorraum gehört. Dann war er neben ihr aufgetaucht, mit einem brennenden Zweig in der Hand. Nur sein Gesicht hob sich von der Dunkelheit ab. Sein schüchternes, verlegenes Lächeln unterstrich die Sanftheit seiner Züge. Unwillkürlich hatte sie den Göttern gedankt: »Ah, er ist gut aussehend und kein Angeber ...«

Er hatte sich neben sie gesetzt, wobei sie den Blick abgewandt hatte. Eine Weile hatten sie sich nichts zu sagen gewusst, und plötzlich hatte der heruntergebrannte Zweig ihm die Finger versengt, sodass er einen leisen Schmerzensschrei ausgestoßen hatte. Anschließend hatte sie vergeblich versucht, sich an die Ratschläge der Schwestern ihrer Mutter zu erinnern: nicht schreien, nicht klagen,

* Eine Pflanze, deren Vorkommen anzeigt, dass der Boden wieder bestellt werden kann.

kein unangebrachtes Stöhnen. Die Lust muss lautlos ertragen werden wie der Schmerz. Hatte sie sich daran gehalten?

Am nächsten Morgen hatten die Frauen, die den Vollzug der Ehe und die Jungfräulichkeit der Braut bestätigen mussten, das blutbefleckte Wickeltuch zur Schau gestellt. Auf den Tag genau neun Monate später wurde Tiékoro geboren. Daher kam ihr diese Nacht jedes Mal wieder in den Sinn, wenn er vor ihr stand. Dieser Schwall von Erregungen und unbekannten, unkontrollierbaren Gefühlen, dieser Taumel, dieser Frieden, dieser Schmerz. Ja, neunmal war sie schwanger geworden, und neunmal hatte sie ein Kind zur Welt gebracht. Und doch zählte nur diese erste Erfahrung!

Sie vergaß mit der Zeit, dass Tiékoro selbst hatte weggehen wollen, und machte Dusika dafür verantwortlich, und das verstärkte ihren Groll gegen ihn. Er machte sie nicht nur lächerlich, indem er seine Liebe zu einer Konkubine offen zeigte, sondern er trennte sie auch von ihrem Lieblingssohn. Und so freute sie sich insgeheim darüber, dass er durch seinen Streit mit dem Mansa finster und schweigsam geworden war, äußerlich gealtert und wie vom Tod gezeichnet. Manchmal gewann ihre Liebe zu ihm wieder die Oberhand. Aber wenn sie dann mitansehen musste, dass er Sira mit denselben verliebten Augen anschaute wie früher sie, war alles wieder vorbei.

Und doch war Nyas Schmerz über Tiékoros Weggang längst nicht so groß wie Nabas Kummer. Naba war im Schatten seines älteren Bruders aufgewachsen. Er hatte laufen gelernt, indem er sich an Tiékoros Beine klammerte, kämpfen, indem er ihm im Spiel auf die Brust schlug, und tanzen, indem er zuschaute, wie sein Bruder sich abends im Kreis seiner Verehrerinnen bewegte. Seine Abwesenheit ließ ihn wie verwaist zurück, und er empfand ständig jenes Gefühl der Ungerechtigkeit, das der Tod eines geliebten Menschen hervorruft. Um diese Lücke zu füllen, hatte er sich an Tiéfolo geklammert, den ältesten Sohn von Diémogo, der ein jüngerer Bruder seines Vaters war.

Trotz seines jugendlichen Alters war Tiéfolo einer der bekanntesten *karamoko** aus Segu und dessen Umgebung. Bis nach Banankoro im Norden und Sidabugu im Süden hatte man von ihm gehört. Mit zehn Jahren war er eines Tages im Busch verschwunden. Seine Eltern hatten ihn für tot gehalten und seine Mutter ihn schon beweint, als er plötzlich mit einem Löwenfell über der Schulter wieder aufgetaucht war. Da hatte ihn der große Meister Kemenani, der Herr des Jägervolkes Gow**, unter seine Fittiche genommen. Dieser hatte ihn nicht nur in das Geheimnis der Giftpflanzen eingeweiht, die das Wild lähmen und seine Flucht verhindern, sondern sein eigenes *boli* mit ihm geteilt, das er mit Antilopenherzen nährte. Gleichzeitig hatte er ihm die Gebete, Beschwörungsformeln und Opfergaben verraten, die es dem Menschen immer erlauben, siegreich aus der Begegnung mit einem Tier hervorzugehen. Zunächst hatte Naba einen gewissen Ekel gegenüber der Jagd empfunden, denn von Tiékoro hatte er dessen Abscheu gegen Blut übernommen. Aber dann hatte er Gefallen an der Jagd gefunden. Aber auch jetzt noch überlief ihn jedes Mal ein Schauer, wenn das Tier in die Knie sank und dabei seinem Henker einen Blick voller Unverständnis zuwarf. Dann stürzte er sich auf es und flüsterte ihm leidenschaftlich die rituellen Worte ins Ohr, die Vergebung bringen sollen.

Als Naba eintrat, war Tiéfolo gerade damit beschäftigt,

* Jäger.
** Jägervolk, Herren des Busches.

ein Gift vorzubereiten. Auf einem schwachen Holzkohlenfeuer ließ er eine Mischung aus *uabaine**, Schlangenköpfen, Skorpionschwänzen, Menstruationsblut und einer Substanz, die er aus dem Saft der Palmyrapalme gewann, aufkochen. Naba hütete sich davor, ihn in diesem Augenblick zu stören, denn die Beschwörungsformeln, die Tiéfolo murmelte, verstärkten die tödliche Wirkung der Mischung. Wie alle Jäger lief Tiéfolo mit nacktem Oberkörper voller Amulette herum und trug als einziges Kleidungsstück einen Lendenschurz aus Fellen von Tieren, die er erlegt hatte. Aus der Mähne des Löwen, den er vor zehn Jahren besiegt hatte, hatte er sich eine Art Gürtel gemacht, dessen Enden er auf den Hüften zusammenband. Als er mit der Zubereitung fertig war, winkte er Naba zu sich heran und begann vorsichtig, seine Pfeile mit dem Gift einzureiben: »Ein Teil der Herden der Fulbe in der Nähe von Masala ist von den Löwen gefressen worden. Wir müssen ihnen wohl eine Lehre erteilen, denn die Fulbe haben nichts gegen sie ausrichten können …«

Naba glaubte erst, sich verhört zu haben, aber dann ging ihm ein Licht auf, und er fragte ungläubig: »Soll das heißen, dass du mich mitnimmst?«

Tiéfolo lächelte nur zur Anwort. Naba hatte ihn oft bei der Jagd auf Antilopen, Warzenschweine und wilde Büffel begleitet. Aber die Jagd auf den Löwen, den Prinzen der kahlen Savanne, dessen Kleid ihre Farbe und dessen Augen ihren Glanz haben, war eine Jagd, die den Herren der Jagd Gow und ihren Schülern, den *karamoko*, vorbehalten ist. Es ist kein Geschäft für Männer mit weichem Herzen! Sie brauchen Ausdauer, um den Löwen manchmal tagelang zu verfolgen, Scharfsinn, um seine List zu durchkreuzen, und Kühnheit, um nicht schlagartig die Flucht

* Ein starkes Gift.

zu ergreifen, wenn er in ein solches Gebrüll ausbricht, dass es in den Eingeweiden widerhallt! Dann erzittert die Erde, und Staubwolken steigen auf. Die verängstigten Dorfbewohner verbarrikadieren sich in ihren Hütten, so gut es geht, und der Löwe brüllt: »Der Herr ist hungrig. Zieht euch zurück!«

Naba konnte seine Ungeduld nicht zügeln. Er stammelte: »Wann geht's los?«

»So schnell nicht, kleiner Bruder. Wir müssen uns erst vorbereiten ... du wirst mich zum Herrn der Jäger Kemenani begleiten ...«

Tiéfolo sah sehr gut aus. Tiéfolo war tapfer. An seiner Seite durch die Straßen von Segu zu gehen hieß, an der Lust der Sieger teilzuhaben. Die Tondyons, die beutebeladen von der Plünderung irgendeiner Stadt zurückkamen, wurden nicht anders behandelt. Die Frauen kamen in die Eingänge. Die Männer riefen sie zu sich heran, und die *diély* schlugen auf ihre Trommeln, stimmten Lobgesänge an und riefen vor allem jene berühmte Löwenjagd mit Pfeil und Bogen aus Tiéfolos Kindheit ins Gedächtnis:

Der gelbe Löwe mit dem fahlroten Schimmer,
der Löwe, der das Gut der Menschen verschmäht,
labt sich an dem, was in Freiheit lebt.
Körper an Körper hat Tiéfolo aus Segu
sich mit ihm gemessen, als er noch ein Kind war,
Tiéfolo Traoré ...

Naba berauschte sich an diesen Schwaden der Verehrung. Noch war sie für einen anderen bestimmt, aber bald würde sie ihm gelten. Auch er würde siegreich aus dem Busch zurückkehren, einen Löwen über der Schulter. Und dann würde man ihn *karamoko* nennen. Er würde seinen Löwen in den Palasthof des Mansa werfen, jenes Mansa, der seinen Vater erniedrigt hatte, und er würde Dusikas Nachkommenschaft in Erinnerung bringen. Er träumte von dem Tag, an dem er sich in Begleitung von Tiéfolo der Bruderschaft der Jäger mit zehn roten Kolanüssen, zwei Hähnen, einem Huhn und *dolo* vorstellen würde, um sie den Jagdgeistern Sanene und Kontoro zu opfern. Ja, eines Tages würde Segu von ihm sprechen.

In den Innenhöfen des Anwesens von Kemenani, der in direkter Linie von Kuruyoré abstammte, dem Ahnherrn der Gow, drängten sich die Jäger aus allen Winkeln des Reiches. Die Löwen hatten ihre Angriffe vermehrt und trieben das Spiel sogar so weit, Hirten zu zerfetzen. Sklaven boten den Jägern Kalebassen mit Hirsebrei an, während sie auf den Ausgang der Opferzeremonie warteten. Kemenani hatte sich die ganze Nacht lang mit den großen Fetischpriestern unterhalten, insbesondere mit Kumaré, der erklärt hatte, die Jagd sei nicht gut. Die Buschgeister seien verstimmt und könnten nur zu leicht ihrem Ärger Luft machen, indem sie sich an irgendjemand rächten. Daher warteten alle. Tiéfolo zuckte die Achseln. Was sollte das schon heißen, die Jagd sei nicht gut?

Verärgert über die Wartezeit, die man ihnen auferlegte, setzte er sich missmutig mit Naba und ein paar anderen jungen Jägern, unter denen sich aber auch *karamoko* befanden, denn sie hatten bereits Haarwild erlegt, in eine Ecke. Einer unter ihnen, Masakulu, war der älteste Sohn von Samaké. Er sagte gereizt: »Kumaré und nochmal Kumaré. Wer nur einer Stimme Gehör schenkt, hört nur eine Meinung. Warum lassen sie nicht mal einen anderen Fetischpriester sprechen?«

Tiéfolo seufzte: »Das meine ich auch. Nur wir werden leider nie gefragt, was wir denken.«

Tiéfolo drückte ein Gefühl aus, das die jungen Leute selten zur Sprache brachten, da sie an absoluten Gehorsam gewöhnt waren. Aber ein Sturm der Revolte war über sie hereingebrochen, der sie selbst erstaunte. Masakulu fuhr fort: »Fané zum Beispiel ist auch ein Meister des Komo …« Einen Augenblick lang schwiegen alle, dann sahen sie sich an, als habe der letzte Satz in ihnen denselben Gedanken erweckt. Tiéfolo flüsterte schließlich: »Kannst du uns zu ihm bringen?«

Um die Mittagszeit ist der Busch besonders belebt. Man glaubt, dass er langsam in Schlaf verfällt, weil die Sonne ihn bereits derart erhitzt hat. Ganz im Gegenteil! Jeder Grashalm, jedes Insekt, das er verbirgt, jeder Strauch und jedes Tier regt sich, und die Luft, die unbeweglich zu sein scheint, vibriert in Wirklichkeit von einer Vielzahl von Schreien. Darum sind diese Stunden für den Menschen Momente der Halluzinationen, Trugbilder, die härteste Zeit.

Die Gruppe junger Männer mit Tiéfolo und Masakulu an der Spitze war schon seit dem Morgen unterwegs. Ohne Pause waren sie durch Dugukuna, ein Kriegerdorf, und mehrere Sklavendörfer gezogen, weil Tiéfolo, der spontan die Leitung dieser Expedition übernommen hatte, der Ansicht war, sie müssten vor Einbruch der Nacht Sorotomo erreichen, um am nächsten Tag in wenigen Stunden in die Gegend von Masala zu gelangen. Sie gingen am Fluss entlang, fast im Flussbett. Dort war die Vegetation ziemlich dicht. Außer hohen Gräsern wuchsen dort Kapok-, Zedrach- und natürlich *balanza*- und Karitebäume. Kein Mensch war in Sicht. Keine Frau, die am Ufer des Wassers hockte. Kein Somono-Fischer in seinem Boot. Keine Bozohütte aus Mattengeflecht. Die Hitze klebte wie ein brennend heißes Tuch auf den Lippen. Plötzlich blieb Masakulu stehen und sagte: »Ich hab Hunger. Wie wär's, wenn wir etwas essen?«

Und ohne eine Antwort abzuwarten, setzte er sich und holte aus seinem Ziegenlederbeutel etwas zu essen hervor. Die anderen machten es ihm nach, Naba als Erster. Tiéfolo schloss daraus auf ihre Stimmung und sagte gereizt: »Lasst uns noch bis Konodimini gehen. Dort können wir uns etwas zu essen besorgen; es ist besser, wenn wir unsern Proviant für morgen aufbewahren, denn der Tag wird hart werden.« Masakulu biss in einen getrockneten Fisch: »Tiéfolo, die Tatsache, dass du früher einmal einen kranken Löwen erlegt hast, ist noch lange kein Grund, uns Befehle zu erteilen. Gib's doch zu, der Löwe war krank, nicht? Zog er das Bein nach?«

Alle brachen in Lachen aus, selbst Naba. Es war durchaus nur ein Scherz, wie er unter Jungen derselben Altersklasse üblich war. Aber Tiéfolo glaubte, in Masakulus Blick ein böses Funkeln zu entdecken, das den Wunsch verriet, ihn wirklich zu verletzen. Außerdem ärgerte es ihn, dass Masakulu Naba unter seine Fittiche zu nehmen schien und ihn mit einer Vertrautheit behandelte, die dem Jungen zu Kopf steigen musste. Was für ein Spiel spielte er? Tiéfolo machte sich Vorwürfe, dass er den Hass nicht berücksichtigt hatte, der zwischen den Samaké und der Familie Traoré herrschte. Irgendwann war ihm dieser Gedanke zwar durch den Kopf gegangen, aber er hatte ihn fallen gelassen. Müssen denn die Söhne unbedingt den Streit ihrer Väter fortführen? Er versuchte sich zu beruhigen und entfernte sich ein paar Schritte, dann löste er seinen Lendenschurz und ging zum Wasser, als er erneut Masakulus spöttische Stimme hörte: »Ich hab schon größere gesehen ...«

Allgemeines Gelächter. Das war zu viel. Tiéfolo wandte sich um. Mit einem Satz war er bei Masakulu. Mit einer Hand packte er ihn am Hals, und mit der anderen hämmerte er auf sein Gesicht ein.

Der Kampf war erbittert. Erst begnügten sich die Jungen damit, einen Kreis um Tiéfolo und Masakulu zu bilden und sie anzufeuern, wie es üblich war. Aber als sie sahen, welche Wendung die Dinge nahmen und wie gemein die Schläge waren, die die beiden sich zufügten, beschlossen sie einzugreifen. Als es ihnen mit großer Mühe gelungen war, die beiden auseinander zu bringen, schrie Masakulu mit blutverschmiertem Gesicht: »Mein Vater hatte es mir ja gesagt: Wo ein Traoré ist, gibt es keinen Frieden und keine Eintracht. Herrschsüchtig wie kein zweiter!«

Die anderen Jungen waren ähnlicher Meinung. Warum hatte Tiéfolo so heftig auf einen harmlosen Scherz reagiert? Glaubte er vielleicht, er habe einen Penis wie ein Elefant oder wie ein Büffel aus dem Bagoefluss? Aber die Hauptsache war jetzt, die beiden Gegner zu versöhnen, damit die Expedition nicht darunter litt. Die Jungen flüsterten sich gegenseitig zu: »Zwingen wir sie dazu, den Pakt des *dyo** einzugehen ...«

»Darauf werden sie sich nie einlassen ...«

Zögernd machte sich die Gruppe wieder auf den Weg. Von nun an entfernten sie sich vom Fluss. Der Boden war von einer rissigen Kruste bedeckt, aus der ein heißer, an den Füßen brennender Dunst aufstieg. Sie glaubten in der Ferne Strohhütten zu sehen und die Zelte der Fulbe-Nomaden. Aber es war nur der Effekt der Hitze. Große schwarze Vögel flogen ganz tief und stürzten sich plötzlich auf unsichtbare Beute. Drei grüne Schlangen huschten zwischen den Füßen des Jungen weg, der an der Spitze ging, denn Tiéfolo ging jetzt ganz hinten, um zu zeigen, dass er sich für die Sache nicht mehr interessierte. Auf einmal tauchte eine Rinderherde auf, die von Hirten in Lederschurzen und trichterförmigen Kopfbedeckungen begleitet wurde. Diese Männer schienen von panischer Angst gepackt zu sein. Ja, sie hatten von den Löwen gehört, aber auch von Männern, die Dörfer in Brand setzten,

* Ein mit Blut besiegelter Pakt.

Frauen vergewaltigen und töteten und die Männer verschleppten.

»Und wo?«

Die Fulbe-Hirten hatten keine Ahnung. Die jugendlichen Jäger sahen sich bestürzt an. Derselbe Gedanke, den niemand auszusprechen wagte, ging allen durch den Kopf. Sollten sie weitergehen oder besser nach Segu zurückkehren? In solchen Momenten der Unentschlossenheit braucht jede Gemeinschaft ein Oberhaupt. Tiéfolo stand etwas abseits, kaute auf einem trockenen Halm herum und schien ganz in den Anblick des Fells der Tiere versunken zu sein. Beklommen wandten sich alle Blicke ihm zu; mit ziemlicher Arroganz hielt er ihnen stand, ging dann wortlos um die Gruppe herum und übernahm die Spitze. Schließlich gelangten sie nach Sorotomo.

Was für eine unnachahmliche Harmonie liegt in dem Auf und Ab der Mörserkeule, den Stimmen der Mädchen, die sich bei der Arbeit anfeuern, und dem Lachen der Kinder, die vor dem Einschlafen ungeduldig darauf warten, dass der Mond aufgeht! Im Halbdunkel der einbrechenden Nacht erschien Sorotomo mit seinen Hütten, die wie eine ruhende Herde um den *balanza*-Baum gedrängt waren, wie eine Oase der Gastlichkeit.

Die Männer hielten gerade eine Versammlung ab. Der Dorfälteste empfing die jugendlichen Jäger höflich, aber man merkte ihm an, dass er verängstigt war. Ja, er hatte von diesen Löwen gehört, die ganze Herden zerfleischt hatten. Aber das war nicht der Anlass, warum sie soeben beschlossen hatten, eine Delegation an den Mansa zu entsenden.

Banden griffen die Dörfer an, setzten die Hütten in Brand, töteten Frauen und Kinder und verschleppten die Männer. Banden?

Welchem Volk gehörten sie an? Wo kamen sie her?

Wussten die Leute im Dorf, mit wem sie es zu tun hatten? Segu hatte alle seine Feinde vernichtet und das Gebiet fest in der Hand. Es zerschlug jeden Aufstandsversuch der Fulbe in Massina im Keim.

Es hielt die Bambara aus Kaarta in Schach. Woher konnten diese Banden kommen?

Die Dorfbewohner hatten keine Ahnung. Weder die Toten noch die Gefangenen hatten es verraten können. Die Kalebassen mit *to*, das mit einer Soße aus Baobabblättern und *sibala** serviert wurde, stillten wenigstens ihren Hunger und besänftigten für eine Weile ihre Unruhe. In der Besucherhütte, die ihnen vom Dorfältesten zur Verfügung gestellt worden war, schliefen alle bald ein, nur Tiéfolo nicht.

Wenn er an die Ereignisse der letzten Tage zurückdachte, hatte er den Eindruck, jemand anders, der in seine Haut geschlüpft war, habe für ihn gedacht, gehandelt und gesprochen. In seinem ganzen Leben hatte er noch nie einem Älteren den Gehorsam verweigert. Und jetzt hatte er die Worte von Kemenani, einem der Herren der Jagd, und von Kumaré, einem der Meister des Komo, in Zweifel gestellt! Seine eigene Kühnheit machte ihm Angst. Von welchem Geist war er besessen und mit welcher Absicht? Und dann hatte er noch obendrein einen jüngeren Bruder in das Abenteuer hineingezogen! Es gab nur eine Lösung: Sie mussten nach Segu zurück! Er stand auf, stieg vorsichtig über die Körper seiner Kameraden bis zur Matte neben der Tür, auf der Masakulu schlief, und flüsterte: »Masakulu, wach auf ...«

Die beiden Jungen gingen nach draußen. Jetzt war nur noch das Keuchen der Geister zu vernehmen, denen endlich diese Welt allein gehörte, die sie so ungern verlassen

* Gewürzpflanze.

hatten, und das seidige Rascheln von Fledermausflügeln. Tiéfolo bemühte sich, seine Angst zu unterdrücken und flüsterte: »Hör zu, wir müssen nach Segu zurück. Wir müssen die anderen überzeugen ...«

Masakulu wich einen Schritt zurück. In der Dunkelheit schien er riesig groß zu sein, mit verzerrtem Gesicht, als trüge er eine Maske oder wäre von einem unbekannten Geist beseelt. Er sagte kalt, wobei selbst seine Stimme eine andere war, spröde und knisternd wie Reisig im Feuer: »Weißt du, wie ich heiße? Weißt du, was Samaké bedeutet? Elefantenmensch, Kind des Elefanten, Sohn des Elefanten, und du sagst mir etwas von Rückzug? Ach richtig, du bist der Sohn eines Dreckskerls.«

Die Beleidigung war schwerwiegend, so schwerwiegend, das merkte Tiéfolo, dass Masakulu sie nur ausgesprochen haben konnte, weil auch er nicht mehr er selbst war. Jemand anders war in seine Haut geschlüpft, um für ihn zu denken, zu handeln und zu sprechen. Tiéfolo dachte nach. Hatte einer von ihnen vor der Abreise den Geschlechtsakt vollzogen? Oder hatten sie die Schutzgötter der Jäger durch ein noch abscheulicheres Vergehen verärgert? Nein, es musste ein Geist sein, der sein Spiel mit ihnen trieb. Aber warum? Tiéfolo versuchte, sich an eine magische Formel zu erinnern, um das Schicksal zu beschwören. In seiner Erregung fand er keine.

Das Unglück ist wie ein Kind im Bauch seiner Mutter. Nichts kann seine Geburt aufhalten. Es gewinnt insgeheim an Kraft und Stärke. Das Netz seiner Adern bildet sich heran. Und dann erblickt es in einem Strom von Blut und verunreinigtem Wasser das Licht der Welt.

7

In Segu wurde das Verschwinden der jungen Jäger nicht sofort bemerkt. Aber am nächsten Morgen stellte eine Familie nach der anderen fest, dass die Jungen nicht in ihren Hütten geschlafen hatten. Ein Sturm der Verblüffung und Betroffenheit fegte durch die Stadt. Heranwachsende, die ihren Eltern nicht gehorchten! Menschen, die den Warnungen der Geister trotzten! Soweit die Einwohner aus Segu zurückdenken konnten, hatte es so etwas noch nicht gegeben. Das kam der Tollkühnheit von Tiékoro Traoré gleich, der den Göttern seiner Vorfahren bewusst den Rücken gekehrt hatte, um zum Islam überzutreten.

Auf den Plätzen und Märkten, in den Anwesen und selbst im Palast des Mansa stellten sich die Leute Fragen. Musste man sich jetzt vor der Jugend in Acht nehmen? Jeder Vater blickte seinem Sohn in die Augen. Jede Mutter ihrer Tochter. Diese geschmeidigen, zierlichen Wesen, die es gewohnt waren, das Knie zu beugen, die Augen zu senken und schweigend zuzustimmen, säten sie plötzlich Zwietracht und Gefahr? Die befragten Fetischpriester der Familien bestätigten, dass eine solche Zeit nahte.

Im Morgengrauen trat Fané aus seinem Anwesen im Viertel der Schmiede und Fetischpriester. Vor Sonnenaufgang ist es nicht ratsam; durch Segu zu gehen. Die Mauern aus Lehm erinnern sich noch an die Ängste der Nacht. Sie sind düster, ja fast schlammig, und es geht von ihnen eine ungesunde Feuchtigkeit aus. Kein Lebewesen lässt sich auf der Straße blicken. Die Geister kehren in die Unterwelt zurück. Die Menschen warten darauf, dass die Sonne sich zeigt. Und dennoch liebte Fané diese Stunde, in der man auf die Geister einwirken kann. Er ging in das Anwesen von Samaké, hockte sich hinter dessen Hütte, steckte einen Hirsehalm in den Boden und rief ihn wortlos herbei. Samaké tauchte sofort mit ziemlich übernächtigter Miene auf, da er sich während der ganzen Nacht Sorgen über seinen Sohn Masakulu gemacht hatte. Er murmelte wütend: »Fané, ich zahl dir so viel Gold und Kaurimuscheln, und du lässt es geschehen, dass mir ein solches Unglück zustößt ...«

Fané zuckte die Achseln. Wie wenig Vertrauen die Menschen doch haben! »Deinem Sohn wird nichts geschehen, er wird heil zurückkommen wie alle andern auch. Nur Dusikas Sohn nicht. Das wollte ich dir mitteilen.«

Samaké flüsterte: »Bist du sicher?«

Fané hielt es für unter seiner Würde, darauf zu antworten, und fuhr fort: »Vorgestern sind diese jungen Leute zu mir gekommen, um mich um Rat zu fragen, aber sie werden sich künftig nicht mehr daran erinnern; ich habe das Vergessen in ihre Hirne gepflanzt. Sie werden sich an nichts mehr erinnern. Stell sofort eine Expedition zusammen, um sie zu holen. Du wirst sie in der Gegend von Kangaba finden. Die Gazellenspuren werden dir den Weg weisen.«

Leidlich beruhigt ging Samaké eiligen Schrittes davon. Er betrat Dusikas Anwesen. Trotz der frühen Stunde hatten sich dort viele mitfühlende Menschen versammelt. Entfernte Verwandte, Bekannte und Nachbarn hatten es sich nicht nehmen lassen, dieser so leidgeprüften Familie beizustehen. Erst Dusikas sozialer Ruin, dann Tiékoros Übertritt zum Islam, und nun waren Naba und Tiéfolo verschwunden! Trotz des Mitgefühls über so viel Unglück fragten sich die Leute langsam, ob es nicht vielleicht doch verdient war, denn es gibt kein unschuldiges Opfer. Manche flüsterten, Sira sei an allem schuld. Dusika hätte nicht eine Fulbe in sein Haus aufnehmen dürfen.

Als Samaké eintrat, verstummten alle. Aber um die Gebote der Höflichkeit nicht zu verletzen, trat Dusika vor und begrüßte seinen Feind. Samaké legte Dusika die Hand auf die Schulter und sagte: »Siehst du, Bruder, das Unglück bringt uns näher. Ich werde eine Expedition leiten, um unsere Kinder zu suchen. Schließt du dich uns an?«

Diémogo, Dusikas jüngerer Bruder und Vater von Tiéfolo, griff ein: »Setz dich keiner Gefahr aus, ich werde gehen …« Da Diémogo nicht wie sein älterer Bruder als Fa für das Wohlergehen des ganzen Anwesens verantwortlich war, baten alle Familienmitglieder Dusika, er möge das Angebot annehmen.

Vor dem Palast des Mansa waren bereits vierzig Reiter versammelt. Unter ihnen auch Prinz Bin, der eigene Sohn des Mansa. Ausnahmsweise hatten sich sogar die Tondyons einmal einer friedlichen Expedition angeschlossen, und dieser Aufmarsch von Pferden, Reitern, Jägern und Fetischpriestern war für die Kinder, denen die Tragik der Ereignisse nicht bewusst war, ein Anlass des Entzückens. Sie schlängelten sich zwischen den Beinen der Tiere durch, um die schwarzen oder braunen Felle zu streicheln, und traten dabei in den frischen Kot. Samaké setzte sich an die Spitze des Zuges, der im Galopp auf das nördliche Stadttor zuhielt. Als der Trupp verschwunden war und die Staubwolken sich gelegt hatten, überkam Dusika ein Gefühl der völligen Ohnmacht. Wenn er sich doch wenigstens aufs Pferd hätte schwingen können, um sein Kind dem Busch zu entreißen! Aber nein! Zu viel Verantwortung band ihn an das Anwesen. Was würde aus seinen drei Frauen, seiner Konkubine und seinen zwanzig Kindern werden, falls ihm etwas zustoßen sollte?

Und Nya, die sonst so starke Nya, der Mittelpunkt seines Lebens – als er sie gebrochen und in Tränen gesehen hatte, war es ihm, als bräche das ganze Gerüst seines Lebens zusammen. Was nützte es ihm schon, nie die geringste Opfergabe versäumt zu haben, wenn die Ahnen keinen Wert darauf legten? Wenn die Götter seine leiblichen Söhne als Tribut forderten, einen nach dem anderen? Dusika bekam Angst vor seiner eigenen Auflehnung und trat den Heimweg an. An einer Straßenecke sah er plötzlich Sira, die Malobali an der Hand hielt, denn das Kind hatte bereits frühzeitig laufen gelernt. Er hielt sie an: »Wohin gehst du?«

»Auf den Markt. Ich habe gehört, dass dort Haussahändler Bernsteinketten verkaufen ...«

Betroffen blickte er sie an: »In einem Moment wie diesem denkst du an Bernsteinketten?«

Wortlos nahm sie den kleinen Jungen, der sich an die Beine seines Vaters geklammert hatte, und wandte sich ab. Er hielt sie zurück. In seinem ganzen Leben hatte er noch nie eine Frau geschlagen, nicht einmal eine Ohrfeige in einem Wutanfall, aber das war zu viel. Die ganze Familie war in Trauer und beweinte Nabas Verschwinden, und sie hatte nur ihre Schönheit im Sinn. Da sie ihn ziemlich herausfordernd anblickte, verlor er die Geduld und ohrfeigte sie. Regungslos nahm sie es hin, und ihre Lippen, auf die sie sich vor Schreck gebissen hatte, färbten sich blutig. Voller Scham entfernte er sich.

Dabei hatte Sira nur das Anwesen verlassen, um das Bild der nicht unterworfenen, unbeteiligten, ja fast feindlichen Gefangenen, das ihr anhaftete, mit Gewalt aufrechtzuerhalten. Denn alles, was ihrer Umgebung zu Herzen ging, berührte sie gleichermaßen. Besonders Nyas Schmerz. Als ob man seine Heimat vergessen könnte, nur weil man woanders angesiedelt ist und noch dazu unter Zwang! Schlagen Menschen etwa leichter Wurzeln als

Pflanzen? Sira wischte sich mit einem Zipfel ihres Wickeltuches die Lippen ab. Dann hob sie Malobali vom Boden, schob ihn sich mit einer Hüftdrehung auf den Rücken und ging weiter am Fluss entlang. Jenseits dieses trügerisch friedlichen, bläulichen Wassers, jenseits der Savanne, lag Massina. Ihr Land. Doch dieses Wort hatte seinen Sinn verloren. Das Land war jetzt Segu.

Es gab nicht wenige Fulbe innerhalb der Stadtmauern, besonders jene, die die Herden des Königs hüteten. Aber Sira hatte sie immer mit Verachtung betrachtet, als Wesen, die sich in der Unterwerfung wohl fühlten. Aber wodurch unterschieden sie sich jetzt eigentlich noch von ihr?

Manchmal dachte Sira an Flucht. Ihre Familie würde sie kaum zurückweisen. Aber was sollte sie mit Malobali machen? Ihn mitnehmen? Wie würde man ihn behandeln, wenn sein Vater einem gleichermaßen gefürchteten und verachteten Volk angehörte? Würde er nicht verstoßen werden? Und wenn er gut aufgenommen würde und man einen Fulbe aus ihm machte, würde er dann nicht eines Tages selbst zu seinem Vater nach Segu und jenen faszinierenden Barbaren zurückkehren, die das Bambara-Reich aufgebaut hatten? Sollte sie ihn also dalassen? Sie wusste, dass Nya ihn sofort an ihrer Brust nähren würde, aber sie brachte es nicht übers Herz. Malobali war ein derart hübscher Junge, dass man ihn nicht ansehen konnte, ohne sofort die rituellen Worte zu murmeln, die Neid und Eifersucht bannen. Er stolperte jetzt vor ihr her, fiel ab und zu hin und erhob sich dann wieder, ohne zu weinen und mit einer Entschlossenheit, als übe er sich darin, die Welt zu erobern. Und wenn Sira daran dachte, wie viel Liebe sie für ihn empfand, konnte sie Nyas Schmerz nur allzu gut verstehen und was es heißen musste, zwei Kinder in kurzer Zeit zu verlieren!

Aber nein! Weder Tiékoro noch Naba waren verloren.

Der eine würde umgeben vom Prestige der neuen Religion wiederkommen. Und den anderen würde man wieder finden und für seinen unerhörten Ungehorsam bestrafen, indem man ihn für eine Zeit lang aus der Jägergemeinschaft ausschloss. Dann würde alles wieder ins Lot kommen.

Unterdessen bewegten sich Samaké und seine Gefährten im gestreckten Galopp auf Masala zu. Den verdutzten Dorfbewohnern blieb kaum die Zeit, aus ihren Hütten zu kommen und die Reiter vorbeipreschen zu sehen. Die Krieger fragten sich, ob der Krieg erneut ausgebrochen sei, und waren darüber nicht böse. Die Gefangenen dagegen zitterten. Würde man sie wieder einmal verkaufen, um sich Waffen zu besorgen? Und in wessen Hände würden sie wohl diesmal geraten? Sie hatten sich gerade an jene Dörfer gewöhnt, in denen man sie untergebracht hatte.

Masala wurde von Demba regiert, einem weiteren Sohn des Mansa. Er empfing die Ankömmlinge mit fürstlicher Zuvorkommenheit und beklagte sich über das Betragen der jungen Jäger. Hatten sie doch tatsächlich das Dorf auf einem Seitenweg umrundet und sich mit den Fulbe unterhalten, die seine riesigen Herden hüteten, statt ihm ihre Aufwartung zu machen, wie es sich gehört hätte! Sie hatten vermutlich befürchtet, dass Demba, der die Verhältnisse in Segu nur allzu gut kannte, sich über die Abwesenheit der großen Meister der Jagd Gow und vor allem Kemenani wundern und sie vielleicht mit Fragen bedrängen könnte und dann wohlmöglich ihre Eskapade entdecken und sie mit Gewalt festhalten würde.

Demba ließ die Pferde absatteln und versorgte sie mit frischen, feurigen Tieren, sodass sich die Expedition wieder in Richtung Kiranga auf den Weg machen konnte. Bauern hatten den Busch in Brand gesetzt, und große schwarze Flecken zeichneten sich am Boden ab. Büffel wälzten sich im schlammigen Wasser eines Teiches und warfen unter ihren schweren Hörnern den Vorbeireitenden angriffslustige Blicke zu. Hirten bemühten sich, ihre Herden zusammenzuhalten, denen die Pferde einen Schreck eingejagt hatten. Schließlich gelangten die Reiter an eine Weggabelung. Welche Richtung sollten sie einschlagen? Samaké erinnerte sich an Fanés Worte, stieg vom Pferd und begann, den Boden zu untersuchen. Auf dem Hang einer kleinen Böschung entdeckte er kleine runde Löcher, die mit Wasser gefüllt waren, als habe es am Vortag geregnet, während sie sich doch mitten in der Trockenzeit befanden. »Die Spuren der Gazelle.«

Mehrere Stunden lang waren die Spuren zu sehen, und die Männer glaubten allmählich, der Galopp durch den Busch nähme kein Ende. Sie merkten wohl, dass sie eine weite Strecke zurückgelegt hatten, immer tiefer in den Süden, fast bis an die Grenzen des Reiches. Auf einmal standen sie vor dem Ufer eines Flusses. War das der Bani, der mehrere Tagereisen östlich von Segu in den Joliba mündet? Auf den Steinen am Ufer stolzierten Kronenkraniche mit würdevollem und zugleich gereiztem Gehabe auf und ab. Vor diesen Gottesvögeln, denen der Mensch die Sprache verdankt, stiegen alle aus dem Sattel, während die Griots ihre Stimmen erhoben:

Kronenkranich, sei gegrüßt.
Mächtiger Kronenkranich.
Vogel des Wortes.
Vogel der schönen Erscheinung.
Dein Teil an der Schöpfung ist die Stimme.

Plötzlich tauchte ein ganzes Rudel von Gazellen aus dem Gebüsch auf, lief den Pferden fast vor die Hufe, wie um sie herauszufordern, und preschte dann auf einem Buschpfad davon. Und wieder sprangen die Männer auf ihre Pferde und verfolgten sie. Und wieder dauerte die

Verfolgungsjagd mehrere Stunden. Die Sonne näherte sich bereits dem Horizont, und die Reiter fragten sich, ob die Götter ihnen nicht auf ihre Weise einen Streich spielten. Selbst Samaké kamen trotz Fanés Versicherung Zweifel. Schließlich erblickten sie in der Ferne die Strohdächer eines Dorfes.

Was für eine Stille in diesem Dorf herrschte! Das Getrappel der Pferde hallte auf dem trockenen Sand wie Kriegstrommeln. Es musste sich um ein Dorf von Gefangenen handeln, weil sich rundherum riesige, mit Sorgfalt bearbeitete Hirse- und Baumwollfelder ausdehnten. Aber wo waren die Bewohner? Grunzend und quietschend rannte ihnen ein Wildschweinrudel über den Weg.

In der letzten Hütte fanden sie die jungen Jäger, anscheinend in tiefstem Schlaf. Sie waren alle da, abgemagert und ausgezehrt. Nur Naba fehlte. Sein ganzes Leben lang sollte sich Diémogo seine egoistische Freude vorwerfen, als er seinen Sohn erblickte. Wie all seine Gefährten war auch Tiéfolo kaum wieder zu erkennen, wie ein Genesender, der eine lange Krankheit hinter sich hat, mit gelblichem Eiter in den Augenwinkeln. Aber er lebte. Dank der Künste der Heilkundigen öffneten die jungen Männer nach kurzer Zeit die Augen und waren in der Lage, sich die Fragen anzuhören – nur antworten konnten sie darauf nicht, als seien sie plötzlich von Gedächtnisschwund befallen. Was hatte sich ereignet, seit sie Segu vor etwa einer Woche verlassen hatten? Auf welchen Wegen waren sie hierher gelangt? Welche Worte hatten sie gesagt? Was war mit Naba geschehen?

Insgeheim nahmen die Männer der Suchexpedition das Urteil des Schicksals hin. Die jungen Jäger hatten sich eines Vergehens schuldig gemacht, und die Götter hatten sich ein Sühneopfer ausgesucht. Dagegen war man machtlos. Nur um die Form zu wahren, beschlossen sie, den

Busch nach dem Verschwundenen abzusuchen. Da die Dunkelheit inzwischen hereingebrochen war, steckten sie trockene Zweige in Brand und verschreckten damit derart die Pferde, dass diese zu wiehern begannen und in alle Richtungen davonstoben. Die Mehrzahl der Männer hätte lieber den Anbruch des Tages abgewartet, denn die Nacht gehört den Geistern, und es ist nicht gut, ihr Getuschel durch Geschrei, Gerenne und Pferdegetrappel zu stören. Aber Samaké und Diémogo bestanden darauf.

Tiéfolos Verfassung, nachdem er wieder völlig bei Sinnen war und Nabas Verschwinden festgestellt hatte, lässt sich kaum beschreiben. Zunächst war er wie betäubt. Dann überkam ihn das Bewusstsein seiner Schuld. Er erhob sich und machte Miene, sich auf ein Pferd zu stürzen. Man hielt ihn zurück. Und dann wollte er sich mit dem Kopf zuerst auf einen Zedrachbaum stürzen, aber seine Kräfte spielten nicht mit, und man musste ihn stützen. Einer der Heilkundigen bereitete rasch eine Mischung zu, die ihn zum Schlafen bringen würde. Samaké, Diémogo und die anderen Reiter kamen mitten in der Nacht wieder, ohne etwas erreicht zu haben. Sie beschlossen, sich ein wenig auszuruhen und die Suche bei Tagesanbruch fortzusetzen.

Im Übrigen geschah es nicht selten, dass sich im Verlauf einer Jagd ein Drama ereignete, denn dieser »blutige Beruf« fordert seine Opfer. Es kam vor, dass die berühmtesten *karamoko* von der Seele der Tiere besiegt und im Kampf getötet wurden. Für solche Fälle hatte die Tradition alles vorgesehen, von der Leichenwäsche bis zu den Trankopfern und den Worten der Totengesänge. Aber Nabas Verschwinden hatte etwas Einzigartiges und Übernatürliches. Die Schmiede und Fetischpriester, die an der Expedition teilnahmen, sahen auf ihren Wahrsagebrettern nur das Zeichen eines unwiderruflichen Schicksals, das sie nicht verstanden. Hatte ein Traoré vielleicht einen schwarzen Affen, einen Hundskopfaffen oder einen Kronenkranich getötet und somit das totemistische Verbot seines Clans übertreten? Unmöglich! Aber warum waren dann die Götter derart erzürnt?

Kurz vor Tagesanbruch tauchten die Dorfbewohner wieder auf. Es waren tatsächlich Gefangene des Königs, erkennbar an ihrem glatt rasierten Schädel und den drei Wundmalen an beiden Schläfen. Sie hatten im Busch Zuflucht gesucht, weil sie gehört hatten, dass die Marka* in ihrer Gegend auf Sklavenjagd waren. Sollte das ein Hinweis auf das Schicksal sein, das Naba widerfahren war? Ohne eine Sekunde zu verlieren, schickten Samaké und Diémogo Männer aus ihrer Eskorte zu den Handelsstädten Nyamina, Sinsanin, Busen und Nyaro, um die Märkte dort nach ihm abzusuchen. Kurz gesagt, nichts wurde dem Zufall überlassen.

Es ist schon seltsam! Als Samaké, der aus Neid und Engstirnigkeit alles darangesetzt hatte, Dusika zu Fall zu bringen, nun endlich seine Rache in Erfüllung gehen sah, konnte er sie nicht richtig auskosten. Im Gegenteil, sie erfüllte ihn mit Schrecken. Wie so mancher Verbrecher nach begangener Tat hätte er am liebsten geschrien: »Nein, das habe ich nicht gewollt!«

Mit einem Mal kam ihm eine eher frevelhafte Frage in den Sinn. Sind Götter und Ahnen sadistisch? Sind Götter und Ahnen grausam? Wenn sie die Wünsche, die jemand in einer Anwandlung von Zorn oder Eifersucht hegen mag, über alle Erwartung erfüllen, machen sie sich vielleicht dann ein Vergnügen daraus, sowohl das Opfer wie den Henker zu demütigen? Die Rollen zu vertauschen? Und in beiden Lagern Kummer, Unbehagen, Angst und

* Name, mit dem auch das Volk der Sarakole bezeichnet wird.

Verzweiflung zu wecken? Daher verstand niemand seine Betrübnis und seine Hartnäckigkeit, Naba wiederzufinden. War er denn nicht Dusikas Feind? Während sie sich mit *to* stärkten, das ihnen die Frauen aus dem Dorf zubereitet hatten, flüsterten die Reiter sich gegenseitig zu: »Sollten wir jetzt nicht besser nach Segu zurückkehren? Dusika ist ein reicher Mann. Er kann doch Tondyons bezahlen, die nach seinem Sohn suchen, und Fetischpriester, die ihm sagen, wo er sich befinden könnte? Wir können doch hier nichts mehr machen. Samaké verlangt Unmögliches von uns.«

Schließlich schaltete sich Prinz Bin ein, der trotz seines jugendlichen Alters als Sohn des Mansa eine gewisse Autorität besaß, und verschaffte dieser Ansicht Gehör, und sie kehrten heim nach Segu.

Und doch war Naba nicht weit. Kaum ein paar Wegstunden. Ein Dutzend »tollwütiger Hunde im Busch«* hatten ihn gefangen genommen, als er sich kurz von seinen Gefährten entfernt hatte. Diese »tollwütigen Hunde« aber waren keine Marka, sondern Bambara-Tondyons aus Dakala, die, da es in der Gegend friedlich war, in jene Räuberrolle gedrängt wurden. Im Allgemeinen suchten sie sich eher Kinder als Opfer aus, die leichter einzuschüchtern waren und sich mühelos in einem großen Sack verstecken und zu einem der Sklavenmärkte transportieren ließen, wo sie gegen ein kleines Vermögen eingetauscht wurden. Naba war bereits zu groß und zu stark, als dass sie auf diese Weise hätten vorgehen können, er war fast sechzehn.

Aber er war unbewaffnet gewesen, weil er Bogen und Köcher in einiger Entfernung abgelegt hatte. Und er erreichte gerade ein Alter, in dem die Gefangenen von den

* Bambara-Bezeichnung für Kinderdiebe.

Sklavenhändlern besonders geschätzt wurden. Außerdem war er sichtlich gepflegt und wohlgenährt. Die Versuchung war einfach zu groß gewesen. Inzwischen näherten sich die »tollwütigen Hunde« zu Pferd dem Dorf eines Marka-Mittelsmannes. Es hieß, sich so schnell wie möglich der Gerichtsbarkeit des Mansa zu entziehen, der solche Überfälle auf seine Untertanen mit dem Tode bestrafte. Sie hatten Naba eingeschläfert, mit starken Hanfschnüren gefesselt, in eine Decke gewickelt und ihn aufs Pferd geworfen.

Als Naba wieder zu sich kam, befand er sich in einer Hütte, deren Tür mit Baumstämmen verbarrikadiert war. An der Farbe des Lichts, das hindurchschimmerte, merkte er, dass es kurz vor Tagesanbruch sein musste. Neben ihm schliefen drei Kinder im Alter von etwa sechs bis acht Jahren auf dem Boden, die gleichfalls gefesselt waren.

Noch bis vor kurzem war Dusikas Anwesen für ihn und die anderen Kinder ein warmes Nest gewesen, in das kein Laut aus der Außenwelt über Krieg, Gefangenschaft oder Sklavenhandel drang. Manchmal hatte zwar ein Erwachsener in ihrer Anwesenheit eine Anspielung gemacht, aber die Kinder lauschten viel lieber den Abenteuern von Suruku, Badeni und Diarra*, die ihnen abends am Feuer erzählt wurden. Die erste Bresche, die in diese Mauer aus ungetrübtem Glück geschlagen wurde, war durch Tiékoros Übertritt zum Islam und die Abreise des geliebten Bruders verursacht worden. Und jetzt entdeckte Naba plötzlich die Angst, das Grausen und das blindwütig Böse. Er hatte schon oft Gefangene in den Innenhöfen des väterlichen Anwesens oder beim Mansa gesehen, aber er hatte ihnen nie die geringste Beachtung geschenkt. Er hatte auch nie Mitleid mit ihnen empfunden, da sie einem be-

* Die Hyäne, das Kamel, der Löwe auf Bambara.

siegten Volk angehörten, das nicht das seine war. Würde er jetzt dasselbe Schicksal erleiden? Seiner Identität beraubt, einem Herrn ausgeliefert, dessen Felder er zu bebauen hatte, und von allen verachtet? Er versuchte, sich aufzurichten, aber seine Fesseln hinderten ihn daran. Da begann er zu weinen wie ein Kind, was er im Grunde auch noch war.

Die Tür ging auf, und ein Junge kam herein, der eine große Kalebasse mit Hirsebrei in den Händen hielt. Naba versuchte, sich ihm zuzuwenden, so gut es ging, und sagte: »Hör zu, hilf mir, hier rauszukommen. Mein Vater ist ein reicher Mann. Wenn du mich zu ihm bringst, gibt er dir dafür alles, was du haben willst ...«

Der Junge setzte sich auf den Boden. Er war ein schmächtiger Bursche mit kränklichem Aussehen, dessen Oberkörper mit Narben übersät war, die von Schlägen herrührten. »Selbst wenn dein Vater alles Gold aus Bambuk* besäße, könnte ich nichts für dich tun ... Ich bin selbst gefangen genommen worden, als ich nicht größer war als diese Kinder, die du da siehst. Ich heiße Allahina.«

»Bist du Moslem?«

»Mein Herr ist Moslem. Er ist sehr reich. Er verkauft Sklaven auf mehreren Märkten und beliefert direkt die Abgesandten der weißen Männer. Ich habe ihn sagen hören, dass er dich aufgrund deiner Schönheit an jene verkaufen will.«

Naba glaubte, in Ohnmacht zu fallen. Allahina hielt ihm sanft einen Löffel Brei hin und schob ihn ihm energisch in den Mund.

»Iss vor allem, iss! Wenn du die Nahrung verweigerst, um vor Hunger zu sterben, schlagen sie dich blutig.«

Um sie herum erwachten die Kinder und riefen in ver-

* Gegend mit reichen Goldvorkommen.

schiedenen Sprachen nach ihren Müttern. In ihren Dörfern hatte man ihnen von diesen Kinderdieben erzählt, die ihre Opfer weit, sehr weit verschleppten. Daher fragten sie sich, ob sie ihre Dörfer jemals wieder sehen würden.

Allahina erhob sich und fütterte sie mit derselben Sanftheit. Naba murmelte: »Und was wird aus denen hier?«

Allahina sah ihn an und sagte zynisch: »Einen besseren Fang kann man kaum machen. Sie vergessen sehr schnell ihren Heimatort, gewinnen die Familie ihres Herren lieb und lehnen sich nie auf.«

Als Naba diese Worte hörte, liefen ihm die Tränen über die Wangen. Die ganze Ungerechtigkeit eines Systems, über das er nie nachgedacht hatte, kam ihm plötzlich zu Bewusstsein. Warum entriss man Kinder ihren Müttern, Menschen ihrer Heimat und ihrem Volk? Und was erhielt man dafür? Materielle Güter? Aber konnte das den Preis der Seele aufwiegen? In diesem Augenblick schoben vier Männer die Baumstämme beiseite und traten in die Hütte. Zwei von ihnen waren Bambara, während die anderen beiden offensichtlich Fremde waren und sich nur mit Mühe dieser Sprache bedienten. Die beiden Fremden gingen auf Naba zu, hockten sich neben ihn und untersuchten ihn in derselben Weise, wie man es bei einem Tier tut, einem Pferd oder einem Kalb, das man auf dem Markt kauft. Einer von ihnen wog sogar prüfend Nabas Geschlechtsteil in der Hand und sagte dabei lachend ein paar unverständliche Worte zu seinem Gefährten. Dann wandte er sich an Naba: »Das mögen die weißen Männer. Einen dicken *foro** … Sie spielen selbst gern damit.«

Die vier Männer brachen in Lachen aus. Dann stellten die beiden Fremden Naba unsanft auf die Beine, zogen ihm eine Art Kapuze über den Kopf und führten ihn nach

* Männliches Geschlechtsteil auf Bambara.

draußen. In der nachtkühlen Luft hing noch der Geruch nach Holzfeuern. Naba hörte Stimmen von Frauen, die die ersten morgendlichen Arbeiten verrichteten, Lachen und Weinen von Kindern und das Geschrei eines Esels. Vertraute, nichts sagende Laute, als habe sich in seinem Leben nichts geändert und er nicht gerade mitten unter ihnen Schiffbruch erlitten. Keine hilfreiche Hand streckte sich nach ihm aus. Niemand protestierte. Es waren Bambara, die ihn verkauft hatten, also Männer, die an dieselben Götter glaubten wie er, die vielleicht denselben Familiennamen trugen wie er und dieselben totemistischen Verbote einhielten: schwarzer Affe, Hundskopfaffe, Kronenkranich und Panther. Niemand hatte ihn gefragt: »Wer bist du? Bist du ein Kulubari aus Segu? Bist du ein Kulubari Massasi*? Bist du ein Diarra, ein Traoré, ein Dembélé, ein Samaké, ein Kuyaté, ein Uané, ein Uaraté? Wir haben dich bei der Jagd überrascht. Bist du daher vielleicht ein Gow und somit ein Nachkomme von Kuruyoré, dem Ahnherrn, der vom Himmel gekommen ist, sich mit einer Frau eingelassen und Moti gezeugt hat? Wer bist du? Welche Frau hat dich in ihrem Leib getragen und welcher Mann seinen Samen in sie gepflanzt?«

Nichts von alledem. Man hatte das Gewicht seines Fleisches geschätzt, seine Zähne gezählt, seinen Penis gemessen und seine Muskeln befühlt. Er besaß nicht mehr den Rang eines Menschen.

Die beiden Marka hatten beschlossen, sich weiter nach Süden ins Land der Malinke, nach Kankan, zu begeben, um Naba dort zu verkaufen. Denn sie wollten Segu möglichst weit hinter sich lassen, außerdem war Kankan zu einem der größten Umschlagplätze geworden. Diula-

* Es gibt zwei Kulubari-Familien. Eine aus Segu und eine aus Kaarta. Letztere sind die Massasi.

Händler zogen mit den Sklaven bis hinunter zur Küste und kamen mit Gewehren, Schießpulver, Baumwollstoffen und Branntweinfässern beladen wieder, die sie von den Vertretern der französischen oder englischen Handelshäuser bekamen. Für einen kräftigen Sklaven konnte man fünfundzwanzig bis dreißig Gewehre erhalten und noch dazu eine oder zwei lange holländische Tabakspfeifen. Naba war so ein Fang, für den es sich lohnte, lange Verhandlungen zu führen. Die beiden Marka überschlugen schon in Gedanken, wie viel Ellen indischer Stoffe sie für ihn bekommen würden, die sie dann im Land der Songhai verkaufen konnten. Die wohlhabenden Frauen aus Timbuktu und Gao waren ganz versessen darauf ... Denn zu jener Zeit, als Naba in einer Entfernung von kaum hundert Kilometern von seiner Vaterstadt gefangen genommen wurde, stand der Sklavenhandel in voller Blüte. Seit mehreren Jahrhunderten hatten die europäischen Händler Festungen an den Küsten errichtet, an der Pfefferküste, der Elfenbeinküste, der Goldküste, der Sklavenküste, von der Insel Arguin bis hinter die Bucht von Benin. Zunächst hatten sie sich hauptsächlich für Gold, Elfenbein und Wachs interessiert. Aber nach der Entdeckung der Neuen Welt und der Ausdehnung der Zuckerplantagen wurden der Sklavenhandel und die »Menschenjagd« zum einzig lohnenden Unternehmen. Zwischen Engländern und Franzosen entbrannte ein erbitterter Kampf um die Vorherrschaft, was zu den niederträchtigsten Racheakten führte. Aber auch wenn sie sich gegenseitig hassten, so waren sie sich doch in ihrem Misstrauen den afrikanischen Händlern gegenüber einig, die sie als »hinterhältig und gerissen« einschätzten und »die über falsche Gewichte, falsche Maße und sämtliche Schurkenstreiche informiert waren, mit denen man gemeinhin versuchte, sie hereinzulegen«.

8

»Ahmed, jemand will dich sprechen …«

Siga, der sich noch nicht an seinen neuen Namen gewöhnen konnte, rührte sich zunächst nicht. Aber als er begriff, dass er gemeint war, sprang er mit einem Satz auf, wusch sich die Hände in der Wasserschüssel neben der Tür und trat in den Hof des bescheidenen Lokals, in dem er seine Mahlzeiten einnahm.

Ein junger Mann wartete dort auf ihn: Tiékoro.

Seit dem Tag ihrer Ankunft in Timbuktu hatten sich die beiden Brüder nicht wieder gesehen. Immer wenn er seine Eselskarawane durch die Straßen der Stadt bis zum Hafen von Kabara trieb, hielt Siga nach seinem Bruder Ausschau und hoffte, ihn unter den Studenten zu entdecken, die in weißen Kaftanen, mit weißen Kappen auf dem Kopf und einem Ausdruck, in dem sich Arroganz und Frömmigkeit mischten, in kleinen Gruppen daherschlenderten und laut über die Worte, Taten und Lehren des Propheten diskutierten. Er hatte so lange vergeblich nach ihm ausgespäht, dass er allmählich einen Groll gegen ihn hegte, der ebenso bitter war wie der Hass. Er stellte sich vor, was er tun würde, wenn er ihm an einer Straßenecke begegnen würde. Vielleicht würde er ihm ins Gesicht spucken und ihn einen Bastard nennen. Manchmal ertappte er sich dabei, wie er bereits auf dem Weg zum Haus von El-Hadj Baba Abu war, um seinen Bruder dort im Hof gehörig zu beschimpfen. Vermutlich würde ihm jeder Recht geben, denn schließlich ist Blut nicht dasselbe wie Wasser. Aber dann entsann er sich des eisigen Blicks von Tiékoros Meister und spürte, dass für jenen hellhäutigen Moslem ein dunkelhäutiger, dem Fetischglauben anhängender Bambara nicht existierte. El-Hadj würde seine Diener auf ihn hetzen und ihn wie eine stinkende Hyäne verjagen. Siga hatte ja oft genug die Arroganz dieser Araber und ihrer Sprösslinge und ihre Verachtung für die Schwarzen zu spüren bekommen!

Aber mit der Zeit hatten sich Groll und Hass gelegt, denn er war ein gutmütiger Kerl. Und am Ende entschuldigte er Tiékoro sogar. Sein Bruder hatte nur an sich selbst und seine Zukunft gedacht. Sollte man ihn dafür tadeln? Schließlich bedeutete das Studium an der Universität so viel für ihn. Wozu hatten sie diese ganze Reise nach Timbuktu unternommen, wenn Tiékoro seinen Traum letztlich nicht hätte erfüllen können?

Tiékoro war mit seinen Gedanken den umgekehrten Weg gegangen. Er hatte sich zunächst tausend Gründe gesucht, um sein eigenes Verhalten zu entschuldigen. Aber nach und nach verloren die an Wirkung und ließen in ihm ein Gefühl der Reue und Schuld zurück, das ihn nachts aus dem Schlaf riss und zum Weinen brachte. Doch die Entschlüsse, die er in jenen Momenten fasste, hielten nicht bis zum Tagesanbruch, und er eilte nicht, wie er es sich vorgenommen hatte, zum Hafen von Kabara, wo er Siga mit Sicherheit hätte antreffen können. Und so war er von Tag zu Tag mehr von seiner Feigheit überzeugt.

Als er jetzt vor Siga stand, fand er kein Wort der Entschuldigung und flüsterte lediglich mit gesenktem Blick: »Siga, ich habe Nachricht von unserer Familie erhalten. Ein großes Unglück ist geschehen. Naba ... Naba ist verschwunden ...«

Siga wiederholte, ohne zu verstehen: »Verschwunden? Was meinst du damit, verschwunden?«

»Er ist auf die Jagd gegangen, und man vermutet, dass eine Gruppe Marka ihn gefangen genommen hat, um ihn zu verkaufen ...«

Die Nachricht war so fürchterlich, dass Siga die Worte auf den Lippen erstarben. Tränen schossen ihm in die Augen. Naba!

Siga hatte zwar nie ein enges Verhältnis zu seinem jüngeren Bruder gehabt, der immer nur mit Tiékoro zusammenhockte, aber er dachte an den Schmerz der Familie. Vor allem an den Schmerz Nyas. Und dann dachte er an das schreckliche Schicksal seines Bruders. Auf ihrer Reise nach Timbuktu waren ihnen lange Reihen von Sklaven begegnet, die den Hals zwischen zwei eng zusammengeschnürten Hölzern stecken hatten und mit Seilen aneinander festgebunden waren. Mit Knüppelschlägen wurden sie von Männern angetrieben, die sie zu den Märkten der Gegend führten. Naba würde seinen Namen und seine Identität verlieren und zu einem Arbeitstier auf den Feldern werden. Siga stammelte: »Was können wir denn bloß tun?«

Tiékoro entgegnete mit einer Geste hilfloser Verzweiflung: »Was willst du schon tun? Nichts ...«

Dann schien er diese Worte zu bereuen und berichtigte sich rasch: »Zu Gott beten ...«

Beide Brüder schwiegen eine Weile, bis Tiékoro schließlich stotterte: »Fehlt es dir an nichts?«

Wortlos wandte sich Siga ab, aber Tiékoro hielt ihn am Arm zurück und murmelte: »Entschuldige ...«

Das war schon sehr viel, wenn man seine Arroganz kannte, sodass Siga glaubte, sich verhört zu haben. Er drehte sich mit einem Ruck um und sah seinen Bruder an, der mit gesenktem Blick, linkisch und verschämt in seinem schönen Seidenkaftan vor ihm stand.

Siga hatte Mitleid mit ihm und sagte wie zum Trost: »Mach dir keine Sorgen um mich, mir geht es gut. Du hast Glück gehabt, dass du mich noch angetroffen hast, denn heute ist mein letzter Arbeitstag hier. Ein Händler nimmt mich als Gehilfen mit ...«

Tiékoro rief völlig entgeistert: »Willst du dich etwa mit Handel* abgeben?«

Siga spottete: »Findest du es besser, wenn ich Eseltreiber bleibe? Und außerdem wirst du doch Marabut ...«

Tiékoro entgegnete zunächst nichts, bis er schließlich fragte: »Und wo kann ich dich erreichen?«

Siga zuckte die Achseln: »Das musst du schon selbst herausfinden.«

Dann drehte er sich um und ging in das Lokal, aus dem seine Gefährten die Szene neugierig verfolgt hatten.

Siga glich jetzt ganz den armseligen Kerlen, mit denen er zusammen war. Muskulös, ungepflegt und ziemlich dreckig. Er trug eine kurze Jacke, die aus blau gefärbten Baumwollstreifen genäht war, und eine weite Hose, die über den Knöcheln endete. Und er ging mit nackten Füßen, die inzwischen breit und rau geworden waren, durch den Staub. Die beiden Brüder hatten wirklich nichts mehr miteinander gemein! Selbst das Familiendrama, durch das sie sich vorübergehend wieder näher gekommen waren, konnte diese Kluft nicht überbrücken. Langsam ging Tiékoro auf den Fluss zu. Er fühlte sich für Nabas Verschwinden verantwortlich. Denn hätte sich sein kleiner Bruder Tiéfolo zugewandt, wenn er Segu nicht verlassen hätte, um in Timbuktu zu studieren? Wäre er dann Jäger geworden? Und hätte Naba an diesem unseligen Jagdausflug teilgenommen? Was sollte er jetzt tun? Nach Segu zurückkehren, um die Tränen ihrer Mutter zu trocknen? Aber würde das den verschwundenen Sohn zurückbringen?

Im Hafen von Kabara, der auch Timbuktu versorgte, seit der Issa-Ber seinen Lauf leicht geändert hatte, herrsch-

* Die Bambua-Notablen verachten den Handel und sehen nur den Ackerbau als ihrer würdig an.

te geschäftiges Treiben. Dort stapelten sich die Waren, bevor sie auf Boote umgeladen wurden. Hirse, Reis, Mais, Wassermelonen, aber auch Tabak und arabisches Gummi, das in großen Mengen in der Nähe von Gundam und dem Faguibine-See erzeugt wurde. Händler aus Fittuga brachten in ihren Pirogen Tonkrüge, getrockneten Fisch und Elfenbein mit. Eines ihrer Boote war mit Sklaven beladen, einem knappen Dutzend verstörter, ausgemergelter Männer, die mit Seilen aus Baumwurzeln aneinander gefesselt waren. Noch vor wenigen Wochen hätte Tiékoro einem derart gewohnten Anblick keinerlei Aufmerksamkeit geschenkt. Aber jetzt war alles anders geworden. Er ging auf die beiden Männer zu, die mit Knüppelschlägen jene Unglücklichen an Land trieben, und fragte: »Was macht ihr mit ihnen?«

Einer der beiden brummte in schlechtem Arabisch, dass es sich um gefangene Mossi handele, die für einen Mauren bestimmt seien. Tiékoro entgegnete darauf mit betont lauter Stimme: »Weißt du denn nicht, dass es genauso Menschen sind wie du?«

Dann kam ihm die Lächerlichkeit seiner Haltung zu Bewusstsein. Was konnte er schon gegen ein derart altes System ausrichten? Seit dem sechzehnten Jahrhundert arbeiteten schwarze Sklaven in den marokkanischen Zukkerwerken, ganz zu schweigen von den königlichen Sklaven, die überall im Reich verstreut waren. Bedrückt machte er sich wieder auf den Weg nach Timbuktu.

Als er in den Hof der Universität neben der Moschee trat, waren dort schon zahlreiche Studenten unter den Arkaden versammelt und warteten darauf, dass die Bibliothek geöffnet wurde. Durch die marokkanische Invasion war es zwar zu einem erheblichen Verlust an Handschriften gekommen – so fehlte zum Beispiel fast das gesamte Werk von Ahmed Baba –, aber viele Gelehrte hatten die

Schätze, die sich in ihrem Familienbesitz befanden, der Bibliothek gestiftet. Tiékoro hatte sehr schnell Fortschritte gemacht, was seinen Lehrern Bewunderung abrang. Er, der zu Anfang nur Spott auf sich gezogen hatte, war nun zu einem der brillantesten Studenten der arabischen Linguistik und Theologie geworden. Er unterrichtete bereits in einer der hundertachtzig Koranschulen, die es in Timbuktu gab. Niemand konnte besser als er die Worte und Taten des Propheten interpretieren. Und dennoch war Tiékoro nicht glücklich, denn er war hoffnungslos verliebt, so wie man es in jenem Alter sein kann, und war sich nicht sicher, ob auch er geliebt wurde. Und diese Liebe galt Ayisha, der fünften Tochter der ersten Frau seines Gastgebers El-Hadj Baba Abu. Manchmal las er in Ayishas hübschen Mandelaugen die Gewissheit ab, dass ihr seine Gefühle nicht unbekannt sein konnten. Aber manchmal drückten ihre Augen auch nur kalte Verachtung aus. Sie war stets darauf bedacht, sich nie an ihn direkt zu wenden, und schaltete immer ihren kleinen Bruder Abi Zayd, einen lebhaften Jungen von neun Jahren, als Vermittler ein: »Ayisha möchte ein Bernsteinhalsband.« »Ayisha möchte einen silbernen Armreif.« »Ayisha möchte Honiggebäck …«

Tiékoro beeilte sich immer, ihre Wünsche zu erfüllen, obwohl er genau wusste, dass es ein äußerst gefährliches Unterfangen war, sich auf einen solchen Handel mit der Tochter von El-Hadj Baba Abu einzulassen, und er dadurch Gefahr lief, sich den Zorn des Meisters zuzuziehen.

Da Tiékoro zudem seit seinem zwölften Lebensjahr gewohnt war, mit den jungen Sklavinnen seines Vaters zu schlafen, quälte ihn die Verpflichtung zu Reinheit und Enthaltsamkeit, zu der ihn die Religion seiner Wahl zwang. Er konnte es nicht lassen, jede Frau wie ein Paradies anzustarren, aus dem er sich selbst vertrieben hatte, während ihn gleichzeitig die heftige Reaktion seines Penis unter dem Kaftan in Schrecken versetzte. Das Verlangen nach einem warmen, willigen Körper peinigte ihn so sehr, dass sich ihm manchmal ein Schleier über die Augen legte. Morgens beim Aufwachen waren seine Schenkel oft feucht von seinem Samen, und wenn er sich dann wusch, flehte er Gott an, er möge ihm verzeihen. Hinzu kam, dass sein Freund, Vertrauter und Mentor Mulaye Abdallah das Studium des islamischen Rechts inzwischen beendet hatte und nach Gao zurückgekehrt war, wo er die Nachfolge seines Vaters als Kadi angetreten hatte, sodass Tiékoro in äußerster Einsamkeit lebte.

Um sich nach dem Unterricht etwas zu zerstreuen, ging Tiékoro häufig in eine Kaschemme, die von Mauren geführt wurde. Dort trank man grünen Tee, aß Ingwerplätzchen und spielte ein Spiel, das aus dem Land der Weißen stammte und bei dem man kleine runde Holzscheiben auf einer Holzplatte verschieben musste. Diese träge, friedliche Atmosphäre erinnerte Tiékoro ein wenig an das Anwesen seines Vaters.

Als er gerade aus der Latrine kam, einer kleinen strohgedeckten Hütte hinten im sandigen Hof, begegnete ihm ein junges Mädchen, das bis auf einen winzigen Lendenschurz aus Naturfasern völlig nackt war. Die untergehende Sonne spielte mit ihrer schwarzen Haut. Der Anblick nackter Mädchen oder nackter Brüste war in den Straßen von Segu etwas völlig Normales. Aber der Islam, der die Sitten von Timbuktu bestimmte, hatte diesem seit den Zeiten des Propheten Mohammeds verpönten Brauch ein Endc gesetzt. Seither hüllten Frauen und selbst junge Mädchen ihren Körper in Kleider aus Stoffen, die aus Europa importiert wurden. Beim Anblick dieser Brüste und dieser nackten Hinterbacken wurde Tiékoro beinah schwindelig. Er ging ohne zu grüßen an dem Mädchen vorbei, das damit beschäftigt war, ein Feuer aus Kamelmist anzufachen, denn Holz gab es nur wenig, trat in das Lokal und wandte sich an Al-Hassan, den Inhaber: »Wer ist dieses Mädchen?«

Der Wirt antwortete gleichgültig: »Eine Sklavin. Die Marka haben sie den Marokkanern für den Harem angeboten, aber dafür ist sie nicht hübsch genug … Ich habe sie fast umsonst bekommen.«

Tiékoro ging in den Hof zurück. Das Mädchen hatte das Feuer inzwischen zum Lodern gebracht und stand mit hängenden Armen und leicht gespreizten Beinen da, sodass die Innenseite ihrer Schenkel zu sehen war. Tiékoro stürzte sich auf sie und zog sie hinter sich her in das Latrinenhäuschen. Er begriff selbst nicht, was über ihn kam. Es war, als ob ein wildes Tier, das lange in seinem Bauch geschlummert hatte, sich plötzlich aus seinem Käfig befreite und seine Eingeweide zerriss. Er drang in ihren Körper ein. Sie stöhnte schwach auf wie ein Kind, wehrte sich aber nicht. Er nahm sie mehrmals, als wollte er sich für die langen Monate der Einsamkeit, der Enthaltsamkeit und zugleich für das Verschwinden seines jüngeren Bruders rächen …

Schließlich ließ er von ihr ab, atmete den widerlichen Kot- und Uringestank des Raumes ein und wäre am liebsten gestorben. Er ging hinaus in den Hof. Das Mädchen folgte ihm. Er wünschte sich, sie würde sich auflehnen und schreien, aber sie sagte keinen Ton, sondern stand nur wortlos hinter ihm. Er überwand sich und murmelte auf Arabisch: »Wie heißt du?«

»Nadié …«

Ihn überlief ein kalter Schauer. Er drehte sich um und blickte ihr zum ersten Mal in die Augen: »Du heißt Nadié? Dann bist du also Bambara?«

Sie nickte: »Aus Beledugu*, *fama*** ...«

Eine Bambara! Wie hatte er bloß die ihm so wohlvertraute Tätowierung der Unterlippe und die ebenso typischen Wundmale an den Schläfen übersehen können! Da hatte er also eine Tochter seines Volkes vergewaltigt, die er eigentlich hätte beschützen müssen. Und noch weiter zu ihrer Erniedrigung beigetragen. Er war auch nicht besser als die Sklavenhändler, die er am Vortag beschimpft hatte. Nadié legte ihm die Hand auf die Schulter. Er zuckte zurück, als habe ihn ein ekelhaftes Tier berührt – oder aber, weil er schon wieder spürte, wie ihn die Lust überkam –, und lief auf die Straße. Er rannte ohne Pause, bis er zu El-Hadj Baba Abus Haus kam. Die alten Männer, die auf ihren Matten vor der Haustür lagen, die Kinder und die Kolanussverkäufer fragten sich, wer wohl dieser Mann sein könne, der offensichtlich von Geistern verfolgt wurde.

Im Hof begegnete er seinem Gastgeber, der gerade einen wohlbeleibten, reich gekleideten Mann mit einem Turban und der Hautfarbe eines Mauren zur Tür begleitete. Er grüßte sie hastig und wollte gerade in sein Zimmer verschwinden, als Abi Zayd plötzlich auf ihn zusprang und ohne gefragt zu werden erklärte: »Abbas Ibrahim ist ein Gelehrter aus Marrakesch, der an der Universität unterrichtet und mehrere Werke über Metaphysik verfasst hat. Es ist eine große Ehre, dass er unsere Familie besucht und meine Schwester heiraten möchte.«

Tiékoro lief der kalte Schweiß über den Rücken, denn die vier ältesten Töchter von El-Hadj Baba Abu waren bereits verheiratet. Er stammelte: »Welche Schwester?«

Abi Zayd hüpfte von einem Fuß auf den anderen und sagte spöttisch: »Meine Schwester Ayisha.«

* Ein kleines Bambara-Reich, das von Segu unabhängig ist.

** Herr auf Bambara.

Gottes Strafe ließ wirklich keine Sekunde auf sich warten! Kaum hatte er sich der Unzucht schuldig gemacht und war damit derer unwürdig geworden, die er liebte, da wurde sie ihm auch schon genommen. Aber gleichzeitig konnte er sich nicht damit abfinden, dieses Urteil gelassen hinzunehmen. In Segu waren die Heiratsregeln zugleich einfach und komplex. Es war eine Angelegenheit unter Familien gleichen Ranges, ein Hin und Her von Geschenken, Kolanüssen und Kaurimuscheln, die von den Griots übermittelt wurden, bis zur Zahlung des Brautpreises in Gold und Vieh und der Hochzeitszeremonie. Wenn er im Land geblieben wäre, hätte Dusika ihn eines Tages rufen lassen, um ihm mitzuteilen, dass der Zeitpunkt gekommen sei, ans Heiraten zu denken, und hätte ihm zu einer Gefährtin geraten. In Timbuktu dagegen kannte sich Tiékoro mit den Heiratsbräuchen überhaupt nicht aus. Er wusste nur, dass er als Fremder, trotz seiner adligen Abstammung, in den Augen von El-Hadj Baba Abu nicht als möglicher Kandidat in Frage kam. Dennoch hätte er den Mut aufgebracht, ihm entgegenzutreten, wenn er nur Ayishas Gefühle ihm gegenüber gekannt hätte. Aber wie konnte er die ergründen? Wie konnte er sich ihr nähern? Wie konnte er mit ihr reden, ohne überwacht zu werden?

In diesem Augenblick trat ein Diener ins Zimmer, um heißes Wasser für das Bad zu bringen. Er bemerkte: »Dein Kaftan ist voller Dreck, Umar ...«

Sofort stand Tiékoro wieder die fürchterliche Szene vor Augen. Das Latrinenhäuschen mit dem Holzbrett darin, das ein kreisförmiges Loch hatte und auf einem Tonkrug lag. Drum herum der vom Waschwasser verschlammte Boden, und in diesem Schmutz hatte er sich gewälzt! Gleichzeitig verspürte er schon wieder den Drang, dieses Mädchen zu treffen und erneut in das Wasser ihres Leibes einzudringen. Hatte Gott etwa beschlossen, ihn verrückt werden zu lassen? Warum diese Kluft zwischen den Sehnsüchten seines Herzens und dem Drang seines Fleisches?

Allahs Feuer, das brennende Feuer,
das sich über die Schar der Verdammten erhebt,
ist in Wirklichkeit wie ein Gewölbe,
das auf hohen Säulen ruht!

Auf einmal hatte Tiékoro eine Erleuchtung: Mulaye Abdallah! Er würde sich an seinen Freund wenden und ihn bitten, nach Timbuktu zu kommen. Er allein konnte ihm einen Rat geben und, da er mit den Sitten dieser Stadt vertraut war, die Möglichkeiten erkunden, die Tiékoro hatte. Sofort setzte er sich hin und begann ihm zu schreiben.

Die Schicht der Adligen und Notablen in Timbuktu setzte sich aus drei Gruppen zusammen: den Arma, die die militärische und politische Macht besaßen, den Rechtskundigen und den Händlern. Für die Aufrechterhaltung der Sozialordnung waren in erster Linie die Händler verantwortlich, da ihre Karawanen, Boote und Geschäfte bei Unruhen ein leichtes Angriffsziel waren. Abdallah gehörte der angesehenen Arma-Familie der Mubarak al-Dari an. Aber sein ruhiges Wesen passte schlecht zum Kriegshandwerk. Eines Tages hatte er daher auf die Insignien seiner Klasse – das Tragen des Säbels und weißer Kleidung in Verbindung mit einem roten, gelben, grünen oder schwarzen Tuch, je nach Rang – verzichtet und sich dem Handel zugewandt. Er hatte keine schlechte Wahl getroffen, denn inzwischen gehörte er zu den reichsten Männern der Stadt. In seinem Haus aus runden Ziegeln in der Nähe des Tors nach Kabara wohnten außer ihm noch eine Unzahl von Bediensteten und Sklaven. Die Händler aus Fes, Marrakesch, Algier, Tripolis und Tunis belieferte er hauptsächlich mit Salzbarren, aber auch mit Stoffen, Sennesblättern und Sesam. Vor mehr als zehn Jahren hatte er bei einer großen Pestepidemie seine beiden Frauen und seine fünf Kinder verloren. Seither hatte er sich nicht wiederverheiraten wollen und begnügte sich zur Befriedigung seiner fleischlichen Bedürfnisse, wenn er einmal welche verspürte, mit einer Dienerin.

Er war, wie man sich leicht vorstellen kann, ein düsterer, schweigsamer Mann, der ganze Tage verbringen konnte, ohne ein Wort zu sagen. Dennoch hatte er schnell Zuneigung zu Siga gefasst. Er schätzte die Zuverlässigkeit, mit der Siga die Waren zum Hafen brachte, und die Bescheidenheit seines Auftretens und war überzeugt, dass dieser junge Bambara rechtschaffener und aufrichtiger war als alle anderen Jungen seines Alters, die die gleiche Tätigkeit ausübten. Daher hatte er ihm eine Anstellung in seinem Handelshaus angeboten, mit Unterkunft, Verpflegung und der Möglichkeit, sich in die Geheimnisse der Handelsgeschäfte einweihen zu lassen. Siga, der das harte Leben der Eseltreiber satt war, hatte begeistert zugestimmt. Seit zwei Jahren schlief er nun schon umgeben von einem Dutzend übel riechender Körper in einer winzigen Hütte im Viertel von Albaradiu, stand vor Sonnenaufgang auf, transportierte auf den Schultern oder dem Kopf schwere Lasten und wurde noch dazu von allen verachtet. Wenn er an Segu und seine Eltern dachte, packte ihn manchmal eine heftige Wut. Wenn es Tiékoro schon in den Sinn gekommen war, zum Islam überzutreten und zu studieren, warum musste dann ausgerechnet er ihn begleiten? War er vielleicht der Sklave seines Bruders? Wenn er daher die Möglichkeit in Betracht zog, nach Hause zurückzukehren, sah er sich im Geiste siegreich und stolz an der Spitze einer Karawane aus zwölf Kamelen, die mit lauter unbekannten Dingen beladen waren, in Segu einziehen. Dann würden die Leute auf die Straße laufen und rufen: »He, ist das nicht der Sohn-jener-Unglücklichen-die-sich-in-den-Brunnen-gestürzt-hat?«

Und die *diély*, die sofort das Gold witterten, würden sich an seine Fersen heften, und Dusika würde es bereuen, ihn verkannt zu haben. Abdallahs Stimme riss ihn aus seinen Ruhmesträumen. »Ich habe dir ein paar Kleidungsstücke in dein Zimmer gelegt. Sie sind von mir, aber ich schenke sie dir. Du bist derart groß und stark, dass sie dir bestimmt passen. Geh anschließend zum Pascha und bring seinen Frauen die indischen Stoffe, die ich für sie geliefert bekommen habe.«

Während Siga entdeckte, wie angenehm es ist, einen ehrbaren Beruf auszuüben und mit zwei Sklaven im Gefolge durch die Stadt zu gehen, zermarterte sich Tiékoro immer noch das Hirn. Da El-Hadj Baba Abu seine Tochter einem Mann aus Marrakesch zu geben gedachte, konnte er ja wohl nichts gegen Fremde haben. Allerdings handelte es sich um einen Marokkaner, und Tiékoro wusste genau, dass zwischen ihnen und der Bevölkerung von Timbuktu ein besonderes Verhältnis bestand. Doch seine Liebe zu Ayisha und sein Verlangen nach ihr waren derart stark, dass er sich zutraute, ihrem Vater die Stirn zu bieten, aber erst musste er wissen, ob die Schöne zu ihm stand. Konnte er warten, bis Mulaye Abdallah den Vermittler spielte? Sein Brief, den er auf dem Wasserweg nach Gao gesandt hatte, würde mindestens vier Wochen brauchen, ehe er dort ankam …

In der Koranschule, in der Tiékoro unterrichtete, wurde nur Grundwissen vermittelt: ein bisschen Kalligraphie, die Lehren und Taten des Propheten und die ersten Koransuren. Da Tiékoro zwanzig Schüler hatte und jeder ihm sieben Kaurimuscheln in der Woche zahlte, brauchte er sich um seinen Lebensunterhalt keine Sorgen zu machen. Er ließ die Kinder nach Hause gehen, und statt sich zur Universität zu begeben, beschloss er, zu seinem Gastgeber zurückzukehren.

Die Gefühle, die Tiékoro für Timbuktu empfand, hatten sich im Laufe der Zeit gewandelt. Anfangs hatte er die Hoffnung gehabt, in dieser ruhmreichen Stadt heimisch zu werden, Bekanntschaften zu machen und Freundschaften zu schließen. Dann hatte er festgestellt, dass dies unmöglich war. Die Arroganz und der Dünkel der Gelehrten, die ihn umgaben, ließen es nicht zu. Man musste in der richtigen Familie geboren sein und ein paar Rechtsgelehrte zu seinen Vorfahren zählen können. Da hatte er angefangen, Timbuktu zu hassen, und wünschte sich, die Tuareg würden die Stadt zerstören, wie sie es schon so oft getan hatten, sodass nur noch ein Haufen Asche in einem Ring weißer Knochen übrig blieb. Er begann, nach Anzeichen des Verfalls zu suchen, wie rissigen oder bröckeligen Mauern, die mit Matten oder Stroh ausgebessert waren. Und wie sehr freute er sich auf den Tag, an dem er die hohen Mauern von Segu wieder sehen würde und die Ufer des Joliba voller Frauen mit nackten Brüsten, die Wäsche wuschen oder mit Kalebassen Wasser schöpften!

Er ging mit raschem Schritt, ohne auch nur einen Blick an die bunte Vielfalt der Menschen zu verschwenden, die ihm begegneten: Maurinnen in indigofarbenen Gewändern, Tuareg, die mit wildem Blick ihren Säbel an sich drückten, stolze Arma sowie eine ganze Schar von Wasserträgern, die von den Brunnen im Nordwesten zurückkehrten, und Sklaven, die mit Stricken verschnürte Salzbarren transportierten. Dieser Anblick, der früher seine Neugier geweckt hatte, ließ ihn jetzt völlig kalt.

Wie konnte er sich bloß Gewissheit über Ayishas Gefühle ihm gegenüber verschaffen? Sollte er ihr einen Brief durch Abi Zayd zukommen lassen? Aber was würde geschehen, wenn der Brief in die Hände von El-Hadj Baba Abu fiel?

Er grübelte noch darüber nach, während er die Haustür aufstieß, und stand plötzlich vor Ayisha, die dort auf eine ihrer Sklavinnen wartete. Es war sehr selten vorgekommen, dass sie sich einmal allein begegneten. Ayisha befand sich sonst immer in Begleitung einer Sklavin, einer jüngeren Schwester, einer Freundin oder einer Verwandten. Außerdem war das riesige Haus von El-Hadj Baba Abu in zwei Bereiche unterteilt. Der eine war seiner Schule und den ständigen Gästen oder auch Besuchern vorbehalten, und im anderen befanden sich seine Privatgemächer. Aber auch die Privatgemächer waren wiederum unterteilt in Empfangsräume mit marokkanischer Ausstattung, ein Arbeitszimmer, eine Bibliothek mit vielen Handschriften auf Regalen und die Gemächer für Frauen und Kinder, sodass man diese nie zu Gesicht bekam. Im Verlauf von zwei Jahren hatte Tiékoro die beiden Frauen seines Gastgebers, die Marokkanerin und die ehemalige Songhai-Sklavin, nicht mehr als dreimal gesehen. Ayisha stand mitten im Hof. Mit ihren knapp sechzehn Jahren war sie zweifellos ein entzückendes Wesen. Das marokkanische Blut ihrer Mutter und das Mischlingsblut ihres Vaters hatte sie zur perfekten *mwallidun** werden lassen, mit heller glänzender Haut und langem gelockten Haar, das ihr in Zöpfen, die mit Goldfäden durchwirkt waren, bis zur Taille fiel. Bei seinem Anblick hatte sie den Mund leicht verzogen, wobei nicht deutlich war, ob es freundlich oder spöttisch gemeint war. Tiékoro flüsterte ihr zu: »Im Namen Allahs, Ayisha, ich muss mit dir reden ...« Sie schien zu zögern, blickte auf die Sklavin, die sich eilig näherte, und murmelte: »Wenn die anderen ihren Mittagsschlaf

* Mulattin.

halten, werde ich dich von meiner Lieblingssklavin Zubeïda holen lassen.«

Als Tiékoro diese Worte hörte, glaubte er zunächst, er träume. Denn nur im Traum hatte Ayisha ihm bisher einen wohlwollenden Blick oder gar ein Lächeln geschenkt. In der Wirklichkeit des Tages hatte sie sich nur gleichgültig gezeigt. Es überlief ihn heiß und kalt, als er dort wie angewurzelt stehe blieb, während sie mit Zubeïda in den Frauengemächern verschwand. Plötzlich befiel ihn panische Angst. War das Ganze vielleicht eine Falle? Er entsann sich der Warnung seines Freundes Mulaye Abdallah: »Sie kokettiert gern und hat uns allen den Kopf verdreht, um sich anschließend über uns lustig zu machen ...«

Aber warum sollte sie sich über ihn lustig machen? Nein, sie teilte seine Liebe. Sein Verlangen. Er stellte sie sich in seinen Armen vor, und das rührte ihn derart, dass er beinah ohnmächtig geworden wäre. Ayisha. Drei unauslöschbare Silben! Nie war ihm die Zeit so lang erschienen.

Endlich klopfte es leicht an seine Zimmertür. Es war Zubeïda, die einen Kaftan mitbrachte: »Hier, zieh das an, dann wird man dich für einen Haussa-Händler halten, der Parfums anbietet ...«

Tiékoro folgte ihr in die Frauengemächer. Im Erdgeschoss wohnten die beiden Frauen von El-Hadj Baba Abu mit ihren jüngsten Kindern. Über eine Wendeltreppe erreichten sie den ersten Stock, wo die älteren Kinder wohnten, die Mädchen auf der einen, die Jungen auf der anderen Seite, in großen Räumen mit Decken aus verstrebten, weiß gekalkten Balken aus Dumpalme. Überall liefen kleine Mädchen und kleine Jungen herum, die mit lärmenden Spielen beschäftigt waren. Ayisha war allein in ihrem Zimmer. Der Boden aus weiß gekalktem Lehm war übersät mit Kleidungsstücken aus Seide und Tüll. Weite

Hosen, breite Gürtel, Tücher und kurze bestickte Blusen, die von ungeduldiger Hand dort hingeworfen worden waren. Tonschalen waren voller Karneolringe, Bernsteinketten, ziselierter silberner Armreifen und Ketten aus Goldfiligran mit Anhängern in Form eines vierzackigen Sterns. Ein winziges, mit Goldfäden verziertes Paar Pantoffeln schien darauf zu warten, dass Ayisha beschloss, sich auf den Weg zu machen.

Tiékoro betrachtete das alles mit Verzückung. Er hatte noch nie das Zimmer einer Frau betreten. Hätte er es in Segu getan, so würde er nur eine kärgliche Einrichtung gesehen haben. Eine Matte auf dem Boden und in einer Ecke ein paar Kalebassen. Vielleicht noch ein Hocker. Außerdem liefen die Sklavinnen, an denen er seine Lust befriedigt hatte, mit nackten Brüsten und einem eng anliegenden Wickeltuch herum, bei dem sich die Form des Gesäßes deutlich abzeichnete. Und jetzt musste er feststellen, dass die unverschleierte Nacktheit ihn viel weniger erregte als dieser in Stoffe gehüllte Körper, dessen Duft er einatmete, so nah war er. Er versuchte, ihre Formen zu erraten. Die spitzen Brüste ... Den Unterleib ...

Ayisha unterbrach seine Betrachtung ziemlich schroff: »Was willst du von mir? Seit Monaten verfolgst du mich mit deinen Blicken. Was willst du?«

Mit diesem Anfang hatte er nicht gerechnet. Überrascht stotterte er: »Es ist schwer, in einem fremden Land zu leben. Niemand kennt dort deine Familie, noch deinen Rang. In unserm Land bin ich ein Adliger. Mein Vater, der eine hohe Stellung am Hofe hatte, ist einer der reichsten Männer ...« Ayisha unterbrach ihn: »Ein Anhänger des Fetischglaubens?«

Tiékoro hatte mit diesem Einwand gerechnet und entgegnete ruhig: »Er übt die Religion seiner Väter aus. Sie glaubten, dass die Welt von zwei sich ergänzenden Prinzipien geschaffen worden ist, Pemba und Faro, die beide aus dem Geist hervorgegangen sind ...«

»Dummheit und Gotteslästerung!«

Tiékoro spürte, wie der Zorn in ihm aufstieg, beherrschte sich aber: »Ich persönlich habe mit diesem Götzenglauben gebrochen. Ist das nicht die Hauptsache?«

Ayisha blickte ihn mit ihren hübschen hellbraunen Augen an, in denen er nicht zu lesen vermochte, und sagte: »Stimmt es, dass ihr aus Kalebassen und nicht aus Tonschalen esst, dass ihr auf Matten und nicht in Betten aus Rinderfellen schlaft und dass eure Mädchen nackt herumlaufen?«

Tiékoro suchte nach einer guten Antwort, aber das Schlimmste stand ihm noch bevor. Ayisha begann, sich einen ihrer Zöpfe um die Finger zu wickeln, und fuhr fort: »Stimmt es, dass ihr euern Göttern Menschen opfert?«

Tiékoro überkam es siedend heiß, und er versuchte zu protestieren: »Früher einmal, früher! Und auch da nur in ganz schwerwiegenden Fällen, wenn das Reich bedroht war!«

Ayisha lächelte, sodass ihre hübschen schneeweißen Zähne sichtbar wurden. Dann ließ sie sich nach hinten auf die Kissen ihres Bettes sinken, wobei sich ihre Bluse ein wenig verschob und die weiße seidige Haut ihres Bauches zu sehen war. Das war mehr, als Tiékoro ertragen konnte. Im Aufbrausen seiner Begierde steckte auch der Wunsch, sich für das erniedrigende Verhör zu rächen, das er über sich hatte ergehen lassen müssen, und ihr zu zeigen, wozu ein Bambara mit seiner Männlichkeit fähig war. Er würde sie schon in Ekstase versetzen! Ob es ihr wohl gelingen würde, ihm ihre Lust zu verheimlichen? Mit einem Satz war er bei ihr, ließ seine Hand zu ihren Brüsten gleiten und hielt ihren Körper zwischen den Knien fest. Als er seinen Mund ihrem Gesicht näherte, spuckte sie ihn plötzlich an und zischte: »Pfoten weg, du Drecksneger!«

Tiékoro richtete sich auf. Ayisha starrte ihn mit vor Zorn funkelnden Augen und einem hasserfüllten Ausdruck an, der ihr alle Schönheit nahm: »Pfoten weg! Du bist schwarz, und du stinkst … Hast du wirklich geglaubt, ich würde dich heiraten? Pfoten weg, sage ich dir! Zubeïda!«

Siga hatte sich früh schlafen gelegt, denn er war müde. Den ganzen Tag lang hatte er in der prallen Sonne das Entladen einer Karawane überwacht, die Kolanüsse aus dem Aschanti-Reich über Bonduku und Boan bis nach Timbuktu gebracht hatte. Die Nüsse kamen in großen Körben an, die er nummerieren musste, deren Inhalt er danach sorgfältig untersuchte und in ein Register eintrug. Dann musste er die Händler bezahlen, die die Ware transportiert hatten und die immer versuchten, ihn um ein paar Kaurimuscheln zu prellen. Da Siga noch jung und erst kurze Zeit bei Abdallah war, bemühten sich alle, ihn zu betrügen. Es war nicht leicht, für einen Händler zu arbeiten! Siga war in jenen wohltuenden Dämmerzustand versunken, der dem Schlaf vorausgeht, wenn die Sinne halb benommen sind. Er hatte das Gefühl, wieder in Segu zu sein, in Nyas Nähe. Nya, dem einzigen Wesen, das ihn je geliebt hatte. Wie ertrug sie wohl Nabas Verschwinden? Drei von den Jungen, die sie großgezogen hatte, drei ihrer Kinder, waren also in der Fremde. Aber er würde wiederkommen. Er würde zu ihr gehen und das Gold, das er dann angehäuft hätte, ihr zu Füßen legen und sagen:

Geliebte Mutter
Mutter, die alles hergibt, was sie besitzt
Mutter, die nie ihr Heim im Stich lässt
Mutter, sei gegrüßt
Das Kind ruft weinend nach seiner Mutter
Geliebte Mutter, hier bin ich!

In diesem Augenblick klopfte es heftig an die Tür. Siga

reagierte unwillig. Wer kam jetzt noch, um ihn zu stören? War es sein Freund Ismael, der Eseltreiber? Hatte er ihn nicht bereits in der Mittagszeit gesehen? Er stand auf, schob die schwere Tür aus Zedrachholz zurück und sah im Halbdunkel Tiékoro vor sich stehen. Er sagte verblüfft: »Du schon wieder! Dir geben die Sandkörner wohl Flügel ...«

Tiékoro entgegnete mit heiserer Stimme: »Lass mich herein. Die Scherze kannst du dir für später aufsparen!«

Siga hatte ein weiches Herz. Er hatte als Kind genug gelitten, um den Schmerz eines Menschen auf Anhieb zu erkennen. Er merkte sofort, dass sich irgendetwas Furchtbares im Leben seines Bruders ereignet haben musste, das in dessen Augen wohlmöglich noch schlimmer war als Nabas Verschwinden. Daher fragte er schnell: »Was ist los? Was ist mit dir geschehen?«

Anstatt einer Antwort brach Tiékoro in Schluchzen aus. Zu sehen, wie sein arroganter Bruder Tiékoro weinte und den Kopf in beide Hände vergrub wie eine Frau oder ein Kind, war für Siga einfach unvorstellbar! Daher kniete er sich neben ihn und flüsterte: »Komm, erzähl ...«

Nach einer Weile hatte Tiékoro sich wieder einigermaßen unter Kontrolle. In kurzen, abgehackten Sätzen berichtete er von seinem Missgeschick. Die Verabredung mit Ayisha war in Wirklichkeit eine Falle gewesen. Ihre Dienerin Zubeïda hatte Ayishas Mutter alarmiert, die sich in einem Raum im ersten Stock ausruhte. Diese hatte das ganze Haus mit ihrem hysterischen Geschrei aufgeweckt. Und kaum war El-Hadj Baba Abu von einem Essen mit einem seiner Freunde in der Nähe der Residenz des Paschas zurück, da hatte sie ihm bereits davon berichtet, und er hatte Tiékoro unverzüglich vor die Tür gesetzt. Aber Tiékoro war überzeugt, dass El-Hadj Baba Abu es nicht damit bewenden ließ. Er würde bestimmt dafür sorgen, dass Tiékoro von der Universität ausgeschlossen wurde. Und was sollte dann aus ihm werden?

Siga bemühte sich, ihn zu beruhigen: »Warum sollte er das tun, wenn du doch nicht mehr bei ihm wohnst und seiner Tochter nachstellen kannst? Wenn er nicht will, dass du sie heiratest ...«

Tiékoro schüttelte heftig den Kopf: »Nein, du kennst nicht die Arroganz dieser *mwallidun.* Sie hassen und verachten uns. Aber warum? Warum? Wir sind genauso reich wie sie. Und von ebenso edler Geburt.«

Vielleicht lag es daran, dass Tiékoro sich nicht als »schwarz« oder als »Neger« ansah. Für ihn besagten diese Worte nichts. Er war ein Bambara, Angehöriger eines mächtigen Staates, der von allen Völkern in der Gegend gefürchtet war. Und dass man ihm seine Hautfarbe zum Vorwurf machen könnte, schien ihm daher unverständlich. Sicher, er war von Ayishas heller Haut fasziniert, aber das lag daran, dass er selten etwas Ähnliches gesehen hatte, das war alles! Er wusste im Übrigen, dass so mancher in Segu über sie flüstern und sie als Albino* betrachten würde und dass er diese Leute vom Gegenteil zu überzeugen hätte. Aber warum wollte sie ihn unbedingt ins Verderben stürzen? Wenn sie seine Gefühle nicht teilte, warum hatte sie ihm das nicht einfach zu verstehen gegeben? Er begann, in dem Raum auf und ab zu gehen und tausend Pläne zu schmieden: »Und wenn ich mich El-Hadj Baba Abu vor die Füße werfen würde? Aber nein, er würde mich nicht einmal empfangen. Oder wenn ich den Imam der Moschee-Universität anflehen würde? Aber das wäre gefährlich, denn stell dir vor, wenn El-Hadj ihm nichts von dieser Geschichte erzählt hat ... Was soll ich denn bloß tun?«

* Albinos sind gefürchtet.

Plötzlich blieb er stehen und fragte: »Hast du etwas zu schreiben da?«

»Zu schreiben?«

Das war nun wirklich etwas zu viel von Siga verlangt, der nicht einmal einen Buchstaben malen konnte! Tiékoro rief: »Ich muss meinem Freund Mulaye Abdallah einen Brief schreiben. Er ist wie vor ihm sein Vater Kadi in Gao, und das bedeutet, dass es ihm nicht an guten Beziehungen zu den Rechtsgelehrten fehlt. Nur er kann mir in dieser schrecklichen Geschichte weiterhelfen ...«

Trotz seiner Herzensgüte empfand Siga eine gewisse Befriedigung, jenen Bruder, der ihn derart von oben herab behandelt hatte, in ein solches Missgeschick verwickelt zu sehen. Aber weil Blut eben nicht dasselbe ist wie Wasser, war er gleichzeitig bereit, ihn zu beherbergen und ihm zu helfen, solange es nötig war. Er entrollte eine Matte, die er immer für die Mädchen bereitliegen hatte, mit denen er ab und zu die Nacht verbrachte, und sagte: »Fühl dich hier ganz wie zu Hause, das brauche ich ja wohl nicht zu betonen.«

Tiékoro legte sich hin. Was blieb ihm auch anderes übrig? Aber er konnte nicht einschlafen. Die Worte eines seiner Lehrer an der Universität kamen ihm ins Gedächtnis. Es gibt drei Stufen im Glauben. Die erste eignet sich für die Mehrzahl der Menschen, die von den Gesetzesvorschriften geleitet werden. Die zweite trifft auf Menschen zu, die ihre Schwächen überwunden haben und sich auf einem Weg befinden, der zur Wahrheit führt. Und die letzte Stufe ist einer kleinen Elite vorbehalten. Jene, die bis dahin vordringen, verehren Gott in Wahrheit und im farblosen Licht. Die göttliche Wahrheit blüht auf den Feldern der Liebe und Barmherzigkeit. Das war die Stufe, die er erreichen wollte. Aber würde sein Körper, sein begriffsstutziger, gieriger, verachtenswerter Körper es ihm erlauben?

9

Die Mulattin Anne Pépin ruhte auf einer Matte auf dem Balkon ihres Hauses in Gorée und langweilte sich. Sie langweilte sich im Übrigen schon seit zehn Jahren, seit ihr Liebhaber, der Chevalier de Boufflers, einst Gouverneur der Insel, nach Frankreich zurückgekehrt war. Er hatte genug Geld angehäuft, um seine hübsche Freundin, die Comtesse de Sabran, heiraten zu können, und dieser Undank raubte Anne immer noch den Schlaf. Sie konnte einfach nicht vergessen, dass sie ein paar Monate lang Zugang zu den höchsten Kreisen gehabt und Feste, Maskenbälle und Theaterstücke gegeben hatte wie am Hof des Königs von Frankreich. Und jetzt war alles vorbei. Jetzt saß sie hier allein und verlassen auf diesem Basaltfelsen, der der Halbinsel Kap Verde vorgelagert war, in der einzigen französischen Niederlassung auf dem afrikanischen Kontinent, mit Ausnahme des Handelskontors von Saint-Louis an der Mündung des Senegalstroms.

Seit einigen Jahren wurde es immer schlimmer. Kein Mensch begriff mehr, was in Frankreich los war. 1789 hatte die Revolution stattgefunden, und anschließend wurde die Republik ausgerufen. Von da an löste eine widersprüchliche Anordnung die andere ab. Abschaffung der Sklaverei und des Sklavenhandels. Wiedereinführung der Sklaverei. Und hinzu kamen noch die Angriffe der Engländer, die im Handel mit den Franzosen rivalisierten.

Zum Glück wirkte sich das nicht auf die Geschäfte aus. Unter dem Vorwand, sich mit Süßwasser versorgen zu wollen oder eine eilige Reparatur auszuführen, ankerten

Schiffe aller Nationalitäten auf der Reede und tauschten weiterhin ihre Waren gegen Sklaven ein.

Anne Pépin war fünfundreißig, gestand aber nur fünfundzwanzig Jahre davon ein, als sei ihr Leben am Tag der Abreise des Chevalier de Boufflers stehen geblieben. Sie war auch jetzt noch eine Schönheit. Ein Offizier mit poetischem Talent, der vergebens um sie geworben hatte, sagte von ihr, sie verbinde die subtile Vornehmheit Europas mit der feurigen Sinnlichkeit Afrikas, denn wenn sie auch einen französischen Vater hatte – Jean Pépin, der im Fort von Gorée Chirurg gewesen war –, war ihre Mutter eine Negerin aus dem Volk der Wolof. Anne hatte zwar eine relativ dunkle Hautfarbe, aber langes seidiges Haar von kastanienbrauner Farbe mit leicht rötlichem Schimmer, das ihr bis auf die Hüften fiel. Das Ungewöhnlichste jedoch waren ihre Augen, von denen man nicht sagen konnte, ob sie blau, grau oder grün waren, denn je nach Tageszeit und Lichtverhältnissen veränderte sich die Farbe. Sie war gekleidet wie die anderen Mulattinnen aus Gorée, die *Signares*, die aus Liebschaften von Afrikanerinnen mit Offizieren des Forts oder dem Personal der verschiedenen Handelsgesellschaften hervorgegangen waren, die alle versucht hatten, durch den Handel mit Stoffen, Alkohol, Waffen, Eisenstangen und vor allem Sklaven reich zu werden, was aber meistens an der Korruption der Angestellten gescheitert war. Zu einem weiten Seidenrock mit weiß durchzogenen blauen und malvenfarbenen Karos trug Anne eine Bluse aus durchbrochener Spitze, ein großes schwefelgelbes Tuch und in dazu passenden Tönen ein Kopftuch, das sie in aufreizender Art geknüpft hatte, um die Locken im Nacken nicht zu verdecken.

Anne Pépin war nicht die Einzige, die sich in Gorée langweilte, denn es geschah dort einfach nichts. Das Leben wurde bestimmt vom Ein- und Auslaufen der Schiffe, die dort Sklaven an Bord nahmen. Ein- oder zweimal im Monat versuchten die Männer der Langeweile zu entfliehen, indem sie auf dem Kontinent in den Wäldern von Rufisque eine Großwildjagd veranstalteten, Karten spielten oder Branntwein tranken. Aber die Frauen ... Wenn sie nicht gerade fromm waren und ihre Zeit mit Beten zubrachten, was sollten sie dann schon tun? Blieben natürlich noch die Liebhaber. Aber Liebe ist auf die Dauer auch keine tagesfüllende Beschäftigung. Anne seufzte, erhob sich, ging über den Balkon auf die andere Seite des Hauses, um einem Sklaven zuzurufen, ihr ein kühles Getränk zu bringen. Jean-Baptiste war es, der widerwillig den Kopf hob.

Annes Bruder, Nicolas Pépin, hatte ein Jahr zuvor Jean-Baptiste von einer Reise zu seinem Freund mitgebracht, der Gouverneur des Forts von Saint-Louis war, einem im Senegalstrom fest verankerten Schiff. Der Gouverneur hatte Jean-Baptiste wegen seines guten Aussehens für teures Geld gekauft, um einen perfekten Diener aus ihm zu machen. Aber leider hatte sich herausgestellt, dass er von einer Art Schwermut befallen war, aus der er nur ausbrach, um immer wieder den Versuch zu unternehmen, sich umzubringen. Nicolas, der seinem Vater Jean Pépin so manches abgeschaut hatte, hatte ein leidenschaftliches Interesse für diese Krankheit entwickelt. Er hatte den Jungen ins Krankenhaus von Gorée mitgenommen und ihn, so gut es ging, wieder auf die Beine gebracht. Er hatte sogar eine Broschüre mit dem Titel *Suizidmanien der Neger der Kleinen Küste* verfasst, die ihm ein gewisses Ansehen einbrachte. Sobald Jean-Baptiste einigermaßen geheilt war, hatte er das Interesse an ihm verloren und ihn seiner Schwester geschenkt, die auf größerem Fuße lebte als er, denn zu ihrem Besitz gehörten achtundsechzig Sklaven. Wenn Jean-Baptiste nur widerwillig den Kopf hob, so lag es daran, dass er diesen Namen hasste, den man ihm nach einer eilig vollzogenen Taufe in der Kapelle des Forts gegeben hatte, während er in Wirklichkeit Naba hieß. Außerdem hatte Anne Pépin ihn bei seiner Lieblingsbeschäftigung gestört, der Gartenarbeit. Er ging ohne Eile in den Patio voller Bougainvilleen, in dem zwei Sklavinnen laut schwatzten, und sagte ihnen, dass ihre Herrin nach ihnen verlange. Eine der beiden raffte ihren weiten, mit Spitze besetzten Rock und rannte los.

Die afrikanische Bevölkerung von Gorée bestand aus zwei Gruppen. Auf der einen Seite die Schar der Haussklaven, die im Dienst der Offiziere des Forts oder der Signares standen, und die Hilfskräfte, die verschiedene Arbeiten auf der Insel verrichteten. Auf der anderen Seite jene Kreaturen, die dicht gedrängt wie Vieh in Sklavenhäusern dahinvegetierten. Diese beiden Gruppen hatten nichts miteinander gemein. Diejenigen, die zur ersten Gruppe gehörten, waren getauft, hatten christliche Namen und mussten nicht fürchten, verkauft zu werden. Die anderen bildeten eine formlose, leidende Masse, die darauf wartete, nach Amerika verschifft zu werden. Dennoch konnten die Haussklaven die Gegenwart jener anderen nicht vergessen, deren Schicksal sie berührte und empörte oder zumindest nie gleichgültig ließ.

Sie teilten sich untereinander die Abfahrtsdaten der Sklavenschiffe und die Anzahl der Verladenen mit. Sie drängten sich auf dem gepflasterten Weg, der zum Strand des Kastells führte, um mitanzusehen, wie die Schiffe in Richtung Amerika davonsegelten. Gleichzeitig bemühten sie sich, nichts von ihrer Betroffenheit zu zeigen und weiterhin mit gesenktem Blick zu bedienen und gehorsam zu antworten: »Ja, Herr! Ja, Herrin!«

Naba nahm die Kalebasse, die er aus dem Patio hatte holen wollen, und ging wieder in den Garten. Anne

Pépins Garten war riesig. Der Boden war wie überall auf der Insel trocken und sandig. Zum Glück gab es zwischen Garten und Meer einen Brunnen mit leicht brackigem Wasser, und Naba hatte ganz allein ein regelrechtes Bewässerungssystem erfunden. Und so wuchsen dort dank seiner Pflege sämtliche fremdartigen, Auge und Gaumen wohlgefälligen Pflanzen, die die Seefahrer eingeführt hatten. Melonen, Auberginen, Zitronen, Apfelsinen und Kohl. Naba redete mit seinen Pflanzen. Sobald der erste Halm mit zwei, drei hellgrünen Knospen zögernd aus dem Boden kam, begoß er ihn und wiederholte die Worte, die seine Mutter zu ihm gesagt hatte, als er noch ganz klein gewesen war, wobei sein ganzes Leben in Segu vor seinen Augen vorbeizog und Nya ihn wieder an sich drückte.

Komm mein Kindchen
Komm mein Kindchen
Wer hat dir Angst gemacht?
Die Hyäne hat dir Angst gemacht?
Komm schnell mit nach Kulikoro
In Kulikoro sind zwei Hütten
Die dritte ist eine Küche …

Dann hob sie ihn dreimal hoch, erst nach Osten und dann nach Westen. Nya! Wenn Naba an seine Mutter dachte, kamen ihm die Tränen. Was für Sorgen hatte sein Ungehorsam ihr bereitet! Wie hatte sie wohl sein Verschwinden ertragen? Er erinnerte sich noch an ihren Gesichtsausdruck, als er nach der Beschneidungszeremonie aus dem heiligen Gehölz gekommen war. Stolz hatte sie zusammen mit den anderen Frauen gesungen:

Etwas Neues ist gekommen!
Mögen alle das Alte wegwerfen
und das Neue nehmen.

Manchmal dachte er auch an Tiékoro, den geliebten großen Bruder. War er geworden, was er sich erträumt hatte? Ein Schriftkundiger und Gelehrter? War er immer noch in Timbuktu, oder war er nach Segu zurückgekehrt? War er verheiratet? Vater von Söhnen?

Naba legte vorsichtig seine Tomaten in die große Kalebasse. Was war die Tomate doch für eine wunderbare Frucht! Durch sie schenkte der Gott Faro den Frauen Fruchtbarkeit. Die Tomate trägt als Keim den Embryo in sich, denn ihre Kerne sind ein Vielfaches von sieben, der Zahl der Zwillingsgeburt, die die Menschheit begründet. Nya hatte in Segu neben ihrer Hütte einen kleinen Tomatenacker angelegt, den Faro-Acker; die Früchte zerquetschte sie dann, um sie dem Gott in der Hütte der Opferaltäre zu schenken. Daher befand sich Naba, jedes Mal, wenn er Tomaten erntete, ganz nah bei seiner Mutter, in ihrem Geruch und ihrer Wärme.

Er richtete sich auf und brachte die Kalebasse in die Küche, wo die Sklavinnen wieder lauthals schwätzten. Er musste jetzt wieder in den Park, der vor mehreren Jahren von Dancourt, einem der Direktoren der Handelsgesellschaften, angelegt worden war, denn Anne Pépin erlaubte Naba, sich gegen geringes Entgeld an andere zu verdingen, sodass er sich ein paar Tabakblätter und ein wenig Branntwein kaufen konnte.

Im Laufe der Jahre hatte sich Gorée beträchtlich entwickelt. Als die Franzosen die Insel von den Holländern eroberten, die sie ihrerseits den Portugiesen abgenommen hatten, befanden sich darauf nur zwei Forts; einfache Steinschanzen von vierundvierzig Metern Seitenlänge, die mit sieben oder acht Kanonen ausgestattet und einer zinnenbewehrten Mauer aus Stein und Lehm umgeben waren. Darin lagen etwa hundert Soldaten, zwanzig Handelsbeauftragte und Handwerksgehilfen sowie ein Katechet und »Krankentröster«, der die Gebete sprach. Dann hatten die Franzosen Gorée zum Sitz der Senegal-Gesellschaft gemacht, die die Ostindische Handelskompanie abgelöst hatte und deren Tätigkeit im Wesentlichen der Sklavenhandel war. Davon wurden zwar in den wenigsten Fällen die Gesellschaften reich, jedoch deren Angestellte, da diese die Geschäftsbücher fälschten, unrichtige Angaben über den Ein- und Ausgang von Handelsgütern machten und falsche Gewichte benutzten. Nach und nach hatte Gorée immer mehr Leute vom Kontinent angezogen. Da es den verheirateten Angestellten der französischen Handelskontore nicht erlaubt war, ihre Ehefrauen mitzubringen, hatten die Männer nicht selten Umgang mit Afrikanerinnen gehabt, und so war eine ganze Mulattenbevölkerung entstanden, die sich ebenfalls am Handel bereichert hatte und zahlreiche Haussklaven beschäftigte. Schöne mehrstöckige Steinhäuser waren entstanden und andere mit Strohdächern oder hölzernen Terrassen. Ein großes Hospital war erbaut worden und eine Kirche, in der sonntags die Signares sich gegenseitig an Eleganz zu überbieten suchten.

Um vom Haus seiner Herrin in den Park zu gelangen, musste Naba an dem von den Holländern erbauten großen Sklavenhaus vorbeigehen. Es war ein massives Steingebäude, das von einer dicken Mauer umgeben war, sodass jeder Fluchtversuch von vornherein unmöglich schien. Zum Meer hin hatte es eine niedrige Gittertür, durch die die Sklaven zu den Schiffen geführt wurden, wenn diese Gorée anliefen, um ihre Laderäume mit Menschen zu füllen. Dieser Ort zog Naba immer wieder an. So viel Leid auf so kleinem Raum!

Kein Besucher hatte Zugang zu dem Gebäude. Aber Naba galt in Gorée als Verrückter, und daher ließen die Wärter, die mit Gewehren oder »neunschwänzigen Katzen« bewaffnet waren, ihn ungehindert durch. Den Sklaven war er zu einer vertrauten Figur geworden, wenn er mit seiner großen Tasche voller Früchte kam und diese an Frauen, Kinder und all jene verteilte, die gar zu verzweifelt waren. Mit schnellen Schritten ging er die Steintreppe zum Sklavenhaus hoch. Ein paar Tage lang war es leer gewesen, aber in der vergangenen Nacht hatte ein Schiff für Nachschub gesorgt. Einer der Wärter lief unter der Veranda auf und ab und bemühte sich offensichtlich, mit seinem Gewehr und der holländischen Tabakspfeife, die er rauchte, Eindruck zu erwecken. Als er Naba sah, brummte er: »Ach, du schon wieder!« Dann wischte er sich mit einem nagelneuen Taschentuch aus indischem Stoff – einem deutlichen Statussymbol, da es sich um einen bei europäischen Händlern erworbenen Artikel handelte – den Schweiß von der Stirn. Ohne ihn eines Blickes zu würdigen, verschwand Naba im Inneren des finsteren Gebäudes.

»Meine Allerwerteste, ich scherze nicht. Sie müssen sich an den Gedanken gewöhnen, dass der Sklavenhandel endgültig abgeschafft wird!«

Anne zuckte die Achseln: »Offiziell vielleicht, durch ein Dekret, aber in der Praxis sieht es anders aus. Man wird immer Sklaven brauchen.«

Anne und ihr Bruder Nicolas erhielten zwar aus dem Erbe ihres Vaters eine stattliche Unterhaltsrente, aber wie bei allen Bewohnern von Gorée stammte ihr Einkommen im Wesentlichen aus dem Sklavenhandel und dem Verkauf von Fellen und Wachs, die sie sich auf dem Kontinent besorgten. Isidore Duchâtel ließ nicht locker: »Glauben Sie mir doch, es wird Zeit, an andere Einnahmequellen zu denken. In Paris ist davon die Rede, die Ressourcen von Kap Verde zu nutzen und dort ägyptische Baumwolle sowie Kartoffeln und Olivenbäume anzupflanzen …«

Anne brach in Lachen aus und sagte spöttisch: »Und das endet dann wie in Guyana … mit einem Fiasko!«

Isidore schüttelte heftig den Kopf: »Aber nein! Guyana liegt am anderen Ende der Welt, bis Kap Verde dagegen ist es nur ein Katzensprung.«

Er ging ans Fenster und zeigte auf den Garten voller Obstbäume und bunter Blumenbeete: »Anne, denken Sie doch nur daran, dass diese Insel, auf der heute so vieles wächst, früher unbewohnt und völlig kahl war. Frankreich beabsichtigt, Gartenbauspezialisten nach Kap Verde zu schicken und eine Versuchsplantage anlegen zu lassen, auf der alle erdenklichen Pflanzen aus allen Winkeln der Welt versuchsweise angebaut werden sollen. Es ist ein großartiges Projekt.«

Anne Pépin zuckte erneut die Achseln. Gorée ohne Sklaven, undenkbar! Gorée ohne Menschenhandel! Das war ebenso unwahrscheinlich wie ein Himmel ohne Sterne oder ohne Sonne! Sie blickte Isidore ungeduldig an. Er war derzeit ihr Liebhaber und einer der wenigen Männer, der ihr seit der Abreise des Chevaliers ein wenig Zerstreuung hatte bieten können. Aber sie hatte den Verdacht, dass er ihr untreu war und sie mit Negerinnen betrog, die in ihrem Haushalt angestellt waren. Warum hatte er sich seit mehreren Tagen nicht sehen lassen? Und statt eine Erklärung dafür abzugeben, erging er sich in völlig abstrusen Theorien. Gereizt fragte sie ihn: »Ist das alles, was Sie mir zu sagen haben?«

Isidore, der an jenem Tag offensichtlich nicht zu Schmeicheleien aufgelegt war, entgegnete abrupt: »Verkaufen Sie mir Jean-Baptiste ...«

Empört wiederholte sie: »Jean-Baptiste? Meinen Gärtner?«

Isidore Duchâtel war Mitglied des Offizierscorps, aber er fühlte sich im Fort nicht wohl und bewohnte daher ein Haus, das einem früheren Direktor der Senegal-Gesellschaft, François Le Juge, gehört hatte. Im Gegensatz zu den meisten anderen Offizieren war er intelligent, ehrgeizig und noch dazu geistreich und konnte sich mit dem Garnisonsleben nicht anfreunden. Trotz des ausdrücklichen Verbots der Regierung verbrachte auch er einen großen Teil seiner Mußestunden damit, Handel zu treiben und Waren zu erstehen, die auf die Insel gebracht wurden, um sie mit Profit zu verkaufen. Und er hatte gleichfalls dafür gesorgt, dass die Sklavenhändler, mit denen er verkehrte, ihm ihre besten Stücke verkauften. Die Idee, sich auf der Halbinsel Kap Verde niederzulassen und dort eine Plantage nach dem Vorbild der Antillen aufzubauen, beflügelte seine Phantasie. Angeblich konnte man dort mit dem Anbau von Zuckerrohr, Kaffee und Tabak reich werden! Daher hatten Nabas gärtnerische Talente Duchâtels Aufmerksamkeit erweckt. Was konnte man erreichen, wenn ein solcher Sklave einem dabei half! Außerdem würde er besser als jeder weiße Herr seine schwarzen Mitbrüder zu landwirtschaftlichen Versuchen überreden können. Isidore sah sich bereits durch seine Felder laufen, als Anne Pépin ihn unsanft auf den Boden der Realität zurückholte und erklärte: »Jean-Baptiste werde ich Ihnen nie verkaufen. Haben Sie vergessen, dass er getauft ist?«

Daraufhin schlug Isidore leicht verstimmt vor: »Dann lassen Sie uns doch heiraten, sodass unsere Güter zusammenkommen …«

Er sprach natürlich von einer dieser Scheinehen, die Franzosen mit den Signares eingingen und die keinerlei juristische Gültigkeit hatten. Eine solche Heirat hinderte sie nicht daran, allein nach Frankreich zurückzukehren, sobald ihre Dienstzeit beendet war. Im Allgemeinen schickten sie die Kinder, besonders wenn es Jungen waren, zum Studium ins Mutterland. Und manchmal hinterließen sie der Mutter eine größere Geldsumme und ein wenig Besitz.

Anne Pépin antwortete nicht auf diesen Vorschlag. Sie schmollte, sodass Isidore beschloss, sich zurückzuziehen. Er verbeugte sich, um die Hand zu küssen, die ihm gleichgültig hingehalten wurde, und nahm aus den Händen einer Sklavin seinen Strohhut entgegen.

Die schönste Villa in Gorée war unbestreitbar das Haus von Caty Louet, die im vergangenen Jahr gestorben war und die vom Gouverneur von Galam, Monsieur Aussenac, drei Kinder gehabt hatte. Aber das Haus von Anne Pépin war vielleicht noch origineller. Unter einem tempelartigen dreieckigen Giebel auf der Vorderseite befand sich ein hölzerner Balkon, über dem noch eine niedrige Veranda lag, was ihm das Aussehen einer Loggia gab. Dank Jean-Baptistes unermüdlicher Pflege verschwand das Ganze unter einem Meer von Blumen, deren Düfte bis auf die Straße drangen. Das Haus hatte etwa zwölf Zimmer, Parkettböden im italienischen Stil, den die einheimischen Tischler-Sklaven perfekt imitierten. Anne Pépin hatte auch sehr schöne Möbel, bauchige Kommoden, Tische und Stühle mit Beinen wie Skulpturen. Manche Möbel waren mit so viel Geschick am Ort hergestellt worden, dass auch sie sich nicht von den Originalen aus Frankreich unterscheiden ließen. Allerdings waren nur die Empfangsräume so ausgestattet, in den Schlafzimmern befand sich kaum etwas anderes als Matten, ein Durcheinander von Kleidern, weiten Röcken, Stolen aus Gaze und Tüll, Kopftüchern aus kariertem indischen Stoff und Kalebassen, die von Gold- und Silberschmuck, Perlen- und Glasperlenketten überquollen.

Anne Pépin war nachdenklich. Isidores Worte gingen ihr immer noch durch den Kopf. Das Land der Halbinsel Kap Verde gehörte den Lebu*. Der Chevalier de Boufflers

* Volksstamm, der Kap Verde bewohnt.

hatte ebenfalls gehofft, dort eines Tages Wiesen und Tausende von Blumenarten wachsen zu sehen, aber dann hatte er den Gedanken aufgegeben. Außerdem hatten sich die Lebu seit einigen Jahren gegen den Damel* von Cayor** aufgelehnt, dem sie Abgaben zu zahlen hatten, und seither ihre Dörfer praktisch verschanzt. Wie sollte man mit ihnen über Landabgabe verhandeln? Ohne ihre Einwilligung musste jeder Versuch der Kolonisierung scheitern. Und doch war die Idee trotz all dieser Schwierigkeiten verführerisch.

Anne erhob sich schwerfällig, denn vom vielen Nichtstun und Essen hatte sie zugenommen. Stimmte es, dass Gorée keine Zukunft mehr hatte? Dass der Sklavenhandel eines Tages aufhören würde? Wodurch würde man ihn dann ersetzen? Es gab zwar noch das arabische Gummi, das ein dorniger Baum, eine Art Akazie, lieferte. Aber der Handel damit lag fest in den Händen der Mauren und war nie eine Konkurrenz für den Sklavenhandel gewesen.

Anne ging die Steintreppe hinunter, die zum breiten Patio führte, der direkt mit dem zum Meer liegenden Garten verbunden war. Junge Mädchen mit nackten Brüsten stampften Hirse. Andere wuschen die Wäsche und bläuten sie anschließend, um sie noch weißer erscheinen zu lassen. Eine Sklavin legte ein Brot aus Weizenmehl auf eine Feuerstelle aus Lehm, während sich eine ganze Kinderschar um ein paar Essensreste balgte. Beim Anblick der Herrin wurden sie alle still, denn sie wussten, wie gereizt und streitsüchtig sie sein konnte. Aber entgegen ihrer Gewohnheit sagte Anne diesmal nichts. Sie ging in den Garten, um die Pflanzen zu betrachten, die Naba aus dem Boden zauberte. Bisher hatte sie nie sonderlich darauf

* König.
** Königreich im heutigen Gebiet von Senegal.

geachtet, aber plötzlich stellte sie fest, dass dies eine Möglichkeit war, ihre Einkünfte zu steigern.

Dort wuchsen Honigmelonen, Wassermelonen mit saftigem roten Fleisch, Karotten und bauchige Kohlköpfe. Mehrere Reihen von Apfelsinenbäumen, deren Zweige sich unter dem Gewicht der Früchte bogen. Und vor allem Tomaten, für die Naba eine Vorliebe hatte.

Der Boden in Gorée war vergleichbar mit jenem auf der Halbinsel Kap Verde. Was hier wuchs, würde auch auf dem Kontinent Erträge bringen. Vielleicht hatte Isidore doch Recht, und die Zukunft gehörte wirklich der Produktion von Obst und Nutzpflanzen wie dem Zuckerrohr auf den Antillen? Aber wer sollte sie anbauen? Sklaven würde man eben doch immer brauchen!

Auf jeden Fall beschloss Anne, dass sie, falls es sich als notwendig erweisen sollte, Land auf der Halbinsel erwerben würde. Die Familie ihrer Mutter, zu der sie den Kontakt verloren hatte, wohnte in der Gegend von Rufisque. Gegebenenfalls ließ sich diese Verbindung wieder aufnehmen.

»Sie ähnelt einer Blume!« Dieser Gedanke schoss Naba durch den Kopf, bis ihm die Unsinnigkeit dieser Worte bewusst wurde. Trotz seines Geschicks und der kühnen Kreuzungen, die er ausprobiert hatte, war es ihm nie gelungen, eine schwarze Blume zu züchten. Als sei die Farbe dafür nicht geeignet! Als wollte die Natur es verhindern!

Und doch erinnerte sie ihn an eine Blume. Empfindlich und vornübergeneigt. Da die Frauen nicht angekettet wurden, bewegte sie sich mit unendlicher Anmut über den besudelten Boden. Der Raum, in dem die Sklaven untergebracht waren, starrte vor Dreck. Sobald man hineinkam, fiel einen der dort herrschende Geruch an. Ein Geruch von Leiden, Todeskampf und Tod. Nicht wenigen Männern und Frauen war es gelungen, sich das Leben zu nehmen, indem sie das ungenießbare Essen, das man ihnen vorsetzte, verweigert hatten, und ihr Leichnam blieb dann dort liegen, mitten unter den Lebenden, bis einer der Wärter es bemerkte. Dann wurden alle ausgepeitscht, weil sie die Schuldigen nicht verraten hatten. In das große Saalgewölbe, dessen Boden mit Steinplatten gepflastert und mit Stroh ausgelegt war, drang Licht nur durch ein paar schmale, mit dicken Eisenstangen vergitterte Fenster. Die Männer waren am Knöchel an die Trennwände gekettet, und denen, die man für aufsässig hielt, wurden außerdem noch die Arme auf dem Rücken gefesselt. Sie wurden nur zweimal am Tag zu den Mahlzeiten losgebunden, wenn es einen flüssigen und klebrigen Hirsebrei gab, der derart schlecht zubereitet war, dass er oft Übelkeit und Durchfall verursachte. So vermischten sich Kot und Erbrochenes mit dem verfaulten Stroh, in dem es bereits von Insekten wimmelte. Wenn ein Sklavenschiff auf der Reede ankerte, scheuchte man Männer und Frauen hastig hoch und übergoß sie eimerweise mit kaltem Wasser, um sie vom Ungeziefer zu befreien. Dann schor man den Männern den Schädel kahl und rieb ihren Körper mit Öl ein, um ihre Muskeln hervorzuheben, und führte sie in den Nebensaal, wo der Sklavenmarkt stattfand. Dort trafen die Menschenhändler, nachdem sie das Schiff verlassen hatten, ihre Wahl. Naba bahnte sich einen Weg durch diese Körper, die sämtliche Haltungen der Verzweiflung aufwiesen, und blieb neben einer Frau stehen, die gerade ein Kind zur Welt gebracht hatte. Offensichtlich hatte man bei ihrer Gefangennahme nicht bemerkt, dass sie schwanger war. Er betrachtete das kleine Bündel aus Fleisch, dem ein so schreckliches Schicksal beschieden war, gab der Mutter eine Frucht und ging weiter zu einem Mädchen, das er noch nie hier gesehen hatte. Er kniete neben ihr nieder und flüsterte: »Sprichst du Diula?«

Sie machte eine Geste, aus der hervorging, dass sie ihn nicht verstanden hatte. Woher kam sie? Aus Sine, aus Salum* oder aus Cayor, wie die meisten Sklaven, die in Gorée angeliefert wurden. Oder vielleicht aus jenen Ländern im Süden, Allada, Wida …? Naba hockte sich vor dem Mädchen nieder. Tränen liefen ihr über die schwarzen Wangen und hinterließen glänzende Spuren. Sie konnte kaum älter als fünfzehn sein, der Zartheit ihrer Formen und den noch kaum entwickelten Brüsten nach zu urteilen, die den Knospen einer seltenen, empfindlichen Pflanze ähnelten. Eine Pflanze! Ein starkes Gefühl der Zärtlichkeit erfüllte Nabas Herz. Er holte aus der Tasche aus ungegerbtem Rindsleder, die er über der Schulter hängen hatte, eine der ersten Apfelsinen aus seinem Garten. Er schälte sie, steckte ein Stück in den Mund und bedeutete dem Mädchen, es ihm nachzumachen. Sie weigerte sich mit einer Kopfbewegung. Er ließ sich nicht entmutigen, schlug sich mehrmals auf die Brust und wiederholte dabei: »Naba!«

Einen Augenblick lang machte sie einen abwesenden Eindruck und rührte sich nicht, aber dann rundeten sich ihre Lippen, und sie flüsterte: »Ayodele** …«

Naba kamen die Tränen. So hatten sie trotz des Elends, in dem sie steckten und wo so vieles sie trennte, dennoch eine Brücke geschlagen. Sie hatten ihren Namen genannt und damit ihren Platz in der langen Ahnenreihe der Menschheit eingenommen. Er wühlte erneut in seiner Tasche und holte ein Stück Weißbrot, ein paar Zuckerwürfel

* Königreiche im heutigen Gebiet von Senegal.

** Yoruba-Vorname, der bedeutet: »Freude ist in mein Haus gekommen.«

und einige Hähnchenreste hervor und hielt sie ihr hin. Aber auch diesmal weigerte sie sich, etwas davon anzurühren. Naba erinnerte sich an die ersten Tage seiner Gefangenschaft, als auch er sich noch geweigert hatte, etwas zu sich zu nehmen. Aber sie sollte leben! Selbst wenn das Leben nur Erniedrigung und Gefangenschaft bedeutete. Doch wie sollte er sie dazu überreden, wenn sie nicht dieselbe Sprache sprachen? Da entsann er sich des Liedes, das Nya immer für ihn gesungen hatte und das er jetzt seinen Pflanzen vorsang, um sie mit seiner Zärtlichkeit zu überschütten.

Komm mein Kindchen
Wer hat dir Angst gemacht?
Die Hyäne hat dir Angst gemacht
Komm schnell mit nach Kulikoro
In Kulikoro …

Sie starrte ihn mit weit aufgerissenen Augen an und verfolgte die Bewegungen seiner Lippen. Er wusste, dass es in der Welt, in die man sie gestürzt hatte, keinen Platz für Mitleid und menschliche Gefühle gab. Dann zog er sie an sich. Naba hatte nicht wenige Frauen gekannt. Besonders als er noch zusammen mit Tiéfolo auf die Jagd ging, hatte er so manche Sklavin genommen. Aber dann war die Gefangenschaft gekommen und seine Krankheit, und da hatte er die Lust an allem verloren. Außer an seinen Pflanzen. Plötzlich erwachten in ihm lang vergessene Gefühle und Empfindungen. Es war wohl die Hand eines Ahnen, die sie hier in dieser Sklavenhalle vereint hatte. Um dem Tod die Stirn zu bieten.

Ein Wärter mit einer »neunschwänzigen Katze« in der Hand kam auf ihn zu und sagte ohne allzu große Strenge: »Geh jetzt, Jean-Baptiste! Wenn dich der Kommandant sieht, werden wir alle bestraft. Du weißt doch genau, dass niemand sich hier herumtreiben darf.«

Statt zu gehorchen, fragte Naba: »Gehört sie irgendjemand?«

Der andere zuckte die Achseln: »Nicht dass ich wüsste. Aber da sie sehr jung ist, nehme ich an, dass man sie nach Brasilien oder Kuba schicken wird ...«

Naba erschauerte und malte sich den Leidensweg aus. Sobald ein Händler erkannt hatte, dass sie gut war, und sie ausgewählt hatte, würde man sie auf der Brust mit dem Brandeisen zeichnen. Und dann würde bei Nacht, damit keine Revolte aufkam, das Sklavenschiff auslaufen.

Männer in Laderäume eingepfercht; mit der Peitsche auf dem Oberdeck zum Tanzen gebracht. Frauen von Seeleuten vergewaltigt; Kranke und Sterbende über Bord geworfen. Schmerzensschreie. Schreie der Auflehnung und der Angst. Und dann würde sich eines Tages ein Land des Exils und der Trauer am Horizont abzeichnen. Naba nahm die kleine faltige Hand mit Fingernägeln vom selben Grau wie die Austernschalen in der Bucht des Joliba. Hätten sie sich im Reich von Segu kennen gelernt, hätte sein Vater ihrem Vater Goldstaub, Kaurimuscheln und Vieh bringen lassen. Und man hätte gemeinsam die Kolanuss geteilt. Die Griots hätten ein Spottlied gesungen: »Man sagt, man soll Frauen nicht schlagen. Und doch muss man, damit das Eisen im Feuer gerade wird, es schlagen! Man muss es schlagen!«

Aber die Götter und die Ahnen hatten anders entschieden. Statt eines Anwesens, dessen Mauern als Symbol der Erneuerung frisch mit Kaolin getüncht waren, die verpestete Atmosphäre eines Gefängnisses. Statt der beschwingten Schläge des *dunumba** das aufsässige Grollen der Sklaven. Statt der glücklichen Ungeduld vor der Vereinigung das Warten auf den Aufbruch zu einem furchtbaren,

* Trommel für heitere Anlässe.

unbekannten Schicksal. Egal, er würde aus dieser Hölle ihr Paradies machen.

Zu einem andern Zeitpunkt hätte Anne Pépin sich nicht allzu sehr über das Verschwinden von Jean-Baptiste beunruhigt, den die meisten für einen harmlosen, versponnenen Menschen hielten. Er würde schon wiederkommen. Aber Isidores Worte hatten ihr zu Bewusstsein gebracht, welch außerordentlichen Wert Jean-Baptiste für sie darstellen konnte. Diese Apfelsinen-, Zitronen- und Bananenfelder hinter ihrem Haus, waren das die Vorboten ihres künftigen Reichtums? Um ihre letzten Zweifel auszuräumen, hatte sie ihren Bruder Nicolas gefragt. Dieser war gerade von einer Reise nach Paris zurückgekommen und hatte ebenfalls die erstaunlichsten Dinge erzählt. Jawohl, seit der Revolution von 1789 und dem Bestehen der Republik interessierte man sich dort sehr für die Schwarzen. Es kam fast zu handgreiflichen Auseinandersetzungen über sie. Auf der einen Seite waren die Pflanzer von den Antillen und vor allem einer Insel namens Santo Domingo, die gegen die Abschaffung der Sklaverei waren. Auf der anderen die »Gesellschaft der Freunde der Schwarzen«, die der Sklaverei mit allen Mitteln ein Ende machen wollten. Sie hatten außerdem noch einige Politiker auf ihrer Seite, die sich auf die Menschenrechte beriefen. Hinzu kam noch der Druck der Engländer, die von einem Tag auf den anderen eine Nation von Negrophilen geworden waren! Ja, man musste den Dingen ins Gesicht sehen und auf andere Weise sein Geld verdienen als durch den Verkauf von Negern. Die landwirtschaftliche Kolonisierung stand jetzt an.

Anne war nicht die Enzige, die sich Sorgen machte. Diese Gerüchte beunruhigten das ganze Völkchen der Signares. Der Sklavenhandel war zwar an sich das Monopol der verschiedenen Handelsgesellschaften, die sich auf Gorée abgelöst hatten. Aber das hatte niemanden daran gehindert, mit allem Erdenklichen zu handeln und sogar Waren zu verkaufen, die nie die königlichen Lagerhallen hätten verlassen dürfen. Wenn man keine Neger mehr verkaufen konnte, was sollte man dann tun? Die Signares bereiteten sich auf den Kampf vor. Sie hatten eine gewisse Übung darin, denn sie hatten lange kämpfen müssen, bis ihre Ansprüche auf den Besitz ihrer Väter anerkannt worden waren. Anne erinnerte sich noch an die Geschichte, die einer Signare und ihren Kindern passiert war, nachdem »ihr Mann«, der Gouverneur Delacombe, nach Frankreich zurückgekehrt war. Auf die Straße hatte man sie und ihre Kinder gesetzt! Anne überlegte, ob sie alles hier aufgeben und auf den Kontinent gehen sollte. Die Einzigen, zu denen sie dort Kontakt hatte, waren Mulattenfamilien in der Gegend von Joal.

Deshalb schickte Anne einen Sklaven in das kleine Dorf im Süden der Insel, wo Jean-Baptiste zusammen mit den anderen Haussklaven seine Hütte hatte. Er war dort schon seit acht Tagen nicht mehr gesehen worden. Wo konnte er nur sein? Am Kai lag ständig ein Schiff, das die Bucht kontrollierte, und abends machten Wachen und zusätzliches Hilfspersonal, dem man den Umgang mit Waffen beigebracht hatte, die Runde. Er hatte unmöglich fliehen können. Und warum sollte er auch fliehen? War er nicht so gut wie frei und wurde anständig behandelt?

So mancher vermutete, sein altes Leiden könne ihn erneut überkommen haben, sodass er sich vielleicht ins Meer gestürzt hatte, wo es von Haifischen nur so wimmelte. Anne schloss sich zögernd dieser Meinung an.

Das Verschwinden von Jean-Baptiste beschleunigte amüsanterweise den Bruch zwischen Anne Pépin und Isidore Duchâtel. Jenem war das Buch des Naturforschers

Michel Adanson in die Hände gefallen, der im Dorf Hann auf der Halbinsel Kap Verde Pflanzen bestimmt und die landwirtschaftlichen Möglichkeiten der Gegend untersucht hatte. Durch diese Lektüre in seiner Idee bestärkt, hatte Isidore den Entschluss gefasst, zusammen mit einem seiner Freunde namens Baudin dort Land zu erwerben, auf dem sie Obstbäume und europäisches Gemüse anbauen wollten. Da Jean-Baptiste eine zentrale Rolle in diesem Plan zugedacht war, erfüllte Isidore dessen Verschwinden mit derartigem Zorn, dass er seinen Ärger an Anne ausließ. Kurze Zeit darauf verließ er Gorée und ging nach Bordeaux zurück, wo er zu Hause war. Baudin gab jedoch auch ohne seinen Partner nicht auf und trat in Kontakt zu dem Wortführer einer Gruppe von Lebu.

10

Vielleicht muss man sich von frühester Kindheit an gegen das Scheitern seiner Ambitionen wappnen. Vielleicht muss man sich immer wieder sagen, dass das Leben nie so verlaufen wird, wie man es sich vorgestellt hat. Dass man nie die Frau besitzen wird, die man liebt, die Berühmtheit, die man sich erhofft, oder den Reichtum, den man sich wünscht. Tiékoro redete sich das immer wieder angesichts dessen ein, was er für die Trümmer seines jungen Lebens hielt. El-Hadj Baba Abus Rache hatte nicht auf sich warten lassen: Tiékoro war aus der Liste der Studenten gestrichen worden. Der Imam hatte ihn rufen lassen und ihm seinen Ausschluss von der Universität mitgeteilt. Was Tiékoro dabei am meisten verletzt hatte, war die Verachtung, die man ihm entgegengebracht hatte. Eine Verachtung, das spürte er, die nicht nur ihm persönlich galt, sondern über ihn hinaus seinem ganzen Volk und seiner Kultur, und die bisher mehr oder weniger verschwiegen worden war. Man bestrafte nicht nur eine unvernünftige Handlung, sondern einen Bambara, der sich bemüht hatte, in eine geschlossene, aristokratische Welt einzudringen. Seit Wochen wartete er auf das Ergebnis der Bemühungen von Mulaye Abdallahs Vater, der versuchte, ihm in einer der Universitäten von Dschenne eine Zulassung zu verschaffen, damit er sein Studium beenden konnte.

In Sigas bescheidenem Zimmer krochen die Tage dahin. Siga! Tiékoro entdeckte die außerordentliche Herzensgüte seines Bruders, den er unbewusst immer verachtet und auf so niederträchtige Weise verlassen hatte. Kein Wort des Vorwurfs. Kein spöttischer Ton. Siga teilte alles mit ihm. Morgens den Hirsebrei. Mittags den Kuskus. Abends die Matte.

Tiékoro bemühte sich, nur an Gott zu denken. All diese Demütigungen hinzunehmen. Den wilden Wunsch nach Auflehnung gegen sein Schicksal in sich zu ersticken. Was hatte er getan, um solch eine harte Strafe zu verdienen? Wofür oder für wen musste er büßen?

Je länger er darüber nachdachte, desto einleuchtender erschien ihm die Antwort: Nadié. Er hatte eine Tochter seines Volkes vergewaltigt. Denn anders ließ sich das nicht nennen. Wenn das in Segu geschehen wäre, hätte ihn der Familienrat streng bestraft und gezwungen, den Eltern des Mädchens eine Entschädigung zu zahlen. Und was hatte er getan? Er war geflohen.

Der Gedanke an die junge Sklavin verfolgte ihn immer mehr. Eines Tages suchte er schließlich das maurische Lokal wieder auf, in dem er seit Monaten nicht mehr gewesen war. Nichts hatte sich verändert. Matten auf sehr sauberem Boden und der Geruch nach grünem Tee und dem Feuer von getrocknetem Kamelmist. Und Männer, die mit leidenschaftlicher Miene Dame spielten. Al-Hassan blickte den Besucher spöttisch an, als errate er den Grund seines Kommens, aber Tiékoro fasste sich dennoch ein Herz: »Al-Hassan, du hattest doch eine Bambara-Sklavin …«

Der Maure nahm die holländische Pfeife aus dem Mund und fragte: »Wen meinst du? Nadié? Das arme Mädchen ist krank …«

Tiékoro sagte betroffen: »Krank? Dann hast du sie also fortgeschickt?«

Al-Hassan entgegnete ernst: »Das ist nicht die Art, wie Allah uns lehrt, mit unseren Bediensteten umzugehen. Meine Frau hat sie zu sich genommen und pflegt sie …«

Schluss mit den Scheinheiligkeiten! Mit leichter Bewunderung für seine eigene Demut gestand Tiékoro:

»Hör zu, ich habe jenem Mädchen großes Unrecht zugefügt. Ich muss es wieder gutmachen …«

Wie viele Mauren verbarg Al-Hassan seinen materiellen Wohlstand unter dem Deckmantel des Elends. Sein Anwesen machte einen ziemlich verkommenen Eindruck: rissige Mauern, große, mit Stroh verstopfte Löcher, ein Hof, in dem sich die verschiedensten Gegenstände stapelten, Haufen schmutziger Wäsche, Abfälle und eine Schar grindiger Kinder. Tiékoro bahnte sich einen Weg bis zu einem schlecht aufgeräumten großen Raum, dessen Boden zur Hälfte mit ausgefransten Matten bedeckt war. Nach kurzer Zeit erschien eine dicke Maurin von sehr heller Gesichtsfarbe unter ihrem blauen Schleier. Tiékoro nannte sofort den Grund seines Kommens. Er suche eine junge Bambara-Sklavin, die in AL-Hassans Bar bedient habe. Er selbst sei ebenfalls Bambara … Die Maurin unterbrach ihn und sah ihn mit durchdringendem Blick an: »Bist du der Vater ihres Kindes?«

Tiékoro drohten die Sinne zu schwinden: »Was sagst du da?«

Die Maurin starrte ihn weiterhin mit demselben strengen, verachtenden Blick an: »Das arme Wesen ist seit etwa drei Monaten schwanger. Trotz meines Drängens hat sie mir nie etwas über ihren Liebhaber sagen wollen. Sie hat mich nur angefleht, ich möge ihr Kind annehmen, damit es nicht auch zum Sklaven wird.«

Tiékoro blieb einen Augenblick stumm, während ihm tausend Gedanken durch den Kopf schossen. Im Grunde wusste er gar nicht genau, warum er nach Nadié gesucht hatte, noch was er tun würde, wenn er sie gefunden hätte. In seinen lichten Momenten gestand er sich ein, dass er eigentlich nur erneut mit ihr hatte schlafen wollen. Aber seine Selbstgerechtigkeit gewann schnell wieder die Oberhand, und so redete er sich ein, er habe das Unrecht wieder gutmachen wollen, das er ihr angetan hatte. Und wieder einmal spielte ihm das Schicksal einen bösen Streich. Im Schmutz der Latrine und dem entsetzlichen Kotgestank hatte er ein menschliches Leben gezeugt, dem er verpflichtet war. Ein menschliches Wesen, das das Recht hatte, sich an ihn zu wenden, so wie er sich an Dusika gewandt hatte. Und auch das Recht, über ihn zu urteilen. Ihn zu verachten. Ihn zu hassen.

Er hob den Kopf, blickte die Maurin an, die eine Kolanuss kaute, und stotterte: »Kann ich sie sehen?«

Die Frau rief etwas, woraufhin ein kleines Mädchen kam und dem Unbekannten neugierige Blicke zuwarf. Dann verschwand es wieder, und nach einer Weile, die ihm unendlich lang vorkam, trat Nadié ein. Als Tiékoro ihr zum letzte Mal begegnet war, hatten ihre Nacktheit und seine Begierde ihn derart geblendet, dass er nur ihre Formen wahrgenommen hatte. Jetzt war sie wie ihre Herrin in einen indigofarbenen Schleier gehüllt, und er stellte fest, dass sie sehr jung und nicht sehr hübsch war, mit leicht vorstehenden Zähnen, was aber durchaus nicht hässlich wirkte, sondern die Illusion eines Lächelns hervorrief. Und außerdem war sie sehr schüchtern. Ihre Augen füllten sich mit Tränen, und er flüsterte: »Vergib mir ...«

Sie antwortete in einem Ton der absoluten Unterwerfung: »Du bist zurückgekommen, *fama*, das ist die Hauptsache ...«

In dem Augenblick fragte die Maurin schroff: »Nun, und was hast du jetzt vor?«

Tiékoro antwortete einfach: »Sie mitnehmen ...«

Zugleich musste er daran denken, dass er keine eigene Bleibe, keine Einkünfte und keinerlei Zukunft mehr hatte, und wäre am liebsten gestorben. Zwei Jahre zuvor hatte er Segu verlassen, um sich Lorbeeren zu verdienen. Und was brachte er heim? Eine Frau, deren Rang und Familie unbekannt waren und der das Leben übel mitgespielt hatte. Als er an all die zu erfüllenden Voraussetzungen dachte und das ganze Zeremoniell, die eine Eheschließung in seinem Land erforderten, wusste er, dass Dusika ihm eine Heirat mit Nadié nie verzeihen würde. Sollte er sie vielleicht besser als Konkubine zu sich nehmen?

Nachdem die Maurin von seinen ernsten Absichten überzeugt war, bot sie ihm grünen Tee an und redete unentwegt. Was er denn studiere. Ob er nicht aus Segu stamme. Wie es käme, dass er dann Moslem sei. Sie selbst stamme aus Fes und fände die Einwohner von Timbuktu reichlich eingebildet. Was er denn dazu meine.

Tiékoro machte gar nicht erst den Versuch, auf dieses leere Gerede einzugehen. Er sah noch einmal sein bisheriges Leben vor seinen Augen abrollen und verstand nicht, warum sich alles gegen ihn verschworen zu haben schien. Er war zu gläubig, um eine mögliche Rache der Ahnen für seinen Übertritt zum Islam dafür verantwortlich zu machen. Und doch ließ ihn dieser Gedanke nicht los. Wenn er nur die Möglichkeit dazu gehabt hätte, hätte er einen Fetischpriester aufgesucht, der die Fähigkeit besaß, die Mächte des Unsichtbaren zu befragen und ihren Willen zu deuten. Aber er kannte keinen in Timbuktu. Nadié kam mit einem leichten Bündel auf dem Kopf wieder. Stumm folgte sie Tiékoro nach draußen.

Ohne ein Wort zu wechseln eilten sie durch die Stadt. Er ging in schnellem Tempo voraus, und sie folgte seinen Schritten, als sei dieser Weg schon immer für sie vorgezeichnet gewesen. Schließlich gelangten sie an das Tor nach Kabara zum Haus des Händlers Abdallah.

Falls Siga über das Auftauchen von Nadié im Leben seines Bruders überrascht war, so zeigte er es nicht, sondern begnügte sich damit, die wenigen Dinge, die er besaß, zusammenzupacken und zu einem Freund zu ziehen. Das Paar blieb also allein inmitten einer Schar von Verwandten, Gästen, Bediensteten und Schmarotzern, die Abdallahs Haus bewohnten. Niemand beachtete sie. Niemand stellte ihnen Fragen. Und ein paar Wochen lang konnte Tiékoro sich der Illusion von Glück und Frieden hingeben. Es war nicht verwunderlich, dass man Nadié dem Harem irgendeines arabischen Prinzen zugedacht hatte. Ihr Körper war von außerordentlicher Schönheit. Wenn Tiékoro mit ihr schlief, dachte er an eine Stute, die sein Vater nach der Plünderung von Gemu vom Mansa bekommen hatte und die er in einer Einfriedung hinter den Hütten des Anwesens hielt. Schwarz, hitzig, von rassigem Temperament und dennoch gefügig. Er nahm sie zu jeder Stunde und zuckte nur mit den Achseln, wenn sie schwach protestierte: »Es ist helllichter Tag*, *kokè* …«

Im Grunde fiel er nicht auf diesen Selbstbetrug herein. Er wusste genau, dass er sich mit den Ausschweifungen des Fleisches nur für seinen Niedergang rächen wollte. Nein, er würde niemals Doktor der Theologie und der arabischen Linguistik sein – umgeben von einem kleinen Kreis von Studenten, die ihn verehrten –, im Briefwechsel mit seinesgleichen in Marrakesch, Tunis oder Ägypten stehen und gelehrte Kommentare über Mohammeds Leben und Werk verfassen. Konnte das Paradies noch reizvoller sein? Die Götter, die ihn zu verspotten glaubten, hatten ihm in Wirklichkeit ein unschätzbares Geschenk gemacht, den Körper einer Frau!

Seltsamerweise unternahm er nicht den geringsten Versuch, herauszufinden, wer Nadié in Wirklichkeit war. Wer ihre Familie war. Wie ihr Leben vor jenem schicksalhaften

* Die Tradition verbietet es, sich tagsüber der Liebe hinzugeben. Die Strafe dafür ist ein Albinokind, eine Macht des Bösen.

Tag ausgesehen hatte, an dem sie ihm im Hof von Al-Hassans Lokal begegnet war. Grund dafür war seine Angst, feststellen zu müssen, dass sie ihm durchaus ebenbürtig war. Er musste sie verachten können, um sich selbst besser verachten zu können. Er wollte sie zum Symbol für das Scheitern seiner Hoffnungen machen. Daher störte ihn die Vertrautheit, die sich zwischen Siga und ihr entsponnen hatte. Eine solche Art des Umgangs war zwar durchaus normal, da eine Ehefrau immer recht zwanglos mit ihren Schwägern lachen, scherzen und plaudern kann. Nur war Nadié eben nicht seine Ehefrau, und wenn Siga sie dennoch so behandelte, dann wollte er ihm damit auf subtile Weise zeigen, wie er sich zu verhalten hätte. Tiékoro war zu stolz, um das hinzunehmen. Eines Tages hielt er es nicht mehr aus, und als Nadié nach dem Abendessen gerade im Hof einen Aufguss aus den bitteren Blättern des *quinqueliba** zubereitete, herrschte er seinen Bruder an: »Nun, was hast du mir zu sagen?«

Siga stocherte noch eine Weile in den Zähnen herum, ehe er antwortete: »Ich? Suruku weiß ein bewohntes Dorf von einem verfallenen Dorf zu unterscheiden** ...«

Die Frechheit dieser Anwort erboste Tiékoro: »Meinst du, weil ich im Augenblick von dir abhänge, müsstest du dich unbedingt in mein Leben einmischen?«

Siga blickte ihn scharf an, und seine außerordentliche Ähnlichkeit mit Dusika verwirrte Tiékoro erneut und gab ihm das Gefühl, seinem Vater gegenüberzustehen. Dann sagte Siga: »Sie kommt aus Guméné. Die Tondyons aus Segu haben ihr Dorf zerstört, ihre Familie verkauft und in alle Winde zerstreut und die Beute unter sich geteilt ...«

Nach diesen Worten ging er in den Hof. Tiékoro rührte

* Chiningewächs.

** Sprichwort, das besagt, dass »jeder weiß, was er zu tun hat.«

sich nicht. Er kannte die kriegerische Vergangenheit von Segu, die Kämpfe gegen die Bambara aus Kaarta, die Kämpfe gegen die Soninke, gegen die Fulbe … War er vielleicht dafür verantwortlich? Musste er diese Verbrechen wieder gutmachen?

In dem Augenblick kam Nadié herein. Ihr Bauch begann sich unter dem Wickeltuch abzuzeichnen, und zum ersten Mal dachte Tiékoro wirklich an das Kind, das sie auf die Welt bringen würde. Ein Kind ist immer eine Freude, und doch spürte er keinerlei glückliche Erwartung. Noch stärker als die Mutter würde dieses Kind das sichtbare Zeichen seines Versagens sein. Ein Erstgeborenes musste mit dem Blut von Rindern, dem Klatschen der Griots und den Tänzen der Frauen geehrt werden. Und stattdessen würde dieses Kind in einem fremden Haus in einer fremden Stadt zur Welt kommen, ohne dass sich aufmerksame Gesichter über das Neugeborene beugten, um ihm seine zukünftige Kraft und Stärke vorherzusagen. Was war es doch für ein Verbrechen, Leben zu geben ohne Liebe! Tiékoro wurde von Mitleid erfasst, das an Zärtlichkeit grenzte, und fragte Nadié: »Was möchtest du denn? In Segu entbinden? In meiner Familie? Bei meiner Mutter?«

Sie senkte den Kopf und murmelte: »Ich werde das tun, was du wünschst … aber …«

Sie verstummte, und er fragte etwas ungeduldig: »Aber was? Sprich!«

Sie sagte so leise, dass ihre Worte nicht zu hören waren: »Aber ich möchte am liebsten bei dir bleiben …«

Sie fasste sich ein Herz und blickte ihn offen an, was sie nur sehr selten tat: »Weißt du, bei uns in Guméné hat mir meine Mutter eine ganze Menge beigebracht. Ich kann die weißesten und dünnsten Fäden spinnen …« Tiékoro entgegnete heftig: »Spinnen, das ist doch Sklavenarbeit!«

Sie lächelte leicht: »Bin ich nicht eine Sklavin geworden?«

Ohne ihm die Zeit zu einem Einwand zu lassen, fuhr sie fort: »Hier in Timbuktu kommt fast das gesamte Garn aus Dschenne, was den Preis erhöht. Wenn ich mich mit den Webern einige, könnte ich für meine Arbeit sehr viele Kaurimuscheln bekommen. Das würde es auch für Siga leichter machen, der selbst zu kämpfen hat.«

Tiékoro schämte sich erneut. Er hatte schon oft daran gedacht zu arbeiten. Aber was sollte er tun? Außer dem Unterricht in einer Koranschule oder einer Stelle in der Verwaltung schien ihm jede Arbeit entwürdigend.

Er war ein Adliger! Wäre er in Segu geblieben, so wäre die einzige, seines Standes würdige Arbeit der Ackerbau gewesen, und da er dort Sklaven besessen hätte, hätte er seine Tage mit Nichtstun verbracht.

Auf ihre Weise erteilte Nadié ihm eine Lektion, was Mut anging. Er sagte nichts. Und da sie sein Schweigen nur als Zustimmung auslegen konnte, fuhr sie fort: »Ich kann auch Stoffe färben. Als ich klein war, habe ich zugeschaut, wie die Sklavinnen meiner Mutter Indigo zubereiteten. Sie zerstampften die Blätter und fügten Asche vom Holz des wilden Baobabs hinzu. Dann hoben sie Erdlöcher aus und füllten sie mit Wasser ...«

In diesem Augenblick entstand im Hof großer Lärm. Ein Mann stieg vom Pferd und bat, man möge das Tier versorgen. Tiékoro erkannte den Klang dieser Stimme. Mulaye Abdallah! Endlich!

Er stürzte nach draußen. Mulaye Abdallah, der sein Pferd am Zügel hielt, war in einen Umhang gehüllt, der weiß vom Wüstenstaub war. Er machte einen müden, aber glücklichen Eindruck: »Allah ist mit uns, *cellé**! Meinem

* Freund, Bruder auf Songhai.

Vater ist es gelungen, einen seiner Freunde, Baba Iaro, zu überreden. Er ist ein Marabut, der aus Kobassa in Pondori stammt und in der Gegend von Dschenne großen Einfluss hat. Du bist an der Universität dieser Stadt zugelassen ...«

Tiékoro fiel mitten im Hof auf die Knie. Sein Sünderherz hatte an der großen Güte des Schöpfers gezweifelt, und jetzt wurde er damit überschüttet! Er nahm nicht einmal die Ratschläge wahr, die Mulaye Abdallah ihm gab: »Sei vorsichtig, wenn du dort bist, denn Dschenne ist noch gefährlicher als Timbuktu. Denk daran, was Es Saadi geschrieben hat: Die Leute aus Dschenne haben von Natur aus die Neigung, auf jeden eifersüchtig zu sein. Falls irgendjemand begünstigt wird oder sonst einen Vorteil erlangt, verbünden sich die anderen in einem einzigen Gefühl des Hasses gegen ihn ...« Tiékoro war völlig ins Gebet vertieft: »Herr, heile meine verwirrte Seele! Gib mir dieselbe Treue wie jenem Wesen, das ich verächtlich Hund nenne. Gib mir dieselbe Kraft wie ihm, mein Leben zu meistern, wenn es nur bedeutet, deinen Willen auszuführen und dir zu folgen ...«

Wenn das Wasser den Podo überschwemmt, ergießen sich die Fischschwärme über das Land und stürzen sich gefräßig auf das junge, zarte Grün und verwüsten vor allem die Reisfelder. Sie suchen auch im Stängelgewirr des *burgu** Schutz vor Kaimanen und großen Raubfischen. Ein Volk von Fischern, das diese Gegend als Erste bewohnte, die Bozo, hat das mittlere Überschwemmungsgebiet des Joliba, an dessen Südspitze Dschenne liegt, Podo genannt. Mal ist es eine weite Steppe voller *burgu*-stoppeln, auf der die Fulbe ihre Herden weiden, mal eine riesige Wasserflä-

* Wasserpflanze.

che, aus der sich nur hier und dort ein paar Sandbänke erheben.

Als Tiékoro und Nadié in Dschenne eintrafen, war der Podo mit Wasser bedeckt. Es war Regenzeit, und sie zitterten von der Feuchtigkeit und auch vor Furcht. Tiékoro konnte sich noch so oft sagen, dass es eine ganze Bambara-Kolonie in Dschenne gab und sie nicht isoliert wären, dennoch empfand er ein vages, nicht näher bestimmbares Gefühl der Angst. Sie hatten die Reise aus Timbuktu ab Kabara in einer Piroge zurückgelegt und waren den Fluss stromaufwärts gefahren. Sie hätten auch einen dieser großen Kähne nehmen können, die auf dem Fluss verkehrten und auf denen ohne weiteres zweihundert Menschen Platz fanden, aber sie waren nicht sicher und kenterten oft an einem Ort mit unheilvollem Ruf, Mimsikayna-yendi. Daher hatte Siga ein Vermögen ausgegeben, mehr als zweitausend Kaurimuscheln, um für sie eine »genähte Piroge« herstellen zu lassen, die völlig wasserdicht war. Die Reise hatte Wochen gedauert.

Der Führer der Piroge und sein schmächtiger Gehilfe hatten im hinteren Teil ein Zeltdach aus Rinderfell aufgebaut, unter dem Tiékoro und Nadié aßen, schliefen und sich liebten. Umgeben vom schimmernden Wasser des Stroms mit seinen Scharen von melancholischen Fischreihern und Stelzvögeln. Und in der Ferne näherten sich die Ufer einander, bis sie an der Einmündung des Debo-Sees nur noch einen engen Kanal bildeten, in dem es von Fischen genauso wimmelte wie von Kaimanen und großen schwarzen Schlangen mit weißen Streifen. Tiékoro hätte sich am liebsten gewünscht, dass die Reise ewig dauerte. Er wurde nicht müde, morgens den Vogelschwärmen zuzuschauen, wenn sie zu den Feldern am Ufer flogen; abends wartete er darauf, dass der Mond aufging, erst feuerrot, bis er sich langsam mit einem bläulichen Schleier umgab. In sternklaren Nächten setzte er sich zum Führer der Piroge an den Bug und fischte mit dem Wurfspeer. Bei trübem Wetter zündeten sie ein Feuer an und sahen zu, wie sich Karpfen, Welse und Hyänenfische mit bitterem Fleisch, die sich von Abfällen ernährten, unter der Wasseroberfläche drängten. Manchmal teilte ein Pferdefisch mit seiner Rückenflosse die Strömung.

Sie legten in Dörfern an, um diese Früchte des Wassers gegen Früchte der Erde einzutauschen, wobei Tiékoro sich immer wieder sagte, dass dies die ideale Lebensweise sei. Auf einmal erschienen ihm all seine ehrgeizigen Pläne absurd. Die Zeit war aufgehoben. Was hatte er bloß in Dschenne verloren? Warum baute er sich nicht wie ein Bozo-Fischer eine Strohhütte am Wasser? Nadié würde die Fische, die er fing, ausnehmen und auf den nackten Boden zum Trocknen legen. Und sie würde ihm Kinder schenken.

Sie verbrachten zwei Nächte in Komogel, einer kleinen Insel am Zusammenfluss von Bani und Joliba, um eine undichte Stelle an der Piroge zu reparieren. Sie stopften das Leck mit Werg zu, das mit dem Mehl von Baobabfrüchten und Karitefett eingerieben worden war. Dann setzten sie die Reise fort. Am Flussufer tauchten jetzt immer mehr Lagerplätze der Fulbe mit ihren halbrunden Strohhütten auf, die sich alle um die Hütte des *dyoro** scharten. Mulaye Abdallah hatte Tiékoro über die Bedrohung in Kenntnis gesetzt, die die Fulbe in der Gegend von Dschenne darstellten. Ein unbekannter Marabut namens Amadu Hammadi Bubu, der aus Fittuga stammte, machte immer mehr von sich reden und war dem neuen Ardo aus Massina ein Dorn im Auge. Wenn er auch noch nicht zu den Waffen gegriffen hatte, so sprach er dennoch davon, den Dschihad, den heiligen Krieg, zu erklären und alle

* Der Verantwortliche einer Siedlung.

Anhänger des Fetischglaubens zu unterwerfen. Die Idee eines Dschihad missfiel Tiékoro gar nicht so sehr. Aber er fragte sich, ob die erklärten religiösen Ziele nicht andere, weniger edle Motive verbargen wie Machthunger, Habgier und die Begleichung alter Rivalitäten. Denn er hatte bisher eher die Überheblichkeit und Unversöhnlichkeit des Islam kennen gelernt als seine Segnungen.

Tiékoro vermied es, an Ayisha zu denken. Er spürte, dass seine Liebe und sein Verlangen noch längst nicht erloschen waren. Über ihre Person hinaus faszinierte ihn die ganze Lebensweise. Beim geringsten Anlass würden seine Gefühle hervorbrechen und ihn in wilde Glut versetzen wie ein Funke den Busch in der Trockenzeit. Er wusste, dass der Gedanke an dieses Mädchen, das er nicht hatte erobern können, ihn in Gefahr brachte, am Leben zu verzweifeln. Und was ist schlimmer vor Allah als die Verzweiflung?

Seine einzige Zuflucht blieb Nadiés Körper.

Auf dem engen Raum der Piroge lernte er sie noch besser kennen als in Timbuktu. Sie war sanft, ohne dabei passiv zu sein, im Gegenteil, sie war eifrig und tüchtig, ohne je bemüht zu sein, die Blicke auf sich zu lenken. Sie hatte es fertig gebracht, eine Art Kochnische einzurichten, in der sie dègué zubereitete und die Fische aus dem Fluss in Kuhbutter briet. Wenn sie irgendwo anlegten, gesellte sie sich zu den Frauen und wusch energisch die Wäsche. Danach suchte sie sich eine stille Bucht, um zu baden. Zur Verwunderung und Entrüstung der anderen Frauen folgte Tiékoro ihr, goss ihr im Spiel Wasser über die Schultern und seifte ihr zum Spaß die Haare ein, die sie jetzt »zu sechs Zöpfen«* geflochten trug. Eines Tages konnte er nicht mehr an sich halten und nahm sie, als sie aus dem Wasser kam. Sie gingen gerade wieder, als der »Herr des

* Frisur von verheirateten Frauen.

Bodens«, dem man sofort Bescheid gesagt hatte, Genugtuung für ihre Tat verlangte. Da sie ihm nichts geben konnten, eilten sie unter den Verwünschungen des Mannes zur Piroge zurück. Nach diesem Zwischenfall blieb Nadié mehrere Tage lang nachdenklich. Tiékoro lachte nur schallend darüber. Aber eine Frage beschäftigte ihn immer mehr: Was sollte er mit dieser Frau machen, die sein Körper ebenso sehr brauchte wie das Blut in den Adern? Mulaye Abdallah, der den Vorurteilen seiner Klasse nicht entronnen war, hatte ihm mit Nachdruck gesagt: »*Cellé*, du kannst sie nicht heiraten. Mach sie zu deiner Konkubine und Dienerin …«

War das vielleicht Gerechtigkeit? Tiékoro fragte sich das immer wieder.

Als sie nach Dschenne kamen, erhob sich die Stadt wie eine Insel über dem Podo. Am Fuße ihrer Mauern standen überall Zedrachbäume, sodass sie von einem doppelten Ring aus Wasser und Grün umgeben zu sein schien. Während sich in Timbuktu bereits die Anzeichen des Verfalls mehrten, stand Dschenne noch auf der Höhe seines Ruhmes. Die Stadt war fröhlicher und lebendiger als Timbuktu, »die Königin der Wüste«, und Tiékoro fand dort in den Straßen die belebte Atmosphäre von Segu wieder. Er war bereits auf dem Weg zur großen Moschee, von der man ihm so viel erzählt hatte, als er sich an Nadiés Zustand erinnerte, die allmählich erschöpft war, und beschloss, zunächst Baba Iaro aufzusuchen, den Freund von Mulaye Abdallahs Vater. Er hielt einen Passanten an und fragte ihn, nachdem sie die üblichen Begrüßungsformeln ausgetauscht hatten, auf Arabisch: »Kennst du das Haus des Mokaddem* Baba Iaro?«

* Inhaber eines religiöses Amtes, der die Bekehrungswilligen mit den Grundkenntnissen des Islam vertraut macht.

Der Mann rief: »Bist du nicht ein Bambara?«

Tiékoro war hocherfreut, als Bambara erkannt und in dieser Sprache angesprochen zu werden. Die Neuigkeiten jedoch, die ihm der Mann mitteilte, waren eher besorgniserregend. In Dschenne hasste man die Bambara, selbst wenn der Mansa von Segu eine Residenz im südlichen Podo besaß. Das alles war eine Folge des Islam, der sich wie ein Buschfeuer ausbreitete. Die ganze Gegend war im Begriff, in die Gewalt der Fulbe zu geraten! Jene armseligen Wesen, die vor noch gar nicht langer Zeit in Blätterhütten gehaust hatten und den Wanderungen ihres Viehs gefolgt waren, hatten sich jetzt in Krieger Allahs verwandelt! Tiékoro lauschte ungläubig den Worten des Unbekannten. Er hätte ihn gern noch mit Fragen bedrängt, aber da Nadié seit dem Vortag leichtes Fieber hatte, wurde es Zeit, eine Unterkunft zu finden.

Baba Iaro wohnte nicht weit von der großen Moschee, deren Minarette Tiékoro sehen konnte, in einem Haus im typischen Stil von Dschenne. Dieser Stil war vor einigen Jahrhunderten von den Marokkanern eingeführt worden, als sie Dschenne ebenso wie Timbuktu erobert und unterjocht hatten. Es war ein einstöckiges Gebäude mit glatter, quadratischer Fassade, drei vergitterten Fenstern und einer eisenbeschlagenen Tür, die von trapezförmigen Verzierungen umrahmt war. Als Tiékoro den ringförmigen Klopfer berührte, musste er plötzlich an den Empfang denken, der ihm zwei Jahre zuvor bei El-Hadj Baba Abu zuteil geworden war, und er wäre beinah davongelaufen. Wirklich, nur die Bewohner von Segu wussten einen Gast zu empfangen, aufzunehmen und ihn als Bruder zu behandeln! Aber wohin sollte er jetzt mit dieser erschöpften Frau gehen, die bald niederkommen würde? Seine Hand umfasste den Klopfer.

Siga blieb also allein in Timbuktu zurück. Er empfand für diese Stadt etwas völlig anderes als sein Bruder. Er hatte sofort seinen Platz in der nicht einheimischen Bevölkerung von Sklaven, Fremden und Armen gefunden und sich auf das Netz der Solidarität stützen können, das sich unter Menschen entwickelt, die in Schwierigkeiten sind. Wenn er dort auch nicht gerade glücklich war, so litt er doch nie an Einsamkeit. Er hatte ein gutes Dutzend Freunde unter den Eseltreibern von Kabara und ebenso viele Kameraden unter den Angestellten der großen Händler. Und was die Frauen anging, so war er nicht sehr wählerisch und begnügte sich entweder mit den Mädchen-für-alle in den Lokalen oder Maurinnen und Tuaregfrauen, die ihm ihre warmen Schenkel öffneten, wenn ihre eifersüchtigen Männer nicht da waren. Aber Nadié hatte in ihm den Wunsch nach einer ständigen Anwesenheit einer Frau aufkommen lassen. Wie anders war es doch, ein aufgeräumtes Zimmer vorzufinden und ein fertiges Mahl! Und nicht mehr auf die Bereitwilligkeit von Abdallahs Dienerinnen angewiesen zu sein! Und dann musste er sie für ihre Dienste auch noch bezahlen! Und ihr träges oder freches Verhalten hinnehmen!

Er stürzte sich in die Arbeit. Seit kurzem hatte Abdallah ihm die Verantwortung für den gesamten Salzhandel übertragen. Zweimal im Monat zog Siga mit einer Karawane nach Teghaza oder Taudenni, die dort mit Salzbarren beladen wurde. Dabei musste er darauf achten, dass die Barren fest untereinander verzurrt wurden, damit sie nicht zerbrochen oder beschädigt ankamen. Dann befehligte er eine ganze Schar von Sklaven, die die Salzbarren transportierten und sie mit schwarzen Zeichen – Streifen und Karos – markierten, damit jeder wusste, wem sie gehörten. Anschließend verkaufte er das Salz in Timbuktu an Händler, die aus Marokko, dem Osten oder dem mittleren Maghreb angereist waren. Das war eine aufreibende Tätigkeit, die ihm dennoch gefiel. Wenn er die Sklaven beaufsichtigte oder mit den Händlern verhandelte, hatte er ein Gefühl, wenn auch nicht von Macht, so doch von Nützlichkeit. Er war Teil eines großen Systems, eines großen Tausch- und Verbindungsnetzes, das sich über die ganze Welt erstreckte. Aber trotz der täglichen Kontakte entzog er sich entschieden jedem Einfluss des Islam. Auch wenn sich unter seinen Geschäftsfreunden ein paar Vertreter der Kunta* befanden, ging ihre Beziehung nicht über einen Scherz oder eine Tasse grünen Tees hinaus, die sie gemeinsam tranken. Er war im Fetischglauben aufgewachsen und hatte vor, dem Fetischglauben treu zu bleiben, und mochten ihn auch noch so viele Leute Ahmed nennen! Eines Abends, als er gerade aus Taudenni zurückkam, ließ Abdallah ihn durch eine Dienerin rufen: »Setz dich, setz dich! Du arbeitest sehr viel, Ahmed!«

Siga reagierte mit einem Lächeln, das alles bedeuten konnte, und nahm aus den Händen einer Sklavin eine kleine Tonschale mit Tee entgegen. Nach kurzem Schweigen fuhr Abdallah fort: »Du weißt ja, dass ich in Fes Verwandte habe, mit denen ich Geschäftsbeziehungen unterhalte. Aber ich habe gute Gründe zu der Annahme, dass sie mich bestehlen. Sie schulden mir beträchtliche Summen und antworten nicht mehr auf meine Briefe. Daher habe ich beschlossen, dich dorthin zu schicken, damit du herausfinden sollst, was los ist …«

»Ich?«

Abdallah nickte: »Ja, du! Ich habe dich oft beobachtet, Ahmed, und habe große Pläne für dich. Du weißt, dass Allah mir meine Kinder genommen hat. Sein Wille ge-

* Große arabische Familie von Priestern und Händlern, die den religiösen Orden der Kunti gegründet haben.

schehe! Aber damit hat er mir auch die Freiheit gelassen, mir die Kinder meines Geistes auszusuchen. Geh nach Fes, treib meine Schulden ein, und wenn das erledigt ist, warte meine Anweisungen ab ...«

Welcher Achtzehnjährige wäre nicht von der Aussicht auf eine Reise begeistert? Wer hat noch nie in der Phantasie eine unbekannte Stadt erobert, um sich ihrer Reichtümer und Frauen zu bemächtigen? Siga war da keine Ausnahme. Gleichzeitig hatte er Angst. Er war sicherlich besser gewappnet, um ein solches Unternehmen auszuführen, als zwei Jahre zuvor, als er Segu verlassen hatte. Er hatte gelernt, mit Menschen umzugehen. Er sprach zwei Sprachen, seine eigene und Arabisch. Aber fehlte es ihm nicht dennoch an Erfahrung? Trotzdem erwog er keine Sekunde lang die Möglichkeit, Abdallahs Angebot abzulehnen. Das war eine neue Herausforderung an den Sohn der Sklavin, den Sohn-der-Unglücklichen-die-sich-in-den-Brunnen-gestürzt-hat. Er hob den Kopf und fragte: »Und wie komme ich dorthin?«

Abdallah trank einen Schluck Tee und sagte: »Ich habe alles vorbereitet. Die *debiha** wird bald vollzogen, und dann wirst du unter dem Schutz der Männer meines Freundes Mulaye Ismael stehen. Du gehst erst nach Taudenni, dann nach Teghaza und von dort aus nach Tuat**. Um diese Zeit gibt es dort zahlreiche Wasserstellen und Gerstefelder. Und du wirst Gazellen und Strauße sehen. Was für ein Erlebnis für einen jungen Mann in deinem Alter!«

* Schutzzeremonie.

** Gegend in Südmarokko, Umschlagplatz zwischen Mittelmeer und Sahelzone.

11

Die *Lusitania* mit ihren etwa dreihundert Sklaven an Bord segelte in Richtung auf Pernambuco. Es war nicht ihre regelmäßige Route. Daran waren diese elendigen Zeiten schuld! Nachdem man in São João de Ajuda* nur leere Sklavenhäuser vorgefunden hatte, hatte man bis nach Gorée segeln müssen, was die Kosten noch mehr in die Höhe trieb. Wegen all dieser englischen, dänischen, französischen und holländischen Händler, die vor den Küsten Afrikas kreuzten und den afrikanischen Königen mit Hilfe von Branntweinfässern, Schießpulver und Gewehren den Hof machten, war die Konkurrenz sehr hart geworden. Engländer und Dänen boten derartig hohe Summen, dass ein Händler ohne größeres Kapital gar nicht mit ihnen rivalisieren konnte. Bei den Preisen, die inzwischen für Neger gezahlt wurden, würde man sich bald überhaupt keine mehr leisten können, und so waren die Laderäume der *Lusitania*, die sechshundert Menschen hätten fassen können, zur Hälfte leer …

Aber insgesamt war Kapitän Fereira nicht unzufrieden mit seiner Ladung. Kein Sklave über zwanzig Jahren und sogar ein paar Kinder! Bald wurde es wieder Zeit, dass diese ganze Horde aufs Oberdeck gebracht wurde, um mit Meerwasser einer großen Wäsche unterzogen zu werden. Im Unterschied zu diesen verfluchten Franzosen und Engländern kettete Fereira wie die anderen Portugiesen seine Sklaven nicht an und achtete auf die Sauberkeit der Matten, auf denen sie schliefen. Denn was hatte er schon

* Fort in der Gegend von Wida im heutigen Benin.

davon, wenn Männer und Frauen, die er so teuer bezahlt hatte, während der Überfahrt starben?

In den zwanzig Jahren, in denen Fereira auf den Meeren herumgekommen war, hatte er sämtliche Forts von Arguim bis Anomabo kennen gelernt: Saint-Louis, James Island, Cacheu, Assinie, Dixcove, Elmina ... Nach so vielen Jahren in diesem erbärmlichen Beruf war er schließlich hart geworden. Er brachte es sogar fertig, nicht mehr dieses furchtbare Stöhnen, eine Mischung aus Schmerz und Aufruhr, wahrzunehmen, das die Sklaven ausstießen, wenn das Schiff für immer die Küsten Afrikas hinter sich ließ. Fereira stopfte seine Pfeife und sah sich um. Am Horizont zeichnete sich noch in scharfer Linie der Dschungel ab, dessen Grün so dunkel war, dass es fast schwarz wirkte. Die Sonne war gerade erst aufgegangen, und dennoch ähnelte sie bereits dem Furcht erregenden Auge eines von Alkohol und Wollust in Wut versetzten Zyklopen. Fereira schlug sein Gebetbuch auf, denn er war ein gottesfürchtiger Mann. Wenn er an Land war, was nicht sehr oft vorkam, ging er jeden Sonntag zur Kommunion, und er schiffte nie Sklaven ein, ohne vorher einen Missionar an Bord geholt zu haben, der sie taufte.

Als er sein Gebet beendet hatte, sah er ein Paar aus der Vorderdeckluke kommen. Er erkannte den Mann sofort: Es war jener Verrückte, der heimlich an Bord gekommen war. Eigentlich passte die Bezeichnung Verrückter nicht zu ihm. Es handelte sich um einen gut gebauten jungen Mann von etwa sechzehn oder siebzehn Jahren mit schönen, sensiblen Zügen. Es wurde gesagt, er sei Bambara. Fereira kannte jedoch nur Kongolesen, Gabinda und Angolaner, mit denen er sich auf dem Fort von São Tome*

* Insel auf der Höhe von Äquatorialguinea, die zur Zeit des Sklavenhandels als Zwischenstation zwischen Angola und Brasilien diente.

eindeckte, und seit kurzem auch Mina und Ardra, die er in São João de Ajuda an Bord nahm. Wie war der Mann an Bord gekommen? Die niedrige Tür, die »das Tor zum Tod« genannt wurde und die vom Zentralsklavenhaus auf Gorée zu den Schiffen führte, war Tag und Nacht von bewaffneten Soldaten und Seeleuten bewacht. Nur Sklaven, die mit dem Brandeisen gezeichnet waren, damit ihre Zugehörigkeit keine Zweifel aufkommen ließ, und die zudem sorgfältig gefesselt waren, wurden durchgelassen. Der Mann musste also Helfershelfer gehabt haben. Aber da steckte nicht das eigentliche Problem. Wie konnte sich ein Mensch freiwillig zum Gegenstand des Sklavenhandels machen und diese fürchterliche Überfahrt auf sich nehmen? War er verrückt?

Als er von den Seeleuten entdeckt und zum Kapitän gebracht worden war, war der erste Gedanke gewesen, ihn über Bord zu werfen. Es handelte sich bestimmt um einen Aufrührer, der einen dieser Sklavenaufstände anzuzetteln versuchte, vor denen jeder christliche Seefahrer eine Heiden-Angst hatte. Aber der Mann hatte ihnen mit unglaublicher Würde ein Kreuz entgegengehalten. War er etwa getauft? Und ein Kind Gottes konnte man nicht einfach in den Tod schicken, daher war Fereira in einen Gewissenskonflikt geraten und hatte die Anwesenheit dieses Mannes hinnehmen müssen. Anfangs hatte er noch versucht, ihn daran zu hindern, in jene Teile des Unterdecks zu gehen, in denen die Frauen untergebracht waren, denn er wollte den Kontakt zwischen Männern und Frauen an Bord verhindern, aber das hatte sich als unmöglich erwiesen. Mit derselben ruhigen Autorität hatte der Mann eine junge Nago* beschützt, die Fereira im Sklavenlager von Gorée günstig erworben hatte. Fereira grinste nur. Nach der An-

* Synonym für Yoruba, ein Volk aus dem heutigen Nigeria.

kunft in Pernambuco würden sie ihr Unglück schon merken! Die Pflanzer kannten keine Rücksicht. Einer von ihnen würde den Mann kaufen und ihn in die Hölle der Zuckerrohr- oder Kaffeeplantagen schicken. Und da es jung und hübsch war, würde das Mädchen sehr bald in irgendeinem Herrenhaus landen und Mulattenkinder auf die Welt bringen. Fereira hatte selbst zwei oder drei von einer Mina-Negerin.

Unterdessen blickte das Paar aufs Meer. Solange es das Meer gibt, kann der Mensch nicht völlig unglücklich sein. Und nicht allein und verlassen. Das Meer ist so mächtig, dass es dem Menschen in seiner Gier nach Gold, Kaurimuscheln, Kaffee, Baumwolle und Elfenbein nicht gelungen ist, es zu bändigen. Er durchpflügt das Wasser im Galopp seiner eisernen Pferde, doch wenn das Meer zürnt und seine Wogen steigen lässt, dann wird er wieder zu einem verängstigten Kind.

ZWEITER TEIL

Der Wind verweht die Hirsekörner

1

Als Malobali im Alter von etwa zehn Jahren einen seiner Spielkameraden verprügelt und zu Boden geworfen hatte, beschimpfte ihn dieser mit den Worten: »Dreckiger Fulbe!« Malobali rannte zu Nyas Hütte und fragte: »Ba*, Diémogo hat mich einen Fulbe genannt. Warum?«

Nya blickte ihn ernst an und sagte: »Du bist schmutzig und verschwitzt. Nimm ein Bad und komm wieder.«

Malobali ging zur Badehütte der Kinder und brüllte hinter einer Sklavin her, sie solle ihm Kalebassen mit sehr heißem Wasser bringen. Er war ein hitziger, streitsüchtiger Junge, dem seine Schönheit völlig den Charakter verdorben hatte. Er war es gewohnt, Komplimente zu hören und unter den anderen Kindern aufzufallen. Seine Mutter vergötterte ihn. Alle gaben ihm nach. Er nahm ein Bad, rieb sich den Körper mit Karitefett ein, zog die weite Hose an, die er seit seiner Beschneidung trug, und ging zu Nyas Hütte zurück. Sie hatte ihre Öllampe angezündet, sodass die Schatten auf den Wänden tanzten. Sie bedeutete ihm, sich auf die Matte zu setzen, aber er schmiegte sich lieber an sie. Sie sagte sanft: »Du bist kein Fulbe, aber deine Mutter war eine.«

Malobali wiederholte verblüfft: »Meine Mutter? Aber bist du denn nicht meine Mutter?«

Nya drückte ihn fester an sich. Sie hatte sich immer vor diesem Tag gefürchtet, wusste aber, dass es kein Ausweichen gab: »Ich bin deine Mutter, weil ich die Frau deines Vaters bin und weil ich dich liebe. Aber ich habe dich nicht in meinem Leib getragen …«

* Mutter auf Bambara.

Und behutsam begann sie, ihm von Sira zu erzählen. Von ihrer Gefangenschaft. Von ihrem Konkubinat mit Dusika. »Eines Abends kam sie in meine Hütte. Sie hielt dich an der Hand und trug das kleine Mädchen, das sie nach dir bekommen hat, auf dem Rücken. Sie sagte zu mir: ›Ich gehe, aber ich vertraue dir meinen Sohn an.‹«

Malobali sprang auf: »Aber warum hat sie mich denn nicht mitgenommen?«

Nya küsste ihn auf die Stirn: »Weil die Jungen ihren Vätern gehören. Du bist aus dem Clan der Traoré ...«

Malobali brach in Tränen aus: »Warum ist sie gegangen? Warum?«

Nya seufzte. Würde das Kind sie verstehen? Sie bemühte sich, einfache Worte zu finden: »Weißt du, die Fulbe haben sehr lange in unserer Nähe gelebt, ohne je von uns beachtet zu werden. Manchmal haben wir sie sogar verachtet, weil sie weder Häuser bauten noch den Boden bestellten. Sie zogen einfach mit ihren Herden herum. Aber eines Tages hat sich dann alles geändert. Sie haben sich zusammengeschlossen und uns den Krieg erklärt. Und das alles wegen des Islam. Siehst du, der Islam ist wie ein Beil, das spaltet. Er hat mir meinen Erstgeborenen genommen ...«

Aber Malobali, der sich nicht für die zerstörerische Wirkung des Islam interessierte, unterbrach sie: »Hast du seitdem etwas von meiner Mutter gehört?«

Nya nickte: »Ja, vor ein paar Jahren hat sie mir mitgeteilt, dass sie sich wiederverheiratet hat und in Tenenku lebt.«

Malobali begann zu schreien: »Ich hasse sie, ich hasse sie!« Nya legte ihm schnell die Hand auf die Lippen. Wenn nur die Ahnen nicht hörten, wie das Kind brüllte, es hasse seine Mutter! Dann bedeckte sie ihn mit Küssen und sagte: »Sie hat sehr darunter gelitten, dich zu verlassen, das kann ich bezeugen. Aber sie musste zu ihrem Volk zurück. Seit sie uns verlassen hat, ist dein Vater nicht mehr derselbe: Er hat zu nichts mehr Lust. Zu viele Schicksalsschläge, zu viel Schmerz! Erst sein Zerwürfnis mit dem Mansa, dann Tiékoros Übertritt zum Islam und schließlich Nabas Verschwinden … Das ist zu viel!«

Nya hielt die Tränen zurück, die ihr aus sündhaftem Selbstmitleid gekommen waren, und bemühte sich, nur an den Kummer des Kindes zu denken. Dennoch war es zutreffend, dass das Leben in Dusikas Anwesen nicht mehr dasselbe war wie früher.

Im Jahr zuvor war der Mansa Monzon an unheilbarem Durchfall gestorben. Sein Tod war ein weiterer furchtbarer Schlag für Dusika gewesen. Seither war er nur noch ein Greis, der ununterbrochen über die Gründe der Machenschaften nachsann, die ihn am Hof in Ungnade hatten fallen lassen. Wenn er doch nur mit Monzon hätte Frieden schließen können, ehe jener gestorben war! Nein, der düstere Klang des großen *tabala** hatte Dusika wie allen anderen Bewohnern des Reiches angekündigt, dass er verwaist war. Anschließend hatte er sich, umringt von der Menge, in die erste Vorhalle des Palastes begeben, wo der Leichnam aufgebahrt war, um ihm die letzte Ehre zu erweisen. Monzons sterbliche Hülle war mit *karkadé*** und Karitefett eingerieben und ruhte auf einem Leichentuch, in der rechten Hand den Schwanz eines frisch geschlachteten Rinds. Beim Anblick des Toten hatte Dusika geglaubt, seine eigene Leiche vor sich zu sehen.

Nya nahm Malobali in die Arme: »Nichts hindert dich daran, wenn du groß bist, deine Mutter zu besuchen! Sie

* Königsstrommel, die Tod, Krieg oder andere große Ereignisse ankündigt.

** Eine Sauerampferart.

hat dich so geliebt, dass ich mich manchmal frage, wie sie ohne dich leben kann ...«

Malobali glaubte ihr natürlich kein Wort. Er wischte sich die Tränen mit den Fäusten ab, erhob sich und ging hinaus. Trotz seiner Jugend spürte er, dass in Zukunft nichts mehr so sein würde wie früher. In Zukunft würde er nachts von Ängsten und allen möglichen Zweifeln heimgesucht werden. Seine Mutter! Die Frau, die ihn neun Monate lang in ihrem Leib getragen hatte, hatte ihm den Rücken gekehrt! Und unter ihren beiden Kindern hatte sie die Wahl getroffen, welches sie mitnehmen und welches sie dalassen musste. Was für eine abscheuliche Entscheidung! Und danach hatte sie sich von einem anderen Mann den Hof machen lassen, ihm ihren Körper hingegeben und ihm Söhne und Töchter geschenkt! Grausame Mutter, Rabenmutter! Kein Schimpfwort war schlimm genug!

Malobali ging an der Hütte vorbei, in der er mit einem guten Dutzend Brüdern, Halbbrüdern und Vettern schlief, und stieß auf Diémogo, der sich augenblicklich zurückzog. In Wirklichkeit wusste Diémogo nichts Genaues über Sira und hatte nur ein Wort wiederholt, das die Erwachsenen im Gespräch über Malobali erwähnt hatten. Ohne sich aufhalten zu lassen, ging Malobali weiter bis zu Dusikas Hütte, weil er trotz seines jugendlichen Alters fest entschlossen war, Dusika ein paar Fragen zu stellen.

Aber die Auseinandersetzung zwischen Vater und Sohn sollte an jenem Tag nicht mehr stattfinden, da sich Dusikas Gesundheitszustand plötzlich verschlechtert hatte. Seit mehreren Tagen hatte er bereits über Schmerzen geklagt. Seine Frauen mit Ausnahme von Nya bemühten sich eifrig um ihn; eine brachte ihm eine Räuchermischung mit »Nilpferdblättern«, um seine Gliederschmerzen zu lindern, eine andere einen *nete*-Aufguss, um sein

Fieber zu senken, und eine weitere einen Absud von *nyama*-Rinde, um den Durchfall zum Stillstand zu bringen. In der Hütte roch es nach Alter, und sie verströmte jenen Geruch, der dem des Todes vorausgeht.

Dusikas jüngerer Bruder Diémogo, der seit zwei oder drei Jahren das Amt des Fa im Anwesen ausübte, wachte bei seinem Bruder. Dusika sagte mit zittriger Stimme: »Ich werde sterben. Glaub mir, das macht mir keine Angst. Aber ich möchte meine Söhne noch einmal sehen. Jedenfalls die, die mir geblieben sind, denn Naba werde ich auf dieser Welt niemals wieder sehen. Vor allem Siga. Natürlich habe ich den Ahnen gehorcht, als ich ihn mit Tiékoro nach Timbuktu geschickt habe, aber ich frage mich jetzt doch, ob das nicht zu hart und letztlich nicht ungerecht war …«

Diémogo fragte sich, ob sein Bruder wohl jetzt, da der Tod nicht mehr fern war, anfing, wirres Zeug zu reden. Zweifelte er tatsächlich an der Richtigkeit einer Entscheidung, die von den Ahnen getroffen worden war? Aber Diémogo behielt diesen Gedanken für sich und murmelte bloß: »Koro*, wo sollen wir sie denn finden? Wir wissen nur, dass Tiékoro in Dschenne ist, das ist alles. Und was Siga betrifft, so stammt die letzte Nachricht von Karawanenführern, die berichtet haben, dass sie ihm in Tuat begegnet seien …«

Dusika schloss die Augen und flüsterte: »Ich muss sie sehen. Sonst wird mein Geist nie Ruhe finden. Dann wird er sich unablässig beklagen und unter euch herumirren.

Diémogo seufzte: »Gut, ich werde alles tun.«

Malobali sah das alles mit Kinderaugen an. Der Zustand seines Vaters bekümmerte ihn nicht. Wie viele Kinder empfand er eher Abscheu vor Krankheit und körper-

* Großer Bruder auf Bambara.

lichem Verfall. Die tränenüberströmten Frauengesichter, die Gesten der zwei oder drei Fetischpriester und Heilkundigen, die dort im Halbdunkel hockten, das Ächzen des Vaters, dessen schweißglänzendes Gesicht und übel riechenden Atem sollte Malobali so schnell nicht vergessen können. Verbarg sich der Tod in den dunklen Ecken des Raumes und wartete dort seine Stunde ab? Ohne zu wissen warum, stellte Malobali ihn sich zugleich grimmig und ergreifend vor, mit den Gesichtszügen einer sehr alten, völlig kahlen Frau mit stumpfem, weißem Blick, die er manchmal im Hof nebenan bemerkt hatte. Eines Tages waren ihr die Wickeltücher auf den Boden gefallen, und er hatte ihr faltiges, kotbeschmiertes Gesäß gesehen.

Plötzlich wurde er von Dusikas zweiter Frau Niéli entdeckt, die ihn ebenso hasste, wie sie zuvor seine Mutter gehasst hatte. Mit hysterischem Geschrei vertrieb sie ihn.

Inzwischen hatten sich im Reich von Segu folgenschwere Ereignisse zugetragen. Unter dem Lärm von *tabala* und *dunumba* hatte Da Monzon die Thronfolge seines Vaters angetreten. Mit dem Blick nach Osten hatte er sich auf das Rinderfell gesetzt, das seinem Vater gehört hatte, und die Insignien seiner Königswürde entgegengenommen, Pfeile, Bögen, Speer und Henkermesser, und dann hatten ihm die Weisen eine Kappe mit schweren, goldenen Ringen aufgesetzt, während der oberste Griot rief: »Du hast keine Familie mehr, Da Monzon! Alle Kinder aus Segu sind deine Kinder! Halte deine Hand immer ausgestreckt, doch nicht, um zu empfangen, sondern um zu geben!«

Es war ein Tag des ungeheuren Jubels gewesen. Aber kaum hatte Da Monzon den Thron bestiegen, da tat er unbegreifliche Dinge. Für alle Bewohner aus Segu waren die Fulbe Fremde, die der Mansa unterworfen hatte und an deren Herden man sich bei jeder Gelegenheit vergreifen konnte. Und nun fing Da Monzon plötzlich an, zwischen fetischgläubigen und islamisierten Fulbe zu unterscheiden und Bündnisse mit den einen gegen die anderen einzugehen. War das ein weiser Entschluss? Würde es ihm nicht wie dem Fremden ergehen, der sich in einen Familienstreit einmischt, bei dem sich dann anschließend alle auf seine Kosten wieder versöhnen?

Als Gurori Diallo, der Ardo aus Massina, Da Monzon darüber unterrichtet hatte, dass der Marabut Amadu Hammadi Bubu ihn behelligte, hatte Da Monzon ihm ein Heer von Tondyons geschickt, um ihm zu helfen, den Marabut zur Vernunft zu bringen. Aber die Tondyons waren bei Nukuma geschlagen worden. Die Tondyons geschlagen! Und von wem? Von jenem Amadu Hammadi Bubu? Wer war dieser Mann? Niemand konnte es in Segu mit Sicherheit sagen. Er war ein Fulbe, das war alles.

Da Monzon spürte sehr wohl, dass Segus Macht allmählich brüchig wurde. Er hatte Alfa Seydu Konaté, den berühmten Marabut aus Sansanding, rufen lassen, und dieser hatte ihm erklärt: »Ein Fulbe hat sich erhoben, der Segus Macht vernichten wird. Und was dich betrifft, so wird nicht dein Sohn Tiékura dein Amt übernehmen, sondern einer deiner Brüder. Welcher? Das kann ich dir noch nicht sagen. Und von der Krankheit, an der du leidest, wirst du nie geheilt werden.«

Nach diesen schrecklichen Worten war es einen Moment still gewesen. Alle Sklaven waren vor jenem geheimen Treffen mit dem großen Wahrsager aus dem Haus geschickt worden, und nur der König, der Marabut und der oberste Griot Tiétigui Banintiéni befanden sich im Saal. Angesichts der offenkundigen Verzweiflung des Mansa hatte Tiétigui Banintiéni ihm ein kleines spöttisches Lächeln zugeworfen, als wollte er ihm nahe llegen, diese Weissagung nicht allzu ernst zu nehmen. Vergaß der

Mansa denn, dass es in Segu Fetischpriester gab, die fähig waren, sämtliche Knoten des Schicksals zu lösen? Aber Da Monzon war nicht zu beruhigen. Im abgehackten Rhythmus seiner Gedanken begann er, im Saal auf und ab zu gehen. Wenn die Fulbe, die inzwischen zu fanatischen Anhängern des Islam geworden waren, so gefährlich wurden, sollte er dann nicht so schnell wie möglich mit seinen verfeindeten Brüdern aus Kaarta Frieden schließen, damit er nur auf einer Front zu kämpfen brauchte? Aber was für einen Vorwand konnte er dafür finden?

Alfa Seydu Konaté hatte sich erhoben: »Herr, wenn du erlaubst, möchte ich mich jetzt zurückziehen. Der Weg von Sansanding nach Segu ist weit ...«

Nachdem Da Monzon ihm die Erlaubnis gegeben hatte, verließ Alfa Seydu Konaté den Raum in jener hochmütigen Haltung der Moslems, die behaupten, sich nur vor Gott auf den Boden zu werfen.

Seit Da Monzon an die Macht gekommen war, hatte er zahlreiche Veränderungen in der Ausstattung des Palastes vorgenommen. Er hatte eine Art Salon erbauen lassen, der mit Sesseln aus Europa und sehr niedrigen Sofas mit marokkanischen Decken eingerichtet war. Außerdem hatte Da Monzon hohe Leuchter aus glänzendem Metall erworben, in denen Kerzen steckten. Auf diese Weise gab es keine Nacht mehr, und der Herrscher hatte einen weiteren Titel zu seinen bisherigen hinzubekommen. Hieß er bereits »Herr der Schlacht«, »beschützende Schlange von Segu«, »Quelle der Lebenskraft«, so wurde er fortan auch noch »Herr der Sonnen der Nacht« genannt.

Da Monzon ging mit schweißüberströmtem Gesicht im künstlichen Licht der Kerzen auf und ab. Plötzlich setzte er sich und hatte seine königliche Haltung wieder gefunden: »Tiétigui, vielleicht sollten wir Ntin Koro, den Mansa von Kaarta, um eine Frau bitten!«

Der Griot, der den Gedanken des Mansa nicht folgen konnte, blickte ihn verblüfft an und fragte: »Eine Frau?« Da Monzon machte eine ungeduldige Bewegung und befahl ihm ohne weitere Erklärung: »Erkundige dich! Finde heraus, ob unter den Töchtern von Ntin Koro eine im heiratsfähigen Alter ist, und komm wieder, um mir das Ergebnis mitzuteilen …«

Da Monzon hatte nicht das strategische Geschick seines Vaters. Er war ein oberflächlicher Mensch, der imstande war, jemanden töten zu lassen, von dem man sagte, er sei schöner als er selbst, und er konnte ein Vermögen für ein hübsches Gesicht ausgeben. Doch wenn die Stunde es gebot, fing er sich auch wieder. Da die Fulbe die Anhänger des »Fetischglaubens« bedrohten, mussten diese eben ihren Streit begraben und gemeinsam gegen die Fulbe vorgehen! Da Monzon begriff nicht so recht, wie man im Namen der Religion einen Krieg führen konnte. Besitzt nicht jedes Volk die Freiheit zu verehren, wen es will? Segu, das so viele fremde Städte beherrschte, hatte nie versucht, ihnen seine Götter oder Ahnen aufzudrängen. Im Gegenteil, es bemächtigte sich der fremden Götter, um sein eigenes Pantheon zu vergrößern und so die anderen Völker noch besser unterjochen zu können.

Die Zahl der Götter ist unbegrenzt. Es gibt keinen alleinigen Gott. Was war das für ein Anspruch, den Allah da hatte, allein zu regieren und alle anderen auszuschließen?

Die alte Rivalität zwischen den Herrscherhäusern, den Kulubari aus Kaarta und den Diarra aus Segu, musste also begraben werden. Er würde eine Delegation zu den Massasi schicken und auf dem Umweg über eine Eheschließung dieses neue Bündnis besiegeln. Anschließend würden sich ihre Heere zusammentun, und dann würde man ja sehen, ob es ihnen nicht gelänge, jene Viehzüchter zu ihrem Vieh zurückzuschicken! Da Monzon kam allmählich wieder zur Ruhe. Als er sich umsah und feststellte, dass er sich allein in dem großen Raum mit den marokkanischen Wandbehängen befand, klatschte er heftig in die Hände. Die ganze Schar der Sklaven und Griots, die im Nebenraum gewartet hatte, trat ein und schätzte mit einem Blick die düstere Laune des Mansa ab. Sogleich wetteiferten die Griots um seine Aufmerksamkeit: »Was sollen wir für dich singen, Herr der Sonnen der Nacht?«

Da Monzon zögerte: »Was wisst ihr von jenem Fulbe, der mir allmählich keine Ruhe mehr lässt und lästig wird wie eine Bremse auf dem Schwanz einer Kuh?«

Der junge Griot Kela schlug auf sein *tamani*: »Ein Kuhhirt aus Fittuga, der zum Islam übergetreten war, traf eine Kuhhirtin im Schlamm des Podo nicht weit von Dschenne. Sie heirateten, und bald schwoll der Bauch der Kuhhirtin wie ein Kürbis an. Nach sechs Monaten kam daraus ein Sohn hervor, Amadu Hammadi Bubu, der genauso schwächlich war wie alle aus dieser Rasse. Am Tag seiner Beschneidung begann er zu weinen: ›Vater, leg das Messer weg! Warum willst du mir diese Wunde zufügen? Ach Vater, leg das Messer weg!‹

Die Mutter schämte sich für ihren Sohn und sagte zu ihm: ›Geh, ich will dich nicht mehr sehen.‹ Daraufhin ging Amadu Hammadi Bubu nach Runde Siru, rieb seine Stirn im Staub und rief: ›Kommt, ich bin der Bote Allahs! Bissimillahi, allmächtiger Allah!‹

Die Marokkaner aus Dschenne waren erbost: ›Wer ist dieser Kuhhirt, der sich einen Boten Allahs nennt?‹ Und sie schickten ihn in den Schlamm der Gewässer von Dia zu seinen Tieren zurück …«

Da Monzon lauschte diesem satirischen Gesang, der ihn aufheitern sollte, und konnte nicht darüber lächeln. Ob Kuhhirt oder nicht, Amadu Hammadi Bubu hatte bereits eine seiner Kolonnen geschlagen, selbst wenn man das noch als bedeutungsloses Ereignis betrachten mochte. Alfa Seydu Konaté hatte jedoch weitere Zusammenstöße mit verhängnisvollem Ausgang angekündigt. Plötzlich fragte sich Da Monzon, ob es nicht besser sei, diese Zusammenstöße herbeizuführen und sie durch einen Überraschungseffekt in Siege zu verwandeln. Aber um sich des Erfolgs sicher zu sein, musste man stark sein. Sehr stark.

»›Wer ist dieser Kuhhirt, der sich einen Boten Allahs nennt?‹ Und sie schickten ihn in den Schlamm der Gewässer von Dia zurück. Da umringten ihn die Kinder und sagten: ›Da du ja Allahs Bote bist, brauchst du auch deine Decke nicht.‹ Und sie rissen sie ihm weg ...«

Verstimmt gab Da Monzon Kela ein Zeichen, still zu sein. Sofort löste ihn ein anderer Sänger ab, der sich auf der Gitarre begleitete und manchmal von einem *bala*, einem hölzernen Xylophon, unterstützt wurde. Das wären die einzigen Laute im Raum.

Da Monzon hörte wieder von den Eroberungen seines Vaters, wie jener die Grenzen des Reiches erweitert hatte. Sollte er selbst vielleicht einmal für den Untergang dieses Reiches verantwortlich sein? Sollten die Griots das von ihm als Erinnerung bewahren? Nein, schon am folgenden Tag würde er die Verantwortlichen der Städte und Bezirke des Reiches rufen lassen und ihnen die Versöhnung mit Kaarta vorschlagen. Nachdem er diesen Entschluss gefasst hatte, wollte er sich gerade zu seiner derzeitigen Favoritin begeben, als der Griot Tiétigui Banintiéni wiederkam: »Herr der Wasser und der Kräfte, ich habe soeben erfahren, dass es Dusika Traoré sehr schlecht geht. Seine Brüder haben den Karawanenführern eine Botschaft mitgegeben, damit seine Söhne in der Fremde benachrichtigt werden ...«

Da Monzon zuckte leicht die Schultern. Welches Leben hört nicht mit dem Tod auf?

Aber Tiétigui trat nah an ihn heran und sagte: »Erinnere dich, warum dein Vater ihn vom Hof verbannt hat. Geschah das nicht, weil er zu den Kulubari aus Kaarta engen Kontakt hatte? Wenn du eine Annäherung mit ihnen suchst, wäre es da nicht eine geschickte Geste, ihn vor seinem Tod noch schnell zu rehabilitieren? Er wird etwa zwanzig Kinder hinterlassen. Schick seinen Frauen und vor allem seiner Bara Muso Geschenke. Statte ihm sogar einen Besuch ab, ehe es zu spät ist ... Solche Dinge werden einen positiven Eindruck auf die Massasi machen und sie auf dein Anliegen einstimmen ... Denn jetzt glaube ich, deine Absicht erraten zu haben ...«

Die beiden Männer blickten sich an. Ein König hat keinen engeren Freund und Vertrauten als seinen obersten Griot. Er unternimmt nichts, ohne diesen ins Vertrauen zu ziehen, und er kann auf dessen Ergebenheit rechnen. Zu der Zeit, als Da Monzon noch Prinz war, hatte Tiétigui bereits dessen schmutzige Geschäfte ausgeführt und zu seinen Gunsten Intrigen eingefädelt und Schmeichelreden gehalten. Er war nicht ganz unbeteiligt daran gewesen, dass man Da Monzon seinen zwölf Brüdern, die beim Tod des Mansa im regierungsfähigen Alter waren, und besonders seinem älteren Bruder, vorgezogen hatte. Erneut bewunderte Da Monzon Tiétiguis Scharfsinn. Geburten, Eheschließungen und Todesfälle – das sind eben Ereignisse des Lebens, die man ausnutzen muss, wenn man die Welt beherrschen will! Er nickte: »Schick meinen persönlichen Heilkundigen hin und sag ihm, er soll sich um Dusika kümmern. Morgen werde ich ihm einen Besuch abstatten.«

Dusikas Seele hatte jedoch seinen Körper bereits verlassen, ohne dass jemand es bemerkt hatte. Leicht und für die Augen der Menschen unsichtbar, genießt die Seele eine kurze Zeit der Freiheit, ehe sie von den Fetischpriestern eingefangen wird und ihre künftige Wohnung im Körper eines Neugeborenen zugewiesen bekommt. Vorerst schwebt sie über den Flüssen, erhebt sich über die Hügel, atmet, ohne zu zittern, die starken Dünste ein, die aus den Sümpfen aufsteigen, und lässt sich in den geheimsten Winkeln der Anwesen nieder. Die Seele kennt keine Entfernungen. Das große Schachbrett der bestellten Felder ist für sie nur ein Punkt in der unendlichen Weite des Raums. Sie orientiert sich an den Sternen.

Dusikas Seele überflog also den Podo. Die Senken waren mit großen malvenfarbigen Seerosen bedeckt, denn die ersten Regenfälle hatten bereits eingesetzt, und die Herden der Fulbe versanken bis zu den Knöcheln im schweren Boden. Dann ließ die Seele Dschenne hinter sich, überquerte die Sümpfe von Mura und gelangte nach Tenenku, der Hauptstadt von Massina.

Nicht alle Fulbe waren Mitstreiter der religiösen Revolution, die Amadu Hammadi Bubu anführte. Sie hatten sicher nichts dagegen, dass diesen kriegerischen Bauern, die sich schon seit zu langer Zeit am Vieh der Fulbe vergriffen, eine ordentliche Lektion erteilt wurde. Aber sich den Kopf kahl zu scheren, auf fermentierte Getränke zu verzichten und sich fünfmal am Tag in den Staub zu werfen war etwas ganz anderes. Außerdem machten seltsame, unbekannte Worte die Runde: »Der Glaube ist wie ein heißes Eisen«, predigte Amadu Hammadi Bubu. »Wenn er erkaltet, nimmt er ab und lässt sich schwer bearbeiten. Man muss ihn also in der Schmiede der Liebe und der Barmherzigkeit erhitzen. Wir müssen unsere Seelen in das Leben spendende Element der Liebe tauchen und darauf achten, dass die Türen unserer Seele der Barmherzigkeit offen stehen. So werden sich unsere Gedanken der Meditation zuwenden.«

Was sollte das bedeuten?

Siras Mann gehörte zu denen, die den Sinn dieser Worte verstanden. Amadu Tassiru war ein Schüler von Cheikh Ahmed Tidjani gewesen, dem Begründer der moslemischen Sekte Tidjaniya, und auch wenn er selbst nicht den angesehenen Titel eines Cheikh trug, sondern sich mit dem eines Modibo* begnügte, war er ein frommer Mann. Er hatte in seinem Haus eine wertvolle Bibliothek mit Werken der Theologie, der Scholastik und des Rechtswesens, darunter das berühmte *Djawahira el-Maani* von Cheikh Ahmed Tidjani. Er hatte Sira geheiratet, weil kein anderer Mann seines Ranges sie nach ihrem langen Konkubinat mit einem Bambara noch haben wollte. Sie hatte nach ihrer Rückkehr nach Tenenku bei ihrer Mutter gewohnt und ihre Tochter mit dem Verkauf von *gossi*** oder *koddé**** ernährt, das sie auf dem Markt anbot. Und so glaubte Amadu Tassiru, eine Dienerin bekommen zu haben, die ihm unendliche Dankbarkeit bezeugen würde. Aber nach ein paar Monaten der Ehe musste er sich den Tatsachen beugen und sich eingestehen, dass seine Rechnung nicht aufgegangen war. Sira war arrogant und ohne jene Bescheidenheit, die ihrem Geschlecht angemessen war. Stattdessen schien ihre Miene zu verraten, dass sie über ihn urteilte und ihn verspottete, was ihn zur Weißglut brachte. Um sie zu demütigen, hatte er eine zweite Frau geheiratet, die noch kaum geschlechtsreif war, doch diese war im Wochenbett gestorben. Da hatte er begriffen, dass Gott ihm Sira mit einer bestimmten Absicht zugeführt hatte. Aber mit welcher?

Er zog sie an sich, und als sie sich sträubte, fragte er ungehalten: »Was ist mit dir los?«

* Moslemischer Schriftkundiger.
** Hirsebrei.
*** Hirsemehl mit Sauermilch.

Sie murmelte: »Das Kind hat sich gerade in meinem Bauch bewegt …«

Da blieb ihm nichts anderes übrig, als sie in Ruhe zu lassen. Sonst hätte sie ihn wieder voller Spott angesehen. Wie konnte ein frommer Mann, der weder lazim* noch wazi fat, zohur, asr, maghreb oder icha** vergaß, seine schwangere Frau über die festgesetzte Frist hinaus begehren!

In Wirklichkeit log Sira und wollte Amadu Tassiru nur kränken. Jeden Tag kehrten ihre Gedanken nach Segu zurück. Ihre Tochter, ihre beiden Söhne und das Kind in ihrem Schoß konnten sie nicht über die Trennung von Malobali hinwegtrösten. Wie er wohl jetzt aussah? Ob er einer jungen Wüstenpalme ähnelte, mit Haaren, die zu einer Vielzahl kleiner Zöpfe geflochten waren, Augen mit aufblitzendem Weiß, hohen Backenknochen und heller Hautfarbe? Und hatte Nya ihm von ihr erzählt? Dann musste er sie hassen. Wenn sie ihm jedoch nichts gesagt haben sollte, war diese Unkenntnis dann nicht noch schmerzhafter als der Hass? Er lief herum, aß und schlief, ohne zu wissen, dass wenige Tagereisen von ihm entfernt seine Mutter in Gedanken ständig bei ihm weilte. Aber im Augenblick machte sich Sira nicht nur um Malobali Sorgen. Eine unerklärliche Angst hatte sie befallen, und sie musste an ihr Leben mit Dusika zurückdenken. Wie lange hatte sie gebraucht, um sich von ihm zu trennen! In jeder Regenzeit hatte sie beschlossen, ihn zu verlassen, um dann ihren Entschluss auf die Trockenzeit zu verschieben. Nicht der Lärm von Kriegsbeilen und Speeren, mit denen sich Bambara und Fulbe Schlachten lieferten, hatte sie

* Gebete, der Tidjaniya-Sekte, die zweimal am Tag aufgesagt werden.

** Die fünf täglichen Gebete eines Moslems.

letztlich überzeugen können. Nein, der Wunsch, sich selbst zu strafen, hatte den Anstoß gegeben. Eine Sklavin darf ihren Herrn nicht lieben, sonst verliert sie die Selbstachtung. Sie musste gehen. Zu ihrem Volk zurückkehren, das ihr seltsam fremd geworden war. Tenenku hatte sich verändert. Es war nicht mehr eine formlose Anhäufung von Strohhütten, die rasch um ein Flechtwerk aus biegsamen Zweigen errichtet worden waren. Jetzt gab es hier Häuser aus Lehm, die zum Teil jenen aus Dschenne an Eleganz nicht nachstanden. In Pinga, wohin die Händler aus allen Siedlungen zusammenströmten, die am Fluss lagen, war ein richtiger Hafen am toten Arm des Dia erbaut worden. Die Bauleute aus Dschenne hatten eine Moschee ohne Minarett oder Zierrat errichtet, die von mehr als hundert Koranschulen umgeben war. Dennoch konnte Sira Segu nicht vergessen, das fröhliche Treiben auf den Straßen, den Gesang, der aus den Anwesen drang, das Kommen und Gehen der Frauen, die am Fluss Wasser schöpften, und das Wiehern der Pferde, die von halb nackten Reitburschen geführt wurden. Sie hatte den Eindruck, dass der Islam dem Leben eine strenge, eintönige Färbung verlieh. Mit einer hölzernen Tafel unter dem Arm strebten die Kinder auf die Schulgefängnisse zu. Morgens füllten sich die Straßen mit vor Kälte schlotternden *talibe**, die vor sich hin murmelten: »Gedenket, dass der Schlüssel zur Erkenntnis Gottes in der Erkenntnis der Seele liegt, wie Gott es selbst gesagt hat. Der Prophet hat gesagt: ›Wer seine Seele kennt, kennt den Allmächtigen.‹«

Und die Frauen, die in Gewänder ohne Form gehüllt waren, schienen keinen Gedanken mehr an ihre Schönheit zu verwenden, da das die Männer nur von ihrer Beschäftigung mit Gott ablenken würde.

* Einem Marabut anvertraute junge Schüler einer Koranschule.

Sira wälzte sich unruhig auf ihrer Matte hin und her, als ob ein Auge sie beobachtete. Sie war ganz sicher, neben den großen Kalebassen, in denen die Kleidungsstücke lagen, eine menschliche Anwesenheit zu spüren. Aber als sie rasch die Öllampe anzündete, entdeckte sie nichts außer ein paar Nagetieren, die das Weite suchten.

Dusika?

Er war es: Er brauchte sie.

Händler, die aus Segu zurückgekehrt waren, hatten ihr berichtet, dass es ihm schlecht ging. Sein Haar hatte sich weiß gefärbt wie der Busch in der Trockenzeit, und sein Körper war schwerfällig geworden. Sie spürte, dass es sehr schlecht um ihn stand und seine Seele sie leise um Hilfe rief. Vielleicht wollte die Seele sich in das Kind stehlen, das sie in ihrem Leib trug, um bei ihr zu bleiben? Sira bekam Angst und legte die Hände schützend auf den Bauch. In dem Augenblick knarrte die Decke aus Lattenholz und Blättern, und sie glaubte das Klagen einer vertrauten Stimme zu vernehmen.

Dusika! Ja, er war es!

Die Wände der Hütte gaben nach. Das Wasser, das den Podo bedeckte, strömte zurück, während sich die feuchte Luft in trockene, brennend heiße Hitze verwandelte. Segu. In den Innenhöfen des Palasts des Mansa spannen und webten Sklavinnen oder wuschen gründlich Stoffe, die zuvor in den sumpfigen Tümpeln eingeweicht worden waren. Ein Mann hatte den Hof durchquert. Ihre Blicke hatten sich gekreuzt. Es waren die schönsten Jahre ihres Lebens gewesen.

Eine Sklavin darf ihren Herrn nicht lieben, sonst verliert sie die Selbstachtung. Sira stellte die Öllampe in die Nische in der Wand zurück und blies sie aus, bevor sie sich wieder schlafen legte. Amadu Tassiru brummte nur: »Was ist los?«

Dann drehte er sich auf die Seite und schlang seine Arme um sie. Schließlich hatte er das Recht dazu, denn sie war seine Frau! Immerhin hatte er nicht gezögert, ein knappes Dutzend Tiere mit glänzendem Fell und schlanken Hörnern für dieses von allen verachtete Wesen zu zahlen! Und er behandelte M'Pènè, die Tochter, die sie mit Dusika gezeugt hatte, wie sein eigenes Kind, denn er war ein Mann Gottes. Was warf sie ihm eigentlich vor?

In der Zwischenzeit hatte sich Dusikas Seele vor die Dachluke zurückgezogen, die mit einer Tonscherbe zugestopft war. Da ihr Siras Anblick in Amadu Tassirus Armen unerträglich war, brütete sie die schlimmste Rache aus. Vielleicht könnte sie in Siras Schoß eindringen, sich in ihr Kind einschleichen, es töten und anschließend alle anderen Kinder verfolgen, die sie zur Welt bringen würde, um eines nach dem anderen ins Grab zu bringen. Oder ihre Bauchhöhle ausfüllen, ohne einen Spalt frei zu lassen, und sie unfruchtbar werden lassen. Oder aber sich ihres Körpers bemächtigen, während sie schlief, und missgestaltete Wesen erzeugen.

Unter diesem Furcht erregenden Blick krümmte Sira sich auf ihrer Matte, stöhnte und schreckte aus dem Schlaf hoch, um erneut ins Unbewusstsein zu versinken.

2

Die Griots des Königs, gefolgt von Musikern, Sängern und Tänzern, hatten bereits Dusikas Anwesen erreicht, als Da Monzon, umgeben von Sklaven, die ihm mit Straußenfedern zufächelten, gerade erst den Fuß vor das Palasttor setzte. Da er sich außer bei Kriegszügen selten in der Öffentlichkeit zeigte, war die ganze Stadt auf den Beinen, um ihn zu sehen und ihm zuzujubeln. Die Kinder waren auf die Äste der Zedrach- und Karitebäume geklettert, während die Frauen rücksichtslos die Ellbogen einsetzten, um möglichst nah an ihn heranzukommen. Da Monzon war äußerst schlicht gekleidet und trug eine weite, weiße Hose und einen roten Bubu, ein Kleidungsstück, das er von den Moslems übernommen hatte. Zum Zeichen seiner Königswürde hatte er lediglich den langen, lederumwickelten Stab und den Säbel mit der breiten Klinge bei sich. Aber er hatte nicht auf das Vergnügen verzichten können, rot bestickte gelbe Lederstiefel anzuziehen, die die Sklavenhändler von der Küste mitgebracht hatten.

Wer ihn seit seinem Regierungsantritt nicht mehr gesehen hatte, rief, dass er noch schöner sei als sein Vater, mit den drei königlichen Wundmalen an den Schläfen und dem offenen Nasenring aus Kupfer, den Monzon ebenfalls getragen hatte, und den beiden dicken Zöpfen, die sich unter dem Kinn kreuzten. Aber am meisten bewunderte man seinen Gang, seinen weit ausholenden, wiegenden Schritt, der seine schlanken Hüften zur Geltung brachte. Es war nur allzu verständlich, dass so viele Frauen ihr Herz an ihn verloren hatten und sein Harem nicht weniger als achthundert ihm völlig ergebene Wesen umfasste.

Als der Griot Kela das Anwesen betrat, flüsterte einer von Dusikas Brüdern ihm zu, dass Dusika die Ankunft des Mansa nicht abgewartet habe und soeben verstorben sei. Kela lief zurück und gab den Trommlern, *bala-* und *buru*-Spielern ein Zeichen, ihre Musik zu dämpfen, und warf sich Da Monzon mit den Worten zu Füßen: »Vergib ihm, Herr der Wasser und der Kräfte, er ist bereits von dannen gegangen ...«

Da Monzon setzte seinen Weg dennoch fort. Inzwischen übertönten die Klageschreie der Frauen die Musik, und einem neu eingeführten Brauch zufolge wurden im Anwesen des Verstorbenen Schüsse aus den Feuerwaffen abgefeuert, die jener besessen hatte. Bei diesem Geräusch kamen andere Frauen schreiend aus den benachbarten Anwesen und rannten zum Haus des Toten. Manche wälzten sich im Staub der Straßen, während wie Heuschreckenschwärme, die sich auf ein Feld stürzen, ganze Scharen von Griots auftauchten und Dusikas Stammbaum und Taten besangen. Da Monzon gab Kela einen diskreten Wink, woraufhin dieser ebenfalls einstimmte. Von einem Griot des Mansa in dessen Gegenwart besungen zu werden, war die höchste Ehre, die einem widerfahren konnte! In Dusikas Hütte dagegen herrschte eine Stille, die in krassem Gegensatz zum Tumult draußen stand. Diémogos Frauen wuschen den Leichnam mit warmem Wasser, das mit Basilikum parfümiert war, während Dusikas jüngste Frau Flacoro weiße Baumwolltücher ausbreitete, die von den besten Webern hergestellt und für diesen Zweck sorgfältig aufgehoben worden waren. Nya und Niéli hatten in der Zwischenzeit auf dem Boden eine grobe Strohmatte und darüber eine dünne, fein geflochtene Matte aus *iphène*-Blättern ausgebreitet. Sobald Dusikas Leichnam darauf gebettet sein würde, würden sich alle Frauen auf kleinen Hockern um die Bara Muso scharen und schweigend die Beileidsbekundungen entgegennehmen. Nya war sich nicht darüber im Klaren, ob sie Kummer empfand.

Sie war zunächst einmal erleichtert, denn der Dusika, den man bald begraben würde, war nicht jener Dusika, den sie so sehr geliebt hatte. Er war ein Mann, der vorzeitig gealtert war und unentwegt nur noch über die bitteren Enttäuschungen seines Lebens nachgegrübelt hatte, als sei jedes Dasein nicht letztlich eine lange, bittere Zeit des Leidens und der Trauer. Wenn sie morgens in seine Hütte kam, hatte sie sich oft gefragt, mit was für einem Wesen sie es zu tun hatte. Der Tod und das Reinigungsritual, das diesen begleitete, hatten Dusika nun wieder ihrer Liebe und ihres Respekts würdig werden lassen.

Dusikas jüngerer Bruder Diémogo, der stellvertretend das Amt des Fa ausübte, saß im Vorraum der Hütte seines Bruders. Er hörte, wie sich das Gefolge des Mansa näherte, empfand aber keinerlei Freude über diese späte Anerkennung. Er wusste, dass die Ehrungen der Könige nur Heucheleien waren, und fragte sich, was für Ränke nun um Dusikas noch warme Leiche gesponnen wurden. Und während er den Nachbarn, Freunden und Verwandten dankte, die bereits das Geflügel und die Hammel für das rituelle Fleischmahl brachten, dachte er voll Kummer daran, dass der letzte Wunsch seines Bruders nicht in Erfüllung gegangen war, denn er hatte weder Siga noch Tiékoro wieder gesehen. Ja, sie mussten ein Rind schlachten, denn Dusika war ein bedeutender Mann gewesen, und so konnten sich alle Armen noch ein letztes Mal auf seine Kosten satt essen. Sie mussten zahllose Kalebassen mit *dolo* zubereiten, zahllose Kalebassen mit *to*, zahllose Kalebassen mit Soße …

Da Monzon betrat das Anwesen durch den einzigen Zugang, ging unter den verdutzten und bewundernden

Blicken der Kinder über den Haupthof und näherte sich Dusikas Hütte. Diémogo warf sich vor ihm in den Staub und murmelte: »Vergib ihm, Herr der Kräfte, dass er nicht auf dich gewartet hat …«

Der Mansa gab ihm das Zeichen, sich zu erheben, während Tiétigui Banintiéni im Kreis um ihn herumlief und rief:

Koro, der Stock auf den du dich gestützt,
ist zerbrochen
jetzt musst du lernen, allein zu laufen
wenn du Unterstützung brauchtest
riefst du deinen Bruder
wenn du wieder Unterstützung brauchst
zu wem wirst du dann gehen?

Da Monzon betrat die Hütte nicht, da die Totenwäsche noch nicht beendet war. Er gab seinen Sklaven ein Zeichen, der Familie die Säcke mit Kaurimuscheln zu geben, die er und sein Gefolge mitgebracht hatten, und sprach Diémogo und den jüngeren Brüdern sein Beileid aus. Nicht weit davon hockten Kumaré und die anderen Schmiede und Fetischpriester im Sand und befragten den Willen der Ahnen. Würde Diémogo ein guter Fa sein? Würde er den großen Besitz der Familie verwalten, die zahlreichen Frauen und Kinder beschützen und Streit unter Sklaven verhindern können? In Segu geschah es sehr häufig, dass sich die Sklaven und ihre Kinder verbündeten und die eigentliche Macht im Haus hatten. Wer würde Dusikas Frauen bekommen? Würde man sie nach dem Erstgeburtsrecht verteilen, oder bekam Diémogo, der bereits vier Frauen hatte, sie alle? Das alles waren offene Fragen, und die Fetischpriester hielten den Atem an, während sie auf ihre Wahrsagebretter starrten. Vor allem Kumaré war sehr aufmerksam, denn er musste Dusikas Seele auf ihrer Reise zur Wohnstätte der Ahnen folgen. All die

Mächte, von jenen entfesselt, die Dusika zu seinen Lebzeiten gehasst hatten, lauerten nun seiner Seele auf, um sie in jener düsteren, glühend heißen Region, in der man niemals Ruhe findet, in die Irre zu führen und ihr damit die Wiedergeburt im Körper eines Kindes von männlichem Geschlecht unmöglich zu machen.

Kumaré kaute kräftig auf einer Kolanuss, spuckte den bräunlichen Saft gegen die Wände von Dusikas Hütte und erhob sich, um die rituelle Tötung der Tiere vorzunehmen, die für den Leichenschmaus zubereitet werden sollten. Zur gleichen Zeit knetete ein anderer Priester eine Lehmfigur des Verstorbenen, die für die kleine Hütte bestimmt war, in der sich außer den *boli* die Ahnenbilder der Familie befanden. All diese Vorbereitungen erinnerten Da Monzon an den Tod seines Vaters ein Jahr zuvor. Die Anzahl der Geschenke war natürlich nicht vergleichbar. Beim Tod von Monzon waren nicht weniger als sieben Räume des Palastes erforderlich gewesen, um all das Gold und die Kaurimuscheln unterzubringen, die aus allen Teilen des Reiches zusammenkamen, während Pferde und Vieh sich in den Höfen drängten. Dem Willen des Verstorbenen gemäß waren jene Güter an Arme und Durchreisende verteilt worden und hatten Hunderte von Menschen glücklich gemacht. Aber jenseits dieser standesbedingten Unterschiede herrschte die gleiche Atmosphäre: eine Mischung aus gezwungener Freude und persönlichem Kummer, notwendiger Protzerei und echter Gastfreundschaft und vor allem eine unter der Maske von Gesang, Tanz und Scherz verhüllte panische Angst vor dem Unbekannten, das sich soeben offenbart hatte. Da Monzon musste ungewollt an seinen eigenen Tod denken, an den Augenblick, wenn er ins Grab hinabgelassen würde und seine Söhne die Erde über ihm mit jenen rituellen Worten begießen würden: »Nimm dieses Wasser und sei nicht böse, vergib uns, schenk uns Regen in der Regenzeit und eine reiche Ernte. Schenk uns ein langes Leben, eine große Nachkommenschaft, Frauen und Reichtum ...«

Er erschauerte und dachte daran, zum Palast zurückzukehren, aber da sah er, dass sein Griot Tiétigui mit einem gut aussehenden jungen Mann ins Gespräch vertieft war, den er nicht kannte. Seiner Größe, Tätowierung und Kleidung nach zu urteilen, konnte dieser Mann aus Kaarta stammen, und Da Monzon sagte sich, dass Tiétigui wohl nie die Interessen des Königreichs vergaß.

Im Inneren der Hütte gab Dusikas Leichnam, der bereits anzuschwellen und rasch zu verwesen begann, einen süßlichen Geruch von sich. Kumaré und den anderen Schmieden und Fetischpriestern war klar, dass das nur eine Auswirkung der ständigen Sorgen und Enttäuschungen sein konnte, die den Verstorbenen in den letzten Jahren gequält hatten, und sie rieten den Totengräbern, ihn möglichst schnell zu begraben. Diese teilten das der Familie mit, aber Diémogo weigerte sich und erklärte, dass man den Söhnen des Verstorbenen noch eine Chance lassen müsse, die Nachricht zu erhalten und nach Segu zu kommen. Die Mehrzahl der Anwesenden bezweifelten die Richtigkeit dieser Entscheidung und meinten, es sei völlig ausreichend, wenn die Söhne zur Zeremonie des vierzigsten Tages anwesend seien, und schlossen etwas voreilig daraus, dass Diémogo keinen guten Fa abgeben würde. Sie fanden ihn zu zaghaft und zu sehr darauf bedacht, sich den Bräuchen zu unterwerfen. Nachdem Da Monzon zu seinem Palast zurückgekehrt war, entspannte sich die Atmosphäre, und unter der Wirkung des *dolo* vergaß man den Toten und begann zu tratschen und zu scherzen und die Frauen in Augenschein zu nehmen. Man fragte sich vor allem, was sich wohl zwischen Diémogo und Nya abspielen würde. Es war bekannt, dass sie sich hassten. Als Dusika allmählich die Kräfte verließen, hatte Nya geglaubt, im Namen ihres Sohnes Tiémoko im Haus die Zügel übernehmen zu können. Diémogo hatte daraufhin sofort den Familienrat einberufen, und dieser hatte Nya an ihren Platz verwiesen. Falls sie sich weigerte, Diémogo zu heiraten, was ihr nach traditionellem Recht zustand, musste sie zu ihrer Familie zurückkehren. Aber wer würde dann die Interessen ihrer Kinder wahrnehmen? Diémogos ältester Sohn Tiéfolo schien sich bereits einer von allen anerkannten Vorrangstellung zu erfreuen. Man erinnerte sich daran, dass Dusikas zweiter Sohn Naba im Verlauf eines Jagdausflugs verschwunden war, zu dem Tiéfolo ihn mitgenommen hatte. Die Vermutung, dass es sich dabei um ein abgekartetes Spiel gehandelt haben könnte, lag daher nicht fern, und so mancher neigte zu dieser Ansicht.

Diémogo musste sich schließlich den Mahnungen der Schmiede und Fetischpriester beugen und den Totengräbern die Anweisung geben, ein Schutzdach zu errichten, unter dem Dusikas Leichnam kurz aufgebahrt werden sollte. Gleichzeitig wurde damit begonnen, hinter seiner Hütte ein Grab auszuheben, in dem er beerdigt werden sollte. Die Tänze und Gesänge steigerten sich, und alle richteten ihre Aufmerksamkeit auf Tiéfolo und stellten fest, dass er sich wie ein Erstgeborener und rechtmäßiger Erbe verhielt. In Wirklichkeit hatte Tiéfolo sich nie jene schicksalhafte Jagd verzeihen können, und sein ganzes Dasein seit jenem Tag war nur der vergebliche Versuch, sie zu vergessen. Sein schweigsames und kühles Verhalten, das man als Überheblichkeit auslegte, war nur die Maske der Reue. Im Übrigen war ihm soeben eine Idee gekommen, wie er sein Vergehen wieder gutmachen könne. War er nicht für das Verschwinden von einem der Söhne des Clans verantwortlich? Nun, so würde er heute eben einen anderen wieder finden! Als er Diémogo daher einen Augenblick allein antraf, ging er auf ihn zu und flüsterte: »Fa, erlaub mir, ein Pferd zu nehmen und nach Dschenne zu reiten. Ich werde dafür sorgen, dass Tiékoro vor dem vierzigsten Tag wieder hier ist ...«

Diémogo wusste nicht, was er darauf antworten sollte. Es war sicherlich eine gute Idee, denn die Sklaven, die er losgeschickt hatte, würden sich bestimmt nicht so beeilen wie ein Sohn der Familie. Aber war es angesichts dessen, was sich in der Region abspielte, den Hinterhalten der Fulbe und den Verschleppungen zur Küste, wirklich ratsam, einen Jungen, der fast noch ein Kind war, allein losreiten zu lassen? Er traf die einzig mögliche Entscheidung: »Wir werden Kumaré befragen.«

Im selben Augenblick wehte ihm ein Luftzug den grässlichen Geruch zu, den Dusikas Leichnam verströmte, und er sah ein, dass mit der Beisetzung nicht länger gewartet werden konnte. Er ließ Kumaré rufen, der sich bei den Totengräbern aufhielt und mit nach Süden gerichtetem Blick die rituellen Gebete sprach, und ging mit ihm in eine ruhige Ecke. Kumaré war sich seiner Sache sofort sicher. Kaum hatte er mit den Fingern ein paar Figuren in den Sand geritzt, da hob er schon den Kopf und sagte: »Dein Sohn kann gehen, Diémogo.«

Aber Diémogo gab sich damit nicht zufrieden: »Wird er Tiékoro mitbringen?«

Der Fetischpriester zog eine Grimasse, die sein Gesicht noch Furcht erregender erscheinen ließ und sagte: »Im Netz des Fischers werden nicht nur Welse gefangen!«

Daraufhin brachte ein Sklave ein Pferd, ein wunderschönes Tier aus Massina mit glänzendem schwarzen Fell und nur einem einzigen Fleck am Fuß. Am Kopfstück des Zaumzeugs hingen Amulette und kleine Tierhörner, die tausenderlei Pulver enthielten und Pferd und Reiter schützen sollten. Am Sattel wurden zwei Taschen mit Vorräten und Kaurimuscheln befestigt sowie ein riesiger Köcher voller Pfeile. Tiéfolo warf sich zum Abschied seinem Vater vor die Füße und ergriff dann das Pferd beim Zügel. Alle Kinder des Anwesens stürzten kreischend und klatschend hinter ihm her. Für sie war das die Krönung eines außergewöhnlichen Tages, der mit dem Besuch des Mansa begonnen hatte und dann mit jener Völlerei mit Fleisch und Tamarindenmost weitergegangen war. Die Artigsten unter ihnen begnügten sich damit, zuzusehen, wie Tiéfolo auf den Rücken des Tieres sprang. Andere liefen durch die heißen Straßen bis zum Palast des Mansa hinter ihm her. Die Mutigsten dagegen ließen die Stadtmauern hinter sich und rannten bis ans Ufer des Joliba, um zuzuschauen, wie er mit seinem Pferd in einer breiten Piroge Platz nahm. Vor Schreck bäumte sich das Pferd zunächst wiehernd auf, aber Tiéfolo beruhigte es mit schmeichelnden Worten. Bald erreichte das Boot die Mitte des Stroms, der viel Wasser führte und eine starke Strömung hatte.

Als die Kinderschar wieder in das Anwesen kam, ruhte Dusikas Leichnam in zwei Matten gehüllt unter einem Schutzdach vor seiner Hütte, und jedes Kind musste seine Angst überwinden, sich in den Schatten eines Erwachsenen schleichen und den Toten um Vergebung anflehen. Diejenigen, die sprechen konnten, bemühten sich, im Chor zu wiederholen: »Vergib uns! Wir haben dich geliebt, wir achten dich, sei glücklich und beschütze uns ...«

Die laute Stimme der Totengräber, die Gesichter der Fetischpriester und deren ganzes Arsenal von Amuletten jagte ihnen Entsetzen ein, aber der besondere Zauber jener außergewöhnlichen Stunden lag nicht zuletzt darin, dass Angst und Vergnügen, Freude und Schmerz, Jubel und Kummer ständig durcheinander gingen.

Dann hoben die Totengräber den Leichnam auf die Schultern und rannten einmal im Laufschritt um das Anwesen, ehe sie zu dem tiefen roten Grab zurückkehrten, um das Dusikas Söhne sich aufgestellt hatten. Diémogo hatte die Sandalen seines Bruders in der Hand, seinen Wasserkrug und einen jungen weißen Hahn, der mit Dusika begraben werden würde. Die Tränen liefen Diémogo über die Wangen, denn er hatte seinen Bruder sehr geliebt. Aber diese Zeichen der Schwäche waren gar nicht geschätzt. Frauen sollen schluchzen und schreien. Dusikas Frauen dagegen, die in der Hütte geblieben waren, saßen in Baumwollgewänder gehüllt würdevoll auf kleinen Hockern. Für sie begann die lange einsame Trauerzeit: Bis zum Tag der rituellen Reinigung würden sie die Hütte nur aus dringenden Gründen verlassen.

3

Tiékoro klatschte in die Hände, und seine Schüler stoben auseinander, die Holztafel unterm Arm. Er hatte nicht mehr als fünfzehn Schüler, die aus den benachbarten Häusern dieses armen Viertels stammten und deren Eltern ihn oft nicht bezahlen konnten. Im Grunde verabscheute es Tiékoro, sich dafür bezahlen zu lassen, dass er die unerlässlichen Grundlagen für ein geistiges und religiöses Leben vermittelte. Er hatte einen starken Widerwillen gegen die »Bettel-Marabuts«*, aber er konnte den Unterhalt der Familie nicht Nadié überlassen ... Wenn ihm seine Schüler die Kaurimuscheln nicht geben konnten, die sie ihm schuldeten, nahm er auch mal Hirse, Reis oder ein Huhn entgegen ...

Hatte er dafür so lange studiert, um schließlich hier zu landen? In diesem engen, sandigen Hof, wo er mit seinen Schülern unter einem Wetterdach in einer Ecke saß? Und in diesem Haus, das nur das Notwendigste enthielt? ... Tiékoro hatte sich um eine Stelle an der Universität beworben, aber das war abgelehnt worden. Genauso wenig schien er für das Amt eines Imams, eines Kadis oder eines Muezzins qualifiziert zu sein. Man hatte ihm nur die Möglichkeit gelassen, eine Schule zu eröffnen, aber er erhielt keinerlei finanzielle Unterstützung von der *dina*** und musste sich mit privaten Einkünften begnügen. War er denn nicht Doktor der Theologie und arabischen Linguistik? Worauf war das Misstrauen zurückzuführen, das

* Marabut, der nur von den Spenden der Gläubigen lebt.
** Die moslemische theokratische Gesellschaft.

man ihm entgegenbrachte, und die Isolation, in die man ihn trieb? Er war Bambara, das war alles. In Dschenne verachteten und hassten die Marokkaner, Fulbe und Songhai die Bambara, die vom Schandfleck des »Fetischismus« und der »fetischistischen« Herkunft ebenso gezeichnet waren wie die frommen Moslems durch den schwarzen Punkt auf der Stirn, nachdem sie sich in den Staub geworfen hatten. Aber manchmal schien es Tiékoro, als ob nicht nur die Religion daran schuld sei, sondern dass diese Verachtung und dieser Hass sich gegen etwas ganz anderes richteten. Aber wogegen?

Er steckte seine Gebetsschnur in die Tasche, stand auf, strich seinen Bubu glatt, an dem hier und dort Strohhalme hingen, und ging nach Hause. Die Zunft der Bauleute aus Dschenne, die *bari*, war von Gao bis Segu, in ganz Tekrur und bis zum Maghreb berühmt. Man sagte, die *bari* hätten ihre Baukünste von einem gewissen Malam Idriss gelernt, der vor langen Jahren aus Marokko gekommen war und die Paläste der Askia und Mansa und die Prachtbauten von den Oberhäuptern großer Familien errichtet hatte. Aus der Lehmerde des Podo, die zum Teil mit zerstampften Austernmuscheln vermischt wurde, stellten die *bari* zugleich leichte und widerstandsfähige Lehmziegel her, die selbst den ungünstigsten Witterungseinflüssen standhielten. Tiékoro bewohnte jedoch leider kein von jenen Meistern erbautes Haus. Er wohnte im Viertel von Dschoboro in einem Haus mit zwei Zimmern, das lediglich mit ein paar Decken, Matten und Hockern eingerichtet war und auf einen Hof hinausging, in dem sich Hühner und Ziegen zwischen den verschiedensten Küchenutensilien drängten. Das Haus lag eingezwängt zwischen Häusern gleichen Stils an einer engen, unebenen Straße. Jedes Mal, wenn Tiékoro wieder dorthin kam, schnürte sich ihm das Herz zusammen. Warum ging er dann nicht nach Segu zurück?

Der Grund lag darin, dass er sehr hohe Anforderungen an sich selbst stellte. Wenn er nach Segu zurückkehrte, so würde er, ob er es wollte oder nicht, vom Nimbus seiner weiten Reisen, seiner Kenntnis fremder Sprachen und sogar seines Übertritts zum Islam, jener magischen Religion, umgeben sein und würde sich ohne große Anstrengung als Mann von hohem Ansehen niederlassen können. Aber er konnte sich nicht über den Misserfolg seines Lebens hinwegtäuschen und wollte bei den anderen ebenfalls keine Illusion darüber aufkommen lassen. In gewisser Weise gefiel er sich im Elend und in seiner Einsamkeit. Er betrat sein Haus. Sogleich rannten Ahmed Dusika und Ali Sunkalo, über ihre kleinen Beine stolpernd, auf ihren Vater zu. Nadié unterbrach sofort ihre Arbeit, um ihren Herrn und Meister zu begrüßen.

Was wäre wohl aus Tiékoro ohne Nadié geworden? Kaum waren sie in der Stadt angekommen, da hatte sie schon gelernt, *dyimita* herzustellen, jene Teigwaren aus Reismehl, Honig und Pfefferschoten, die von den Einwohnern von Dschenne und den Händlern aus Timbuktu und Gao sehr geschätzt wurden, sowie *kolo*, kleine, in Butter gebratene Krapfen aus Bohnenmehl, und tausend andere Leckereien. Sie hatte begonnen, diese auf dem Markt zu verkaufen, und sich in kurzer Zeit einen Namen gemacht. Je stärker Tiékoro von Bitterkeit, Angst und Fieberhaftigkeit besessen war, desto gelassener wurde Nadié. Ihre weißen, leicht vorstehenden Zähne verliehen ihrem Gesicht einen lächelnden Ausdruck, der im Widerspruch zu ihren ernsten, tief in den Höhlen liegenden Augen stand. Sie, die nie besonderen Wert auf ihr Äußeres gelegt hatte, begann, den Brauch der Fulbe-Frauen zu übernehmen und ihr Haar mit Bernstein und Kaurimuscheln zu schmücken. Nadié war schön. Von einer überraschenden Schönheit, wie der Duft mancher Blumen, den man zunächst nicht wahrnimmt und dann nicht mehr vergisst.

Sie stellte eine Kalebasse mit Reis und eine zweite, etwas kleinere mit Fischsoße vor Tiékoro auf die Matte. Er verzog den Mund: »Hast du mir nichts anderes vorzusetzen? Ich möchte nur ein wenig *dègué* ...«

Sie entgegnete bestimmt: »Du musst essen, *kokè* ... Denk daran, wie krank du in der letzten Regenzeit warst ... du bist immer noch schwach ...«

Tiékoro zuckte die Achseln, aber gehorchte. Respektvoll wollte sie sich zurückziehen, während er aß, aber er bat sie: »Bleib bei mir ... Was hast du heute Morgen auf dem Markt gehört?«

Sie nahm Ali Sunkalo in den Arm, der gerade eine Hand in das Essen seines Vaters stecken wollte, und antwortete ernst: »Es wird gesagt, dass es bald einen Krieg zwischen Segu und den Fulbe aus Massina geben wird. Amadu Hammadi Bubu steht unter dem Schutz eines anderen Moslems namens Osman dan Fodio, der ihm befohlen hat, alle Anhänger des Fetischglaubens zu unterwerfen ...«

Tiékoro bemerkte unbekümmert: »Wir wohnen weder in Segu noch in Massina, was soll uns das also ausmachen?« Nach einem Augenblick des Schweigens entgegnete sie: »Amadu Hammadi Bubu will auch Dschenne zerstören. Er sagt, der Islam sei hier korrumpiert und die Moscheen Orte der Ausschweifung ...«

Tiékoro seufzte: »Auch wenn ich vor diesem Fanatiker Angst habe, muss ich zugeben, dass er damit Recht hat.«

Er schob die Kalebassen zurück und wusch sich die Hände in einem Behälter mit frischem Wasser: »Es ist seltsam, dass der Name Gottes die Menschen spaltet! Gott, der nur Liebe und Macht ist! Alle Wesen werden von seiner Liebe geschaffen und nicht von irgendeiner Macht ...«

Tiékoro unterbrach sich, denn er merkte, dass er sich

hinreißen ließ, eine gelehrte Predigt zu halten, wie er es unter den Arkaden einer Universität getan hätte. Er stand auf, während Nadié wortlos die Reste des Essens abräumte. Etwas bedrückte Tiékoro, und das war Nadiés Einstellung zum Islam. Mit stummer Hartnäckigkeit weigerte sie sich, den Islam anzuerkennen. Es gelang ihm nicht, sie davon abzuhalten, die Kinder mit magischen Schutzmitteln zu umgeben, wie er sie aus Segu kannte. Ihre Körper waren über und über mit Amuletten behängt. Und wenn er einmal unerwartet nach Hause kam, überraschte er dort einen alten, zahnlosen Bambara-Fetischpriester, den er, wütend über seine Schwäche, nicht aus dem Haus zu jagen wagte. Mehrfach hatte er schon boli zerstört, die sie in einer Ecke des Hofes versteckt hatte. Aber da sie diese jedes Mal mit derselben Halsstarrigkeit wieder ersetzte, hatte er schließlich die Waffen gestreckt und aufgehört zu protestieren.

Nach all den Jahren, die sie zusammengelebt hatten, hatte Tiékoro Nadiés Status immer noch nicht geregelt. Sie blieb seine Konkubine. Ebenso wenig hatte er den geringsten Versuch unternommen herauszufinden, zu welcher Familie aus Beledugu sie gehörte und was aus dieser geworden war. Er schämte sich dafür, aber beruhigte sich dann wieder bei dem Gedanken, dass Nadié glücklich zu sein schien. Glücklich, ihm zu dienen. Glücklich, ihm Kinder zu schenken. Sie hatte ihren Platz in Dschenne in einem Kreis von eifrigen, gewandten Bambara-Frauen gefunden, die sich von den Sitten der sie umgebenden Bevölkerung nicht beeinflussen ließen.

Tiékoro ging in den schmalen zweiten Raum, in dem es ziemlich dunkel war, da es dort kein Fenster gab. Eingewickelt in mehrere Tücher schlief da seine kleine Tochter Awa Nya. Tiékoro nahm den Säugling in den Arm. Nadié hatte Awa Nya schon wieder ein neues Amulett gekauft, dabei waren deren Hals und Handgelenke bereits voll davon. Tiékoro hatte Lust, diese elenden Gegenstände abzureißen. Hat der Prophet nicht gesagt: »Wer ein Amulett am Körper trägt, ist gottlos?«

Aber dann hielt er sich zurück. Wenn diese Amulette Awa Nya beschützen konnten, durfte er nicht eingreifen. Er vergötterte seine kleine Tochter. Während er in seinen Söhnen zukünftige Richter zu sehen meinte, glaubte er, bei seiner Tochter nur auf Liebe, Nachsicht und Schutz rechnen zu können. Wie bei Nadié. Er legte das Kind neben sich auf die Matte und hörte plötzlich den Regen aufs Dach trommeln, denn die Regenzeit wollte kein Ende nehmen. Er schlief darüber ein. Bei den ersten Tropfen hatte Nadié die Kinder hereingeholt, die viel lieber nackt durch den Regen gelaufen wären, und brachte anschließend unter dem behelfsmäßigen Wetterdach der Küche Wäsche, Kalebassen und den Vorrat an getrocknetem Kuhmist unter. Da sie Tiékoro nur zu gut kannte, hatte sie ihm den Ernst der Gerüchte, die in der Stadt die Runde machten, verheimlicht. Alle Bambara bereiteten sich darauf vor, nach Segu oder in ihre Heimatdörfer zurückzukehren. Es war nicht das erste Mal, dass die Bambara gezwungen waren, Dschenne zu verlassen. Der Askia Daud hatte vor mehreren hundert Jahren die Anweisung gegeben, sie aus dem Gebiet zu verjagen. Aber trotz dieses Befehls waren große Kolonien entstanden, besonders im südlichen Podo, in Femay und Derari*. Aber zurzeit nahm die Sache eine Besorgnis erregende Wendung. Anhänger von Amadu Hammadi Bubu liefen durch die Stadt und predigten an den Straßenecken: »Wenn du mir sagst, dass du dich kennst, dann antworte ich dir, dass du die Materie deines Körpers kennst, der aus Händen, Kopf

* Femay und Derari sind Gebiete, die Dschenne umgeben, zwischen Joliba und Bani.

und dem Rest besteht, aber du weißt nichts über deine Seele.«

Sie sprachen davon, die Gottlosen und die schlechten Moslems in das ewige Feuer zu stürzen, sobald ihr Anführer die Stadt eingenommen hatte. Außerdem hatte Nadié gehört, dass die Moslems untereinander zerstritten waren, je nach ihrer Zugehörigkeit zu einer bestimmten Glaubensrichtung. Was war das für ein Gott der Spaltung und des Unfriedens? Nadié fragte sich das immer wieder. Tiékoro glaubte, durch seinen Übertritt zum Islam geschützt zu sein. Aber Nadié war vom Gegenteil überzeugt und war sich sicher, dass in den Augen jener, die es auf Segus Macht und Größe abgesehen hatten, ein Bambara immer ein Bambara blieb, ob er nun dem Fetischglauben anhing oder nicht. War es dann nicht besser, die Stadt zu verlassen? Aber Nadié hatte Angst vor jener unbekannten Familie, die Tiékoro wieder vereinnahmen und sie daran erinnern würde, dass sie nur eine Konkubine mit wenig ruhmvoller Vergangenheit war. Und dann würde die Familie darauf bestehen, dass Tiékoro eine standesgemäße Ehe einging. Sie drückte ihre Söhne an sich. Tiékoro war ein Adliger, ein *yèrèwolo*, dessen Stammbaum bis in graue Vorzeit reichte. Sobald er wieder zu Hause wäre, würde er mit dem Anwesen seines Vaters zugleich Rang und Würde wieder finden. Aber mit welchen Augen würde Nadié von der Familie und bald auch von den rechtmäßigen Ehefrauen angesehen? Wie Kuh- oder Kamelmist, gut genug zum Feueranzünden, aber ansonsten übel riechend und verachtenswert. Nein, niemals. Niemals. Eher würde sie sterben.

Inzwischen befand sich Tiéfolo vor den Toren von Dschenne. Die Leute betrachteten diesen jungen Mann auf seinem prächtigen Pferd und erkannten ihn an seinen rituellen Wundmalen, seiner Frisur aus vielen kleinen Zöpfen und seinen amulettbesetzten Armen als Bambara und hatten nur Hass oder Verachtung für ihn übrig.

Ohne sich von diesen Blicken beeindrucken zu lassen, ritt Tiéfolo in die Stadt. Er war enttäuscht. Das sollte Dschenne sein? Die Stadt war längst nicht so belebt und geschäftig wie Segu! Er erreichte im Galopp einen großen Platz, in dessen Mitte sich ein riesiges Gebäude erhob. War das eine Moschee? Tiéfolo hatte noch keine Moschee von solchen Ausmaßen gesehen. Er ritt einmal um den Platz herum.

Das Gebäude, das aus der Lehmerde des Podo erbaut war, stand auf einer Art Esplanade und nahm in der feuchten Luft eine bläulich schimmernde braune Färbung an. Seine Fassade setzte sich aus einer ganzen Reihe von Türmen zusammen, die in stumpfen Pyramiden endeten, unter denen sich dreieckige Festons abhoben, während die Seiten mit rechteckigen Reliefs verziert waren, die abwechselnd vorstanden oder versenkt waren und wie Bäume eines Waldes wirkten. Eine Gruppe von Männern stieg langsam die Stufen hoch, die zur Esplanade führten. In einem Winkel des Gebäudes stellten sie sorgsam ihre Sandalen ab. Diese Geste erregte Tiéfolos Neugier. Er beschloss, der Sache auf den Grund zu gehen, und versetzte seinem Pferd einen Peitschenhieb, sodass es einen Satz nach vorne machte und nun auch auf der Esplanade stand. Die Männer gingen auf eine Tür zu, die hoch genug war, um einen Reiter durchzulassen. Tiéfolo folgte ihnen und gelangte in einen Innenhof, der von hohen Pfeilern umgeben war. In dem Augenblick drehten sich die Männer um, denen er gefolgt war, und begannen, ihn zu beschimpfen. Ein hagerer Greis in weitem Gewand tauchte hinter einem Pfeiler auf und schrie ihn ebenfalls an. Wohlerzogen, wie er war, wollte Tiéfolo gerade vom Pferd steigen, um ihn zu beruhigen, als weitere Männer in weißen Gewändern aus dem Inneren des Gebäudes herbeiliefen. Im Handumdrehen war Tiéfolo vom Pferd gezerrt, wurde angebrüllt und mit Schlägen überhäuft. Zunächst wollte Tiéfolo sich nicht verteidigen, da es sich um Männer handelte, die älter waren als er. Aber als es immer mehr Schläge hagelte, verlor er allmählich die Geduld. Bald tauchten auch noch ein paar Kerle auf, die mit Knüppeln bewaffnet waren, während ihm andere in rasender Wut ins Gesicht spuckten. Da begann Tiéfolo sich zu verteidigen. Er war nicht umsonst ein Jäger mit kräftigem, durchtrainiertem Körper. Er nahm Füße, Fäuste und Zähne zu Hilfe und schlug die Angreifer bald in die Flucht. Einen Augenblick schienen sie zu zögern, aber plötzlich kamen zwei von ihnen, die kurz zuvor verschwunden waren, zurück und hatten jeder einen Steinbrocken in der Hand. Tiéfolo schrie empört auf. Wollten sie ihn etwa töten? Aber es war zu spät. Eines der Geschosse hatte ihn bereits an der Stirn getroffen.

Als Tiéfolo wieder zu sich kam, befand er sich in einem schmalen Raum mit niedriger Decke, in den nur durch eine Luke etwas Licht drang. Er lag auf einem Haufen Stroh, dessen Gestank ihn derart anekelte, dass er, obwohl halb bewusstlos, versuchte, sich auf die Seite zu drehen. Tausend Nadeln aus Rinderhorn bohrten sich da in seinen Schädel, und Blut lief ihm übers Gesicht. Er verlor erneut das Bewusstsein.

Als er wieder aufwachte, merkte er an der Farbe des Himmels, den er durch die Luke schimmern sah, dass inzwischen ziemlich viel Zeit vergangen sein musste. Das kleine Rechteck war dunkelblau. Wie zum Spott lächelte ein Stern auf ihn herab. Tiéfolo versuchte, seinen Schädel abzutasten, um das Ausmaß seiner Verletzung erkennen zu können. Aber er musste feststellen, dass er die Arme nicht bewegen konnte. Sie waren ihm mit einer festen Hanfschnur auf den Rücken gefesselt worden. Auch seine Knöchel waren zusammengebunden. Da weinte Tiéfolo wie ein Kind. Aber trotz seiner Schwäche und der Schmerzen, die er am ganzen Körper spürte, gab er die Hoffnung nicht auf. Er wusste, dass all diese Prüfungen vorübergehen würden, denn Kumaré hatte darüber keinen Zweifel aufkommen lassen: Er würde seinen Auftrag erfüllen. Vielleicht schlief er wieder ein? Vielleicht würde er erneut das Bewusstsein verlieren?

Das blaue Rechteck wurde immer dunkler und endlich schwarz, dann begann es sich wieder aufzuhellen, durchlief sämtliche Grautöne und blieb schließlich hellbau mit weißen Flecken. In seinem ganzen Leben war Tiéfolo noch nie eingesperrt oder seiner Bewegungsfreiheit beraubt gewesen. Im Gegenteil, er war ein Herr des Busches und der weiten Flächen. Dennoch ließ er sich nicht entmutigen.

Plötzlich bewegte sich die Tür in den Holzangeln, und ein Mann erschien, der eine Kalebasse mit *dègué* und einen kleinen ausgehöhlten Kürbis in den Händen hielt. Er kniete neben Tiéfolo nieder, untersuchte ihn mit einem seltsamen Ausdruck der Bewunderung und fragte: »Woher kommst du? Aus welchem Volk?«

Tiéfolo gelang es zu antworten: »Ich bin Bambara, ich komme aus Segu.«

Der Mann lachte: »Das hab ich mir schon gedacht. Was für ein kräftiger Kerl du bist! Weißt du, dass du den Imam halb erwürgt und dem Muezzin zwei Zähne ausgeschlagen hast? Ich bin Bozo. Darum verstehe ich deine Sprache …«

Er band Tiéfolo los, half ihm, sich aufzurichten, und schob ihm ein wenig *dègué* in den Mund. Gleichzeitig murmelte er: »Sie werden dich vor den Kadi schleppen. Ich geb dir einen Rat: Wenn du nicht unter dem spitzen

Messer des Henkers enden willst, lass dich zum Islam bekehren ...«

Tiéfolo stieß die Hand des Mannes heftig zurück und sagte wütend: »Niemals!«

Der Mann bemühte sich, ihn zu besänftigen: »Lass es geschehen. Sie werden dir den Schädel kahl scheren und dich Ahmed nennen. Was ist denn schon dabei?«

Tiéfolo warf sich zurück: »Warum haben sie sich alle auf mich gestürzt? Was habe ich ihnen getan?«

»Du bist zu Pferd in ihre Moschee eingedrungen, und wie es scheint, hat dann das Tier den Sand mit Kot und Urin beschmutzt ...«

Er lachte. Tiéfolo hätte es ihm gern nachgemacht, wenn er nicht solche Qualen auszustehen gehabt hätte. Als er gerade mit Mühe noch ein wenig *dèguè* hinunterschluckte, betraten drei mit Gewehren bewaffnete Männer den Raum. Sie versetzten ihm zunächst ein paar Fußtritte, sodass ihm ungewollt Schmerzensschreie entfuhren, und zwangen ihn dann, sich aufzurichten. Sie trugen kurze schwarze Jacken, breite, fest geschnürte Ledergürtel und weite Hosen, die bis auf die Knöchel reichten. Auf ihren Gesichtern lag ein unerbittlicher Ausdruck. Tiéfolo hinkte hinter ihnen her. Bei jedem Schritt glaubte er, erneut das Bewusstsein zu verlieren, während ihm das Blut über den Kopf lief. Sie gingen durch ein Labyrinth von Gängen, erreichten einen Hof und betraten schließlich einen rechteckigen Saal, dessen Decke von Pfeilern aus Palmyrapalmen getragen wurde. Dort saßen auf Matten sieben weiß gekleidete Männer, die alle einen Turban trugen. In ihren Augen lagen derselbe Hass und dieselbe wilde Entschlossenheit. In einer Ecke saß ein Junge, ebenfalls mit einem Turban auf dem Kopf, und malte Zeichen auf eine halb entrollte große Schriftrolle.

Tiéfolo erkannte, dass er sich vor einem Gericht befand.

Der Bozo hatte also Recht gehabt. Das Gebäude war eine Moschee, und diese Fanatiker würden ihn dafür bestrafen, dass er dort eingedrungen war.

»As salam aleykum. Bissimillahi.«

Tiéfolo erriet, dass es sich um einen islamischen Gruß handelte, aber um ihnen zu zeigen, dass er nichts von seiner Identität verleugnete, grüßte er sie auf Bambara. Die Männer berieten sich und gaben dann einem der Soldaten ein Zeichen, der daraufhin vortrat und von nun an als Dolmetscher fungierte.

»Nenn uns deinen Namen und die deiner Vorväter.«

Tiéfolo gehorchte.

»Was tust du hier in Dschenne?«

»Ich bin gekommen, um meinem Bruder mitzuteilen, dass unser Vater gestorben ist und dass die Familie ihn zur Zeremonie des vierzigsten Tages erwartet.«

»Wie heißt dein Bruder?«

»Tiékoro Traoré. Aber wie es scheint, nennt ihr ihn jetzt Umar.«

Diese Antwort war reichlich unverschämt, und die Richter bekundeten sich gegenseitig ihr Missfallen, dann ging die Vernehmung weiter: »Da Monzon hat dich geschickt, um uns in unserer Kultstätte zu provozieren. Gib es zu, dann rettest du deinen Kopf ...«

Tiéfolo unterdrückte ein Lachen: »Kultstätte? Ich wusste nicht einmal, dass es sich um eine Moschee handelt. In Segu sind sie nicht so groß, und nicht zufällig ...«

»Warum bist du hereingeritten? Und warum hast du dein Pferd den Boden beschmutzen lassen?«

»Auf die erste Frage kann ich nur antworten, dass ich nicht wusste, dass es verboten ist. Wenn man es mir gesagt hätte, hätte ich mich entschuldigt und Abbitte geleistet. Doch was die zweite Frage betrifft, bin ich vielleicht Herr der Eingeweide meines Pferdes?«

Die Richter berieten sich erneut einen Augenblick. Tiéfolo fragte sich, ob er nicht träumte. Ja, sein Körper lag irgendwo auf einer Matte, während sein Geist umherschweifte und die schlimmsten Erfahrungen auszustehen hatte! Diese alten Männer in weißen Gewändern und den Gebetsschnüren in der Hand. Diese absurden Anklagen. Der einzige Ort in Segu, den man nicht auf dem Rücken eines Pferdes betreten durfte, war der Palast des Mansa, und selbst da gab es Ausnahmen für gewisse Würdenträger.

»Weißt du, dass du den Tod verdienst?«

Tiéfolo zuckte die Achseln und entgegnete ruhig: »Ist der Tod nicht die Tür, durch die wir alle gehen müssen?«

Wieder folgte ein Moment des Schweigens. Dann erhob sich einer der Richter. Es war ein vom hohen Alter gebeugter Mann, dessen Augen aber ihren Glanz nicht verloren hatten: »Ich kenne einen gewissen Umar Traoré, der eine Zeit lang unter meinem Dach gelebt hat. Wir werden ihn holen lassen. Gebe Allah, dass du nicht gelogen hast!«

Die Soldaten brachten Tiéfolo ins Gefängnis zurück. Inzwischen strahlte die Sonne in vollem Glanz. Als Tiéfolo durch den Hof ging, sah er über den hohen Mauern aus Lehm die Kronen der Palmyrapalmen. Das Gefängnis befand sich im westlichen Teil eines Anwesens, dessen Gebäude einen rechteckigen Hof besaßen, in dem sich Tonkrüge mit Wasser für die rituellen Waschungen befanden. In einer Ecke saßen Männer und nähten Baumwollstreifen zusammen, an deren einem Ende sie eine Art Kapuze anbrachten. Dieser Anblick erweckte Tiéfolos Neugier, sodass er fragte: »Was machen sie da?«

Einer der Soldaten lachte: »Sie stellen Leichentücher her. Wenn du nicht lebend hier rauskommst, dann wirst du eines dieser Kleider tragen …«

Tiéfolo erschauerte.

War es ein ermutigendes Zeichen, dass die Soldaten ihn nicht in die ekelhafte Zelle zurückbrachten, in der er die Nacht verbracht hatte, sondern in einen saubereren, luftigeren Raum, dessen Boden mit einer ordentlichen Matte bedeckt war? Nach einer Weile tauchte der Bozo wieder auf: »Ich werde dir ein Pflaster aus Tamarindenblättern auflegen und bring dir gleich einen Aufguss aus *sukola*. Das senkt das Fieber …«

Tiéfolo ließ sich umsorgen, weil ihm klar war, dass dieser Bozo die Verkörperung eines Geistes war, den Kumaré ihm an die Seite gestellt hatte. Er war beruhigt und bezweifelte nun nicht mehr den glücklichen Ausgang seines Abenteuers. Er würde Tiékoro finden und seinen Auftrag erfüllen. Währenddessen redete der Bozo auf ihn ein, wobei manche seiner Sätze wegen seines Dschenner Akzentes unverständlich blieben: »Du hättest zu keinem ungünstigeren Zeitpunkt herkommen können. Das ist hier wirklich ein Pythonnest. Fulbe-Fetischgläubige gegen Fulbe-Moslems. Kadiriya* gegen Tidjaniya* gegen Kunti*. Songhai gegen Fulbe. Marokkaner gegen Fulbe und alle zusammen gegen die Bambara … Bald wird sich die Erde rot färben von Blut. Schönes, frisches, leuchtend rotes Blut wie deins. Aber ich werde dann nicht mehr da sein. Ich werde dann schon den Nektar der Ahnen trinken.«

Tiéfolo schlief ein. Ein paar Tage später, als er morgens gerade seine Kalebasse mit *dèguè* leerte, kamen die Soldaten, um ihn zu holen. Er folgte ihnen wieder durch das Gewirr der Gänge und Höfe in den Gerichtssaal. Diesmal befand sich dort außer den Richtern, dem Schreiber und den Wachen noch ein junger Mann in langer, weiter Kleidung und einer kleinen braunen Kappe auf dem kahl geschorenen Haupt. Seine hohe Statur und sein stolzer Aus-

* Islamische Bruderschaften in Afrika.

druck waren typisch für jemanden aus Segu. Gerührt erkannte Tiéfolo Tiékoro wieder, den er noch nie in solcher Aufmachung gesehen hatte. Die beiden Brüder* fielen sich in die Arme, und die Tränen, die sich still wie die Wasser des Podo hinter den Dämmen aus Lehm und Schilfrohr angesammelt hatten, liefen Tiéfolo über die abgemagerten Wangen. Er war in diese unbekannte Stadt gekommen, und man hatte ihn wie einen Verbrecher behandelt! Aus welchem Stoff waren diese Menschen gemacht? Und warum lehrte sie ihr Gott nur zu hassen und Krieg zu führen?

Tiékoro musste eine hohe Geldbuße von zweitausend Kaurimuscheln und dreihundert *sawal*** Korn sowie einen halben Barren Salz aus Teghaza zahlen.

Was ist eine Stadt? Sicherlich nicht nur eine Ansammlung von Häusern aus Stroh oder Lehm, von Märkten, auf denen Reis, Hirse, Kalebassen, Fisch oder handgefertigte Gegenstände verkauft werden, von Moscheen, in denen man sich auf den Boden wirft, oder von Tempeln, in denen man das Blut der Opfer vergießt. Sie ist eine Mischung aus persönlichen Erinnerungen, die für jeden anders sind, und daher gleicht keine Stadt der anderen, noch besitzt sie eine wahre Identität.

Für Tiékoro war Dschenne ein Ort, an dem er zutiefst gedemütigt und von den anderen ausgeschlossen worden war. Nach Timbuktu war diese Stadt ein nie erreichtes Paradies, ein Goldklumpen gewesen, der sich in seinen Händen in einen Kieselstein verwandelt hatte. Und doch trauerte er in dem Moment, da er Dschenne verlassen musste, der außerordentlichen Freiheit nach, die er dort genossen, und der Anonymität, in der er gelebt hatte und die er ver-

* Die Kinder von Brüdern werden in Afrika nicht als Vettern oder Cousinen, sondern als Geschwister angesehen.

** Hohlmaß.

lieren würde, sobald er die Mauern von Segu erreichte, wenn alle seine Ahnen ihren Einfluss wieder geltend machten. Für Nadié war es ein Ort, an dem sie glücklich gewesen war und ohne Rivalin den Mann besessen hatte, den sie liebte, und ihn hatte unterstützen können. Es war das Fleckchen Erde, wo ihre Kinder geboren waren und wo sie trotz größter materieller Not das Glück ihres Herzens gefunden hatte. Sie wusste, dass die Zukunft ihr nur Demütigung und Eifersucht bringen würde. Und für Tiéfolo schließlich war es ein Ort, an dem er auf grausame Weise die Unversöhnlichkeit und die Härte der Menschen erfahren hatte. Daher sah jeder der drei die Häuserfluchten mit ihren Nischen für die Karitefettlampen und den Türen, die mit großen, aus Timbuktu importierten Nägeln verziert waren, mit anderen Augen. An den kleinen Ständen in der Nähe der Moschee stellten Handwerker Sandalen aus Sohlen und Riemen, Stiefel, Säbelscheiden oder Kamelsättel mit hoher Rückenlehne her. Trotz des Regens wurde die Arbeit nicht unterbrochen. Männer und Frauen stapften durch die Pfützen, während die Kinder Bälle aus feuchtem Lehm kneteten und sich lachend damit bewarfen. Ja, bei jedem von ihnen löste dieser Anblick ein anderes Gefühl aus. Noch vor einer Woche hatte Nadié ihren Stand an einer Ecke dieses Platzes zwischen den Auslagen anderer Frauen aufgebaut und ihre Waren an turbantragende Tuareg, dickbäuchige marokkanische Händler in schweren Kaftanen und Songhai aus Timbuktu und Gao verkauft, die im Vergleich zu den Bewohnern Dschennes einen gutturalen Akzent hatten. Sie hatte ihre feste Kundschaft, und an Markttagen, wenn der Platz sich mit Frauen füllte, die mit Baumwollballen, getrocknetem Fisch, dunkelroten Töpferwaren und Schalen mit Fruchtsaft aus der ganzen Umgebung zusammenkamen, wusste sie kaum noch, wo sie ihre Kaurimuscheln unterbringen sollte. Tiékoro dagegen war die Stufen zur Moschee hinaufgegangen, um am Freitagsgebet teilzunehmen, dem einzigen in der Woche, das gemeinsam gesprochen werden musste. Mit der Stirn im Staub wiederholte er, »Gott belohnt diejenigen, die den rechten Weg gehen«, und bemühte sich, die Bitterkeit seines Herzens zum Schweigen zu bringen. Und zugleich fühlte er sich unter diesen Männern wohl, die dieselben Worte sprachen und dieselbe Kleidung trugen wie er.

Unterdessen drängte sich eine große Menschenmenge vor den Toren der Stadt. Die große Wanderung der Bambara hatte begonnen. Auf Eseln, Mauleseln, Pferden, Kamelen und zu Fuß. Die Frauen trugen schwere Ballen auf dem Kopf, und hinter ihnen trippelten die Kinder mit Jutekapuzen auf dem Kopf, die sie vor dem Regen schützten. Die Männer überwachten das Vieh. Sämtliche Bambara strömten nach Segu, Kaarta, Beledugu, Dodugu oder Fanbuguri zurück ... Mehr als die Marka, Bozo oder Somono hatten sie die Fulbe zu fürchten. Denn wenn diese ihre Streitigkeiten beilegten – das wussten sie –, dann nur, um sich gegen die Untertanen eines Reiches zu verbünden, das sie zu lange unterdrückt hatte. Und wenn die Songhai und die Marokkaner aus Dschenne mit Amadu Hammadi Bubu Frieden schließen würden, nachdem sie ihm lange Zeit feindlich gesinnt gewesen waren – das wussten sie auch –, dann wären die Bambara die Leidtragenden. Und deshalb mussten sie in ihre Heimatorte zurückkehren, mitnehmen, was sie konnten, und die Erinnerung zurücklassen, die vielleicht kostbarer war als die Besitztümer.

Tiékoro hatte nie ermessen, wie ernst die Situation war. Er war so mit seinen persönlichen Sorgen beschäftigt gewesen, dass er die zunehmende Furcht seines Volkes nicht wahrgenommen hatte. Die schlimmsten Gerüchte machten unter der Menge die Runde. Die Anhänger von Amadu Hammadi Bubu hätten die Straße zwischen Dschenne und Gomitogo gesperrt. Mit Beilen bewaffnet würden sie alle Reisenden fragen: »Bist du gegen den islamischen Glauben? Oder, was noch schlimmer ist, bist du ein Heuchler?«

Wenn ihnen die Antwort nicht gefiele, wumms, würden sie dem Betreffenden die Kehle durchschneiden, und die blutigen Köpfe würden auf makabere Weise den Weg säumen. Außerdem wären die Tondyons vernichtend geschlagen worden. Die zerlumpten, ausgehungerten Überlebenden wären in Dörfern zusammengepfercht und aufgefordert worden, zum Islam überzutreten. Da Monzon, der Basi aus Samaniana, Fombana, Toto und Duga aus Koré besiegt hatte, wäre gegenüber Amadu Hammadi Bubu nur ein schmächtiges Kind. An der Anlegestelle am Bani wurden die Pirogen regelrecht gestürmt. Plötzlich ging ein heftiger, grauer Regen nieder, und die Wasser des Himmels vermischten sich mit dem Wasser des Flusses. Überall rannten Leute, warfen sich in den Bani, schwammen oder gingen unter wie ein Stein. Die Frauen jammerten: »Es ist wahr! Allah hat unsere Götter besiegt … Sie sind in die Flucht geschlagen worden …«

Zum ersten Mal hatte Tiékoro den Eindruck, sein Volk verraten zu haben. Hing er nicht einer Religion an, in deren Namen die Bambara jetzt verfolgt und niedergemetzelt wurden? War er nicht wie ein Mann, der eine Frau aus einer feindlichen Sippe heiratet? Er reichte einem alten Mann die Hand, um ihm in die Piroge zu helfen, die er gemietet hatte. Der Alte murmelte: »Nie, nie werden sie mich dazu bringen, die Stirn in den Staub zu legen wie ein Esel! Da können die ›Schmalfüße‹* aber sicher sein!«

* Spitzname, mit dem die Bambara die Fulbe bezeichnen.

Ohne genau zu wissen warum, sagte Tiékoro sanft: »Fa, auch ich bin ein Moslem …«

Mit einem lauten Schrei machte der Mann einen großen Schritt über den Rand der Piroge und stürzte sich ins Wasser. In der Zwischenzeit hatte Tiéfolo mit seinem schönen Pferd, das der Kadi glücklicherweise nicht als Entschädigung für sein Vergehen einbehalten hatte, das andere Ufer erreicht. Er sprang zu Boden und bot es einem weißhaarigen Mann an: »Nimm es, Fa, du kannst es besser brauchen als ich …«

Aber der Mann sagte mit einer ablehnenden Geste: »Nein, du musst dich schonen. Falls man uns angreift, werden wir alle Kräfte bitter nötig haben.«

Er ließ sich jedoch einen Teil seines Gepäcks abnehmen, und es entspann sich eine Unterhaltung, in deren Verlauf sie beide die »Tafelkleckser«* mit ihrem gespitzten Schilfrohr und dem Schaffell verfluchten, ohne dass Tiéfolo einzugestehen wagte, dass sein eigener Bruder zum Islam übergetreten war.

Nachdem sie den Bani überquert hatten und die Mauern von Dschenne nicht mehr zu sehen waren, ging eine Welle der Erleichterung durch die Menge, und heitere Stimmung kam auf. Sie zogen durch eine völlig flache Landschaft, in der sich hier und dort ein paar Akazien oder Dornengewächse erhoben. Da es gerade Regenzeit war, grünte der Busch. Von Zeit zu Zeit setzten sie sich auf eine Böschung und packten die Vorräte aus. Dann zündeten die Frauen Feuer an und stellten ihre Mörser auf den Boden, um Hirse zu stampfen. Die Jungen machten sich auf die Suche nach *fini*-Körnern oder *bayri*-Beeren, von denen man rote Lippen bekommt. Die Männer ließen Ka-

* Anspielung auf die Holztafeln, die die Kinder in der Koranschule benutzen.

lebassen mit *dolo* herumgehen, und ein paar geschäftstüchtige Fetischpriester nutzten die Gelegenheit, um kleine Amulette zu verkaufen, die vor den Fulbe schützen sollten. Tiékoro erteilte Nadié eine strenge Rüge, weil sie drei Stück gekauft hatte. Aber Tiéfolo verteidigte sie.

Wegen der Zurückhaltung, die das Verhältnis zwischen jüngerem und älterem Bruder prägt, hatte Tiéfolo seinen Bruder nicht nach Nadié gefragt. Er hatte sich damit begnügt, sie mit größter Höflichkeit zu behandeln. War sie nicht die Mutter dreier Kinder des Clans? Aber Tiékoro kannte die Sitten seines Volkes gut genug, um zu wissen, was hinter dieser Höflichkeit steckte. Wie würde Nya reagieren und wie Diémogo, der nun anstelle von Tiékoros Vater das Oberhaupt des Clans geworden war? Welche Haltung würden die anderen Frauen in Nyas Haus einnehmen, die alle Töchter angesehener Familien waren? Tiékoro schaute zu, wie Nadié sich um die Kinder kümmerte. Er sah die Ringe unter ihren Augen und die Nervosität ihrer Bewegungen. Sie litt und hatte Angst. Er hätte sie am liebsten in die Arme geschlossen, dort, mitten in der Menge, wie er es damals getan hatte, als sie den Joliba hinaufgefahren waren, und ihr zugeflüstert: »Hab keine Angst. Ich verlasse dich nie. Nie. Und ich werde es nie zulassen, dass du auf eine Stufe mit den Dienerinnen gestellt wirst. Nachdem meine Ambitionen und Träume sich in Rauch aufgelöst haben, bist du das Kostbarste, was ich auf der Welt besitze.«

Aber kann man so etwas zu einer Frau sagen?

Plötzlich tauchte eine Hand voll halb nackter Männer auf, die auf armseligen Kleppern saßen. Wer waren sie? Mit einem Satz war die Menge auf den Beinen und kurz davor, erneut in Panik auszubrechen. Aber alle Männer, die Gewehre besaßen, waren sofort zur Stelle und hielten die Ankömmlinge in Schach.

Tatsächlich handelte es sich aber um Überlebende aus den Reihen der Tondyons von Diémogo Seri, die bei Nukuma geschlagen worden waren und nun von Raubüberfällen lebten, da sie sich schämten, nach Segu zurückzukehren. Die einst so gefürchteten Tondyons nun in diesem Zustand zu sehen entmutigte die Menge vollends. Sie bedrängten die Ankömmlinge mit Fragen. Stimmte es, dass die »roten Affen«* einem das Leben lassen, wenn man ihnen die Worte nachspricht: »Allah akbar!«?

In solchen Augenblicken der großen Volksverwirrung reicht oft ein Mann und sein Wort, um die Geister wieder zu beruhigen. Sumaoro Bagayoko war ein berühmter Fetischpriester, der sich in Femay nördlich von Dschenne niedergelassen hatte und dabei reich geworden war. Er kehrte mit einer Karawane von Gütern, vier Frauen und gut dreißig Kindern nach Segu zurück. Er kletterte auf eine Böschung, streckte die Hand aus, um Schweigen zu gebieten, und sagte: »Diese roten Affen, die euch solches Entsetzen einjagen, werden bald bis auf den letzten Mann von anderen Moslems besiegt werden, die aus Futa Toro kommen. Von der Hauptstadt, die sie auf dem rechten Ufer des Bani erbauen und der sie in ihrer Überheblichkeit den Namen ihres Gottes** geben werden, wird nichts übrig bleiben. Sie werden sich wieder von Viehzucht ernähren wie zuvor. Segu dagegen, das könnt ihr mir glauben, wird ewig bestehen. Sein Name wird durch die Jahrhunderte gehen. Nach euch werden eure Kinder ihn wiederholen.«

Diese Worte beruhigten die Gemüter. Die Frauen gaben Männern und Kindern zu essen, und dann machten sich alle wieder auf den Weg. Sobald sie in Seladu-

* Spitzname, mit dem die Bambara die Fulbe bezeichnen.

** Gemeint ist Hamdallay, was bedeutet: »Zur Ehre Gottes«.

gu* waren, hatten sie nichts mehr zu befürchten. Das war eine von Bambara bewohnte Gegend, die von Segu beherrscht wurde. Sie mussten lediglich vor Einbruch der Nacht dort eintreffen. Denn nachts braucht man vor den Menschen keine Angst zu haben. Dann herrschen die Geister, die durch die Schlechtigkeit der Menschen entfesselt worden sind und Krankheit, Elend und Wahn verbreiten …

* Region in der Nähe von Dschenne in Richtung Segu.

4

Malobali sah seinen älteren Bruder an und wunderte sich fast, dass er ihn so hassen konnte. Wegen Tiékoro brach das ganze Gefüge seines Lebens in sich zusammen. Nya. Nya schien ihn vergessen zu haben, so sehr war sie mit den drei Kleinen Ahmed Dusika, Ali Sunkalo und Awa Nya beschäftigt. Sie badete sie, gab ihnen zu essen, wiegte sie auf den Armen und sang ihnen Lieder vor, von denen er geglaubt hatte, Nya würde sie nur ihm vorsingen. Als er eines Nachts wie gewöhnlich die Hütte der Jungen verlassen hatte, um sich an sie zu kuscheln, hatte sie bereits Ali Sunkalo in den Armen. Sie hatte ihn zurückgeschickt und ihm mit harten Worten vorgeworfen, er solle sich nicht wie ein Kind aufführen.

Und mit dem Rest der Familie war es nicht viel anders. Abends am Feuer wurden nicht mehr Geschichten über Suruku, Badeni oder Diarra erzählt. Nein! Unter den bewundernden Blicken von einem Dutzend Augenpaaren berichtete Tiékoro über sein Leben in der Fremde. Und unentwegt wurde er gefragt:

»Ist Segu schöner als Timbuktu?«

»Ist Segu schöner als Dschenne?«

»Sind die Mauren weiße Männer?«

»Sind die Marokkaner Mauren?«

»Essen die Leute aus Dschenne Hunde?«

Und Tiékoro schwadronierte genüsslich, während Malobalis Mund sich mit bitterem Speichel füllte, der sich in den Mundwinkeln ansammelte. Ach, wenn er ihm doch bloß das Maul stopfen könnte!

Noch schlimmer war Tiékoros blasiertes Gehabe, wenn

er auf einer Matte vor seiner Hütte saß und seine Gebetsschnur abbetete, bevor er sich in den Staub warf, und das fünfmal am Tag. Einmal in der Woche ging er in die Moschee der Somono und nahm dabei seine beiden Söhne und ein gutes Dutzend Jungen mit. Vergaß er denn, dass die Moslems gegen sein Volk Krieg führten? Für Malobali war Tiékoro nichts als ein Verräter. Er wünschte, die Männer aus der Familie würde ihm einmal gründlich die Meinung sagen. Stattdessen vergingen sie alle vor Bewunderung: »Hast du gesehen, wie Tiékoro in seinen Büchern liest? Hast du gesehen, wie Tiékoro schreibt?«

Selbst die alten Männer kamen aus den benachbarten Anwesen, um sich seine Moralpredigten anzuhören: »Das Wort ist eine Frucht, deren Schale Geschwätz, deren Fleisch Beredsamkeit und deren Kern gesunder Menschenverstand heißt. Sobald ein Mensch des Wortes mächtig ist, auf welchem Stand der Entwicklung er sich auch befinden mag, gehört er zur Klasse der Privilegierten.«

Das Schlimmste war, dass diese Begeisterung selbst den Mansa erfasst hatte. Kurz nach Tiékoros Rückkehr hatte er ihn zu sich rufen lassen. Nur die Götter und Ahnen wussten, was dieser Intrigant ihm erzählt hatte. Auf jeden Fall hatte der Mansa ihm die Erziehung zweier seiner Söhne anvertraut, damit auch sie die Geheimnisse des Islam kennen lernten, und er hatte ihn zu seinem Berater für islamische Fragen ernannt. Tiékoro hatte also einen Sitz in der Ratsversammlung und nahm Stellung zu den Beziehungen, die mit den Fulbe aus Futa Dschallon, Kastina oder Massina unterhalten oder angeknüpft werden sollten. Es war die Rede davon, ihn mit einer Gesandtschaft zu Osman dan Fodio nach Sokoto zu schicken, um das Bündnis, das dieser mit Amadu Hammadi Bubu geschlossen hatte, wieder aufzulösen. Kurz gesagt, Tiékoro gehörte jetzt zu den Würdenträgern der Stadt. Er hatte der Familie ihr Ansehen am Hof wiederverschafft und stellte sogar den Fa Diémogo in den Schatten, der, obwohl er doppelt so alt war wie Tiékoro, dennoch nicht zögerte, ihn bei jeder Gelegenheit um Rat zu fragen. Seit ein paar Tagen braute sich etwas über Tiékoro zusammen. Es war die Rede davon, eine Braut für ihn zu finden, die seines Ranges würdig war. Griots kamen und gingen, und Geschenke wurden ausgetauscht. Malobali hatte gehört, es handele sich um eine junge Frau aus der näheren Verwandtschaft des Mansa, die im Palast wohnte, aber mehr wusste er auch nicht. Und Malobali verehrte Nadié. Diese Zuneigung hatte ganz überraschend begonnen. Tiékoro hatte ihn eines Tages hart angefahren und gesagt: »Du bist doch kein *bilakoro* mehr, benimm dich gefälligst wie ein Mann!« Malobali hatte daraufhin Nadiés Blick aufgefangen, der ihm zu sagen schien: »Schon gut, schon gut. Nimm es nicht so ernst ...«

Und als er sich dann voller Scham entfernt hatte, um seine Tränen zu verbergen, war sie ihm gefolgt und hatte ihm ein *dyimita* angeboten, eine dieser unübertrefflichen Leckereien, die sie in Dschenne herzustellen gelernt hatte. Nach und nach hatte er sich angewöhnt, in die Nähe ihrer Hütte zu gehen. Waren sie nicht beide Entrechtete? Sie hatte ihren Anspruch auf ihre Kinder und ihren Gefährten aufgeben, und er hatte auf Nyas Liebe verzichten müssen! Malobali hatte bis zu jenem Tag nie über die Stellung nachgedacht, die die Frauen einnahmen. Wenn Dusika Malobalis Mutter nicht geheiratet hatte, so lag das in Malobalis Augen daran, dass sie aus einem fremden Volk stammte und eines Tages beschlossen hatte, zu den Ihren zurückzukehren. Nadié dagegen war eine Bambara. Was warf man ihr denn eigentlich vor? Dass sie nicht von hoher Geburt war? War sie vielleicht für das Unglück ihrer Familie verantwortlich und dass man sie als Sklavin verkauft hatte? Musste man das als unauslöschlichen Makel betrachten? War es nicht genug, dass sie der Familie drei Kinder geschenkt hatte? Dass sie sanft und fleißig war? Wer bereitete besser als sie ein Hähnchen, Hammelfleisch oder einen Hirsekuskus zu? Wer webte feiner als sie? In Dschenne hatte sie neue Färbetechniken gelernt, die sie allen Frauen aus dem Haus beigebracht hatte. Aber zu ihrem Unglück wirkten sich all diese Fähigkeiten negativ für sie aus, da es sich um Arbeiten handelte, die normalerweise von Sklaven ausgeführt wurden und somit die Verachtung rechtfertigten, mit der man ihr begegnete. Anfangs hatte Tiékoro sie gegen die kleinen Demütigungen, die man ihr täglich zufügte, in Schutz genommen. Aber dann schien er es leid geworden zu sein, als ob auch er in ihr nur noch ein niederes Wesen sah, das seinem Stand nicht entsprach. Jeden Abend empfing er in seiner Hütte die hübschesten Sklavinnen des Anwesens. Da ihm der Mansa außerdem noch zahlreiche Gefangene geschenkt hatte, befanden sich in seinem persönlichen Harem ein gutes Dutzend Konkubinen.

Tiékoro fragte Malobali barsch: »Nun, was starrst du mich so an?«

Der Junge senkte den Blick und entfernte sich schnell, als Tiékoros Stimme ihn zurückrief: »Komm her …«

Malobali gehorchte und kam zu der Matte zurück, die vor Tiékoros Hütte ausgebreitet lag. Tiékoro hatte einen mit Stickereien verzierten schwefelfarbenen Kaftan an, den er bei Händlern aus Fes gekauft hatte. Es war ein seidiger Stoff, der hier und da mit Goldfäden bestickt war. Auf dem glatt geschorenen Haupt trug er ein Käppchen aus ungebleichter Spitze, das aus demselben Material war wie das Tuch, das er um den Hals geschlungen hatte. In der Hand hielt er eine große Gebetsschnur aus weiß gestreiften gelben Steinen. Er hatte sich die Wangen mit einem Haussa-Parfum eingerieben, dessen süßlicher Geruch Malobali zuwider war. Tiékoro sah seinen kleinen Bruder mit funkelndem Blick an und sagte langsam: »Weißt du, was ich für dich gefunden habe? Du wirst nach Dschenne in eine Koranschule gehen, die ein Verwandter meines Freundes Mulaye Abdallah dort führt. Wenn du bei jedem Wort, das du beim Aufsagen der Koransuren vergisst, seine Gerte zu spüren bekommst, werden dir schon die Flausen vergehen!«

Malobali stammelte: »Nach Dschenne? Aber ich will nicht nach Dschenne ...«

Tiékoro lachte höhnisch: »Du willst nicht, du willst nicht! Seit wann wagt so ein Taugenichts wie du, den Mund aufzumachen? Du wirst gehen, und zwar bald ...«

Malobali sah sich verzweifelt um. Vor ein paar Monaten war er noch ein Kind unter anderen Kindern gewesen. Dann hatte er die Wahrheit über seine Mutter erfahren, und jetzt musste er den Hass seines älteren Bruders ertragen. Womit hatte er das verdient?

Er ging zu Nyas Hütte. Er riss sich zusammen, um nicht einen seiner üblichen Wutanfälle zu bekommen und sich auf der Erde zu wälzen. Er spürte, dass sich ein solches Verhalten nachteilig für ihn ausgewirkt hätte; also bemühte er sich, ruhig zu bleiben. Die anderen Kinder des Anwesens, die ihn so ernst und schweigsam vorbeigehen sahen, fragten sich, was denn wohl mit Malobali los sei.

Nya saß vor ihrer Hütte. Sie hatte gerade Ali Sunkalo gebadet und rieb seinen kleinen Körper mit Karitefett ein. Ali Sunkalo war ein schmächtiger kleiner Kerl, der immer wieder einnässte. Seine Großmutter hatte beschlossen, ihn zu betreuen, und behielt ihn daher ständig bei sich, während sie Nadié schon mal Ahmed Dusika und vor allem Awa Nya überließ, die schließlich nur ein Mädchen war und außerdem noch gestillt wurde. Malobali hockte sich in eine Ecke und schaute zu, wie jene Frau, die er so lange für seine Mutter gehalten hatte, sich nun ebenso liebevoll mit einem anderen Kind beschäftigte, wie sie es früher mit ihm getan hatte. Das schnürte ihm die Kehle zu. Und wer war für all diese Veränderungen verantwortlich? Tiékoro, Tiékoro. Er stieß mühsam hervor: »Ba, stimmt es, dass man mich nach Dschenne schicken will?«

Nya warf ihm einen schnellen Blick zu, in dem er einen Ausdruck von Schuld zu entdecken glaubte, und sagte: »Es ist noch nichts entschieden. Fa Diémogo möchte nicht, dass du gehst, aber Tiékoro ist der Ansicht, dass die Jungen aus der Familie ab sofort arabisch lesen und schreiben lernen sollen. Er sagt, die Zukunft gehöre dem Islam ...«

Malobali protestierte heftig: »Ich will aber nicht Moslem werden ...«

Nya seufzte: »Ich muss auch zugeben, dass mir diese Religion Angst einflößt, aber Tiékoro sagt ...«

Tiékoro und nochmal Tiékoro! Nun schon wieder! Malobali hielt es nicht mehr aus. Er rannte aus dem Anwesen und blieb erst stehen, als er am Ufer des Joliba war.

Segu! Die hohen Mauern aus Lehm. Das glitzernde und stellenweise tosende Wasser. Am Ufer die rot und gelb bemalten Pirogen der Bozo. Segu. Dies war seine Welt. An Markttagen begleitete er Nya, der eine Reihe von Sklavinnen mit großen Kalebassen folgte, und die Leute flüsterten: »Was für ein schönes Kind!«

Um nicht das stets eifersüchtige Schicksal herauszufordern, murmelten sie anschließend schnell die Worte, die Krankheit und Tod in Bann halten. Jeden Nachmittag lief er zu dem Platz vor dem Palast des Mansa, um den *diély* zu lauschen. Im Augenblick besangen sie den wieder gefundenen Frieden mit Kaarta, das Segu eine neue Königin gegeben hatte. Malobali drängelte sich zwischen den anderen Kindern durch, bis er in der ersten Reihe des Zuschauerkreises einen Platz fand. Die *bala* und *tamani* wetteiferten miteinander, dann antwortete die zarte Stimme der *fle** auf die volle, majestätische Stimme des Menschen. Und um all das wollte ihn Tiékoro bringen? Eher würde er ans andere Ende der Welt fliehen. Und man würde ihn vergeblich suchen. Man würde wie von Sinnen sein, weinen. Aber es wäre zu spät. Dann wäre er bereits weit weg.

Malobali war nicht der Einzige, der unter Tiékoros Verhalten zu leiden hatte. Nadié war sicherlich noch viel unglücklicher. Anfangs hatte sie sich gesagt, dass es sich um eine entschuldbare Laune handelte, die auf den Wohlstand, die wieder gefundene Ehre und die abgöttische Verehrung zurückzuführen sei, mit der die Familie Tiékoro begegnete. Sie glaubte, Tiékoro zu kennen: hochmütig, egoistisch, empfänglich für Schmeicheleien, von stürmischer Sinnlichkeit, aber gutherzig. Sie war überzeugt, dass so viele gemeinsam verlebte Jahre Bande zwischen ihnen hatten entstehen lassen, die nichts und niemand zerstören konnte. Sie brauchte nur still zu sein und darauf zu warten, dass er sich wieder fing. Aber nach und nach hatten Zweifel, Angst und Entsetzen völlig von ihr Besitz ergriffen. Auf einmal war sie sicher, dass Tiékoro sich für immer von ihr löste. Sie warf ihm nicht vor, dass er die Braut angenommen hatte, die der Mansa ihm geschenkt hatte. Das war eine Ehre, die er nicht ablehnen konnte. Ihre Verzweiflung hatte andere Gründe. Er sprach nicht mehr mit ihr. Er zog die Küche seiner Mutter ihrem Essen vor. Er wich ihrem Blick aus. Eines Abends hatte sie es nicht mehr ausgehalten und war in seine Hütte gegangen. Er saß im Vorraum und aß; bedient wurde er von einer Sklavin aus

* Flöte.

dem Mande-Reich*, die ihm der Mansa am selben Morgen geschickt hatte. Sie war schön und noch Jungfrau, denn bis auf eine blaue Perlenkette um die Hüften und Kettchen an den Knöcheln war sie völlig nackt. Nadié hatte an den Tag zurückdenken müssen, an dem sie Tiékoro im Hof des Mauren zum erste Mal begegnet war. Warum hatte sie nicht protestiert und laut geschrien, um die Nachbarschaft aufmerksam zu machen, als er sie bedrängt hatte? Vermutlich, weil sie ihn damals schon geliebt hatte …

Als Tiékoro sie hatte hereinkommen sehen, hatte er zornig gerufen: »Was willst du hier?«

Unfähig, ein Wort hervorzubringen, war sie unter dem erstaunlich mitfühlenden Blick der Sklavin aus der Hütte geflohen.

Nadié hielt Awa Nya die Brust hin, aber das Kind war gesättigt und wollte nicht mehr. Nadié betrachtete diese doppelt verschmähte harmonische kleine Rundung aus seidiger schwarzer Haut. Hatte Nadié in Dschenne das Gefühl gehabt, nützlich zu sein, so war sie in Segu von ihrer völligen Nutzlosigkeit überzeugt. In materieller Hinsicht wurde sie weder von Tiékoro noch von seinen Kindern gebraucht. Falls es ihm in den Sinn kommen sollte, den ganzen Tag in seiner Hütte liegen zu bleiben, würde es dennoch nie an Essen, an Korn, Geflügel, Wild oder Fisch fehlen. Stoffe aus Europa oder Marokko würden sich weiterhin in den Kalebassen stapeln, ebenso wie Gold- und Silberschmuck, Bernsteinperlen und Korallen. Und die Geschenke des Mansa sowie die Arbeit der Sklaven würden die Hütten des Anwesens mit Säcken voller Kaurimuscheln oder Goldstaub füllen, während die Pferde in den

* Mande oder Mali, ein Reich, das im 14. Jahrhundert seine Blütezeit erlebte und sich über Teile der heutigen Staaten Mali und Guinea erstreckte.

Einfriedungen wieherten. Und nicht einmal auf Tiékoros Zuneigung konnte Nadié mehr hoffen. Seine beiden Söhne, die mit jener Aufmerksamkeit behandelt wurden, die man den ältesten Kindern eines Erstgeborenen entgegenbringt, schienen sie ebenfalls vergessen zu haben. Sie schliefen bei Nya, die sie badete und ihnen zu essen gab. Wenn sie fielen, streckten sich tausend Hände aus, um sie aufzuheben. Wenn sie weinten, waren tausend Lippen da, um sie zu küssen. Nahmen sie Nadié überhaupt noch unter all den Frauen wahr, die sie Mutter nannten?

Nur Awa Nya blieb ihr noch, denn ein Mädchen gehört immer nur der, die es auf die Welt gebracht hat. In diesem Augenblick tauchte Nya im Eingang von Nadiés Hütte auf, und Ali Sunkalo trottete hinter ihr her. Er warf sich Nadié in die Arme, und angesichts ihrer bedrückten Stimmung wirkte das wie Balsam. Nya und Nadié hassten sich nicht. Nya spielte nur ihre Rolle als Mutter, die sich für die Interessen ihres Sohns einsetzt. Auch wenn der Familienrat sie nach Dusikas Tod Diémogo zugesprochen hatte, war es ein offenes Geheimnis, dass die beiden nicht wie Mann und Frau zusammenlebten.

Nadié holte schnell einen Hocker, auf dem sich Nya mit ihrem schweren Hintern niederließ. Nach den üblichen Begrüßungsformeln sagte Nya langsam und bedächtig: »Du sollst wissen, dass Tiékoros Hochzeit bald gefeiert wird. Da es sich um die Tochter von einer der Schwestern des Mansa handelt, war der Brautpreis sehr hoch. Ich wollte nicht, dass die königliche Familie uns womöglich verachtet und Tiékoro für unbemittelt hält.«

Nadié waren diese Verhandlungen und Hochzeitsvorbereitungen nicht entgangen. Dennoch begann sie am ganzen Körper zu zittern, und kalter Schweiß lief ihr den Rücken herunter. Sie stieß stotternd hervor: »Warum erzählt *kokè* mir das nicht selbst?«

Nya erwiderte hart: »Warum sollte er? Was hat er dir gegenüber für Verpflichtungen? Ist es nicht bereits mehr als genug, wenn ich dir davon erzähle?«

Wie betäubt stellte Nadié fest, dass Nya Recht hatte. Sie nickte einmal nach rechts und einmal nach links, als wollte sie die ganze Welt als Zeugen anrufen. Aber kein Hahn krähte danach, was sie empfand. Die Sonne lag wie ein Eigelb in der Kalebasse des Himmels. Die Akazien waren mit Blüten übersät, die keinen Duft von sich gaben. Die Kinder liefen nackt herum. Hinter den Mauern stampften die Frauen Hirse. Das Leben, in dem sie keinen Platz mehr hatte, ging weiter. Nyas Stimme holte sie auf den Boden der Wirklichkeit zurück: »Ich bin gekommen, um dir einen Vorschlag zu machen. Du kannst natürlich auch weiter in Tiékoros Diensten bleiben …«

Bei dem Wort »Diensten« zögerte sie leicht und fuhr dann entschlossen fort: »Es gibt da einen *woloso**, der für mich wie ein Sohn ist. Ich meine Kosa. Ich habe mit ihm gesprochen, und er ist bereit, dich zu heiraten. Er wird den Brautpreis zahlen, und dann könnt ihr euch in Fabugu auf den Ländereien der Familie niederlassen.«

Wenn Nadié nicht so sehr vom Schmerz überwältigt gewesen wäre, hätte sie erraten, was für eine Angst sich hinter jenen Worten versteckte. Nein, sie war nicht so unwichtig und verachtet, wie sie geglaubt hatte. Im Gegenteil, alle befürchteten, dass sie in Tiékoros Leben eine zu bedeutende Rolle spielen könnte und die rechtmäßigen Ehefrauen Anstoß an ihrer Anwesenheit nehmen könnten. Deshalb wollte man sie entfernen und einem anderen Mann in die Arme werfen. Aber sie litt zu sehr, um diese Rechnung zu durchschauen. Ihr Herz klopfte so rasend, dass es ihr die Brust zu zerreißen schien. Ihre Zähne wa-

* Haussklave, im Unterschied zum Kriegsgefangenen.

ren wie bei einem Sterbenden zusammengebissen, und sie konnte kein Wort hervorbringen. Sie warf Nya einen solchen Blick zu, dass es dieser ebenfalls die Sprache verschlug.

Nadié brachte die Kraft auf, sich zu erheben, sich Awa Nya auf den Rücken zu packen und zu Tiékoros Hütte zu gehen. Plötzlich waren sämtliche Geräusche verstummt, und sie hatte den seltsamen Eindruck, sich durch einen strahlend hellen Tag zu bewegen, der jedoch still war wie die Nacht. Sie trat ein. Tiékoro zog sich gerade an und schnürte die Bänder seiner weißen Baumwollhose um die Hüfte. Er sagte rasch: »Ich habe mich verspätet. Ich müsste eigentlich schon im Palast sein ...«

Nadié lehnte sich an die Wand und flüsterte: »Vergib mir, *kokè*, aber ich muss mit dir reden.«

Er wiederholte gereizt: »Hörst du denn nicht, dass ich mich bereits verspätet habe? Heute ist Ratsversammlung.«

Während er das sagte, litt er selbst unter diesen Worten. Er wusste, dass er seinen Körper und sein Herz noch so sehr überlisten und belügen konnte, er aber dennoch immer wieder zu Nadié zurückkehren würde. Und diese Abhängigkeit entsetzte ihn. Ja, wenn Nadié aus der Familie des Mansa gestammt hätte oder die Tochter einer angesehenen Familie gewesen wäre! Aber nein, sie war nur Nadié, die er in einem Anfall von Wildheit im Kot- und Uringeruch einer Latrine besessen und die sein persönliches Elend, seine Demütigung und seine Armut in Timbuktu und Dschenne miterlebt hatte. Sie zu lieben hieß daher, sich auf grausame Weise einen Teil seiner selbst und seines Lebens wieder vor Augen zu führen, den er lieber vergessen hätte. Aber die Verzweiflung, die sich auf ihrem Gesicht abzeichnete, stimmte ihn milder: »Gut, dann komm, wenn ich aus dem Palast zurück bin.«

Sie ließ nicht locker: »Wenn du zum Mansa gehst, verbringst du dort oft den ganzen Nachmittag und einen großen Teil der Nacht …«

Er zog seine Lederpantoffeln an, griff in einer Ecke des Raums zu einem großen Schirm, der aus Europa stammte, und entgegnete: »Nein, nein, ich werde vor dem *icha*-Gebet* zurück sein. Bereite mir ein paar Krapfen zu, dann werden wir die Nacht zusammen verbringen.«

Er ging hinaus. Allein zurückgeblieben, sammelte sie fieberhaft die Kleidungsstücke auf, die auf dem Boden verstreut lagen, rollte die Matte ein, auf der er mit einer anderen Frau geschlafen hatte, und begann, mit einem Bund aus *iphène*-Blättern energisch die Hütte auszufegen. Sie hoffte, auf diese Weise die Herrschaft über ihren Körper wiederzuerlangen. Nach einer Weile konnte sie die Hütte verlassen, in den Hof der Frauen gehen und sich an der täglichen Arbeit beteiligen.

Unterdessen hatte sich der Rat vollzählig im Palast versammelt. Die Prinzen von Geblüt und die Oberhäupter der großen Familien saßen auf ihren Fellen oder Matten. Da Monzon lag auf seinem erhöhten Platz, inmitten seiner Sklaven und Griots, und rauchte seine Pfeife. Tiékoro wartete stehend darauf, dass Tiétigui Banintiéni ihm im Namen des Mansa das Wort erteilte, und verbeugte sich dann leicht: »Herr der Kräfte, ich habe erfahren, dass Amadu Hammadi Bubu Boten zu Osman dan Fodio nach Sokoto gesandt hat, um ihn zu fragen, ob er den Dschihad, den heiligen Krieg, erklären dürfe. Osman dan Fodio hat ihm die Erlaubnis gegeben und für jedes zu unterwerfende Land eine Standarte gesegnet. Aber zwei hat er ausgelassen, was bedeutet, dass zwei Länder dem Einfluss Masinas entgehen werden.«

* Gebet bei Anbruch der Dunkelheit.

Da Monzon vergaß darüber, an seiner Pfeife zu ziehen, und richtete sich auf: »Welches sind diese beiden Länder?«

Tiékoro deute mit einer Geste an, dass er es nicht wisse: »Osman hat sich darüber nicht ausgelassen. Man kann also vermuten, was man will …«

Zwanzig Augenpaare starrten ihn an, und im allgemeinen Schweigen fuhr Tiékoro fort: »Osman dan Fodio ist ein Heiliger, aber seine Söhne sind habgierig. Ich werde eine mit Gold, Elfenbein und Kaurimuscheln beladene Abordnung nach Sokoto anführen und die Söhne davon überzeugen, dass Segu eines der beiden Länder ist, die der Fulbe aus Massina verschonen muss …«

Diese Worte riefen heftiges Protestgeschrei hervor. Der Herr des Kriegs, unterstützt von mehreren Prinzen von Geblüt, tobte, dass Segu es nicht gewöhnt sei, um Schonung zu flehen, sondern zu kämpfen und Tote und Verletzte auf dem Schlachtfeld zurückzulassen. Tiékoro hörte sich das voller Verachtung an, wandte sich dann erneut an den Mansa, als zähle er nur auf dessen Intelligenz: »Es handelt sich nicht um einen gewöhnlichen Krieg, der Raub und Mord zum Ziel hat. Dies ist ein heiliger Krieg. Jener Gott, dem ihr euch nicht unterwerfen wollt, ist aufseiten von Amadu Hammadi Bubu und steht ihm in jeder Schlacht bei. Ihr könnt nicht gegen ihn gewinnen. Ihr könnt nur verhandeln, um zu überleben.«

Wie konnte er es wagen, solche Worte vor dem Mansa auszusprechen und an Segus Macht zu zweifeln! Andere hätten diese Kühnheit mit dem Leben bezahlt. Aber Tiékoro hatte einen Ruf als Seher und Magier. Daher breitete sich ängstliches Schweigen im Ratssaal aus. Nach einer Weile sagte Da Monzon: »Hast du nicht vor, in Kürze zu heiraten, Tiékoro? Willst du deine neue Frau allein lassen, um eine Mission zu erfüllen?«

Tiékoro verbeugte sich: »Ich werde tun, was dir gefällt, Herr unserer Güter und Besitztümer.«

Auch diese Formel war äußerst unverschämt, da sie besagte, dass die Seelen allein Gott gehörten. Dennoch nahm Da Monzon keinen Anstoß daran. Die Höflinge flüsterten, dass er sich für Tiékoro begeistert hatte wie für eine Frau und dass er es am Ende bereuen würde. Hatte er ihm nicht sogar eine Frau aus seiner Familie gegeben? Die Traoré waren zwar adlig und reich, aber musste er ihnen denn solche Ehre erweisen? Nicht wenige konnten Tiékoro wegen seiner hochmütigen Art und seiner fremdartigen, zu gewählten Kleidung nicht ausstehen. Geduldig warteten sie auf seinen Sturz. Und bei ihm würde der Fall aus noch größerer Höhe erfolgen als bei seinem Vater!

Die Ratsmitglieder gingen auseinander, aber Tiékoro blieb noch bei Da Monzon und seinen Lieblingsgriots. Der Mansa war besorgt. Auch wenn er Tiékoros Ansicht teilte, schien es ihm dennoch sehr erniedrigend, einen Frieden auszuhandeln. Da er sich schon mit den Kulubari aus Kaarta verbündet hatte, war es da nicht besser, ein Heer von Tondyons aufzustellen und die Fulbe anzugreifen? Zugleich aber hatte sich ein abergläubisches Entsetzen seiner bemächtigt. Er rief sich noch einmal Tiékoros Worte ins Gedächtnis, die die Weissagung Alfa Seydu Konatés wieder aufnahmen: »Es handelt sich nicht um einen gewöhnlichen Krieg. Gott wird Amadu Hammadi Bubu in jeder Schlacht beistehen ...«

Es hätte nicht viel gefehlt und er wäre zum Islam übergetreten, aber der Gedanke an den Zorn seiner Untertanen hielt ihn zurück. Er fragte Tiékoro: »Wann brichst du auf?«

Tiékoro überlegte: »In ein paar Wochen wird die Regenzeit zu Ende sein und der Joliba nicht mehr über die Ufer treten. Dann werde ich mich auf den Weg machen.«

Außer dem Mansa fragte sich auch der oberste Griot, der Tiékoro um die Gunst bei Da Monzon beneidete, warum es einem Mann so kurz vor der Hochzeit so wenig auszumachen schien, sich für mehrere Wochen von seiner Frau zu trennen. Wer wünschte sich nicht, so lange wie möglich zwischen den zärtlichen Schenkeln einer Jungfrau zu bleiben? Da gab es ein Geheimnis, das er herausfinden musste. Wenn man einen Mann ins Unglück stürzen wollte, so ließ sich das am besten durch eine Frau erreichen, und Tiékoro mochte Frauen.

Tiétigui Banintiéni versuchte, Tiékoro zu ergründen, und drehte und wendete ihn wie ein Raubtier eine ihm nicht vertraute Beute. Wer war dieser Mann? Was wollte er? Was verbarg sich hinter seinem Übertritt zum Islam? Wie weit ging sein Glaube? Wo begannen Heuchelei und Berechnung? Tiétigui, der es gewohnt war, Menschen einzuschätzen, da er von ihrer Leichtgläubigkeit lebte, fühlte sich durch Tiékoros Undurchsichtigkeit verunsichert. Tiékoro war wohl nicht durch und durch schlecht, aber gewiss nicht gut. Anziehend, aber auch unangenehm. Von anderem Schlag als diese ungehobelten Kerle und Höflinge, die Da Monzon umgaben und die nur darauf bedacht waren, in ihren Anwesen Gold und Kaurimuscheln anzuhäufen und ihre Hütten mit Frauen zu füllen. Kurz gesagt, Tiékoro war ein Rätsel.

5

Trotz ihres Kummers war Nadié doch eingeschlafen. Sie trat vor die Tür, um herauszufinden, wie spät es war.

Eine dunkle, feuchte Nacht. Ungeheure Wassermassen waren herabgestürzt. Die Erde hatte genügend getrunken und schickte jetzt wie ein sattes Kind schwere Dünste zum Himmel. Erschöpft vom Orkan, bewegten die Bäume keinen Zweig. Tiékoro hatte also sein Versprechen nicht gehalten. Er war nicht wiedergekommen. Die Kalebassen voller Krapfen, die sie liebevoll zubereitet hatte, standen wie ein Symbol ihres Verlassenseins im Halbdunkel des Vorraums. Sie wurde von mörderischer Wut gepackt. Beinah wäre sie losgerannt, um ihm eine Szene zu machen, wie eine eifersüchtige Ehefrau ihrem Mann. Nur war Tiékoro eben nicht ihr Mann. Sie hatte keinerlei Anrecht auf ihn.

Hinter ihr stöhnte Awa Nya im Schlaf. Nadié drehte sich um, nahm das Kind auf den Arm und schnürte es sich entschlossen auf den Rücken. Die Kleine jedenfalls gehörte ihr. Niemand würde sie trennen können. Ohne recht zu wissen, was sie tat, ging sie in den Hof. Ihre nackten Füße versanken im Matsch und erzeugten beim Gehen ein saugendes Geräusch. Sie ging weiter und ließ das Anwesen hinter sich. Die Straße wurde von der Dunkelheit verschluckt, und man hörte die Geister murmeln: »Wohin geht sie zu solcher Stunde mit ihrem Kind? Ist das nicht die Tochter von Diosseni-Kandian?«

Seit langem hatte man Nadié nicht mehr so genannt. Seit die Tondyons aus Segu ihr Dorf in Brand gesteckt und ihre Familie in alle Winde zerstreut und vernichtet hatten.

Plötzlich stand ihr diese Vergangenheit wieder vor Augen. Aus Segu konnte wirklich nichts Gutes für sie kommen! Das hätte sie schon in dem Augenblick begreifen müssen, als sie Tiékoro begegnet war. Sie bog ziellos nach rechts ab und ging durch eine Gasse, in der sie die Augen von Tieren leuchten sah, die vielleicht ihrer Phantasie entsprungen waren. Dennoch hatte sie keine Angst. Die Welt des Unsichtbaren verbarg nichts Schrecklicheres als die Welt der Lebenden, und dann würde sie dort ihren Vater und ihre Mutter wieder sehen, denen vor ihren Augen mit einem Beil der Bauch aufgeschlitzt worden war. Sie kam ans südliche Tor der Stadt, das nicht zum Fluss, sondern zum Busch und den nächtlichen Hirsefeldern führte, die unter Wasser standen. Segu war inzwischen von einem riesigen Flüchtlingslager umgeben, da die Stadt selbst nicht all die Bambara hatte aufnehmen können, die aus Massina, Femay, Sebera, Saro und Pondori zurückgeströmt waren. Es war ein wildes Durcheinander aus Strohhütten, hastig erbauten Lehmmauern und Unterständen, die nur aus zusammengebundenen Zweigen hergestellt waren. Und in diesen Elendsquartieren hausten Ganovenbanden, die die Häuser von wohlhabenden Bewohnern überfielen, was für Segu äußerst ungewöhnlich war. In der vorhergehenden Woche waren zwei von ihnen vor der Stadt hingerichtet worden, damit dieses gottlose Blut nicht die Erde der Gemeinschaft befleckte.

Die Silhouetten von Männern zeichneten sich unter den Zedrachbäumen ab und verschwanden sofort wieder voller Schrecken über diese Frau, die nachts mit einem Kind durch die Gegend lief.

Geleitet von dem Wunsch, Segu möglichst weit hinter sich zu lassen, ging Nadié immer weiter. Segu, die Brutstätte von Ungerechtigkeit und Niederträchtigkeit. Nadiés Füße stapften durch den Schlamm. Die feuchten Gräser zerkratzten ihr die Beine. Ein leichter Regen setzte ein, und dann erhob sich ein starker Wind, der ihn wieder vertrieb.

Eine Zeit lang kauerte sich Nadié am Fuß eines Baumes zusammen. Als sich die weißen Dünste mit dem Dunkelblau des Himmels vermischten, stand sie auf und ging weiter. Nach und nach tauchten Männer und Frauen auf den Feldern auf. Auf einem überschwemmten Stück Land pflanzten sie Reis an. Da wurde Hirse geschnitten. Dort scharten sich Frauen um eine Feuerstelle aus Lehm und grillten Mandeln oder Karitenüsse. Weiter hinten waren die Dächer von Hütten zu sehen, dunkel wie Tierfelle. Ja, das Leben konnte ebenso schmackhaft sein wie eine Frucht! Aber für sie war es leider nicht so gewesen.

Sie kam an einen Brunnen. Eine runde Öffnung, die von halb vertrockneten, über Kreuz liegenden Zweigen umgeben war. Zunächst dachte sie nur daran, ihren Durst zu stillen. Seit Stunden war sie nun schon unterwegs, und ihr Speichel hatte ihre Zunge mit einem bitteren Belag überzogen. Aber als sie sich über den Rand beugte, um den Schlauch aus Ziegenleder hochzuziehen, der an einem langen Hanfseil hing, sah sie die spiegelnde Wasseroberfläche. Ein frischer Luftzug schlug ihr wie ein Ruf entgegen, und sie entsann sich der Geschichte, die Siga ihr erzählt hatte, als sie noch in Timbuktu wohnten.

»Sie hat sich in den Brunnen gestürzt! Sie hat sich in den Brunnen gestürzt!«

Ein zierlicher Körper. Spitze Brüste wie bei einem Mädchen an der Schwelle zum heiratsfähigen Alter. Ein gewölbter Bauch wie ein sanfter Hügel. Aber sie würde einem Kind nicht die Qual antun, es zurückzulassen, denn ihre kleine, zarte Tochter war bei ihr. Sie nahm Awa Nya vom Rücken, betrachtete leidenschaftlich deren schlafendes Gesicht und band sie sich vor die Brust. Bald würden sie sich beide im Reich der Geister befinden. Vor Rührung über ihr Ende würde die Familie sicher nicht an Opfern für sie sparen, und Nadié wiederum würde sich für das Wohlergehen der Familie einsetzen.

Sie beugte sich erneut über den Brunnenrand. Um diese Jahreszeit war der Wasserspiegel sehr hoch. Man konnte erkennen, wie sich das Wasser an den Brunnenrändern kräuselte, und seine Kühle ließ einen frischen Hauch aufsteigen.

Nadié setzte ein Bein über den Rand aus Zweigen. Einen Augenblick war der Lebensdrang stärker. Sie erinnerte sich an Tiékoros Körper in ihren Armen, den Geruch seines Schweißes, wenn sie miteinander schliefen, das helle Lachen ihrer Kinder und das Brennen der Sonne. Sie hielt sich an den Zweigen fest. Aber die schwankten unter ihrem Gewicht und gaben allmählich nach. Als Nadié von ihren Wickeltüchern im Fall gebremst in das dunkle Wasser fiel, überkam sie ein Gefühl der Resignation. Sie hatte es gewollt, ja, sie hatte es gewollt. Sie drückte Awa Nya an sich.

In einer groß angelegten Suchaktion versuchte man, Nadié wieder zu finden. Vierzig berittene Männer brachen in alle Richtungen auf. Tiékoro, der sich mit dem Kopf zuerst gegen einen Zedrachbaum gestürzt hatte, um seinem Leben ein Ende zu setzen, lag in seiner Hütte und phantasierte. Umgeben von den größten Fetischpriestern, wachte seine Mutter bei ihm. Die Frauen aus dem Anwesen blieben stumm. Alle fühlten sich betroffen. Alle fühlten sich verantwortlich. Vielleicht hätte ein Lächeln genügt, wenn Nadié Hirse stampfte, ein Wort, wenn sie sich abends ans Feuer setzte, um ihr dramatisches Verschwinden zu verhindern, eine Geste der Solidarität, um sie vor der Verzweiflung zu schützen. Aber niemand hatte einen Ton gesagt.

In Segu wollte das Gerede nicht verstummen. Was war bloß mit diesen Traoré los, dass so viele aus ihrer Familie eines gewaltsamen Todes starben, verschollen waren oder ihnen sonst ein Unglück zustieß? Diejenigen, die mit ihnen verkehrten, fragten sich, ob sie sich nicht von ihnen abwenden sollten, und diejenigen, die nicht mit ihnen verkehrten, waren froh, dass sie immer Distanz gewahrt hatten. Die meisten Leute kannten Nadié nicht, und man erzählte sich die unglaublichsten Geschichten über sie. Sie sei eine Maurin aus Timbuktu oder eine Marokkanerin aus Dschenne, die Heimat und Familie verlassen hätte, um Tiékoro zu folgen. Die meisten bedauerten sie, auch wenn sie eine solch übersteigerte Liebe beunruhigend fanden. Wohin sollte das führen, wenn die Frauen nicht mehr hinnahmen, dass ihre Gefährten sich wiederverheirateten oder sich eine weitere Konkubine nahmen?

Die Neuigkeit gelangte auch in den Palast des Mansa, und Prinzessin Sunu Saro, die Tiékoro versprochen war, nahm es mit Missfallen zur Kenntnis. Sollte sie einen Mann heiraten, der aus Verzweiflung über das Verschwinden einer Konkubine mit dem Kopf gegen einen Baum rannte? Sie suchte ihre Mutter auf, die nicht anders darüber dachte. Aber was sollte sie tun? Der Brautpreis war bereits gezahlt worden. Der Hochzeitstag festgelegt. Die beiden Frauen ließen Tiétigui Banintiéni kommen, dem es nie an Einfällen fehlte. Einen ganzen Nachmittag beratschlagten sie in einem der Säle des Palastes.

Unterdessen gelangte eine Gruppe der Reiter, die auf die Suche nach Nadié ausgesandt worden waren, gegen Ende des Tages in das Dorf Fabugu.

Das ganze Dorf war in Aufruhr, denn man hatte die Leiche einer jungen unbekannten Frau aus dem Brunnen gezogen und, was noch schrecklicher war, den Körper eines kleinen Mädchens von wenigen Monaten. Der Seher hatte furchtbare Katastrophen vorhergesagt. Das war das Vorzeichen dafür, dass zunächst die Fulbe und anschließend noch schlimmere Horden die Region verwüsten würden.

Ja, die Götter und die Ahnen würden die Bambara verlassen. Tiéfolo, der die Expedition leitete, stieg aus dem Sattel und kniete neben Nadié nieder. Sie hatte noch nicht lange im Wasser gelegen, sodass ihre Züge nicht entstellt waren. Ihr Gesicht hatte einen sanften und friedlichen Ausdruck wie immer. Er dachte daran zurück, wie er sie vor einigen Monaten kennen gelernt hatte, als er Tiékoro den Tod des Vaters Dusika angekündigt hatte. Tiéfolo war gerade aus dem Gefängnis entlassen worden und litt noch an den Schlägen und Verletzungen, die man ihm zugefügt hatte. Sie hatte sich neben ihn gekniet und ihm mit geschickten Händen ein Pflaster aus Blättern auf die Wunden gelegt und ihn gefragt: »Hast du Schmerzen?«

Dann hatte sie ihm einen warmen, bitteren Trank gegeben und dabei mit einer Hand seinen Kopf gestützt.

»Was ist das?«

Sie hatte nur gelächelt: »Was bist du neugierig ... Schlaf! Glaubst du, Frauen verraten so einfach ihre Geheimnisse?«

Und nun war sie tot. Sie hatte gewagt, ihrem Leben ein Ende zu setzen. Das schlimmste Verbrechen zu begehen. Was würde aus ihrem Geist werden? Und was aus dem Geist ihrer Tochter? Er versuchte, sich ihre letzten Stunden vorzustellen, ihren unmäßigen Schmerz, ihre Einsamkeit, ihre Angst. Schuldig waren sie alle. Nicht nur Tiékoro.

Hinter ihm stand der Dorfälteste von Fabugu und fragte: »Kennst du sie? Ist sie eine eurer Frauen?«

Tiéfolo hob den Kopf: »Ja, sie ist die Frau meines älteren Bruders.«

Da sie das schrecklichste aller Verbrechen begangen hatte – Hand an ihr Leben zu legen –, konnte niemand sie ungestraft berühren. Der große Fetischpriester bestimmte schnell zwei Totengräber. Sie wickelten sie in eine Matte und begruben sie fern von den bebauten Äckern des Dorfes.

6

»Du hast wirklich einen härteren Dickschädel als ein Esel, den man am Schwanz zieht …«

»Das ist es nicht. Ich will ja lesen lernen, aber warum soll ich gleichzeitig Lobeshymnen auf euren Gott singen? Es ist nicht mein Gott …«

Daraufhin nahm Siga seine Holztafel und sein Schreibzeug und wollte aufstehen, aber Sidi Mohammed hielt ihn zurück: »Möchtest du eine Tasse Tee?«

Siga setzte sich schmollend wieder und sagte noch einmal: »Erklär mir das doch. Warum muss man ausgerechnet mit dem Koran lesen lernen?«

Sidi Mohammed hob den Blick zum Himmel: »Keine Gotteslästerungen, verstanden?«

Und um dem Streit ein Ende zu machen, ging er und ließ Tee für sie zubereiten. Sidi Mohammed wohnte in der Kasbah der Filala in Fes und war von Beruf Sattler. Er wusste, dass seine Ahnen zur Zeit von Yacub el-Mansur als Sklaven hergekommen waren, und glaubte, dass sie aus dem Volk der Mossi* stammten. Nachdem er Siga jeden Morgen auf dem Weg zum Suk Elkettan an seinem kleinen Laden hatte vorbeigehen sehen, hatte er ihn angesprochen und sich mit ihm angefreundet. Seine Arbeit verschaffte ihm ein gutes Auskommen, auch wenn er nicht gerade reich war, und er wohnte in einem hübschen einstöckigen Haus aus sorgfältig bearbeiteten und mit Mosaik verzierten Backsteinen. Es hatte einen Hof und einen gekachelten Säulengang. Für Siga war Sidi Mohammeds Freund-

* Volk aus dem heutigen Burkina Faso.

schaft unschätzbar. Er teilte im Übrigen sein Leben in zwei Abschnitte, nämlich in das Leben, bevor er Sidi Mohammed kannte, und das danach.

Kaum hatte Siga seinen Tee getrunken, da erhob er sich schon wieder: »Ich muss nach Hause ...«

Sidi Mohammed zuckte die Achseln. Das konnte er nicht verstehen. Warum arbeitete sein Freund mit solcher Verbissenheit und führte geradezu ein Mönchsleben? Ohne zu protestieren, da er wusste, wie nutzlos das war, nahm er seinen wollenen Burnus und begleitete ihn durch die Straßen bis zum Bab-el-Mahruk-Tor.

Gegen 1812 schien Fes seine Glanzzeit zu erleben. Die Stadt bestand aus zwei Teilen, Fes Dschedid*, das Yacub ben Abd el-Mak el-Merini erbaut hatte, und Fes el-Bali**, das sich am Hang des Wadi Fes entlangzog. Von Anfang an war Siga voller Bewunderung für diese Perle unter den Städten gewesen. Mit einem Schlag hatte er verstanden, was das Wort Relativität bedeutet, und dass Segu, in seinen Augen die schönste Stadt der Welt, in Wirklichkeit nur ein kleiner Marktflecken war. Baudenkmäler aus Marmor, Paläste aus Stein, Mausoleen, Schulen und Moscheen, die mit ihren auf Säulen ruhenden Ziegeldächern und ihren Gärten mit Brunnenschalen aus kostbarem, lichtdurchlässigem Material an Einfallsreichtum und Harmonie miteinander wetteiferten. Im Herzen eines Parks aus Laubbäumen öffnete die Karawiyyin*** ihre achtzehn, mit ziselierten Bronzeplatten, Zeichnungen und Inschriften bedeckten Tore. Ihre oktogonalen Kuppeln, ihre Kapitelle, die Wölbungen ihrer Arkaden und die Friese ihrer Tore waren der subtile Ausdruck eines Geistes, von

* Neu-Fes.

** Alt-Fes.

*** Die Universität von Fes, 860 gegründet.

dem man sich kaum vorstellen konnte, dass er Menschen gehörte. Mit einem Gefühl tiefer Demut sah Siga zu, wie sich die Studenten unterschiedlichster Herkunft, Araber, Berber, Spanier, konvertierte Juden, Schwarze aus dem Sudan, vor den Toren drängten, und verstand, welche Faszination Wissen ausüben kann. Eines Tages wagte er sich auf den Patio vor und betrachtete tief beeindruckt die bunte Farbenpracht der Mauern, golden, purpurn, türkis, smaragdgrün …

Siga und Sidi Mohammed trennten sich in der Nähe des Bab-el-Mahruk-Tors, da Siga zu seinem Herrn musste, der nicht weit vom königlichen Palast in Fes Dschedid in einer prachtvollen Villa wohnte, die aus der Zeit der Meriniden stammte. Sigas Herr, Mulaye Idris, ein Verwandter von Abdallah aus Timbuktu, war sicherlich einer der reichsten Männer aus Fes. Er besaß Baumwoll-, Seiden- und Brochéwebereien, in denen Gürtel für Frauengewänder, Wandbehänge oder Standarten für die Eskorte des Sultans hergestellt wurden. Er beschäftigte auch zahlreiche Sticker, die Stoffe für Tischdecken und Kissen verzierten, und all diese Schätze wurden in den Suks der Qaiceria verkauft … Er war ein frommer Mann mit ernstem Aussehen, was ihn aber nicht daran hinderte, sehr am Geld zu hängen und Jahr für Jahr sehr junge Frauen zu heiraten. Er behandelte Siga gerecht, aber ohne Güte, und in seinen Worten schwang ungewollt immer eine gewisse Verachtung mit.

Siga betrat das Haus durch die breite, geschnitzte Flügeltür und ging an dem mit Majolika gekachelten Becken im Patio vorbei. Mulaye Idris schien auf ihn gewartet zu haben und tauchte aus einem der Räume im Erdgeschoss auf, um ihn herbeizurufen.

Er unterhielt sich mit zwei braun gebrannten Arabern, die einen abgespannten Eindruck machten und deren

Kleidung mit rötlichem Wüstenstaub bedeckt war. Sie waren offensichtlich Karawanenführer. Mulaye Idris sagte mit ungewöhnlicher Güte: »Setz dich, Ahmed, setz dich.«

Siga gehorchte ein wenig verwundert. Ein Diener brachte ihnen grünen Tee und frische Datteln, dann brach Mulaye Idris das Schweigen: »Unsere beiden Freunde hier kommen gerade aus deiner Heimatstadt Segu. Sie haben eine Nachricht für dich. Möge Allahs Wille geschehen, Ahmed, dein Vater ist gestorben.«

Siga wusste nicht, was er sagen sollte, und war sich nicht einmal sicher, ob er Kummer empfand. Segu war in so weiter Ferne! Außerdem hatte er Dusika nie sonderlich geliebt, da dieser sich nie um ihn gekümmert und ihn wie einen Diener Tiékoros behandelt hatte. Dann dachte er an Nyas Schmerz, das Durcheinander in der Familie und war bewegt. Mulaye Idris fuhr mit derselben Güte fort: »Möchtest du nach Segu zurück? Ich stelle dir das nötige Geld und die Reittiere zur Verfügung.«

Siga zuckte die Achseln und murmelte: »Was nützt das schon? Selbst die Zeremonie des vierzigsten Tages wird inzwischen schon stattgefunden haben, nehme ich an, wenn man bedenkt, wie lange die Reise dauert …«

»Aber vielleicht möchte deine Mutter, dass du sie tröstest?«

Seine Mutter? Auch wenn Nya die beste Stiefmutter gewesen war, so war sie doch nicht seine Mutter. Siga schüttelte den Kopf. Kurz darauf bat er um die Erlaubnis, in sein Zimmer gehen zu dürfen. Dusika war also tot! Siga spürte nur Ärger in sich aufsteigen, dass sein Vater so früh gestorben war, ohne dass er ihm hatte beweisen können, was in ihm steckte. Nie würde Dusika also erfahren, was dieser Sohn wert war, den er höchstens als Bastard betrachtet hatte. Ein Strom der Bitterkeit erfüllte sein Herz.

In Fes hatte Siga die Unbarmherzigkeit der Standesunterschiede kennen gelernt. Auch in Segu gab es Adlige, Handwerker und Sklaven, und jeder heiratete innerhalb seines Standes. Aber sie verachteten sich nicht gegenseitig, wie ihm schien. Selbst Timbuktu, wo ihm die Arroganz der Arma und der Rechtsgelehrten aufgefallen war, ließ sich in dieser Hinsicht nicht mit Fes vergleichen. Fes war eine Ansammlung von unterschiedlichen gesellschaftlichen Gruppen, die sich gegenseitig die Macht streitig machten. Die *chorfa** verachteten die *bildiyyin***, die genau wie diese das Volk verachteten, das ebenfalls in verschiedene Gruppen gespalten war. In großem Abstand folgten die Fremden, die *harratin**** und die schwarzen Sklaven. Siga hatte den Begriff Rasse kennen gelernt, der in Timbuktu nur verschwommen existiert Hatte. Als Schwarzer wurde er automatisch verachtet und mit den Massen der Sklaven auf eine Stufe gestellt, mit deren Hilfe hundert Jahre zuvor der Sultan Mulaye Ismael Araber, Berber, Türken und Christen unterworfen hatte ... Bis zu seiner Begegnung mit Sidi Mohammed hatte er keinen Freund gehabt. Er hatte kein Haus betreten, außer der Wohnung von Mulaye Idris. Er hatte kein Lächeln ausgetauscht. Kein Glas mit jemandem geleert. Darum hatte ihn die Wut gepackt zu beweisen, wozu ein Bambara, ein Sohn von Segu, fähig war. Er musste zunächst lesen und schreiben lernen. Und sich dann mit all diesen wundervollen Techniken vertraut machen, um diese Kenntnisse mit nach Hause zu bringen. Und so übte Siga jeden Tag seine ungelenken Finger nicht nur in der Kalligraphie, sondern beobachtete ebenfalls die Maurer, die Keramikhersteller,

* Die Adligen.
** Die Nachkommen konvertierter Juden.
*** Die Mischlinge von Schwarzen und von Berbern.

die Gipsbildhauer, die Möbeltischler, die Lampenschmiede und ihre Meisterwerke aus ziseliertem Metall. Dank der Beziehungen von Mulaye Idris hatte Siga ein paar Monate bei einem Lohgerber aus der berühmten Familie der Ulad Slaui verbracht und sich mit dem komplizierten Herstellungsprozess des Marokkoleders vertraut gemacht. In Segu gab es genug Rinder, Kühe, Schafe und Ziegen ... War das nicht alles auch in Segu möglich? Es klopfte an der Tür. Es war Mulaye Idris' erste Frau Maryam, die immer sehr gütig zu ihm gewesen war, wenn auch manchmal etwas hochmütig.

»Ich habe gehört, dass du deinen Vater verloren hast. Möge Allahs Wille geschehen. Vergrab dich nicht in deinem Kummer. Komm und hör einem Violaspieler zu ...«

Siga gehorchte. Ehrlich gesagt, gefiel ihm die Musik, die in Fes gespielt wurde, nicht sonderlich, aber die Absicht seiner Gastgeberin ließ ihn nicht gleichgültig. Er folgte ihr über den überdachten Balkon oberhalb des Patios, der wiederum von einem weitläufigen Säulengang mit Deckengewölben umgeben war. Der Violaspieler stand neben dem Becken in der Mitte des Patios. Die Frauen des Hauses, mit Schleiern verhüllt, waren bereits anwesend, und Tabletts mit Datteln, Honig- und Zuckerrohrgebäck wurden herumgereicht.

Ein kleiner Junge von dunkler Hautfarbe, aber mit lockigem, hellrotem Haar, stand vor Siga und hielt ihm lachend einen Brief entgegen. Siga entfaltete das Papier und entzifferte mit Mühe: »Bist du blind? Siehst du nicht, dass ich dich liebe?«

Völlig verblüfft starrte er das Kind an, das jetzt lauthals lachte und davonlief.

Vom frühen Morgen an war Siga im Suk Elkettan beschäftigt, wo sein Arbeitgeber einen Laden für Baumwollstoffe besaß, die aus den Garnen gewebt waren, die Abdallah aus Timbuktu schickte. Es war keine leichte Aufgabe: Siga musste die Ware so auslegen, dass die besten Stücke zur Geltung kamen, die Kunden durch Rufe anlocken, mit ihnen verhandeln und das Geschäft machen. Ihm blieb keine Minute für sich selbst. Zum Glück ließ ihm Sidi Mohammed, dessen Laden sich nicht weit davon an der Semmarin-Kreuzung befand, Tee oder manchmal einen starken Kaffee schicken, zu dem man Zitronenscheiben aß. Ausnahmsweise ließ Siga nun einmal seinen Laden unbeaufsichtigt und lief hinter dem Kind durch die überfüllten, mit Schilfrohrmatten überdachten Gassen her. Der Junge rannte vor ihm her, offensichtlich, um sich wie im Spiel fangen zu lassen. Manchmal lief er in den Laden eines Pantoffel-, eines Schmuck- und Vogelhändlers oder klammerte sich mit aller Kraft an den Burnus eines Vorübergehenden. Plötzlich blieb er stehen, und Siga packte ihn am Kragen und fragte: »Was soll das heißen? Was soll das heißen?«

Der Junge wurde ernst, blickte Siga mit seinen goldbraunen Katzenaugen an und sagte: »Es ist meine Schwester, meine Schwester Fatima …«

Siga blickte sich voller Schrecken um und fragte: »Deine Schwester? Wo ist sie?«

Das Kind leierte herunter: »Lass dich heute Abend von deinem Freund Sidi Mohammed begleiten und komm zu uns. Meine Schwester Yasmin heiratet. Unter so vielen Leuten wird es nicht auffallen, dass ihr fremd seid …«

Dann stieß er eine Adresse hervor und rannte fort.

Einen Augenblick blieb Siga mit hängenden Armen stehen und drehte wie ein Schwachsinniger den Kopf nach links und nach rechts. Dann lief er zu Sidi Mohammed und hätte beinah in der Eile zwei oder drei Wasserträger umgerannt, die auf der Hüfte Wasserschläuche aus Ziegenleder trugen. Sidi Mohammed legte gerade letzte Hand an ein Pferdegeschirr, das für die Familie des Sultans bestimmt war, denn er war als einer der besten Handwerker seiner Zunft bekannt. Siga hielt ihm den Brief hin, den er erhalten hatte, und erzählte atemlos sein Abenteuer. Sidi Mohammed schien nicht überrascht zu sein und sagte nur: »Na, das wurde ja auch Zeit!«

Seit Siga in Fes war, hatte er nur mit Prostituierten Umgang gehabt. Er war zu stolz, um sich von einer Frau wegen seiner Hautfarbe anfauchen zu lassen. Zwei oder drei Prostituierte, die nicht weit vom Bab-el-Chari'a-Tor wohnten, empfingen ihn gern. Dort gab er sich dann der Lust hin, ohne überhaupt die Frau zu sehen, die unter ihm stöhnte und sich aufbäumte. Und plötzlich erfuhr er, dass ihn in dieser fremden, fast feindlichen Stadt ein Mädchen unter so vielen reichen, gebildeten, schönen, selbstsicheren Männern bemerkt hatte. Am liebsten hätte er ihr auf Knien dafür gedankt. Wie sah diese Unbekannte aus? Was für Augen hatte sie? Was für ein Lächeln? Indessen kratzte Sidi Mohammed sich den Lockenschopf: »Die Adresse, die du da nennst, das ist nicht weit von hier, in Zekkak er-Rumane. Und dieser Name, der müsste eigentlich von der Tochter einer Heiratsvermittlerin sein, Zaida Lahbabiya. Eine uneheliche Tochter natürlich, denn die Heiratsvermittlerinnen dürfen selbst nicht heiraten.«

All diese Worte machten wenig Sinn für Siga, da er die lokalen Gebräuche nicht kannte. Für ihn zählte nur, dass eine Unbekannte ihn liebte und den Mut besessen hatte, es ihm zu sagen. Schließlich gab Sidi Mohammed ihm den Brief wieder und sagte: »Versuch, dich schön zu machen, und hol mich gegen sechs Uhr hier ab.«

Lässt sich der Tag beschreiben, den Siga verbrachte? Er schwebte auf Wolken. Er entwarf die unsinnigsten Pläne. Er sang alte Lieder aus Segu, die er längst vergessen zu haben glaubte. Am liebsten hätte er aller Welt seine Freude mitgeteilt und gerufen: »Eine Frau liebt mich! Eine Frau liebt mich! Mich! Mich!«

Einen Augenblick kamen ihm Zweifel: Und wenn sie alt und hässlich war oder einen Buckel hatte? Aber er schob den Gedanken schnell wieder beiseite.

Am frühen Nachmittag schloss er den Laden. Es war gegen Ende des Winters. Die Armen hüllten sich in einen Burnus aus grober Wolle, während die vornehmen Leute sich in Kleidung aus europäischem Tuch gefielen, mit einer dunkelroten Kappe auf dem Kopf, die von einem riesigen, zweimal um den Kopf gewickelten Turban umgeben war. Die Kinder waren in grellbunte Wollstoffe eingemummt, und während die Mädchen zu Hause bei ihren Müttern blieben, traf man überall Scharen von kleinen Jungen mit ihren Holztafeln unterm Arm. Siga beschloss, ins türkische Bad zu gehen. Das war etwas, woran er Geschmack gefunden hatte. Es war einfach berauschend, vom kalten in den heißen Raum überzuwechseln, wo man von geschickten Händen gewaschen wurde, und dann in den dritten Raum, wo man in angenehmer Nähe von anderen Körpern im Geruch des Kamelmists der Heizöfen schwitzte und Arm und Reich nicht mehr zu unterscheiden waren. Manchmal begannen Studenten der Karawiyyin zu deklamieren: »O Fes, dir versucht man alle Schönheit zu rauben. Ist es dein Zephir oder ein Hauch, der uns entspannt? Ist es dein frisches, klares Wasser oder Silber, das strömt? Dein Gebiet ist ein von Flüssen belebtes Land, belebt auch von Menschen, Suks und Wegen.«

Man unterhielt sich mit Unbekannten, einfach weil einen die Nacktheit einander näher brachte. Aber diesmal hielt Siga sich nicht länger als nötig auf, da er befürchtete, zu spät zu seiner Verabredung zu kommen. Er, der sonst nie auf seine Kleidung achtete, zog sich jetzt mit äußerster

Eleganz an. Eine enge Jacke mit dunkelblauen Ärmeln, ein Hemd aus feinem Stoff, einen braunen Kaftan und einen Burnus aus schwarzer Wolle, der mit Stickereien in derselben Farbe verziert war. Als er aus seinem Zimmer trat, kam ihm Maryam, die gerade ihren Dienerinnen Anweisungen gab, entgegen und rief: »Nanu, wo gehst du hin?«

Als sie seine Verlegenheit bemerkte, musste sie lächeln. Sie lief in ihr Zimmer, kam sogleich wieder und besprühte ihn mit Parfum.

In Fes war eine Hochzeit keine kleine Angelegenheit. Auch wenn der Brautpreis vielleicht nicht dieselbe Bedeutung hatte wie in Segu, so gab es doch eine Fülle von Geschenken: Goldstücke, Seiden- und Leinenstoffe, schwere Brochéstoffe, goldene und vor allem silberne Armreifen und Halsketten mit Filigranarbeit der besten Goldschmiede. Als Sidi Mohammed und Siga bei der mysteriösen Zaida Lahbabiya eintrafen, hatte das Fest gerade erst begonnen. Patio und Erdgeschoss waren voller Männer, während sich die Frauen noch im ersten Stock aufhielten. Die Luft war erfüllt vom Lärm der Hörner und Violen, vom Lachen und den Lobgesängen der Dichter.

Was für ein schönes Haus Zaida bewohnte! Sidi Mohammed hatte sich nicht geirrt, ihr Beruf als Heiratsvermittlerin musste ihr viel Geld einbringen! Ein großzügiger Patio. Zwischen dem Erdgeschoss und dem ersten Stock ein Zwischengeschoss. Das Geländer der Galerie aus schräg angeordneten geometrischen Motiven zusammengesetzt. Weiße Marmorplatten und mit Rosetten verzierte Fenster- und Türstürze. Niemand wunderte sich darüber, dass Sidi Mohammed und Siga unter den Gästen auftauchten. Allerdings hätte in dieser Gesellschaft lachender und plaudernder Männer selbst eine Katze ihre Jungen nicht wiedererkannt. Nach kurzer Zeit erschien Zaida Lahbabiya. Als Heiratsvermittlerin war ihr erlaubt, den Männern unverschleiert entgegenzutreten. Sie war eine Schwarze mit leicht arabischem Einschlag, von großer Statur und mit blitzenden Augen, insgesamt sah sie eher Furcht einflößend aus. Sie hatte sich auffallend stark geschminkt und ihr kurzes schwarzes Haar mit Silberstücken geschmückt. Ihre großen Hände und ihre Füße waren mit Henna bläulich gefärbt, ihr Körper verströmte einen süßen und zugleich erregenden Duft nach einer Mischung aus Pfeffer und Minze. Sie blickte Siga so durchdringend an, dass ihm fast das Herz verging. Wusste diese Furcht erregende Mutter etwa, warum er hier war? Würde sie ihn dann vielleicht wie einen ungehobelten Kerl hinauswerfen? Oder, noch schlimmer, ihn vor allen Leuten blamieren? Was sollte er zu seiner Verteidigung sagen? Aber Zaida entfernte sich bereits wieder wie eine schwer beladene Piroge, die den Fluss hinabgleitet. In gewisser Weise, das wurde Siga bewusst, war sie die eigentliche Königin des Festes und nicht ihre Tochter oder ihr zukünftiger Schwiegersohn oder dessen Eltern. Sie verteilte mit großer Geste Goldstücke an ein Orchester, das sich gerade im Patio niedergelassen hatte. Sie klatschte in die Hände, und Dienerinnen brachten Tabletts mit Hammelfleisch und Kuskus. Sie deutete ein paar Tanzschritte an. Plötzlich legte sich eine Hand auf Sigas Arm. Er erkannte den Jungen, der ihn am Morgen angesprochen hatte. Dieser trug jetzt seine beste Kleidung, und sein Haar war sorgfältig mit einem Seitenscheitel gekämmt. Der Junge legte den Finger auf die Lippen und gab Siga ein Zeichen, ihm zu folgen.

Für Siga war die Liebe wie die ersten Schauer zu Beginn der Regenzeit. Die Trockenzeit scheint kein Ende nehmen zu wollen. Die Erde ist aufgesprungen oder pulverig, das Gras fahlgelb. Die Bäume sind halb vertrocknet. Dann türmen sich Wolken über den Feldern auf. Wenig später entladen sie sich. Die Kinder laufen nach draußen, um die noch vereinzelten, brennend heißen Tropfen auf der nackten Haut zu spüren. Und dann wächst alles, Reis, Hirse und Kürbisse. Die Reusen füllen sich mit Fisch. Die Hirten führen ihre Herden zu den Tränken. Wie hatte er ohne Fatima leben können?

Siga wachte nachts auf und stellte sich diese Frage. Sie ging ihm den ganzen Tag durch den Kopf, im Suk, während seiner Leseübungen, im türkischen Bad und bei den Mahlzeiten. Im Übrigen hatte er zu nichts mehr Lust. Weder zum Essen noch zum Trinken, noch zum Arbeiten. Zum ersten Mal musste Mulaye Idris ihm Vorhaltungen machen, weil Siga den Laden vernachlässigte, und Maryam beklagte sich über die Unordnung in seinem Zimmer. Und Sidi Mohammed erklärte Siga, er würde nie lesen lernen. Fatima glich überhaupt nicht den Frauen, von denen Siga manchmal geträumt hatte. Sie war schwarz wie ihre Mutter und ihr kleiner Bruder, hatte aber seidige Haare und graue Augen. Und sie war sehr klein. Wie konnte ihr zarter Körper mit kaum merklichen Wölbungen an Brust und Gesäß ihm nur solche Wonne verschaffen? Und doch hatten die fülligen Frauen, die Siga zur Genüge besessen hatte, ihm nie solche Lust gegeben. Allerdings war es diesmal auch eine Lust des Herzens. Eine Lust der Seele. Siga konnte es gar nicht oft genug hören, dass Fatima erzählte: »Ich war in den Suk Essebat gekommen, um mir Pantoffeln zu kaufen, und war mit dem Paket unterm Arm schon wieder auf dem Heimweg. Und dann habe ich dich gesehen …«

»Du hast mich gesehen und dich in mich verliebt. Wie kommt das? Warum?«

»Weil du solch einen traurigen Eindruck gemacht hast und so einsam aussahst.«

An dieser Stelle ihrer Erzählung bedeckte Siga Fatima jedes Mal mit Küssen.

Die Sache hatte nur eine Schattenseite: Sie konnten sich immer nur heimlich im Haus einer verständnisvollen Freundin in El-Andalus treffen. Denn Fatima hatte furchtbare Angst vor ihrer Mutter.

Zaida Lahbabiyas Ahnin war zur Zeit des Sultans Mulaye Abdallah als Sklavin nach Fes gekommen, genau in dem Jahr, als Fes von einem Erdbeben heimgesucht worden war. Sie hatte in der alten Fassi*-Familie, deren Namen sie angenommen hatte, die Bräute angekleidet, bevor diese in das Haus geführt wurden, in dem die Hochzeit stattfand. Später war diese Tätigkeit zu einem eigenständigen Beruf geworden, ergänzt durch Stickarbeiten in Erwartung des Frühlings und der Hochzeiten. Die Privilegien der Heiratsvermittlerin wurden schließlich von der Mutter auf die Tochter vererbt. Außerdem veranstalteten sie die Empfänge nach der Geburt eines Kindes und sprachen bei der Beschneidung Beschwörungsformeln, die nur ihnen bekannt waren. Gegenwärtig, unter der Herrschaft von Mulaye Slimane, bestand die »Zunft« der Heiratsvermittlerinnen, die alle von schwarzen Sklavinnen abstammten, aus sieben Matronen, von denen Zaida die mächtigste war. Zaida war reich. Sie besaß so viel Schmuck, dass sie einen Teil davon gegen hohes Entgelt an Familien auslieh, die nicht genug Schmuck für ihre Bräute hatten. Sie kannte den Sultan und wurde oft im Palast empfangen. Jeder, der ihr in Fes el-Bali auf der Straße begegnete, kannte sie und grüßte sie mit Namen.

Siga fragte Fatima: »Wovor hast du Angst? Dass sie findet, ich sei dir nicht ebenbürtig? Ich bin der Sohn eines Adligen aus Segu, und meine Familie kann ihr eine ganze

* Aus Fes stammend.

mit Gold beladene Karawane schicken lassen, wenn sie es wünscht.«

Fatima schüttelte heftig den Kopf: »Sie darf es nicht erfahren. Nie. Nie.«

Dabei hätte Siga gern der ganzen Welt verkündet, dass er sie liebte. Er hätte gern Kinder gehabt. Er hätte sich gern in einem hübschen Haus in der Kasbah der Filala in der Nähe seines Freundes Sidi Mohammed niedergelassen. Warum war ihm das alles verwehrt?

Während Siga die Baumwollstoffe zurechtlegte, drehten sich seine Gedanken wieder einmal im Kreis. Warum weigerte sich Fatima, ihn ihrer Mutter vorzustellen? Etwa, weil er schwarz war? Unmöglich, denn sie war ebenso schwarz wie er. Vielleicht, weil er ein schlechter Moslem war? In dem Fall war er bereit, sich fünfmal am Tag in der Moschee Abu el-Hassan in den Staub zu werfen. Oder hielt sie ihn für einen armen Schlucker? Dann brauchte er nur Fa Diémogo eine Nachricht zukommen zu lassen, um das Gegenteil zu beweisen. Plötzlich schlug ihm ein Parfum entgegen, ein seltsames Parfum aus einer Mischung von Pfeffer und Minze, während eine etwas heisere Stimme dem harten Klang des Arabischen einen sinnlichen Akzent verlieh: »Na, das hat vielleicht gedauert, dich wieder zu finden!«

Siga drehte sich auf dem Absatz um und wäre beinah in Ohnmacht gefallen oder davongelaufen, denn vor ihm stand in einem schweren schwarzen Kleid, das Gesicht halb von einem modischen Schleier verhüllt und das Haar mit Zechinen behangen, Zaida, Zaida Lahbabiya persönlich, Fatimas Mutter. Vor Schreck ließ er den Stoffrest aus Baumwolle fallen, den er in der Hand hielt, während sie aus vollem Hals lachte, sodass ihr Busen bebte: »Mache ich solch einen Eindruck auf dich?«

Siga war kein Kind. Er spürte genau, dass dies nicht die

Art war, wie eine gekränkte Mutter den Liebhaber ihrer Tochter anspricht. Hier ging es um Verführung. Zu viele Frauen von zweifelhaftem Ruf hatten ihn so angesehen, seinen Körper abgeschätzt und die Größe seines Penis zu erraten versucht. Das vergrößerte noch sein Entsetzen. Er stammelte: »Was kann ich für dich tun?«

Zaida lachte nur lauter: »Weißt du das nicht? Neulich, bei der Hochzeit meiner Tochter, bist du sehr schnell verschwunden. Und als ich dich gesucht habe, da warst du schon fort … Anschließend habe ich Himmel und Hölle in Bewegung setzen müssen, um dich wieder zu finden.«

Mit dem unangenehmen Eindruck, sich völlig dumm zu verhalten, wiederholte Siga: »Sag mir, was du willst. Ich werde versuchen, dich zufrieden zu stellen …«

Zaida kam so nah auf ihn zu, dass ihr Körper ihn berührte: »Ich bin sicher, dass es dir gelingen wird. Meine Adresse kennst du ja. Heute Abend erwarte ich dich …«

7

Wie viele Männer haben nicht schon mit der Mutter und zugleich auch mit ihrer Tochter geschlafen und in den Armen der einen ebenso viel Lust empfunden wie in denen der anderen!

Natürlich ist es nicht dieselbe Lust. Wenn Siga Fatima verließ, fühlte er sich glücklich, leicht und verwandelt, wie ein Edelstein, der von einem Diamantschleifer poliert worden ist. Wenn er sich dagegen aus Zaidas Bett quälte, hasste er sich und sie, ärgerte sich im Nachhinein über ihre Unersättlichkeit und brummte: »Wenn sie so weitermacht, reißt sie mir noch die Eier ab!«

Er lebte in ständigen Qualen, befürchtete, dass die Mutter von seiner Beziehung mit der Tochter und die Tochter von seiner Beziehung mit der Mutter erfuhr. Da er kaum noch schlief und seinen ganzen Samen verbrauchte, war er müde, zerstreut und nachlässig. Mulaye Idris tadelte ihn jetzt ständig. Eines Tages ließ er ihn in sein Büro rufen: »Hör zu, in den ganzen Jahren, in denen du hier warst, war ich äußerst zufrieden mit deinen Diensten. Aber seit einiger Zeit hast du dich in unbeschreiblicher Weise verändert. Ich warne dich zum letzten Mal. Wenn das so weitergeht, sehe ich mich gezwungen, dich nach Timbuktu zu Abdallah zurückzuschicken.«

Was sollte er tun? Sich von Fatima trennen? Das kam nicht in Frage. Sich von Zaida trennen? Dazu hatte er nicht die Kraft.

Denn Zaida hatte nicht nur außerordentliche Qualitäten im Bett, sondern auch noch eine phantastische Persönlichkeit. Sie sprudelte über vor wahren oder erfundenen

Geschichten. Wenn man ihr glauben durfte, war der Sultan Mulaye Slimane völlig verrückt nach ihr und hatte sie in seinen Harem aufnehmen wollen. Ihren Worten zufolge gab es in der Karawiyyin ein Manuskript auf Gazellenleder mit Lobeshymnen auf sie. Sie behauptete, ihr Porträt befände sich im Palast eines Adligen von Cordoba in Spanien. Auch wenn Siga noch so verärgert war, wurde er nie leid, ihr zuzuhören. Er starb vor Lachen und fiel wieder zwischen ihre weit geöffneten Schenkel. Zaidas Spiel faszinierte ihn immer wieder aufs Neue. Was sollte er tun?

Als er aus Mellah* zurückkam, wo er einem reichen Händler, der seine Tochter verheiratete, einen Brochéstoff geliefert hatte, setzte er sich in den Park Lalla Mina. Ein paar Schritte von ihm entfernt sang ein Sänger und Gaukler eine Romanze und begleitete sich auf dem Tamburin. Etwas weiter ließen zwei Bettler Affen tanzen, die mit roten Tüchern ausstaffiert waren. Es war ein so vertrautes Bild, dass Siga ihm keinerlei Aufmerksamkeit schenkte. Plötzlich setzte sich ein ärmlich gekleideter alter Mann in einem schäbigen Burnus und mit einer Mütze ohne Ohrenklappen neben ihn. Der Alte hielt Siga seine Schnupftabakdose hin, aber Siga wies sie wortlos zurück. Nachdem der Alte eine Prise genommen hatte, bemerkte er: »Du machst aber einen unglücklichen Eindruck, mein Junge.«

Siga seufzte. In Augenblicken großen Kummers vertraut man sich bekanntermaßen dem Erstbesten an. Siga erging es nicht anders, und so schüttete er sein Herz aus. Als er wieder schwieg, nickte der Alte und sagte: »Wie schön ist doch die Jugend! Bevor ich so heruntergekommen bin wie jetzt, habe auch ich eine ähnliche Situation erlebt. Ich war damals in Marrakesch bei meinem Onkel …«

* Judenviertel in Fes.

Aber Siga machte sich bereits Vorwürfe darüber, dass er sich dazu hatte hinreißen lassen, sein Herz auszuschütten, und beschloss, diese langweilige Geschichte abzubrechen. Er stand auf und wollte gerade gehen, als der Alte ihn zurückhielt: »Fliehen ist das Einzige, was dir bleibt!«

Siga setzte sich wieder und sagte: »Fliehen. Und Fatima?«

»Entführ sie. Nimm sie einfach mit ... Leg die Sahara zwischen ihre Mutter und dich ...«

Der Vorschlag entbehrte nicht einer gewissen Kühnheit. Aber zugleich merkte Siga, dass dieser Alte nur laut sagte, was er selbst nicht auszudrücken wagte. Er murmelte: »Weggehen? Aber ich habe meine Lehrzeit noch nicht beendet.«

Der Mann lachte: »Du erinnerst mich an jemanden, den der Tod holen will und der dem Tod antwortet: ›Warte, ich habe meine Lehrzeit noch nicht beendet.‹ Das Leben, das ganze Leben ist eine Lehrzeit ohne Ende.«

Siga stützte den Kopf in die Hände. Weggehen! Zurückgehen nach Segu. Aber würde Fatima ihm folgen? Sollte er sie sonst wirklich entführen? Das setzte voraus, dass es in dieser fremden Stadt Leute gab, die ihm halfen. Er wandte sich dem Alten zu, um ihm seine Bedenken mitzuteilen, aber der Mann war verschwunden. Da war ihm klar, dass es ein Ahn gewesen war, der ihm in dieser Verkleidung den Weg gewiesen hatte, den er einschlagen musste, und ihn überkam eine große Ruhe.

Er stand auf. Jetzt, wo es darum ging, Fes zu verlassen, stellte er auf einmal fest, wie sehr er die Stadt liebte. Timbuktu hatte er nie gemocht, aber Fes spürte er im Blut wie eine Frau. Er würde sich immer wehmütig an diese Stadt erinnern. Er kam an der alten Moschee mit dem roten Minarett vorbei, ging durch den Park Bu Dschelud und erreichte langsam Fes el-Bali. Kinderstimmen leierten die ersten Koransuren herunter, und vor einer Kette stolzer Berge breitete sich vor ihm die ganze Stadt aus. Hatte er wirklich die Zeit genutzt, die er hier verbracht hatte? Vielleicht war er vom eigentlichen Leben der Stadt immer ausgeschlossen gewesen, weil er ihre Religion nicht geteilt hatte. Er hatte sich nicht in ihren Moscheen auf den Boden geworfen. Er hatte nicht ihre religiösen Schulen besucht. Er hatte sich nie unter die Menge gemischt, die die Karawiyyin betraten, um die großen Kommentatoren des Korans zu hören, die aus der ganzen Welt kamen, besonders aus Andalusien.

Als er zu Fatima kam, fand er sie in Tränen. Ihre Mutter hatte sie schon wieder geschlagen. Siga bedeckte sie mit Küssen. Nachdem er sie vor Lust trunken gemacht hatte, beschloss er, vorsichtig vorzufühlen. Würde sie ihm folgen? Aber Fatima, die noch keine fünfzehn war, war nur ein Kind. Sie hatte einen Brief an einen Mann schicken können, um ihm ihre Liebe zu erklären, weil diese Geste zugleich romantisch und pervers war, typisch für ihr Alter. Aber deswegen anzunehmen, sie könne ihr Leben selbst in die Hand nehmen, war mehr, als man von ihr verlangen durfte. Siga beschloss, allein zu handeln, und entwarf rasch einen Plan. In den ganzen Jahren, in denen er für Abdallah in Timbuktu und anschließend für Mulaye Idris gearbeitet hatte, hatte er nie einen Lohn erhalten, da er in Kost und Logis gewesen war. Er musste also zunächst diese ausstehenden Zahlungen eintreiben. Für dieses Geld musste er dann eine Karawane mit Baumwoll- und Brochéstoffen, mit Seide, die mit Goldfäden verziert war, und mit bestickten Stoffen beladen. Die Welt änderte sich. In Segu würden selbst jene, die keine Moslems waren, solche Neuheiten erwerben wollen. Die Frauen würden sich dieser Mode anschließen. Er würde ein großes Handelshaus eröffnen und außer mit Stoffen auch noch mit Salz aus Timbuktu und Kolanüssen handeln. Oder noch besser, eine Lohgerberei eröffnen.

Was brauchte man dazu? Eine freie Fläche, auf der man Becken und Gruben ausheben konnte. In Segu gab es genug Platz. Der Joliba würde Wasser im Überfluss liefern, die Sonne das Trocknen besorgen. Er könnte diese Pantoffeln aus weichem gelben oder weißen Leder herstellen, die Fes an alle mohammedanischen Länder exportierte. Siga sah sich schon, wie er mehrere Dutzend *garanke** beschäftigte, denn er selbst konnte sich als Sohn eines Adligen nicht so erniedrigen, Leder zu bearbeiten. Er würde ihnen schon beweisen, wozu der Sohn-der-Unglücklichen-die-sich-in-den-Brunnen-gestürzt-hat fähig war!

In dem Augenblick, als Siga bereits seine Säcke mit Gold und Kaurimuscheln zählte, befand er sich in der Nähe der Kupferschmiede mit ihrem bescheidenen Minarett und lief durch den Abfall, den die Bewohner überall hinwarfen. Er beschleunigte den Schritt und ging zu Sidi Mohammeds Laden. Aber Sidi Mohammed war gerade im Gespräch mit einem Kunden, der einen Sattel für ein Vollblut bestellte, von dem er sprach wie von einer Frau. Siga verbarg seine Ungeduld. Schließlich ging der abscheuliche Schwätzer, und Siga platzte mit seinem Entschluss heraus. Eine Weile schwiegen beide, dann sagte Sidi Mohammed schließlich: »Zaida ist ein schlaues Weib, ich würde sogar sagen, dass sie das intelligenteste Wesen ist, das einen Frauennamen trägt. Wenn du mit ihrer Tochter verschwindest, wird sie sich die Sache sofort zusammenreimen. Sie gibt dann dem Sultan Bescheid, und alle Reisenden und Karawanen, die in Richtung Segu unterwegs sind, werden angehalten. In weniger als zwei Tagen wirst du mit Eisenfesseln an den Füßen wieder hier sein.«

* Bambara-Handwerker, die Leder bearbeiten.

Der Einwand war nicht unberechtigt. Siga blickte Sidi Mohammed verzweifelt an und fragte: »Hast du eine andere Idee?«

Sidi kratzte sich heftig am Kopf, wie er es gern tat. Dieser gewitzte Kerl verbarg einen scharfen Verstand hinter grobem Äußeren. Schließlich sagte er: »Einen anderen Weg. Du musst einen anderen Weg nehmen ...«

Siga riss die Augen auf: »Einen anderen Weg? Kennst du vielleicht einen anderen?«

Sidi Mohammed goss sich bedächtig Tee ein, trank in kleinen Schlucken die halbe Schale und sagte dann: »Das Meer.«

»Das Meer? Wo ist denn in Fes das Meer?«

Sidi Mohammed seufzte etwas entmutigt über so viel Dummheit und entgegnete: »In Fes gibt es kein Meer, das ist richtig, aber nicht weit von hier, in Kenitra, außerdem habe ich dort einen Onkel ... Und dort findest du Schiffe, die dich in alle Teile der Erde bringen.«

Siga ging langsam zum Haus von Mulaye Idris zurück. Wenn die Dunkelheit hereinbrach und die weiß gekalkten Wände sich dunkel färbten, versammelten sich die Bewohner gern auf den Plätzen, bis der Ruf »Allah Akbar« des Muezzins sie zum Abendgebet wieder in die Häuser gehen ließ. Händler, die Mandeln, Pfefferminztee oder gegrillte Maiskolben verkauften, versuchten die Stunden vor Einbruch der Dunkelheit zu nutzen, und an jedem Tor besangen Erzähler die Gründung von Fes. Siga machte einen Abstecher nach Bab el-Gissa, wo wie jeden Tag ein Dichter die Verse von Abu Abdallah el-Maghili vor einer andächtigen Menge aufsagte: »O Fes, möge Allah deinen Boden durch Feuchtigkeit zu neuem Leben erwecken. Möge er ihn mit Regen der großzügigen Wolke begießen. O Paradies auf Erden! Dein herrliches Panorama übertrifft selbst Hims...« Sigas Wangen waren nass von Tränen. Er würde weggehen, sich erneut auf den Weg machen! Aber er weinte auch über seine Schwäche, denn er wusste, dass er um Mitternacht wieder in Zaidas Bett sein würde.

Siga trat aus der Wäscherhütte, in der er sich seit dem Vortag verkrochen hatte. Nach seiner Berechnung mussten seine Freunde, oder besser Sidi Mohammeds Freunde, jeden Augenblick eintreffen. Hatten sie Erfolg gehabt? Er wusste, dass das größte Risiko für das Gelingen des Unternehmens Fatima selbst war. Falls sie Angst bekam und den Kopf verlor, würde sie sich womöglich weigern, ihnen zu folgen. Wenn Siga einen Fetischpriester zur Seite gehabt hätte, er hätte ihm jeden Preis gezahlt, um sich Gewissheit zu verschaffen.

Bis dahin hatte alles gut geklappt. Mit fürstlichem Hochmut hatte Mulaye Idris seine Schulden bei Siga beglichen, sich dann verpflichtet, ihm gute Ware zu liefern, und so mit der einen Hand wieder eingestrichen, was die andere gegeben hatte. Offen gesagt schien er über den freiwilligen Weggang des Jungen, der ihm nicht mehr zu voller Zufriedenheit diente, nicht böse zu sein. Nur seine Frau Maryam hatte ihn verwundert gefragt: »Hast du dich mit Abdallah geeinigt?« Siga war es gelungen, Zaida seine Absicht zu verheimlichen, indem er sie jede Nacht mit den glühendsten Liebkosungen überschüttet und dadurch jegliches Misstrauen eingeschläfert hatte. Sidi Mohammed und seine Freunde sollten Fatima auflauern, wenn sie aus der Koranschule zurückkam. Da der Brauch der vorgetäuschten Entführung vor der Hochzeit noch nicht ganz verschwunden war, würde niemand einzugreifen versuchen. Dann würde sich die kleine Gruppe auf die Pferde schwingen, die unter den Olivenbäumen von Lemta angebunden waren, und durch das Tor Bab el-Gissa die Stadt verlassen. Das reinste Kinderspiel!

Dennoch hatte Siga Angst. Er traute Zaida alles zu. Sie war fähig, Himmel und Hölle in Bewegung zu setzen, um ihn wieder zu finden und ihn für seine Niederträchtigkeit zu bestrafen. Solange sie lebte, würde er keine Ruhe haben. Er ging an den Fluss, den Ued Fes, der zusammen mit einem Dutzend Quellen Fes mit Trinkwasser versorgte. Am anderen Ufer zeichnete sich ein Obstgarten mit Apfelsinenbäumen, die zurzeit weder Blüten noch Früchte trugen, gegen den grauen Winterhimmel ab. Siga kehrte dann in die Hütte zurück und hockte sich auf den Boden. Er verwünschte fast diese Liebe, die ein solches Durcheinander in sein geregeltes Leben gebracht hatte. Zugleich wusste er, dass nur dieses Durcheinander dem Dasein einen Sinn gab. Er würde also nach Segu zurückkehren. Welche Veränderungen würde er dort vorfinden? Sein Vater war gestorben. War Tiékoro aus Dschenne zurück? Siga spürte, dass sich der Groll auf seinen Bruder nicht gelegt hatte. Dieser Dummkopf hatte eine Frau, die er nicht verdiente! Als Siga an Nadié dachte, wurde es ihm weich ums Herz. Er hatte für sie einen Brochéstoff bestellt, den Posamenter mit Gold- und Silberfäden sowie mit Metallpailletten durchwirken sollten. Ob rechtmäßige Ehefrau oder nicht, er wollte ihr dennoch eine Ehre erweisen!

Er glaubte Pferdegetrappel auf der Straße zu hören und eilte nach draußen. Aber es war nur eine Gruppe von Eseltreibern, die vom Schlachthof zurückkamen und ihre schwer beladenen Tiere antrieben. Er ging wieder in die Hütte, rollte seine Matte aus und versuchte zu schlafen, um die Ungeduld, die ihn verzehrte, vergessen zu können. Wenn Siga erregt war, holten ihn wieder seine alten Albträume ein. Kaum hatte er die Augen geschlossen, da tauchte auch schon der tropfnasse Leichnam seiner Mutter neben dem Brunnen auf.

Der zarte Körper. Spitze Brüste wie bei einem Mädchen

an der Schwelle zum heiratsfähigen Alter. Ein gewölbter Bauch wie ein sanfter Hügel. Der Kreis mitleidiger und verstörter Frauen. Doch diesmal spielte sich die Szene woanders ab. Statt in Dusikas Anwesen befand sich Siga in einer vom Regen aufgeweichten Ebene, in der hier und dort Sträucher mit glänzenden Blättern zu sehen waren. Eine gähnende, von Reisig umgebene Brunnenöffnung, daneben hockte der Fetischpriester und flehte die Erde an, keinen Anstoß zu nehmen und weiterhin Früchte zu geben.

»Möge dieser schlimme, unfruchtbare Tod deine Güte nicht von uns abwenden!«

Siga trat in den Kreis der Schaulustigen. Und er sah nicht nur einen Leichnam, sondern zwei. Zwei junge, zarte Frauen, und zwischen ihnen lag ein kleines Mädchen. Siga versuchte, sich mit den Ellbogen einen Weg in die erste Reihe zu bahnen, aber wie mit Absicht drängte ihn der Kreis unerbittlich zurück. Weder gelang es ihm, die Gesichter der Frauen noch das des Kindes zu erkennen. Er sah nur dessen rundliche Füße und die wie Perlmutt schimmernden Nägel. Was ist absurder als der Tod eines Kindes? Eine grüne Frucht, die vor der reifen fällt?

»Warum haben sie sich umgebracht?«

Niemand wusste es. Sie gehörten zu jener gefährlichen Art von Frauen, die zu sehr lieben. Die ihre Gefühle über die Regeln des gesellschaftlichen Lebens setzen.

»Welche von den beiden hat ihr Kind mitgenommen?«

»Sie hat Recht daran getan. Ein Mädchen gehört immer nur seiner Mutter.«

Das Gemurmel der Frauenstimmen verstummte. Siga benutzte seine Ellbogen noch stärker, und diesmal gelang es ihm, die Rundung einer Wange und die weißen Zähne unter den geöffneten Lippen zu sehen. Nadié. Es war Nadié. Ein Schrei des Entsetzens blieb ihm im Hals stecken.

Dann kroch der Schrei langsam die Kehle hoch, überwand das Hindernis und brach hervor. Nadié. Es war Nadié. Als er sich machtlos und gequält aufrichtete, schüttelte ihn eine Hand. Er schlug die Augen auf und sah nur einen dunklen Schatten. Gelächter wurde laut: »Na, das ist vielleicht eine Art, deine Frau zu empfangen!«

Der Schatten löste sich auf, und die fröhlichen Gesichter von Sidi Mohammed und ein paar weiteren Männern mit Wollmützen tauchten auf. Siga stöhnte: »Sie ist tot, sie ist tot!« Die Männer lachten aus vollem Hals: »Aber nein, sie ist nicht tot …«

Sie traten zur Seite, um einer unförmigen Fatima Platz zu machen, die wie ein Bündel in Decken gehüllt war. Der Schrecken steckte ihr noch in den Gliedern, aber sie war überglücklich.

Es dauerte mehrere Minuten, bis sich die Schatten in Sigas Kopf aufgelöst hatten und er sich überzeugt hatte, dass es nur ein Traum gewesen war und er sich wieder in der Wirklichkeit zurechtfand. Dennoch war der Eindruck so stark, dass er alle Freude zunichte machte und wie ein schlechtes Omen wirkte. Unter den missbilligenden Blicken der Männer, vor allem aber Fatimas, goss er sich ein großes Glas Branntwein ein.

Sidi Mohammed und seine Freunde hatten Hartweizenpfannkuchen, Oliven und Zwiebeln mitgebracht. Sie stärkten sich erst einmal.

Der erste Teil des Plans war gelungen, blieb noch der Zweite. Sie mussten in einem Boot den Ued Sebu erreichen und dann den Atlantik. Dieser Wasserweg war sehr befahren, seit der Befehlshaber der Gläubigen, Abu Inan, Kriegsschiffe eingesetzt hatte. Und der Ozean, behaupteten manche, sei schwarz vor Masten, die in alle Richtungen führen, nach Spanien, an den Küsten Afrikas entlang und angeblich sogar bis zur Mündung des Joliba.

Als Siga mit Fatima allein war, empfand er nicht die Freude, die er sich vorgestellt hatte. Die Erinnerung an seinen Traum verfolgte ihn noch. Es war, als hätte Nadiés Geist, bevor er im Land der Unsichtbaren verschwand, noch einen Abschiedsgruß an jene richten wollen, die sie geliebt hatten. Außerdem wurde Siga bewusst, dass Fatima wirklich noch ein Kind war, das er an der Hand durchs Leben führen musste. Ihr kleiner Bruder Ali fehlte ihr bereits: »Der Arme, mit wem soll er spielen, wenn ich nicht da bin? Und dann wird er vergessen, seine Gebete zu sprechen. Genau wie du, Ahmed, du bist ein schlechter Moslem … du wirst im ewigen Feuer schmoren.«

Wer nie das Meer gesehen hat, ist wie vom Schlag getroffen, wenn er davor steht. Der Anblick verschlägt den Atem. Vor diesem riesigen ausgerollten Leichentuch begreift der Mensch die Dimension des Unendlichen und des Todes. Siga, der auf dem Weg nach Timbuktu den Debo-See gesehen hatte, hatte geglaubt, er würde nicht überrascht sein. Doch er hatte sich gründlich getäuscht. Seine Augen suchten den Horizont ab. Was befand sich jenseits dieser grauen Krümmung? Vermutlich die Länder anderer hellhäutiger Menschen wie der Araber, weißhäutiger Menschen wie der Spanier, die die Menschen mit schwarzer Haut verachteten. Siga hatte im Laufe der Zeit begriffen, dass die schwarze Haut aus ihm einen Menschen machte, der nicht wie die anderen war. Warum? Sosehr er auch diese Frage im Kopf hin- und hergewälzt hatte, er fand darauf keine Antwort. Die Bambara waren ebenso stark, stolz und schöpferisch wie jedes andere Volk. Hing das vielleicht nur mit der Religion zusammen? Wenn es das war, dann wollte er als Zeichen der Auflehnung an seinen Göttern und Ahnen festhalten. Dann würde er allen Hindernissen zum Trotz weiterhin Alkohol trinken und dem Fetischglauben anhängen. Fatima und Siga waren von Kenitra weiter nach Sale gefahren, einem ehemals belebten Hafen, in dem Öl, Leder, Wolle und Korn nach Spanien verschifft worden waren und der jetzt einem großen Friedhof mit grauen Steinen glich. Sie hatten Rabat auf der anderen Seite des Flusses gemieden, da es dort von Sklavenhändlern wimmeln sollte, und waren in Mohammedia ausgestiegen.

Siga hatte Fatima in der Herberge gelassen, da sie schon seit dem frühen Morgen weinte. Ihr war auf einmal klar geworden, dass sie nicht die Hochzeit ihrer Träume feiern würde, mit prächtiger Aussteuer, Wohnungseinrichtung und einer Sklavin, die ihr zu Diensten stand. Auch wenn Siga ihr noch so oft wiederholte, dass er ihr das alles in Segu schenken würde, so fragte er sich doch allmählich, mit welchen Augen sie die Anwesen aus Lehm, die Kalebassen, Matten und einfache Kleidung der Bambara betrachten würde. Nein, sie besaßen eben nicht all die materiellen Güter der Fassi! Er seufzte und ging auf den Kai zu. In den niedrigen Lagerschuppen häuften sich die Säkke mit Weizen oder Reis, die Körbe mit Datteln und Oliven. Es gab auch Töpferwaren, »fekkarines« genannt, aus blau lasiertem Ton, die Männer mit nacktem Oberkörper vorsichtig in Stroh verpackten.

Sidi Mohammeds Freunde hatten nicht gelogen. Der Ozean war voller Schiffe, und Seeleute waren dabei, die Oberdecks mit reichlich Wasser zu säubern. Siga entdeckte einen Schwarzen, der auf einem Haufen von Tauen saß, und setzte ihm seinen Plan auseinander. Als Antwort schlug sich der Mann zunächst vor die Stirn, ehe er sagte: »Du bist verrückt. Da fährt kein Schiff hin. Du hast vor, bis hinter die Mündung des Senegalstroms zu fahren und willst von dort aus ins Landesinnere? Warum hast du dich nicht einer Karawane angeschlossen?«

Siga entgegnete barsch: »Das ist meine Sache. Kennst du ein Schiff, das nach Süden fährt?«

Der Seemann zeigte auf eine Brigg, die recht erbärmlich aussah.

Kapitän Alvar Nuñez war in Andalusien geboren, hatte sich vor den Küsten Afrikas herumgetrieben und sich im Sklavenhandel versucht, aber seit diese verfluchten Engländer alle Sklavenschiffe kontrollierten, hatte er sich auf einen legaleren Handel umgestellt. Er betrachtete überrascht diesen gut aussehenden Schwarzen, der wie die Leute aus Fes gekleidet war und ausgezeichnet Arabisch sprach, und fragte ihn: »Was machst du so weit von zu Hause entfernt? Erzähl ...«

Aber Siga hatte nicht die geringste Lust, über sich zu sprechen. Er legte sein Ansinnen dar. Er war bereit, den nötigen Preis zu zahlen, um an die Mündung des Senegal- oder des Gambiestroms gebracht zu werden. Alvar Nuñez nahm die Pfeife aus dem Mund und sagte: »Noch vor ein paar Jahren hätte ich für deine Freiheit in jenen Gegenden keinen Heller gegeben, aber jetzt ist das anders. Ich bin hier nur wegen einer Havarie. Tatsächlich fahre ich nach Bonny*, um Palmöl zu laden. Du hast Goldstaub, sagst du?«

Siga sprang die Leiter, die zum Kai führte, mit einem Satz hinunter. Nein, die Götter und Ahnen hatten ihn nicht verlassen! Kaum war er in Mohammedia angekommen, da fand er auch schon ein Schiff und einen Kapitän, der kein allzu schlechter Kerl zu sein schien. Um das Ereignis zu feiern, ging er in eine Taverne, in der Männer jeglicher Hautfarbe, sonnenverbrannte Araber, weißhäutige Spanier, Schwarze, blasse Juden, jene Getränke hinunterstürzten, die helfen, die täglichen Sorgen zu vergessen:

* Stadt im Nigerdelta im heutigen Nigeria.

Branntwein, Rum, Wein, Genever ... Dort waren auch ein paar geschminkte, unverschleierte Frauen. Siga setzte sich an einen Tisch und zündete sich eine Pfeife an, als ein Mann auf ihn zustürzte und rief: »Jean-Baptiste! Wie ist das möglich? Alle beweinen dich, weil sie dich für tot halten ...«

Siga war von diesen Worten unangenehm überrascht, aber bemühte sich, es nicht zu zeigen, klopfte auf den Tisch und sagte: »Ich bin nicht Jean-Baptiste, aber ich werde dich trotzdem zu einem Glas einladen!«

Der Mann nahm Platz. Er schien verwirrt zu sein und erzählte seine Geschichte. Mit seinem Herrn, Isidore Duchâtel, einem völlig verrückten Franzosen, der Kap Verde in einen riesigen Versuchsgarten verwandeln wollte, war er auf dem Weg in die Gegend von Beni Guareval, um dort Blumensamen, Stecklinge von Apfelsinen- und Zitronenbäumen und Brombeerpflanzen zu holen. Er hatte in Gorée einen Bambara-Sklaven namens Jean-Baptiste kennen gelernt, der Siga wie aus dem Gesicht geschnitten war. Siga zuckte die Achseln: »Jean-Baptiste! Die Christen geben uns ebenso verrückte Namen wie die Moslems. Und welchen Namen hat sein Vater ihm gegeben, weißt du das?«

Der Mann machte eine hilflose Geste und sagte: »Tala, glaube ich, oder Sala ...«

Siga beugte sich zu ihm herüber und fragte erregt: »Naba, war es nicht Naba?«

8

Trotz der stechenden Sonne spürte Naba, wie die Gedanken seines Bruders sein Gesicht umschwirrten und sich dann sanft und liebkosend wie ein Schmetterlingsflügel auf seiner Stirn niederließen. Er zog an seiner Pfeife mit Maconha. Nach ein paar Zügen wurde sein Geist leicht und durchlässig, löste sich vom Körper und schwebte den Ereignissen und Menschen entgegen.

So hatte er die Seele seines Vaters getroffen, als diese sich von dessen Körper gelöst hatte, und ein Stück Wegs mit ihr zurückgelegt, bevor sie im Unsichtbaren untertauchte. Auf diese Weise hatte er auch erfahren, dass die Familie in diesem Augenblick vom Schicksal schwer geschlagen worden war. Aber er wusste nicht, wen sie beweinte. Alles spielte sich um einen Brunnen ab. Eine zarte Gestalt. Aufgeweichte Erde von der Regenzeit.

Er zog erneut an seiner Pfeife, um zu erfahren, welcher seiner Brüder an ihn dachte.

Es war nicht Tiékoro, der geliebte ältere Bruder, denn dessen Geist schwebte in tiefster Trauer durch den Busch und dachte an nichts. Es war auch nicht Tiéfolo, denn es verging kein Tag, ohne dass sie sich trafen. Dann musste es wohl Siga sein, der Sohn der Sklavin, der Sohn-jener-Unglücklichen-die-sich-in-den-Brunnen-gestürzt-hat, der immer von den anderen ein wenig ausgeschlossen worden war. Wo war er? Nicht in Segu. Naba nahm die flüssige Wand des Ozeans wahr, die der Windhauch noch erhöhte.

Im dunklen Grün der Blätter über Nabas Kopf hingen Früchte. Apfelsinen. Als Naba vor zwei Tagen in seinen Garten gekommen war, hatten sich die Früchte in der Farbe noch nicht von den Blättern unterschieden. Und heute hing plötzlich alles voller Sonnen. Ja, diese Erde hier war schwer und fruchtbar. Sie wartete nur darauf, die Früchte ihres Leibes hervorzubringen wie eine Frau. Naba stand auf und sah sich um. Dichte Vegetation wechselte mit Zuckerrohrfeldern ab, die mit einem malvenfarbenen Blütenschleier überzogen waren. Am Horizont zeichnete sich wie eine gepunktete Linie die von Hitze und Entfernung flirrende Silhouette der »Chapadas« ab, jener Gebirge, deren Gipfel so aussahen, als wären sie mit der Mörserkeule platt geschlagen worden. Naba hob den Arm und pflückte vorsichtig eine Apfelsine, eine einzige. Morgen würde er wiederkommen, um zu ernten.

Manoel Ignácio da Cunha, Besitzer dieser Fazenda in der Provinz Pernambuco, nicht weit von Recife im Nordosten von Brasilien, hatte, da er genug Sklaven zum Schneiden des Zuckerrohrs besaß, nicht Naba, sondern Ayodele gekauft, die kleine Nago, die jener beschützte. Naba war zusammen mit anderen Sklaven von einem Holländer gekauft worden, der sich im Sertão mit Viehzucht versuchte und vor Aufrührern keine Angst hatte. Ein paar Monate später war Naba jedoch auf rätselhafte Weise während der Essenszeit in Manoels Fazenda aufgetaucht und direkt auf die Nago zugegangen, die inzwischen auf den Namen Romana getauft worden war. Von dem Augenblick an hatte Manoel, aus Aberglauben und auf Anraten seiner Frau, Romana nicht mehr berührt, obwohl er sie sehr mochte und sie von ihm schwanger war.

Was hatte sich im Sertão ereignet? Naba hatte kein Wort darüber verloren, da er sowieso fast nie einen Ton sagte. Er kam und ging, einen breiten Strohhut auf dem Kopf, in einer Baumwollhose, die an den Knien endete, einer formlosen Jacke und mit einer Pfeife mit Maconha im Mund. Die Sklaven sagten, er sei verrückt und besitze

Zauberkräfte; zwar sei er nicht bösartig, aber doch fähig, die bösen Mächte zu entfesseln. Da er sämtliche Heilpflanzen kannte, suchten sie ihn auf, wenn ein Kind einen geschwollenen Bauch, eine Frau ein eitriges Geschwür oder ein Mann eine Geschlechtskrankheit hatte. Geschützt durch diesen Ruf, verrückt zu sein, konnte Naba tun und lassen, was er wollte. Er hatte östlich der Mühle und der Zuckerrohrfelder ein Viereck gerodet und es in einen Gemüse- und Obstgarten verwandelt. Tomaten, Auberginen, Möhren, Kohl, Papayas, Apfelsinen, Zitronen, alles wuchs dort. Da er wusste, dass ihm das Land nicht gehörte, legte er bei jeder Ernte zwei überquellende Körbe für die Senhora unter die Veranda. Den Rest verkaufte Ayodele in Recife, wo es immer an frischem Obst und Gemüse fehlte, da man von der Ankunft der Schiffe aus Portugal abhängig war. Und seit der Hof von João VI. von Portugal infolge der napoleonischen Kriege nach Rio geflüchtet war, landeten sämtliche Nahrungsmittel dort.

Naba lebte wieder mit Ayodele zusammen, als wäre in seiner Abwesenheit nichts geschehen, als hätte sie nicht mehrere Monate lang im Herrenhaus geschlafen und als sei das Kind, das sie zur Welt gebracht hatte, nicht von Manoel. Die Sklaven hörten nicht auf, darüber zu tuscheln. Sah er denn nicht, dass dieser Erstgeborene ein Mulatte war, ganz anders als die kleinen Negerkinder, die sein eigener Samen anschließend gezeugt hatte? Und so hassten sie Ayodele, weil sie erst die Hure des Herrn gewesen war und sich jetzt ehrenhaft gab, sich noch dazu bemühte, auf der Fazenda eine Bruderschaft namens »Unser guter Herr Jesus der Sehnsüchte und der Erlösung der Schwarzen« nach dem Vorbild der Bruderschaften aus Bahía aufzubauen. Vor allem die Frauen waren erbarmungslos.

Naba nahm den Weg, der durch die Zuckerrohrfelder

ging und zum Herrenhaus oben auf dem Hügel im Park führte. Dort wohnten Manoel und seine Frau Rosa sowie deren Schwester, Eugenia, die zu ihnen gezogen war, nachdem ihr Mann an Syphilis gestorben war, und außerdem gut fünfzehn eheliche und uneheliche Kinder, Weiße oder Mulatten, ein Dutzend Haussklaven, ein Padre, der wegen seiner Leidenschaft für noch nicht geschlechtsreife Negerinnen aus seiner Diözese verjagt worden war, und ein Hauslehrer aus Rio, der den Kindern Lesen und Schreiben beibrachte. Naba konnte es nicht abwarten, Ayodele die erste Apfelsine des Jahres zu zeigen. Sie musste diesen einmaligen Augenblick mit ihm teilen.

Manoels Herrenhaus, das als prächtig gelten konnte, war ein ziegelgedecktes einstöckiges Steingebäude mit ausgebautem Dachgeschoss. Im Erdgeschoss befanden sich der gelbe Salon, der wegen der Farbe der Seidenvorhänge so genannt wurde und in dem ein recht schöner Aubussonteppich lag, zwei kleinere Salons, ein grüner und ein blauer, in dem ein Klavier stand, auf dem Eugenia und Rosa manchmal klimperten, und der je nach Belieben Musiksalon oder chinesischer Salon genannt wurde, weil dort auch ein chinesisches Sofa mit Perlmuttintarsien stand, ein Billardraum, wo Manoel seine Pflanzerfreunde bewirtete, und ein Speisesaal, der eher spartanisch, mit Schemeln und Hockern und einem großen Tisch mit Kerzenleuchtern eingerichtet war. Der Flur war mit schwarzen und weißen Kacheln ausgelegt, die bis in halber Höhe auch die Wände bedeckten. Eine Holztreppe führte zu den Schlafzimmern im ersten Stock und eine steile Leiter zu den Räumen unterm Dach, wo Manoels Lieblingssklavinnen schliefen. Trotz der Möbel aus Jacarandaholz, der Kunstgegenstände aus Bronze und der Teppiche wirkte alles leicht schmutzig, was vielleicht auf das tropische Klima zurückzuführen war. Der Geruch der Abortkübel, die unter der Treppe versteckt waren und die ein Sklave leerte, wenn sie überzulaufen drohten, war überall wahrzunehmen, auch wenn kleine Sklavinnen den ganzen Tag in verschiedenen Räumen duftende Kräuter verbrannten. Wie Geister wandelten Rosa und Eugenia in schwarzen Kleidern von klösterlichem Schnitt, einem langen schwarzen Schleier, der am Kamm ihres zum Knoten gesteckten glänzenden Haars befestigt war, und einer Stola von derselben Farbe um die Schultern durchs Haus. Die Sklaven behaupteten, dass Manoel mit beiden Frauen schlief, was den düsteren, gequälten Ausdruck in ihren Gesichtern erklärte.

Ayodele befand sich umgeben von einem Schwarm von Kindern, unter denen Naba auch die seinen erkannte, in der Küche. Sie bereitete *pamonhas** zu, die schon ihren Duft verbreiteten, und hob beim Geräusch der Schritte den Kopf. Niemand wusste besser als Ayodele, dass Naba nicht verrückt war. Niemand kannte besser als sie die Güte, die Feinheit und die Großzügigkeit seines Herzens. Er war in ihrem Leben die ruhige Kraft, der Damm, gegen die ihre Leidenschaft brandete. Sie lächelte ihm zu, während er ihr die Apfelsine wie einen Goldklumpen aus Ouro Prêto entgegenhielt, und fragte: »Wird es in diesem Jahr eine gute Ernte geben?«

Er nickte. Sie fragte weiter: »Wird uns das viel Geld bringen?«

Jetzt lächelte er und entgegnete: »Warum rechnest du, Iya**? Willst du das nicht die Götter für uns tun lassen?« Sie ging nicht auf den Vorwurf ein und sagte: »Ich werde den Herrn um einen freien Tag bitten, um nach Recife zu gehen …«

* Maiskuchen.
** »Mama« augoruba.

Dann schimpfte sie die Kinder aus, die Ayodeles Unaufmerksamkeit genutzt hatten, um ihre bereits vom Zuckerrohrsaft klebrigen Finger in den Teig zu stecken.

Die Sklaverei verwandelt einen Menschen entweder in ein Wrack oder in ein wildes Tier. Ayodele war noch keine sechzehn gewesen, als man sie ihrer Familie entrissen hatte, und so war sie jetzt kaum älter als zwanzig. Und doch hatte sie bereits das Herz einer alten Frau. Es war älter als das Herz ihrer Mutter, die sie zur Welt gebracht hatte, und sogar älter als das Herz ihrer Großmutter. Es war bitter. Es weinte wie das Holz des *cahuchu*, das die Seringueiros* in den Wäldern mit ihren spitzen Messern anstachen. Ohne Naba wäre sie vielleicht verrückt geworden oder hätte sich aus Verzweiflung darüber, dass sie ihr Kind in Hass und Selbstverachtung austragen musste, das Leben genommen. Wortlos hatte er ihr bedeutet, dass sie nur ein Opfer war, und diese Liebe hatte sie am Leben erhalten. Aber allein die Liebe eines Mannes reicht nicht aus. Da war noch all das andere. Zunächst das Land, hassenswert vor lauter Schönheit. Königspalmen, die den tiefblauen Himmel herausforderten. Auf den Seen die Blütenfülle der Wasserpflanzen, Seerosen in durchsichtigem Grün, Orchideen mit blutigen, zerrissenen Lippen. Und dann die Menschen. Auf der einen Seite die Sklaven, die sich in ihrer untätigen Haltung wohl fühlten, auf der anderen die von der Syphilis zerfressenen Herrn, die sich mit ihren langen Nägeln ihre Krusten und Wunden kratzten.

Seit einiger Zeit jedoch nährte Ayodele eine Hoffnung. Sie hatte von jenen Gesellschaften gehört, die die Sklaven in Bahía und Recife gegründet hatten, um sich freikaufen und nach Afrika zurückkehren zu können. Mit Unter-

* Arbeiter, die die Kautschukbäume anzapfen.

stützung der Ganhadores*, freigelassener Schwarzer und Mulatten, legten sie Kassen an, in die sie ihr erspartes Geld einzahlten. Wenn einer von ihnen die halbe Summe des Preises eingezahlt hatte, die sein Herr für seine Freilassung forderte, erhielt er von den anderen Mitgliedern den restlichen Betrag, um sich freikaufen zu können. Anschließend bemühte er sich darum, für sich und seine Familie portugiesische Pässe zu erhalten, was nicht ohne Bestechungsgelder und diverse Machenschaften ablief. Eine gewisse Anzahl von Familien war schon auf diese Weise zurückgekehrt und hatte sich in verschiedenen Hafenstädten der Bucht von Benin, besonders in Wida, niedergelassen. Ayodele hatte durch den Verkauf von Nabas Obst und Gemüse Reï für Reï zusammengespart und Kontakt zu dem Ganhador José aufgenommen. Das Geschäft brauchte nur noch abgeschlossen zu werden.

Die Stadt Recife verdankt ihren Namen den Felsen, die die Hafeneinfahrt und sogar die Strände schützen. Sie hatte den Franzosen und den Holländern gehört und war schließlich wieder in den Besitz der Portugiesen zurückgekehrt, die sie im sechzehnten Jahrhundert gegründet hatten. Sie alle hatten einen Teil des Stadtbildes geprägt, mit dem Ergebnis, dass man dort die verschiedensten Baustile antraf.

Ayodele ging in das Nago-Viertel Tedo.

Es bestand aus einer Anhäufung von Lehmhütten mit Strohdächern, die in Anwesen zusammengefasst waren, sodass man sich nach Ife, Oyo** oder Ketu in der Bucht von Benin versetzt glaubte. Dort am Berghang am Rande der Stadt lebten nur Schwarze, vor allem Nago, aber auch

* »Neger, der Geld verdient.«

** Städte im heutigen Nigeria, die früher mächtige Reiche waren.

Haussa, Bantu, freigelassene ehemalige Sklaven und Mulatten, die die unterschiedlichsten Berufe ausübten, Blechschmiede, Töpfer, Wasserträger, Sänftenträger und Köhler, deren Frauen an den Kreuzungen hockten und Backwaren, Obst und Gemüse verkauften. Es wimmelte von nackten oder zerlumpten Kindern auf den schlammigen, ausgefahrenen Straßen. Die Luft roch nach Palmöl, mit dem sämtliche Gerichte zubereitet wurden, nach Pfefferschoten und Paradieskörnern.

Das Anwesen des Ganhador José hob sich deutlich von den anderen Hütten ab. Es war zwar auch aus Lehm, bestand aber aus drei Räumen und einer Veranda. Der erste Raum war ein Laden, denn der Ganhador José handelte mit Kohle. Der zweite ein Wohnzimmer, in dem ein Sofa und zwei Stühle mit Spitzenüberwurf standen, die nach portugiesischer Art mit Bändern an der Rückenlehne befestigt waren. Der dritte ein Schlafzimmer mit einem Bett mit Moskitonetz. José war eine sehr eigentümliche Erscheinung, ein Nago aus Oyo. Wegen seiner ungewöhnlichen Schönheit hatten ihn die Portugiesen als Frau benutzt und schließlich ihr Laster auf ihn übertragen. Daher lebte er inmitten eines Hofstaats von hinternwackelnden hübschen Jünglingen. Zugleich hatte ihm das aber erlaubt, Geld zu verdienen und in halber Freiheit zu leben. Wenn man ihn sah, wusste man nicht so recht, ob man ihn zum männlichen Geschlecht zählen konnte, denn er war äußerst zart, in Spitzen gehüllt und trug an Hals und Ohren Kettchen und Anhänger. Er schminkte sich die schönen Augen, in denen immer ein ängstlicher Ausdruck lag, schwarz, denn das Bewusstsein von seiner Entwürdigung hatte den Ganhador José traurig gemacht und in seinem Herzen Hass auf die Weißen aufkommen lassen.

José schickte zwei halb nackte Jünglinge fort, die ihm die Nägel polierten, und bot Ayodele einen Stuhl an. Da sie beide aus derselben Stadt kamen, fragte sie ängstlich: »Hast du Neuigkeiten aus unserm Land?«

José seufzte: »Ich war an Bord eines Schiffes und habe mit dem Kapitän sprechen können. Es geht sehr schlecht zu Hause.«

Ayodele biss die Zähne vor Hass zusammen: »Wann wird das endlich vorbei sein? Wann wird unser Volk die Weißen aufs Meer zurücktreiben?«

José schüttelte den Kopf: »Darum geht es nicht. Im Übrigen haben die Engländer dem Sklavenhandel ein Ende gemacht. Bald wird es kein einziges Sklavenschiff mehr auf dem Meer geben. Nein, jetzt kommt eine andere Gefahr aus dem Norden …«

»Aus dem Norden?«

»Ja, die Fulbe haben unsere Städte überfallen. Sie stecken sie in Brand. Sie töten unsere Frauen und Kinder …«

Ayodele sah ihn an, den Mund vor Schreck offen, dann rief sie: »Die Fulbe? Sind sie nicht von jeher unsere Nachbarn gewesen?«

»Der Islam! Du weißt, sie sind jetzt zum Islam übergetreten. Und sie meinen, sie hätten den Auftrag, uns alle mit Feuer und Schwert zu bekehren. Dschihad, das nennen sie Dschihad.«

Einen Augenblick herrschte Schweigen. Dann sagte José: »Nun gut, lass uns jetzt über deine Angelegenheit sprechen. Die Gesellschaft für den Freikauf der Sklaven hat zugestimmt …«

Ayodele wurde von einem solchen Glücksgefühl überwältigt, dass sie keinen Ton sagen konnte, nicht einmal ein Wort des Dankes. José fuhr fort: »Dennoch haben manche Einwände gehabt. Dein Mann ist ein Bambara aus Segu. Bist du sicher, dass er dir in die Bucht von Benin folgen will?«

Ayodele zuckte die Achseln: »Segu oder Benin, ist das

nicht alles Afrika? Das ist doch die Hauptsache! Dieses höllische Land verlassen!«

José machte eine Geste, die alles bedeuten konnte.

Um diese Zeit war es etwa zehn Familien gelungen, die unüberwindlichen Hindernisse zu meistern und an Bord eines Schiffes zu gehen, das einen der Häfen in der Bucht von Benin anlief. José wusste, dass ihm das für immer verwehrt bleiben würde. Wie würden die Seinen reagieren, die Gemeinschaft, sein Vater, seine Mutter, seine Geschwister, wenn er mit jenem Laster zurückkam, mit dem ihn die Portugiesen angesteckt hatten? Sie würden ihn sicher steinigen und seine Glieder in alle Winde zerstreuen, damit er nicht die Erde befleckte, auf der die Menschen sich bewegten! Er war kein Nago mehr. Er war kein menschliches Wesen mehr. Er war nur noch ein Wrack, ein Schwuler.

Unterdessen hatte Naba seine Obsternte dem Holländer Jan Schipper geliefert, einem treuen Kunden von Ayodele, den die Misserfolge seines Heimatlandes nicht dazu hatten bewegen können, Recife zu verlassen. Jan Schipper wohnte in der Rua da Cruz in einem hohen Gebäude mit Holzjalousien vor den Fenstern. Naba war jedes Mal aufs Neue vom Anblick des Hafens mit seinen Jangadas* und Schiffen mit schweren Segeln entzückt. Lange blieb er so stehen und sah aufs Meer, das eine Weile glatt blieb, sich dann plötzlich mit einem Rollen aufbäumte und eine mehrere Meter hohe Brandungswelle bildete. Als er sich wieder auf den Weg machte, trat ein Mann auf ihn zu. Ein hoch gewachsener Schwarzer mit kahl geschorenem Haupt, der ein langes weites Gewand trug. Nachdem er sich nach beiden Seiten umgesehen hatte, reichte er Naba ein Blatt Papier. Naba faltete es auseinander und entdeck-

* Eine Art Floß.

te darauf eine Folge von arabischen Schriftzeichen. Der Mann flüsterte ihm zu: »Allah ruft dich, mein Bruder. Komm heute Abend nach Fundão und bete mit uns …«

Unter den Schwarzen von Pernambuco, den Sklaven, Ganhadores oder Freigelassenen, waren nicht wenige vom Wahnsinn befallen. Daher schenkte Naba diesem seltsamen Mann keinerlei Aufmerksamkeit und steckte das Blatt in die Jacke. Dennoch gefielen ihm diese geheimnisvollen Zeichen, und er nahm sich vor, sie abzumalen.

Als er bei dem Ganhador José ankam, wo er Ayodele abholen sollte, fand er die beiden bei einem Glas Cachaça* ins Gespräch vertieft. José erzählte gerade vom kürzlich erfolgten Aufstand in Bahía. Der Plan war geschickt angelegt gewesen. Die aufständischen Sklaven sollten an verschiedenen Punkten der Stadt Brände legen, um die Aufmerksamkeit der Polizei und der Truppe abzulenken und sie aus den Quartieren zu locken. Anschließend wollten die Sklaven die Verwirrung nutzen, um die Kasernen anzugreifen, sich dort mit Waffen versorgen und alle Portugiesen niedermachen. Sobald sie die Stadt in ihrer Gewalt hätten, wollten sie Verbindung zu den Sklaven auf den Fazendas im Landesinnern aufnehmen. Nur eine Denunziation in letzter Minute hatte diesen schönen Plan vereitelt.

José senkte die Stimme: »Es wird erzählt, die Moslems hätten das angezettelt und sie hätten vorgehabt, auch alle katholischen Afrikaner umzubringen …«

Ayodele zuckte die Achseln: »Katholisch, werden wir das je wirklich sein? Wir tun so, das ist alles …«

Der Ganhador José lachte. Dennoch waren sie beide von derselben Unruhe erfüllt. Die »moslemischen« Sklaven planten, die »katholischen« Sklaven umzubringen;

* Zuckerrohrschnaps.

war das nicht das Zeichen, dass die Streitigkeiten aus Afrika jetzt in die Welt der Sklaverei hinübergetragen wurden? War denn nicht ihr einziger Feind der Sklavenhalter, der Portugiese, der Weiße?

Naba schlief in jener Nacht sehr schlecht.

Jedes Mal wenn er ins Unbewusstsein versank, tauchte vor ihm das tränenüberströmte Gesicht seiner Mutter Nya auf und anschließend das Gesicht jenes Unbekannten, der ihn in Recife auf der Straße angesprochen hatte, blutüberströmt, mit einer Wunde auf der Stirn. Wenn er versuchte aufzustehen, hielten ihn unsichtbare Hände am Boden fest und gruben sich schmerzhaft in sein Fleisch. Schließlich erwachte er mit einem Geschmack von Asche im Mund und ging in den kleinen Garten, der an die Senzala* grenzte, um eine kleine Pfeife mit Maconha zu rauchen. Doch das Kraut, das die magische Eigenschaft hatte, ihn zu entspannen, wirkte in jener Nacht nicht. Gefahren kamen auf ihn zu, das spürte er, und sie glichen Formen, deren Umrisse sich nicht genau erkennen ließen.

Er hörte Schluchzen und Peitschenhiebe. Er spürte den Geiergeruch des Todes.

Während er dort stand und in die Nacht starrte, kam sein zweitältester Sohn Kayode zu ihm. Er war ein sanfter Junge, der seinen Vater sehr liebte. Kayode verlangte sofort nach einer Geschichte, und Naba nahm ihn auf den Schoß. Auch wenn er zugelassen hatte, dass Ayodele den Kindern Yoruba-Vornamen gegeben hatte, was die anderen Sklaven empörte, sprach er nur Bambara mit ihnen, und er begann eine Geschichte aus dem unerschöpflichen Schatz der Suruku-Erzählungen.

»Suruku fiel in einen Brunnen. Sie wollte wissen, ob sie

* Bezeichnung für die Sklavenhütte im Gegensatz zum Herrenhaus.

sich nicht beim Fall einen Zahn ausgeschlagen hatte. Aber sie war vom Sturz so benommen, dass sie sich vertat und ihre Hand in den Hintern steckte. ›Oh, rief sie, ich habe keinen einzigen Zahn mehr!‹«

Das Kind lachte schallend und fragte dann: »Wie viele Sprachen sprichst du, Baba*?«

Naba lächelte im Dunkeln: »Man kann sagen, dass ich drei Sprachen spreche. Zwei sind Sprachen meines Herzens, Bambara und Yoruba. Die dritte ist die Sprache unserer Knechtschaft, Portugiesisch.«

Das Kind überlegte und fragte: »Und ich, wie viele Sprachen werde ich sprechen?«

Naba streichelte den kleinen Kopf mit den borstigen Haaren: »Ich hoffe, dass du nur die Sprachen deines Herzens sprechen wirst ...«

Dann wiegte er das Kind in den Armen und legte es auf seine Matte zurück: »Schlaf jetzt ...«

Die Senzala bestand aus zwei Räumen mit gestampftem Lehmboden. Da Ayodele Nabas Einkünfte Reï für Reï sparte, enthielten die Räume nur das Nötigste. Einen Schrank, den Naba für die Küchengeräte gebaut hatte, die vom Gebrauch geschwärzten Töpfe und Pfannen, einen Tisch und daneben einen Besen. Im zweiten Raum Hängematten, die sie den Indianern abgekauft hatten, und ein paar Matten.

Ayodele schlief mit ihrem Jüngsten, Babatunde, in einer Hängematte. In der anderen Hängematte lag Abiola, der Älteste, Manoels Sohn. Naba zog sich auf den Zehenspitzen zurück, als er im rauchigen Licht der Öllampe bemerkte, dass Abiola auch nicht schlief. Er trat auf ihn zu und sagte leise: »Na, heute Nacht hat wohl die ganze Familie Kaffee getrunken!«

* »Papa« auf Yoruba.

Abiola schloss die Augen, denn er hasste Naba. Er hasste seine schwarzen Brüder, die ihn daran erinnerten, dass seine Mutter eine Sklavin war und er selbst ein halber Neger. Er hasste diesen Vornamen Abiola, den man ihm gegeben hatte, obwohl sein Taufname eigentlich Jorge war, wie er gern genannt worden wäre. Jorge da Cunha. Denn er war der Sohn des Herrn. Warum wohnte er nicht im Herrenhaus mit den Söhnen von Manoel? Warum zwang man ihn, in dieser Hütte aus getrocknetem Schlamm mit einem Gerüst aus biegsamen Zweigen zu wohnen? Und nun war auch noch die Rede davon, nach Afrika zurückzukehren, in jenes barbarische Land, wo die Menschen wie Vieh verkauft wurden, wenn man sie nicht mit den Zähnen verschlang! Niemals, niemals! Er würde sich mit aller Kraft gegen diesen Plan wehren!

Naba zog sich zurück, denn er kannte Abiolas Gefühle. Mehr als einmal hatte er das Thema mit Ayodele besprechen wollen, aber er hatte Angst, ihr wehzutun. Hatte sie nicht schon genug unter ihrer Beziehung mit Manoel gelitten? Außerdem ist es mit Kindern so wie mit Pflanzen. Mit viel Liebe wachsen sie schließlich gerade in die Höhe, gerade auf die Sonne zu.

Naba ging wieder in die Dunkelheit hinaus, vor der sich in regelmäßigen Abständen die noch dunkleren Formen der Senzalas abhoben. Kein Laut war zu hören. Naba nahm nur den süßlichen Geruch des Zuckerrohrsaftes aus der Mühle wahr, der vom Wind heruntergedrückt wurde, und wild und ungezähmt, selbst zwischen den Zuckerrohrstauden, den Geruch nach Erde. Was war das für eine schwarze Silhouette im Wipfel des Brotfruchtbaumes?

War das der Tod?

War das der Todesurubu?

9

Manoel drehte den Kopf und runzelte die Brauen, um den Jungen, der vor ihm stand, besser einschätzen zu können. Es war ein ziemlich dunkler Mulatte mit schönem, gelocktem Haar und einem breiten, leicht malvenfarbenen Mund, der später einmal sinnlich werden würde, aber im Augenblick nur vor Furcht zitterte. Er fragte noch einmal: »Bist du dir sicher, was du da erzählst?«

Das Kind nickte: »Wenn Sie mir nicht glauben, lassen Sie doch das Haus durchsuchen. Dann finden Sie die Papiere, von denen ich Ihnen erzählt habe. Er ist Moslem und kennt die Moslems aus Bahía.«

Wenn von jemand anders die Rede gewesen wäre, hätte Manoel diese Anschuldigungen mit einem Achselzucken abgetan. Die Sklaven seiner Fazenda sprachen morgens, mittags und abends ihr Gebet, beteten mit ihm und seiner Familie den Rosenkranz das Salve Regina, spendeten Kerzen, verbrannten geweihte Zweige und wiederholten inbrünstig: »Ich glaube an das heilige Kreuz!«

Aber es handelte sich um Naba, um den Mann, der ihm eine Frau weggenommen hatte, die er noch begehrte. Daher murmelte er: »Hol mir den Feitor* …«

Das Kind rührte sich nicht, und Manoel rief: »Nun, hast du nicht gehört, was ich gesagt habe?«

Das Kind fiel auf die Knie: »Wenn ich die Wahrheit gesagt habe, nehmen Sie mich dann auf? Ich bin Ihr Sohn, Herr, warum nehmen Sie mich nicht auf?«

Manoel war überrascht und leicht geschmeichelt. Er

* Der Verwalter einer Plantage.

hatte geglaubt, dass das Kind völlig unter dem Einfluss seiner Mutter stand, und versicherte: »Aber natürlich, du gehörst hierhin ...«

Das Kind rannte los.

Manoel Ignácio da Cunha war der typische Vertreter einer Generation von Portugiesen. Er stammte aus einer regelrechten Abenteurerfamilie, die nach Asien, Madeira und Kap Verde ausgeschwärmt war, weil ihr jener schmale Streifen auf der Iberischen Halbinsel zu eng geworden war. Er war nach Pernambuco gekommen und hatte dort zunächst als einfacher Landarbeiter sein Zuckerrohr dem Herrn der Mühle gebracht, aber im Laufe der Zeit war er reich geworden. Im Augenblick plante er, sich in Recife niederzulassen und seine Fazenda der Obhut eines vertrauenswürdigen Mannes zu überlassen. Da Abiolas Worte ihn zutiefst beunruhigten, ging er zu seiner Frau Rosa hinauf, die bereits im Bett lag und ebenso gelblich aussah wie das Kopfkissen aus indischem Tuch, auf dem sie lag. Sie hörte ihm aufmerksam zu, während ihr das Herz vor Freude in der Brust schneller schlug, die mit geweihten Medaillen, Reliquienmedaillons und Skapulieren übersät war. Endlich hatte sie die Gelegenheit, sich an Ayodele zu rächen: »Ich glaube nicht, dass er es ist. Er ist nur ein armer, ungefährlicher Irrer. Sie ist es, sie! Ich habe auch bemerkt, dass sie mindestens fünfmal am Tag verschwindet, da geht sie wohl zu ihrem Hexensabbat ...«

Manoel merkte wohl, dass das nur die Hirngespinste einer eifersüchtigen Frau waren, aber nach den Ereignissen in Bahía, wo die Moslems eine der am besten durchdachten Revolten der letzten Jahre geplant hatten, konnte man nicht vorsichtig genug sein. Er ging hinunter ins Erdgeschoss und stieß auf den Feitor, der seinen Strohhut in der Hand hielt. Der Feitor Joaquim war sein Vertrauensmann und böser Geist, der dafür sorgen musste, dass alles auf der Fazenda seinen gewohnten Gang ging. Er hörte seinem Herrn verblüfft zu und protestierte: »Er ist kein Moslem. Er ist vielleicht ein Zauberer, das will ich nicht bestreiten. Und außerdem, wie soll er einen Aufstand anzetteln, wenn er nie mit jemand spricht?«

Dann blickten sich die beiden Männer an. Der Feitor hatte auch Anlass zur Klage über Ayodele, denn sie hatte ihn eines Abends geohrfeigt, als er ihr an die Brust gefasst hatte. Sie verstanden sich wortlos. Joaquim ging zu den Senzalas.

Bei der Durchsuchung von Nabas Hütte fanden sie tatsächlich ein Blatt Papier mit arabischen Schriftzeichen und Blätter eines Baumes, auf denen sich dieselben Zeichen befanden.

In Begleitung von drei kräftigen Sklaven machte sich der Feitor auf den Weg, um Naba festzunehmen. Sie fanden ihn in seinem Obstgarten, die Pfeife mit Maconha im Mund. Er leistete keinen Widerstand und ließ sich die Fußeisen anlegen.

Als sich diese Nachricht in der Fazenda verbreitete, löste sie tiefe Erschütterung aus. Alle waren sich über Nabas Unschuld einig und erinnerten sich daran, wie er den einen geheilt und dem anderen Linderung verschafft hatte. Aber man beschuldigte Ayodele. Sie war es! Hatte sie nicht versucht, in Verbindung mit den Leuten aus Bahía die Bruderschaft »Unser guter Herr Jesus der Sehnsüchte und der Erlösung der Schwarzen« aufzubauen, deren wirkliches Ziel die Befreiung der Sklaven war? Machte sie nicht irgendwelche dunklen Geschäfte mit den Gesellschaften für den Freikauf der Sklaven in Recife? Dutzende von Männern und Frauen suchten den Feitor oder sogar Manoel auf und schworen auf das Kreuz, dass man Ayodele mit der Nase im Staub gesehen hatte, wie sie eine moslemische Gebetsschnur von fünfzig Zentimetern mit neunundneunzig Holzperlen und einer großen Kugel am Ende abbetete.

Der Feitor und Manoel einigten sich, diesen Denunziationen keinerlei Aufmerksamkeit zu schenken. Nabas Festnahme brachte ein schwieriges Problem mit sich. Er war kein Sklave. Zumindest keiner von Manoels Sklaven, selbst wenn er auf dessen Fazenda wohnte. Musste man ihn als freien Mann betrachten? Nein, denn es hatte einen Käufer für ihn gegeben, einen Holländer, der ihn mit gutem Geld bezahlt hatte und der irgendwo im Sertão lebte. War Naba also ein Flüchtling? Warum aber hatte ihn dann Manoel so viele Jahre auf seinem Land geduldet? All das war zu verwickelt, um geklärt zu werden, und so wurde Naba in die dunkle Zelle neben dem Herrenhaus gesteckt, um am folgenden Morgen nach Recife geschickt zu werden.

Während sich das alles abspielte, befand sich Ayodele nicht auf der Fazenda. Es war Sonntag, also Ruhetag. Ayodele, die nie eine Gelegenheit versäumte, Geld zu verdienen, hatte sofort nach der Messe in der Kapelle einen Ochsenkarren mit Körben voll Gemüse und Apfelsinen beladen und war losgefahren, um sie in den benachbarten Fazendas zu verkaufen. Dann hatte sie angehalten, um die Sachen ihrer Kinder im klaren Wasser des Rio Capibaride zu waschen, der sich durch die Felder schlängelte, bevor er in den Rio Beberibe mündete und Recife bewässerte. Als sie zurückkam, war die Hütte leer, und die Kinder weinten. Eine mitfühlende Nachbarin erzählte ihr, was geschehen war.

Ayodele rannte wie eine Besessene zum Herrenhaus und warf sich vor Manoel, der auf der Veranda in einer Hängematte lag, in den Staub.

Er blickte diese Frau an, die ihn mit so viel Verachtung behandelt hatte und nun weinend zu seinen Füßen lag, und sagte: »He, ich kann nichts dafür. Dein eigener Sohn hat ihn denunziert. Anschließend haben wir die Beweise gefunden.« Ayodele wälzte sich auf dem Boden und rief: »Herr, nimm mich, denn darum geht es dir doch!«

Dieser Satz ärgerte Manoel, denn er wollte nicht, dass man von ihm sagte, er hätte sich gerächt, sondern, dass er Gerechtigkeit hätte walten lassen. Daher entgegnete er schroff: »Willst du, dass ich dich auspeitschen lasse?«

Als sie den Kopf hob, um ihn anzuflehen, überlegte er, wie dumm er doch gewesen war, dass er ihr Angebot nicht angenommen hatte. Sie sagte: »Dann erlaube mir, nach Recife zu gehen, um seine Verteidigung vorzubereiten.«

Er hätte beinahe laut gelacht. Eine Sklavin, eine Negerin, die kaum Portugiesisch sprach, glaubte, sich vor dem königlichen Gerichtshof Gehör verschaffen zu können? Er zuckte die Achseln und sagte: »Geh zum Teufel, wenn du willst!«

Nabas Prozess fand in erregter Atmosphäre statt.

Seit gut zehn Jahren hatten die Sklaven und befreiten Afrikaner in Bahía, in Recife und den Fazendas im Landesinnern eine Reihe von Aufständen angezettelt. Die Meinung darüber war geteilt. Für die Mehrzahl der Brasilianer war das nur der Ausdruck der grausamen und perversen Gefühle der Schwarzen. Andere betrachteten es als gerechte Auflehnung gegen die unmenschlichen Sklavenhalter. Eine Hand voll Intellektueller und Liberaler schließlich sah darin die edle Äußerung unterdrückter Wesen gegen die Usurpation ihrer Freiheit. Die Ankunft immer größerer Scharen von Gefangenen, bedingt durch Kriege und Unruhen in der Bucht von Benin, hatte dem Bedürfnis nach Aufruhr der Sklaven neue Kraft verliehen. Besonders die Moslems unter ihnen waren dafür empfänglich. Immer wenn ein neues Schiff eintraf, erkundigten sie sich, welche Fortschritte die Eroberungen ihrer Glaubensbrüder in Afrika machten.

Und als ob das alles noch nicht genug sei, erfuhr man jetzt auch noch, dass auf einer Insel der Antillen, Santo Domingo, die Sklaven zu den Waffen gegriffen und den Franzosen einen wahren Befreiungskrieg geliefert hatten! Mit einem Mal brachen all die Theorien über die Schwarzen, die »harmlosen großen Kinder«, in sich zusammen. Diese naiven Wesen, die man ganz hinten in der Kapelle zusammenpferchte, damit ihr Geruch weder Priester noch Gläubige belästigte, und die im Chor sangen:

Mit Gott geh ich zu Bett, mit Gott steh ich auf,
mit der Gnade Gottes und des Heiligen Geistes,
und wenn mich der Tod dereinst ereilt, so leuchtet mir
mit den Fackeln der heiligen Dreieinigkeit.

Diese naiven Wesen, diese »großen Kinder«, jagten ihren Herren plötzlich einen Schrecken ein.

Naba kam in den Gerichtssaal in jenem Hemd aus grober Baumwolle und der Hose aus Nanking, mit denen man die Häftlinge einkleidete, und schien nichts von all dem zu verstehen, was um ihn herum vorging.

Als man ihm die Heilige Schrift vorlegte und von ihm verlangte, einen Eid darauf zu schwören, blieb er stumm. Auf die Frage »Bist du Moslem?« lachte er nur. Als man ihm die Wahl zwischen einem Rosenkranz und einer moslemischen Gebetsschnur ließ, rührte er sich nicht. Er verhielt sich nicht anders vor einem Bild des Heiligen Gonçalves de Amarante und einer arabischen Kalligraphie. Außerdem war es unmöglich, irgendeine Beziehung zwischen ihm und den Moslems oder Malé* aus Bahía herzustellen, da Naba diese Stadt nie betreten hatte. Man unter-

* So nannte man die Haussa-Sklaven und andere moslemische Sklaven.

suchte sogar sein Geschlechtsteil und das seiner Söhne, um zu sehen, ob sie beschnitten waren. Natürlich waren sie es, aber das war nur ein afrikanischer Brauch. Als letzter Ausweg blieb den Richtern, die Angelegenheit als schwarze Magie hinzustellen, und die Zeugenaussagen waren erdrückend. Wenn Naba sich nicht verteidigte, dann nicht deshalb, weil er nicht verstanden hätte, dass es ihn den Kopf kosten konnte, sondern weil er alles leid war. Seit der verhängnisvollen Jagd, die ihn von seiner Familie getrennt hatte, hatte er zu nichts mehr Lust. Die Früchte und Pflanzen, Ayodele und selbst seine Kinder hatten ihm nicht wieder Geschmack am Leben geben können. Ihm fehlte die Erde von Segu, der Geruch des Joliba, wenn er wenig Wasser führt und seine Ufer sich mit Austernmuscheln überziehen, das *to* seiner Mutter, gewürzt mit einer Soße aus Baobabblättern, und die gleißende Helle des Busches in der Mittagshitze. Damals in Saint-Louis hatte er sich das Leben nehmen wollen. Man hatte ihn gerettet. Aber jetzt hielt er es nicht mehr aus. Wenn er an Ayodele dachte, hatte er leichte Gewissensbisse. Aber dann sagte er sich, dass sie jung und hühsch war. Ein Mann würde sie trösten. Nur wenn er an seine Söhne dachte, Olufemi, Kayode und vor allem den jüngsten, Babatunde, der nach Dusikas Tod geboren und dessen Reinkarnation war, war er versucht zu leben. Aber von welchem Nutzen kann schon ein Vater sein, der Sklave ist? Was für ein Vorbild kann er seinen Kindern geben? Nie würde er Babatunde an die Hand nehmen, um mit ihm mit Pfeil und Bogen auf Löwenjagd zu gehen.

Der gelbe Löwe mit dem fahlroten Schimmer,
der Löwe, der das Gut der Menschen verschmäht,
labt sich an dem, was in Freiheit lebt …

Nie würde er einen *karamoko* aus ihm machen. Was hatte es also für einen Sinn?

Was hat es für einen Sinn, ohne Freiheit zu leben? Ohne Stolz? Lieber sterben. Während des Prozesses blieb der Ganhador José nicht untätig. Er setzte sich bei der Gesellschaft für den Freikauf der Sklaven, der er angehörte, dafür ein, eine Petition an João VI. nach Rio zu schicken, um seine Gnade zu erflehen. Als dieser Brief den König erreichte, hatte man unglücklicherweise gerade einen weiteren Aufstand aufgedeckt. Antonio und Balthazar, zwei Haussa-Sklaven von Francisco das Chagas, hatten ihn geplant. Bei der Durchsuchung ihrer Hütten hatte man vierhundert Pfeile, Sehnen für Bögen, Gewehre und Pistolen gefunden. João hielt daher die Gerichtshöfe zu großer Strenge an und erließ den Befehl, jeden Sklaven, der abends nach neun Uhr auf der Straße oder außerhalb der Fazenda seines Herrn angetroffen wurde, ins Gefängnis zu stecken und zu hundert Peitschenhieben zu verurteilen.

Avodele, die von diesen Ereignissen nichts wusste, war bis zum letzten Augenblick voller Zuversicht. Die Erinnerung an die Jahre ihres Lebens, die sie mit Naba verbracht hatte, ging ihr immer wieder durch den Kopf. Seit dem Tag, als er mit seiner Tasche Apfelsinen im Sklavenhaus von Gorée zu ihr gekommen war, bis zu dem Moment, als er im Sertão verschwunden und eines Tages auf Manoels Fazenda wieder aufgetaucht war. Er hatte damals nicht auf ihren wie eine Kalebasse gewölbten Bauch geblickt, sondern hatte ihr zugelächelt und aus einem Taschentuch zwei gelbrosa Guajaven gewickelt und sie ihr gezeigt. Dann hatte er das Haus am Rand der Zuckerrohrfelder für sie gebaut.

Naba, der ihre Schande gedeckt hatte.

Naba, der sie wieder mit sich selbst versöhnt hatte.

Es war sehr heiß im Gerichtssaal. Die Richter sprachen eine Sprache, die ihr unverständlich blieb, jenes Portugiesisch der gebildeten Leute, das so ganz anders war als der mit afrikanischen Worten durchsetzte Jargon, den Manoel und der Feitor benutzten. Sie konnte Nabas Gesicht nicht erkennen, und es war, als hätte sie ihn bereits verloren, durch Stühle, Bänke, Zuschauer, Priester und Richter von ihm getrennt.

Als der Ganhador José, der neben ihr stand, ihren Arm ergriff, wusste sie, dass das Urteil gefällt worden war. Sie gingen nach draußen auf die Straße, die in gleißendes Licht getaucht war und wo nur sehr wenige Bäume Schatten spendeten.

Man konnte nichts sagen.

Wohin gingen sie? Ayodele brach auf der Santo-Antonio-Brücke zusammen. Es war ein sanftes, unauffälliges Ausgleiten wie bei einem Tier, das bis an die äußerste Grenze seiner Kraft durchgehalten hat. Ein Tier oder ein Sklave. Manchmal brach auf der Fazenda ein Mann oder eine Frau auf diese Weise lautlos zusammen. Da sie sich in der Nähe des Hospitals Santa Casa da Misericordia befanden, brachten der Ganhador und seine Freunde sie dorthin.

Man konnte nichts sagen. Man konnte nichts machen. Ein Zauberer oder ein Moslem, was auch immer, war zum Tode verurteilt worden. Zum Ruhme Gottes.

Ein Schwarzer war zum Tode verurteilt worden. Zum Frieden der Weißen.

Lange Zeit bestand das Leben für Ayodele nur aus einem blauen Rechteck des Himmels, dem Geschmack von Melissengeist, hin und wieder dem Schmerz eines Aderlasses und den weißen Hauben der Ordensschwestern, die großen Seevögeln glichen. Dann erkannte sie eines Tages die Gesichter ihrer Kinder. Olufemi. Kayode. Babatunde. Wo war Abiola? Da erinnerte sie sich und weinte.

Das Leben neu erlernen, wenn es keinen Grund mehr

zu leben gibt. Vom folgenden Tag sprechen, wenn es keine Zukunft mehr gibt. Die Sonne aufgehen sehen, wenn der Tag keine Bedeutung mehr hat. Eines Morgens besuchte sie ein Priester, Padre Joaquim, einer jener Mystiker, die sich in der Gesellschaft der Entrechteten und Häretiker wohl fühlen. Ihm beichtete sie ihre Sünden. Kurz darauf ließ sie sich nur noch Romana nennen und empfing die Kommunion.

Gleich beim ersten Mal hatte sie eine Vision. Der Himmel öffnete sich, und die Jungfrau Maria mit dem Jesuskind auf dem Arm warf ihr eine Rose zu. Padre Joaquim und die Ordensschwestern waren glücklich.

Schließlich war sie kräftig genug, um das Hospital zu verlassen. Da klärten Padre Joaquim und die Ordensschwestern sie auf: Als Lebensgefährtin eines Feticeiro*, der viel von sich hatte reden machen, war sie in Brasilien zur unerwünschten Person erklärt und mit ihren drei Kindern zur Deportation nach Afrika verurteilt worden.

Das Schiff, mit dem sie reiste, die Amizade, ankerte vor der Spitze der Ilha das Cobras. Außer Romana gingen noch Malé an Bord, die wieder einmal Blut in Bahía vergossen hatten, und Familien von Schwarzen, denen es gelungen war, Freiheit und Pässe zu erkaufen. Auf dem Oberdeck stapelten sich zwischen menschlichen Leibern Schiffskoffer, Bündel, Flaschen, Musikinstrumente und Vogelkäfige, ein ganzes Arsenal des Elends. Ayodeles Kinder, die die Ordensschwestern dem Ganhador José wegen der Schändlichkeit seiner Sünde weggenommen und während der Krankheit ihrer Mutter im Waisenhaus von Santa Casa untergebracht hatten, blickten auf die Küste Brasiliens. Der goldgelbe Strand hob sich vor dem dunkelgrünen Band der Palmen ab. Außer Babatunde, der

* Zauberer auf Brasilianisch.

noch zu klein war, war den Kindern schwer ums Herz. Wo war ihr Vater? Was war mit ihrer Mutter geschehen? Sie kannten sie kaum in dieser strengen, hohlwangigen Frau wieder, die ganz in Schwarz gekleidet war und nur noch von Gott redete.

10

Unsichtbar für die Augen der gewöhnlichen Sterblichen ließ sich der Todesurubu auf einem Baum im Anwesen nieder und schlug mit den Flügeln. Er war erschöpft. Er hatte Tausende von Seemeilen überflogen, gegen Gischt und Sturm gekämpft, dann dichte Wälder, in denen er ein Gewimmel von tausenderlei wütend kämpfenden Formen des Lebens vermutete. Schließlich hatte er unter sich die rötlichgelbe Sandfläche betrachtet und gewusst, dass das Ziel seiner Reise nicht mehr fern war. Dann hatten sich unter ihm die Mauern von Segu abgezeichnet.

Er hatte einen Auftrag zu erfüllen. Naba war fern von zu Hause gestorben. Sein Leichnam ruhte in einem fremden Land und war nicht mit den erforderlichen Bestattungsriten begraben worden. Daher musste seine Familie darüber benachrichtigt werden, dass er fortan in jenem trostlosen Land der verdammten Seelen umherirren würde, die sich nicht im Körper eines männlichen Fötus reinkarnieren oder zu einem beschützenden Ahnen und bald zu einem Gott werden können. Der Urubu glättete sein Gefieder und schöpfte Atem. Dann blickte er sich um.

Es war Morgen. Die Sonne antwortete noch nicht auf die ersten Rufe von den Stößeln der Frauen und schlief noch am Horizont. Die Hütten drängten sich fröstelnd aneinander. Aber im Hühnerhof gackerte es bereits, die Schafe blökten, und unter den Vordächern der offenen Küchen stieg der Rauch in weißlichen Spiralen auf. Die Sklavinnen begannen, den morgendlichen Brei zuzubereiten, während die Männer zu den Wasserhütten gingen, ihre Haumesser an Steinen schärften und die Vorbereitungen trafen, um auf die Felder zu gehen. Der Todesgeier betrachtete neugierig diese Emsigkeit, die so völlig anders war als auf den Fazendas, wo die Ochsenkarren voller zerlumpter Männer unter dem quietschenden Lärm der Achsen zu den Zuckermühlen fuhren. Die Erde zu bearbeiten war dort eine Erniedrigung. Hier erwarteten die Menschen von der Erde nur die notwendigen Erzeugnisse für das Leben. Auch die Landschaft war anders. Dort war sie großartig und barock wie jene Kathedralen, die die Portugiesen erbauten, um ihre Götter zu verehren. Hier war sie kahl, mit niedrigem Gras wie das Haarkleid eines Tieres, und dennoch harmonisch. Der Urubu hüpfte auf einen tieferen Zweig, genau gegenüber von Kumarés Hütte, dem Schmied und Fetischpriester von Dusikas Familie. Diese Rechnung ging auf, denn Kumaré trat wenig später aus der Hütte, um zu erraten, was der Tag bringen würde, und bemerkte das Tier im Laub.

Kumaré wusste seit einiger Zeit, dass der Wille der Ahnen bei einem der Söhne Dusikas bald vollstreckt werden würde. Als er eines Tages die Kaurimuscheln auf das Wahrsagebrett geworfen hatte, hatten die Ahnen es ihm angekündigt. Aber sooft er sie auch befragte, nie hatte er Näheres erfahren können. Die Ankunft des Vogels bedeutete, dass alles vollendet war. Er ging in seine Hütte zurück, kaute seine Wurzeln, um für die Worte des Unsichtbaren durchlässig zu sein, und nahm aus einer Kalebasse drei trockene Hirsehalme. Dann ging er zum Fuß des Baumes zurück, steckte die Hirsehalme in die Erde, legte sein Ohr an den Boden und wartete auf die Anweisungen. Sie erfolgten sehr bald. Der Urubu über seinem Kopf hatte die Augen geschlossen. Er würde sich den ganzen Tag ausruhen. Kumaré ging in seine Hütte zurück. Mit einer Handbewegung wies er seine erste Frau zurück, die auf ihn zutrat, um ihm eine Kalebasse mit Brei zu bringen, und nachdem er sich in eine Decke aus Europa gehüllt hatte, denn es war kühl, verließ er sein Anwesen.

Segu veränderte sich. Woran lag das? An diesem Strom von Händlern, die Gegenstände anboten, die früher einmal selten und teuer gewesen und jetzt beinah alltäglich waren? Moslemische Kleider, Kaftane, Stiefel, Stoffe aus Europa, marokkanische Einrichtungsgegenstände, Wandbehänge und Wandteppiche aus Mekka ... Der Islam nagte an Segu wie eine Krankheit, deren Fortschreiten man nicht aufhalten kann. Ah, die Fulbe brauchten gar nicht noch näher heranzukommen: Ihr Atem hatte bereits alles verpestet! Ihr Dschihad war nicht mehr notwendig! Überall Moscheen, von deren Minaretten die Muezzins schamlos ihre frevelhaften Rufe ausstießen. Überall glatt rasierte Schädel. Auf allen Märkten stritten sich die Leute um Talismane und die verschiedensten Pulver, ein ganzes Arsenal wertloser Dinge, die in Leder mit arabischen Schriftzeichen eingewickelt waren und daher als besonders wirksam angesehen wurden. Und der Mansa unternahm nicht das Geringste gegen den neuen Glauben!

Kumaré betrat das Anwesen, in dem Dusika gelebt hatte und das jetzt Diémogo unterstand. Er musste von Diémogo einen weißen Hahn und einen weißen Hammel bekommen und herausfinden, unter welchem Baum Nabas Nabelschnur begraben worden war. Diémogo unterhielt sich mit dem Anführer einer Sklavengruppe, die ein Stück Land des Clans roden sollte, das bisher brachgelegen hatte, und warf einen besorgten Blick auf den Fetischpriester. Was für ein Unglück führte ihn jetzt wieder her?

Die Familie war schon über alle Maßen leidgeprüft. Seit Nadiés Tod hatte Tiékoro, schwach und kränklich wie ein Greis, die Hütte nicht mehr verlassen. Seine Braut, Prinzessin Sunu Saro, die sich dadurch gedemütigt fühlte, hatte durch die königlichen Griots den Brautpreis und die Geschenke, die sie bereits erhalten hatte, zurückgeben lassen. Zugleich war die Leitung der Delegation, die Tiékoro zum Sultan von Sokoto führen sollte, jemand anders übertragen worden. Und Nya, die die jüngste Tragödie und die Enttäuschungen ihres Sohnes schmerzlich berührt hatten, ging es auch nicht mehr gut. Hohlwangig und abgemagert, schien ihr alles gleichgültig geworden zu sein, und ohne ihre Leitung ging es mit dem Anwesen bergab. Und auf die anderen Frauen, die immer Dusikas Bara Muso untergeordnet gewesen waren, konnte man nicht zählen. Diémogo ging auf Kumaré zu, und dieser nahm ihn beiseite, um ihn kurz zu unterrichten: »Die Ahnen haben mir einen Boten gesandt. Einer von Dusikas Söhnen braucht meine Dienste …«

Diémogo erschauerte: »Tiékoro?«

Kumaré blickte ihn streng an und sagte: »Versuche nicht, Geheimnisse zu ergründen, die du nicht verstehst. Ich brauche einen weißen Hahn, einen ungefleckten Hammel und zehn Kolanüsse … Lass alles vor Einbruch der Dunkelheit zu meinem Anwesen bringen.«

Dann machte er sich auf die Suche nach dem Baum, den er für das Ritual brauchte. Als er in den hinteren Teil des Anwesens ging, kam er an einer Hütte vorbei, wo die Sklaven mit besorgter Miene ein und aus gingen. Es war die Hütte von Nya, die gerade von einem heftigen Schmerz in der Herzgegend erfasst worden und bewusstlos zusammengebrochen war. Innerlich bewunderte Kumaré die Kraft der Mutterliebe und die Intuition, die sie begleitet. Sie kommt dem Wissen nah, das der Umgang mit den Geistern vermittelt.

Umgeben von den Nebenfrauen und Sklavinnen lag Nya mit geschlossenen Augen auf ihrer Matte. In regelmäßigen

Abständen keuchte sie wie ein Tier. Zwei Heilkundige legten ihr ein Pflaster aus Pflanzen auf die Stirn, rieben ihr die Glieder mit einer Lotion ein oder versuchten, ihr ein wenig Flüssigkeit einzuflößen. In einer Ecke waren zwei Seher mit ihren Kaurimuscheln und Kolanüssen beschäftigt. Als sie Kumaré, den unbestrittenen Meister, erblickten, standen sie respektvoll auf, und einer von ihnen murmelte: »Hilf uns, Komotigi* …«

Kumaré sagte in beruhigendem Ton: »Ihr Leben ist nicht in Gefahr …«

Dann hockte er sich neben Nya.

Er wusste, was Nya seit Dusikas Tod alles durchgemacht hatte. Als Dusikas Ehefrauen aufgeteilt wurden, hatte der Familienrat sie Diémogo zugesprochen, den sie nie geschätzt hatte und den sie zu Recht oder zu Unrecht als Feind der Interessen ihrer Söhne, und besonders der Tiékoros, betrachtete. Und dennoch musste sie sich ihm von da an unterwerfen und ihm in allem gehorchen. Sie konnte ihm nicht einmal ihren Körper verweigern. Und jetzt hatte sie außer all diesen Sorgen auch noch auf rätselhafte Weise von Nabas Tod erfahren! Kumaré beschloss, sich bei den Ahnen für sie einzusetzen, damit ihr Leiden ein wenig gemildert würde. Einstweilen nahm er aus einem Bockshorn etwas Pulver und streute es ihr in die Nasenlöcher. Wenigstens ihr Schlaf würde nicht von Träumen gequält werden.

Dann verließ er die Hütte. Ganz hinten im Anwesen, in der Nähe der Einfriedung, wo die Pferde ungeduldig mit den Vorderhufen scharrten, stand eine Baumgruppe, die von einem Baobab überragt wurde, dessen Äste voller Vögel waren. Kumaré ging dreimal um die Bäume herum und murmelte dabei Gebete. Nein, hier war die Nabel-

* »Herr des Komo«, also Hohepriester.

schnur nicht. Plötzlich tauchte ein Silberreiher auf, flog dicht über den Boden, stieg dann wie ein Pfeil in die Luft und ließ sich auf einer Tamarinde nieder, die ein paar Meter weiter direkt an der Mauer des Anwesens stand. Kumaré grüßte den Boten der Götter und Ahnen.

Nya schlief den ganzen Tag. Ein tiefer Schlaf wie der Schlaf der Kindheit. Als sie die Augen öffnete, war es schon dunkel. Ihr Schmerz war immer noch unverändert, aber stumm wie eine Gegenwart, die man nie loswird.

Ihr Sohn Naba war gestorben, das spürte sie, auch wenn sie weder Ort noch Umstände seines Todes kannte. Sie sah ihn wieder als Kind vor sich, immer in den Fußstapfen seines älteren Bruders. Dann als Jäger. Ihr Herz hatte jedes Mal gezittert, wenn Tiéfolo ihn mit in den Busch nahm. Oft waren sie wochenlang fortgeblieben. Und irgendwann hatten Pfiffe ihre Rückkehr angekündigt. Dann wurden noch dampfende Tiere abgezogen, Antilopen, Gazellen, Warzenschweine … Köpfe und Pfoten wurden Kumaré geschickt, der die Pfeile gefertigt hatte, während Nya den symbolischen Teil bekam, den Rücken der Tiere. Diese Zeiten waren vorbei. Diese Zeiten würden nie wieder kommen. Was für ein Schmerz für eine Mutter, nicht zu wissen, welche Erde den Leichnam ihres Sohnes bedeckte! Sie drehte sich auf die Seite, und die Frauen, die bei ihr wachten, bemühten sich um sie:

»Möchtest du ein wenig Hühnersuppe?«

»Ba, lass dich von mir massieren!«

»Ba, fühlst du dich besser?«

Sie nickte. In diesem Augenblick kam Diémogo in den Raum, und alle zogen sich zurück. Diémogo hatte Nya nie sonderlich gemocht, da er immer den Eindruck gehabt hatte, dass sie einen zu großen Einfluss auf Dusika ausübte. Und wenn der Familienrat die beiden zusammengebracht hatte, dann genau aus dem Grund, diese Spannung zu lösen und sie zu zwingen, ihre persönlichen Differenzen zu vergessen und nur an die Familie und den Clan zu denken. Bisher hatten sich ihre Kontakte jedoch auf ein Mindestmaß beschränkt, und Diémogo verbrachte nur bisweilen die Nacht mit ihr, um ihr eine allzu große Demütigung zu ersparen.

Aber jetzt war er auf einmal von einem Mitleid erfüllt, das an Liebe grenzte. Nya war immer noch schön. Von jener hochmütigen Schönheit der Kulubari, deren Totem der *mpolio** ist. Er legte ihr die Hand auf die Stirn und fragte: »Wie fühlst du dich?«

Sie lächelte flüchtig: »Meine Stunde ist noch nicht gekommen, *kokè*. Morgen werde ich dir wieder deinen Hirsebrei zubereiten können …«

So viel Sanftmut war er von ihr gar nicht gewöhnt, da sie ihn immer wie einen Feind empfangen hatte. Wohl zum ersten Mal betrachtete er ihren Körper mit Begierde. Ihre noch festen Brüste. Ihre breiten Hüften. Ihre langen Schenkel, die sich unter dem Wickeltuch abzeichneten. All das, was bisher Eigentum seines älteren Bruders gewesen war und nun ihm zustand. Denn jetzt war er hier der Herr. Herr der Ländereien. Der Tiere. Der Sklaven. Sein Herz, das sonst keinen Hochmut kannte, begann zu schwellen, und ein Rausch überkam ihn, der mit dem Verlangen verschmolz.

Inzwischen war es tiefe Nacht. Im Anwesen waren alle Geräusche verstummt bis auf das Weinen eines Kindes, das sich noch weigerte einzuschlafen, weil der Schlaf das Ende der Spiele bedeutete. In der Ferne hörte man eine Trommel. Überrascht über die stürmische Reaktion seines Gliedes, ließ sich Diémogo neben Nya nieder. Es war, als

* Ein Fisch des Joliba.

sei jemand anders in seine Haut geschlüpft und habe sein Herz und sein Glied in Besitz genommen. Er streckte sich aus und flüsterte: »Lass mich bei dir schlafen. Die Wärme eines Mannes ist immer noch das beste Heilmittel.«

Sie wandte sich ihm zu und gab sich ihm mit einer Ungezwungenheit hin, die er nie bei ihr vermutet hätte. Ein wenig schüchtern streichelte er ihre Brüste und stellte fest, dass sie brennend heiß und voller Erwartung waren. Da drang er in sie.

So fand Nabas umherirrende Seele in dieser Nacht dank Kumaré den Weg in den Leib seiner Mutter zurück.

DRITTER TEIL
Der böse Tod

1

Was für ein scheußliches Wetter! Seit Wochen, wenn nicht seit Monaten, regnete es. Die Wipfel der Bäume reckten sich näher, immer näher an den niedrigen Himmel heran, der schwärzlich war wie der Topfdeckel einer schlechten Hausfrau, während sich die Wurzeln immer tiefer in den Bauch der fetten, weichen, schlammigen Erde bohrten. Der Morgen glich dem Mittag oder dem Abend, denn die Sonne zeigte sich nicht. Kraftlos räkelte sie sich hinter dikken Wolkenwänden und antwortete nicht auf den Ruf von den Stößeln der Frauen. Malobali ging in eine der Hütten, die schnell aus Zweigen erbaut worden waren, und fragte seine Gefährten: »Müssen wir uns denn nicht wieder auf den Weg machen?«

Einer der Männer hob den Kopf und sagte: »Immer mit der Ruhe, Bambara! Du leitest doch diese Eskorte nicht, oder irre ich mich da?«

Eigentlich hatte der Mann ja Recht. Seufzend setzte sich Malobali wieder, wühlte in seinen Taschen nach einer Kolanuss und fragte, als er keine fand: »Hat jemand etwas Tabak oder eine Kolanuss?«

Einer der Männer reichte ihm einen Tabaksbeutel.

Malobali und seine Gefährten trugen Stoffjacken, die mit allen möglichen Amuletten und moslemischen Talismanen in dreieckigen Ledersäckchen behängt waren, Baumwollhosen mit Riemen aus Tierschwänzen in Gürtelhöhe, und ihre Füße steckten in hohen Lederstiefeln, die früher einmal rot gewesen waren, inzwischen aber hässliche Flecken hatten und vor Schmutz starrten. Da sie in der Hütte waren, hatten sie ihre Affenfellmützen abgesetzt, die von einem mit Kaurimuscheln besetzten Riemen gehalten wurden. Sie bildeten ein Corps der Truppe des Aschantihene, des Herrschers des Aschanti-Reiches. Malobali rauchte eine Weile, rollte sich dann auf dem Boden zu einer Kugel zusammen und versuchte zu schlafen. Die feuchte Luft in der Hütte verdichtete sich noch durch die Schweiß- und Schmutzausdünstungen dieser ungewaschenen Körper. Doch Malobali verachtete seine Gefährten nicht, auch wenn sie schmutzig waren: Er war genauso wie sie. Er hatte schon fast die Zeit vergessen, da er noch ein umsorgtes Kind in Nyas Hütte gewesen war, der Sohn eines Adligen, eines mächtigen Mannes. Er war nur noch ein Söldner, der sich dem Aschantihene verdingt hatte und dafür Verpflegung, Unterkunft und hin und wieder einen Teil der Kriegsbeute bekam. Er war gewiss nicht der Einzige, dem es so erging. Die Heere des Herrschers umfassten sechzigtausend Mann, Gefangene, Zinspflichtige und Fremde jeglicher Herkunft, die nicht aus dem Volk der Aschanti stammten. Diese Heere hatten alle Nachbarstaaten des Aschanti-Reiches unterworfen: Gondscha und Dagomba im Norden, Gyaman im Nordosten, Nzema im Südosten, und sie hatten sogar den Volta überschritten, um Akwamu und Anlo zu unterjochen. Das einzige Volk, das sich lange der Hegemonie der Aschanti widersetzen konnte, waren die Fante, die an der Küste starke Unterstützung von den Engländern erhielten, aber auch sie waren schließlich besiegt worden.

Malobali konnte nicht einschlafen. Er stand auf, ging hinüber zu seinem Freund Kodscho, der ihm den Tabaksbeutel gereicht hatte, und sagte: »He, steh auf. Lass uns mal ein bisschen durch den Wald streifen. Vielleicht läuft uns ein Tier über den Weg …«

Kodscho blinzelte und fragte: »Hat es aufgehört zu regnen?«

»Was glaubst du wohl! Wann hört es in diesem unseligen Land je auf zu regnen!«

Die Stimme eines Mannes sagte: »Wenn du dieses Land nicht magst, Bambara, dann geh doch. Niemand hält dich hier zurück. Geh nach Hause, in dein Land!«

Aber das war nur ein Scherz. Ohne darauf zu antworten gingen Malobali und Kodscho nach draußen. Der Wald um sie herum war so dicht, dass es fast dunkel war. Alle möglichen Pflanzen wuchsen dort in wildem Durcheinander, von riesigen Farnkräutern und Bambus auf Moos- und Pilzteppichen bis zu Irokobäumen, deren Wipfel ein nur selten durchbrochenes Gewölbe bildeten. Bei jedem Schritt stieß man gegen Lianen, die in verworrenen Windungen die Stämme erklommen, und Schlingpflanzen mit Ranken und Widerhaken, die ebenso gefährlich waren wie Fallen. Anfangs hatte Malobali diese finstere Welt voller Fäulnis- und Todesgeruch gehasst. Auch heute bedrückte sie ihn noch, denn an jeder Wegbiegung glaubte er auf die Unheil bringende Erscheinung eines wütenden Geistes zu stoßen. Er, der am liebsten an nichts geglaubt hätte, überraschte sich dabei, wie er die Gebete murmelte, die Krankheit oder gewaltsamen Tod abwenden. Kodscho bückte sich, um riesige Schnecken mit violettem Fleisch aufzusammeln, die man in dieser Gegend sehr gern aß, vor denen sich aber Malobali zutiefst ekelte. Kodscho war ein Abron aus dem Gyaman-Reich, das fast hundert Jahre zuvor unter die Herrschaft der Aschanti geraten war. Seine Mutter war jedoch eine Goro, und sie hatte ihm daher auch eine Sprache beigebracht, die nicht sehr viel anders war als Malobalis Muttersprache. Das hatte die beiden zu Anfang einander näher gebracht. Und dann hatten sie festgestellt, dass sie eine gemeinsame Einstellung verband, eine fast von Hass geprägte Verachtung gegenüber den Menschen. Kodscho setzte sich auf eine Baumwurzel, einen riesigen Auswuchs, der sich wenige Schritte weiter in das Erdreich bohrte, hob den Kopf und sagte: »Eins musst du wissen. Falls wir wirklich bis Cape Coast kommen, gehe ich nie nach Kumasi zurück ...«

Malobali ließ sich neben ihm nieder und rief: »Bist du verrückt?«

»Nein. Ich habe einen Plan vollständig hier drin ausgearbeitet ...«

Dabei schlug er sich viel sagend an die Stirn, bevor er fortfuhr: »Die Zukunft liegt an der Küste. Bei den Engländern, den Weißen. Haben sie nicht dafür gesorgt, dass sich die Fante so lange den Aschanti haben widersetzen können? Sie haben Waffen, sie haben Schiffe, die übers Meer fahren, sie haben Geld, und sie kennen neue Pflanzen ... Der Aschantihene Osei Bonsu zittert vor ihnen und versucht, ihre Gunst zu gewinnen ...«

Malobali starrte seinen Gefährten verblüfft an: »Erzähl mir nicht, dass du in den Dienst der Weißen treten willst!«

Kodscho pflückte eine wilde Beere und nagte daran: »Ich will ihre Geheimnisse kennen lernen ... Ich will schreiben lernen ...«

Malobali zuckte die Achseln: »Werd doch Moslem, dann lernst du genauso gut schreiben!«

Da Kodscho merkte, dass kein Gespräch darüber möglich war, stand er auf und ging weiter. Wortlos folgte ihm Malobali eine Weile, ganz in seine Gedanken versunken. Dann rief er: »Im Übrigen werden sich deine Engländer nicht um dich kümmern, wenn du nicht ihren Glauben annimmst ...«

Kodscho wandte, den Kopf und sagte: »Nun, dann lasse ich mich eben bekehren ...«

Wenn Malobali das Wort »Bekehrung« hörte, musste er sofort an Tiékoro, seinen verhassten Bruder, denken. Tiékoro war dafür verantwortlich, dass er dieses Leben hier führte. Denn Tiékoro hatte ihn aus Segu vertrieben, das war so sicher, als habe er ihm den Befehl dazu erteilt.

Nach Nadiés Selbstmord hatte auch Tiékoro eine Weile zwischen Leben und Tod geschwebt. Aber dann war er genesen. Doch statt demütig weiterzuleben, hatte er sich mit der Prüfung, die ihm das Schicksal auferlegt hatte, vor aller Welt geschmückt. Ach, was hatte er gelitten! Und warum? Weil er ein elender Sünder war. Aber er war entschlossen, in Zukunft Buße zu tun. Ganz in Weiß gekleidet, mit einer Gebetsschnur in der Hand oder um das Handgelenk gewickelt, ließ er sich auf seiner Matte nieder und verließ sie nur, um in die Moschee zu gehen. Sehr bald kamen die Leute in Strömen zu ihm und baten ihn, für sie zu beten, ihnen einen Rat zu geben oder nur die Hände aufzulegen. Sein Ruf als Heiliger hatte sich verbreitet, ohne dass man wusste wie, und hatte schließlich Dschenne, Timbuktu und Gao erreicht ... Er war selbst Amadu Hammadi Bubu zu Ohren gekommen, der inzwischen den Titel Cheikh angenommen hatte und sich eine Stadt namens Hamdallay hatte erbauen lassen. Amadu Hammadi Bubu hatte Tiékoro folglich dorthin eingeladen, um mit ihm zu besprechen, wie sich die Bambara am besten zum Islam bekehren ließen.

Eines Morgens hatte Tiékoro wie gewöhnlich einer Hand voll Gläubigen gepredigt: »Gott ist Liebe und Macht. Die Schöpfung der Lebewesen entspringt seiner Liebe und nicht irgendeinem Zwang. Wer verachtet, was vom göttlichen Willen aus Liebe geschaffen worden ist, stellt sich gegen den göttlichen Willen und bestreitet seine Weisheit.«

Der Klang dieser Stimme hatte in Malobali einen solchen Zorn und Ekel hervorgerufen, dass er sich aufs Pferd geschwungen und Segu verlassen hatte. Zunächst hatte er nur vorgehabt, sich nach Tenenku zu seiner Mutter zu begeben. Mit ihr hatte er auch eine Rechnung zu begleichen! Und dann hatte er Kolanusshändler getroffen, die nach Salaga zurückkehrten, und er hatte sich ihnen angeschlossen. Und so war er schließlich als Söldner in der Armee des Aschantihene gelandet.

Sich bekehren lassen! Die Götter seiner Väter und damit die gesamte Kultur, die sie geschaffen hatten, zu verleugnen, war in Malobalis Augen ein Verbrechen, das keine Vergebung verdiente, das er nie begehen würde, nicht einmal unter der Folter. War Siga nicht aus Fes zurückgekommen, ohne von seinem alten Glauben abgelassen zu haben? Als Malobali an Siga dachte, besänftigte sich sein Herz. Vielleicht hätte er ihn zurate ziehen sollen, bevor er sich in dieses Abenteuer stürzte? Egal, jetzt war es für jede Reue zu spät.

Sie gelangten an eine kleine Lichtung, die mit Yamswurzeln und Süßkartoffeln bepflanzt war. Es war das erste Zeichen menschlichen Lebens, auf das sie in den vier Tagen gestoßen waren, seit sie Kumasi verlassen hatten. Sie stürzten los und wühlten bedenkenlos diese Knollen, die ihnen nicht gehörten, aus der Erde, als ein junges Mädchen mit einem Korb in der Hand auftauchte. Es war noch sehr jung, mit kleinen, aber bereits runden Brüsten und sehr langen Beinen. Mit zarter Stimme befahl es: »Lasst das. Oder gebt uns Kaurimuscheln dafür …«

Malobali begann zu lachen: »Warum sagst du uns, wenn ich nur dich hier sehe?«

Das Mädchen zeigte auf einen Weg und sagte: »Unser Dorf ist nicht weit von hier.«

»Warum hast du dann solche Angst?«

Während Kodscho sich grinsend auf eine Baumwurzel setzte, ging Malobali auf das Mädchen zu. Hübsch. Eine Haut wie schwarzer Bernstein. Auf den Wangen die zarten

Linien der Stammesmerkmale. Malobali spürte, wie sich das Verlangen in ihm regte, und fragte: »Wie heißt du?«

Sie zögerte und sagte: »Ayaovi ...«

Dann drehte sie sich rasch um und lief davon. Malobali rannte hinter ihr her. Zunächst hatte Ayaovi bei Malobali nur das unbestimmte und leicht zu beherrschende Gefühl erzeugt, das er immer empfand, wenn er vor einem jungen, hübschen Mädchen stand. Aber diese Verfolgungsjagd steigerte sein Verlangen. Ayaovi rannte, und ihr nacktes Hinterteil wackelte hin und her, während das Wasser, das ihr den Rücken hinablief, ihrer Haut besondere Schattierungen verlieh. Sie verschwand hinter einem Baum, tauchte zwischen zwei Farnen wieder auf und stolperte über eine Liane. Malobali warf sich in einem Humusbett auf sie. Als sie unter ihm lag und er an ihren zierlichen Formen merkte, wie jung sie noch war, war seine erste Reaktion, sie mit dem bloßen Schrecken davonkommen zu lassen.

Sie begann jedoch, ihn mit einem solchen Schwall von Worten zu beschimpfen, dass sein Ohr, dem das Twi* noch nicht vertraut genug war, nur wirre Laute vernahm. Das ärgerte ihn. Er wollte sie gerade ohrfeigen, um sie zum Schweigen zu bringen, als sie gelenkig wie eine Schlange den Kopf hob und ihm ins Gesicht spuckte. Das war zu viel. Dafür musste er sie bestrafen, und ihm stand nur ein Mittel zur Verfügung. Als er ihr roh die Beine auseinander schob, dachte er daran, dass sie vermutlich noch nicht geschlechtsreif war, und wurde sich der Ungeheuerlichkeit seiner Verfehlung bewusst. Aber sie sah ihn voller Herausforderung an, was für ein Mädchen ihres Alters eher erstaunlich war. Da drang er in sie. Sie schrie auf, und Malobali wusste, dass ihm dieser Schrei bis zu seinem letzten

* Die Sprache der Aschanti.

Tag in den Ohren gellen würde. Der Schrei eines Kindes in Todesangst. Der Schrei eines Kindes, das die Götter für die Grausamkeit der Erwachsenen als Zeugen anruft.

Malobali spürte, wie sich unter seinem plötzlich regungslos gewordenen Glied eine Blutlache ausbreitete. Fast wäre er aufgestanden und hätte das Mädchen angefleht, ihm zu verzeihen, aber eine böse Macht, deren Herkunft er nicht kannte, überwältigte ihn. Nicht ohne Schwierigkeiten drang er tiefer in sie ein. Anschließend blieb er unbeweglich liegen und wagte es nicht, sie anzusehen. Eine Hand klopfte ihm auf die Schulter. Es war Kodscho, der flüsterte: »Ich hoffe, du vergisst die Freunde nicht …«

Malobali überließ ihm den Platz.

Im Gegensatz zu all den Feldzügen, die in den vorangegangenen Jahren unternommen worden waren, insbesondere gegen die Fante, hatte die Expedition, an der Malobali teilnahm, ein friedliches Ziel. Es ging darum, einen Weißen namens Wargee nach Cape Coast zu begleiten. Dieser Wargee war nach einer unglaublichen Reise, die ihn von Istanbul über Tripolis, Murzuk, Kano, Timbuktu, Dschenne in die Handelsstadt Salaga und von dort nach Kumasi, der Hauptstadt des Aschanti-Reiches geführt hatte, schließlich zum Hof des Aschantihene gelangt. Der Aschantihene Osei Bonsu, der für seine ausgesuchte Höflichkeit Fremden gegenüber bekannt war, ließ Wargee unter guter Bewachung an die Küste geleiten, um ihm mögliche Unannehmlichkeiten zu ersparen. Dort würden die Engländer ihm helfen, nach Hause zurückzukehren. Woher kam dieser Wargee? Warum war er in Afrika? Weder Malobali noch seine Gefährten interessierten sich dafür. Sie erfüllten nur ihren Auftrag und hielten sich in gegenseitigem Einvernehmen von diesem Mann fern.

Für Malobali, der vorher nie einen Weißen erblickt hatte, wenn man von den Mauren absieht, die er auf allen Handelswegen getroffen hatte, bildeten Wargee und seinesgleichen eine besondere Gattung, die ebenso rätselhaft und ränkesüchtig war wie Frauen oder Tiere. Er verstand die Leute nicht, die die Weißen wegen ihrer außerordentlichen Errungenschaften bewunderten, denn er witterte in alldem eine Gefahr, die weit schlimmer war als Fulbe und sämtliche Moslems zusammen.

Als Malobali und Kodscho zur Hütte zurückkamen, war es finstere Nacht. Die anderen Soldaten hatten ein Feuer angezündet, das mehr Rauch als Licht und keinerlei Wärme verbreitete, denn das Holz war feucht. Einer von ihnen fragte: »Nun, was habt ihr mitgebracht?«

Kodscho leerte seine Tasche: einige Schnecken, die sich in ihre dicken schwärzlichen Häuser zurückgezogen hatten, und ein paar Süßkartoffeln. Jemand lachte: »Da haben wir ja ein gutes Essen in Aussicht!«

Kodscho setzte sich und sagte geheimnisvoll: »Vielleicht haben wir noch bessere Beute gemacht ...«

Bei diesen Worten horchten die auf, die vor sich hindösten, und die Männer, die sich hinten in der Hütte herumräkelten, kamen näher, während Kodscho Ayaovis Reize im Einzelnen zu beschreiben begann. Das machte Malobali wütend, den die Scham über seine Tat noch bedrückte. Unwirsch rief er: »Sei still, Kodscho. Es gibt Dinge, mit denen man nicht prahlen soll!«

Dann ging er erneut nach draußen. Hinter seinem Rükken hörte er die Kommentare: »Der Bambara ist verrückt!«

Seit Malobali Segu verlassen hatte, bestand sein Leben aus einer einzigen Folge von verwerflichen Taten. Nicht etwa, weil er die Feinde des Aschantihene tötete oder gefangen nahm. Nein, Krieg ist Krieg, und dafür wurde er bezahlt. Aber die Waffen wurden zu oft gegen Unschuldige gerichtet. Mit Kodscho und einigen anderen gingen sie sogar in Aschanti-Dörfer, wo friedliche Bauern ihnen die Schlammkrusten von den Stiefeln entfernten, während die Frauen Kochbananen für das *fufu** stampften. Aus reiner Lust, es den Göttern gleichzumachen, vergewaltigten, stahlen und brandschatzten sie und verwandelten das Glück und die Ruhe des vorangegangenen Augenblicks in Verzweiflung. Eines Tages hatten sie einen Greis ermordet, nur weil sie sein Gesicht unter dem Rotz der Angst zu hässlich gefunden hatten. Plötzlich erfüllte ihn seine frühere Haltung mit Ekel. Aber was sollte er tun? Nach Segu zurückkehren?

Der Regen, der einen Augenblick aufgehört hatte, fiel jetzt wieder in dicken, heißen und zugleich erfrischenden Tropfen. Malobali sah Ayaovis Gesicht wieder vor sich. Wie alt mochte sie sein? Nicht älter als zehn oder elf Jahre. Gewöhnlich dachte Malobali nicht mehr an seine Opfer, sobald er sie vergewaltigt hatte. Warum jetzt diese Scham und Reue? Er ging ohne ein bestimmtes Ziel durch den Regen und stieß in der Dunkelheit auf einen Mann. Er erkannte den Safohene, den Hauptmann der Eskorte. Dieser rief: »Ah, der Bambara! Teil den Männern mit, dass wir bei Morgengrauen aufbrechen …«

Malobali spottete: »Es wurde auch allmählich Zeit! Noch ein paar Tage, und wir hätten hier Wurzeln geschlagen wie eine Pflanze …«

Diese Bemerkung missfiel dem Hauptmann, der sich schon oft über Malobalis Verhalten geärgert hatte. Er drehte sich auf dem Absatz um und sagte barsch: »Vergiss nicht, dass ich hier die Befehle gebe. Der Weiße, den wir begleiten müssen, ist sehr alt. Ihm fällt das Gehen im Wald sehr schwer …«

* Eine Art Brei, der im Mörser zubereitet wird.

Es war nicht gerade leicht, das stimmte! Die Soldaten mussten mit Äxten die Gräser, Lianen und riesigen Wurzeln beseitigen, die ihnen den Weg versperrten. Manchmal versanken sie bis zu den Knien im schwammigen Boden, und nur die Seile, die sie miteinander verbanden, verhinderten, dass sie völlig stecken blieben. Ganz zu schweigen von den Reptilien und den Insekten, die sich gierig wie Blutegel auf Gesicht, Hals und Schultern festsetzten. Zu anderer Zeit hätte Malobali dieser Zurechtweisung keinerlei Beachtung geschenkt, aber an jenem Abend wirkte sie richtig erniedrigend auf ihn. Er ging zurück zur Hütte.

Die Männer rösteten gerade die Kartoffeln in der heißen Asche und grillten das zähe Schneckenfleisch über der Glut, nachdem sie es auf Spieße geschoben hatten. Kürbisflaschen mit Palmwein machten die Runde.

Malobali setzte sich in eine Ecke, den Rücken gegen die feuchte Wand. Wie lange würde er noch dieses stumpfsinnige, rohe Dasein ertragen können? Und dieses karge Essen? Und diese vulgären Scherze?

Als Kodscho zu ihm kam, flüsterte er: »He, mein Freund, erzähl mir doch von deinem schönen Plan …«

Kodscho lachte: »Ich wusste doch, dass meine Geschichte dich interessieren würde! Im Fort von Cape Coast liegt eine Garnison von gut ausgebildeten Männern, die nur darauf warten, die Aschanti anzugreifen. Wir können ihnen unsere Dienste anbieten …«

»Du meinst, Verrat begehen?«

Kodscho fegte das Wort mit einer Handbewegung weg: »In der Stadt und ihrer Umgebung gibt es Priester, Missionare werden sie genannt, die auf ihren Feldern Leute beschäftigen, denen sie auch Lesen und Schreiben beibringen. Man hat mir sogar erzählt, dass sie den einen oder anderen zum Studium nach England schicken. Wenn du willst, können wir es da versuchen …«

Da Malobali nicht sehr begeistert zu sein schien, fuhr Kodscho fort: »Oder wir können Handel treiben ...«

Diesmal spottete Malobali: »Und womit? Die Engländer wollen doch keine Sklaven mehr ...«

Kodscho zuckte die Achseln und entgegnete: »Aber es bleiben immer noch die Franzosen, die Portugiesen und die Holländer ... Man muss nur listig sein, das ist alles ... Oder wir könnten mit Palmöl handeln. Die Weißen benutzen es, um ihre Seife herzustellen ... Oder mit Fellen. Oder mit Stoßzähnen von Elefanten ...«

Malobali hörte völlig verblüfft zu und fragte sich, wie Kodscho, den er für ebenso leichtfertig und genießerisch gehalten hatte wie sich selbst, sich das alles hatte ausdenken können. Auf einmal empfand er eine Art Respekt vor ihm, der ihm sonst eher fremd war. Im Gegensatz dazu kam er sich begriffsstutzig vor, und seine Selbstverachtung wurde dadurch noch größer. Er drehte sich der Wand aus Schlamm und Zweigen zu, in deren Spalten es von Insekten wimmelte, und versuchte, Schlaf zu finden. Aber er fand nur Ayaovi. Was für eine dumme und überflüssige Tat! In dem Augenblick, als er in sie drang, hatte sich sein Glied beinah geweigert, und er hatte es anspornen müssen wie ein widerspenstiges Pferd, indem er an ihre Beschimpfungen dachte. Er stellte sich ihre Tränen und ihren keuchenden Bericht vor, nachdem sie in ihr Dorf zurückgekehrt war. Aus ihrer Beschreibung würde ihre Familie entnehmen, dass es sich um Männer des Aschantihene handelte, und sie würde entsetzt auf Vergeltung verzichten. Auch dieses Verbrechen würde also ungesühnt bleiben. O ja, ein neues Leben anfangen! Sich an der Küste niederlassen! Sich an der Küste niederlassen, warum eigentlich nicht?

Malobali schmiegte sich an die Wand. Auf die Blätter des Daches trommelte sanft der Regen.

2

Im Juni 1822 galt die Stadt Cape Coast bei manchem als schönste Stadt an jenem Teil der afrikanischen Küste, den man Goldküste nannte. Die breiten, gepflegten Straßen von Cape Coast waren von prunkvollen Steinhäusern gesäumt, in denen englische Händler lebten, die sich schon vor Jahrzehnten dort niedergelassen hatten, während die einheimische Bevölkerung eine Art Vorstadt bewohnte, die mit ihren Lehmhütten unter Raphia- und Kokospalmen ebenfalls einen gewissen Reiz hatte. Aber das eindrucksvollste Gebäude war ohne Zweifel das Fort. Es hatte zehnmal den Eigentümer gewechselt und war durch die Hände der Schweden, Dänen und Holländer gegangen, bevor die Engländer es endgültig besetzten. Umgeben von einer dicken Mauer, hatte es die Form eines Dreiecks, von dem zwei Seiten zum Meer hin lagen und die Umgebung aus den schwarzen, unbeweglichen Augen ihrer siebenundsiebzig Kanonen überwachten, die zwar von der Seeluft angefressen, aber noch schussbereit waren. Bis vor kurzem hatten die Engländer ihre Sklaven im Fort untergebracht, bevor diese nach Nord- oder Südamerika verschifft wurden, und es nur verlassen, wenn die Schiffe anlegten, um mit den Küstenbewohnern, besonders den Fante, Handel zu treiben. Nach und nach hatten sie an Einfluss gewonnen und sich zu den Beschützern der Fantes gegen deren Feinde aus dem Landesinnern, den Aschanti, erhoben. Das hatte jedoch die Aschanti nicht daran gehindert, die Gegend zu unterwerfen und einen Statthalter des Aschantihene dort anzusiedeln. Seit die Engländer den Sklavenhandel abgeschafft hatten, warteten sie voller Ungeduld in ihrem Fort darauf, dass die Krone entschied, welche Art von Beziehung sie zu den neuen Herren, den Aschanti, zu unterhalten gedachte. Warum griff man diese Barbaren nicht an? Warum besetzte man nicht die ganze Gegend, um ungestört Handel treiben zu können,

Das war zumindest die Ansicht des neuen Gouverneurs des Forts, MacCarthy, und als man ihn von der Ankunft eines kleinen Trupps von Aschanti-Kriegern unterrichtete, war er nicht abgeneigt, die Kanonen einzusetzen. Was ihn jedoch davon abhielt, war die Mitteilung, dass sich in ihren Reihen ein bejahrter Weißer befand, der die Uniform der königlichen Afrika-Gesellschaft trug. Misstrauisch gab er den Wachen den Befehl, nur dem alten Mann, einem Dolmetscher und dem Safohene Einlass zu gewähren. Malobali und Kodscho suchten unterdessen nach einer Taverne, um sich zu stärken. Nach der Feuchtigkeit des Waldes kam ihnen die Luft am Meer trocken vor. Sie überzog die Lippen mit einer dünnen Kruste, die den Durst anregte, und trieb seltsamerweise das salzige Wasser der Tränen in die Augen. Die Taverne befand sich in einem Backsteingebäude unter Kokospalmen, das Malobali sehr fein vorkam. Vor allem gab es dort eine große Auswahl an Getränken: Gin, Rum, Schnaps und französische Weine.

Der Wirt war ein Mulatte, von denen es an der Küste wimmelte, seit die Europäer dort immer zahlreicher geworden waren. Zu Anfang waren die Dänen, Schweden oder Engländer eine Art Ehe mit den afrikanischen Frauen eingegangen und hatten ihre Kinder, besonders die Söhne, zur Ausbildung in ihr Land geschickt. Dann hatte diese Gewohnheit solche Ausmaße angenommen, dass die Männer bestenfalls der Mutter noch eine Unterhaltszahlung leisteten. Der Wirt füllte die Kalebassen bis zum

Rand und fragte: »Wer ist denn der Weiße, den ihr begleitet habt?«

Malobali zuckte die Achseln und ließ Kodschu erklären:

»Er soll in einem Land geboren sein, das Kisliar heißt und als Sklave verkauft worden sein …«

»So, so, Weiße werden also auch als Sklaven verkauft?«

Kodscho ging zu dem Tisch, an dem Malobali Platz genommen hatte. Die Taverne war zum Strand hin offen, wo hier und dort auf dem weißen Sand verfaulte Palmenstämme und Reste von Fischerbooten herumlagen. Auf der Reede ankerte ein europäisches Schiff, das von einer ganzen Flotte von Booten einheimischer Händler umgeben war. Man konnte die Berge von rot, grün, weiß und blau gestreiften Tuchballen erkennen, die aufgereihten Messing- oder Korallenarmbänder, die Alkoholfässer und all jene scheinbar belanglosen Dinge, um die sich die Menschen schlugen. Kodscho gab dem Wirt ein Zeichen, ihre Kalebassen erneut zu füllen, und als sich der Mann zu ihnen hinunterbeugte, fragte er ihn: »Du bist doch zur Hälfte weiß und kennst sicher die Geschäfte der Weißen …«

Der Wirt lachte: »Das kommt darauf an …«

»Arbeit zum Beispiel. Wir haben genug von der Armee …«

Der Wirt blickte aufs Meer und runzelte die Brauen: »Alles strömt zur Küste und will für die Weißen arbeiten. Das wird schwierig. Da ist natürlich die Mission. Ihr scheint mir etwas zu alt zu sein, um Katecheten zu werden. Aber ihr könnt es ja versuchen.«

Malobali bemühte sich, seinen Widerwillen zu unterdrücken, als der Mann bemerkte: »Du bist doch bestimmt kein Aschanti. Du siehst mir ganz wie ein Fulbe aus …«

Malobali hasste es, wenn man ihn an seine Fulbe-Mutter erinnerte, die ihn, wie er glaubte, verlassen hatte. Er verzog das Gesicht, während ihm Kodscho besänftigend zuflüsterte: »Wer weiß, vielleicht findest du dadurch leichter eine Arbeit!«

Die Engländer und die Fante hatten allerdings derartige Intrigen geschmiedet, dass der bloße Name Aschanti vom Ankobrafluss bis zum Volta verhasst war! Hinzu kam, dass der Aschantihene nicht gerade zartfühlend mit den unterworfenen Völkern umging: Er zwang ihnen eine hohe Besteuerung auf und schikanierte und demütigte sie, wo es nur ging.

Kodscho und Malobali beschlossen, sich die Sache einmal anzusehen.

Von den Methodisten angefacht, wehte ein Wind der Missionierung über Cape Coast. Der Bekehrungseifer, der früher einmal auf das Innere des Forts und das gute Dutzend Mulattenkinder beschränkt gewesen war, das das Personal durchschnittlich im Jahr hervorbrachte, richtete sich jetzt auf die einheimische Bevölkerung. Eine riesige Steinkirche erhob sich im Stadtzentrum, während die Mission auf der Straße nach Elmina eher versteckt lag. Allerdings machte sie nicht gerade einen großartigen Eindruck. Es war ein rechteckiges Gebäude mit einem Strohdach und einem kleinen Vorgarten, in dem Gemüse und Blumen wuchsen. Unter einem Vordach maß und zersägte eine Hand voll Jungen Holzblöcke, während ein Chor dünner Stimmen ein unverständliches Lied sang und ein Heer von schwarzen Schweinen mit den Rüsseln den Boden durchwühlte.

Die Anwesenheit zweier Aschanti-Krieger vor seiner Tür hatte den Missionar offensichtlich stutzig gemacht, denn er tauchte auf der Veranda auf. Zur Verblüffung der beiden war er ein Mulatte. Er trug ein Gewand aus dickem schwarzen Stoff und um den Hals eine Art Rosenkranz, der in einem großen Holzkreuz endete. Aber ein Mulatte!

Malobali und Kodscho wechselten einen Blick. Nein, mit diesem Mann, der zur Hälfte schwarz war, hatten sie nichts im Sinn. Die Sache war klar: Sie drehten sich auf dem Absatz um und entfernten sich.

Wie berauschend es war, in der Uniform des Eroberers durch eine Stadt zu gehen! Die Händler schützten ihre Waren; die Männer ihre Frauen, die sich am liebsten hingegeben hätten. Die Kinder stürzten kreischend und klatschend aus den Anwesen. Doch dies alles, das Malobali früher begeistert hätte, ließ ihn jetzt gleichgültig. Wenn er sich umblickte, war er keineswegs von Cape Coast beeindruckt und verachtete diese Stadt ohne Vergangenheit und Tradition beinahe. Der Wille der Weißen hatte sie entstehen lassen, denn die Portugiesen hatten diesen Ankerplatz geschätzt, den sie Cabo Corso nannten, und die anderen Europäer hatten sich anschließend darum geschlagen, dort ihr Fort aufzubauen. Und so hatte sich die Stadt ohne Stadtmauern ausgebreitet, ohne jedes Geheimnis mit ihren rechtwinkligen Straßen und Handelsgebäuden, offen und sich darbietend wie die Mädchen, die die Weißen sich nahmen, schwängerten und wieder verließen. War das eigentlich eine richtige Stadt? Nein, es war nur ein einziges Warenlager, das für alle Zeiten vom entehrenden Stempel des Menschenhandels geprägt war. Da der Hauptmann die Kompanie entlassen hatte, begaben sich Malobali und Kodscho zum Statthalter des Aschantihene, Owusu Adom, der den Auftrag hatte, die Beschlüsse des Aschanti-Herrschers auszuführen. Owusu Adom war von königlichem Geblüt, denn er war der Neffe des Aschantihene, und als solcher lebte er umgeben von einem großen Hofstaat. Er besaß einen eigenen heiligen Schemel, das Symbol seiner Autorität, und in seiner behelfsmäßigen Unterkunft bemühten sich ständig Fächer-, Zepter-, Elefantenschwanz-, Hängematten- und Schwertträger, Dolmetscher, Eunuchen, Köche und Musiker um ihn und versuchten, die Atmosphäre des königlichen Palastes, in dem er aufgewachsen war, zu schaffen. Sein Hauptmann Amacom wies den beiden Männern den Weg zu einer Baracke, wo der Rest der Truppe bereits versammelt war. Alle waren in fröhlicher Stimmung, denn Amacom hatte Kalebassen mit Palmwein und Schüsseln mit *fufu* und einer Soße mit rotem Öl servieren lassen. Während Malobali sich die Hände wusch, spottete er: »Das ist nun das Ende unserer schönen Pläne!«

Kodscho hob den Blick zum Himmel und entgegnete: »Glaubst du, ich lasse mich so leicht entmutigen? Es gibt doch auch bestimmt Missionare, die nicht nur zu einer Hälfte weiß sind. Wenn nicht, dann versuchen wir es mit etwas anderem.«

Unterdessen war in Kumasi am Hof des Aschantihene Audienztag.

Der Aschantihene Osei Bonsu, der die Nachfolge seines älteren Bruders Osei Kwame angetreten hatte, nachdem der Rat diesen wegen seiner Sympathien für den Islam abgesetzt hatte, war ein kräftiger Mann von kleiner Statur mit auffallend schönen Augen, die vor Intelligenz funkelten. Er saß auf seinem Thron und hatte neben sich den goldenen Schemel, das Symbol des Aschantireichs, der mit drei großen und drei kleinen Glocken aus Gold und Messing verziert war. Osei Bonsu war in ein Kente gehüllt, ein prachtvolles, gewebtes Wickeltuch, das eine Schulter frei ließ, und seine Füße steckten in breiten Sandalen, denn sie durften nie den Boden berühren. An Armen und Knöcheln trug er breite, fein ziselierte Goldreifen, die die unterschiedlichsten Tiere darstellten. Ketten, goldener Brustschmuck und eine Fülle von moslemischen Amuletten in Lederhüllen schmückten seinen glatten

Hals, der gerade wie ein Baumstamm war. Er war von Hohepriestern umgeben, während zwei Diener mit großen Fächern aus Straußenfedern ihm Luft zuwedelten. Osei Bonsu hörte mit größter Aufmerksamkeit seinem obersten Chronisten zu, der ihm die Worte eines Dorfältesten aus der Gegend von Bekwai vortrug. Dieser hatte sich respektvoll zu Füßen der Estrade in den Staub geworfen.

Ein schweres Verbrechen war geschehen.

Ein noch nicht geschlechtsreifes Mädchen war vergewaltigt worden, als es zum Feld seiner Eltern in den Wald gegangen war. Unter anderen Umständen hätten die Eltern des Opfers vielleicht geschwiegen, denn der Schuldige war ein Soldat der mächtigen Armee des Aschantihene. Aber dieses Mädchen, Ayaovi, war ihr einziges Kind, das nach dem Tod von sechs Brüder und drei Schwestern geboren war, das einzige Kind, das die Götter ihnen nicht genommen hatten. Daher forderten sie, dass der Gerechtigkeit Genüge getan würde. Als der oberste Chronist verstummte, fällten die Hohen Priester unverzüglich ihren Urteilsspruch. Diese Tat war ein Vergehen gegen die Erde selbst. Wenn sie nicht bestraft wurde, würde die Erde ihnen keine Ruhe mehr lassen. Die Jäger würden keine Beute mehr machen, und die Ernten würden nicht mehr reifen. Chaos würde ausbrechen.

Wer war der Schuldige?

Der Kontihene, der Oberbefehlshaber der Truppen, trat vor. Nach der Beschreibung, die das Kind gegeben hatte, handelte es sich um einen Soldaten, der kein Aschanti zu sein schien, sondern zu jenen Söldnern gehörte, die aus dem Norden gekommen waren, Fulbe oder Haussa. Der Beschuldigte hatte sich vor etwa einer Woche in der Gegend von Bekwai befunden. Angesichts dieser Tatsachen kam der Kontihene schnell zu dem Schluss, dass es sich nur um Malobali handeln konnte, den Bambara, der zu Wargees Eskorte gehört hatte. Man musste ihn nach Kumasi bringen, damit er dort bestraft wurde.

Zur Zeit von Osei Tutu, dem Gründer des Reiches, wäre ein solches Verbrechen mit dem Tode bestraft worden. Aber Osei Bonsu hatte nach der Devise: »Nie das Schwert benutzen, solange der Weg der Verhandlung noch offen ist« mildere Sitten eingeführt. Er gab den Befehl, der Familie des Klägers Unterkunft in einem Flügel des Schlosses zu gewähren, und um seine Svmpathie zu bezeugen, gab er seinem Schatzmeister den Auftrag, ihnen ein *dommafa** Goldstaub zu geben. Die Priester und Ältesten lobten das königliche Wohlwollen.

Das Aschanti-Reich, dessen Hauptstadt Kumasi war, wurde auch das Goldreich genannt. In der Regenzeit, wenn das Wasser die Erde aufgeweicht hatte, traten Goldklumpen an die Erdoberfläche, die von den Beauftragten des Aschantihene nur noch aufgesammelt zu werden brauchten. Außerdem besaß das Reich unerschöpfliche Minen, Obuase, Konongo und Tarkwa, was dem Herrscher den Beinamen »Derjenige, der sich auf Gold setzt« eingebracht hatte. Trotz dieses außerordentlichen Wohlstands, der durch die Fülle an Schmuck symbolisiert wurde, der Osei Bonsu über und über bedeckte, war dieser traurig und besorgt. Schon wieder diese Engländer!

Nachdem sie erst Sklaven schiffsweise gekauft hatten, schafften sie plötzlich den Sklavenhandel ab! Warum? Was wollten sie jetzt? Was sollte er mit seinen Kriegsgefangenen machen? Sollte er sie mitten unter seinem Volk leben und sich vermehren lassen, sodass sie dieses schließlich erdrückten wie Unkraut die Feldpflanzen? Sollte er sie töten wie bösartige Tiere? Außerdem konnte er den Engländern gegenüber noch so viele Gesten guten Willens machen, sie

* Gewichtseinheit der Aschanti für Gold.

unterstützten weiterhin alle Aufstände, die sich gegen ihn richteten. Warum wollten sie sein Reich zerstören?

Wie jedes Mal, wenn Osei Bonsu sich in solch einer Stimmung befand, beschloss er, die Götter und Ahnen zu befragen. Hatte man sich irgendeiner Nachlässigkeit schuldig gemacht? Nein, jeden Tag wurden die königlichen Schemel mit Blut begossen. Beim letzten Odwira-Fest waren Hähnchen- und Hammelfleisch, ohne Salz und Pfefferschoten zubereitet, zusammen mit Yamswurzeln, die frisch und zart waren wie das Fleisch einer jungen Frau, geopfert worden. Dann waren die Türen, Fenster und Arkaden des Palastes mit einer Mischung aus Eigelb und Palmöl bestrichen worden ... Osei Bonsu ließ den Moslem Mohammed al-Gharba rufen. Auch wenn er keineswegs versucht war, zum Islam überzutreten wie sein älterer Bruder, schätzte er das Wissen der Moslems sehr und räumte ihnen sowohl in seiner Umgebung als auch in seinem Reich einen bedeutenden Platz ein. Manche Moslems gehörten zu seinen engsten Beratern. Andere dienten ihm als Botschafter in den moslemischen Ländern im Norden. Wieder andere schrieben seine Briefe an ferne Herrscher und Händler. Und in Kumasi gab es ein ganzes Viertel, das von Moslems bewohnt wurde und den Namen Asante Nkramo trug.

Man wusste nicht genau, aus welcher Gegend Mohammed al-Gharba stammte. Aus Fes, wie manche behaupteten. Allgemein wurde angenommen, dass er am Hof des Sultans Osman dan Fodio gelebt hatte. Er war nicht einfach ein Seher oder Amulettkritzler. Wenn er Gegenwart und Zukunft entschlüsselte und Osei Bonsu von seinem Scharfsinn profitieren ließ, so tat er es im Namen Allahs und um Osei Bonsu von dessen Macht zu überzeugen.

Osei Bonsu wandte sich lebhaft um, als Mohammed eintrat, und sagte: »Ich habe gerade erfahren, dass die

Engländer einen neuen Gouverneur in das Fort von Cape Coast geschickt haben. Sie haben mich nicht davon unterrichtet, und er hat mir auch nicht die üblichen Geschenke senden lassen …«

Mohammed seufzte: »Sohn der Sonne, du bist zu gutmütig. Die Engländer sind eine falsche und niederträchtige Rasse. Sie wollen die Macht, Zugang zu deinem Gold und dein Handelsmonopol. Du kannst mit ihnen nicht verhandeln. Greif sie an. Greif sie an und zerstör sie, ehe es zu spät ist …«

Osei Bonsu erschauerte: »Zu spät?«

Mohammed sagte sanft, wobei er den Ernst seiner Worte abzuschwächen suchte: »So steht es geschrieben, Herr. Die Engländer werden die Macht der Aschanti zerschlagen, und der goldene Schemel wird in ihre Hände fallen …«

Solch kühne Worte verdienten den Tod. Aber Osei Bonsu wusste, dass es sich nicht um eine Ungehörigkeit handelte und dass er seinem Berater trauen durfte. Er flüsterte: »Bete, Mohammed, und bitte deinen Gott, uns beizustehen. Wenn es dir gelingt, seinen Willen zu beugen und ihn für unsere Sache zu gewinnen …«

An dieser Stelle stockte er. Denn was konnte er einem Mann anbieten, der nur in der Welt des Geistes lebte? Ein Gefühl der Machtlosigkeit und der Entmutigung überkam den Herrscher. Wenn es so geschrieben stand, wozu dann noch kämpfen? Komme was wolle …

Jedoch nicht alle befanden sich in dieser traurigen Stimmung. Die kleine Ayaovi war glücklich. Seit sie vor drei Tagen mit ihren Eltern aus Bekwai gekommen war, war sie wie verzaubert. Was war Kumasi doch für eine schöne Stadt! Ihr Vater hatte ihr die Stelle gezeigt, wo der Kumnibaum stand, der Baum, der die Pythonschlange tötet und der vor Hunderten von Jahren vom Gründer des Reiches gepflanzt worden war. Das war zur Zeit von Osei

Tutu gewesen. Kumasi, das damals noch nicht so hieß, war nur ein Marktflecken. Aber der Kumninibaum hatte dort sein Astwerk ausgebreitet und allen Aschanti gezeigt, dass dort ihre Hauptstadt entstehen würde. Und der Palast mit seinen Gebäuden, seinen Arkaden und den Höfen mit Bäumen, die bis in den Himmel ragten, war eine ganze Stadt für sich.

Angesichts von so viel Schönheit hatte die kleine Ayaovi beinah ihren Kummer vergessen. Ihre Schmach. Und diese schmerzhafte Verletzung in ihrem Bauch. Schließlich war sie ja erst elf. Sie hüpfte von einem Fuß auf den anderen und begann dabei im Spiel ein Klagelied zu singen, das sie mit ihren Freundinnen zu Hause im Dorf gern sang. Dann verstummte sie. Solche Kindereien gehörten sich in ihrer Situation nicht mehr. Bald würde sie heiraten. Und was für einen Mann! Ayaovi sah Malobalis Gesicht wieder vor sich. Zweifellos roh und von Begierde verzerrt. Aber schön, so schön! Nein, er war nicht einer von diesen groben Kerlen, die, das Gewehr über der Schulter, das Buschmesser an der Hüfte und den Knüppel in der Hand, durch die Gegend kamen. Er hatte keinerlei Ähnlichkeit mit seinem Gefährten. Der beste Beweis dafür war, dass sie dessen Züge bereits vergessen hatte. Nur Malobali zählte. Hoffentlich beeilten sich die Männer, die ihn verfolgen sollten, und brachten ihn schnell her!

Manchmal war Ayaovi etwas beunruhigt. Hatte sie nicht unter Eid gelogen, als sie nur einen einzigen Mann angeklagt hatte? Ihr kamen wieder die Worte des Priesters in den Sinn, der das Tier geopfert hatte:

Erde,
höchstes Wesen,
auf dich stütze ich mich,
Erde,
erlaube nicht, dass das Böse siegt.

Ja, sie hatte gelogen. Ach was, sie verscheuchte diesen Gedanken. Schließlich war sie ja erst elf! Sie schlängelte sich im Hof durch die vielen Soldaten bis zu einem der Tore und betrachtete auf dem großen Platz die Tulpenbäume mit ihren scharlachroten Blüten, die Königspalmen und die kaum weniger hochmütigen Kapokbäume, die den Boden mit grauen Fasern bedeckten. Ayaovis Mutter ließ ihre Tochter nicht aus den Augen. Seit jener Tragödie fand sie keine Ruhe mehr und warf sich ständig vor, dass sie nicht genug auf ihr Kind aufgepasst hatte. Hätten jene groben Kerle nicht eher sie vergewaltigen sollen? Sie, die den Körper eines Mannes nur zu gut kannte, und nicht ihre zarte kleine Tochter, die der Kindheit kaum entwachsen war?

Ihr Mann herrschte sie an. Warum die Tränen? Es war nicht das erste Mal, dass sich ein Mann an einem noch nicht geschlechtsreifen Mädchen vergriff. Dann musste der Schuldige einen Hammel spenden. Dieser wurde der Erde geopfert, die der Priester mit Blut bespritzte, um ihre Vergebung zu erlangen. Und bei der Pubertät des Mädchens wurden dann die üblichen Riten vollzogen, und die Hochzeit wurde gefeiert. Das war alles! Bald würde Ayaovi einen Mann haben, und was für einen Mann! Einen Krieger der königlichen Armee! Der Aschantihene würde ihm sicher ein Stück Land schenken, das sie mit Ölpalmen bepflanzen konnten. Und der Chor der Mädchen, der das Brautpaar begleitete, würde dann singen:

Möge Gott dir Jungen und Mädchen schenken!
Möge er dir ein hohes Alter schenken!

Ja, die Ahnen wissen immer, was sie tun. Aus allem Übel kommt auch etwas Gutes.

3

»Hau ab, Bambara, hau ab. Sie kommen, um dich zu holen!«

Dieser Schrei schreckte Malobali aus dem Halbschlaf. Er richtete sich halb auf. Die Stimme widerholte: »Hau ab, Bambara, hau ab!«

Mit schweren Gliedern und noch halb im Schlaf kroch Malobali zu seinen Kleidungsstücken, die er in eine Ecke des Raumes geworfen hatte. Die Frau neben ihm wachte auf und protestierte: »Wohin gehst du denn?«

Er brachte sie mit einem Klaps zum Schweigen, und nachdem er in seine Hose geschlüpft war, stürzte er nach draußen. Der Tag brach an. Der Himmel zwischen den Palmen war grau. Man hörte das monotone Geräusch der Brandung. In einem der Höfe erhob sich Stimmengewirr; da wurde Malobali klar, dass er nicht geträumt hatte. Ein Kapokbaum stand direkt an der Mauer des Anwesens. Malobali zog sich an den unteren Zweigen hoch, kletterte auf die Mauer und sprang von dort aus behände auf die Straße. Dann begann er zu rennen.

Ein Mann, der um sein Leben rennt, nimmt seine Umgebung nicht wahr. Er besteht nur noch aus sich bewegenden Muskeln, stoßendem Atem und einem pumpenden Herzen. Malobali rannte, und nichts anderes zählte mehr für ihn. Er rannte, und die gerade Linie der Hütten wurde allmählich von einer Landschaft aus hohen Kokospalmen abgelöst, zwischen denen Stämme auf dem Sand lagen, die vom Wind in halber Höhe abgebrochen waren. Malobali rannte, und aus der Straße wurde ein ausgefahrener Weg, auf dem zwei oder drei Menschen nebeneinander Platz hatten. Er rannte, und die Sonne stieg höher, um ihm ihre Spitzen in Kopf und Schultern zu treiben.

Am Ende seiner Kraft, sank er schließlich in den Sand. Wie lange war er so gerannt? Und warum war er so gerannt? Er hätte es nicht sagen können. Wenige Meter neben sich sah er das noch blassgrüne, bald aber glitzernde Meer, das ihn zu verhöhnen schien. Er wischte sich den Schweiß ab, der ihm über die Stirn lief und in den Augen brannte wie Tränen. Nach einer Weile versuchte er, seine Gedanken zu ordnen. Warum wollte man ihn festnehmen? Was hatte er getan?

Er hatte sich betrunken, aber nicht mehr als gewöhnlich. Er hatte keinen Lärm gemacht. Und die Frau, die er mit ins Bett genommen hatte, war eine Frau, die allen gehörte und die sich für die Farbe seines Goldes interessiert hatte. Warum also?

Hatten die Fante vielleicht die Waffenruhe gebrochen und mit dem Segen ihrer Beschützer, der Engländer, den Aschanti den Krieg erklärt? Aber warum sollte er dann fliehen? Im Gegenteil, dann hätte er sich dem Rest der Truppe anschließen und zu den Waffen greifen müssen. Malobali hatte einen zu entschlossenen und abenteuerlustigen Charakter, um sich mit der Flucht abzufinden. Er machte sich wieder auf den Weg nach Cape Coast. Vorsichtshalber legte er jedoch seine Soldatenkleidung ab und behielt nur seine weite Hose und einen Dolch am Leib. Zwei Straßen gingen von Cape Coast aus. Die eine führte zum Fort von Elmina im Westen, dem ältesten Fort, das einst in portugiesischem und jetzt in holländischem Besitz war; die andere stieß auf den Prafluss und führte ins Aschanti-Reich. Malobali beschloss, die Stadt über die Straße aus Elmina zu betreten, da diese, angesichts der Beziehungen, die zwischen den Bewohnern der beiden Forts bestanden, wenig belebt war. Als er sich der Stadt näherte, sah er in der Ferne eine kleine Gruppe von Männern auf sich zukommen. Kaum hatte er erkannt, dass es Aschanti-Krieger waren, als er schon auf sie zulaufen, sie anrufen und sich ihnen zu erkennen geben wollte, aber die Vorsicht hielt ihn noch einmal zurück. Er schnitt den Weg durch ein Gebüsch am Straßenrand ab und wartete in einiger Entfernung an einer Kreuzung.

Inmitten von einem Dutzend Soldaten befand sich Kodscho. Man hatte ihm die Hände auf den Rücken gebunden und ihm wie einem Verbrecher oder einem zum Tode Verurteilten, den man zum Henker führt, Fußfesseln angelegt. Blut aus einer Wunde am Kopf war auf seinen Wangen angetrocknet und bildete eine widerliche, rötliche Kruste auf seiner schwarzen Haut. Er schien bestürzt und benommen zu sein.

Malobali war es nicht weniger. Warum hatte man Kodscho festgenommen? Was hatte er getan? Dann begriff er. Die Vergewaltigung. Das kleine Mädchen auf der Lichtung. Nur das konnte es sein.

Die Eltern des Kindes mussten wohl ihre Angst überwunden und sich an den stets wachsamen Aschantihene gewandt haben, um Vergeltung zu fordern. Malobalis erster Gedanke war, seinem Freund zu Hilfe zu eilen. Aber was konnte er allein und halb nackt gegen diese bewaffneten Männer ausrichten? Er blieb zwischen den Gräsern hocken. Dann überwältigte ihn ein Gefühl von Ohnmacht und Schmach, und er übergab sich lange. Eine Kolonie gefräßiger Ameisen kam aus der Erde hervor.

Was sollte er jetzt tun?

In der Stadt war er nicht mehr in Sicherheit. Wenn er sich beim Statthalter des Aschantihene meldete, würde ihm das gleiche Schicksal widerfahren wie Kodscho. Ein fatalistisches Gefühl überkam ihn. War das nicht genau das, was er sich gewünscht hatte? Eine Änderung seines

Lebens? Die spöttischen Götter ließen ihn nackt wie ein Kind zurück. Als seine Mutter Sira ihn in Segu zur Welt gebracht hatte, war er nicht verletzlicher gewesen als jetzt. Gegen Mittag begann der Hunger in seinen Eingeweiden zu wüten. Im Laufe seines Abenteurerlebens hatte er gelernt, Vogelfallen aufzustellen, mit zwei Steinen Feuer zu schlagen und mit Asche Salz herzustellen. Er spitzte gerade Zweige an, als eine Stimme ihn aufschrecken ließ: »Die Götter mögen mir das Augenlicht nehmen, wenn da nicht der Bambara sitzt!«

Malobali sprang auf. Vor ihm stand ein zahnloser Greis, dessen Beine voller Geschwüre waren, der aber dennoch einen rüstigen Eindruck machte. Als einziges Kleidungsstück trug er einen Lendenschurz aus Baumwolle, der nur notdürftig einen riesigen Leistenbruch verdeckte. Malobali sagte respektvoll: »Papa*, woher kennst du mich?«

Der alte Mann lachte aus vollem Hals, sodass sein bläulichrotes Zäpfchen zu sehen war: »Die ganze Stadt redet nur von dir. Und du fragst mich, woher ich dich kenne? Weißt du, wie es deinem Gefährten ergangen ist?«

Malobali seufzte: »Ich habe ihn vorbeigehen sehen ...«

Der Greis lachte noch lauter: »Und das Schönste dabei ist, dass der Kontihene gar nicht nach ihm hat suchen lassen, weil die Kleine nur von dir erzählt hatte.«

»Nur von mir?«

»O ja. Du scheinst sie ja sehr beeindruckt zu haben! Was für Augen sie wohl machen wird, wenn sie Kodscho ankommen sieht, aber er hat sich selbst verraten ...«

Jetzt musste auch Malobali lachen. Als er jedoch an Ayaovi dachte, an ihren zarten Körper und ihren Duft nach grünen Blättern, empfand er leichtes Bedauern.

* »Papa« und »Mama« sind respektvolle Anreden für Personen, die bedeutend älter sind als man selbst.

Dann fasste er sich wieder und fragte: »Papa, was soll ich jetzt tun? Du könntest meinen Vater gezeugt haben. Gib mir einen Rat.«

Der alte Mann hockte sich neben ihn, zog eine Kolanuss aus seinem Lendenschurz und zerteilte sie. Dann betrachtete er das rot geäderte Fruchtfleisch und sagte: »Fliehen ist das Einzige, was dir bleibt! Das Meer ist voller Schiffe …«

Das Meer ist voller Schiffe? Aber in welche Richtungen fuhren sie? In Länder der Knechtschaft und der Trauer: Jamaika, Guadeloupe … Und da Malobali am Rande der Wüste geboren war, hatte ihm das Meer immer Abscheu und Schrecken eingeflößt. Dieser trügerische Boden, der unter den Füßen nachgab und einen in verborgene Abgründe stürzte. Als er den Kopf hob, um den Alten mit Fragen zu bedrängen, stellte er fest, dass dieser verschwunden war. Da wurde ihm klar, dass es ein Ahn gewesen war, der ihm den einzuschlagenden Weg gewiesen hatte, und ihn überkam große Ruhe.

Er machte einen Bogen um die Stadt und ging zum Strand. Wie immer gab es dasselbe fieberhafte Kommen und Gehen zu den Schiffen der Europäer, die vor der Küste ankerten. Selbst Malobali, der nicht gerade ein empfindsames Herz hatte, spürte Mitleid, wenn er an all jene dachte, die angekettet und verzweifelt diese Küste betreten hatten. Er wusste, dass sich der Aschantihene den Engländern widersetzte, die den Sklavenhandel für ungesetzlich erklärt hatten, und dieser Beschluss, der sie ihm eigentlich sympathisch hätte machen müssen, kam ihm verdächtig vor. Was verbarg sich dahinter?

Einen Augenblick fragte sich Malobali, ob er nicht nach Segu zurückkehren sollte. Segu! Wie sehr ihm seine Heimatstadt fehlte! Wann würde er wieder in den Wassern des Joliba schwimmen? Aber der Gedanke an Tiékoro, der Gedanke an dessen Stimme, die selbst in der Demut hochmütig war, erfüllte ihn wieder mit Abscheu: ›Ich muss noch über die Barmherzigkeit zu euch sprechen, denn ich stelle bekümmert fest, dass keiner unter euch genügend von dieser Herzensgüte besitzt. Und doch, was für eine Gnade ist es, sie zu besitzen!‹

O nein, er könnte ihn nicht ertragen! Als er entschlossen ans Ende des Strandes ging, sah er einen Jungen mir freundlicher Miene, der das Entladen einer Piroge überwachte, und fragte ihn: »Sag mir, für wen arbeitest du?«

Der Junge lächelte freundlich und antwortete: »Ich überwache die Auslieferung der Waren von Mister Howard-Mills.«

»Ist er Engländer?«

»Nein, nein, Mulatte!«

Malobali rief: »Ein Mulatte! Diese seltsamen Tiere fassen jetzt wohl überall Fuß ...«

Der Junge entgegnete mit einer resignierten Geste: »Was willst du machen? Die Weißen bevorzugen sie, weil es ihre Kinder sind. Mister Howard-Mills ist sehr reich. Du bist nicht von dieser Küste, nicht wahr?«

Malobali fasste ihn am Arm und sagte: »Kümmer dich nicht darum, woher ich stamme. Hilf mir lieber, von hier wegzukommen ...«

Um sie herum transportierten Träger in langen Reihen Ballen mit den unterschiedlichsten Waren nach Cape Coast. Der Junge zog eine Piroge ins Wasser, gab Malobali ein Zeichen, darin Platz zu nehmen, und begann, kräftig ins Meer hinaus zu paddeln, auf die Schiffe zu, die symbolischen Schemeln neuer Götter ähnelten. Das Meer breitete sich wie ein königlicher Teppich unter ihren Füßen aus. Wenn man den Kopf wandte, sah man die dunklen Umrisse der Bäume an der Küste und die kompakte Masse des Forts. Die Weißen waren gekommen, hatten um ein wenig

Land gebettelt, um diese Forts zu erbauen, und seitdem war nichts mehr wie zuvor. Sie hatten unbekannte Gegenstände mitgebracht, um die man sich geschlagen hatte, Volk gegen Volk, Bruder gegen Bruder. Und jetzt kannte ihr Ehrgeiz keine Grenzen mehr. Wie weit würde das gehen?

Die beiden legten seitlich neben einem schön aussehenden Dreimaster an. Als Malobali das Fallreep betrat, um an Bord zu steigen, zögerte er einen Augenblick. Wusste er eigentlich, auf was er sich da einließ? Dann fing er sich wieder. Hatte ihm nicht sogar ein Ahn diesen Rat erteilt?

Als der Statthalter des Aschantihene Owusu Adom von Malobalis Verschwinden erfuhr, sah er darin die Hand der Engländer. Nur sie hatten Malobali Unterschlupf gewähren und seine Flucht begünstigen können, indem sie ihn auf eines ihrer Schiffe gelassen hatten.

Owusu Adom war umso wütender, da er, seit er in Cape Coast wohnte, noch nie zu einem Empfang ins Fort eingeladen worden war. Weder vom früheren nach vom jetzigen Gouverneur. Diese Beleidigung richtete sich nicht nur gegen ihn, sondern über ihn hinaus auch gegen den Aschantihene selbst. Daher beschloss er, Cape Coast zu verlassen und unverzüglich nach Kumasi zurückzukehren.

Bereits am frühen Morgen machte er sich auf den Weg. An der Spitze des Zuges gingen mit Säbeln bewaffnete Sklaven, die Lianen, Wurzeln und störende Zweige abschlagen mussten. Dann kamen zwei Männer, die jeder ein Ende des goldenen Schwertes trugen, Symbol von Owusu Adoms Würde, dann die Priester, die Ratgeber und das restliche Personal. Er selbst wurde von einer Gruppe besonders kräftiger Männer in einer festen Hängematte getragen, umgeben von Musikern, die Hörner bliesen, trommelten oder mit Glöckchen klingelten, sodass die Vögel aus den Nestern aufflogen und die verängstigten Schlangen im Gras flohen und nach Verstecken suchten.

Nach und nach schlossen sich dem Zug Händler an, die an der Küste Geschäfte getätigt hatten. Angeregte Gespräche wurden geführt. Die Engländer und die Holländer kauften keine Sklaven mehr. Zumindest nicht mehr offen, doch es gab vor der Küste immer noch ein paar Schiffe, die heimlich Sklaven aufnahmen. Aber Gott sei Dank waren da noch die Franzosen. Sie zahlten zwar meist sehr spät und hatten an allem etwas auszusetzen, aber sie waren noch gieriger als die anderen. Ihre Schiffe legten in großer Zahl in Elmina und Winneba an. Was sollte bloß werden, wenn der Sklavenhandel aufhörte? Weder der Palmöl- noch der Holzhandel konnten ihn ersetzen. Alle verdienten am Sklavenhandel, nicht nur die Herrscher. Die Stammesfürsten konnten all die verkaufen, die vor Gericht verurteilt worden waren, und die einfachen Leute ihre Schuldner!

Auch über Kodscho und Malobali wurde gesprochen. Nicht die Tatsache, dass ein kleines Mädchen vergewaltigt worden war, erregte Anstoß, sondern die Art, wie es geschehen war. Hatte man jemals schon so etwas gesehen, dass sich zwei Burschen so ein Mädchen teilten? Wie viele Hammel würde das kosten, um die Erde zu besänftigen! In gewisser Weise war es gut, dass der eine von den beiden geflohen war. Vor welches Dilemma wären sonst die Richter gestellt worden! Wem sollten sie das Mädchen als Braut geben? Die einen waren der Ansicht, dass man sie dem Ersten geben müsse, der mit ihr geschlafen hatte. Die anderen meinten, dem Zweiten, da der Erste ihm nur den Weg gebahnt hatte.

Als sie jedoch in den Wald kamen, verstummten alle. Die Mahagoni- und Irokobäume, deren Wipfel mit dem

Himmelsgewölbe verschmolzen, waren ein bedrückender Rahmen. Der Wald ist die Wohnstätte der Götter und Ahnen. Dort offenbarten sie sich am häufigsten. Hatten die Götter nicht am Saum eines Waldes auf den Ruf des Hohen Priesters Okomfo Anokye den goldenen Schemel auf den Schoß von Osei Tutu herabgelassen und ihn dadurch auserwählt, vom Volk verehrt zu werden? Wurden nicht die Schemel der Könige im Wald aufbewahrt? Versammelten sich nicht die Hohen Priester bei jeder wichtigen Beratung im Wald? Der Wald ist wie der Bauch einer Frau, aus dem das Leben kommt, aus dem die Hoffnung kommt.

Als es zu dunkel wurde, um weiterzugehen, schlugen die Sklaven Zweige von den Bäumen ab und errichteten damit Hütten. Andere zündeten Feuer an, und die Musiker gaben ein richtiges Konzert, bis ein Chronist in die Mitte des schnell gebildeten Kreises trat, um jene Geschichte zu erzählen, die alle Aschanti am liebsten hörten: die Geschichte von der Gründung des Reiches und den Abenteuern Osei Tutus.

»Vom Himmel ist das Volk der Aschanti herabgestiegen, aus dem Bauch der Mondgöttin, die will, dass die Macht durch die Frauen weitergegeben wird. Daher war König Obiri Yeboa besorgt, denn seine Schwester, Prinzessin Manu, mit der er seit fünf Jahren verheiratet war, hatte immer noch kein Kind zur Welt gebracht. Wer sollte ihm auf den Thron folgen? Eines Tages rief die Königsmutter Manu zu sich und sagte: ›Ich glaube nicht, dass du unfruchtbar bist. Jedenfalls behauptet das der Hohepriester. Daher wirst du ihm folgen und alles tun, was er dir befiehlt ...‹

Manu gehorchte, und neun Monate später – erklingt, ihr heiligen Trommeln der Geburt! Ertönt, ihr Trompeten aus Elfenbein! – gebar sie einen Sohn. Die Hohen Priester, die sich über den Säugling beugten, erkannten schnell, welcher Ahn in ihm wieder geboren war, und gaben ihm den Namen Osei, gefolgt von Tutu, denn Tutu war der Gott des Überflusses, der Manus Wunsch erfüllt hatte ...

Und Osei Tutu wuchs und wuchs ...«

Irgendwo über dem Gewölbe der Baumwipfel erhob sich die Mondgöttin. Ihre Strahlen drangen durch das dichte Laub, als wollte auch sie die vertraute Geschichte hören. Ging es nicht auch um sie? Osei Tutu war schließlich ihr Sohn, auch wenn ihr im Laufe der Zeit der Sonnengott ihren Platz in der Welt geraubt hatte, als Herrscher regierte und die Vaterschaft über alle Wesen für sich in Anspruch nahm:

»Als Osei Tutu zehn Jahre alt war, schickte ihn sein Vater, der König, zu seinem Onkel in das Reich der Denkyira. Der Austausch von jungen Prinzen ist ein Unterpfand für den Frieden. Wie sollte ein König den Krieg erklären, wenn er weiß, dass der Feind seinen Thronfolger als Geisel hat?«

Die versammelten Männer, die Mondgöttin, Owusu Adom, alle hörten den Worten des Chronisten zu. Und sie waren wieder zuversichtlich. Das Volk der Aschanti war unsterblich. Nie würden die Engländer, jenes Wasservolk mit der kalten, blassen Haut, der Farbe des bösen Zaubers, sie vernichten können. Währenddessen hatten die Priester auf die Geräusche des Waldes gelauscht und die Zeichen des Unsichtbaren ausgelegt. Sie spürten, dass große Ereignisse bevorstanden und dass genau an dem Ort, an dem sie sich befanden, eine furchtbare, einzigartige Geschichte ihren Verlauf nehmen würde, die Osei Tutus Geschichte auslöschen würde.

4

Malobali spürte, wie der Blick des älteren der beiden Weißen über sein Gesicht glitt und dann darauf verweilte, zäh und hartnäckig wie eine Fliege auf einem Kadaver, der mit offenem Bauch an einer Kreuzung liegt. Er konnte nicht hören, was der Weiße sagte, und nicht einmal den Bewegungen seiner Lippen folgen. Dennoch kannte er seine Worte: »Ich traue ihm nicht. Außerdem ist er zu alt. Bekehrungen in dem Alter sind immer oberflächlich und eigennützig.«

Der andere antwortete mit seiner gewohnten sanften Unbeugsamkeit: »Sie irren sich, Pater Etienne. Er ist sehr arbeitsam und ungewöhnlich intelligent. Seine Fortschritte in Französisch und im Tischlern sind hervorragend. Und was seine Frömmigkeit betrifft, so überlassen Sie ruhig mir die Verantwortung dafür ...«

Malobali fragte sich, welchen der beiden er mehr hasste. Den ersten, der ihn so gut durchschaute? Den zweiten, der ihn so gut zu kennen glaubte? Er blickte auf das Brett herab, das er gerade hobelte. Pater Etienne hob die Stimme und sprach jede Silbe einzeln aus, um sich besser verständlich zu machen: »Samuel, komm her!«

Malobali gehorchte und nahm die Haltung an, die man ihm beigebracht hatte, den Blick gesenkt, die Hände an der Hosennaht. Die beiden Priester saßen auf der Veranda einer bescheidenen, strohgedeckten Hütte. Der eine der beiden war kahlköpfig und ziemlich dick. Der andere dagegen mager, fast abgezehrt. Beide hatten ein leuchtend rotes Gesicht und fächelten sich ständig Luft zu. Entsetzen jagten jedoch Malobali ihre hellen, beinah durchsichtigen Augen ein, in denen ein unerträgliches Feuer brannte wie in einer Schmiede. Jedes Mal wenn ihre Augen auf irgendeine Stelle seines Körpers gerichtet waren, hatte Malobali das Gefühl, sich zu verbrennen, und wunderte sich, dass sein Fleisch unversehrt blieb.

»Pater Ulrich hat mir gesagt, dass du den Leib unseres Herrn Jesus Christus empfangen wirst. Bist du für diese unvergleichliche Ehre bereit?«

Malobali gelang es, sein Gesicht hinter einer Maske tiefster Reue zu verbergen und zu sagen: »Ja, ehrwürdiger Vater.«

»Du wirst das Sakrament in Wida empfangen. Wir fahren morgen dorthin, denn dort gibt es viele Christen. Die Familie des Herrn vergrößert sich.«

Malobali täuschte ein verzücktes Lächeln vor. Dann konnte er sich nicht mehr beherrschen, hob den Kopf und sein Blick kreuzte den des Priesters, in dem ein ebensolcher Hass lag, wie er ihn selbst empfand, und der ihm zu sagen schien: »Du bist ein hochmütiger, grausamer Wilder, und du hast Blut an den Händen. Aber das macht nichts, wir spielen das Spiel mit, das du dir ausgesucht hast … Wir werden schon sehen, wer es als Erster leid wird.«

Pater Ulrich sagte so salbungsvoll wie gewöhnlich: »Es ist gut, Samuel. Lass uns jetzt allein … Hast du nicht noch Wäsche zu waschen?«

Voller Wut ging Malobali davon. Das war nun aus ihm geworden! Er verrichtete Frauenarbeit für diesen unbeweibten Weißen. Diesen Schlappschwanz. Er holte die Schüssel mit schmutziger Wäsche aus der Küche, die sich unter einem Vordach befand, und ging damit zur Lagune. Wenn Malobali an seinen gegenwärtigen Zustand dachte, fragte er sich manchmal, ob es nicht besser gewesen wäre, wenn man ihn als Sklaven nach Amerika verschifft hätte.

Dort wurde jedenfalls Männerarbeit verrichtet, Landarbeit. Er ging an der aus Stämmen erbauten und mit einem Blätterdach gedeckten Kirche vorbei, in der sich zur Messe drei oder vier Personen versammelten, die für ein paar Kleidungsstücke aus Baumwolle eingewilligt hatten, sich taufen zu lassen. Dann schlug er einen Pfad zwischen hohen Gräsern ein, der sich vom Dorf hinab zur Lagune schlängelte. Die Mission war außerhalb des Dorfes auf einem Stück Land erbaut worden, das der König De Huezo den Missionaren überlassen hatte. Zwei Priester hatten bisher dort gelebt, Pater Ulrich und Pater Porte, der sich vor kurzen in Sakete niedergelassen hatte, da er die Hoffnung nicht aufgeben wollte, dort Bekehrungen vorzunehmen. Danach war Pater Etienne, der ein paar Jahre älter als Pater Ulrich war, aus Martinique gekommen, wo er viele Jahre verbracht hatte.

In manchen Augenblicken, wenn der Hass ihn nicht blind machte, empfand Malobali eine gewisse Bewunderung für diese Männer, die, angetrieben von wer weiß welchem Ideal, ihr Land und ihre Familie verlassen hatten und ungeachtet der Gefahren und der Einsamkeit hier lebten und vom Wohlwollen eines Königs abhängig waren, der sie jederzeit wieder aufs Meer hinausschicken konnte. Die Kontakte, die sie unterhielten, beschränkten sich auf die französischen Sklavenhändler, deren Schiffe jenseits der Brandung Anker warfen, und manchmal irgendeinen französischen Reisenden, den ebenfalls die Abenteuerlust hierhin getrieben hatte und der das Leben an dieser Küste beobachtete und beschrieb.

Die meiste Zeit über war in Malobalis Herzen jedoch kaum Platz für Bewunderung, sondern nur für Verzweiflung und ohnmächtige Wut. Die Erde hatte sich wirklich gut für Ayaovis Vergewaltigung und seine Flucht gerächt! Und wie der freundliche Junge, dem er sich in Cape Coast anvertraut hatte, ihn zum Narren gehalten hatte! Wie viel hatte der wohl für seinen Verrat bekommen? Er hatte Malobali auf ein Schiff gebracht und sich lange mit dem Kapitän unterhalten. Das Schiff war kaum in See gestochen, als man Malobali niedergeschlagen, gefesselt, zwischen die Warenballen geworfen und ihn beinah hatte verhungern lassen. Nach mehreren Tagen hatte das Schiff erneut geankert.

Durch die Nebelwand des Fiebers und des Hungers hatte Malobali über den Baumwipfeln der Küste ein Dorf und die massige Silhouette eines Forts wahrgenommen. Ein Boot war zu Wasser gelassen worden, in dem der Kapitän und zwei Männer Platz genommen hatten. In raschem Tempo waren sie auf das Fort zugerudert. Malobali begriff, welches Schicksal man ihm zugedacht hatte. Er sollte das Sklavenheer vergrößern, das bald diese Mauern verlassen würde.

Wie war es ihm gelungen, sich teilweise der Fesseln zu entledigen, sich ins Wasser zu stürzen und der grausamen Tyrannei seiner Kerkermeister zu entkommen? Zweifellos hatte ein Ahn Mitleid mit ihm gehabt ... Er hatte sich nackt, schwach und starr vor Entsetzen vor den Augen eines Weißen auf dem Sand wieder gefunden. Der Weiße hatte sich über ihn gebeugt, ihn dann wie ein Kind in die Arme genommen und zu seiner Hütte mitgenommen. Dort hatte er ihn Tag und Nacht gepflegt und sich geweigert, ihn an jene auszuliefern, die nach ihm verlangten. Ja, der Weiße hatte ihm das Leben gerettet.

Und dennoch hasste ihn Malobali. So, wie er noch nie jemanden gehasst hatte. Nicht einmal Tiékoro. Er hasste ihn, denn vom ersten Augenblick an, ohne dass er begriffen hätte wie, noch warum, hatte der andere zwischen ihnen ein Abhängigkeitsverhältnis geschaffen. Er war der Gebieter. Malobali war nur der Schüler. Mit ein paar Tropfen Wasser, die er ihm auf die Stirn goss, hatte er seinen Namen in Samuel geändert. Er verbot ihm seinen »schändlichen Jargon« und lehrte ihn Französisch, die einzig edle Sprache in seinen Augen. Er verjagte aus Malobalis Geist all den Glauben, der bisher dessen Leben ausgemacht hatte. Er ließ ihm nicht einen Augenblick Freiheit. Ja, das Gefängnis, das er ihm gebaut hatte, war stabiler und subtiler als jedes andere, da man seine Mauern nicht einmal sah!

Oft hatte Malobali davon geträumt, ihn zu töten. Einmal hatte er sich sogar dem Bett genähert, auf dem Ulrich aschgrau unter seinem Moskitonetz lag und schwitzte. Ein Rasiermesser in seine Kehle bohren und das Blut hervorsprudeln sehen, nur das würde ihn reinwaschen. Nur das würde ihn wieder zum Mann machen. Aber Ulrich hatte die Augen aufgeschlagen. Seine blauen Augen.

Sollte Malobali flüchten?

Aber in welche Richtung? Ehe er zehn Schritte gemacht hätte, hätten ihn bereits die Gun und die Nago, die dieses Dorf Porto Novo bevölkerten, eingefangen und gefesselt, um sein Fleisch zu verkaufen. Diese Rasse hasste er ebenfalls! Sie waren derart habgierig und grausam, dass sie, beim König De Adjohan angefangen, sogar ihre eigenen Kinder verkauften! Wie viele Gefangene waren dort im Fort zusammengepfercht, die man aus dem Landesinneren herbeigeschafft hatte und behandelte wie die Tiere! Und nicht nur vor der Sklaverei musste man sich in Acht nehmen. Häufig schlitzten die Lari, die Eunuchen des Palastes, zum Vergnügen schwangerer Frauen den Bauch auf oder enthaupteten Kinder, um ihre blutigen Köpfe über den Marktplatz rollen zu lassen, während die Prinzen von Geblüt Schrecken im ganzen Land verbreiteten.

Malobali war am Ufer der Lagune angekommen. Besonders unangenehm war es, wenn Frauen dort waren. Sie kicherten los, sobald sie ihn in seiner roten Uniformjacke und der gerade geschnittenen Hose sahen, die ihm der Priester gegeben hatte. Sie krümmten sich vor Lachen, wenn er seine Wäsche auspackte und sie mit ungeschickten Bewegungen zu waschen begann. Da er ihre Sprache nicht beherrschte, konnte er sie nicht so beschimpfen, wie sie es verdient hätten. Und selbstverständlich wagte er nicht, sie zu schlagen. Zum Glück war an diesem Morgen das Ufer leer. Der dichte Pflanzenwuchs reichte bis an die Lagune und setzte sich sogar unter Wasser fort. An manchen Stellen tauchten, unheimlich wie böser Zauber, violette Blüten an der Oberfläche auf, anderswo zeichneten sich graue Strände ab, die von den Hufen der Tiere zerwühlt waren. Malobali hockte sich hin, zog dann seine Uniformjacke aus und legte sich auf den Boden. Der Himmel über ihm war wolkenlos. Irgendwo im Norden, im Osten oder im Westen dachte Nya an ihn und weinte. Ständig flehte sie die Fetischpriester an, bei den Ahnen ein gutes Wort für ihn einzulegen, damit sie ihm ein gutes Leben gewährten. Aber die Fürsprache der Fetischpriester hatte nichts genützt. Er befand sich in der Hölle, jener Hölle, von der Pater Ulrich ständig sprach.

Die Religion, die der Priester Malobali einzutrichtern versuchte, kam ihm völlig unverständlich und abstrakt vor, da sie sich auf keine jener Gesten stützte, die ihm vertraut waren. Es gab weder Speise- noch Trankopfer. Und was noch schlimmer war, diese Religion verdammte jegliche Lebensfreude wie Musik und Tanz und beschränkte sein Dasein auf eine Öde, in der er sich ganz allein bewegte. Manchmal, wenn Pater Ulrich zu ihm sprach, drehte Malobali den Kopf nach links und nach rechts, um diesen allgegenwärtigen Gott zu überraschen, von dem ständig die Rede war. Aber nur Stille und Abwesenheit antworteten ihm.

Was sollte er tun?

Malobali stellte sich noch einmal diese Frage, ohne darauf eine Antwort zu finden. In der Ferne flog ein Nashornvogel aus einem Baumwipfel auf.

Um den Weg von Porto Novo nach Wida zurückzulegen, das hier in der Gegend Gléhué genannt wurde, war es sicherer, mit einem Boot an der Küste entlangzufahren. Begleitet von vier Paddlern, brauchten die beiden Priester und Malobali zweieinhalb Tage für die Fahrt. Die Stadt Wida war unter die Herrschaft des mächtigen Königs von Dahome geraten, der dort seine *vodun** angesiedelt hatte. Vom Meer aus gelangte man über eine kurze Straße dorthin, über die seit Jahren Sklaven gezogen worden waren, die man nach Brasilien und vor allem Kuba verschifft hatte. Auch zahlreiche Europäer waren diesen Weg gegangen, Portugiesen, Holländer, Dänen, Engländer und Franzosen, die alle ein Fort besaßen und mit Intrigen um die Gunst des Herrschers rivalisierten. Wie alle Fremden mussten die beiden Priester beim Betreten der Stadt den Yovogan aufsuchen, den Vertreter des Königs von Dahome, und ihm den Grund ihres Besuches darlegen. Sie hatten erfahren, dass es in Wida eine große katholische Kolonie gab, die sich aus Afrikanern, freigelassenen Sklaven, die aus Brasilien zurückgekehrt waren, portugiesischen und brasilianischen Händlern zusammensetzte. Der letzte portugiesische Priester, der im Fort gelebt hatte, war jedoch gestorben, und Portugal, das durch Kriege und den Verlust seiner brasilianischen Kolonie geschwächt war, konnte die Anwesenheit von Missionaren hier nicht mehr sicherstellen. Gott ist Gott. Ob ihm nun Portugiesen oder Franzosen dienen! Daher kamen Pater Ulrich und Pater Etienne, um diesen Schäflein ohne Hirten ihre Dienste anzubieten.

* Götter auf Fon.

Der Yovogan Dagba war ein Mann von solch ungeheurer Leibesfülle, dass er kaum gehen konnte. Umgeben von seinen Fächerträgern saß er in einem makellosen Baumwollwickeltuch auf einem hohen hölzernen Stuhl. Um den Hals trug er mehrere Reihen von Kaurimuscheln. Malobali, der die prunkvolle Umgebung des Aschantihene aus Kumasi gewöhnt war, sah sich mit einer gewissen Verachtung um.

Die strohgedeckte Hütte hatte einen sorgsam gefegten Hof, der voller scheinbar bunt zusammengewürfelter Gegenstände war, die in Wirklichkeit aber Symbole für Dagbas hohe Stellung waren.

Dagba erteilte den Missionaren äußerst zuvorkommend die Erlaubnis, in der Stadt zu bleiben, und als weiteres Zeichen seiner Liebenswürdigkeit beauftragte er einen Sklaven, die Neuankömmlinge zur Senhora Romana da Cunha zu geleiten, einer ehemaligen Sklavin, die aus Brasilien zurückgekommen war, wo sie wie üblich den Namen ihres Herrn angenommen hatte. Romana da Cunha war die Seele der christlichen Gemeinde.

Die beiden Priester und Malobali erregten in den Straßen von Wida lebhafte Neugier. Seit Jahren waren die Leute aus Wida das Kommen und Gehen von Weißen gewohnt. Aber diese beiden in ihren schwarzen Gewändern mit ihren breiten Gürteln und dem Kreuz um den Hals ähnelten überhaupt nicht den Männern in Rockschößen, geknöpften Westen und kurzen Stulpenstiefeln, die man sonst immer sah. Auch Malobali machte sie stutzig. Neugierig wurden seine rituellen Wundmale betrachtet. Woher stammte er? Er war weder ein Machi noch ein Yoruba. Ein Aschanti vielleicht?

Wida war eine hübsche Stadt mit gut angelegten Straßen und schmucken Anwesen, die sich um den Tempel des Pythongottes reihten, das symbolische Herz der Stadt, das noch ein Erbe der Hueda war, der ersten Bewohner des Ortes. Nicht weit vom Tempel befand sich ein Markt, auf dem es alles zu kaufen gab. Einheimische Produkte, frisches oder geräuchertes Fleisch, Mais, Maniok, Hirse und Yamswurzeln. Aber auch europäische Produkte, Baumwollstoffe in lebhaften Farben, englische Taschentücher und vor allem Alkohol: Rum, Aguardente* und Cachaça. Im Unterschied zu Cape Coast befanden sich die Forts der Europäer in der Stadt selbst und lagen, wie zur gegenseitigen Überwachung, nur einen Schuss weit voneinander entfernt.

Romana da Cunha wohnte in Maro, einem Viertel, das ausschließlich von ehemaligen Sklaven aus Brasilien bewohnt wurde, die man »Brasilianer« oder »Aguda« nannte, sowie echten Brasilianern und Portugiesen weißer Rasse, mit denen sie sich durch die Religion und manche Lebensgewohnheiten verbunden fühlten. Romana hatte es zu Reichtum gebracht, indem sie die Wäsche der europäischen Sklavenhändler wusch und bügelte, und bewohnte daher ein großes, rechteckiges, mit einer Galerie umgebenes Haus, dessen hölzerne Fensterläden mit feinen Durchbrucharbeiten verziert waren.

Um unmissverständlich darauf hinzuweisen, welcher Religion sie angehörte, war die Nordwand des Hauses mit Azulejos** bedeckt, die die Jungfrau Maria mit dem Jesuskind in den Armen darstellten, während sich über der Eingangstür ein in den Stein gemeißeltes Kreuz befand. Ein kleiner Junge mit den Manieren eines Erwachsenen öffnete die Tür und bat die Besucher zu warten, während er weglief, um seine Mutter zu benachrichtigen. Nach längerer Zeit erschien die Senhora da Cunha.

* Schnaps, der zur Zeit des Sklavenhandels im Golf von Benin sehr geschätzt wurde.

** Fawencefliesen.

Sie war eine kleine, zierliche und noch junge Frau, die durchaus hübsch gewesen wäre, wenn ihr Gesicht nicht von einer Mischung aus Strenge und Leidenschaft, Kummer und Frömmigkeit, Furcht und Unbeugsamkeit gezeichnet gewesen wäre. Ihre Stirn war zur Hälfte von einem schwarzen Stofftuch verhüllt, und sie steckte in einem schwarzen, sackartigen Kleid, das ihre Hüften, ihr Gesäß und ihre Brüste versteckte, von denen man dennoch ahnen konnte, dass sie rund und fest waren. Sie murmelte, wobei sie ihren Sohn als Dolmetscher benutzte, dass sie sich sehr geehrt fühle und dass ihr bescheidenes Haus solche Ehre nicht verdiene. Dann öffnete sie eine Flügeltür zu einem Raum, der mit Sesseln, einer schweren Kommode und einem Tisch mit Kerzenleuchtern aus glänzendem Metall eingerichtet war. Während der ganzen Zeit hatte Malobali aus Taktgefühl im Eingang des Anwesens gewartet. Auf ein Zeichen von Pater Ulrich trat er schließlich näher und begrüßte die Gastgeberin.

Als Romana ihn ansah, verzerrten sich ihre Züge. Ein Ausdruck ungläubigen Erstaunens, der in panische Angst umschlug, malte sich auf ihrem Gesicht ab. Ihr Sohn übersetzte unerschütterlich ihre stammelnden Worte: »Woher kommt er? Was will er? Wer ist das?«

Pater Ulrich antwortete in besänftigendem Ton: »Das ist Samuel, unsere rechte Hand. Auch ein Kind Gottes.« Völlig verkrampft wandte Romana Malobali den Rücken zu und befahl ihm: »Du bleibst draußen ...«

Entrüstet gehorchte Malobali. Wer war diese Frau? Mit welchem Recht redete sie so mit ihm? Eine nichtswürdige Sklavin, die den Namen ihres Herrn angenommen, ihren Göttern abgeschworen und ihre Ahnen verleugnet hatte ... Fast hätte er sich eines anderen besonnen, wäre zurück ins Haus gegangen und hätte Romana die Stirn geboten und sie nach den Gründen für ihre Unhöflichkeit gefragt, aber er beherrschte sich. Um ihn herum gab es ein wildes Durcheinander. Im Handumdrehen hatte sich die Nachricht von der Ankunft zweier Priester in der Stadt herumgesprochen, und alle Katholiken eilten herbei. Es waren Weiße darunter, Mulatten, wie Malobali sie in Cape Coast gesehen hatte. Aber die meisten waren Schwarze. Sie trugen geblümte Gewänder, sprachen Portugiesisch, das mit ein paar französischen und englischen Brocken durchsetzt und von großen Gesten begleitet war.

Romana tauchte wieder im Hof auf. Bis Pater Etienne und Pater Ulrich den König von Dahome aufgesucht hätten, um die Erlaubnis zu erhalten, eine Mission einzurichten, würde sie sich um ihre Unterbringung kümmern, und sie bot ihnen ihre besten Schlafzimmer mit Betten mit Moskitonetzen und holländischen Betttüchern an. Sie vermied es sorgfältig, Malobali anzusehen, der sich fragte, ob sie daran dachte, auch ihn unterzubringen, oder ob er auf der Straße Zuflucht suchen musste.

Als Malobali noch trübsinnig unter seinem Apfelsinenbaum stand, trat ein Mädchen auf ihn zu und fragte flüsternd: »Bambara?«

Er nickte. Daraufhin gab sie ihm ein Zeichen, ihr zu folgen. Überrascht gehorchte er. Im Laufschritt näherten sie sich der Stadtmitte, bis sie zu den Forts gelangten. Dort bedeutete sie ihm durch ein Zeichen, er solle auf sie warten, und verschwand in einem der Forts.

Nach ein paar Minuten kam sie mit einem Soldaten wieder. Noch bevor dieser näher gekommen war und den Mund aufgemacht hatte, hatte Mobali bereits erkannt, dass es ein Bambara war. Die beiden Männer fielen sich gegenseitig in die Arme. Als Malobali den Klang seiner Muttersprache hörte, musste er sich die Augen am Stoff der Uniform des Unbekannten reiben, um keine Tränen zu vergießen, die für einen Mann erniedrigend waren und nur Frauen zustanden. Schließlich lösten sie die Umarmung, hielten sich aber noch weiterhin an den Händen fest, als könnten sie sich noch nicht ganz trennen.

»Tiè*, ich bin Birame Kuvaté …«

»Ich bin Malobali Traoré …«

Ein Bambara! Ertönt, *bala, flé, n'goni!* Erklingt, *dunumba!*

Ein Bambara! Jetzt war er nicht mehr allein!

Das Mädchen, das Malobali hergebracht hatte, stand etwas abseits, diskret, aber dennoch anwesend. Malobali zeigte auf sie und fragte: »Wer ist sie?«

Birame lächelte und sagte: »Das ist Modupe**. Und niemand verdient diesen Namen mehr als sie … Als sie hörte, dass du ein Bambara bist, hat sie sofort daran gedacht, dich zu mir zu bringen. Sie selbst ist eine Nago. Sie wohnt im Viertel von Sogbadji neben einem Mädchen, das ich bald heiraten werde …«

Malobali musste allmählich daran denken, zu Romana zurückzugehen. Was würden die beiden Priester sagen, wenn sie feststellten, dass »ihre rechte Hand« verschwunden war? Und was würde Romana sagen, wenn sie die Abwesenheit ihrer Dienerin bemerkte? Aber jetzt hatte Malobali Balsam im Herzen.

Als sie bei Romana ankamen, achtete niemand auf sie, denn die wichtigste Persönlichkeit des Landes nach König Ghezo hatte ihren Besuch angemeldet: der Portugiese Francisco de Souza, genannt Chacha Ajinakou. Francisco war als Magazinverwalter des Forts San João d'Ajuda nach Wida gekommen. Als die Portugiesen und die Brasilianer sich dann zurückgezogen hatten, war er dort geblieben und zu höchster Macht aufgestiegen. Er hatte sich auf

* Mann bzw. Bruder Bambara.

** Yoruba-Vorname, der bedeutet: »Ich bedanke mich.«

spektakuläre Weise am Sklavenhandel bereichert und inzwischen allein die Rechte für den Verkauf. Tatsächlich konnte kein Sklavenhändler ohne seine Erlaubnis einen Sklaven an Bord nehmen. Er war ein frommer Katholik, was ihn nicht daran hinderte, einen regelrechten Harem zu unterhalten, sodass sich seine Kinder kaum mehr zählen ließen. Für einen Mann seiner Stellung war er erstaunlich nachlässig gekleidet und trug auf dem Kopf eine Samtkappe mit einer Troddel, die ihm in die Stirn fiel. Mit Hilfe seines Sohnes Isidoro, der ein paar Brocken Französisch konnte, erklärte er, dass es eine Beleidigung sei, dass die Missionare nicht sein Haus beehrten. Aber Pater Etienne, der es verstand, mit empfindlichen Menschen umzugehen, erzählte sogleich die Geschichte von Martha und Maria, jenen bescheidenen Frauen, deren Gastfreundschaft Unser Herr Jesus Christus in Anspruch genommen hatte, und daraufhin beruhigte sich Chacha Ajinakou. Er versprach, sich bei König Ghezo dafür einzusetzen, dass er die Priester möglichst schnell empfing und ihnen ihren Wunsch gewährte, denn Ghezo, so berichtete Chacha, verdanke ihm viel. Er habe Ghezo geholfen, auf den Thron zu kommen und seinen Bruder auszuschalten.

Kurz darauf trugen die Dienerinnen, unter ihnen Modupe, Gerichte auf, die Malobali unbekannt waren: Feijoada, eine Mischung aus Tomatensaft, Zwiebeln, gebratenem Fleisch und Gari*, nach einem Rezept aus Bahía, Cocada und Pé de Moleque**.

Es war gewiss nicht das erste Mal, dass Malobali sich unter Fremden befand, da er sich seit Monaten fern von zu Hause herumtrieb. Aber es war das erste Mal, dass man

* Maniokmehl.
** Brasilianische Leckereien.

ihm keinerlei Gastfreundschaft entgegenbrachte, und das erste Mal, dass er sich wie ein Ausgestoßener behandelt fühlte. Nicht beachtet. Vernachlässigt.

Warum?

Weil er nicht mit einem Sklavenschiff in ein Land der Knechtschaft gebracht worden war, wo er eine zweifelhafte Vertrautheit mit den Weißen hätte entwickeln können? Weil er nicht aus diesem Land zurückgekommen war und anschließend die Manieren der Weißen nachäffen und ihren Glauben verkünden konnte?

Und jetzt falteten auf einmal alle die Hände und begannen, das Salve Regina zu singen, wobei die hellen Kinderstimmen die Stimmen der Erwachsenen übertönten, während Pater Ulrich mit den Händen den Takt schlug und sich bemühte, den Gefühlsausbruch seiner neuen Schäflein zu zügeln. Malobali fing Romanas Blick auf. Sie hatte ihr schwarzes Gewand gegen ein taubenblaues Kleid mit weiten Ärmeln getauscht; um die Taille trug sie einen Gürtel und um den Hals sechsreihige Spitzen. Aber dieser in Malobalis Augen lächerliche Aufzug stand ihr gut und betonte ihre Jugend, umso mehr, als auch die Freude über den Besuch der Priester ihr Gesicht belebte. Verwirrt wandte sie rasch den Blick von Malobali ab. Warum hasste ihn diese Frau? Bis zu diesem Tag waren sie sich doch noch nie begegnet.

Als er sich diese Frage stellte und das Knie beugte, reichte ihm Modupe eine volle Kalebasse. Auf ihrem Gesicht dagegen lag ein Ausdruck der Bewunderung und der völligen Ergebenheit. Malobali wusste, dass sie ihm gehören würde, sobald er nur wollte. Alles in allem ließ sich dieser Aufenthalt in Wida nicht schlecht an. Bereits am ersten Tag hatte er die Freundschaft eines Mannes und die Liebe einer Frau gewonnen.

5

»Ago*!«

Malobali schlug die Augen auf und erkannte die Silhouette von Eucaristus. Er lächelte und winkte ihn zu sich, denn zwischen den beiden hatte sich eine seltsame Freundschaft entsponnen, in die sich bei Malobali tiefes Mitleid für das Kind mischte. Wenn er sich an die Freiheit, die Fröhlichkeit und die Spiele in Dusikas Anwesen erinnerte und sie mit der Erziehung verglich, die Eucaristus erhielt, der immer von Kopf bis Fuß angezogen war, bei der geringsten Kleinigkeit mit der Palmgerte geschlagen und gezwungen wurde, stundenlang auf den Knien endlose Sätze herunterzubeten, deren Sinn er kaum verstand, dann war Malobali versucht, zu Romana zu gehen und ihr zu sagen, was er empfand. Aber mit welchem Recht eigentlich? Anscheinend war das der Anfang der guten Sitten, von denen er nichts verstand.

Das Kind blieb schüchtern an der Tür stehen und sagte: »Mama möchte, dass du Holz hackst …«

Malobali seufzte. Er spürte, dass es trotz seiner Bemühung, sich zu beherrschen, bald zu einer heftigen Auseinandersetzung mit Romana kommen würde. Seit mehr als zwei Wochen waren Pater Etienne und Pater Ulrich unterwegs zu König Ghezo und hatten ihn hier zurückgelassen, da er für sie dabei nicht von Nutzen sein konnte. Und Romana hatte begonnen, ihn wie einen Diener einzusetzen: »Samuel, mach dies, Samuel, mach das …«

Anfangs hatte er noch aus Höflichkeit gehorcht und

* Achtung!« auf Fon.

weil er bei ihr zu Gast war. Aber ihm war sehr schnell klar geworden, dass es Romana um etwas ganz anderes ging. Sie wollte ihn erniedrigen. Warum?

Er stand auf, und ohne sich die Mühe zu machen, in seine Kleider zu schlüpfen, ging er, nur mit einem Lendenschurz bekleidet, auf den Hof. Die Axt steckte in einem Klotz neben einem Stapel Holz, der fast bis an den Rand des Daches reichte. Malobali unterdrückte seine Wut und machte sich an die Arbeit. Mit kräftigen Schlägen zerspaltete er Stämme und Äste, während ihm der Schweiß den Rücken hinunterlief. Er hatte bereits ein gutes Drittel des Stapels zerkleinert, als Romana aus dem Haus gerannt kam. Sie schien von unerhörtem Zorn erfüllt zu sein und stieß einen Schwall unverständlicher Worte aus, in die sich ab und zu Schreie mischten. Sie stürzte sich auf Malobali, riss ihm, ungeachtet der Gefahr, sich zu verletzen, die Axt aus den Händen und warf sie weit weg. Malobali war sprachlos. Was war los? Was warf sie ihm vor? Durch den Lärm waren all die kleinen Dienerinnen unter dem Vordach hervorgekommen, wo sie die Wäsche einweichten, und selbst die, die das Haus fegten, waren herbeigeeilt. Malobali wischte sich mit der Hand den Schweiß von der Stirn und blickte Romana an. Als er sie so zetern und schreien sah, empfand er echtes Mitleid mit ihr. Diese Frau litt. Worunter? Modupe hatte ihm gesagt, dass Romanas Mann in Brasilien unter solch dramatischen Umständen gestorben sei, dass sie nie darüber sprach und keinen anderen Gatten mehr wollte als Unseren Herrn Jesus Christus. War es die Erinnerung, die sie so quälte und so unmenschlich werden ließ? Als Romana einen Augenblick zu schreien aufhörte, bemerkte Malobali, wie schön ihre mandelförmigen Augen waren und wie kindlich die Form ihres Mundes war, was gewöhnlich durch eine Falte der Verbitterung verdeckt wurde. Er sagte leise: »Was willst du?«

Da trat Eucaristus hervor, der sich bisher entsetzt an die Hauswand gedrückt hatte, und stammelte: »Sie sagt, dass du dich anziehen sollst, dass sie keinen nackten Wilden in ihrem Haus haben will, weil es ein christliches Haus ist.« Malobali hatte mit allen möglichen Vorwürfen gerechnet, nur nicht mit diesem. Seit wann war der Körper eines Mannes ein Stein des Anstoßes? Er brach in Lachen aus, drehte sich um und ging in sein Zimmer.

Damit hätte die Angelegenheit erledigt sein können. Es war aber nicht der Fall.

Anscheinend erzürnt über die unbekümmerte Art, mit der Malobali sich in einen Raum zurückzog, den er nur aufgrund ihres Wohlwollens bewohnte, ging Romana ins Haus, kam mit der Palmgerte wieder, die für ihre Kinder bestimmt war, und folgte Malobali. Hatte sie wirklich die Absicht, ihn zu schlagen, oder war es nur eine Geste der Herausforderung?

Als Malobali sie mit der Palmgerte auf sich zukommen sah, war er starr vor Staunen. Was war nur aus ihm geworden, dass eine Frau es wagte, ihn so zu bedrohen? Zugleich überkam ihn die Wut. Er wollte sich schon auf Romana stürzen, sie niederstrecken, sie vielleicht töten, als ihm eine Stimme seine unselige Erfahrung im Aschantiland nach der Vergewaltigung von Ayaovi in Erinnerung rief. Was würde jetzt geschehen, wenn er sich eines Mordes schuldig machte? Er stieß Romana zurück, zerbrach die Palmgerte auf dem Knie und ging hinaus. Modupe folgte ihm auf die Straße. Sie gab ihm zunächst seine Kleider, die den Streit ausgelöst hatten, und wie ein guter Geist führte sie ihn noch einmal durch die Straßen. Es war noch sehr früh. Dennoch war die Stadt bereits sehr belebt. Frauen strömten zu den Märkten, auf denen sich die Handwerker bereits niedergelassen hatten; Kalebassenschnitzer, Töpfer, Korbmacher und Weber boten den Vorübergehenden ihre Waren an. Lange Reihen von Sklaven eilten zu den neu angepflanzten Palmenhainen vor den Toren der Stadt oder zu den Feldern, von deren Erträgen sich die Bevölkerung ernährte. Die Händler waren auf dem Weg zum Hafen.

Modupe und Malobali gingen am Pythontempel vorbei und gelangten dann in das Viertel von Sogbadji, wo Modupes Familie lebte.

Sie stammte aus Oyo und hatte sich aufs Weben spezialisiert. Es waren wohlhabende Leute, die auf niemanden angewiesen waren, es aber dennoch für richtig gehalten hatten, eine ihrer Töchter der Senhora Romana da Cunha anzuvertrauen, die eine Nago wie sie und in der Stadt sehr angesehen war. Modupe wäre es nie in den Sinn gekommen, sich über Schläge oder schlechte Behandlung zu beklagen, da sie diese auf Romanas strenge Erziehungsprinzipien zurückführte. Aber ihre Liebe zu Malobali gab ihr Mut. Sie ging durch die verschiedenen Höfe des Anwesens und wagte es, sich ihrer Mutter zu Füßen zu werfen und ihr weinend zu erzählen, was sich ereignet hatte, wobei sie hervorhob, dass Malobali ein Verwandter von Birame war. Molara, Modupes Mutter, war anfangs geneigt, nichts zu unternehmen, was die einflussreiche Romana hätte verärgern können. Aber die traditionelle Gastfreundschaft des Volkes, dem sie angehörte, gewann die Oberhand. »Der Babalawo* befragt Ifa** jeden Tag, weil er weiß, wie wechselhaft das Leben ist«, heißt es im Sprichwort. Wer weiß, ob nicht eines Tages einer ihrer Söhne oder ein Mitglied ihrer Familie sich nicht ebenfalls fern von zu Hause in Bedrängnis befinden würde? Sie be-

* Yoruba-Priester und Wahrsager (das Wort bedeutet »Vater des Geheimnisses«).

** Yoruba-Gott der Weissagung.

auftragte eine ihrer Dienerinnen, Malobali frisches Wasser und ein üppiges Frühstück aus Kochbananen und Bohnen zu bringen, und beschloss zu warten, bis ihr Mann wiederkam.

Francisco de Souza, genannt Chacha Ajinakou, hatte die Gewohnheit, Streitigkeiten zu schlichten, zu denen es in der Gemeinschaft der Aguda kam. Im brasilianischen Viertel, das er gegründet hatte, galt er als Richter und Berater. Er hörte sich zunächst Romanas Darstellung an, da sie sich verletzt fühlte, und dann Malobalis Version, wie sie ihm von Modupes ehrenwerter Familie vorgetragen wurde, und verstand durchaus, dass sie sich in dieser Angelegenheit an ihn gewandt hatte.

Chachas Haus war schön. Es hatte ein Dutzend Räume, die mit europäischen Sesseln, Tischen, Kommoden und Betten mit Moskitonetzen eingerichtet waren, und öffnete sich auf einen großen viereckigen Hof, der mit Apfelsinen- und Filaobäumen bepflanzt war. Neben dem Wohnhaus befand sich ein *baracoon*, ein Lagerschuppen ohne Dach mit großen, durch Bretterzäune abgeteilten Räumen für die Sklaven, die aus allen Teilen des Landes hergebracht wurden. Es waren etwa hundert traurige Gestalten, die dort auf dem Boden lagen und apathisch darauf warteten, verschifft zu werden. Aber niemand aus Chachas Umgebung beachtete sie, und er selbst schon gar nicht.

Chacha nahm ein wenig Schnupftabak und sah Malobali scharf an, um zu versuchen, ihn als Mann einzuschätzen. Von welchem Wahn konnte eine Frau doch besessen sein! Hatte Romana wirklich geglaubt, sie hätte Malobali ungestraft schlagen können? Er wandte sich Isidoro zu und verkündete seinen Urteilsspruch: »Als Pater Etienne und Pater Ulrich Samuel bei der Senhora da Cunha zurückgelassen haben, war nicht die Rede davon, dass er in ihren Diensten stehen würde. Samuel ist katholisch, getauft und kann nicht wie ein Sklave behandelt werden. Allerdings muss man zugestehen, dass er unrecht getan hat, als er im Anwesen einer ehrenwerten Frau unschicklich gekleidet herumgelaufen ist. Das gab jedoch der Senhora da Cunha nicht das Recht, ihn mit einer Palmgerte zu bedrohen. Damit sich ähnliche Vorfälle nicht wieder ereignen, werde ich Samuel bis zur Rückkehr der Diener Gottes in mein Haus aufnehmen.«

Daraufhin sprach er drei Paternoster und drei Avemaria, die von allen Anwesenden im Chor wiederholt wurden. Modupe war den Tränen nahe. Sie hatte gehofft, dass Malobali ihrer Familie anvertraut worden wäre. Was für Nächte hätten sie dann statt jener flüchtigen Umarmungen erwartet ... Malobali dagegen schätzte sich glücklich und schüttelte Chacha, dessen Sohn und Modupes Vater Olu kräftig die Hand, ehe er sich mit einer Geste voller Anmut, die ihn das Herz aller Frauen gewinnen ließ, vor Modupes Mutter so verbeugte, wie er es vor Nya getan hätte. Olu, mit dem er sich auf Anhieb verstanden hatte, hatte ihm Yoruba-Kleidung geschenkt, und dadurch hatte Malobali seine ganze Würde und Vornehmheit wieder gefunden.

Nach der Urteilsverkündung zog sich Romana mit Eucaristus zurück. Das Kind schob seine Hand in ihre, und verwundert, sie so brennend heiß zu finden, sagte es: »Es ist besser so, Mama!«

Romana hörte diese Worte kaum, denn Malobali hatte richtig vermutet, sie stand Qualen aus. Seit Nabas Tod und ihrer Rückkehr nach Afrika hatte sie keinen Mann mehr angesehen. Ihr Herz war ein Gedenkstein für den Verstorbenen, und im Geist durchlebte sie noch einmal jedes Ereignis, das zu seinem furchtbaren Ende geführt hatte. Die moslemischen Aufstände in Bahía. Abiolas Verrat. Den Prozess. Von alldem hatte sie zu niemandem je auch nur einen Ton gesagt, da sie deutlich spürte, dass beim ersten Wort, das ihr über die Lippen kommen würde, der ganze aufgestaute Schmerz hervorbrechen und sie von Wahnsinn und Tod bedroht sein würde, während sie doch drei Söhne zu versorgen hatte.

Sobald Malobali aufgetaucht war, hatte sich das alles geändert. Ihr Herz, das sie für ebenso zäh und ledern gehalten hatte wie Räucherfleisch auf dem Markt, hatte plötzlich wieder zu schlagen begonnen. Verlangen hatte sie gequält. In ihrem Wahn hatte sie geglaubt, Naba wieder vor sich zu sehen, jünger und schöner. Aber dennoch verblüffend ähnlich. Mit weiblicher Intuition, die von Eifersucht geschärft war, hatte sie sofort erraten, was sich zwischen Modupe und Malobali abspielte, und dass Modupe während der Mittagsruhe zu ihm ging, wenn sie glaubten, dass alle im Haus schliefen. Zunächst hatte sie die beiden verraten und Modupes Vater darüber informieren wollen. Aber dann hatte sie sich ihrer selbst geschämt.

Und was hatte sie jetzt getan? Aus Dummheit hatte sie ihn aus dem Haus getrieben. Er würde nicht mehr mit seinem langen, lässigen Schritt über den Hof gehen. Er würde sie nicht mehr in seinem stockenden Yoruba begrüßen. Morgens würde sie nicht mehr sehen, wie er im Stehen seinen Maisbrei aß. Und das Schlimmste war, so schien ihr, dass jeder ihr Geheimnis durchschaut hatte, jeder wusste, dass sie völlig vernarrt war in diesen Mann, in diesen Fremden, diesen Diener der Priester, der überdies noch jünger war als sie! Sie kamen nach Haus, und Romana ging in ihr Zimmer, um sich gründlich auszuweinen. Aber sie hatte ihre Rechnung ohne die Aguda-Gemeinschaft gemacht. Plötzlich tauchten sie alle in ihrem Anwesen auf, die Almeida, de Souza, d'Assumpçao, da Cruz, do Nascimiento ... die sich alle durch das Urteil gekränkt fühlten.

Hätte man nicht diesen Neger bestrafen müssen, der nackt im Haus einer Christin herumgelaufen war? Sie steigerten sich in immer größere Übertreibungen hinein, und am Ende des Vormittags hatte Malobali Dienerinnen angegriffen, Romana gegenüber obszöne Gesten gemacht und die Kinder geschlagen. Man sprach davon, die Angelegenheit König Ghezo zu unterbreiten, der die Aguda immer begünstigt hatte, und wohl zum ersten Mal erhob sich ein Sturm der Entrüstung gegen Chacha.

Als es dunkel wurde, hielt Romana es nicht mehr aus. Sie schickte eine kleine Dienerin mit der Bitte zu Malobali, er möge zu ihr kommen.

Malobali hätte unmöglich erraten können, welche Gefühle er bei Romana hervorgerufen hatte. Er war überrascht von dieser Nachricht und fragte sich, was diese Frau, die ihm schon so viel Ärger bereitet hatte, nun wieder von ihm wollte. Er ging hinaus in die Finsternis.

Irgendwo in einem Stadtteil hatte ein Mensch dem Tod seinen Tribut gezahlt, und man hörte den Totengesang.

Die sterbende Schlange
vertraut auf das Laub,
um ihre Jungen zu verbergen.
Und du, auf wen vertraust du?
Wem hast du uns anvertraut,
als du in das Land der Toten gingst?
*O kou, O kou, O kou**...!*

Dieser Gesang schien Malobali ein schlechtes Omen zu sein, sodass er beinah wieder zurückgegangen wäre. Schließlich setzte er seinen Weg dennoch fort. Als er in das Maro-Viertel kam, stellte er fest, dass in Romanas Haus fast alle Lichter erloschen waren. Die Dienerinnen waren bereits in ihren Kammern hinten im Hof. Die Kinder wa-

* Kou: der Tod auf Fon.

ren im Bett. Nur Romanas Zimmer, das sehr schlicht mit Matten und Kalebassen eingerichtet war, da sie ihr schönes Mobiliar für die Empfangsräume vorbehalten hatte, war mit Stearinkerzen beleuchtet. Romana hatte ihre portugiesische Kleidung abgelegt und trug ein kurzes gewebtes Yoruba-Wickeltuch, das auf der Seite geknüpft war, und dazu eine weit ausgeschnittene Bluse, unter der sich ihr Körper deutlich abzeichnete, frei und jung. Ihr Kopf war unbedeckt, und ihr dichtes schwarzes Haar hatte sie zu feinen, regelmäßigen Zöpfen geflochten. Im Grunde wusste Romana selbst nicht, was sie von Malobali erwartete, und als sie ihn so nah bei sich sah, schwanden ihr fast die Sinne. Ihr kam es vor, als sei Naba hereingekommen. Naba, jung und kräftig, wie er zweifellos gewesen war, bevor die Gefangenschaft ihn zerstört hatte. Naba, der ihr mit seinen Früchten seine Liebe erklärte. Aber Malobali rührte sich nicht von der Stelle und starrte sie nur wortlos und verlegen an. Schließlich suchte er im Labyrinth einer fremden Sprache nach Worten und fragte sie: »Was willst du? Wenn das, was du mir zu sagen hast, gut ist, warum hast du damit bis zur Nacht gewartet?«

Romana wandte den Blick von ihm ab und sagte: »Ich wollte dich um Entschuldigung bitten ...«

Malobali zuckte die Achseln: »Lass uns nicht mehr darüber sprechen, Chacha Ajinakou hat ja die Angelegenheit bereits geregelt ...«

Einen Augenblick herrschte Schweigen, dann nahm Romana ihren ganzen Mut zusammen und sagte: »Ich möchte dich bitten, wieder hier zu wohnen. Bei Unserm Herrn, ich werde dich nicht mehr schlecht behandeln.«

Malobali lächelte und entgegnete: »Bei uns zu Hause sagt man, wer sich auf eine Frau verlässt, verlässt sich auf einen Fluss, der über die Ufer tritt. Trotz deines Versprechens wirst du dich wieder aufregen ...«

Als Romana die Worte »bei uns zu Hause« hörte, lag ihr zitternd der Satz auf den Lippen: »Mein verstorbener Mann stammte wie du aus Segu ...«

Dann kam es ihr aber wie ein Verrat vor, ausgerechnet mit jenem Lebenden über den Toten zu sprechen, der diesem die grausamste Kränkung zufügte, indem er Herz und Sinne der Witwe in Besitz nahm. Stattdessen sagte sie: »Komm wenigstens wieder, um die Kinder zu sehen. Sie lieben dich so. Vor allem Eucaristus.«

Malobali ging zur Tür und sagte: »Ich komme wieder, Senhora, ich komme wieder.«

Verwirrt, beunruhigt und unzufrieden mit sich selbst, schlug Malobali den Weg zum Fort ein, um Birame aufzusuchen. Warum ließ ihn diese Frau nicht in Ruhe?

Birame hatte einen ganz anderen Weg hinter sich als Malobali. Er stammte aus Kaarta und war von Tuareg gefangen genommen worden, die ihn nach Walo* verschleppt hatten. Dort war er vom Gouverneur Schmaltz für dessen Versuch der landwirtschaftlichen Kolonisierung Senegals eingesetzt worden. Von dort aus war Birame dann auf abenteuerliche Weise wieder zu Franzosen gekommen, bis er schließlich mit ihnen im Fort von Wida gelandet war. Als sie von ihrer Regierung zurückbeordert worden waren, war er mit den anderen Bambara dort geblieben und hatte Sklavenhandel betrieben und die Flagge gehisst, um den Händlern anzuzeigen, dass Sklaven zur Verfügung standen. Er war im Grunde einer von Chachas Leuten.

Als Birame erfuhr, was geschehen war, schlug er Malobali vor: »Komm doch ins Fort. Hier ist Platz für alle ...«

Aber Malobali schüttelte den Kopf und sagte: »Nein, Chacha hat mir erlaubt, bei ihm zu wohnen, und ich

* Reich, das sich im Gebiet des heutigen Senegal befand.

möchte nicht den Eindruck erwecken, undankbar zu sein.«

Birame verzog verächtlich das Gesicht: »Nimm dich vor diesen Portugiesen und Brasilianern in Acht, vor allem vor den Schwarzen. Das ist eine üble Rasse von gebleichten Affen, die jeden verachten und sich für etwas Besseres halten. Geh ihnen aus dem Weg, so gut du kannst...«

Malobali dachte an Romana. Wenn es um eine andere Frau gegangen wäre, hätte er sicherlich ihr Geheimnis ergründet. Aber aus ihrem Verhalten wurde er einfach nicht klug. Ihr plötzlicher Sanftmut, der auf so viel Gewalt folgte, ihr Lächeln, ihre Blicke. Er verstand überhaupt nichts mehr und leerte im Zustand der Verwirrung, in dem er sich befand, mit Birame mehrere Kalebassen Aguardente.

Bald gab es in der Aguda-Gemeinschaft und ganz Wida ein neues Thema, über das geklatscht wurde.

Chacha Ajinakou hatte seine Freundschaft zu Malobali entdeckt. Die Sache war ungewöhnlich. Denn Chacha war ein hochmütiger Mann, der höchstens mit den Kapitänen der Sklavenschiffe verkehrte, wenn er nicht gerade mit einer seiner Frauen im Bett lag. Er beschäftigte Malobali im Sklavengeschäft. Seit zehn Jahren hatten die Engländer den Sklavenhandel verboten und zahlreiche Nationen gezwungen, es ihnen gleichzutun. Die Franzosen hatten jetzt ebenfalls damit aufgehört. Und dennoch ging das Geschäft nicht zurück. Ganze Schiffe voller Sklaven segelten weiterhin nach Brasilien und Kuba.

Man sah also, wie Malobali in einer Schaluppe zu den Sklavenschiffen hinausfuhr, mit den Kapitänen zurückkam, sie zum Yovogan Dagba und anschließend zu Chacha brachte. Man sah, wie er seine Mahlzeiten zusammen mit den Händlern an Chachas Tisch einnahm und mit ihnen das menschliche Vieh begutachtete, das er zuvor mit allen möglichen Tricks präsentierfähig gemacht hatte.

Mit einem Wort, Malobali war in kürzester Zeit verhasst. Warum? Weil er Sklavenhandel betrieb? Gewiss nicht. Jeder war in Wida mehr oder weniger darin verwickelt. Weil er ein Fremder war? Auch nicht. Auf dieser engen Landzunge zwischen den Flüssen Cufo und Weme waren Aja, Fon, Machi, Yoruba, Hueda ... zusammengetroffen, ganz zu schweigen von Portugiesen, Brasilianern, Franzosen und selbst Engländern aus Fort William's. Die Sprachen hatten sich vermischt, die Götter einander abgelöst und die Sitten waren miteinander verschmolzen. Was warf man ihm dann vor? Dass er hochmütig war, den Frauen gefiel, zu viel trank, bei einem Kartenspiel gewann, das er angeblich auf seinen Reisen erlernt hatte, und dass für ihn Segu jedem anderen Ort auf der Erde überlegen war. Warum war er dann nicht dort geblieben?

Die Dinge spitzten sich zu, als die beiden Priester voller Dankbarkeit gegenüber König Ghezo aus Abomey wiederkamen, der ihnen ein Stück Land außerhalb der Stadt überlassen hatte. Sie verlangten ihren Diener zurück, aber Chacha weigerte sich, ihn herauszugeben, und behauptete, Malobali verdiene etwas Besseres als die Arbeiten, die sie von ihm erwarteten.

Die Priester protestierten lautstark und warfen Chacha vor, Malobali in den Handel mit »Menschenfleisch« verwickelt zu haben, was eines Christen unwürdig sei, tadelten Malobali und setzten sich schließlich in gewisser Weise durch. Fortan teilte Malobali seine Zeit zwischen dem Bau der Kirche und der Arbeit in den Palmenhainen des Pflanzers José Domingos auf.

Denn neben dem Sklavenhandel entwickelte sich ein neuer Handel, der die Kaufleute der Goldküste und vor allem jene der Ölflüsse* bereits reich gemacht hatte: der Handel mit Palmöl.

Von da an sah man Malobali, wie er ganze Trupps von Sklaven aus der Stadt zu den Palmenhainen führte und sie überwachte, während sie, mit einem Seil gesichert und einem Buschmesser zwischen den Zähnen, an den Stämmen hochkletterten, um die Büschel mit den Palmkernen abzuschlagen, bevor sie diese in Pirogen verluden oder in Körben auf dem Landweg transportierten.

Malobali wohnte weiterhin bei Chacha. Spät in der Nacht hörte man, wie die beiden Männer mit den Kapitänen der Sklavenschiffe Billard spielten und laut scherzend Rum tranken, sodass schließlich Chachas drei älteste Söhne, Isidoro, Ignácio und Antonio, eifersüchtig wurden und vom Bambara-Zauber redeten.

Es war anscheinend eine glückliche Zeit in Malobalis Dasein. Nach den Gefahren, dem Gemetzel und den Vergewaltigungen seines Soldatenlebens und den Entbehrungen im Dienst der Priester genoss er ein Leben in völliger Freiheit. Außerdem gelangte er durch den Erlös der Palmkerne, die ihm José Domingos anstelle einer Bezahlung überließ, zu Wohlstand. Er verkaufte sie an Frauen, die sie zerkleinerten und daraus rotes Öl herstellten. Zwei Franzosen, die Gebrüder Régis, waren vor kurzem in die Stadt gekommen und sprachen davon, das Fort in eine private Faktorei umzuwandeln. Dort sollte das Öl gelagert werden, um anschließend nach Marseille, einer Stadt in Frankreich, verschifft zu werden, wo Großhändler es zu Seife, Maschinenöl und Ähnlichem verarbeiten würden. Auf lange Sicht würde das lohnender sein als der Sklavenhandel …

* »Ölflüsse« war die Bezeichnung für das Delta des Nigers, dessen Mündung man noch nicht kannte.

Malobali zögerte noch. Chacha prahlte damit, dass er von König Ghezo ein Stück Land für ihn bekommen könne, auf dem er sein Haus bauen könnte. Anschließend könnte er Medupe heiraten … Aber Malobali träumte immer mehr davon, nach Segu zurückzukehren. Er witterte eine Gefahr im trockenen, verbrannten Geruch des Landes, in seinen Lagunen, seinen Mangrovensümpfen. Irgendwo lauerte diese Gefahr wie ein wildes Tier, das nur darauf wartete, sich auf ihn zu stürzen und ihm seine Fänge in die Kehle zu graben. Jemand sagte ihm, dass es von Adofoodia, im Norden des Reiches, nur zehn Tagereisen bis nach Timbuktu seien. Er ruhte nicht eher, als bis er herausfand, wo sich diese Stadt befand und wie man dorthin kam.

Wenn er erst mal in Timbuktu wäre, wäre er dann nicht schon fast in Segu?

6

Eucaristus berührte Malobali am Arm und flüsterte: »Erzähl mir eine Geschichte …«

Malobali überlegte und begann dann: »Suruku und Badeni trafen sich. Badeni glaubte, dass Suruku seine Mutter sei. Daher lief er hinter ihr her und begann, bei ihr zu saugen. Suruku wollte sich von ihm losmachen und ihn am Kopf ergreifen. Aber mit einem Biss riss sie sich plötzlich ihre eigenen Geschlechtsteile aus. Da rief sie: ›Oh, dieser Badeni saugt wirklich zu stark.‹«

Eucaristus, Romanas jüngster Sohn, lachte schallend. Wenn Malobali solche Geschichten erzählte, erweckte das eine verschwommene Erinnerung an seinen Vater. Er war noch so jung gewesen, als sein Vater starb! Kaum drei Jahre. Und seither erwähnte seine Mutter nie den Namen seines Vaters, als sei er auf einem fluchbeladenen Acker begraben, auf dem man Bäume, Pflanzen und Gestrüpp wachsen lässt, ohne jemals zu jäten oder zu roden. Wenn Malobali ihm eine Geschichte erzählte, glaubte er einen breitschultrigen, hoch gewachsenen Mann vor sich zu sehen, der sehr sanft war, zärtlicher als seine Mutter. Er glaubte den Akzent einer Sprache zu hören, die anders klang als Yoruba. Aus welchem Volk stammte sein Vater? Er wagte nicht, Romana zu fragen, da er wusste, dass sie mit einem Schlag der Palmgerte oder mit einer Ohrfeige antworten würde. Zärtlich lehnte er den Kopf gegen Malobalis Schulter: »Erzähl mir jetzt die Geschichte deiner Geburt …«

Malobali lachte: »Aber das ist kein Märchen. Genau am Tag meiner Geburt befand sich ein Weißer vor den Toren von Segu und bat darum, vom Mansa empfangen zu werden. Woher kam er? Was wollte er? Niemand wusste es. Daher glaubten die Fetischpriester, dass er ein verkleideter böser Geist sei, denn seine Haut hatte die Farbe der Albinos …«

»Warum hat man Angst vor den Albinos?«

In diesem Augenblick kam eine Dienerin ins Zimmer, in dem sich die beiden befanden, und flüsterte: »Iya möchte dich sprechen, Samuel!«

Romana befand sich im Inneren des Hauses. Sie hatte ganz offensichtlich gerade ein Bad genommen, denn ihre eingeölte, glänzende Haut verbreitete einen schwachen Duft. Sie hob den Kopf und warf Malobali vor: »Jetzt besuchst du also Eucaristus und begrüßt mich nicht einmal mehr!«

Er entschuldigte sich mit einem Lächeln: »Ich dachte, du schliefst, Senhora …«

Sie bat ihn, Platz zu nehmen, und sagte: »Ich möchte dir ein Geschäft vorschlagen, eine Partnerschaft. Ich weiß, dass du im Handel mit Palmöl sehr erfolgreich bist. Ich möchte mich daran beteiligen …«

»Wie meinst du das?«

Was für ein begriffsstutziger Mann, der nicht erkannte, dass sie sich herzlich wenig um Palmen, Palmkerne und Palmöl scherte! Sie fuhr fort: »Nun, ich möchte, dass du dich verpflichtest, mir jede Woche drei bis fünf Körbe Palmkerne zu liefern. Ich habe genügend Hausangestellte und Sklaven, um das Restliche zu besorgen …«

Malobali dachte nach. Er hatte absolut keine Lust, eine zu enge Partnerschaft mit Romana einzugehen, denn ihre Gegenwart flößte ihm irgendwie Angst ein. Ihre übersteigerte Nervosität störte ihn, da er sich die einzig mögliche Erklärung dafür nicht einzugestehen wagte. Er antwortete: »Du weißt, dass ich nicht mein eigener Herr bin. Ich muss darüber mit José Domingos sprechen.«

Sie seufzte: »Er hasst mich …«

Malobali zuckte die Achseln und sagte: »Warum sollte er dich hassen?«

»Weil man die Frauen hasst, sie verachtet und nicht will, dass sie Initiativen ergreifen.«

Diese Worte kamen Malobali völlig unverständlich vor, und da er nichts darauf zu sagen wusste, fuhr Romana fort: »Weißt du, für eine alleinstehende Frau ist das Leben sehr schwer.«

Jetzt befand sich Malobali wieder auf einem Terrain, das ihm vertraut war, und entgegnete: »Aber warum lebst du allein? Du bist …«

Zum ersten Mal vielleicht sah er sie wirklich an, bemerkte, wie zart sie war, und beendete seinen Satz aufrichtig:

»… schön …«

»Genauso schön wie Modupe?«

Zweifel war da nicht mehr möglich. Malobali hatte zu viele Frauen gesehen, die ihm ihre Bewunderung gezeigt hatten, um nicht zu begreifen. Mit einem Satz war er auf den Beinen wie ein Mann, der im Busch auf eine Schlange stößt, und stotterte: »Iya, Eucaristus wartet auf mich, ich muss ihm noch den Schluss der Geschichte erzählen …«

Er nannte sie Iya, um sie zum Selbstrespekt zu ermahnen. Aber da er das Wort falsch auf der ersten Silbe betonte und die Tonhöhe vernachlässigte*, richtete Romana sich auf, warf sich ihm in die Arme und sagte: »Früher hat mich jemand so genannt.«

Malobali schloss sie in die Arme und wollte gerade aus alter Gewohnheit das tun, was man ganz offensichtlich von ihm erwartete, seine Intuition sagte ihm dann jedoch,

* Yoruba ist eine Sprache mit dynamischem Akzent, das heißt, es gibt verschiedene Tonhöhen, die sinntragend sind.

dass dieser zierliche Körper gefährliche, unbekannte Gefühle in sein Leben bringen würde: Leidenschaft, Besitzergreifung, Eifersucht und die panische Angst vor der Sünde. Er fasste sich wieder, stieß Romana entschieden zurück auf ihre Matte und ging.

Eucaristus, der unter den Apfelsinenbäumen auf ihn wartete, sah ihn mit großen Schritten davongehen. Als Romana bewusst wurde, dass sie allein war, war sie zunächst wie versteinert. Sie hatte sich ihm angeboten, sie hatte das siebte Gebot übertreten, sie hatte die Erinnerung an ihren Mann entehrt, und sie war zurückgewiesen worden. Voller Entsetzen stieß sie einen solchen Schrei aus, dass ihre Dienerinnen, die draußen die Hände in der Seifenlauge hatten, ihre Kinder und ihre nächsten Nachbarn es hörten. Dieser Schrei gellte Malobali in den Ohren und verlieh ihm Flügel. Er rannte wie ein Dieb nach der Tat, sodass die Leute vor die Hütte traten, um ihn flüchten zu sehen.

Er fand sich am Strand wieder, mit feinem weißen Sand unter den Füßen, und ließ sich auf den bemoosten, vom Salz angefressenen Stamm einer Kokospalme fallen, der langsam unter ihm nachgab. In der Ferne segelten ein Schoner und eine Brigg. Ach, wenn er doch ein neues Leben in Brasilien, in Kuba oder sonst irgendwo anfangen könnte!

Malobali ließ sein Leben in Gedanken an sich vorbeiziehen und hasste es wie eine Hure, die man in einer verkommenen Hütte angetroffen hat, mit der man aber fortan sein Dasein teilen muss.

Als er dort so saß, den Kopf in die Hände gestützt, trat ein Mann auf ihn zu, musterte ihn verstohlen und fragte: »Bist du nicht Samuel, der Geschäftspartner von José Domingos?«

Malobali wandte ihm den Rücken zu. Er wollte nicht

noch einmal auf den geheuchelt mitfühlenden Rat eines Ahnen hereinfallen, der ihn in Wirklichkeit ins Verderben stürzte! Aber der Mann ließ nicht locker: »Lass uns nach Badagry gehen, wenn du willst, oder nach Calabar. Dort liegt die Zukunft! In drei Monaten können wir in Samt und Seide gekleidet sein wie Chacha Ajinakou selbst ...«

Nein! Wenn er das Land verließ, dann wollte er nach Hause zurück. Aber würde ihm das jemals gelingen? Er spürte, dass er durch seine Weigerung, mit Romana zu schlafen, eine größere Schuld auf sich geladen hatte, als wenn er ihr nachgegeben hätte. Wie würde sie sich wohl rächen?

Eine Schaluppe voller Unglücklicher, die man mit Fußeisen in den Bauch der Brigg werfen würde, verließ das Ufer. Der Wind wehte Malobali den Geruch von Schweiß und Leiden in die Nase.

Unterdessen drang eine Armee von zornigen Aguda in den Hof von Chacha Ajinakous Haus. Von seinen Dienern benachrichtigt, trat Chacha im Morgenrock aus dem Haus, da er noch im Bett gelegen hatte, um einen Aguardente-Rausch auszuschlafen. Francisco d'Almeida, ein Mulatte, der im Jahr zuvor aus Bahía zurückgekommen war, nahm respektvoll sein Spitzenkäppchen vom Kopf und sagte: »Gib uns Samuel heraus, Chacha. Er hat die Senhora da Cunha vergewaltigt ...«

Obwohl Chacha äußerst schlecht gelaunt war, brach er in Gelächter aus und fragte: »Wer hat euch denn das erzählt?«

»Es gibt Zeugen, Chacha ...«

Chacha zuckte die Achseln und *entgegnete:* »Zeugen? Dann kann es ja wohl kaum eine Vergewaltigung gewesen sein ...«

Dennoch befahl er einem Sklaven, Malobali zu holen,

damit der sich rechtfertigen konnte. Im selben Augenblick, als der Sklave allein wiederkam und ankündigte, dass Malobali verschwunden sei, was unter den Aguda heftige Reaktionen auslöste, tauchte Malobali mit gesenktem Kopf im Hof auf und zeigte durch seine ganze Haltung, dass er bereits wusste, welche Anklage man gegen ihn erhob. Chacha wandte sich ihm zu und sagte: »Samuel, die Leute hier sind gekommen, um mir eine äußerst schwerwiegende Angelegenheit vorzutragen. Sie behaupten, du hättest die Senhora da Cunha vergewaltigt ...«

Malobali hob den Kopf, starrte Chacha entgeistert an und fragte: »Wer hat ihnen das gesagt?«

Francisco antwortete hasserfüllt: »Die Senhora selbst, und die ganze Nachbarschaft hat ihre Schreie gehört, als sie sich gegen dich verteidigen musste. Selbst der kleine Eucaristus hat gesehen, wie du nach deinem Verbrechen geflohen bist ...«

Chacha griff ein: »Bringen wir ihn zu Dossu, damit das *adimo** entscheide ...«

Malobali seufzte leise: »Das ist nicht nötig. Ich bin schuldig ...«

Ein unbeschreiblicher Tumult brach aus. Manche wollten sich gleich auf Malobali stürzen. Andere beschimpften ihn, während wieder andere Zweige von den Filaobäumen, die im Hof des Anwesens standen, abbrechen wollten, um Malobali zu geißeln. Chacha gebot ihnen Schweigen: »In Ghezos Reich übt niemand Selbstjustiz. Führt ihn zu Dossu, der über die Strafe entscheiden wird.«

Dossu war der Vertreter des Ajaho** in Wida, der selbst in Abomey am Königshof lebte. Er übte das Amt eines Untersuchungsrichters aus und regelte die kleineren Ange-

* Gottesurteil.
** Justizminister.

legenheiten selbst. Wenn sie seine Kompetenz überschritten, schickte er die Kläger zu Ghezo. Dossu wohnte nicht weit vom Yovogan Dagba in einem im Vergleich zu den prachtvollen Villen der Aguda bescheidenen Haus. Vielleicht hasste er sie aus diesem Grund. Er kam in den Hof hinaus, dachte an die gerösteten Yamswurzeln, die noch in der heißen Asche lagen, und das Ragout, das ihm eine seiner Ehefrauen zubereitet hatte, und sagte ärgerlich: »Kann eure Angelegenheit denn nicht bis morgen warten?«

Dann befahl er zwei Sklaven, Malobali die Hände auf dem Rücken zu fesseln und ihn in die kleine Hütte neben seinem Haus zu bringen, die als Gefängnis diente. Die Aguda waren wohl oder übel gezwungen, den Heimweg anzutreten. Malobali hockte sich in eine Ecke der kleinen, düsteren und feuchten Hütte, deren Tür die Sklaven mit Palmstämmen versperrten. Er begriff nicht so recht, was in ihm vorging. Eine Art Überdruss, als habe er genug davon, einen Wettlauf mit dem Schicksal zu veranstalten. Kaum war er Ayaovi entkommen, fand er sich in Romanas Netzen wieder. Hinzu kam noch ein anderes verworrenes, umfassenderes Gefühl. Eine Art Mitleid mit Romana. Sollte er sie vielleicht öffentlich demütigen, indem er sie als Lügnerin bezeichnete? Malobali hatte Chachas Lächeln durchaus gesehen. Es bedeutete: »Was für eine irrwitzige Idee, Romana zu vergewaltigen! Na so was!«

Er erinnerte sich an die klagende Frage: »Schöner als Modupe?« »Ja«, hätte er antworten sollen, um sie dann in die Arme zu nehmen! Stattdessen hatte er sich zurückgezogen wie ein Feigling. Welche Strafe drohte ihm für eine Vergewaltigung? In Segu wäre es kein sehr schwerwiegendes Vergehen gewesen, da Romana weder eine verheiratete Frau noch ein Mädchen vor der Geschlechtsreife war. Aber er kannte die Sitten in Dahome nicht.

Wurde nicht erzählt, dass die Verurteilten oft nach

Abomey gebracht und anlässlich der großen traditionellen Zeremonien den Manen der königlichen Ahnen geopfert wurden? In anderen Fällen wurden die Verurteilten in eine sumpfige Gegend namens Afomayi geschickt, wo sie ihr Leben lang die Äcker des Königs bestellen mussten. Außerdem war Romana eine Aguda und gehörte somit einer mächtigen sozialen Gruppe an, die am Hof hohes Ansehen genoss. Man musste das Schlimmste befürchten. In seiner düsteren Zelle hörte Malobali aus dem Hof die Stimmen und das Lachen von Dossus Frauen und Kindern. Wenn man ihn zum Tode oder zur Zwangsarbeit verurteilte, wen würde das hier schon kümmern? Niemand außer Modupe. Aber Modupe war noch keine sechzehn Jahre alt, sie würde ihn vergessen. Selbst zu Hause in Segu würde Nya des Wartens auf seine Wiederkehr müde werden und die Kinder in den Armen wiegen, die Tiékoro bestimmt mit einer anderen Frau als Nadié zeugen würde. Was ist schon das Leben? Eine kurze Reise, die keine Spur auf der Erdoberfläche hinterlässt. Eine Folge von Schicksalsprüfungen, deren Bedeutung man nicht einmal erfasst. Pater Ulrich sagte, das alles habe nur den einen Sinn: den Menschen zu läutern, um ihn Jesus gleichzumachen. Stimmte, was er sagte?

Die Mücken begannen ihre teuflische Runde um Malobalis Gesicht. Am nächsten Tag würde man ihn vor das agoli* bringen und das Urteil sprechen. Bis dahin musste er schlafen. Malobali war nicht umsonst Soldat gewesen und hatte daher gelernt, auch bei Schlachten und Razzien Schlaf zu stehlen, wo er sich stehlen ließ. Kaum hatte er die Augen geschlossen, da löste sich sein Geist von seinem Körper, um im Unsichtbaren herumzustreifen.

Sein Geist überflog die dunklen Wälder, die fahlgelben

* Gericht auf Fon.

Sandflächen und landete in Segu im Anwesen des verstorbenen Dusika.

Dort feierte man eine Geburt. Nya lag auf der Seite und drückte einen Säugling an sich. Einen Sohn namens Kosa*. Was ist schöner für eine Frau, als noch im reifen Alter ein Kind zur Welt zu bringen! Nya strahlte vor Glück. Die Maske der Jugend legte sich auf ihre Züge, wenn sie ihr Neugeborenes betrachtete, das mit einem Tropfen Milch auf den Lippen eingeschlafen war. Plötzlich schlug das Kind die Augen auf, schwarze, tiefe Erwachsenenaugen voller Bosheit. Es blickte Malobali an und erklärte: »Wird das Leben dir ebenso viel Glück bringen wie mir, deinem Bruder Naba?«

Die Macht des Traumes war so stark, dass Malobali keuchend erwachte. Was bedeutete der Traum? Malobali war kaum älter als sieben oder acht Jahre alt gewesen, als Naba verschwunden war, sodass er seinen älteren Bruder gar nicht richtig gekannt und ihn nicht beweint hatte. Daher kreisten seine Gedanken nur sehr selten um ihn. Diese plötzliche, schroffe Gegenüberstellung mit einem Neugeborenen, das behauptete, Nabas Wiederverkörperung zu sein, konnte nur eins bedeuten: Naba war tot. Aber warum diese Bosheit und diese Angriffslust? Welches Unrecht hatte Malobali seinem älteren Bruder angetan?

Malobali wälzte diese Fragen in seinem Kopf hin und her. Als es Morgen wurde, schoben die Sklaven die Palmstämme beiseite, die den Eingang zur Gefängnishütte versperrten, und Pater Etienne trat ein.

Damit hatte Malobali nun wirklich nicht gerechnet! Wenn es noch Pater Ulrich gewesen wäre, aber ausgerechnet Pater Etienne! Malobali, der immer noch von seinem

* Das Wort bedeutet: »Eine beendete Angelegenheit«, auf Bambara. Name, der einem Nachkömmling gegeben wird.

Traum und der Angst, die dieser in ihm geweckt hatte, verfolgt wurde, kauerte sich schimpfend in einer Ecke zusammen. Was wollte Pater Etienne von ihm? Sich an seinem Unglück ergötzen? Pater Etienne bekreuzigte sich lange und befahl: »Knie nieder, Samuel, und sprich das Vaterunser mit mir …«

Wie immer, wenn sich Malobali im Bann der unheilvollen Blicke der Priester befand, konnte er nur gehorchen. Er murmelte diese Worte, die für ihn keine wirkliche Bedeutung besaßen, aber denen die Priester so viel Gewicht beimaßen.

Dann fuhr Pater Etienne fort: »Ich weiß, dass du nicht gesündigt hast und dass du das Verbrechen, dessen man dich anklagt, nicht begangen hast …«

In Malobalis Herzen loderte die Flamme der Hoffnung auf. Er stammelte: »Woher wissen Sie das, ehrwürdiger Vater?«

Pater Etienne faltete erneut die Hände und sagte: »Gestern Abend habe ich Romana da Cunha die Beichte abgenommen. Samuel, kennst du das Wort von den Perlen, die vor die Säue geworfen werden? So eine Perle hältst du in den Händen, Unwürdiger. Aber vielleicht hat Gott in seiner unergründlichen Weisheit dich so erlösen wollen. Durch den Kontakt mit Romana wirst du dich läutern. Sie wird dich auf dem Weg des Herrn leiten …«

Verwirrt blickte Malobali den Priester an und fragte: »Was wollen Sie von mir, ehrwürdiger Vater?«

»Dass du sie heiratest, Samuel, und dass die Liebe, die du in ihr entflammt hast, sich zu euer beider Heil auswirkt …«

»Ich muss dir das erklären, damit du nicht glaubst, ich würde mich dem Erstbesten an den Hals werfen …«

Malobali legte Romana die Finger auf die Lippen, aber

sie schob sie entschlossen zur Seite und fuhr fort: »Lass mich reden. Ich habe diese Last zu lange auf dem Herzen gehabt. Ich muss mich davon befreien. Ich bin in Oyo geboren, im mächtigsten der Yoruba-Reiche. Mein Vater hatte eine einflussreiche Stellung am Hof, denn er war ein Arokin*, dessen Aufgabe es war, die königliche Ahnenfolge zu rezitieren. Wir wohnten innerhalb der Palastmauern. Eines Tages jedoch ist mein Vater Streitigkeiten und feindlichen Intrigen zum Opfer gefallen und seiner Stellung enthoben worden. Unsere Familie ist in alle Winde zerstreut worden. Was aus meinen Geschwistern geworden ist, habe ich nie erfahren. Ich bin an Sklavenhändler verkauft und in das Fort von Gorée gebracht worden. Kannst du dir den Schmerz vorstellen, von den Eltern getrennt und aus einem behaglichen Leben im Überfluss herausgerissen zu werden? Ich war damals kaum dreizehn, noch ein halbes Kind. In diesem grässlichen Fort, inmitten all dieser Wesen, die wie ich der Hölle geweiht waren, habe ich nur geweint. Ich wollte sterben und hätte sicherlich auch mein Ziel erreicht, wenn nicht ein Mann aufgetaucht wäre. Er war groß und stark. Über der Schulter trug er eine Tasche mit Apfelsinen und hat mir eine geschenkt. Es war, als ob die Sonne, die seit Wochen für mich nicht mehr geschienen hatte, plötzlich wieder am Himmel aufgetaucht wäre.

Meinetwegen, um mich zu schützen, hat dieser Mann die schreckliche Überfahrt auf sich genommen. Manchmal spülten Wellen übers Deck, die so hoch waren wie der Palast des Alafin**. Dann drückte ich mich an ihn, und er sang mir Wiegenlieder in einer Sprache vor, von der ich nur die sanften Klänge erfasste. In den Laderäumen verge-

* In etwa einem Griot vergleichbar.
** Titel des Königs von Oyo.

waltigten weiße Matrosen die schwarzen Frauen, und ich hörte ihr Wehklagen, das sich mit dem Brüllen des Meeres vermischte. Samuel, wenn es die Hölle gibt, dann kann sie nicht viel anders sein.

Dann sind wir in einer großen Stadt an der brasilianischen Küste angekommen. Kannst du dir vorstellen, was es heißt, verkauft zu werden? Die Menge, die das Podest umsteht, und dich anstarrt, die Gruppen der Neger, die sich aneinander drängen, die Untersuchung von Muskeln, Zähnen, Geschlechtsteilen, der Hammer des Auktionators! Und dann wurden Naba und ich zu unserm Entsetzen getrennt …«

»Naba? Hast du Naba gesagt?«

»Lass mich weitererzählen. Nachher antworte ich auf deine Fragen. Ich bin von Manoel da Cunha gekauft worden, der mich auf seine Fazenda mitgenommen hat, während Naba nach Norden in den Sertão gebracht wurde. Da hat mein eigentlicher Leidensweg erst angefangen. Denn bis dahin hatte ich nicht gelitten, da er bei mir gewesen war, das merkte ich sehr bald. Fortan war ich allein. Allein. Und ich war noch keine zwei Nächte in der Senzala, da ließ mich Manoel schon holen. Dann musste ich diesen Mann ertragen, den ich hasste. Und er hat seinen Samen in mir hinterlassen …«

»Sei still, wenn dir das Reden so wehtut …«

»Nein, ich muss weitersprechen. Hundertmal, tausendmal habe ich dieses Kind töten wollen. Die alten Sklavinnen kannten Pflanzen und Wurzeln, mit deren Hilfe ich in einem rötlichen Saft diesen Fötus, das Symbol meiner Schande, hätte ausstoßen können. Irgendetwas hielt mich davon ab. Und eines Tages ist Naba wieder aufgetaucht. In der Küche, als ich gerade das Essen auftischte. Wortlos hat er mich an sich gedrückt … Und ich habe mich reingewaschen gefühlt, von meiner Schande befreit …«

Da sie einen Augenblick schwieg, um Atem zu holen, bat Malobali: »Erzähl mir von diesem Mann, Romana … Naba nennst du ihn?«

»Ja, ich muss dir von ihm erzählen, damit du nicht glaubst, ich sei eine sittenlose Frau, die sich dem erstbesten Mann in die Arme wirft! Er war wie du ein Bambara aus Segu. Der Name seines Clans war Traoré. Sein Totem der Kronenkranich. Er war noch keine fünfzehn Jahre alt, da hatte er schon seinen ersten Löwen getötet, und wenn die Frauen ihn sahen, sangen sie:

Der gelbe Löwe mit dem fahlroten Schimmer,
der Löwe, der das Gut der Menschen verschmäht,
labt sich an dem, was in Freiheit lebt.
Körper an Körper hat Naba aus Segu …

Aber eines Tages haben ihn die tollwütigen Hunde im Busch gefangen genommen und verkauft … Und als ich dich mit den beiden Priestern ins Haus habe kommen sehen, habe ich geglaubt, dass Gott in seiner unermesslichen Güte ihn mir wiedergäbe. Ich wollte schon auf die Knie fallen, um ihm zu danken. Aber dann habe ich meinen Irrtum bemerkt. Da hat mich die Wut gepackt, denn schon wieder hatte mir das Schicksal einen Streich gespielt und mir Leid gebracht. Denn ich muss dir meine Geschichte weitererzählen. Sie haben ihn getötet, Samuel, sie haben ihn getötet!«

»Sie haben meinen Bruder getötet?«

»Deinen Bruder?«

»Ja, meinen Bruder, er war mein Bruder. Die Geschichte, die du da erzählst, ist die Geschichte meiner Familie. Wegen dieser Ereignisse ist das Haar meiner Mutter weiß geworden, mein Vater früh gestorben, und nichts war bei uns mehr wie zuvor …«

Malobali drückte Romana an sich und staunte über den beharrlichen Weitblick der Ahnen. Denn nach dem Tod seines älteren Bruders fiel ihm dessen Frau rechtmäßig zu. Aber wie hätte er, da sie durch so viele Meere, Wüsten und Wälder voneinander getrennt waren, ohne Hilfe der Ahnen sein Recht wahrnehmen sollen, wenn sie nicht geduldig diese Verkettung von Abenteuern bewirkt hätten? Von Segu nach Kong. Dann nach Salaga. Von Salaga nach Kumasi. Dann nach Cape Coast. Von Cape Coast nach Porto Novo. Und schließlich von Porto Novo nach Wida ...

Wie sehr würde er sie jetzt lieben! Damit sie vergessen konnte. Durch ihn hatte sie schon ihre Schönheit und ihre Jugend wieder gefunden. Bald würde sie auch ihre Fröhlichkeit wieder finden. Er würde nicht eher ruhen, als bis er das Lachen auf ihre Lippen zurückgebracht hatte. Und auf die Lippen ihrer Kinder. Er streichelte ihre zarten Brüste, ihren leicht gewölbten Bauch und wagte es, den weichen Flaum ihrer Schenkel zu berühren. Diesen schönen Garten, den er in Zukunft unter dem zustimmenden Blick der Götter und Ahnen hegen durfte.

Modupe? Er vertrieb den Gedanken an sie aus seinem Kopf. Welches Recht hatte sie angesichts der Witwe seines älteren Bruders? Dies war eine Pflicht, die zugleich heilig und zwingend war, der er sich nicht entziehen konnte.

Er drückte Romana an sich und befriedigte ihr Verlangen, besessen zu werden.

7

Wenn die verrosteten Kanonen von Fort Saint-Louis-de-Grégoy, Fort São João Baptista de Ajuda und Fort William's gleichzeitig die Stadt beschossen hätten, hätte der Effekt nicht größer sein können als jener, den die Ankündigung der Hochzeit von Malobali und Romana hervorrief. Man sah darin die Hand der Priester. Aber mit welchem Ziel? Sie mussten doch besser als jeder andere wissen, dass Malobalis Katholizismus nur sehr oberflächlich war und dass Romana sich spätestens nach zwei Monaten mit zwei Nebenfrauen wieder finden würde. Die Aguda verstanden nicht, wie sie den schönen brasilianischen Namen da Cunha gegen Traoré eintauschen konnte, der geradezu nach Barbarei und Fetischglauben roch. Alle beklagten Modupe, die selbst nichts sagte, da großer Schmerz stumm ist.

Die Hochzeit wurde am Ende der Trockenzeit gefeiert. Die Missionare hatten unter Mithilfe von Sklaven, die ihnen Chacha zur Verfügung gestellt hatte, gute Arbeit geleistet und eine eindrucksvolle Kirche gebaut. Es war eine große rechteckige Hütte mit einem Strohdach, das auf Pfeilern aus Irokostämmen ruhte, die in halber Höhe durch eine durchbrochene Mauer verbunden waren. Der Altar befand sich auf einem Podest vor einer Bretterwand, auf die mit Pflanzenfarben ein Kreuz gemalt war. Ein Gang teilte den Raum in zwei Flügel, in denen Bänke aufgestellt waren. Etwa hundert Personen hatten in der Kirche Platz, hinter der sich ein Gebäude befand, das zugleich als Schule und als Wohnhaus für die Priester diente. Die Gesellschaft der afrikanischen Mission in Lyon war begeistert, denn die Missionsstation in Wida konnte sich mit einer Gesamtzahl von sechsundfünfzig Schülern brüsten, alles Kinder von Aguda, und bat um die Hilfe von Ordensschwestern, um auch die Mädchen unterrichten zu können. Denn war nicht die Bildung christlicher Familien, die selbst die Erziehung ihrer Kinder in die Hand nehmen konnten, der beste Weg zu einer dauerhaften Wirkung der Missionsarbeit?

Für die Hochzeit gab Malobali Romanas Wünschen nach und erwarb bei einem englischen Händler, der auf dem Weg zu den Ölflüssen war und ein paar Tage in Fort William's Station machte, einen Gehrock, eine enge Hose und eine schwarze Seidenkrawatte. Romana selbst hatte ein parmafarbenes Seidenkleid mit weiten Ärmeln und eine Stola gekauft, deren Ende über den Boden schleifte. Ihre Söhne, Eucaristus, Joaquim und Jesus, waren alle drei schwarz gekleidet und trugen einen kleinen Gehstock mit Silberknauf. Chacha Ajinakou war Malobalis Trauzeuge.

Ein Zwischenfall störte den ordnungsgemäßen Ablauf der Zeremonie. Pater Ulrich, der die Messe zelebrierte, hatte kaum seine Predigt über die Schönheit der menschlichen Liebe, Abbild der Liebe Gottes, beendet, als sich eine lange Pythonschlange von einem Balken des Daches ringelte. Das Tier bewegte zunächst den Kopf in der Luft, von vorn nach hinten, bevor es sich lautlos und geschmeidig vor den Füßen der Chorknaben zu Boden gleiten ließ. Dagbe, die Python Dagbe, die Verkörperung des höchsten Wesens. Was wollte sie ankündigen? Manche hielten es für ein gutes Omen, andere für ein schlechtes. Alle waren verwirrt.

Zwischen Heiterkeit und Bewunderung schwankend, hatten alle Bewohner von Wida ihre Häuser verlassen, um den Hochzeitszug der Aguda vorbeiziehen zu sehen. Wie mussten sie unter der Sonne leiden, eingehüllt in Samt und

Seide! Manoel da Cruz trug einen Zylinder, den er einem Sklavenhändler abgekauft hatte, und die Menge krümmte sich vor Lachen, als sie ihn sah. Vergaßen diese Leute etwa, was für eine Hautfarbe sie hatten? Jetzt zogen sie sich schon wie Weiße an!

Der Hochzeitszug begab sich zu Chachas Haus, und alle Sklaven in dem *baracoon* vergaßen für einen Augenblick ihre Müdigkeit und erhoben sich, um das Brautpaar zu betrachten. Chacha ließ ihnen eine zusätzliche Ration zu essen geben. Große Tische waren aufgestellt worden, gedeckt mit chinesischem Porzellan, kunstvoll geschliffenen Gläsern und Silberschüsseln mit den verschiedensten Gerichten. Es gab selbstverständlich brasilianische Spezialitäten, Feijoada, Cozido und Pirão, aber auch einheimische Gerichte, Acassabällchen, Töpfe mit Ragout, ganze gekochte Meeres- oder Süßwasserfische aus den Sümpfen von Wo, Berge von Garnelen, Yamswurzeln und Maniok. Kalebassen mit Hirsebier machten die Kunde, Aguardente, Gin, Aquavit, Portweine, französische Weine sowie Gläser mit Stout und Guinness. Die Kapitäne der Sklavenschiffe nahmen an dem Festmahl teil. Selbst der Yovogan Dagba tauchte, umgeben von Tänzern und Musikern, für eine Weile auf.

Am glücklichsten unter all den Anwesenden waren vielleicht Romanas Kinder, die am Tischende saßen. Sie glaubten, dass jetzt ein neues Leben für sie anbrechen würde. Ihre Mutter war wie verwandelt, lächelnd und voller Nachsicht. Sie hatten ihren Vater in Gestalt des Bruders ihres Vaters wiederbekommen. Das war viel aufregender als die Geschichten von Tutu, Zumbi oder Jurupari*, die ihnen ihre Mutter früher erzählt hatte. Jetzt, da sie den neuen Vater hatten, würde Schluss sein mit den

* Gestalten aus der brasilianischen Folklore.

Palmgertenschlägen! Schluss mit dem zehnmaligen Aufsagen des Rosenkranzes, des Salve Regina und des

Afrikanische Völker in der Nacht,
nein, du bist nicht Hass und Verachtung ausgeliefert,
du bist nicht mehr verlassen wie ein verdammtes Volk!

gefolgt von:

Lasst uns Jesu Schritten folgen

Schluss mit den schrecklichen Lese- und Rechenstunden! Stärker als die anderen Hochzeitsgäste spürten sie, dass sich ein Kampf zwischen zwei Lebensweisen, zwei Kulturen, zwei Welten entspinnen würde, und in ihrer Naivität glaubten sie, den Sieger zu kennen.

Beim Nachtisch tauchten plötzlich Musiker auf, die Banderolen in den Nationalfarben von Bahía, gelb und grün, auf der Brust trugen. Es waren Sklaven der Aguda, die auf kleine viereckige Trommeln schlugen, mit Metallstiften über Sägen ratschten, kleine Holzscheiben gegeneinander schlugen und in die Hände klatschten, kurz gesagt, sie machten einen Höllenlärm!

Die anwesenden Bambara, besonders Birame, betrachteten das Ganze völlig verblüfft. Wenn den Aguda so sehr daran lag, die Erinnerung an Brasilien aufrechtzuerhalten, warum waren sie dann nicht dort geblieben? Auf einmal verkündeten sie, dass sie dort die besten Jahre ihres Lebens verbracht hätten! Vergaßen sie denn, dass sie dort Sklaven gewesen waren? Und dass sie sich dafür entschieden hatten, nach Afrika zurückzukehren? Vergaßen sie, dass sie dort oft Revolten angezettelt hatten? Welch seltsamer Umschwung! Gegen Ende des Nachmittags zogen sich die beiden Priester nach einer letzten kurzen Predigt zurück, und die Atmosphäre wurde etwas lockerer. Jeronimo Carlos stand auf und begann, den höllischen Rhythmus des »Bumba-meuboi«, des Stieres, nachzumachen, während sein Bruder João den »Careta« spielte, den verkleideten Mann. Die Kinder ließen Knallkörper losgehen, deren Lärm die einheimischen Bewohner von Wida in Schrecken versetzte, da ihnen diese von den Weißen erlernten Vergnügen wenig vertraut waren. Abends fand ein Ball statt. Alle Aguda hatten noch die Bälle in Erinnerung, die ihre ehemaligen Herren in Recife, Bahía oder auf den Fazendas am Tag der Botada* veranstaltet und bei denen sie nur die Gäste bedient hatten. Jetzt aber drehten sie sich im Takt der Quadrillen und Walzer, und das mit einer Begeisterung, die den Portugiesen vermutlich fremd war. Es lag ein Hauch von wehmütiger Erinnerung und Vergeltungslust in der Luft, der der Zeremonie einen besonderen Anstrich gab und die Anwesenden eng miteinander verband.

Das Ganze wurde durch ein Feuerwerk beendet, dessen leuchtende Spuren sich lange zwischen den Palmen der Küste über dem tiefblauen Meer und den Strohdächern von Wida abzeichneten.

In der ersten Zeit war die Ehe für Malobali eine Entdekkung. Weil er so viele Frauen besessen hatte, hatte er ihnen vielleicht nie Beachtung geschenkt. Sie waren nur fügsame Leiber für ihn gewesen, deren Wärme er liebte, die er aber sogleich wieder vergaß. Durch das Zusammenleben mit Romana stellte er zum ersten Mal fest, dass eine Frau ein menschliches Wesen war, deren unberechenbare Gefühle ihn verunsicherten. Er nahm sehr bald eine Intelligenz an ihr wahr, die er selber nicht besaß. Er hätte daher leicht in Bewunderung für sie verfallen können, wenn sie nicht gleichzeitig so abhängig von ihm gewesen wäre. Ein schroffer Ton oder eine ungeduldige Bewegung versetzten sie in Tränen. Ein Hauch von Gleichgültigkeit machte ihr

* Erntefest in Brasilien.

Angst, stundenlang fragte sie ihn dann, was sie falsch gemacht habe. Für Malobali war die Liebe immer ein einfacher und befriedigender Akt gewesen, wie eine Mahlzeit oder ein Getränk, die gut zubereitet waren. Mit Romana wurde die Liebe zu einem Drama, einem faszinierenden und perversen Spiel, einem Theater der Grausamkeit, dessen Zeichen er nicht entschlüsseln konnte und in das er beinah widerwillig und voller Schrecken verwickelt war. Er verstand weder, warum Romana ihn so sehr begehrte, noch warum sie es so stark zu bereuen schien.

In materieller Hinsicht ging es den beiden gut. Chacha, der sich nicht für den Palmölhandel interessierte, setzte sich bei König Ghezo für Malobali ein, damit ihm der König das Monopol für den Verkauf an die Europäer, besonders an die Gebrüder Régis, übertrug. Malobali kaufte das ganze Palmöl auf, das von den Frauen hergestellt wurde, und nachdem er dem Tavisa, einem königlichen Beamten, eine Steuer bezahlt hatte, verkaufte er es an die Händler weiter. Er war bald so reich, dass er eine Böttcherei einrichtete, in der er Aguda beschäftigte, die in Brasilien das Holzhandwerk gelernt hatten. Die Holzfässer waren den bis dahin verwendeten Tonkrügen insofern überlegen, als sie nicht zerbrachen und leichter zu handhaben waren.

Romana war immer schon geldgierig gewesen, Naba hatte es ihr früher vorgeworfen. Diese Seite ihres Charakters hatte sich in den langen Jahren, in denen sie allein mit ihren Kindern gelebt und sich um deren Zukunft Sorgen gemacht hatte, noch stärker ausgeprägt. Sie kaufte eine Metalltruhe, in der sie nicht nur Goldstaub und Kaurimuscheln, sondern auch Gold- oder Silbermünzen anhäufte, die sie von einigen Händlern bekam. Den Schlüssel zu der Truhe bewahrte sie zwischen ihren Brüsten auf, da sie Malobalis Anwandlungen von Großzügigkeit und seiner

Neigung, ein Vermögen für Alkohol oder beim Kartenspiel auszugeben, misstraute. Aus diesem Grund versuchte sie, ihn von Chachas oder auch von Birames Gesellschaft fern zu halten. Aber hier war auch ihre Eifersucht im Spiel. Sie hasste es, wenn Malobali seine Zeit fern von ihr verbrachte. Sie hasste es, wenn er sich woanders vergnügte und seine Freiheit genoss. Sie hätte ihn am liebsten immer in Sichtweite im Anwesen gewusst wie eines ihrer Kinder, und wenn er da war, schimpfte sie ihn dauernd aus, um ihn zu zwingen, sich ihr zuzuwenden.

Wann begannen die Unstimmigkeiten zwischen den beiden? Im Grunde bereits in der Hochzeitsnacht, als Malobali gezwungen war, mehr zu geben, als er geben konnte. Bald war alles und jedes Anlass zum Streit. Die Aguda, deren Späße Malobali kindisch und gekünstelt fand und deren Arroganz gegenüber den Einheimischen ihm unerträglich war; die Bambara, die Romana wiederum ungehobelt und sittenlos fand, Feinde des wahren Gottes. Sie hasste besonders Birame, weil er Moslem war und sie den Islam als mörderische Religion ansah, die ihre Heimatstadt Oyo mit Feuer und Schwert verwüstet und Nabas ungerechten Tod verursacht hatte. Selbst über die Kinder, vor allem Eucaristus, kam es zum Streit, denn seit Romana erfahren hatte, dass die englischen Missionare junge Afrikaner nach London schickten, um sie zu Priestern ausbilden zu lassen, wollte sie Pater Etienne bitten, an Eucaristus zu denken. Sie sah ihren Jüngsten bereits im langen schwarzen Gewand, den Rosenkranz auf der Hüfte wie eine Waffe Gottes und das Kreuz um den Hals, während sich die Menge vor ihm niederwarf. Malobali aber erzählte den Jungen nur von Segu, jenem Nest von Fetischanbetern, und hatte ihnen Bambara-Namen gegeben, die er mit Vorliebe benutzte.

Um diesen Meinungsverschiedenheiten, denen noch ermüdendere Aussöhnungen folgten, aus dem Weg zu gehen, stürzte sich Malobali, obwohl er schon immer jede Anstrengung gehasst hatte, in den Handel. Nach und nach drehten sich alle Gespräche, die er mit Romana führte, nur noch um die Maßeinheiten des Palmöls, dessen Aufbereitung, Gewinn bringenden Verkauf und darum, wie man diesen oder jenen Konkurrenten ausschalten konnte. Das Schlimmste war, dass Monde um Monde vergingen und Romana nicht schwanger wurde. Sie, die vier Söhne zur Welt gebracht hatte! Ihr Körper kam ihr vor wie ein Feld, das zu lange brachgelegen hatte und das den Samen nicht mehr ernähren konnte.

In ihrer Angst suchte Romana einen Babalawo auf. Der Mann stammte aus Ketu, und die Nago aus Wida wussten nur Gutes über ihn zu berichten. Er saß auf einer Matte und hatte seine Wahrsageinstrumente vor sich liegen, die sechszehn Palmkerne, die heilige Schnur und das Pulver. Er sah sie mit funkelndem Blick an und zwang sie, die rituellen Worte zu sprechen:

Ifa ist der Herr dieses Tages,
Ifa ist der Herr des morgigen Tages,
Ifa ist der Herr des Tages nach dem morgigen,
Ifa gehören die vier Tage,
die Oosa auf der Erde geschaffen hat.*

Dann warf er seine Palmkerne auf das hölzerne Wahrsagebrett, dessen Ränder mit dreieckigen Zeichen und einem Bild von Eshu, dem Boten, verziert waren. Romana schlug das Herz zum Zerspringen. Aber der Ifa-Priester beruhigte sie und sprach ein langes, dunkles Gedicht, das mit dem Wort Olubunmi** endete.

Wann fing Malobali wieder an, zu Modupe zu gehen,

* Oosa oder Oosala und Eshu sind Yoruba-Götter.
** »Gott wird deinen Wunsch erfüllen« auf Yoruba.

die im Übrigen, von den Vorhersagen ihres Babalawo beruhigt, geduldig darauf wartete, dass Malobali zu ihr zurückkehrte? Wann begann er, sie als seine einzige und wahre Ehefrau zu betrachten? Nein, diese Zeremonie in der Kirche von Wida besagte nichts. Denn es waren keine Geschenke ausgetauscht worden. Die Götter und Ahnen waren nicht angefleht, besänftigt und um ihren Beistand gebeten worden. Und der Chor hatte nicht die traditionelle Segnung gesungen:

Möge diese Ehe glücklich sein!
Mögen Hände und Füße daraus hervorgehen!
Möge das Feuer dieses Bundes lange brennen!

Segu! Segu! Er musste nach Segu zurückkehren! Warum hielt er sich noch länger unter Fremden auf? Bei einer Frau, die ihn erschöpfte, aber nicht schwanger wurde? Was geschah in Segu?

Sicherlich herrschte der Mansa Da Monzon weiterhin siegreich und mit großem Prunk. Und er, Malobali, war nicht da, um diese großen Augenblicke zu erleben? Wenn er doch den Kopf in Nyas Schoß legen könnte!

»Mutter, dein Haar ist in meiner Abwesenheit weiß geworden. Ich habe diese Falten, die sich um deinen Mund abzeichnen, noch nicht gesehen, und ich finde dich zarter und verletzlicher als in meiner Erinnerung. Mutter, verzeihst du mir meine Irrwege?«

Malobali weihte Modupe in seine Pläne ein: »Ich weiß nicht recht, wie man dorthin gelangt. Ich muss die Haussa-Händler fragen, denn sie kennen alle Wege …«

Modupes Augen füllten sich mit Tränen: »Kann ich darüber mit meiner Mutter sprechen?«

Malobali drückte sie an sich. Er war sich bewusst, welche Opfer sie für ihn brachte. Auch wenn die meisten Aguda, obwohl sie katholisch waren, zwei oder drei Frauen hatten, war das für ihn unmöglich, denn er wusste, dass

Romana das nie hinnehmen würde. Daher hatte er trotz der Geschenke, mit denen er Modupes Familie überhäufte, nie seine Hochzeit mit ihr feiern können. Er wusste, dass sie unter dieser demütigenden, falschen Situation litt, und sagte leise: »Wir werden unsere Hochzeit in Segu feiern. Anschließend wird meine Familie für deine Familie eine Karawane mit Geschenken beladen. Siehst du sie in Wida ankommen? Die Leute werden aus den Häusern treten und rufen: ›Wo kommen denn die her? Und wen suchen sie?‹«

Nach und nach gelang es ihm, ihr ein Lächeln zu entlocken. Ja, er musste diesen Plan unverzüglich ausführen. Birame hatte auch genug von diesem Leben in der Fremde. Er würde sich gewiss jedem Plan der Rückkehr in die Heimat anschließen.

An Romanas Haus waren bedeutende Veränderungen vorgenommen worden. Malobali hatte im Hof ein Gebäude aus Lehm errichten lassen, in dem auf der einen Seite die Palmölfässer bis zur Verladung auf die Handelsschiffe gelagert wurden; auf der anderen Seite befand sich ein Laden mit Waagen und französischen Gewichten, um die Tonkrüge zu wiegen, in denen die Frauen das Palmöl brachten. Den ganzen Vormittag herrschte hier ein Lärm und das Geplapper der Frauen, die den Messinstrumenten der Weißen misstrauten, sich stets hintergangen fühlten und drohten, sich bei König Ghezo selbst zu beklagen. Eucaristus, der das Schreiben inzwischen perfekt beherrschte, saß an einem Tisch voller Tintenfässer, verschiedenfarbiger Federn und Wachsstempel und führte Buch. Sein ernstes, junges Gesicht, auf dem sich die Konzentration spiegelte, und die unverständlichen Zeichen, die er auf das Papier malte, schüchterten alle ein. In der Stadt sprach man von ihm als einem Wunderkind. Die

Böttcherei war auf einem Gelände neben dem Anwesen errichtet worden. Zehn Leute waren dort beschäftigt, die den ganzen Tag sägten, hobelten und schliffen, während Sklaven Baumstämme aus den umliegenden Wäldern herbeischafften.

Aber als Malobali nach Hause kam, war alles still, denn es war bereits sehr spät. Es hing nur noch der strenge Geruch des Palmöls, vermischt mit dem Duft von frisch geschnittenem Holz, in der Luft, der sich auf allen Gegenständen des Hauses festsetzte. Malobali ging ins Schlafzimmer, und Romana stellte erleichtert fest, dass er nicht betrunken war. Er stopfte sich eine Pfeife mit Tabak aus Bahía, schob sie zwischen die Zähne, aber zündete sie nicht an, da er wusste, dass Romana den Geruch nicht ausstehen konnte. Und Romana, die bereits so weit war, dass sie sich mit der geringsten Kleinigkeit zufrieden gab, freute sich über diese offensichtliche Aufmerksamkeit. Dann sagte er ernst: »Iya, ich glaube, ich werde nach Abomey gehen ...«

Sie wiederholte ungläubig: »Nach Abomey? Was willst du dort?«

Malobali hatte sich alles zurechtgelegt und sagte mit Überzeugung: »Hör zu, ich möchte eine eigene Palmenpflanzung besitzen. Ich möchte, dass meine eigenen Sklaven die Palmkerne ernten und das Öl herstellen. Das ist für uns einträglicher, als das Öl von den Marktfrauen zu kaufen ...«

Romana schwieg eine Weile, ehe sie sagte: »Die Herstellung von Palmöl ist eine Arbeit, die von freien Frauen ausgeführt wird, und manche von ihnen gehören zu einflussreichen Fon-Familien. Eine der Frauen des Yovogan Dagba zum Beispiel ... Meinst du, sie lassen das zu?«

»Deshalb möchte ich um eine Audienz beim König selbst bitten ...«

Romana seufzte: »Malobali …«, denn er hatte ihr verboten, ihn Samuel zu nennen, »du bist ein Fremder, vergiss das nicht!«

Malobali wischte den Einwand weg: »Ja, aber ich bin mit einer Aguda verheiratet, und König Ghezo ist in die Aguda vernarrt. Und außerdem, was heißt das schon, Fremder? Sind die Portugiesen und die Brasilianer, die hier alles bestimmen, nicht auch Fremde?«

Wenn sie entgegnet hätte: »Ja, aber sie sind Weiße!«, hätte er einen Wutanfall bekommen. Daher sagte sie nur ausdruckslos: »Wenn du meinst …«

Er machte Anstalten zu gehen, und sie konnte nicht umhin zu murmeln: »Willst du nicht bei mir bleiben?«

Malobali sagte sich, dass es besser sei, sie sexuell nicht zu enttäuschen, wenn er keinen Verdacht wecken und die Hände frei haben wollte, um seine Abreise vorzubereiten. Er ging auf sie zu und merkte, dass sie sich den Körper mit einer duftenden Creme eingerieben hatte, die die Haussa verkauften. Das erweckte sein Mitleid, und sie deutete seine Rührung als Begehren.

Wenn Romana doch bloß ihre Stellung als Frau hingenommen hätte! Wenn sie sich nur hätte leiten lassen, statt ihn führen zu wollen und ihm eine Lebensweise aufzuzwingen, die er hasste! Es war wirklich herzzerreißend, so am Glück vorbeizuleben!

Romana erklärte sich auf ihre Weise die Schwierigkeiten zwischen Malobali und ihr. Naba war Naba. Wenn er auch zu seinen Lebzeiten noch so sanft und tolerant gewesen war, so ertrug er es jetzt nicht, seine Witwe in den Armen seines Bruders zu sehen. Auch wenn Malobali ihr noch so oft erzählte, dass das bei den Bambara Brauch sei und dass im Interesse der Gemeinschaft seine Mutter Nya nach Dusikas Tod dessen jüngerem Bruder Diémogo gegeben worden war, glaubte Romana in alledem einen

Hauch von Inzest zu wittern. Daher versenkte sie sich in Gebete, schmückte den Altar der Kirche mit Blumen und sang hingebungsvoll: »Erbarmen, Herr!«

Kurz gesagt, sie stand nach ihrer Hochzeit noch größere Qualen aus als vorher. Und da sie immer dünner wurde, kniffen die Matronen von Wida abfällig die Lippen zusammen. Die Ahnen mussten schon ihre Gründe dafür haben, diese Ehe nicht gutzuheißen, und der Gott der Christen, der sie gesegnet hatte, würde es bald zu seinem eigenen Schaden erfahren. Aber in dieser Nacht war Romana ausnahmsweise einmal besänftigt, streichelte Malobalis Arm und flüsterte: »Um bei Ghezo eine Audienz zu bekommen, musst du teure Geschenke machen, besonders weil er nur die Dinge der Weißen liebt. Morgen werde ich die Truhe öffnen, und du nimmst dir, was du willst …«

Diese Worte, mit denen sie Malobali einen Gefallen zu tun und ihm ihre Unterwerfung zu zeigen glaubte, ärgerten Malobali. Wäre es nicht an ihm gewesen zu sagen: »Iya, morgen öffne ich die Truhe, denn ich habe große Ausgaben zu tätigen?« War das nicht die Art, wie solche Fragen zwischen Nya und Dusika bei wichtigen Familienzeremonien gehandhabt worden waren? Malobali suchte seine Kleider im Dunkeln zusammen und stand auf. Romana fragte ihn flehend: »Wohin gehst du?«

Ohne zu antworten ging er hinaus.

Als er im Hof war, zündete er sich die Pfeife an und sog den Rauch tief ein. Die Nacht war mild. Eine schwache Mondsichel versteckte sich hinter den Zweigen eines Kapokbaums. Sollte er Wida wirklich verlassen und Nabas Kinder, also seine Kinder, zurücklassen? Sie hatten fremde Namen bekommen, wurden in Unkenntnis ihrer Traditionen und Sprache erzogen und verehrten einen fremden Gott. War das nicht ein Verbrechen, für das er sich vor der Familie würde rechtfertigen müssen? Wie sollte er das dem Clan erklären? Wie sollte er Nyas Blick standhalten, wenn sie erfuhr, dass er Nabas Söhne wieder gefunden und sie nicht mit nach Segu gebracht hatte?

Malobali bemühte sich, sein Gewissen zum Schweigen zu bringen und sich selbst zu überzeugen, dass die Vorsicht ihm ein solches Vorhaben verbot, als Eucaristus aus dem Dunkel auftauchte. Das hieß, dass das Kind seine Tür offen gelassen hatte, um Malobalis Rückkehr abzupassen. Von den drei Jungen war Eucaristus der empfindsamste, derjenige, der am stärksten an Malobali hing und dem der Vater am meisten fehlte. Eucaristus bettelte: »Erzähl mir eine Geschichte …« Malobali streichelte den runden Kopf und sagte zärtlich: »Gut, hör zu! Ein Mann und sein Sohn waren gerade beim Essen, als ein ausgehungerter Fremder auftauchte. Sie luden ihn ein, das Mahl mit ihnen zu teilen. Der Fremde setzte sich und nahm sich eine riesige Portion. Da rief das Kind: ›Baba, hast du gesehen, was für eine Riesenportion sich dieser Fremde nimmt?‹ Der Vater tadelte das Kind und sagte: ›Sei still. Hat er dir gesagt, dass er sie essen wird, um sich nochmal solch eine Portion zu nehmen?‹ Was meinst du, wer den Fremden vom Tisch vertrieben hat, der Sohn oder der Vater?«

Eucaristus, der die Antwort kannte, stellte sich dennoch dumm und fragte dann: »Was bin ich eigentlich, ein Aguda, ein Yoruba oder ein Bambara?«

Malobali drückte ihn an sich und sagte: »Die Söhne gehören immer ihren Vätern. Du bist ein Bambara. Eines Tages wirst du nach Segu gehen. Du hast noch nie eine Stadt gesehen wie diese. Die Städte hier sind Schöpfungen der Weißen. Sie sind durch den Menschenhandel entstanden. Sie sind nur große Lagerhäuser. Aber Segu dagegen! Segu ist von Mauern umgeben. Segu ist wie eine Frau, die du nur mit Gewalt besitzen kannst …«

Eucaristus hörte zu, und seine Phantasie entflammte

sich. Nein, er wollte nichts von der Zukunft wissen, die seine Mutter sich für ihn wünschte. Er wollte nicht Priester werden, ein Mann ohne Frauen. Er wollte, dass die Mädchen die Schellen an ihren Knöcheln klingeln ließen und, wie die Yoruba-Jäger vor dem Leoparden, voller Bewunderung und Schrecken vor ihm im Chor riefen:

Prinz, Prinz, du Riese deiner Art,
deine Umarmung bringt den Tod,
du spielst und du tötest,
du zerreißt die Herzen.
der Tod, der von dir kommt, ist sanft und schnell.

Eine Wolke zog vor der Mondsichel her, und einen Augenblick war der Himmel schwarz. In Schwaden kam der Meeresgeruch herüber und verdrängte den Duft der Apfelsinenbäume, die in großer Zahl in den Anwesen wuchsen. Malobali seufzte. Er würde fortgehen, sein Entschluss stand fest. Aber als er sich sein Leben ohne Romana vorstellte, wurde er betrübt. Würde Modupe die Leere ausfüllen können, die Romana hinterließ?

Eucaristus spürte, dass Malobali mit seinen Gedanken woanders war, und wollte mehr über Segu hören. Deshalb bat er ihn: »Erzähl mir von dem Tag, an dem du geboren wurdest, und von diesem Weißen vor den Toren der Stadt …«

»Das hast du doch schon hundertmal gehört …«

Das Kind verzog den Mund zu einer zärtlichen Grimasse und sagte: »Das mag schon sein, aber du hast mir noch nie erzählt, ob deine Mutter das für ein schlechtes Vorzeichen gehalten hat.«

»Meine Mutter?«

Malobali stand auf. Er war jetzt beinah dreißig. Er hatte ein abenteuerliches Leben geführt, die Welt gesehen und so manche Frau in den Armen gehalten. Und dennoch war der Schmerz unvermindert da. Nyas Worte lagen ihm noch in den Ohren: »Ich bin deine Mutter, weil ich die Frau deines Vaters bin und weil ich dich liebe. Aber ich habe dich nicht in meinem Leib getragen ...«

Wo war die Frau, die ihn so verlassen hatte? Abwesende Mutter! Rabenmutter! Weißt du, dass du mich dazu verdammt hast, in endloser Suche nach dir herumzuirren?

8

Hinter Wida wird der Sand von Erde abgelöst. Der Pflanzenwuchs wird üppiger, die Bäume dichter, und schließlich kommt man in einen undurchdringlichen Wald, den man erst bei Ekpe wieder verlässt. Hinter Ekpe gelangt man in die Lama, eine schlammige Senke aus Ton und Mergel, deren Boden zumeist mit niedrigem Wasser bedeckt ist. Anschließend steigt die Straße zunächst steil an, wird dann sanfter und erreicht dann ein Plateau, das im Bogen nach Süden verläuft. Der dichte Pflanzenwuchs lässt allmählich nach, und das Plateau ist nur noch von hohen Gräsern und einzelnen Baumgruppen bewachsen, Palmyrapalmen, Kapokbäumen …

Für Malobali hatte alles schlecht begonnen.

Zunächst hatte er Modupes Tränen nachgegeben und ihre Familie in das Geheimnis eingeweiht. Jetzt bedurfte es nur noch einer Indiskretion, was nicht auszuschließen war, und Romana würde die Wahrheit über diese Reise nach Abomey erfahren. Und dann, als Malobali den Yovogan Dagba aufgesucht hatte, hatte dieser ihm lachend erklärt, dass er sich nur um die Beziehungen zwischen Weißen und dem Herrscher kümmerte. Malobali war ein Schwarzer, noch dazu mit einer Frau des Landes verheiratet, und konnte sich somit überall im Land frei bewegen, vorausgesetzt, er zahlte die Zölle an den verschiedenen *denu**. Der Yovogan Dagba hatte ihm erlaubt, wie die Stammesfürsten aus Dahome zu Pferd unter einem Sonnenschirm und umgeben von bewaffneten Dienern zu rei-

* Zollstation auf Fon.

sen, eine Ehre, die Malobali nicht ablehnen konnte. Dadurch zog er jedoch zwangsläufig die Aufmerksamkeit aller Leute auf sich, während er gehofft hatte, in der Menge der Händler unterzutauchen, den Fluss Zu zu überqueren und sich nach Adofoodia zu begeben, von wo aus, wie man ihm gesagt hatte, Timbuktu leicht zu erreichen war. Dort wollte er darauf warten, dass Modupe in Birames Begleitung eintraf. Das alles war ziemlich gewagt, unsicher und voller unvorhersehbarer Risiken.

Als Malobali in Abomey eintraf, war er von den Ausmaßen der Stadt und besonders von der Größe des Königspalastes Singboji überrascht. Er erstreckte sich über eine Fläche, die ebenso groß war wie ganz Wida, und war von hohen Befestigungsanlagen umgeben, die außerdem noch durch einen breiten Graben verstärkt waren. Etwa zehntausend Menschen lebten darin. Der König, seine Frauen, seine Kinder, seine Minister, seine Amazonen*, seine Krieger und eine große Zahl von Priestern, Sängern, Handwerkern und Bediensteten mit den unterschiedlichsten Aufgaben. Die Gebäude, in denen Ghezo wohnte, waren rechteckig, während die Gräber der verstorbenen Könige, die sich ebenfalls innerhalb der Palastmauern befanden, rund und mit so niedrigen Strohdächern bedeckt waren, dass man aus Achtung vor den erhabenen Manen, aber auch, weil jede andere Stellung unmöglich war, sich nur kriechend Zugang zu ihnen verschaffen konnte. Diese Gräber befanden sich östlich von einer zentralen Allee namens Aydo Wedo, Regenbogen, während die »Mütter der Könige«, auch »Panthermütter« genannt, die einen beträchtlichen Einfluss am Hof ausübten, ihre Gemächer westlich davon hatten. Man hörte ständig Musik, die von verschiedenen Instrumenten herrührte, Hör-

* Ein Heer, das sich nur aus Frauen zusammensetzte.

nern aus den Stoßzähnen von Elefanten, Trommeln, Glöckchen und die Stimmen junger Mädchen, die man die »Vögel des Königs« nannte, und deren Gepiepse den König auf all seinen Wegen begleitete.

Malobali musste ein oder zwei Nächte im Viertel von Okeadan bei Verwandten von Modupe verbringen. Dort wollte er sich die Eskorte vom Halse schaffen, sie fürstlich belohnen und nach Wida zurückschicken. Bis sie dort angekommen war und man beginnen würde, sich über seine Abwesenheit zu wundern, wäre er, zumindest hoffte er das, bereits in der Nähe von Timbuktu. Allerdings verkehrte ein gewisser Ghedu, der Ghezos berüchtigter Geheimpolizei Leghede angehörte, in diesem Nago-Haus, weil er eine der Töchter zu heiraten hoffte. Dieser Fremde erweckte Ghedus Neugier. Die Tatsache, dass er sich so schnell von seiner Eskorte getrennt hatte, und die Eile, mit der er sich in sein Zimmer zurückgezogen hatte, ohne mit der Familie Bekanntschaft zu machen, all das war verdächtig. Sein Instinkt sagte ihm, dass dieser Mann etwas zu verbergen hatte. Ghedu zog sich mit einem der Kinder des Hausherrn in den Schatten einer Mauer zurück und fragte: »Weißt du, wer dieser Mann ist?«

Das Kind verzog den Mund und sagte: »Ich glaube, er ist ein Aschanti oder ein Machi, aber bestimmt kein Nago.«

Ghedu runzelte die Brauen. Ein Aschanti? Ein Machi? Dann war er auf jeden Fall ein Feind!

Die Beziehungen zwischen dem Aschantihene von Kumasi und dem König von Dahome waren nie sehr gut gewesen, sodass Ghezo ein oder zwei Jahre zuvor dem Gouverneur MacCarthy, der im Fort von Cape Coast residierte, hatte bestellen lassen, es würde ihn sehr glücklich machen, wenn die Engländer das Aschanti-Reich einnehmen würden. Und was die Machi betraf, so waren sie die Erbfeinde, und alle Berater des Königs legten ihm nahe, sie zu vernichten. Man wusste, dass der König wieder einmal einen Feldzug gegen Hunjroto, die Hauptstadt des Nachbarlandes plante, da er Gefangene für den Sklavenhandel und als Sühneopfer für das große Fest des Atto* brauchte. Eine günstige Zeit für Spione, die sich über geplante militärische Aktionen informieren wollen!

Ghedu lief also in das Viertel von Ahuaga, wo sein Vorgesetzter, der zugleich Minister für Kultfragen, Gerichtsvollzieher am Hof und Chef der Geheimpolizei war, residierte. Wie belebt die Straßen von Abomey waren! Weiße wurden in Hängematten vorbeigetragen. Man sah Fetischpriester mit nacktem Oberkörper, glatt rasiertem Schädel, Kaurischnüren um Knöchel und Handgelenke und weißen und roten Strichen aus einer Mischung von Kaolin und Laterit um die Augen. Lange Reihen von Mädchen in Wickeltüchern aus Samt und Satin gingen zur Quelle Dido, um geweihtes Wasser für die verstorbenen Könige zu schöpfen.

Als Ghedu in Ahuaga ankam, erfuhr er, dass Ajaho schon morgens zu einer wichtigen Ministerbesprechung in den Singbojipalast gegangen war. Der Palast besaß zahlreiche Tore, die auf den Platz und zur Stadt führten. Ghedu mied das Hongboji-Tor, das den Königinnen vorbehalten war und von Eunuchen bewacht wurde, und ging durch das Fede-Tor. Die Versammlung war beendet, und Ajaho war in ein Gespräch mit dem Goldschmied Huntonji vertieft, der auf einem Baumstamm saß, den Körper schweißüberströmt, die Füße im Staub, und nur mit einem Stoffstreifen zwischen den Beinen bekleidet war, der von einem Gürtel aus Lianen gehalten wurde. Ajaho selbst war ein großer, gut aussehender Mann, einer der sieben »Filzhutträger« des Reiches, der ein weites Wickel-

* Zeremonie, bei der der König Geschenke ans Volk verteilt.

tuch aus weißer Seide trug. Ghedu erzählte ihm schnell von dem Verdacht, den Malobali bei ihm geweckt hatte, und Ajaho lächelte keineswegs darüber, sondern hörte ihm äußerst aufmerksam zu. Denn die Angelegenheit war ernst. Nach kurzer Überlegung erklärte er: »Ghezo interessiert sich nur für die Machi. Er will ihnen eine Lektion erteilen, denn sie haben zwei oder drei Weiße getötet, mit denen er befreundet war und die die heiligen Haine der Machi besichtigen wollten. Er beachtet die Aschanti überhaupt nicht. Im Gegensatz zu ihm glaube ich, dass aber von dieser Seite ein Angriff zu befürchten ist! Die Aschanti haben wegen der Blockade der Engländer praktisch keinen Zugang mehr zum Meer und würden sich gern unseres Hafens Wida bemächtigen. Sei wachsam, Ghedu. Lass den Mann nicht aus den Augen …«

Ghedu ließ sich das nicht zweimal sagen. Er verließ den Palast, überquerte den Platz Singboji in Richtung des großen Marktes und wandte sich dann westwärts zum Viertel von Okeadan. Die Sonne ging allmählich hinter dem Fluss Cufo unter. Die große Hitze hatte sich gelegt, und ein kühler Schatten fiel vom Himmel. Die Frauen verließen die Märkte, gefolgt von kleinen Mädchen, die die Pfefferschoten-Bündel, die Kürbisflaschen mit Palmöl, das geräucherte Fleisch und den Mais trugen, die sie nicht verkauft hatten. Ghedu fragte sich, wie er die wahre Identität des Fremden herausfinden könnte. Er konnte ihn nicht einfach ansprechen und danach fragen. Plötzlich hatte er eine Idee. Hirsebier löst die Zunge. Er brauchte bloß zur Essenszeit der Nago-Familie einen Besuch abzustatten, was er sich als Freund des Hauses erlauben konnte, und genügend Bier anbieten. Er ging zum Ajahi-Markt.

Mit leicht belegter Stimme erklärte Malobali: »Ich verstehe unsere Könige nicht. Sie sind vernarrt in die Weißen.

Erst hat Ghezo die Portugiesen mit offenen Armen empfangen, und jetzt hat er nur noch Augen für die Zodjagi*. Als ich in Cape Coast war, waren die Engländer die Lieblinge. Sehen die Könige denn nicht, dass diese Weißen eine Gefahr bedeuten? Ich habe ...«

Ghedu hatte nur ein Wort behalten und unterbrach ihn: »Du warst in Cape Coast? Entschuldige meine Neugier, aber aus welchem Land stammst du?«

Malobali wollte schon die Wahrheit sagen, als er sich plötzlich überlegte, dass er besser seine Identität verschwieg. Wer weiß, ob Romana nicht Spione hinter ihm hergeschickt hatte? Erst in Timbuktu würde er sicher sein. Ghedu, der ihn scharf musterte, hatte sein Zögern bemerkt und sagte mit geheuchelter Höflichkeit: »Entschuldige, ich bin indiskret.«

Malobali schüttelte den Kopf: »Indiskret? Nein. Ich bin ein Aschanti aus Kumasi. Ich habe lange die Uniform der Krieger getragen und mich seit einigen Jahren dem Handel zugewandt. Ich verkaufe Kolanüsse an diese ›Tafelschmierer‹ im Haussaland und bin gerade auf dem Weg zu ihnen.«

All das klang irgendwie falsch, auch wenn Ghedu nicht sagen konnte warum. Er ließ es jedoch dabei bewenden und kehrte zum Beginn ihres Gesprächs zurück: »Was die Weißen betrifft, da hast du Recht. Was reizt unsere Herrscher eigentlich an ihnen? Ihre Gewehre und das Schießpulver? Haben wir nicht Pfeil und Bogen? Ihr Alkohol? Sind das Hirsebier oder das Maisbier nicht ebenso gut? Ihr Samt und ihre Seide? Ich muss sagen, ich ziehe unsere Raphiastoffe vor ...«

Die beiden Männer lachten und leerten eine weitere Kalebasse Hirsebier. Malobali begann wieder: »Stimmt es,

* Name, mit dem die Fon die Franzosen bezeichnen.

dass die Weißen sich angeblich weigern, sich vor Ghezo in den Staub zu werfen?«

Ghedu nickte: »Ich kann es bezeugen. Und das ist nicht alles. Der König hatte sie zum großen Fest des Atto eingeladen. In dem Augenblick, als die Opferpriester die Gefangenen in das Reich der Götter und Ahnen schickten, haben sie öffentlich ihre Missbilligung und ihren Ekel gezeigt. Manche haben sogar die königliche Tribüne verlassen,«

»Und was hat Ghezo getan?«

Ghedu schüttelte traurig den Kopf: »Natürlich nichts. Die Weißen verstehen nicht, dass wir unsere Toten ehren. Stell dir vor, beim Tod eures Aschantihene Osei Bonsu hätten die Priester ihm nicht seine Frauen, Sklaven und Geliebten mit ins Grab gegeben, um ihm Gesellschaft zu leisten ...«

Da beging Malobali einen durchaus verständlichen Fehler. Er war halb betrunken, müde von der langen Reise und ängstlich besorgt über den Ausgang seiner persönlichen Pläne. Als er Ghedus Worte hörte, rief er unbesonnen: »Osei Bonsu ist also tot?«

Ghedu sah ihm in die Augen und sagte nur: »Seit mindestens zwei Trockenzeiten hat Osei Yaw Akoto auf dem goldenen Thron Platz genommen.«

Daraufhin zog er sich zurück.

Es gibt Augenblicke, in denen der Mensch nicht mehr kämpfen will. Gegen sich selbst. Gegen das Schicksal. Gegen die Götter. »Komme, was da wolle«, sagt er sich dann. Und was noch schlimmer ist, irgendetwas in ihm sehnt dann das Ende der Unruhe und Aufregung herbei und wünscht sich nur noch Ruhe. Die ewige Ruhe. Malobali kam es vor, als sei er seit Jahren ständig auf der Flucht vor einer dunklen, allgegenwärtigen Macht, der er nur entkam, um ihr anschließend wieder zum Opfer zu fallen. Er war vor den Konsequenzen von Ayaovis Vergewaltigung geflohen und war den Missionaren in die Netze geraten. Dann in Romanas Netze. Und jetzt versuchte er, Romana zu entkommen. Aber wohin würde ihn das führen?

Obwohl ihm sein Instinkt sagte, nachdem er diesen peinlichen Fehler begangen hatte, sich vor Ghedu in Acht zu nehmen, dieses Haus zu verlassen, sich schnell auf den Weg zu machen und den Zu zu überqueren, war er unfähig zu handeln. Zwar rief er sich Modupes warme Brüste, Nyas Gesicht, den Geruch von Segus Erde ins Gedächtnis, wenn die Sonne sie erwärmte oder der Regen sie überschwemmte, doch er blieb mit benommenem Geist und starren Gliedern, wo er war. Unterdessen lief Ghedu zum Singbojipalast.

Ajaho war mit seinem Freund Gawu zusammen, einem Prinzen von Geblüt, der für seinen Mut im Krieg berühmt war. Die beiden Männer ließen eine Tabakdose herumgehen und leerten Kalebassen mit Rum aus Wida, dessen Genuss eigentlich dem König vorbehalten war. Dem äußeren Anschein zum Trotz waren sie keineswegs in heiterer Stimmung, sondern sprachen über das, was den ganzen Hof beunruhigte: den Einfluss der Weißen auf Ghezo.

»Wer hätte schon gedacht, dass Ghezo nicht den Charakter seines Vaters, Königs Agonglo, geerbt hätte?«

»Hat er vergessen, dass er von Agusa, dem Panther, abstammt?«

Ghedu hüstelte, um sie auf seine Gegenwart aufmerksam zu machen, und Ajaho drehte sich zu ihm um und fragte:

»Nun?«

Ghedu kniete auf dem feinen, weißen Sand aus Kana nieder, der den Boden bedeckt, und flüsterte: »Was hältst du von einem Aschanti, der nicht weiß, dass der Aschantihene Osei Bonsu schon seit zwei Trockenzeiten im Reich der Ahnen weilt?«

Die drei Männer sahen sich an, dann spottete Gawu: »Das klingt allerdings seltsam!«

Nach kurzem Schweigen befahl Ajaho: »Hol dir ein paar Männer und nimm ihn fest. Bring ihn dann morgen früh zu mir ...«

Ghedu, der bereits an seine Beförderung dachte, hob den Blick zu Ajaho und fragte: »Wo soll ich ihn einsperren lassen?«

Die Gefangenen wurden nämlich ihrem sozialen Rang entsprechend auf die verschiedenen Gefängnisse verteilt. Innerhalb des Palastes gab es Zellen für Prinzen und Prinzessinnen. In den verschiedenen Vierteln von Abomey andere Gefängnisse für die einfachen Leute. Das Gefängnis von Gbekon-Huegbo hatte einen finsteren Ruf. Es wurde erzählt, dass die Gefangenen dort mit Halseisen, von denen eine Kette nach draußen zu den Wärtern führte, auf dem Boden hockten. Ab und zu zogen die Wärter aus Spaß an der Kette, und wenn sie in besonders spielfreudiger Laune waren, zogen sie so stark, dass es dem unglücklichen Opfer den Hals brach. Dann ließen sie die Leiche im Schutz der Dunkelheit verschwinden. Die Familie des Verstorbenen konnte ihm dann weder die Haare scheren und die Nägel schneiden, noch ihn mit warmem Wasser waschen und mit einer duftenden Salbe einreiben, damit er in ordentlichem Zustand vor Sava, den Zöllner, treten konnte, und dieser ihn in die Totenstadt Kutome einließ.

Dorthin brachte Ghedu Malobali. Nach Gbekon-Huegbo.

»Wissen wir vielleicht, wer er ist? Er ist mit den Missionaren hierher gekommen. Und dann hat er sie verlassen und unsere Frauen verführt. Wenn ihn jetzt die Leute von der

Leghede festnehmen, dann werden sie schon ihre Gründe dafür haben.«

So oder ähnlich reagierten die Leute in Wida, als sie von Malobalis Festnahme erfuhren. Niemand dachte daran, nach Abomey zu eilen, um seine Identität zu beschwören und sich für seine Ehrenhaftigkeit zu verbürgen. Chacha Ajinakou brummte, Malobali sei derart arrogant geworden, dass er wohl irgendeine Unverschämtheit am Hofe begangen haben müsse. Pater Etienne und Pater Ulrich rührten sich ebenfalls nicht. Zunächst einmal befürchteten sie, den König zu verstimmen. Und außerdem waren sie sich über Malobali noch nie einig gewesen. Pater Etienne hatte Malobali nie getraut, während Pater Ulrich überzeugt war, dass er diese Sünderseele für Gott gewinnen konnte. Modupes Familie ließ einen Babalawo kommen, der Modupe Salben und Heiltränke verordnete, um die Erinnerung an Malobali aus ihrem Geist zu vertreiben. Und um die Wirksamkeit der Behandlung zu steigern, riet er den Eltern, das Mädchen zu einem Onkel nach Ketu zu schicken. Die Bambara aus dem Fort, und Birame allen voran, erinnerten sich daran, dass sie Fremde in diesem Land und von den Franzosen abhängig waren, die ihrerseits ebenfalls Fremde waren, und dass Ghezo sie daher alle in einem Anfall schlechter Laune aufs Meer zurückschikken konnte. Kurzum, niemand setzte sich für Malobali ein.

Außer Romana.

Romana verstand nicht, warum sie dazu verdammt war, immer wieder dieselbe Geschichte erleben zu müssen, und den Mann, den sie liebte, für eine Tat ins Gefängnis gehen zu sehen, die er nicht begangen hatte. Für welches Verbrechen musste sie büßen? Bestraften sie die Yoruba-Orisha* dafür, dass sie sich von ihnen abgewandt und

* Yoruba-Götter.

ihren Namen Ayodele, »Freude ist in mein Haus gekommen«, gegen Romana eingetauscht hatte? Folglich beschuldigte sie Pater Joaquim, der sie bekehrt hatte, und die Ordensschwestern aus dem Hospital Santa Casa da Misericordia in Recife.

Dann warf sie sich vor, Malobali so geliebt und begehrt zu haben, wie man nur Gott lieben und begehren darf. Und seinetwegen die Treue gebrochen zu haben, die man einem verstorbenen Gatten schuldig ist. Sie war in einem solchen Zustand der Erregung, dass man für ihr Leben nicht mehr viel gab. Die ganze Aguda-Gemeinschaft, die sich so oft über Romana aufgeregt hatte, versammelte sich um ihre Matte. Eine Frau brachte ihr ein Blätterpflaster für die Stirn, eine andere einen Wurzelsud und eine dritte eine wohltuende Salbe.

Die Babalawo und die Bokono* saßen unter den Apfelsinen- und Filaobäumen, warfen Palmkerne oder Kaurimuscheln auf ihre Wahrsagebretter und murmelten Beschwörungsformeln vor sich hin, die nur sie kannten, und das alles unter den Augen von Pater Etienne und Pater Ulrich, die es nicht wagten, sie zu verjagen, und die ihrerseits der Kranken jedes Mal die Kommunion gaben, wenn ihr Zustand es erlaubte.

Eines Tages, als man glaubte, dass es ihr besonders schlecht ging, kam sie plötzlich zu sich, richtete sich auf ihrer Matte auf und verlangte eine Kalebasse Wasser. Dann sagte sie fiebrig: »Ich muss nach Abomey. Ich muss ihn retten.«

Um den Weg von Wida nach Abomey zurückzulegen, brauchte ein geübter Wanderer eine gute Woche. Denn nur der König und die Weißen, die das Reich besuchten,

* Die Babalawo sind Yoruba. Die Bokono sind Fon-Priester und Wahrsager. Sie haben dieselbe Funktion.

durften sich in einer Hängematte tragen lassen, und Pferde oder Maulesel waren den Würdenträgern vorbehalten. Durfte man eine geschwächte Frau, die vor Schmerz halb verrückt war, einfach gehen lassen? Zur Überraschung aller boten sich Birame und die Bambara wie von Reue ergriffen an, sie zu begleiten. Romanas Dienerinnen und die Frauen der Bambara stopften Taschen mit gegrilltem Mais, Hirsemehl und Accassabällchen voll und füllten Kürbisflaschen mit frischem Wasser.

Die kleine Gruppe brach am frühen Morgen auf. Birame nahm seine junge Frau Molara mit. Vor den Toren der Stadt befand sich eine Statue von Legba, dem Geist des Bösen. Es war eine Statue aus Lehm mit einem riesigen Penis, deren Blick alles Böse dieser Welt ausdrückte. Romanas Herz zog sich vor Schrecken zusammen. Er sah sie an, er sah sie an und bedeutete ihr, dass jeder Versuch, Malobali zu retten, vergeblich war. Er hielt seine Beute fest. Er würde sie nicht loslassen.

Bald darauf kamen sie durch Palmenpflanzungen, und als Romana die Sklaven sah, die an den Stämmen hochkletterten oder zwischen den zu Boden gefallenen Palmkernbüscheln hin- und herliefen, musste sie an Malobali denken. Zu Anfang ihrer Ehe, wenn er schweißtriefend von den Feldern kam, bot sie ihm Acarajé an, ein brasilianisches Krapfengericht aus Bohnenpüree mit zerstampften Garnelen, das er gern mochte. Anschließend kam er zu ihr ins Schlafzimmer, umarmte sie und sagte lachend: »Sich nachmittags zu lieben, das haben euch die Weißen beigebracht …«

Die Weißen! Ja, ihre Manieren und ihre Religion hatten sie von Malobali getrennt. Sie hatte nicht das Spiel von Unterwerfung, Respekt und Geduld spielen können wie ihre Mutter. Sie hatte wie eine Gleichgestellte mit ihm reden, ihm Ratschläge erteilen, ja ihn sogar führen wollen.

Und letztlich hatte sie alles verloren. Denn sie wusste jetzt, dass er nach Abomey gegangen war, um vor ihr zu fliehen. Vor ihr. Nur vor ihr.

Während der armen Romana diese Gedanken durch den Kopf schwirrten, erfreuten sich Birame und seine junge Frau am Anblick dessen, was sich auf der Straße von Wida nach Abomey abspielte, der belebtesten Straße des Reiches. Sie versuchten, Franzosen von Engländern zu unterscheiden, aber es gelang ihnen nicht. Sie sahen nur kaolinfarbene Gesichter, gelbe Haare und Augen, die wie Raubtieraugen blitzten.

Dahome war ein blühendes Land. So weit das Auge reichte, erstreckten sich Maisfelder, die kleinen Hügel der Yamswurzeln, deren grüner, gelockter Schopf aus dem Boden kam, und der weiß gepunktete Flaum der Baumwollsträucher. Eine ganze Armee von Sklaven transportierte in großen Kalebassen Brunnenwasser.

Sie alle mussten in das dichte Gras am Straßenrand treten, als ihnen ein Würdenträger, umgeben von Sängern, Tänzern und Musikern, entgegenkam. Sklaven hielten einen riesigen Schirm über ihn, um ihn vor der Sonne zu schützen. Manche behaupteten, es handele sich um den Prinzen Sodaaton, der den Yovogan Dagba ablöste, da dieser Ghezos Unwillen erregt hatte.

Die Leute, die wussten, welches Drama Romana durchmachte, sahen sie mitleidig an. Dennoch blieben sie in sicherem Abstand von ihr, denn ist Unglück nicht ansteckend? Wenn Zo, das Feuer, einen Baum verbrennen will, setzt es dann nicht auch das Gras und Gestrüpp daneben in Brand?

Eines Morgens gelangten sie nach Abomey und fanden die Stadt wie in einen bleiernen Schlaf versunken vor. Der König, die Würdenträger, die Soldaten und die Amazonen hatten die Stadt verlassen, um Hunjroto, die Hauptstadt des Machilandes, zu belagern. Als Aguda verfügte Romana über ein einflussreiches Netz von Beziehungen in Abomey. Denn seit der Herrschaft von König Adandozan befanden sich zahlreiche Brasilianer, Mulatten, Schwarze und ehemalige Sklaven in den verschiedensten Stellungen am Hof, als Dolmetscher, Köche und Ärzte. In kürzester Zeit erfuhr sie, in welchem Gefängnis sich Malobali befand.

9

Die Belagerung von Hunjroto dauerte drei Monate.

König Ghezo hatte noch eine alte Rechnung mit dieser Stadt zu begleichen, denn zwei seiner Brüder waren dort gefangen genommen worden und gestorben. So ließ er die Stadt, sobald seine Truppen sie erobert hatten, anzünden und dem Erdboden gleichmachen. Den Greisen wurde der Bauch aufgeschlitzt, während die jüngeren Männer, Frauen und Kinder als Gefangene mitgenommen wurden.

Im Morgengrauen zogen die Sieger in Abomey durch das Dossumoin-Tor im Osten ein. An der Spitze marschierten die Soldaten, gefolgt von Würdenträgern zu Pferd, die den König in seiner Hängematte umgaben. Ghezo trug sein Kriegsgewand, einen roten Umhang und ein Wickeltuch, das unter der rechten Achsel durchging und auf der linken Schulter geknüpft war. Er war mit seiner Patronentasche gegürtet, trug auf dem Kopf eine Haube, auf deren breite Ränder Schutzamulette genäht waren, und hielt in der rechten Hand ein mit Pulver gefülltes Büffelhorn. Die Amazonen bildeten die königliche Garde und trennten die Männer von den Königinnen, die ihren Gatten hatten begleiten wollen. Während die Königinnen auch bei diesem Anlass in prunkvolle Wickeltücher aus Satin, Samt oder Damast gekleidet waren, mit schweren goldenen Ketten um den Hals, Armbändern und Blättchen aus kostbaren Metallen in den Ohrläppchen, trugen die mit Musketen bewaffneten Amazonen ein ärmelloses, an der Taille gerafftes Waffenhemd und Männerhosen. Dahinter kamen die Eunuchen, die die Königinnen vor jedem Kontakt und jedem Hauch abschirmten, der sie hätte beflecken können. Und anschließend die endlosen Reihen der Gefangenen mit Fußfesseln und auf dem Rücken gebundenen Händen.

Das Volk wusste nicht recht, was man den Machi vorwarf und warum all diese Menschen bald unter dem Messer der Opferpriester sterben oder als Sklaven nach Brasilien oder Kuba verkauft werden sollten. Aber da im Dunst von Pulver und Staub die Trommeln dröhnten, die Soldaten sangen und die Elfenbeinhörner erklangen, waren die Leute glücklich. Um die Erregung auf den Höhepunkt zu treiben, feuerten die Soldaten ihre Gewehre ab, und ein Gebrüll der Begeisterung stieg zum Himmel auf.

Gestützt von Birame und Molara, hatte sich Romana bis zum Platz vor dem Singbojipalast geschleppt. Sie konnte in dem Gewühl nichts erkennen und starrte nur Ajaho an, in der Hoffnung, ihm ansehen zu können, was für ein Mensch er war, denn sie wollte sich ihm unverzüglich zu Füßen werfen. Wenn er ihr nicht glaubte und meinte, sie wollte ein gefährliches Individuum beschützen, nun, dann sollte man sie dem *adimo* unterziehen, und man würde schon das Ergebnis sehen. Birame schob seinen Arm unter ihren Ellbogen, zog sie mit sich und sagte: »Komm, Ayodele«, denn wie Malobali nannte er sie nie mit ihrem katholischen Vornamen, »hier haben wir nichts mehr zu suchen. Lass uns lieber zu Ajahos Haus gehen und dort auf ihn warten.«

Vor dieser Schicksalsprüfung hatten sich Romana und Birame gehasst, da sie sich gegenseitig vorwarfen, Malobali für sich in Anspruch zu nehmen. Aber in den drei Monaten, die sie, vereint durch dieselbe Sorge, zusammen in Abomey verbracht hatten, hatten sie sich schließlich kennen gelernt und lieb gewonnen. Wenn Birame an die unglaublichen Schicksalsschläge dachte, die dieser Frau widerfahren waren, erweckte sie in ihm Respekt und Bewunderung. Zugleich aber stand er vor einem Rätsel. Wie konnte nur eine Frau, die so viele gute Eigenschaften wie Stärke, Ehrgeiz und Intelligenz besaß, sich so leidenschaftlich in Malobali verlieben, der außer seinem guten Aussehen wenig zu bieten und sie noch dazu derart erniedrigt hatte? Was waren Frauen doch für seltsame Kreaturen!

Birame geleitete Romana und Molara durch die jubelnde Menge in das Viertel von Ahuaga. Allmählich wurde es wieder ruhiger. Die Frauen kehrten zu ihren Marktständen zurück, die Weber zu ihren Webrahmen und die Färber zu ihren Bottichen. In der Nähe des Adonon-Tors war der Platz, auf dem sich die Hersteller der königlichen Sonnenschirme befanden. Umgeben von einem Schwarm von Lehrlingen, scherzten und lachten sie in Erwartung der Festlichkeiten, die bald kommen würden. Aus Freude über seinen Sieg würde Ghezo mit Lebensmitteln nicht geizen und mit vollen Händen Gold- und Silberstücke unter das Volk verteilen. Tagelang würde es zu essen und zu trinken geben!

Romana, Birame und Molara brauchten nicht lange zu warten, denn Ajaho war ein pflichtbewusster Beamter, der schnell wissen wollte, was sich in seiner Abwesenheit ereignet hatte.

In einem instinktiven Anflug von Koketterie hatte Romana eins ihrer schönsten brasilianischen Kleider angezogen. Das Oberteil war aus gesmoktem Musselin gearbeitet, während eine breite Spitze vom Ausschnitt zur Taille ging. Der Rock war weit, kreisförmig und mit einem weißen Saum verziert. Außerdem verhüllte eine aus schmalen, farbigen Baumwollstreifen gefertigte Stola ihre rechte Schulter, die dem Brauch gemäß nackt war. Um den Kopf hatte sie ein großes Tuch aus weißer Spitze geschlungen. Ajaho war bezaubert. Er hörte ihr zu, ohne sie zu unterbrechen, warf seinen Stellvertretern einen spöttischen Blick zu und sagte dann: »Warum sollte ein Mann, der eine Frau wie dich besitzt, sie verlassen wollen? Du irrst dich. Der Mann, den du für deinen Gatten hältst, ist ein dreckiger Machi, der sich für einen Aschanti ausgegeben hat …«

Romana warf sich ihm zu Füßen und flehte: »Bring ihn zu mir, Herr, dann wird man sehen, ob er den Mut hat, das immer noch zu behaupten …«

Eine seltsame Geschichte! Ajaho schickte Romana fort, nachdem er sie gebeten hatte, am nächsten Tag wiederzukommen. Als Romana und Birame das Viertel von Ahuaga verließen, kamen sie erneut am Adonon-Tor vorbei und begegneten einem Ausrufer, der eine Glocke schwang und dem zwei Trommler folgten. Romana und Birame blieben stehen, um zuzuhören: »Bewohner von Abomey, der Herr der Welt, der Vater der Reichtümer, der-Kardinalsvogel-der-den-Busch-nicht-in-Brand-setzt* lässt verkünden, dass die Brauchfeierlichkeiten** übermorgen Abend beginnen. Der Herr der Welt wird Wickelröcke und Geld an sein Volk verteilen, nachdem die Botschaften an die verstorbenen Könige versandt worden sind …«

Romana erschauerte. Die Botschaften an die verstorbenen Könige! Damit waren die Menschenopfer gemeint. Wenn es ihr nicht gelang, Malobali zu retten, würde er einer dieser Botschafter sein!

Ein Stück weiter begegneten sie Weißen in ihren Hängematten. Sie verließen hastig die Stadt, weil sie den Anblick von Menschenopfern nicht ertragen konnten, zu denen Ghezo sie als Ehrengäste auf seine königliche Tribüne

* Beiname von Ghezo.

** So werden die Feste zu Ehren der verstorbenen Könige und der Gottheiten genannt.

eingeladen hatte. Birame stieß hasserfüllt aus: »Heuchler! Man hört, dass sie sich in ihren Ländern mit den Waffen, die sie herstellen, zu Hunderttausenden umbringen, und uns wollen sie eine Lehre erteilen …«

Männer, die seine Bemerkung gehört hatten, stimmten lauthals zu, und es entspann sich ein Gespräch. Alle waren sich einig. Die Weißen würden Dahome vernichten, da sie sowohl den Sklavenhandel als auch die Opfer für die Könige abschaffen wollten. Romana bekam von alledem nichts mit. Sie war völlig ins Gebet vertieft. Sie beschwor Jesus Christus, die Jungfrau Maria und die Heiligen im Paradies. Aber auch die mächtigen Yoruba-Orisha, die von ihren Eltern mit Palmöl, frischen Yamswurzeln, Früchten und Blut besänftigt wurden. Gegen wen hatte sie sich versündigt? Ogun, Shango, Olokun, Oya, Legba, Obatala, Eshu …?

Ghedu stieß den Stein zur Seite, mit dem das Brett vor dem Eingang der Zelle zugehalten wurde, und schreckte vor dem unerträglichen Gestank zurück. Gezwungenermaßen hatte der Mann drei Monate lang seine Bedürfnisse in der Zelle verrichtet. Dieser Gestank hatte sich mit dem Geruch von verfaultem Essen, toten Tieren und der verbrauchten Luft in dieser engen Zelle vermischt. Dann gab Ghedu zwei von seinen Männern ein Zeichen hineinzugehen und befahl ihnen: »Bindet ihn los …«

Die Männer förderten ein Knochenpaket zutage, das von einer dünnen, Eiter absondernden Haut voller aufgeplatzter Geschwüre bedeckt und stellenweise auch schuppig wie eine Schlange war. Haare und Bart waren gewuchert wie Unkraut, und eine ganze Kolonie von Flöhen und Wanzen wurde aus ihrem gewohnten Quartier aufgeschreckt und stob auseinander. Von der schmerzenden Helligkeit geblendet, drehten sich seine Pupillen zuckend im Kreis wie Nachtfalter, die von einer Fackel überrascht werden. Ghedu, der nur geglaubt hatte, seine Pflicht zu erfüllen, überkam bei diesem Anblick die Wut, denn er war letztlich zum Henker geworden. Er versetzte dem Mann einen kräftigen Tritt und sagte: »Wenn du ein ehrenhafter Bambara bist, warum hast du das nicht gesagt? Warum hast du dich für einen Aschanti ausgegeben? Der Streit mit Frauen wird unter dem Palaverbaum geschlichtet … nicht im Gefängnis.«

Malobali war nicht in der Lage, sich zu verteidigen. Schon seit langem war er halb bewusstlos, sein Geist hatte sich vom Körper gelöst und wartete sehnsüchtig darauf, dass die letzten Fäden rissen, die ihn noch an die Erde fesselten. Die Männer bildeten einen Kreis um ihn, und Ghedu sagte immer noch grollend: »Er soll sogar ein Freund von Chacha Ajinakou sein. Ajaho wird einen der Ärzte des Königs zu ihm schicken, bevor er ihn seiner Frau, einer Aguda, zurückgibt.«

All diese Worte, Chacha Ajinakou, Aguda, unterstrichen das Ausmaß seiner Verachtung. Warum hatte der Mann sich denn bloß nicht verteidigt?

Der königliche Arzt ließ nicht lange auf sich warten, und als er Malobali betrachtete, hielt er ihn zunächst für tot. Dann ließ ihn leichter Schweiß auf der Haut seinen Irrtum erkennen. Er öffnete seinen Lederbeutel, in dem sich seine Pulver, Pflaster und Salben befanden und die Amulette, die deren Wirkung verstärken sollten. Aber sosehr er sich auch bemühte, Malobali blieb bewusstlos, unfähig, sich auf den Beinen zu halten und einer menschlichen Stimme zu gehorchen. Als gar nichts half, ließ er ihm schließlich Bart, Haare und Nägel schneiden, bedeckte seinen Körper mit Pflastern, die die Entzündung heilen sollten, und zog sich zurück. Der Mann, den man Romana übergab, war mehr tot als lebendig. Häufig entbindet eine Frau vorzeitig ein missgestaltetes Kind. Die Familie möchte es verschwinden lassen und sich mit den Göttern aussöhnen, die auf diese Weise ihren Zorn geäußert haben. Aber die Frau weigert sich und hängt an diesem kläglichen Wesen. Sie zieht es ihren anderen Kindern vor. Sie forscht nach dem kleinsten Lebensfunken in seinem Blick, hält die Verzerrungen seines Mundes für ein Lächeln, und bei so viel Liebe nimmt das Kind schließlich menschliche Form an. So erging es Romana mit Malobali. Anscheinend unempfindlich gegenüber dem Geruch seiner offenen Wunden, seines Erbrochenen und seines Kots pflegte sie ihn, besorgte die schwierigsten Dinge, die die Babalawo und die Ärzte von ihr verlangten, und schreckte vor keinem Opfer zurück. Man riet ihr, sich an Wolo zu wenden, einen der königlichen Bokono, der manchmal auch für einen gewöhnlichen Sterblichen das Orakel befragte. Mit Hilfe von Marcos, einem Aguda und einem der Köche von Ghezo, gelang es ihr, in den Königspalast eingelassen zu werden und bis zu dem runden Raum rechts vom Eingangstor vorzudringen, wo sich der alte Mann aufhielt. Wolo versank längere Zeit in Schweigen, ehe er Zwiesprache mit den Geistern aufnahm und die Sitzung begann. Aber je länger er mit seinen Instrumenten hantierte, desto besorgter und verwirrter schien er zu werden. Es machte den Eindruck, als ob er lange mit einem unsichtbaren Gesprächspartner verhandelte und ihm abwechselnd drohte oder ihn zu überreden versuchte. Anschließend schwieg er wieder eine Weile sorgenvoll, ehe er sein Urteil abgab.

Sava, der Zöllner, der das Tor zur Totenstadt Kutome öffnet, hatte Malobalis im Jenseits umherirrenden Geist bereits eingelassen. Das schien auf einem Irrtum zu beruhen, daher forderte Wolo ihn auf, Malobalis Geist freizulassen und den Lebenden wiederzugeben. Aber Sava entgegnete, dass der erste Arzt, den man gerufen hätte, Malobali nachts die Haare und die Nägel geschnitten hätte, ein Ritus, der nur an Leichen vollzogen wird. Folglich sei es nur sein gutes Recht, ihn in die Totenstadt einzulassen. Aber Wolo gab die Hoffnung noch nicht auf, Savas Willen zu beugen. Allerdings würde das viel Zeit erfordern.

Zum ersten Mal verlor Romana den Mut. Sie hatte bereits einen beträchtlichen Teil ihres Vermögens ausgegeben. Ihre Kinder waren weit weg. Was mochte wohl in Wida aus ihnen werden? Sie befand sich in dieser fremden Stadt, die einen Sieg feierte, der ihr nichts bedeutete. Die Bambara, die sie begleitet hatten, selbst Birame und Molara, verloren allmählich die Geduld und kamen zu der Ansicht, dass Malobalis Ende zu lange auf sich warten ließ. Einen Augenblick dachte Romana daran, ihm den Gnadenstoß zu geben und sich selbst umzubringen wie eine königliche Ehefrau, die ihrem Herrn ins Grab folgt. Aber dann schämte sie sich dieser Gedanken, die sowohl gegen den christlichen wie auch gegen den Yoruba-Glauben verstießen. Auf dem Ajahi-Markt verkauften Mädchen Hirse und Mais. Die Hühner, denen mit trockenen Zweigen die Beine zusammengebunden waren, gackerten unaufhörlich. Was erzählten sie? Ebenso schmerzhafte Geschichten wie die Menschen? Um nicht hinzufallen, stützte sich Romana gegen einen der Irokopfeiler, die das Gewölbe über der Markthalle stützten. Von einem Stand in der Nähe drang ihr der Geruch von Ingwer und Pfefferschoten in die Nase. Eine Frau lachte und entblößte dabei ihre blitzenden Zähne. Das Leben ging weiter, während sie vom Schmerz überwältigt war und sich den Tod herbeisehnte. Kraftlos schleppte sie sich zu jenem Teil des Marktes, wo Vierbeiner verkauft wurden, und erwarb einen schwarzen Hammel, wie Wolo es verlangt hatte. Neugierig betrachteten die Leute diese zierliche Frau, die von dem großen Tier geführt zu werden schien.

Als sie in das Viertel von Okeadan gelangte, war das ganze Haus in heller Aufregung. Malobali hatte sich aufgerichtet und nach Wasser verlangt. Im Augenblick flößte man ihm gerade ein wenig Maisbrei ein. Er blickte Romana an und sagte vorwurfsvoll: »Iya, wo warst du?«

Sein muskulöser Körper war völlig abgemagert, seine sorgsam eingeölte Haut voller Narben und schlecht verheilter Wunden, von denen einige immer noch eiterten. Sein hartes Gesicht, nach dem sich so viele Frauen umgedreht hatten, war ausgezehrt und stellenweise verschwollen, als sei es vom Hammer eines rasenden Schmieds bearbeitet worden. Aber er lebte. Den Göttern dankbar, drückte sich Romana an ihn. Es waren gewiss die schönsten Tage ihres Lebens. Romana hatte immer davon geträumt, Malobali ganz für sich allein zu haben. Immer war es unmöglich gewesen, da andere Frauen, Saufkumpane oder irgendwelche Freunde ihn mit Beschlag belegt hatten. Aber jetzt wollte keiner mehr etwas von ihm. Sie konnte ihn in die Arme nehmen, den Kontakt seines Körpers suchen und unermüdlich seinen kaum vernehmbaren Worten lauschen. Diejenigen, die sich ihrem Zimmer näherten, hörten ein Gemurmel wie sanfte Flötenmusik, wenn der Mond hoch am Himmel steht und die Hirten sich neben ihren Herden im Gras räkeln. Sie wagten nicht einzutreten und stellten das Essen oder die erforderlichen Medikamente vor der Tür ab. Dann zogen sie sich verwundert auf Zehenspitzen zurück. Gibt es die vollkommene Liebe? Können ein Mann und eine Frau die völlige Verschmelzung ihrer Herzen und Körper erreichen?

Kein Mensch kann die Absichten der Götter vollständig ergründen, und selbst wenn die königlichen Bokono ständig in der Faagbaji* tagen, können sie nicht alles vorhersehen. Ein paar Wochen nach der Vernichtung von Hunjroto, als das Volk noch die Lebensmittel verdaute, die Ghezo hatte verteilen lassen, erzürnte sich Sakpata, die Göttin der Pocken. Niemand konnte sagen, was ihren Zorn hervorgerufen hatte. Waren irgendwelche Opfer vernachlässigt, Gebete zu hastig gemurmelt worden? Und von wem? Jedenfalls geriet Sakpata eines schönen Morgens in Wut und hüllte Abomey in ihren stinkenden Atem ein. Sie eilte mit großen Schritten nach links und nach rechts, vom Okeadanviertel, wo die Nago wohnten, bis nach Ahuaga und Adjahito, ohne die Viertel Dota und Hetchilito auszulassen. Mit einem Sprung über das Grab von Kpengla** drang sie in den Königspalast ein und ließ Wachen und Amazonen, die, die Muskete zu ihren Füßen, ruhig plaudernd dastanden, unter heftigen Schmerzen auf den Sand sinken. Sie machte einen Bogen um das »Perlenhaus«, das zu Ehren der verstorbenen Könige erbaut war, wich dem Haus von Agusa, dem Panther und Ahn der Fon-Könige aus, und tauchte, um ihrer Laune deutlich Ausdruck zu verleihen, im Thronsaal auf, wo Ghezo im Kreis von Würdenträgern und Prinzen von Geblüt den Lobliedern seiner Hofsänger lauschte. Tödlich getroffen sank Prinz Doba*** mit rosafarbenem, geschwollenem Gesicht und fauligen Tränen in den Augen dem König zu Füßen. Sakpata starrte Ghezo böse an und zischte: »Diesmal verschone ich dich noch. Aber ich komme wieder, um dich zu holen, du entgehst mir nicht ...«

Dann kehrte sie, ungeduldig mit den Füßen scharrend, wieder in die ärmeren Viertel zurück.

* Runder Raum im Königspalast, in dem sich die Bokono ständig dem König zur Verfügung halten.

** König von Dahorrie von 1775 bis 1789.

*** Einer der Söhne Ghezos.

Molara, Birames junge Frau, befand sich auf dem Ajahi-Markt, als sie erfuhr, dass sich Sakpata in der Stadt aufhielt. Sie hatte gerade geräucherten Fisch aus den Sümpfen von Wo, Palmöl und Maniokblätter gekauft und suchte nach Dickmilch für Malobali. Eilig kehrte sie heim, denn wenn Sakpata erzürnt ist, bleibt man besser zu Hause, schickt Besucher fort und meidet die Nachbarn. Im Handumdrehen leerten sich die Märkte und der Platz vor dem Singbojipalast, auf dem sich sonst immer die Menge drängte, um die Ankunft der Prinzen an ihrem Palaverort und manchmal auch den König selbst zu erspähen. Alle Straßen füllten sich mit entsetzten Menschen, die nur noch an Heilmittel dachten, die sie zur Vorbeugung einnehmen konnten. Überall stieß man auf die Priester der Göttin, die zu Sakpatas Tempeln eilten, um sie durch Gebete und Opfergaben zu besänftigen. Anscheinend gelang es ihnen nicht, denn am Abend zählte man bereits zweihundertfünfzig Opfer. Kaum hatten die Angehörigen einen Toten gewaschen, da hatte es bereits einen anderen ereilt, den sie für die Reise fertig machen mussten. Die Leute wussten nicht mehr, wo sie in ihren Anwesen noch Gräber ausheben sollten. Bald fehlte es an Beerdigungsmatten sowie an weißen Hammeln und Geflügel. Ein paar gerissene Kerle gingen in die Nachbarorte, in der Hoffnung, sie sich dort besorgen zu können und einträgliche Gewinne damit zu erzielen, da sie auf den Schmerz der Angehörigen setzten. Und so tauschte man ein kümmerliches Hähnchen gegen zwei Säcke Kaurimuscheln oder drei Krüge Palmwein ein.

Am zweiten Tag wütete Sakpata noch schlimmer. Die Leute wagten nun, nach Gründen für das Verhalten der Göttin zu suchen. Sakpata war eine Machi-Göttin, deren Kult Ghezo eingeführt hatte. Brachte sie nicht ihre Unzufriedenheit darüber zum Ausdruck, dass ihr Volk von Ghezos Armee vernichtet worden war? Zeigte sie nicht ihre Abneigung gegenüber einem Land, in das ihr Kult verpflanzt worden war? Lehnte sie sich nicht gegen den Hohen Priester Misayi auf, den der König ernannt hatte? Kurzum, man war nahe daran, sich frevelhaften Gedanken hinzugeben.

Im Viertel von Okeadan zitterten alle um Malobali. Er nahm zwar wieder etwas Nahrung zu sich und konnte schon ein paar Schritte ohne fremde Hilfe tun. Dennoch blieb er ein Wesen ohne Abwehrkräfte, das beim ersten Ruf der Göttin ihre Gefolgschaft vergrößern würde. Romana beschaffte sich einen Vorrat an Tamarinden, deren Kerne und Blätter als unfehlbares Mittel galten. Birame und Molara, denen kurz zuvor ein Kind geboren war, machten sich sogar weniger Sorgen um ihren Säugling als um Malobali. Als jemand ihnen den Absud von Wurzeln des Zedrachbaumes als vorbeugendes Mittel empfahl, ging Birame bis nach Kana, um diese Wurzeln zu finden.

Sakpatas Gefolge wurde mit jedem Tag größer; es gab in Abomey keine Familie mehr, die von Trauerfällen verschont geblieben war, als Malobali einen Fieberanfall bekam. In panischer Angst ließ Romana einen Arzt kommen, der soeben die Kinder einer benachbarten Familie gerettet hatte. Aber er konnte sich nicht äußern und verschrieb einen Umschlag aus Baobabblättern. Abends atmete das ganze Haus auf, denn das Fieber war zurückgegangen. Drei Tage später kam es im Galopp wieder.

Romana, die sich gerade im Hof befand, um Wasser zu holen, hörte einen lauten Schrei. Sie rannte ins Schlafzimmer und fand Malobali in schmerzgekrümmter Haltung vor. Sein Körper war von Pusteln bedeckt, die ebenso plötzlich über ihn hergefallen waren wie ein Heuschreckenschwarm über ein Feld, und aus den Augen liefen ihm milchige Tränen. Wenige Stunden später starb er in ihren Armen.

Woran dachte Malobali, als er nach Kutome kam? An Ayaovi, die er vergewaltigt hatte, wodurch er den Zorn der Erde gegen sich entfesselt hatte? Und rächte sich jetzt nicht die Erde durch eine andere Göttin an ihm? An Modupe, die er nie heiraten und die ihm nie einen Sohn schenken würde? An Romana, die Perle, die vor seine unwürdigen Füße geworfen worden war? Nein, er dachte an die beiden Frauen, die einzig in seinem Leben gezählt hatten. Nya und Sira. Was machten sie in dem Moment, als er die Augen schloss? Empfanden sie einen stechenden Schmerz im Herzen und hoben beunruhigt den Kopf, um den Himmel über den Zedrachbäumen prüfend zu mustern? Oder gingen sie weiter durch die sandigen Höfe der Anwesen und erteilten ihren Dienerinnen Befehle?

»Mutter, ich sterbe, und ihr wisst es nicht!«

Im gleichen Augenblick, als Malobalis Geist endgültig seinen Körper verließ, beruhigte sich Sakpata. Sie war einundvierzig Tage und einundvierzig Nächte lang durch die Stadt gelaufen und hatte gewütet, und ihre Priester waren erschöpft. Sakpatas Anhänger hatten sich angesichts einer solchen Machtbezeugung verdreifacht. Vor allen Toren der Stadt befanden sich ihre Standbilder, während sich auf den Gräbern in Abomey, die jetzt zahlreicher waren als die Hütten, ihre Lieblingsspeisen häuften.

Im Singbojipalast herrschte dennoch Furcht. Hatte Sakpata nicht versprochen wiederzukommen, um den König Ghezo selbst zu holen? Daher war die Faagbaji immer voller Priester, die den Zeitpunkt von Sakpatas unheilvoller Wiederkehr zu bestimmen suchten. Den ganzen Tag lang warfen sie ihre Palmkerne auf das Wahrsagebrett, aber Faa* blieb stumm und offenbarte nichts.

* Faa ist der Gott der Weissagung der Fon.

10

»Nach Malobalis Tod fand Ayodele an nichts mehr Geschmack. Sie wartete nur noch auf den Tod, als sie auf einmal feststellte, dass sie schwanger war. Ein Kind! Der Schatz, auf den sie während ihrer ganzen Ehe mit Malobali vergebens gewartet hatte. Nach seinem Tod wurde er ihr plötzlich geschenkt. Sie erinnerte sich an die Worte des Babalawo, den sie Jahre zuvor aufgesucht harte. Er hatte die Beratung mit dem Wort ›Olubunmi‹ beendet, und das bedeutet: ›Gott wird deinen Wunsch erfüllen.‹ Diesen Namen hat sie daher ihrem Kind gegeben. Ja, was für eine Ironie! Gott erfüllt deinen Wunsch mit der einen Hand und schlägt dich mit der anderen. Doch sie war Christin, deshalb hat sie es hingenommen. Sie hat ihre Schwangerschaft tapfer ertragen. Aber ich glaube, für eine Frau wie sie reichen Kinder nicht aus, um dem Leben einen Sinn zu geben. Auch wenn wir uns noch so sehr um sie gekümmert haben, hatte sie nicht mehr den Wunsch, auf der Erde zu bleiben. Ihr Geist hatte sich nach Kutome gewandt, durch dessen Tore wollte sie gehen. Eines Morgens haben wir sie tot auf ihrer Matte gefunden. Da sie keine Milch hatte, hat meine Frau Molara ihr Kind gestillt. Und so haben wir es behalten, und als ich beschloss, nach Segu zurückzukehren, habe ich es euch mitgebracht. Es gehört euch.«

Birame verstummte, und einen Augenblick hörte man nur das Weinen der Frauen und die Seufzer der Männer. Und doch, was für ein Heilmittel gibt es schon gegen den Tod, wenn nicht ein Kind? Olubunmi blieb. Nya war die Einzige, die diese schicksalsergebene Haltung nicht teilte, denn sie hatte auf einen Schlag erfahren, dass zwei ihrer

Söhne tot waren. Daher verlor sie den Kopf und sagte zu Birame: »Und die anderen? Was hast du mit den andern Kindern meiner Söhne gemacht?«

Diémogo machte ihr ein Zeichen zu schweigen. Jedoch ohne grob zu werden. Eine Frau, besonders wenn sie leidet, ist ja bekanntlich nicht mehr Herrin ihrer Worte. Aber Birame erzählte bereits weiter: »Ayodeles Familie stammte aus Oyo. Wir glaubten, dass sie infolge der religiösen Auseinandersetzung in der Gegend, der Kriege zwischen moslemischen Fulbe und Yoruba, ausgelöscht oder in alle Winde zerstreut sei. Aber dann tauchte eines Tages ein Mann in Wida auf, der sich als Bruder ihres Vaters, also sozusagen als ihr Vater, vorstellte. Er stammte aus Abeokuta, war selbst in seiner Jugend als Sklave nach Jamaika verschleppt worden und hatte sich nach seiner Freilassung in Freetown niedergelassen; von dort aus kam er zu uns. Er war reich und durchaus in der Lage, sich um die drei älteren Jungen zu kümmern, und so haben wir ihn nicht daran hindern können, sie mitzunehmen ...«

Nya wälzte sich auf der Erde und die anderen Frauen mit ihr. Diémogo war hin- und hergerissen zwischen dem Wunsch, diesem Gast, der der Familie immerhin einen Sohn wiedergebracht hatte, seine Dankbarkeit zu zeigen, und dem Kummer über den Verlust der drei anderen Söhne. Daher fragte er ihn: »Aber warum? Warum hast du das zugelassen?«

Birame senkte den Kopf und sagte: »Verzeih mir. Ich hatte Angst, diese lange Reise ins Unbekannte zu unternehmen, durch Länder, die Krieg führen, um sich Sklaven zu verschaffen, und ich befürchtete, dass sich das traurige Abenteuer, das Naba zugestoßen war, mit einem seiner Söhne wiederholen könnte. Olubunmi dagegen ist nur ein Säugling auf Molaras Rücken. Wohin sie geht, geht auch er. Er braucht nur ihre Milch.«

Zum ersten Mal dachte die Familie daran, den kleinen Jungen wirklich in Augenschein zu nehmen. Er war rundlich und drall, noch kein Jahr alt, und starrte alle mit solch ausdrucksvollem Blick an, als verstände er den Ernst der Lage. Jemand rief: »Olubunmi? Aber das ist doch kein Bambara-Name!«

Diémogo machte eine beschwichtigende Geste und erwiderte: »Auf den Namen kommt es nicht an! Hauptsache, er lebt ...«

Dann wandte er sich an Birame: »Wir sind ungerecht zu dir. Wir sollten dir dankbar sein und dich mit Geschenken überhäufen, stattdessen streiten wir uns mit dir. Das ist das Los der Boten. Man macht ihn immer für die schlechten Nachrichten verantwortlich, die er übermittelt.«

Birame seufzte: »Glaub mir, ich hätte sie euch gern erspart. Aber das ist der Wille der Götter.«

Der Familienrat war im größten Hof des Anwesens versammelt. Diémogo saß in der Mitte, umringt von seinen jüngeren Brüdern, Dusikas älteren Söhnen sowie seinen eigenen. Die Frauen waren ebenfalls anwesend, hatten Nya in ihre Mitte genommen und umgaben sie mit ihrem warmen Mitgefühl. Denn war sie nicht das Hauptopfer dieses Dramas? Was hatte sie getan, um so viele Schicksalsschläge auf sich zu ziehen? Man zögerte jedoch, sie ganz und gar zu bemitleiden. Denn hielt sie nicht Kosa in den Armen, das Kind ihrer reifen Jahre? Und ist ein Nachkömmling nicht das deutliche Zeichen für das Wohlwollen der Götter? Wie schön Nya noch war! Der Anblick von so viel Schmerz hatte ihre Augen tiefer in die Höhlen sinken lassen, das etwas hochmütige Funkeln ihrer Jugend gemildert und stattdessen in ihnen einen Abglanz sanfter Nachsicht gegenüber allem Wahn erzeugt. Zwei Falten hatten sich um ihren Mund herum eingegraben. Sie verliehen ihrem Gesicht jedoch keinerlei Bitterkeit, sondern verstärkten nur ihren etwas müden, aber großzügigen und wohlwollenden Ausdruck.

Nya warf Tiékoro einen Blick zu, als wollte sie ihn ermuntern zu sprechen, denn er hatte sich noch nicht geäußert. Tiékoro nahm eine Sonderstellung in der Familie ein. Zwar war Diémogo der Fa, das vom Rat ernannte Oberhaupt, aber Tiékoro war der unbestrittene geistige Führer. Im Gegensatz zu dem, was man hätte erwarten können, war er gestärkt aus der Bewährungsprobe von Nadiés Selbstmord hervorgegangen, da er seine Mitschuld eingestanden und öffentlich Buße getan hatte. Und dann hatte ihm sein Aufenthalt in Hamdallay, der Hauptstadt von Massina, eine Aura von Weisheit und Kompetenz verliehen, denn dort hatte er mit Cheiku Hamadu persönlich die Möglichkeiten der Verbreitung des Islam in der Gegend von Segu erörtert. Jeder, der eine wichtige Entscheidung zu treffen hatte, wandte sich vorher an Tiékoro, sodass er gleichsam zu einem von Mohammed beseelten Orakel geworden war. Und als Krönung des Ganzen war er dann nach Mekka gepilgert und hatte auf dem Rückweg in Sokoto Station gemacht, wo der Sultan ihm die besondere Ehre erwiesen hatte, ihm eine Braut zu geben. Fortan war der ganze Clan stolz darauf, einen solchen Sohn zu besitzen, dessen Ruf bis in die hintersten Winkel der Welt gedrungen war.

Tiékoro stand auf. Sein Prestige wurde noch durch die ausgesuchte Eleganz erhöht, mit der er sich kleidete. Ein seidener Bubu über einer Hose aus demselben Material und über dem Bubu eine kurze, reich bestickte Jacke. Dazu einen schweren Turban, dessen loses Ende er sich oft ins Gesicht fallen ließ, und darüber einen weißen Schleier. Er faltete die Hände und wandte sich an Birame: »Es sei mir fern, dir mit Vorwürfen zu begegnen, und ich wünschte mir, dass die ganze Familie meinem Beispiel folgte. Hast du uns nicht die besten Nachrichten gebracht? Ist der Tod nicht ein Fest? Beklagt sich nicht allein der Ungläubige vor der sterblichen Hülle und vergisst dabei das Glück der Seele, das Licht des Körpers, wenn es mit dem Glanz des Göttlichen verschmilzt? Außer Allah gibt es keinen Gott …«

Je länger Tiékoro sprach, desto lauter wurde seine Stimme und übertönte bald alle anderen Geräusche: das trockene Knacken der brennenden Zweige, das Rauschen der Blätter im Wind und das Blöken der Schafe in ihrer Einfriedung. Als Siga seinen Bruder reden hörte, spürte er, wie sich ein Kloß in seinem Hals bildete, ihm in den Mund stieg, dort zerplatzte und ihn mit dem bitteren Geschmack des Hasses erfüllte. Der Heuchler! Der Heuchler! Jeder wusste, dass seine Grausamkeit und seine Ungerechtigkeit Malobali aus dem Anwesen vertrieben und in diese Abenteuer gestürzt hatten, bei denen er den Tod gefunden hatte. Und dennoch schwadronierte Tiékoro anscheinend ohne die geringsten Gewissensbisse, erteilte Lehren und gab weitschweifige Erklärungen zu Ehren Gottes ab. Was für ein Gott war das, der von einer Mutter verlangte, sich über den Tod ihrer Söhne zu freuen? Siga hätte Nya am liebsten in den Arm genommen und zu ihr gesagt: »Weine, geliebte Mutter, in der Hütte ist kein Licht mehr, und die süßen Vögel des Glücks sind fortgeflogen. Weine, aber vergiss nicht, dass ich bei dir bin.«

Dennoch war Siga ehrlich genug, um sich einzugestehen, dass es nicht nur Tiékoros Worte waren, die ihn ärgerten, sondern die Art, wie ihn die Leute anschauten. Die Frauen vor allem. Und besonders seine Frau Fatima. Mit einer leidenschaftlichen Bewunderung, als hätten die Götter selbst beschlossen, die Erde zu besuchen und dort einen prunkvollen Umzug zu veranstalten. Sahen sie denn nicht, wie affektiert dieser Kerl war?

Jetzt stand Birame auf und übergab Olubunmi symbolisch an Diémogo, der ihn hoch in die Luft hob. Das Kind war hübsch. Aber die Mischung von Yoruba-Blut und dem Fulbe-Blut, das sein Vater bereits hatte, verlieh ihm das Aussehen eines Fremden. Molara, die ihn zehn Monate lang gestillt hatte und die niemand nach ihrer Meinung fragte, weinte leise, während Birame sie flüsternd zurechtwies. Warum beklagte sie sich, wo doch die Reise glücklich endete und das kleine Waisenkind seine Familie wieder fand?

Auf ein Zeichen von Nya brachten Sklaven Kalebassen mit *dolo* und warfen Holzscheite ins Feuer. Dann zogen sich die Frauen zurück und ließen die Männer allein, damit sie ungestört trinken und erzählen konnten. Bald wurde Birame mit Fragen bestürmt.

»Dahome? Sagtest du Dahome?«

»Du sagst, dass es dort viele Weiße gibt?«

»Und Fulbe? Gibt es dort Fulbe?«

»Und Moslems? Und Moscheen?«

Die Neugier gewann die Überhand. Bald würden Nabas und Malobalis unerhörte Abenteuer nur noch exotische Elemente des Familienerbes sein.

Siga sagte nichts. Er hatte Malobali kaum gekannt, da er den größten Teil der Zeit, als jener heranwuchs, in Fes verbracht hatte. Als er dann nach Segu zurückgekehrt war, hatte sich Malobali in voller Auflehnung gegen seinen älteren Bruder Tiékoro befunden, aber Siga hatte sich nicht eingemischt. Wie sehr bereute er das jetzt! Vielleicht hätte er ihn daran hindern können, sich in jene Abenteuer zu stürzen, deren tragisches Ende die Familie jetzt mit Trauer erfüllte? Sie alle waren verantwortlich dafür! Und es war nicht gerecht, die Schuld nur bei Tiékoro zu suchen. Dieser befragte jetzt Birame: »Du glaubst also, dass in Dahome die Gefahr von den Weißen ausging? Wieso?

Wegen ihrer Religion? Oder hatten sie politische Absichten?«

Birame mit seinem einfachen Gemüt war nicht in der Lage, diese Fragen zu beantworten, und Tiékoro genoss ganz offensichtlich seine geistige Überlegenheit. Angewidert wandte sich Siga ab.

Dabei stand Tiékoro, im Gegensatz zu dem, was Siga glaubte, die größten Qualen aus. Nach Nadiés Tod fühlte er sich nun auch für Nabas und Malobalis Tod verantwortlich. Er hätte sich am liebsten auf den Boden geworfen und geschrien wie eine Frau bei der Beerdigung, um sich von seiner Angst und seinen Gewissensbissen zu befreien. Aber ihm haftete eine andere Rolle an, die er seit einigen Jahren übernommen hatte: die des um Gott bemühten Weisen. Und daher konnte er nicht umhin, die Worte seines zweiten Ichs auszusprechen, dessen Gesten zu vollziehen und Haltungen einzunehmen. Aber wer wusste schon, was in ihm vorging?

In Wirklichkeit war sein ganzes Leben nur ein langes Zwiegespräch mit Nadié. Manchmal warf er ihr vor, sie habe nicht genug Vertrauen zu ihm gehabt und nicht warten können, bis sich die Schwaden des Hochmuts, die seinen Geist verdunkelten, aufgelöst hatten. Dann wieder flehte er sie an, ihm zu verzeihen und ihm ihre Liebe zu zeigen. Und zu diesem Schatten gesellten sich nun noch zwei weitere Tote, die ihn ebenfalls bedrängten. In seiner Verwirrung ging er auf Diémogo zu und sagte: »Sollten wir nicht seine Mutter benachrichtigen?«

Diémogo wurde ärgerlich. Schon wieder stach Tiékoro ihn aus. Denn hätte er nicht selbst auf diesen Gedanken kommen müssen? Sein Ärger machte ihn mürrisch, sodass er lustlos sagte: »Weiß man denn, wo sie sich befindet?«

Tiékoro zuckte die Achseln und entgegnete: »Das ist

nicht schwer herauszufinden. Wir wissen, dass sie in Massina lebt und mit einem gewissen Amadu Tassiru verheiratet ist, der mit Cheiku Hamadu wegen einer Sektenangelegenheit aneinander geraten ist ... Denn er gehört der Tidjaniya und Cheiku Hamadu der Kadiriya an ...«

Selbst bei dieser Gelegenheit konnte Tiékoro nicht auf seine pedantischen Erklärungen verzichten und zeigte Diémogo geschickt, wie unwissend er in all diesen Fragen war, die doch die Welt um sie herum bewegten. Diémogo blickte zu Boden, um den Ausdruck in seinen Augen zu verbergen, und fragte: »Und wen rätst du mir, zu ihr zu schicken?«

»Das ist ein Auftrag, den ich selbst übernehmen werde.« Diémogo blickte ihn verblüfft an und fragte: »Du willst deine Zauia* verlassen?«

»Ich werde nur ein paar Wochen fort sein. Im Übrigen hätte ich sowieso bald fortgemusst, da mich der Mansa beauftragt hat, mit Cheiku Hamadu in Hamdallay ein Gespräch zu führen ...«

Noch bis zum Morgen hatte Tiékoro daran gedacht, diesen Auftrag abzulehnen. Aber inzwischen hatte er seine Meinung geändert, da er darin eine unverhoffte Gelegenheit sah, sich von seinen Gewissensbissen und seinem Gefühl der Ohnmacht abzulenken. So konnte er Sira aufsuchen, mit ihr über den verstorbenen Malobali sprechen und die Rolle des Trösters spielen. Diémogo fragte ihn: »Wann gedenkst du zu reisen?«

»Schon morgen früh ...«

Daraufhin entfernte er sich, und Diémogo sah ihm mit einem Gefühl nach, das an Hass grenzte. Tiékoro stand immer zwischen Nya und ihm. Einen Augenblick hatte er geglaubt, dass Kosa, der Sohn, den sie zusammen hatten,

* Schule für Koranlehre und Meditation.

sie einander näher bringen würde. Aber das war leider nicht so. Nya vergaß keine Sekunde, dass sie Tiékoros Mutter war, und nur seine Interessen oder Launen zählten. Sie hatte darauf bestanden, dass man ihm erlaubte, diese Zauia zu eröffnen. Mauern waren dafür eingerissen worden, und ein Teil der Höfe war für die fremden Schüler eingerichtet worden, die unablässig aus allen Winkeln des Reiches herbeiströmten. Zur Zeit waren es gut hundert Kinder, die vom frühen Morgen an ihre Gebete herunterplärrten, ihre Tafeln beschmierten und ihren Glauben an den Islam besangen. Wenn sie wenigstens noch für ihren Unterhalt aufgekommen wären, aber nein! Tiékoro empfand es als empörend, dass die Eltern dafür bezahlen sollten, ihren Kindern die Kenntnis des wahren Gottes beibringen zu lassen. Und bis die Felder, die sie bearbeiteten, etwas einbringen würden, fiel folglich den Traoré die Aufgabe zu, sie zu ernähren. Einen Haufen Ketzer ernähren! Vergaß denn Tiékoro, dass die Moslems Feinde waren? Jedes Mal, wenn Diémogo dieses Problem ansprechen wollte, unterbrach ihn Tiékoro voller Verachtung: »Gott, der für das Wachstum der Pflanzen und die gesamte Schöpfung sorgt, wird es uns nie an etwas fehlen lassen! …«

Spürte Nya denn nicht, dass diese Zauia in ihrem Anwesen den Zorn der Götter und Ahnen hervorrufen musste, der die Familie in die schlimmsten Katastrophen stürzen würde? Vielleicht hatte der arme Malobali mit dem Leben dafür bezahlen müssen, dass sein älterer Bruder den Göttern abgeschworen und der Clan sich durch seine Nachsicht schuldig gemacht hatte! Diémogo ermahnte sich zu größerer Strenge und nahm sich vor, die Angelegenheit mit der Zauia vor den Familienrat zu bringen.

Unterdessen ging Tiékoro zum Palast des Mansa, um

ihm mitzuteilen, dass er am folgenden Tag nach Hamdallay reisen würde.

Seit einigen Jahren hatten sich die Heere der Bambara und der Fulbe nicht mehr gegenübergestanden. Und nun hatte man erfahren, dass die berühmten Lanzenreiter aus Massina sich wieder einmal auf die Pferde geschwungen und Timbuktu erobert hatten. Fortan zwangen die Fulbe die Tuareg, sesshaft zu werden und den Boden zu bebauen, während sie die anderen Bewohner zu hohen Abgaben verpflichteten. Von empörenden Szenen hatte man gehört, von Händlern, die man gezwungen hatte, ihr Gold oder ihre Wertsachen herauszugeben, von Frauen, die, obwohl Mohammedanerinnen, vergewaltigt, und von Viehzüchtern, die erpresst worden waren. Das schaffte eine neue Situation in der Gegend. Was wurde aus den Handelsbeziehungen zwischen Segu und Timbuktu? Welche Ernennungen hatte Cheiku Hamadu vorgenommen? Wer waren die neuen militärischen und zivilen Machthaber? Das waren die Fragen, die Da Monzon sich stellte und auf die Tiékoro eine Antwort finden sollte.

Die Palastwächter, die Tiékoro kannten, senkten ihre Lanzen vor ihm; er trat in den ersten Hof, und bei seinem Anblick begann eine Gruppe von Griots, ihn zu besingen. Jedes Mal, wenn Tiékoro den Palast betrat, erinnerte er sich, auf welch erniedrigende Weise sein Vater Dusika seiner Stellung als Ratsmitglied enthoben worden war. In gewisser Weise hatte er ihn gerächt. Warum dann diese Bitterkeit in seinem Herzen? Er ging durch die sieben Vorräume bis zu dem Saal, in dem Da Monzon seine Vertrauten empfing.

Da Monzon war stark gealtert. Nach fast zwanzigjähriger Herrschaft schien er von zu vielen Kriegszügen verbraucht zu sein und von zu vielen Entscheidungen, die wichtige Bereiche betrafen: die Beziehungen zu Kaarta, die Haltung gegenüber dem Islam, der Sklavenhandel und der Handel mit dem Norden, der unter seinem Vorgänger noch unbedeutend gewesen war. Böse Zungen behaupteten, dass er auch von seiner unmäßigen Liebe zu den Frauen und der Fürsorge verbraucht sei, die er seinen achthundert Ehefrauen und Konkubinen angedeihen ließ. Er saß auf einem mit rotem Leder bezogenen Stuhl, dessen geschnitzte Füße Löwen darstellten und den er bei einem Händler von der Küste gekauft hatte; ein weiteres Tauschobjekt aus dem Sklavenhandel waren seine mit goldenen Blumen bestickten schwarzen Samtpantoffeln.

Nachdem Tiékoro sich verbeugt und seine Ehrerbietung bezeugt hatte, kam er sofort zum Thema: »Herr der Kräfte, ich werde morgen aufbrechen, um deine Beschlüsse auszuführen.«

Da Monzon entgegnete verwundert: »Ich bin erfreut darüber. Aber was hat dich veranlasst, deine Meinung so schnell zu ändern? Bis gestern warst du doch noch unentschlossen ...«

So fasste Tiékoro in wenigen Worten Malobalis Geschichte zusammen und sagte zum Schluss: »Ich werde also die Gelegenheit wahrnehmen, um seine Mutter, die Fulbe Sira, zu unterrichten ...«

Tiefes Schweigen breitete sich im Raum aus. Selbst die Musiker legten ihre Flöten und die Schlägel ihrer *bala* beiseite. Was gibt es Schlimmeres, als in einem fremden Land zu sterben? Welch schreckliches Schicksal war den Traoré beschieden! Was für Verbrechen hatten sie denn begangen? Alle anwesenden Männer hassten Tiékoro in unterschiedlichem Maße und neigten dazu, in seinem Übertritt zum Islam den Grund für den Fluch zu sehen, der auf der Familie lastete. Da man aber zugleich seine Sachkenntnis brauchte, konnte dieser Hass nicht offen gezeigt werden, und so hatte sich um ihn eine Atmosphäre von verdrängten oder nur halb ausgesprochenen Gedanken gebildet, die ihn zutiefst verletzte. Er wäre gern geliebt worden, aber er wurde nur benutzt. Er wäre gern bewundert worden, aber er wurde nur gefürchtet. Da Monzon brach das Schweigen: »Morgen werde ich deiner Familie Geschenke bringen lassen. Bestell Diémogo, dass wir alle euern Schmerz teilen.«

Als Siga Tiékoro erkannte, fragte er unwirsch: »Was willst du?«

Tiékoro ließ sich durch diesen kühlen Empfang nicht verunsichern und entgegnete: »Ich wollte dir nur sagen, dass ich morgen nach Massina reise und dass ich mehrere Wochen fort sein werde.«

Siga zuckte die Achseln, um zu zeigen, dass ihm das völlig gleichgültig war, aber Tiékoro blickte ihn spöttisch an, als belustigte ihn diese Haltung ungemein, bevor er sagte: »Ich könnte dir sehr helfen ...«

»Wie denn?«

Das Verhältnis zwischen Tiékoro und Siga war noch nie sehr gut gewesen, aber in der letzten Zeit hatte es sich weiter verschlechtert, da Sigas Eifersucht und Groll gegen seinen Bruder gewachsen waren. Denn während Tiékoro keinerlei Schwierigkeit gehabt hatte, diese Zauia in ihrem gemeinsamen Anwesen zu eröffnen, war Sigas Plan, eine Lohgerberei einzurichten, mit Abscheu zurückgewiesen worden. Was? Eine adlige Familie wie die Traoré, die nur des Ackerbaus würdig war, wollte es den *garankè* gleichtun, jenen Kastenangehörigen, die Leder bearbeiteten? War Siga verrückt geworden? Nicht genug damit, dass er diese Fremde mitgebracht hatte, die verächtlich auf alle herabblickte, wollte er jetzt auch noch die Familie entehren? Und dann hatte es diese schmerzliche Geschichte gegeben, nach der Siga es vorgezogen hatte, das Anwesen zu verlassen und sich auf Ländereien der Familie am östlichen Rand der Stadt niederzulassen. Da es ihm gelungen war, die wahren Gründe für sein Weggehen für sich zu behalten, galt er jetzt als undankbarer, missratener Sohn, den Nya nur zu gern als abschreckendes Gegenbeispiel zu ihrem Ältesten hinstellte. Siga bemühte sich, diese Gedanken zu verscheuchen, während Tiékoro sich zu ihm herüberbeugte: »Entscheidend ist, den anderen Eindruck zu machen, das hast du nicht verstanden. Man muss geachtet werden, oder noch besser, gefürchtet.«

Siga verlor die Geduld und rief: »Spar dir deine Predigten für die Schüler deiner Zauia auf. Aber bist du denn sicher, dass du dort auch dieselben Reden hältst? Erzählst du ihnen nicht nur etwas von Liebe und Barmherzigkeit?«

Tiékoro streckte beschwichtigend die Hand aus und sagte: »Siga, ich will dir helfen. Ehrlich. Cheiku Hamadu hat soeben Timbuktu besiegt. Die angesehenen Marokkaner der Stadt sind geflüchtet. Der Handel ist völlig durcheinander geraten. Zum Maghreb brechen keine Karawanen mehr auf, da es kein Gold mehr gibt oder Kaurimuscheln … Ist das nicht der Augenblick für einen findigen Kopf, sich durchzusetzen und jene Gegenstände zu liefern, die jeder Moslem braucht?«

Siga zuckte die Achseln und sagte: »Sprechen wir nicht mehr darüber, Tiékoro. Du weißt, was die Familie von meinen Plänen hält!«

Tiékoro entgegnete voller Verachtung: »Dann mach weiter deine verhasste Arbeit und bestell deinen Acker. Vielleicht taugst du ja auch zu nichts anderem!«

Er wollte gehen, doch Siga hielt ihn zurück und fragte: »Und wie könntest du mir helfen?«

»Ich brauche nur in Hamdallay und an anderen Orten meine Beziehungen spielen zu lassen und von dir zu erzählen, damit die Aufträge in großer Zahl hereinkommen. Und mit dem Reichtum kommt die Achtung!«

Die rücksichtslose Offenheit dieser Worte schockierte Siga. Und dabei sagte Tiékoro nur die Wahrheit. So viele Lehrjahre in Fes! So viele Pläne! Der Traum mit den berühmten Fassi-Familien zu konkurrieren! Und stattdessen war er wieder Bauer geworden wie zuvor und mühte sich auf dem Feld ab, das ihm der Familienrat zur Verfügung gestellt hatte, weil er zu arm war, Sklaven zu halten. Er blickte seinen Bruder starr an und fragte: »Wofür suchst du Vergebung?«

Tiékoro antwortete hochmütig: »Du weißt genau, dass ich mir nichts vorzuwerfen habe!«

Er hatte Recht. Wenigstens in einem Punkt war Tiékoro völlig unschuldig. Es war schließlich nicht seine Schuld, wenn er in diesem »Nest von Fetischanbetern und Barbaren«, wie er Segu nannte, in Fatimas Augen das einzige zivilisierte Wesen war. Zunächst hatte sie sich nur durch den Glauben mit ihm verbunden gefühlt, bis ihre Gefühle, begünstigt durch die Neigung zu Liebesabenteuern, die ihr im Blut steckte, unmerklich in andere Bahnen geraten waren. Siga musste an jenen Brief denken, den er eines Morgens in Fes erhalten hatte: »Bist du blind? Siehst du denn nicht, dass ich dich liebe?«

Nun, sie hatte Tiékoro auch solche Briefe geschrieben. Vielleicht hatte sie nicht an Ehebruch gedacht, sondern nur undurchschaubare, gefährliche Spiele wiederaufleben lassen wollen, die ihr fehlten. Wenn sie eine Bambara gewesen wäre, hätte Siga nicht gezögert, sie zu ihrer Familie zurückzuschicken. Aber Fatima war eine Fremde, die ihm aus Liebe aus ihrer Heimat in die Ferne gefolgt war. War er nicht schuld, wenn sie enttäuscht und mürrisch war? War das vielleicht die Zukunft, die er ihr in bunten Farben ausgemalt hatte? Seit er wieder in Segu war, sah Siga seine

Heimatstadt mit Fatimas Augen und bereute, dass er das prunkvolle Leben in Fes nicht mehr ausgekostet hatte. »Es ist eine Stadt, der die Ringeltaube ihr Halsband geliehen und die der Pfau mit seinem Gefieder geschmückt hat«, hatte ein Greis in Bab-Guissa gesungen, während die Menge an seinen Lippen hing. War es das Schicksal des Menschen, sich immer nach dem zu sehnen, das in der Ferne liegt?

Siga klatschte in die Hände, um eine Sklavin zu rufen, und befahl ihr, Pfefferminztee zuzubereiten. Als sie sich entfernte, wandte er sich an seinen Bruder und sagte: »Gut, angenommen, du erzählst deinen Bekannten von mir und erhältst Aufträge für Lederpantoffeln, wie sollte ich sie ausführen?«

Wie schämte er sich, denjenigen um Rat zu fragen, der ihn so oft verletzt hatte! Tiékoro antwortete mit wichtigtuerischer Miene: »Es ist dein gutes Recht, Fa Diémogo um deinen Anteil an Vieh und Gold zu bitten. Das Vieh liefert dir die Häute, und mit dem Gold kannst du die Gehilfen bezahlen, die das Leder bearbeiten.«

Siga machte wieder eine mutlose Geste und sagte: »Du weißt doch, was er mir antworten wird ... Ein Traoré als *garankè*! Ein Traoré als Händler!«

»Er wird zustimmen, denn ich werde noch heute Abend mit unserer Mutter darüber sprechen.«

In diesen Worten lag keine Prahlerei. Siga war von neuem verbittert. Wie blind und ungerecht ist doch die Mutterliebe! Tiékoros einziges Verdienst bestand darin, der Erstgeborene zu sein, und er konnte noch so viel Böses anrichten, denn er richtete in Wirklichkeit Böses an – vor Nyas Augen fand alles, was er tat, Gnade. Er dagegen, Siga, würde immer nur der Sohn-jener-Unglücklichen-die-sich-in-den-Brunnen-gestürzt-hatte bleiben!

Die Sklavin kam wieder und brachte auf einem Kupfertablett kleine Gläser mit Blumenmustern. Immer mehr in Europa hergestellte Gegenstände gelangten nach Segu. Nicht selten sah man einen jungen Mann Stulpenstiefel tragen, die er von irgendeinem Sklavenhändler gekauft hatte. In so manchen Häusern sah man jetzt Silbertabletts, und der Mansa ließ seine Vertrauten ein Service aus feinstem chinesischen Porzellan bewundern, das er nie benutzte. Tiékoro hatte Recht. Man musste das Durcheinander im Handel nutzen, das jene Fanatiker aus Massina durch die Eroberung von Timbuktu erzeugt hatten.

Da wurden alte Träume zu neuem Leben erweckt. Siga sah sich, wie er ein ganzes Volk von Sklaven befehligte, die mit nacktem Oberkörper Häute einweichten, färbten und zuschnitten. Außerdem würde er einen Laden besitzen, in dem er neben diesen Ledersachen Seiden- und Brokatstoffe verkaufen würde. Ja, er war nicht hartnäckig genug gewesen.

Ohne zu protestieren, hatte er sich der traditionsverhafteten Einstellung seiner Familie gebeugt. Ein Yerewolo muss die Erde bearbeiten oder sie von seinen Sklaven bearbeiten lassen und von den Erträgen leben. Aber die Welt, in der die *yèrèwolo* lebten, wandelte sich. Selbst innerhalb der Familie machten sich diese Veränderungen bemerkbar. Naba war nach Brasilien verschleppt worden. Malobali war den Karawanen bis ins Aschantiland gefolgt und hatte mehrere Tage- und Nachtreisen von zu Hause den Tod gefunden. Beide hatten sie Söhne hinterlassen, die nur zur Hälfte dem Clan gehörten und als Zeichen der fremden Rassen, aus denen sie hervorgegangen waren, andere Wünsche und andere Sehnsüchte in sich trugen.

War Tiékoro letztlich nicht einfach der Klügste von ihnen? Nachdem er den unvermeidbaren Sieg des Islam in der Gegend vorausgesehen hatte, hatte er sich nicht nur als Erster bekehren lassen, sondern hatte sich auch noch für die Verbreitung des Islam eingesetzt. Eine Rechnung, die aufgegangen war!

In diesem Augenblick hatte Siga den Eindruck, seinem Bruder gegenüber ungerecht zu sein, und als er Tiékoro verstohlen anblickte, wunderte er sich über dessen leidenden Ausdruck. Im Lichtkreis der Karitefettlampe zeichneten sich seine vom Fasten abgemagerten Züge messerscharf ab. Mit jedem Tag ähnelte Tiékoro jenen frommen Männern aus Timbuktu mehr, die nie auf die Straße gingen, ohne demonstrativ ihre Gebetsschnur abzubeten, und die ihr Gebet jeweils an dem Ort verrichteten, an dem sie sich gerade befanden, um zu zeigen, dass man Gott nicht warten lassen durfte. Doch Tiékoros große schwarze Augen, die einmal starr und einmal äußerst wachsam waren, zerstörten die Harmonie seines Gesichts. Man konnte ihren Blick nicht ertragen, denn sie vermittelten einen erschreckenden Eindruck von dem, was sich in ihm abspielte.

VIERTER TEIL
Das fruchtbare Blut

1

Tiékoro ließ seinen Sohn Mohammed kommen und sagte zu ihm: »Cheiku Hamadu erweist uns eine große Ehre. Er schreibt mir, um mich zu bitten, dass ich dich ihm für deine weitere religiöse Ausbildung anvertraue.«

Mohammed nahm eine besondere Stellung in Tiékoros Haus und im ganzen Anwesen ein. Er war der erste Sohn, den er von Maryem hatte, der Frau, die ihm der Sultan von Sokoto auf der Rückreise von Mekka gegeben hatte. Sie hatte in kurzen Abständen drei Mädchen geboren, sodass Tiékoro schon fast die Hoffnung aufgegeben hatte, einen ihm würdigen Erben zu bekommen. Denn auch wenn er Nadiés Söhne auf seine Art liebte, so konnte er doch Ahmed Dusikas und Ali Sunkalos Status nicht vergessen. Sie waren schließlich nur die Söhne einer Sklavin. Maryem dagegen war mit einem Sultan verwandt und war im Überfluss geboren und aufgewachsen. Daher war Mohammed fast ein Königskind.

Seit seiner Geburt war er die Zielscheibe der Eifersucht und des Hasses all derer, die Tiékoro ihre wahren Gefühle nicht zeigen konnten und sich daher an ihm rächten. Mohammed war ein in sich gekehrter, empfindsamer Junge, der ständig am Wickeltuch seiner Mutter hing. Bei der Vorstellung, von ihr getrennt zu werden, war er so verzweifelt, dass er es wagte, sich aufzulehnen und zu protestieren: »Sind die Fulbe aus Massina nicht unsere Feinde?«

Tiékoro warf ihm einen vernichtenden Blick zu und herrschte ihn an: »Wenn du es wagst, so etwas zu wiederholen, zertrete ich dich, du elender Wurm! Sind sie nicht unsere Glaubensbrüder in Allah, dem einzigen wahren Gott?«

Das Kind wagte nichts mehr zu sagen. Doch es kannte den Hass der Bambara auf diese »roten Affen«, die »Tafelschmierer«, die *bimi**. Wenn die Fulbe die Bambara auch nicht wie die Leute aus Dschenne und Timbuktu hatten unterwerfen können, so hatten sie sie doch sehr oft gedemütigt. Der Junge hielt mit größter Mühe die Tränen zurück und stotterte: »Wann muss ich gehen?«

»Wenn ich es dir befehle …« Als Mohammed sich umdrehte und seinen Bubu raffte, sodass sich sein schmächtiger Körper darunter abzeichnete, schnürte sich Tiékoro das Herz zusammen. Er rief ihn zurück und war versucht, seine übliche Kühle zu überwinden, ihn an sich zu drücken und zu flüstern: »Es ist nur zu deinem Besten, dass ich dieses Angebot angenommen habe. Der Islam wird siegen. Er feiert bereits seine Triumphe. Bald wird die Welt nur noch denen gehören, die des Schreibens mächtig sind und die Bücher gelesen haben. Unser Volk wird trotz seiner guten menschlichen Eigenschaften als unwissend und ungehobelt gelten …«

Doch als Mohammed zu ihm zurückkam, wusste er nicht, wie er anfangen sollte, und sagte daher bloß: »Wenn du in Hamdallay bist, musst du deine Großmutter Sira besuchen.« Mohammed, dem der weit verzweigte Stammbaum der Familie nicht vertraut war, riss die Augen auf und fragte verwundert: »Haben wir Verwandte in Massina?«

Tiékoro nickte. Als er sich wieder auf seine Matte setzte, kam seine zweite Frau, Adam, und brachte ihm seinen morgendlichen Brei. Nach Nadiés Tod hatte Tiékoro mit

* »Ich sage«, auf Fulbe. Beiname, mit dem die Bambara die Fulbe bezeichnen.

Freude und Dankbarkeit die Auflösung seiner Verlobung mit der Prinzessin Sunu Saro aufgenommen. Denn er hatte nur noch einen Wunsch: allein zu leben, nie wieder eine Frau in den Arm zu nehmen. Es schien ihm, als sei sein Dasein zu kurz, um seine Schuld zu büßen. Dann hatte ihm der Sultan von Sokoto Maryem zur Frau gegeben und anschließend Cheiku Hamadu eine Tochter seiner Familie, Adam. Außerdem hatte Tiékoro bereits, ohne recht zu wissen, wie es begonnen hatte, ein Verhältnis mit Yankadi, der Sklavin, die Nadiés Söhne aufzog! Und so war er, ohne es gewollt zu haben, Herr von zwei Frauen und einer Konkubine und Vater von etwa fünfzehn Kindern! Aber statt ihn mit Freude zu erfüllen, steigerte jede neue Geburt in seinem Haus nur seine Scham und ließ ihn den Abgrund ermessen, der sich zwischen seinen Absichten und der Unbeherrschtheit seiner Triebe auftat. So blickte er gereizt auf Adams gewölbten Bauch und erklärte, der Brei sei zu flüssig. Wortlos nahm sie die Kalebasse und ging wieder in die Küche.

Tiékoro wartete nicht, bis sie zurückkam, sondern machte sich auf den Weg zur Zauia. Inzwischen unterrichtete er dort zweihundert Schüler aus den angesehensten Familien Segus, die alle denselben Hintergedanken hatten: War es nicht sinnvoll, wenigstens einen ihrer Söhne im Islam unterrichten?

Jeder Tag lief nach demselben Rhythmus ab. Zunächst die Wiederholung des Korans. Dann die Kommentare unter dem Blickwinkel von Recht oder Theologie. Nach dem Mittagessen mussten die Schüler bis zum Nachmittagsgebet das Heilige Buch aufsagen. Anschließend gingen sie auf die Hirsefelder oder in die Gemüsegärten, die sie auf dem Land der Familie Traoré unterhielten. Tiékoro, der sich immer geweigert hatte, Landarbeit zu machen, folgte ihnen nicht. Er betete seine Gebetsschnur ab. Dann begab er sich in die Moschee zum Sonnenuntergangs-Gebet und blieb dort bis zum Nachtgebet, um mit dem Imam Glaubensfragen zu erörtern. Die Tidjani-Bruderschaft und das Werk von Cheik Ahmed Tidjani *Djawahira el-Maani** kamen immer mehr ins Gespräch. Anschließend kehrte Tiékoro in das Anwesen der Familie zurück. Bevor er in seine Hütte ging, verbrachte er eine Weile bei Nya, die ihn über sämtliche Ereignisse informierte und seinen Rat über alles einholte: Verlobungen, Hochzeiten, Namensgebung der Kinder, Taufen und Brautpreise.

Tiékoro liebte diese Stunden mit Nya in nächtlicher Ruhe. Seit er Nadié verloren hatte, blieb Nya das einzige Wesen, das ihm eine bedingungslose Liebe entgegenbrachte. Und wenn Tiékoro sich mit seiner Mutter unterhielt, unterhielt er sich gleichzeitig mit Nadié, denn er liebte weder Maryem noch Adam und hatte dazu noch den Eindruck, dass sie ihn durchschauten und verachteten. Der Heuchler! Er war nur ein Heuchler! Begierig nach Ehre und Ruhm! Und indem er sich mit dem Namen Allahs schmückte, hatte er ein Mittel gefunden, Aufmerksamkeit auf sich zu ziehen! Hinter seiner Frömmigkeit verbarg sich nur der Wunsch, sich hervorzutun!

Tiékoros Bewusstsein seiner Unwürdigkeit stand in schroffem Gegensatz zu der Achtung, die ihm die Herrscher so unterschiedlicher Länder wie Massina, das Sultanat von Sokoto, Futa Toro und Futa Dschallon entgegenbrachten. Das machte ihn zu einem schweigsamen, unbeherrschten Mann, der ständig zwischen Überspanntheit und Niedergeschlagenheit schwankte. Als er in den Hof der Zauia trat, lärmten die jüngsten Schüler, rannten hintereinander her und wälzten sich in spielerischem Kampf im Sand, denn trotz der strengen religiösen Diszi-

* »Die Perle der Bedeutungen«.

plin, der sie unterworfen waren, waren sie im Grunde doch Kinder. Bei seinem Anblick wurde es schlagartig still. Die Schüler, die auf der Erde lagen, standen auf und klopften hastig ihren Bubu ab.

Sie stellten sich in Reih und Glied auf, und Dutzende von Augenpaaren blickten zu Boden. Tiékoro hasste die Wirkung, die er bei den Kindern hervorrief, und häufig verteilte er in seiner Verärgerung blindlings Schläge auf Wangen, Stirn und Augenlider, deren einziges Unrecht darin bestand, zu fügsam zu sein. Er ging in den Teil des Hofes, der den fortgeschrittenen Schülern vorbehalten war, und ließ sich auf seiner Matte nieder. Einer nach dem anderen nahmen die Schüler um ihn herum Platz.

Mohammed war unter den Letzten, die sich auf ihren Platz begaben. Er hatte verschwollene Augen und war sicher wieder zu seiner Mutter gelaufen, um sich bei ihr auszuweinen. Es wurde höchste Zeit, ihn von Maryem zu trennen, die ihn nur verhätschelte! Höchste Zeit, einen Mann aus ihm zu machen! Natürlich würde sich die Familie über die Bevorzugung aufregen, die er einem seiner Kinder zuteil werden ließ. Er stellte sich schon die Kommentare vor. Die Verbitterung von Ahmed und All, die er an Mädchen aus gutem Haus, aber ohne großes Vermögen, verheiratet hatte und die daher auf den Feldern der Familie schuften mussten. Und Adams Besorgnis hinsichtlich ihrer eigenen Söhne. Vor allem aber machte Tiékoro sich über die politischen Konsequenzen seines Handelns Sorgen. Die Spannungen zwischen Fulbe und Bambara nahmen immer mehr zu. Der Mansa sprach davon, einen groß angelegten Angriff gegen Massina zu unternehmen, deckte sich zu diesem Zweck mit Feuerwaffen und Schießpulver ein und drängte den Herrscher von Kaarta, ein Bündnis mit ihm einzugehen. Es würde einen schlechten Eindruck machen, wenn Tiékoro seinen Sohn jetzt nach Massina sandte. Aber konnte er die Ehre verweigern, die man seiner Familie erwies? Wurden dadurch nicht seine wenn auch entfernten Verwandtschaftsbande mit dem Sultan von Sokoto anerkannt?

Tiékoro kam wieder auf den Boden der Wirklichkeit zurück, starrte die kleinen ängstlichen Gesichter an, die ihm zugewandt waren, und fragte: »Wer von euch hat den Rat befolgt, den ich gestern gegeben habe?«

Unschlüssig blickten sich die Schüler gegenseitig an, denn offensichtlich wusste niemand, worauf er anspielte. Dann stand Alfa Mande Diarra auf und sagte: »Ich, Herr. Wie du empfohlen hast, habe ich Allahs göttlichen Namen auf die Wand gegenüber meiner Matte geschrieben, sodass er das erste Bild ist, das ich beim Aufwachen vor Augen habe …« Alfa Mande gehörte der königlichen Familie an, denn sein Vater war ein Bruder des verstorbenen Mansa Da Monzon. Deshalb behandelte ihn Tiékoro bevorzugt. Alfa Mande brauchte keine Feldarbeit zu machen und hatte zwei Tage in der Woche frei, damit er zu seinem Vater nach Kirango reisen konnte. Tiékoro hatte gehofft, dem Jungen würden weitere Kinder aus der Königsfamilie folgen. Aber das war bei keinem der Söhne des Mansa Tiéfolo der Fall, und Tiékoro, der sich nach Da Monzons Tod um eine Unterredung mit dem neuen Herrscher bemüht harte, um mit ihm den Islam betreffende Fragen zu erörtern, war nie dazu eingeladen worden. Die Zeiten, als Da Monzon ihn noch bei jeder Gelegenheit um Rat fragte und ihn in offizieller Mission in moslemische Städte schickte, waren endgültig vorbei. Die Männer, die Tiéfolo umgaben, hatten nur Kriege im Sinn! Begriffen sie denn nicht, dass selbst wenn sie die Fulbe von Massina bis auf den Letzten töteten, der Islam sich in ihrer Gegend dennoch durchsetzen würde! Und Wurzeln schlagen würde wie ein immergrüner Baum, der selbst mitten in der Trockenzeit seine Blätter nicht verliert, wenn der Busch rundherum gelb wird! Oh, was für begriffsstutzige, engstirnige Köpfe!

Tiékoro beglückwünschte Alfa Mande, der unzweifelhaft einer seiner besten Schüler war, und predigte: »Ja, schreibt den Namen Gottes auf eure Wände. Sprecht ihn beim Aufstehen mit Inbrunst aus, damit er das erste Wort ist, das über eure Lippen geht und auf eure Ohren trifft. Beim Schlafengehen ...«

Bei diesen Worten begegnete er Mohammeds Blick, und ihm schien es, als durchschaute das Kind seine Selbstgerechtigkeit und ungeheure Eitelkeit. Wie um sich zu betäuben, deklamierte er daher noch lauter: »Wenn ihr unbeirrt diese Regel befolgt, wird sich auf die Dauer das Licht, das im Geheimnis dieser vier Buchstaben enthalten ist, in euch verbreiten. Ein Funken des göttlichen Wesens wird eure Seele entflammen und bestrahlen ...«

Und doch lag in Mohammeds Blick nichts, was Tiékoro hätte beleidigen können, denn das Kind war zu jung und zu respektvoll, um über seinen Vater zu urteilen. Andere taten es an seiner Stelle, und Tiéfolo, Diémogos ältester Sohn, gehörte zu ihnen.

Tiéfolo musste immer wieder daran denken, dass er selbst Tiékoro nach Dusikas Tod aus Dschenne geholt hatte. Und genauso oft bereute er es. Damals hatte er geglaubt, das Richtige zu tun, den letzten Wunsch des Verstorbenen zu erfüllen und die Einheit der Familie zu erreichen ... Wenn er doch nur gewusst hätte, dass er damit auf den Untergang und die Erniedrigung seines Vaters hingearbeitet hatte!

Er ertrug es nicht mehr, Diémogo in der kläglichen Rolle dessen erleben zu müssen, der Tiékoros Willen ausführte. Er ertrug es nicht mehr, ständig die Zauia vor Augen haben zu müssen. Er ertrug es nicht mehr, diesen Singsang zu Ehren eines Gottes hören zu müssen, an den sein Volk nicht glaubte. Den ganzen Tag beschäftigte ihn nur noch die Frage, wie man sich Tiékoro vom Halse schaffen konnte. Als seine erste Frau, die Bara Muso Tenegbe, zu ihm kam und ihm anvertraute, was sie soeben erfahren hatte, blickte er sie ungläubig an: »Was erzählst du da?«

Tenegbe schwieg. Sie war eine sehr hübsche Frau aus Kaarta, die mütterlicherseits mit dem verstorbenen Mansa Fulafo Bo, »Bo, dem Fulbetöter«, verwandt war, dessen Erinnerung noch in allen Köpfen lebendig war. Tiéfolo glaubte, ihr Hass auf den Islam und damit auch auf Tiékoro habe sie verwirrt, und sagte achselzuckend: »Das ist unmöglich! Er hat zwar keinen Respekt vor unserer Familie und unserem Reich, aber das würde er nicht tun ...«

Tenegbe entgegnete nur: »Nun, du wirst mir dann glauben, wenn du siehst, wie Mohammed sich aufs Pferd schwingt, um nach Hamdallay zu reiten ...«

Daraufhin zog sie sich zurück. Ratlos trat Tiéfolo auf den Hof hinaus. Die Regenzeit ging zu Ende. Das Laub der Zedrachbäume und Tamarinden war leuchtend grün. Die Gemüsegärten der Frauen standen in Blüte. Bald mussten die Wände der Hütten neu verputzt und die Dächer, die von den Regenfällen schadhaft geworden waren, neu gedeckt werden. Es war der Augenblick des Jahres, in dem jeder tatkräftige Mensch das Blut in den Adern pulsieren und in den Gliedern eine angenehme Erregung spürt. In wenigen Wochen, wenn diese Arbeiten ausgeführt waren, würde Tiéfolo wieder aufbrechen, um im Busch nach Wild zu jagen. Doch statt sich darauf zu freuen, empfand er nur Beklemmung und Ärger. Fest entschlossen, diesmal etwas zu unternehmen, ging er mit großen Schritten auf die Hütte seines Vaters zu.

Diémogo war gerade im Gespräch mit dem Sklavenaufseher und unterrichtete ihn über die auszuführenden Arbeiten. Das war der einzige Bereich, in dem Tiékoro, da er nichts davon verstand, Diémogo eine gewisse Freiheit ließ.

Tiéfolo näherte sich seinem Vater und wartete respektvoll, bis dieser sich zu ihm umdrehte, beantwortete seinen Gruß und flüsterte: »Habe ich richtig gehört? Will er Mohammed zu unseren Feinden nach Massina schicken?«

Diémogo machte eine hilflose Geste und sagte: »Nya hat mir davon erzählt. Sie steht so unter seinem Einfluss, dass sie es als eine große Ehre für unsere Familie ansieht …«

»Eine Ehre? Man wird uns eher als Verräter und Spione betrachten!«

Spione? Im selben Moment, als Tiéfolo dieses Wort aussprach, kam ihm die Idee zu einem Plan. Spione? Mit einer Unvermitteltheit, die seinen Vater erstaunte, verabschiedete er sich von ihm, ging in seine Hütte zurück und zog sich seine besten Kleider an. Dann verließ er das Anwesen. Wenn man sah, in welchem Überfluss Segu in jenen Jahren lebte, verstand man, warum die Stadt derartig die Begierde der Fulbe von Cheiku Hamadu erweckte. Selbstverständlich sprachen die »roten Affen« nur davon, den Islam dort anzusiedeln. Aber jeder wusste, dass sie keinen anderen Wunsch hatten, als sich der Reichtümer Segus zu bemächtigen und dessen Märkte zu beherrschen. Die Bambara, die durch die Glaubensverfolgungen aus Dschenne vertrieben worden waren, hatten neue Fertigkeiten in den Maurerarbeiten mitgebracht, und die Häuser ähnelten richtigen Palästen mit hohen, verzierten Dreiecken über den überdachten Türen und regelmäßigen Friesen auf den Mauerfirsten. Jeder Markt führte vor, wie vielseitig der Warenaustausch des Reiches war: Hirse,

Reis, Honigwein, Baumwolle, Parfums, Räucherkerzen, Felle, getrockneter und geräucherter Fisch sowie Tauschobjekte aus dem Sklavenhandel, die durch das reichhaltige Angebot zu alltäglichen Gegenständen geworden waren. Einige Jahre zuvor hatten sich die Frauen noch auf diese wertlosen Dinge gestürzt. Heute verschwendeten sie keinen Blick mehr darauf. Nur Schießpulver, Feuerwaffen und Branntwein waren noch sehr begehrt, aber ihr Verkauf wurde vom Mansa streng kontrolliert.

Tiéfolo überquerte den großen Platz, der den Königspalast umgab. Er wusste, dass es der Empfangstag des Mansa war, und daher würde ihm niemand den Zugang verwehren können. Männer waren damit beschäftigt, die Umfassungsmauern mit einer ockerfarbenen Mischung aus Kaolin und Lehm zu tünchen, die Risse auszuschmieren und die Friese nachzumalen. Die königlichen Weber saßen im zweiten Hof, und die langen weißen Baumwollstreifen liefen wie eine endlose Schlange um den Webrahmen. Ein paar Schritte davon entfernt umringten Sklaven einen Spaßmacher, der mit den Ringen an seinen Fingern auf Kalebassen schlug. War das nicht ein Fulbe? Diese roten Affen waren auch überall!

Der Mansa Tiéfolo war auf seinen Bruder Da Monzon gefolgt, der ihn selbst noch nach seinem Tod verhöhnte. Denn Tiéfolo war nicht so schön, nicht so stark und wurde von den Frauen nicht so bewundert wie sein verstorbener Bruder, und auch im Krieg gelang es ihm nicht, erfolgreicher als dieser zu sein. Er lag auf seinem Rinderfell, den Ellbogen auf ein Lederkissen gestützt, das mit Arabesken verziert war, und lauschte gelangweilt einem Griot, der ihm das Problem zweier Kläger vortrug. Sein wacher Blick blieb an Tiéfolo hängen, als dieser in den Saal trat, und er rief spöttisch: »He, ist das nicht der Bruder von ›Papa-Moschee‹, der uns mit seinem Besuch beehrt?«

Denn das war Tiékoros Spitzname.

Tiéfolo senkte wortlos seine Stirn in den Staub und wartete darauf, dass man ihn aufforderte zu sprechen. Je näher der Augenblick heranrückte, dass er an die Reihe kam, desto größer wurden seine Zweifel, ob sein Vorgehen richtig war. Hätte er nicht erst seinem Vater von dem Plan erzählen und dessen Zustimmung einholen sollen? Ach was! Diémogo hätte ihn gebeten, den Familienrat einzuberufen, und der hätte aufgrund von Nyas Einfluss Tiékoro Recht gegeben.

War es richtig, den Herrscher mit Familienstreitigkeiten zu belästigen? Aber es war ja eben keine Familienangelegenheit.

Tiékoros Beschluss, Mohammed nach Dschenne zu schicken, ging über den Bereich des Clans hinaus und gefährdete möglicherweise die Interessen des Reiches. Tiéfolo war mit seinen Gedanken soweit gekommen, als Makan Diabate, der oberste Griot, seinen Namen aufrief. Verwirrt begann Tiéfolo zu stottern, aber nach und nach gelang es ihm, sein Problem vorzubringen.

Ihm war sehr wohl bewusst, welchen Respekt man einem älteren Bruder schuldete. Er wusste zudem, dass die Welt nicht ein Stein war, der in seiner Taubheit vor sich hinrollte. Deshalb hatte er den Übertritt seines Bruders Tiékoro zum Islam und den Strom von neuen Vorstellungen und Sitten, der dadurch ausgelöst worden war, hingenommen. Schwieriger war es schon für ihn gewesen, zwei Schwägerinnen zu dulden, die nicht nur Fremde, sondern auch noch Fulbe waren; die eine aus Sokoto, die andere aus Massina, und noch schwieriger war es gewesen, einen Teil des Anwesens, das ihnen die Ahnen vererbt hatten, in einen Ort gottloser Versammlungen und Gebete verwandelt zu sehen. Und jetzt hatte sein Bruder vor, einen seiner Söhne nach Hamdallay in das Haus von Cheiku Hamadu persönlich zu schicken! Da fragte er sich allerdings, ob sein Bruder nicht ein Spion in den Diensten einer fremden Macht war? Wie ließ sich sonst dessen enge, bevorzugte Verbindung zum Hauptfeind des Reiches erklären? Und da Tiéfolo Segus Wohl über alles ging, war er gekommen, um dem Herrn der Wasser und der Kräfte seine Sorgen und seinen Verdacht mitzuteilen.

Während Tiéfolo sprach, bewunderten alle seine stattliche Erscheinung und seine edlen Züge und stimmten ihm völlig zu, denn Tiékoros Verhalten wurde von allen kritisiert. Dennoch waren die Meinungen geteilt, denn darf ein Mann seinen Bruder denunzieren? Konnte das alles nicht besser unter dem Palaverbaum eines Anwesens geregelt werden?

Als Tiéfolo verstummte, trat tiefe Stille ein. Durch die Fensteröffnungen des Empfangssaals drangen ein warmer Wind und die Klänge eines Orchesters, das in einem der Palasthöfe spielte. Schließlich erklärte der Mansa: »Namensvetter, das ist eine heikle Angelegenheit, und ich verstehe, dass es dir nicht leicht fällt, darüber zu sprechen …«

Gleichzeitig blickte er Tiéfolo prüfend an und bemühte sich, dessen Beweggründe zu erraten. War es wirklich die Sorge um Segu, die ihm am Herzen lag? Wurde nicht erzählt, dass Tiékoro Diémogo die ganze Autorität geraubt hatte, und verteidigte nicht deshalb der Sohn die Interessen seines Vaters? Falls Tiékoro der Spionage überführt und bestraft würde, wie er es verdiente, wer würde daraus einen Vorteil ziehen? Und doch strahlte Tiéfolos Gesicht nur Ehrlichkeit aus. Diesem Mann konnte man trauen. Er hatte nicht die Absicht, seinem Bruder zu schaden – zumindest war das nicht sein einziger Beweggrund. In seiner Verzweiflung und Ohnmacht wandte er sich als letzte Zuflucht an seinen Herrscher. Aber obwohl der Mansa eine tiefe Abneigung gegen Tiékoro hegte, war er kein Freund impulsiver Entscheidungen und sagte daher: »Widersetz dich nicht seinem Wunsch. Lass das Kind nach Hamdallay gehen. Bring die in deiner Familie, die sich gegen diese Entscheidung auflehnen, zum Schweigen. Wir sorgen dafür, dass er überwacht wird, und werden schon erfahren, was er im Schilde führt ...«

Mande Diarra, Prinz von Geblüt und einflussreicher Berater am Hof, zuckte die Achseln und sagte: »Ich kenne Tiékoro Traoré und mag ihn genauso wenig wie ihr. Trotzdem, *fama*, welches Interesse könnte er haben, Segu zu verraten? Kann ihm der Fulbe vielleicht etwas bieten, was wir nicht besitzen? Ländereien? Die hat er mehr als genug ...«

Tiéfolo unterbrach ihn und huldigte seinem Bruder, ohne es zu wollen: »Wenn Tiékoro Verrat begeht, dann sicherlich nicht für materielle Güter. Ihm geht es nur um die Religion. Er lebt in dem ehrlichen Glauben, dass sein Allah der einzig wahre Gott ist und dass er den Auftrag hat, seinen Ruhm zu verbreiten ...«

Nachdem Tiéfolo den Palast verlassen hatte, machte er einen Umweg, um Siga in seinem Anwesen einen Besuch abzustatten. Er hatte zu jenen gehört, die der Ansicht waren, dass Siga den Namen der Traoré entehrte, wenn er den Beruf eines Kastenangehörigen ausübte, und wie die anderen hatte er ihn aus dem Clan ausschließen wollen wie einen Dieb oder Mörder. Und dann, ohne recht zu wissen warum, vielleicht aus Mitleid, hatte er zu seinem Bruder Zuneigung gefasst.

Um seine Frau Fatima davon abzuhalten, ihre Drohung wahr zu machen und nach Fes zurückzukehren, hatte Siga ein Haus bauen lassen, das ständig von Neugierigen bewundert wurde, die dafür einen Umweg über den Heilpflanzenmarkt nicht scheuten. Wie die anderen Häuser der Stadt war es aus Lehmziegeln erbaut, aber es wandte der Straße sozusagen den Rücken zu und war völlig nach innen um einen runden Hof mit einem Wasserbecken ausgerichtet. Um jedes der beiden Stockwerke zog sich eine mit Säulen und Bögen versehene Galerie, auf die die meisten Räume führten. Der Boden des Innenhofs, der Galerien und einiger Zimmer war mit feinem weißen Sand bedeckt, den Siga unter hohem Kostenaufwand aus einer bestimmten Bucht am Bani hatte kommen lassen. Aber das Erstaunlichste war die Gerberei, die sich neben dem Haus befand. Eine ganze Trockenzeit lang hatte Siga mit unbedecktem Kopf wie die Sklaven, die er beschäftigte, Becken und Gruben ausgehoben, die von einem runden Steinrand umgeben waren und Abflussrinnen hatten. Daneben befanden sich zwei Werkstätten, in denen die Häute getrocknet und gelagert wurden. Siga hatte mit den Schlachtern vereinbart, dass sie ihm Häute verkauften. Da sie noch frisch waren, musste er sie selbst einsalzen und in ein erstes warmes Bad tauchen, um sie leicht aufquellen zu lassen, ehe sie mehrmals gespült werden mussten. Leider war in diesem eindrucksvollen Komplex jedoch nichts produziert worden! Hatte Siga das Bodengefälle für die Becken und Gruben schlecht berechnet? Hatte er die Schwierigkeit, regelmäßig mit Häuten beliefert zu werden, und den Widerstand der *garankè* unterschätzt, die sich nicht einem Mann hatten unterwerfen wollen, der diesen Beruf nicht von seinem Vater und dessen Vater übernommen hatte? Weder Pantoffeln noch Stiefel, noch Gürtel oder Geschirr für Pferde waren hergestellt worden. In einem Jahr, in dem das Salz so sehr in Segu gefehlt hatte, dass die Bambara-Frauen das Essen mit der Asche ihrer Feuerstelle gewürzt hatten, waren die Vorräte an Häuten völlig verdorben und hatten die Straßen Segus bis hin zum Palast des Mansa mit Gestank erfüllt.

Fortan lebte Siga äußerst kümmerlich vom Verkauf einiger Pantoffeln, die er einem Händler nach Dschenne schickte, und dem Erlös von Brochégeweben, die ihm manchmal sein ehemaliger Lehrherr aus Fes sandte. Außerdem bestellte er ein Feld, das ihm die Familie auf Tiékoros Drängen hin zur Verfügung gestellt hatte.

Jedes Mal, wenn Tiéfolo Sigas schönes Haus betrat, hatte er den Eindruck, in den Tempel eines launenhaften Gottes einzudringen, der sich in letzter Minute geweigert hatte, seine Anhänger zu beglücken. Alles war vorbereitet, um den Gott zufrieden zu stellen, die Altäre standen voller Milch, Früchte und Blut, die rituellen Worte waren gesprochen und die Trommelschläge genauestens ausgeführt worden. Aber der Gott war nicht erschienen. Warum? Im Patio saß Fatima, umgeben von zwei Sklavinnen, die zugleich Sigas Konkubinen waren, da er zu arm war, um sich weitere Ehefrauen zu leisten. Tiéfolo hatte den Eindruck, dass sie noch mehr zugenommen hatte. Auch wenn er gewohnt war, die Leibesfülle bei Frauen als Zeichen des Wohlstands und der Schönheit anzusehen, fand er, dass sie nun besser so bleiben sollte. Sie blickte ihn aus ihren immer noch hübschen grauen Augen an, auch wenn ihre Züge leicht aufgeschwemmt waren, und sagte in wehleidigem Ton: »Er liegt oben auf seiner Matte. Seit heute Morgen hat er Fieber ...«

Nach beinah zehn Jahren in Segu war ihr Bambara immer noch so schlecht wie zu Anfang, ein deutliches Zeichen dafür, dass sie sich weigerte, sich im Land ihres Mannes zu integrieren. Dann verschlang sie wieder gefüllte Datteln, die ihr Bruder ihr regelmäßig neben Henna und Schminke schickte, als handelte es sich dabei um lebenswichtige Güter. Tiéfolo ging die Treppe zum Zimmer seines Bruders hoch. Siga war vorzeitig gealtert. Man hätte ihn für gut zehn Jahre älter als seinen Bruder Tiékoro halten können, als habe dieser durch ein Leben voller Fasten und Gebete seine Jugend erhalten. Sigas Haar war bereits leicht ergraut. Ein ungepflegter grauer Bart bedeckte seine Wangen, und er hatte die rot geäderten Augen eines unverbesserlichen *dolo*-Trinkers. Siga sagte erstaunt: »Ich dachte, du seist auf der Jagd! Erzähl mir nicht, dass die Antilopen und Warzenschweine dich noch nicht gerufen haben!«

Tiéfolo setzte sich auf einen Hocker und entgegnete: »Es gibt wichtigere Dinge als die Jagd ... Wäre es nicht an der Zeit, wieder Ordnung und Autorität in der Familie zu schaffen?«

Dann teilte er ihm Tiékoros Entschluss mit, Mohammed nach Dschenne zu schicken. Aber Siga sagte nur achselzuckend: »Es ist doch sein Sohn. Hat er nicht das Recht, mit ihm zu tun, was ihm beliebt?«

In Wirklichkeit verstand Siga sehr gut, worauf Tiéfolo hinauswollte, aber er war es leid. Sein Leben kam ihm wie die Piroge eines Somono-Fischers vor, die nach der Regenzeit, wenn das Wasser zurückflutet, am Ufer des Joliba festgemacht ist. Durch den schwachen Sog der Strömung löst sie sich aus dem Schlick, gleitet in unmerklichen Zickzacklinien immer weiter ins Flussbett und stößt gegen Schilfinseln und Austernbänke. Wenn er an die Illusionen und Träume dachte, denen er sich Tag und Nacht in Timbuktu und Fes hingegeben hatte, fragte er sich, was aus dem jungen Mann geworden war, der er damals gewesen war. Besiegt. Zerstört. Tot. Genauso wie Naba und Malobali. Natürlich konnte er immer noch nach Entschuldigungen suchen: Niemand hatte ihn verstanden und unterstützt, seine Frau war auch nicht so, wie er sie sich gewünscht hätte. Doch er wusste, dass alles Übel von einem geheimen und rätselhaften Makel herrührte, der ihm im Blut lag. Er bekam einen Hustenanfall und erklärte dann: »Zähl nicht auf meine Hilfe, um Tiékoro ins Verderben zu stürzen. Außerdem wird es dir nicht gelingen. Die Götter sind mit ihm.«

Tiéfolo lachte und sagte: »Die Götter! Welche Götter?«

2

Die Stadt Hamdallay, deren Name »Zur Ehre Gottes« bedeutet, war 1819 gegründet worden. Dank der tatkräftigen Hilfe von Maurern aus Dschenne hatte der Bau der Stadt nur drei Jahre gedauert. Sie war in achtzehn Stadtviertel unterteilt und von einer Stadtmauer mit vier Toren umgeben, über denen sich wie ein Nebel der Atem der Gläubigen erhob, die Allah priesen. Hamdallay hatte nicht weniger als sechshundert Koranschulen, in denen der Hadith*, der Tawhil**, der Ussul*** und der Tassawuf**** gelehrt wurden, während Hilfswissenschaften wie Grammatik oder Satzlehre in spezialisierten Einrichtungen unterrichtet wurden. In Hamdallay ging es streng zu. Sieben Marabut sorgten für Ordnung in der Stadt. Jeder, der eine Stunde nach dem Gebet zu Nachtbeginn auf der Straße angetroffen wurde, wurde verhaftet und seine Identität festgestellt. Er musste seine Ahnenfolge aufsagen und angeben, wann seine Familie zum Islam übergetreten war. Anschließend musste er begründen, warum er sich in Hamdallay befand. Auch auf Sauberkeit und Hygiene wurde streng geachtet. Es war verboten, in der Öffentlichkeit zu urinieren oder das Blut von geschlachteten Tieren auf die Straße fließen zu lassen. Die Milchverkäuferinnen mussten ihre Ware zudecken und eine Kalebasse mit Wasser neben sich haben, um sich die Hände zu waschen.

* Das Leben und die Taten des Propheten.
** Die Theologie.
*** Das Aufsagen des Koran.
**** Die Initiation in den geistigen Weg.

Mohammed erschauerte, als er in der Nähe des Nordtors an der großen Tamarinde vorbeikam, an deren Fuß die Hinrichtungen stattfanden, und dann am Hauptgefängnis und dem Platz, wo Urteile vollstreckt wurden. Diese Stadt flößte ihm nur Schrecken ein. Die Männer, mit denen er gereist war, hatten ihm erzählt, dass Cheiku Hamadus Schüler von Almosen lebten, von Tür zu Tür gingen, um Essen zu erbetteln, nachts auf dem nackten Boden schliefen und sich als Zeichen der Demut nie wuschen. Der Junge war entsetzt, denn er verabscheute Insekten und sah schon Flöhe und Wanzen aus allen Falten seiner Haut kriechen. Ein Anhänger von Cheiku Hamadu führte ihn zu dessen Anwesen und vertraute ihn einer von dessen Frauen, der hübschen Adya, an.

Ohne es zu wissen, stand Mohammed dieselben Qualen durch wie sein Vater in El-Hadj Baba Abus Hof in Timbuktu. Aber Cheiku Hamadu war nicht El-Hadj Baba Abu. Mohammed wurde einem hoch gewachsenen Mann in den Fünfzigern mit wachsamem, wohlwollenden Blick vorgestellt, der einen schlichten, aus sieben Baumwollstreifen genähten Bubu, Sandalen aus gegerbtem Leder und auf dem Kopf einen dunkelblauen, sieben Ellen langen Turban trug. Er lächelte Mohammed freundlich zu und sagte: »As salam aleykum …«

Mohammed senkte die Augen und erwiderte: »Wa aleyka salam. Bissimillahi …«

Cheiku Hamadu fragte ebenso sanft: »Sprichst du arabisch?«

»Ein wenig, Herr!«

»Herr? Nenn mich Vater, denn das werde ich für dich sein …«

Mohammed hatte immer Frömmigkeit mit Hochmut und Wissen mit dem Mangel an Nachsicht für die Schwächen anderer verbunden. Wie anders als sein Vater war dieser Mann! War das der Befehlshaber, dessen Armeen man in Bambuk, Kaarta, Mande und Segu fürchtete? Er trug keine andere Waffe als seine Gebetsschnur. Mohammed fiel auf die Knie und sagte: »Vater, möge Allah dafür sorgen, dass ich deine Liebe nie enttäusche …«

In diesem Augenblick kam Abdulaye, Cheiku Hamadus jüngster Sohn, in den Raum, und sein Vater sagte zu ihm: »Kümmere dich gut um diesen Jungen. Sein Vater lässt Allahs Namen bei den Ungläubigen in Segu erstrahlen … Ohne sein Wirken wäre jenes Reich nur ein Ort der Finsternis …«

Dann bedeutete er ihm, dass die Unterredung beendet war. Das genügte, um Mohammeds Tränen zu trocknen und ihn mit Zuversicht für die Zukunft zu erfüllen. Zum ersten Mal wurde ihm bewusst, dass er der Sohn eines wichtigen Mannes war, und er warf sich vor, ihn mehr gefürchtet als geliebt zu haben. Sein Vater war ein Heiliger, und er hatte es nicht gewusst.

Unterdessen führte ihn Abdulaye in den westlichen Teil des Anwesens, wo die Schüler untergebracht waren. In einer Art Schlafsaal befanden sich etwa vierzig Jungen im Alter von elf bis fünfzehn. Sie alle waren äußerst mager, und ihre Haut spannte sich über den Knochen und hatte jenen Glanz, der von schlechter Ernährung herrührt. Sie waren barfuß, ihre Bubus dreckig und zerlumpt. Außerdem fiel Mohammed auf, dass ihre Beine, Arme und Hände mit Schrammen und Narben bedeckt waren, als hätten sie Pocken oder Krätze gehabt. Mit einem Mal kamen ihm die Worte der Reisenden wieder in den Sinn, und seine Unruhe erwachte erneut. Abdulaye stellte ihn kurz vor: »Das ist euer Bruder Mohammed Traoré aus Segu …«

Dann zog er sich zurück. Als er verschwunden und nach Schätzung der Jungen außer Hörweite war, brach ein Höllenlärm los. Die verschiedensten Vogelschreie wurden imitiert, und die wildesten Tänze und Luftsprünge begannen.

Man hätte nicht geglaubt, an einem Ort zu sein, an dem Gottes Wort gelehrt wurde. Ein Junge verrenkte sich auf obszöne Weise vor Mohammed und wiederholte: »Traoré aus Segu. Ein Bambara, der Hunde und unreines Fleisch isst, trinkt und Unzucht treibt ...«

Was sollte er tun? Erklären, dass er nur zur Hälfte Bambara und zur anderen Hälfte Fulbe und mit dem Sultan von Sokoto verwandt war? Aber dann hätte er seinen Vater verleugnet, und das konnte er nicht. Sollte er sich schlagen? Er war schmächtig und gewohnt zu verlieren. Daher sagte er würdevoll: »Ein Bambara? Kennt Allah denn Rassen? Ich bin Moslem, euer Bruder in Ihm.«

Es wurde still, was dafür sprach, dass er ins Schwarze getroffen hatte. Nach einer Weile trat ein etwa gleichaltriger Junge auf ihn zu und stellte sich höflich vor: »Ich heiße Alfa Gidado ...«

Alfa hatte so feine Züge, dass man sich fragte, ob er nicht ein Mädchen war, das sich aus irgendeiner Laune heraus die Haare geschnitten hatte und männliche Kleidung trug. Er hatte die helle Hautfarbe eines Mauren, lockiges Haar, schräge, feurige Augen, rote, fleischige Lippen und einen Schönheitsfleck neben dem linken Mundwinkel. Sein Vater war einer der sieben Marabut, die für Ordnung in der Stadt sorgten, und ein solch frommer Mann, dass er das Bedürfnis, mehrmals am Tag zu essen, überwunden hatte und sich mit einer Schale Dickmilch in der Woche begnügte.

Alfa Gidado fragte: »Bist du der Sohn von Modibo Umar Traoré?«

Mohammed war zutiefst beeindruckt. So groß war also der Ruhm seines Vaters? Alfa fuhr fort: »Bori Hamsala ist kein schlechter Kerl, auch wenn er gern spottet. Aber er ist jederzeit bereit, die Nahrung, die man ihm gibt, mit jemandem zu teilen ...«

Die Nahrung, die man ihm gibt? Mohammed spitzte die Ohren. Stimmte etwa, was erzählt wurde? Alfa sah ihn beinah mitleidig an und sagte: »Weißt du denn nicht, dass wir, solange wir Gott suchen, vom Betteln leben müssen, egal wie reich unsere Eltern sind? Ja, mein Lieber, die Zeiten sind vorbei, in denen dir deine Mutter noch eine Schale *dègué* brachte und du auf einer sauberen Matte unter einer dicken Decke schliefst. Vorbei mit dem süßen Leben, den Freuden und Wonnen! Unser Leidensweg beginnt, und was für ein Leidensweg! Und für was für eine Aufgabe!«

Unterdessen war ganz Hamdallay in Aufregung wegen der Ankunft eines Besuchers, der allerdings nicht Mohammed Traoré hieß, sondern El-Hadj Omar Saidu Tall, ein Tukulor aus Toro. Fünf Jahre zuvor noch völlig unbekannt, stand er jetzt im Ruf, ein Heiliger und unvergleichlicher Kenner des Korans zu sein. Er hatte mehrere Pilgerreisen nach Mekka unternommen, Sokoto besucht, einige Jahre in Kairo verbracht, in Palästina die Gräber der Propheten Abraham und Jesus besucht und auf all seinen Reisen Wunderheilungen vollbracht. Was wollte er in Hamdallay? Hatte ihn Cheiku Hamadus Ansehen herbeigelockt? Oder war ihm das Lob von Massinas gut organisiertem Verwaltungs- und Steuersystem sowie der Ruhm seiner militärischen Stärke zu Ohren gekommen, sodass er einem Bruder in Allah seine Huldigung darbringen wollte? Doch Cheiku Hamadus Umgebung war beunruhigt. Zahlreiche Propheten sollten vorausgesagt haben, dass es El-Hadj Omar gelingen würde, ein ganzes Reich aufzubauen, das Nioro, Medine, Segu, Hamdallay und weitere gegenwärtig freie, stolze Städte umfassen würde.

Hatte der Almami* aus Futa nicht über ihn gesagt: »Er allein wird mehr Moscheen bauen lassen, als euer Geist sich vorstellen kann …«

Cheiku Hamadu selbst war völlig gelassen. Er vermutete, dass El-Hadj Omar das Grab des heiligen Abd el-Karim besuchen wollte, der im Jahr zuvor bei seinem Aufenthalt in Hamdallay gestorben war. Außerdem war ein Mann Gottes wie er nie beunruhigt.

Kurz nach El-Hadj Omars Ankunft bettelten Mohammed und Alfa vor dem mit Hirserohr umzäunten Anwesen von Burema Khalilu, der Mitglied des großen Rates war, die Verwaltung von Massina leitete und auf allen Gebieten eine hohe Autorität darstellte. Die Dienerinnen füllten ihnen die Kalebassen mit reichhaltigen Resten von *tatiré massina***, eine willkommene Abwechslung zu dem Hirseschrot, den sie im Allgemeinen in den frommen Häusern bekamen. Mohammed wollte sich schon gierig auf diesen unverhofften Leckerbissen stürzen, als Alfa ihm befahl: »Warte! Weißt du denn nicht, dass du das in den Speisesaal bringen und alles mit den anderen teilen musst?«

Seit Mohammed in Hamdallay war, und das waren nun schon mehrere Wochen, kreiste für ihn alles um seinen Magen. Denn der war ausgehungert. Ständig leer. Knurrend vor Würmern. Vor Hunger konnte der Junge nicht mehr denken. Nicht mehr beten. Nicht mehr schlafen. Sobald er die Augen schloss, träumte er von köstlichen heißen Gerichten, die die Frauen im Anwesen seines Vaters in Segu zubereiteten. Ach, damals war ihm sein Glück gar nicht bewusst gewesen! Sein Mund füllte sich mit bitterem Speichel, der ihm übers Kinn lief und sich mit sei-

* Religiöses Oberhaupt der Fulbe.

** Ein Gericht aus Reis, Fisch und frischer Butter.

nen Tränen mischte. Hundertmal schon war er versucht gewesen zu fliehen. Nach Segu zurückzukehren. Schutz in den warmen Armen Maryems zu suchen und mit seinen kleinen Brüdern zu spielen! Warum musste er nur so leiden? Eines Mittags war er von Hitze und Hunger übermannt zu Boden gefallen und hatte sich gewünscht, dort auf der Stelle wie ein Hund, fern von seiner Familie zu sterben. Was würde Tiékoro sagen, wenn man ihm mitteilte: »Dein ältester Sohn ist gestorben?« Würde er dann seine Härte und seine Ungerechtigkeit einsehen?

Mohammed hatte das Pech, Alfa Gidado zum Freund zu haben. Wenn er mit Bori Hamsala, Alkayda Sanfo oder Samba Bubakari befreundet gewesen wäre, die den ganzen Tag nur nach Mitteln und Wegen sannen, sich etwas zu essen zu besorgen, wäre alles anders gewesen. Aber Alfa war ebenso rein wie schön. Wie eine Moschuscreme, deren Duft nicht verfliegt. Ein Geschenk Gottes. Die Lehrer mussten ihn in seinem Hang zu Schwärmerei und Mystik korrigieren, aber Cheiku Hamadu mochte ihn gern, und häufig ließ er ihn zu sich kommen, um sich mit ihm über Glaubensfragen zu unterhalten. Allein durch seinen Blick beschämte Alfa seinen Freund, dem Leiblichen verhaftet zu sein, einen Magen, einen Bauch und Gedärme zu haben wie die Hunde, die man nicht in die Stadt ließ und denen man nur die Herden anvertraute. Manchmal hielt er Mohammed seine halb volle Kalebasse hin und sagte: »Hier, nimm sie, ich brauche sie nicht …«

Aber in seinem Mund klangen diese Worte nicht hochmütig. Es war lediglich eine Feststellung.

Hinter Cheiku Hamadus Anwesen war ein Schuppen, der als Speiseraum diente. Sobald die Schüler ihre Sammlung beendet hatten, gingen sie an der Moschee vorbei dorthin zurück.

Die Moschee von Hamdallay hatte weder ein Minarett

noch architektonischen Zierrat. Die Mauern waren sieben Ellen hoch und umschlossen einen Hof mit schönen Proportionen, in dem die rituellen Waschungen stattfanden, sowie die eigentliche Moschee. Unter den Gewölben, die auf zwölf Reihen von Pfeilern ruhten, saßen Koranleser, Kopisten, die sich über seltene Werke beugten, und Hersteller von Leichentüchern, um daran zu erinnern, dass der Tod seinen Platz mitten im Leben hat.

In Segu gab es keine solchen Bauten. Zwar waren auch dort immer mehr Moscheen errichtet worden, aber sie blieben sehr unauffällig, als sei Allah bereit, sich zu erniedrigen, um zu siegen. So schlug Mohammeds Herz jedes Mal, wenn er an diesem stolzen Gebäude vorbeiging, vor Angst und Respekt schneller.

Die Schüler versammelten sich im Speiseraum, und nachdem die Aufteilung vorgenommen worden war, betrachtete Mohammed betrübt, was ihm noch zu essen übrig blieb. Er würde sich wieder einmal den Bauch mit Wasser füllen müssen. Traurig aß er die letzten Reiskörner, als Abdulaye, sein Mentor, erschien und ihm befahl: »Beeil dich. El-Hadj Omar will dich sehen ...« Ein verblüfftes Schweigen trat ein. Wie war es möglich, dass ein solcher Besucher einem Wurm wie dem kleinen Mohammed Traoré aus Segu Beachtung schenkte? Wenn die Schüler nicht großen Respekt vor Abdulaye gehabt hätten, hätten sie geglaubt, er sei verrückt geworden!

Mohammed stand schnell auf, wusch sich die Hände und folgte Abdulaye. Er wagte nicht, ihn zu fragen, außerdem war er halb betäubt vom Trommeln seines Blutes. Sie traten in das Anwesen, gingen durch den Raum, in dem sich Cheiku Hamadus phantastische Handschriftensammlung befand, und gelangten in den großen Ratssaal, der auch Saal der Sieben Türen genannt wurde, weil er drei Öffnungen nach Norden, drei nach Süden und eine nach Westen hatte. Dieser große Ratssaal war äußerst eindrucksvoll. Drei kleine Fenster ließen nur wenig Licht eindringen, sorgten aber für vorzügliche Belüftung. Das Gewölbe wurde von Holzbögen gebildet, die, einer Technik des Haussa-Lands folgend, im unteren Drittel des Raumes ihren Anfang nahmen.

Cheiku Hamadu saß inmitten mehrerer Männer. Aber es bestand kein Zweifel, welcher von ihnen El-Hadj Omar war, da er sofort die Aufmerksamkeit auf sich zog. Er war ein gut aussehender Mann in den Vierzigern, der mit einer Eleganz gekleidet war, die in auffallendem Gegensatz zur schlichten Kleidung seines Gastgebers stand. Mohammed erinnerte das an die Sorgfalt, die sein Vater auf sein Äußeres verwandte. El-Hadj Omar trug ein besticktes weißes Hemd, einen himmelblauen arabischen Burnus mit silbernen Posamenten und einen schweren schwarzen Turban, der die vergeistigte Würde seiner Züge unterstrich. Mohammed konnte den Blick nicht von dem Säbel lösen, der in einer breiten, gepunzten Lederscheide an El-Hadj Omars Hüfte steckte. Ihm kam es wie ein Symbol dieses frommen, aber streitbaren Mannes vor, der im Namen Gottes Krieg führte. Cheiku Umar sagte lächelnd: »Hier ist unser Sohn Mohammed Traoré …«

El-Hadj Omar lächelte ebenfalls. Ein Lächeln, in dem sich Höflichkeit, ja fast Liebenswürdigkeit mit leichtem Spott und etwas Raubtierhaftem mischten. Er sagte mit wohlklingender Stimme: »Komm her, hab keine Angst!«

Mohammed kamen die wenigen Schritte, die ihn von dem großen Marabut trennten, unendlich lang vor. Er blickte, während er auf ihn zuging, unverwandt auf die Stulpen der Lederstiefel des Mannes, die weich wie Stoff waren. Dann hob er den Kopf und verlor unter dem prüfenden Blick, der auf ihm lag, fast die Besinnung. Er hatte den Eindruck, dieser Mann könne in ihm lesen und die geheimsten Gedanken und Triebe entziffern, die er selbst nicht kannte. El-Hadj Omar fragte: »Warum fürchtest du dich vor mir?«

Mohammed stieß mit Mühe hervor: »Ich fürchte mich nicht vor dir, Herr ...«

Kaum hatte er diese Worte ausgesprochen, als er sie schon bitter bereute. Was für eine Kühnheit! Was für eine Unverschämtheit! Natürlich sollte er solch einen außergewöhnlichen Geist fürchten, er, der nur ein Staubkorn auf der Oberfläche der Erde war, und dessen Glanz sollte ihn blenden! Er überlegte verzweifelt, wie er diesen Fehler wieder gutmachen könnte, als El-Hadj Omar bereits fortfuhr: »Du sollst wissen, dass ich die größte Achtung für deinen Vater Modibo Umar Traoré habe, der das strahlende Licht der Religion besitzt und um sich verbreitet. Als Zeichen meiner Freundschaft werde ich bei ihm wohnen, wenn ich demnächst in Segu sein werde, denn dahin reise ich von Hamdallay aus. Kein anderes Haus könnte mir genehmer sein als seins ...«

Mohammed war naiv. Dennoch wusste er, wie umstritten sein Vater war, und ihm wurde klar, welche Wirkung die Anwesenheit eines solchen Gastes im Haus seines Vaters in Segu hervorrufen würde. Selbst im Palast des Mansa würde man sicherlich davon sprechen! Aber was für eine Ehre für seine Familie! Ein Mann, der von den berühmtesten Herrschern empfangen worden war! Ein Heiliger! Ein Prophet! In seiner Verwirrung wusste er nicht, was er sagen sollte, und zog sich mit dem Eindruck zurück, sich während des ganzen Gesprächs unhöflich und töricht verhalten zu haben.

Ganz zufällig machte Mohammed die Bekanntschaft seiner Familie in Massina. Tiékoro hatte ihm zwar von seiner Großmutter Sira erzählt. Aber seit seiner Ankunft war

Mohammed so davon in Anspruch genommen gewesen, sich in dieser kaltherzigen Stadt zurechtzufinden, in der selbst der Gesang der Griots verboten war, und sich an den Klang des Fulbe aus Massina zu gewöhnen, das so völlig anders war als das Fulbe aus Sokoto, das seine Mutter sprach, zudem seine Arabischkenntnisse zu vertiefen und mit seinem Körper zu kämpfen, dass er diese Geschichte ganz vergessen hatte.

Er bettelte mit Alfa vor einem Anwesen in der Nähe des Damal Fakala Tors. Seit einigen Tagen wehte ein heimtückischer Wind auf den Straßen der Stadt, die sowieso ziemlich feucht war, da sie in einem ehemaligen Überschwemmungsgebiet lag. Nach jeder Litanei wurde er daher von einem Hustenanfall geschüttelt. Plötzlich kam eine Frau aus einem Haus, ergriff ihn am Arm und sagte voller Empörung: »Nein, Gott verlangt nicht, dass Kinder und Frauen für ihn sterben!«

Trotz seines Protestes zog sie ihn mit sich ins Haus. Mohammed hatte zu großen Hunger, um eine Kalebasse mit heißem Hirsebrei und danach würzige Dickmilch zurückzuweisen. Er schämte sich dennoch ein wenig und wollte sich gerade bei der Frau bedanken, als diese ihn fragte: »Du bist kein Fulbe, nicht wahr?«

Er schüttelte den Kopf: »Nein, ich bin ein Bambara aus Segu.«

Das Gesicht der Frau war schmerzverzerrt und sie flüsterte: »Aus Segu? Dann hast du vielleicht schon einmal etwas von Malobali Traoré, Dusikas Sohn, gehört?«

»Er war mein Vater ...«

Die Frau brach in Tränen aus. Kurze Zeit später befanden sich Mohammed und Alfa vor der versammelten Familie. Sira hatte es nicht leicht im Leben gehabt. Sie hatte Segu nie vergessen können, obwohl sie die Stadt aus freien Stücken verlassen hatte. Und ihren Mann Amadu Tassiru hatte sie auch nie geliebt, selbst wenn sie ihm treu gedient und ihm vier Kinder geschenkt hatte. Irgendetwas verabscheute sie an diesem Mann, der den ganzen Tag lang die Perlen der Gebetsschnur durch die Finger gleiten ließ und Gottes Namen im Mund trug, sich aber nach Einbruch der Nacht gierig auf sie warf und sich immer jüngere Konkubinen suchte, als könnte er dadurch das Blut in seinen Adern verjüngen. Nach seinem Tod hatte sie sich geweigert, seinem jüngeren Bruder gegeben zu werden, und um einen Skandal zu vermeiden, war sie mit ihren Kindern und einigen Kühen, die die Familie ihres Mannes noch immer zurückforderte, nach Hamdallay gegangen. Mit dem Erlös vom Verkauf der Milch hatte sie ihre Kinder großgezogen, sich morgens früh vor allen anderen Frauen auf dem Markt niedergelassen und dort den besten *koddé* verkauft. Die vergangenen Jahre hatten ihr die Schönheit genommen, aber nicht den Mut und die Entschlossenheit. Anscheinend hatten die Götter Frieden mit ihr geschlossen, als Tiékoro zu ihr gekommen war und ihr Malobalis Tod in einem fernen Land mitgeteilt hatte.

Der Tod in der Fremde! Ein böser Tod! Wen hatte Malobali auf den Wegen der Welt gesucht? Seine Mutter.

Seine Mutter, deren Brust noch vertrockneter war als die Schoten des Baobabs! Sie hatte ihn getötet, ebenso sicher, als wenn sie ihm drei Steine um den Hals gebunden und ihn dann in den Brunnen geworfen hätte.

Sira phantasierte mehrere Tage und Nächte lang. Dann begann sie zu genesen, denn man kann den Tod nicht herbeizwingen. Sie genas, aber sie war nur noch eine schweigsame, geistesabwesende alte Frau, die sich vorwärts tastete, um das Feuer anzuzünden oder eine Kuh zu melken und sich in die Hände schnitt, wenn sie Baobabblätter hackte. Ihre älteste Tochter M'Pènè nahm sie bei sich auf, und entgegen aller Erwartung war Sira die sanfteste Großmutter, die man sich vorstellen konnte, wenn sie einen Säugling beruhigte oder badete. Sie blickte Mohammed mit ihrem vom Schmerz weiß verschleierten Blick an und fragte leise: »Olubunmi? Bist du es, Olubunmi?«

M'Pènè und alle, die der Szene beiwohnten, begriffen, dass in ihrem alten Kopf alles durcheinander ging.

Aber was für ein Trost war es für Mohammed, Verwandte wiederzutreffen! Sira flößte ihm zwar etwas Angst ein, aber wenn er M'Pènè betrachtete, entdeckte er die Gesichtszüge seines Vaters. Wie schön ist doch das Blut! Wie ein Strom, der weit entfernte Länder bewässert und dennoch nie seine Quelle vergisst!

Mohammed überhäufte M'Pènè mit Vorwürfen: »Warum hast du uns nie in Segu besucht?«

»Unsere Mutter hätte es nicht erlaubt ...«

»Gut, aber jetzt werde ich dich nach Segu mitnehmen und der ganzen Familie vorstellen ...«

Siras Söhne, Tidjani und Karim, sahen dem belustigt zu. Dieser Teil des Lebens ihrer Mutter betraf sie nicht. Sie waren Fulbe, Fulbe aus Massina. Dennoch fassten sie Zuneigung zu diesem kleinen Verwandten. Man hätte ihn für einen *bimi* halten können, wie die Bambara sagten. Der kleinen Ayisha dagegen, Tidjanis ältester Tochter, schnürte es das Herz zusammen, denn sie hatte eine eitrige Wunde an Mohammeds Knöchel gesehen, die nur eilig mit einem schlechten Blätterpflaster bedeckt worden war.

3

»Fa, Fa! Du kannst nicht zulassen, dass er diesen Tukolor-Marabut bei uns empfängt. Du weißt genau, dass die Fulbe und die Tukolor verwandt sind und er aus Hamdallay kommt. Wer weiß, ob er nicht mit Cheiku Hamadu eine Verschwörung gegen Segu anzettelt? Selbst, wenn er nichts dergleichen im Schilde führt, werden das alle vermuten!«

Aber Diémogo war nur noch ein kraftloser Greis. Er schüttelte den Kopf und sagte: »Ich kann nichts dagegen tun. Nya hat alle überzeugt, dass es die höchste Ehre für unsere Familie ist!«

Tiéfolo stand auf. Es hatte keinen Sinn, noch mehr Zeit an der Matte dieses alten Mannes zu verbringen! Er musste etwas unternehmen! Sollte er noch einmal zum Mansa gehen? Tiéfolo hatte den zurückhaltenden Empfang, den man ihm vor einigen Monaten bereitet hatte, und die vorsichtigen Worte des Herrschers nicht in besonders guter Erinnerung; »Lass das Kind gehen. Wir sorgen schon für das Übrige ...«

Was hatten sie denn unternommen? Und jetzt zwang Tiékoro der Familie die Anwesenheit dieses Marabut auf! Alle, die von ihm gehört hatten, behaupteten, dass er noch fanatischer als Cheiku Hamadu sei, denn er gehörte einer Bruderschaft an, die es als ihre Pflicht ansah, die Ungläubigen zu töten und die götzendienerischen Herrscher zu verjagen. Waren sie alle blind in der Familie? Sah denn niemand die Gefahr?

Als Tiéfolo nach seiner Rückkehr von der Jagd von Tenegbe erfuhr, was sich da anbahnte, hatte er nicht einmal mehr daran gedacht, seine Jagdbeute zu häuten und die rituelle Aufteilung vorzunehmen.

Er hatte vor, allen Männern der Familie Bescheid zu geben und den Familienrat einberufen zu lassen, der Nya und ihren Sohn überstimmen würde. Und wenn es scheitern sollte? Nun, dann würde er eben noch einmal zum Mansa gehen.

Tiéfolo begann mit Siga, der in seiner Gerberei war. An jenem Morgen herrschte dort eine ungewohnte Betriebsamkeit. Sklaven mit nacktem Oberkörper und nur einem Lumpen um die Hüften liefen von einer Grube zur anderen, während Siga mehreren *garankè* etwas erklärte und dabei mit dem Finger Modelle in den Sand malte. Tiéfolo sagte verwundert: »Das ist ja etwas ganz Neues! Wer hat dir denn einen Auftrag erteilt?«

Siga senkte den Blick und sagte verlegen: »Hätte ich ablehnen können? Seit Monaten habe ich nicht gearbeitet.«

Einen Augenblick begriff Tiéfolo nicht. Dann murmelte er ungläubig: »Der Tukulor-Marabut!«

Siga nickte: »Vierzig Paar Pantoffeln und vierzig Paar Stiefel für ihn und seine Begleiter. Und ebenso viele für seine Söhne und die Söhne seiner Begleiter. Er hat im Voraus bezahlt, eine Hälfte in Gold, die andere in Kaurimuscheln. Hätte ich da etwa nein sagen können?«

Tiéfolo wandte sich ab. Er war kein gewalttätiger Mensch, aber dennoch spürte er, wie ein furchtbarer Zorn in ihm aufstieg. Wenn er sich nicht beherrschte, würde er sich auf seinen Bruder stürzen wie auf eines der wilden Tiere, die er im Busch herausforderte. Was ist der Mensch, wenn er nicht dem Reiz materieller Güter widerstehen kann? Für eine Hand voll Gold und ein paar Kaurimuscheln hatte Siga sich verkauft. Er war bereit, sich dem Lager derer anzuschließen, die sich vor dem Marabut in den Staub warfen und Tiékoros Vorgehen guthießen.

Nachdem der Zorn verraucht war, empfand Tiéfolo nur noch Ekel und Abscheu. Dann traten ihm die Tränen in die Augen. Siga flüsterte: »Sei doch realistisch, Tiéfolo. Es handelt sich um einen bedeutenden Mann, vor dem sich alle Herrscher verbeugt haben …«

»Wird er dadurch beauftragt, den Mansa abzusetzen?«

Siga zuckte die Achseln und fragte: »Absetzen? Wer spricht von absetzen? Der Mansa kann sich doch einfach bekehren lassen …«

Das war zu viel! Tiéfolo zog es vor zu gehen.

Als er mit großen Schritten durch die Straßen von Segu eilte, begegnete er Sumaworo, dem Schmied und Fetischpriester, dessen Dienste er vor jedem Jagdausflug und jedem wichtigen Moment seines Lebens in Anspruch nahm. Sumaworo zog ihn beiseite und flüsterte: »Ich wollte gerade zu dir. Als ich heute Morgen Sanene* dafür gedankt habe, dass er dich gesund aus dem Busch hat zurückkehren lassen, hat er mir etwas offenbart …«

Sumaworo senkte die Stimme noch weiter: »Der Tod wird eure Familie heimsuchen …«

Tiéfolo beherrschte sich, um nicht die Achseln zu zukken. Diémogo ging es sehr schlecht, ganz Segu wusste das. Sumaworo sagte leise: »Es betrifft nicht jenen, an den du denkst. Der Tod eines Greises ist nicht verwunderlich. Sanene ließ keinen Zweifel daran: Es handelt sich um deinen Bruder Tiékoro …«

Tiéfolo erschauerte. Hatten sich etwa die bösen Gedanken, die er nährte, in Gift gegen seinen Bruder verwandelt? Er fragte: »Sumaworo, was sagst du da?«

Der Fetischpriester starrte ihn unverwandt aus seinen rot geäderten Augen an und sagte: »Ich kenne nicht die Umstände seines Todes, Sanene hat sie mir nicht offen-

* Schutzgeist der Jäger.

bart. Möchtest du, dass ich ihn erneut befrage und versuche, den Tod abzuwenden?«

Tiéfolo schwieg lange. Er schien die Wände der Hütten anzustarren. In Wirklichkeit sah er nichts, und das Blut brodelte in seinen Adern. Ihm kam es vor, als hielte er nicht nur das Schicksal des Clans, sondern auch die Zukunft des Reiches in der Hand, dessen Überleben von seiner Antwort abhing. Diese Verantwortung erschreckte und lähmte ihn. Wenn Tiékoro nicht mehr wäre, hätte der Islam in ihrem Anwesen und im Reich keinen Verfechter mehr. Die Streitigkeiten würden sich legen. Die Einheit wäre wiederhergestellt. Der Respekt, den man den Ahnen schuldete, wäre gewährleistet. Tiéfolo blickte auf den Fuß, der am Ende einer Gasse wie eine Schlange schillerte, und flüsterte ganz leise: »Lass den Willen der Götter in Erfüllung gehen.«

Dann drehte er Sumaworo den Rücken zu, als schämte er sich, ihm in die Augen zu sehen, und entfernte sich eilig. Plötzlich überkam ihn ein Gefühl der Ruhe, als sei er erlöst und besäße wieder die Freiheit, unbeschwert durch die Straßen zu gehen. Er ging auf den Viehmarkt und bewunderte die Pferde aus Massina, die beim Grasen mit den Vorderhufen scharrten. Er liebte Pferde. Sie waren so anders als die Tiere, die er im Busch jagte, und hatten ein seltsames Verhältnis zum Menschen, das aus scheinbarer Unterwerfung, völliger Unabhängigkeit und gegenseitiger Achtung bestand. Er fragte den Händler, einen jungen Sarakole: »Wie viel willst du dafür?«

Der Junge schüttelte den Kopf und sagte: »Zu spät. Ein Gesandter des Tukulor-Marabut hat sie alle bestellt. Er braucht zusätzliche Pferde, wenn er Segu verlässt, und kümmert sich sehr frühzeitig darum ...«

Tiéfolo unterdrückte die Wut, die in ihm aufkam, und fragte: »Zusätzliche Pferde?«

»Vergisst du all jene, die beschließen, ihm zu folgen und seine Anhänger zu werden? Er soll schon mehr als achthundert Menschen in seinem Gefolge haben …«

Tiéfolo platzte hervor: »Weißt du, Segu ist nicht Massina. Du wirst schon sehen, welchen Empfang wir deinem Marabut bereiten werden!«

Als er den Viehmarkt verließ, stieß er auf einen seiner Sklaven, der sich vor ihm zu Boden warf, und sagte: »Herr, ein halbes Dutzend von uns sucht dich. Der Mansa will dich umgehend in seinem Palast sprechen. Beeil dich, denn er scheint sehr zornig zu sein …«

Der Mansa ähnelte tatsächlich einem wütenden Löwen im Busch. Seine Sklaven, seine Berater und selbst seine Griots blieben in respektvoller Entfernung, während er für einen Augenblick seine Würde vergaß und Tiéfolo beschimpfte: »Eigentlich müsste ich dich in Eisen legen lassen! O Traoré, ihr seid eine Rasse von Schurken und Verrätern. Dein Bruder trifft Anstalten, in eurem Anwesen den Tukulor-Marabut zu empfangen, und du hältst es nicht für nötig, zu mir zu eilen, um mich davon zu unterrichten?«

Tiéfolo, der vor dem Mansa auf dem Boden lag, gelang es, dem mit ein paar Worten zu entgegnen: »Herr der Welt, ich bin erst gestern von der Jagd zurückgekommen. Du siehst, ich habe noch nicht einmal Zeit gehabt, meine Tiere zu häuten …«

»Möge das Wild, das du verfolgst, dich impotent oder unfruchtbar machen oder dir ein Bruchleiden geben! Du erzählst mir von der Jagd, während mein Thron auf dem Spiel steht!«

Die Verwünschung, die der Herrscher ausgesprochen hatte, war so stark, dass das Schweigen noch drückender wurde. Makan Diabate wagte es, seinem Herrscher einen vorwurfsvollen Blick zuzuwerfen. Dann beruhigte sich der Mansa. Ein Sklave eilte herbei, um ihm seine Tabakdose zu reichen, ein anderer, um ihm zu fächeln, und ein dritter, um den Schweiß abzutrocknen, der ihm über die Stirn lief. Makan Diabate gab Tiéfolo ein Zeichen, dass er mit seiner Erklärung beginnen könne. Tiéfolo richtete sich langsam auf und sagte: »Herr der Welt, als ich vor einigen Monaten zu dir kam, hast du mir geantwortet: ›Lass das Kind gehen. Wir sorgen für das Übrige!‹ Konnte ich vorhersehen, dass du nichts tun würdest, um dich den Plänen meines Bruders und seiner Freunde zu widersetzen?«

Diese Worte enthielten eine unausgesprochene Kritik, und die Ratgeber blickten beunruhigt diesen Narren an, der anscheinend nicht mehr wusste, was er sagte. Tiéfolo besaß jedoch eine solche Würde, dass der Mansa nicht protestierte. Im Gegenteil, er schien diesen Mann abzuschätzen, der vor ihm kniete und immer noch sein Jagdgewand trug: eine mit Amuletten behängte Kappe mit mehreren Zipfeln, ein weites Hemd, das an der Taille von einem breiten, mit Kaurimuscheln besetzten Gürtel zusammengehalten wurde, und dazu eine halb lange Hose, die Tiéfolos von den Dornensträuchern des Busches zerkratzte, kräftige Waden frei ließ. Ja, Tiéfolos Vorwurf war berechtigt. Er hatte ihn bei seinem letzten Besuch nicht sonderlich gut empfangen und auf subtile Weise sein Misstrauen spüren lassen. Inzwischen war der Mansa überzeugt, dass sich El-Hadj Omar und Cheiku Hamadu zusammengetan hatten, um ihn zu zerstören, und sich dabei auf Helfershelfer innerhalb des Reiches stützten. Man hatte ihm berichtet, El-Hadj Omar habe in Hamdallay Dinge gesagt, die darauf schließen ließen, dass ein kriegerisches Unternehmen gegen den Mansa in Vorbereitung war. Er sagte: »Mein Vater, der große Monzon, sagte immer, dass die Wege der List weiter führen als die Wege der Gewalt. Der Tukulor-Marabut wird Segu betreten können und bei deinem Bruder wohnen. Ich werde mich dem nicht widersetzen. Ich werde den Marabut in meinem Palast empfangen. Aber sobald er ihn betreten hat, wissen allein die Götter, wann und wie er ihn wieder verlassen wird. Geh jetzt nach Hause, Tiéfolo, und berichte mir jeden Abend, was der Tukulor mit deinem Bruder besprochen hat.«

Tiéfolo zog sich zurück.

Als er durch die Palasthöfe ging, verabscheute er sich selbst. Darf ein Mann seinen Bruder verraten? Dessen Worte belauschen? Sie weitertragen? Und noch dazu ein Adliger wie er! Jetzt handelte er wie ein Sklave, der bei dem Versuch, sich aus seiner Situation zu befreien, gezwungen war, die schändlichsten Waffen zu verwenden. Dann erinnerte er sich an Sumaworos Worte, aber während sie ihn noch vor wenigen Augenblicken besänftigt hatten, erfüllten sie ihn jetzt mit Furcht. Mochten die Ahnen dafür sorgen, dass er nichts mit diesem Tod zu tun hatte! Als die Griots auf ihn zueilten, wies er sie mit einer Schroffheit zurück, die für ihn ungewöhnlich war, denn sonst liebte er es durchaus, dass sie seine Erfolge bei der Jagd und den Löwen, den er mit zehn Jahren getötet hatte, besangen. Die Männer gehorchten, aber hinter seinem Rücken hörte er ihren Spottgesang:

Jäger, Jäger,
wenn du ein Aufschneider bist,
werde ich dich nicht loben.
Bist du es nicht, der den Elefanten tötet,
den Büffel verfolgt
und mit ihrem sonnenfarbenen Haarkleid
die Giraffe verschwinden lässt?
Jäger, Jäger, wenn ich dich nicht besinge,
wer bist du dann?
Macht dich nicht erst das Wort zu dem, was du bist?

In Höhe der Moschee am Somono-Kai traf Tiéfolo überraschend Tiékoro und hätte in seiner Verlegenheit beinah kehrtgemacht. Er forschte im Gesicht seines Bruders nach jenem Schatten, von dem Sumaworo ihm erzählt hatte, aber er sah nur die Züge eines scheinbar stolzen und selbstzufriedenen Mannes. Tiékoro dagegen hatte Tiéfolo immer für einen ungehobelten Kerl gehalten, der sich den Körper mit Amuletten behängte, um wilde Tiere zu verfolgen, die ihm nichts getan hatten. Tiéfolos Ruf der Kühnheit kam ihm fast wie ein Ruf der Dummheit vor. Aber Tiéfolo war der älteste Sohn des jüngeren Bruder seines Vaters. Daher musste er ihn nehmen, wie er war. Er lächelte ihm höflich zu und sagte: »Hat die Bara Muso dir nicht gesagt, dass ich dich gestern gesucht habe?«

Tiéfolo senkte den Blick, starrte in den Straßenstaub und entgegnete: »Ich weiß, was du mir sagen wolltest …«

Sein kühler Ton war nicht zu überhören. Tiékoro sagte sanft, als wendete er sich an ein begriffsstutziges Kind: »Tié, ich weiß, was du denkst. Aber du musst es hinnehmen, es gibt nur den einen Gott. Allah wird sich wie eine blendende Sonne in dieser Gegend durchsetzen, und unsere Familie wird dafür gesegnet werden, dass sie sein Kommen erleichtert hat …«

Tiéfolo zeigte auf die Moschee ganz in der Nähe und sagte schroff: »Wenn du predigen willst, geh dorthin!«

Tiékoro blieb einen Augenblick stehen und sah hinter seinem Bruder her, dann betrat er seufzend den Hof der Moschee.

Während sich die Bambara aus Segu mit aller Kraft dem Islam widersetzten, standen ihm die Somono der Stadt weniger feindlich gegenüber, denn sie hatten engen Kontakt zu großen Marabutfamilien in Timbuktu, insbesondere den Kunta. Tiékoro war daher daran gelegen, den Empfang für El-Hadj Omar gemeinsam mit den Somono vorzubereiten. Aber statt der erwarteten Begeisterung setzte Alfa Kane, der Imam der Moschee, der gerade mit seinem Gehilfen Ali Akbar grünen Tee trank, eine mürrische Miene auf und fragte: »Weißt du, dass El-Hadj Omar ein Anhänger der Tidjaniya ist?«

Tiékoro entgegnete achselzuckend: »Was macht das schon für einen Unterschied, Kadiriya, Tidjaniya, Suhrawardiya oder Shadiliya ... Sind wir nicht alle Moslems?«

»Das sagst du ...«

Sie schwiegen eine Weile. Da die Stunde des Zohur, des zweiten Gebets des Tages, näher rückte, kamen die Gläubigen einzeln oder in kleinen Gruppen herein, zogen ihre Schuhe aus und stellten sie säuberlich nebeneinander an die Wand. Dann zerriss die Stimme des Muezzins die Stille. Immer wenn Tiékoro diesen Ruf hörte, war er zutiefst ergriffen. Er musste daran denken, wie dieser Schrei zum ersten Mal über den Mauern von Segu an sein Ohr gedrungen war und er gespürt hatte, dass Gott zu ihm sprach, zu ihm, dem elenden Wurm, dem die Schuppen noch vor den Augen klebten. Er erschauerte und dachte: »Wie sehne ich mich danach, o Gott, zu dir zu kommen!«

Aber Alfa Kane holte ihn wieder auf die Erde zurück: »Ich will nichts mit der Ankunft dieses Tukulor zu tun haben. Denn ich sage dir, seinetwegen wird der Bruder den Bruder angreifen und der Moslem das Blut des Moslems vergießen. Ihr habt euch vor Cheiku Umar gefürchtet? Ihr habt euch geirrt, denn dieses ist der Mann, vor dem ihr euch fürchten müsst.«

Daraufhin raffte Alfa Kane seinen makellos weißen Bubu und ging in die Moschee.

Was sollte Tiékoro tun? Ihm folgen und ihn zu einer Aussprache zwingen? Im Grunde war Tiékoro nicht böse darüber, den großen Marabut allein zu empfangen und zu begleiten. Auf diese Weise würde man sehen, wozu ein

Traoré fähig war. Es fehlte ihm nicht an Gold, Kaurimuscheln oder an Satteltieren. Die Schafe und das Geflügel drängten sich in den Einfriedungen. Die Speicher quollen über von Hirse. Man wusste nicht mehr, wo man die Süßkartoffeln lagern sollte. Nun, El-Hadj Omars Ankunft würde die Krönung seines geistlichen Lebens sein!

Ursprünglich gab es nichts, was Maryem, Tiékoros erste Frau, und Fatima, Sigas Frau, hätte verbinden können. Maryem, die mit einem Sultan und Gründer eines Reiches verwandt war, war innerhalb der Mauern eines Palastes geboren und von Sklavinnen umgeben aufgewachsen, die ihr ständig zu Diensten gewesen waren. Fatima dagegen war die Tochter einer Heiratsvermittlerin aus Fes, ein Beruf, der zwar einträglich, aber nicht sonderlich angesehen war. Maryem war energisch und gewohnt zu befehlen, Fatima dagegen träge und ein wenig wehleidig. Maryem war die Gattin eines Mannes, dessen Ruf über die Grenzen Segus zu dringen begann, während Fatima mit einem missratenen Sohn der Familie verheiratet war, dessen Namen zu erwähnen mancher aus der Familie ablehnte.

Und doch waren sie so sehr befreundet, dass sie keinen Tag verbringen konnten, ohne sich zu sehen. Den ganzen Tag lang schickten sie Sklavinnen mit irgendwelchen Leckereien oder Kinder mit Botschaften und Geschenken hin und her. Was sie miteinander verband, war der Hass auf Segu, die Verachtung für die Bambara, ihre Religion und ihre Sitten, sowie der Drang, sich dieses ständig zu wiederholen. Fatima war von ihrer törichten Zuneigung zu Tiékoro geheilt, seit sie gehört hatte, wie seine Frau sein Verhalten in allen Einzelheiten mit einem Hass beschrieben hatte, der in seiner Intensität nur von der Liebe übertroffen werden konnte. Sie selbst hasste Siga nicht, auch wenn sie den Eindruck hatte, betrogen worden zu sein. Völlig betrogen. Wie ein Goldwäscher, der entdeckt, dass seine Goldklumpen nur Lehm sind. Sie tröstete sich mit dem Gedanken, dass ihre zehn Kinder zärtlich, liebevoll und eines hübscher als das andere waren. Da die Armut ihres Mannes sie daran hinderte, sich eine Vielzahl von Sklavinnen zu halten, kümmerte sie sich selbst um ihre Kinder. Folglich verbrachte sie ihre Zeit damit, dem einen die Brust zu geben, dem anderen seinen Brei, sich um Zahnschmerzen, Fieber und Durchfall zu kümmern und den ersten zögernden Worten zu lauschen. Da Siga ihr keinerlei Vorschriften machte, hatte sie die Kinder im Glauben an Allah erzogen und sie, sobald sie alt genug waren, in eine Koranschule für Maurenkinder auf der anderen Seite des Flusses geschickt.

Die Ankündigung des Besuches von El-Hadj Omar versöhnte die beiden Frauen mit Segu. Sie bedrängten die Schneiderinnen, ihnen Bubus zu nähen. Fatimas Bruder hatte ihr aus Fes mit Goldfäden durchwirkte Seidenstücke geschickt, die sie noch nicht verwendet hatte. Maryem besaß reich ziselierten Schmuck, der gewöhnlich in den Kalebassen ihrer Hütte lag. Nur eines bekümmerte sie: Würde Tiékoro Mohammed im Gefolge des Tukulor kommen lassen, sodass sie ihren Sohn sehen würde? Fatima versuchte, ihr gut zuzureden: »Es ist bestimmt nicht gut, wenn er während seiner Dienstzeit nach Hause kommt …«

»Dienstzeit? Du sprichst davon, als sei er Soldat …«

Fatima sagte leise: »Ist er nicht ein Soldat Gottes?«

Maryem schämte sich dafür, dass sie sich so zurechtweisen lassen musste. Doch Glaube und Mutterliebe sind zwei verschiedene Dinge. Mohammed war ihr einziger Sohn. Die Vorstellung, dass er in jener Stadt bettelte, in der, wie man ihr gesagt hatte, die Frauen verschleiert herumliefen und die Witwen nicht aus dem Haus gingen, um nicht die Begierde der alten Männer zu erwecken, quälte sie. Sie wies mit einer Handbewegung die gefüllten Datteln zurück, die ihr Fatima anbot. Sie fand keinen Geschmack an diesen Leckereien, denn die einzige Süßigkeit, die man in Sokoto kannte, war Honig, den man mit Dickmilch vermischte. Fatima biss in die braungrüne Masse und erklärte: »Anscheinend verstehen sich Cheiku Hamadu und der Tukulor-Marabut überhaupt nicht mehr. Der Marabut hatte eigentlich vor, bis Ende der Trockenzeit in Hamdallay zu bleiben, aber er hat seinen Aufenthalt abkürzen müssen ...«

Maryem riss die Augen auf und fragte: »Wer hat dir das gesagt?«

»Die Mauren aus der Koranschule meiner Söhne. Die Kunta aus Timbuktu haben ihnen befohlen, El-Hadj Omar bei seiner Ankunft in Segu nicht zu empfangen.«

»Aber warum?«

»Was weiß ich? Sektenstreitigkeiten, Streit um Macht und Prestige, kurz gesagt, Streitigkeiten unter Männern!«

Maryem nahm sich vor, Tiékoro danach zu fragen. Aber sie würde schon großes Glück haben müssen, wenn sie einen Augenblick mit ihm allein sein wollte, so sehr war er mit den Vorbereitungen zum Empfang des Marabut beschäftigt. Er ließ die Hütten neu verputzen, in denen die Gäste untergebracht werden sollten, die Böden mit marokkanischen Teppichen auslegen, wohlriechende Essenzen verbrennen, um der Luft einen angenehmen Geruch zu geben, die Vorräte an Hirse und Reis überprüfen, das Geflügel zählen und häufte Geschenke an, die auch nach all denen, die El-Hadj von den Herrschern bekommen hatte, nicht lächerlich aussehen durften. Und noch etwas quälte Maryem, wie übrigens auch Tiékoros andere Ehefrauen: Für diesen Empfang ließ er sich nur von seiner Mutter beraten. Stundenlang unterhielten sich die beiden in Nyas Hütte, und anschließend erteilte Nya Befehle, überwachte deren Ausführung, nörgelte an diesem und jenem herum und war mit nichts zufrieden. Schließlich hätte Maryem, die im Palast eines Sultans aufgewachsen war, der die halbe Welt empfing, sehr wohl einen guten Rat erteilen können! Diese alte Bambara, die niemals den Joliba überquert hatte, würde sie einen Mokaddem gebührend zu behandeln wissen?

Der Wind trug den Gestank von Sigas Gerberei herüber.

Fatima blickte ihre Gefährtin an und sagte: »Wenigstens hat Siga dadurch Arbeit bekommen!«

Auf ihren Zügen lag ein Ausdruck der Verachtung, und Maryem entgegnete kopfschüttelnd: »Weißt du, dass ich Siga trotz seines Fetischglaubens sehr schätze? Er ist ein unverstandener Mensch, das ist alles. Zu ehrlich, ohne List und Berechnung und unfähig, etwas zu tun, nur weil es etwas einbringt.«

Sie verglich ihn ganz offensichtlich mit Tiékoro. Fatima protestierte: »Du bist ungerecht. Ich glaube, dass Tiékoro von aufrichtiger Liebe zu Gott erfüllt ist und alles zu dessen Ruhm tut. Hat er dir erzählt, wie er sich ganz allein, dank eigener Eingebung, zum Islam bekannt hat? Und wie er seiner Familie gegenüber seine Berufung durchgesetzt hat?«

Maryem antwortete mit gereizter Miene: »Seit Jahren höre ich nichts als das.«

Sie nahm den Tee, den ihr eine Sklavin brachte.

Cheiku Hamadu und der Tukulor-Marabut verstehen sich nicht mehr, hatte Fatima gesagt. Sollte sie nicht besser Tiékoro warnen und ihn bitten, vorsichtig zu sein? Ihr Sohn war in Hamdallay. Er durfte nicht Opfer von Konflikten werden, von denen man in Segu kaum etwas wusste. Aber würde Tiékoro auf sie hören? Er war entschlossen, alles für Gottes Ehre und die des Tukulor-Marabut zu tun. Und in zweiter Linie auch für die eigene!

4

Ob fetischgläubig oder nicht, das Volk von Segu drängte sich an den Straßenrändern, um den Zug von El-Hadj Omar vorbeikommen zu sehen. Er stand im Ruf, ein Magier zu sein, der außerordentliche Wunder vollbracht hatte. Es wurde erzählt, er habe in einen ausgetrockneten Brunnen das Wasser zurückkommen lassen und einer besiegten Stadt, die sich wegen Wassermangels zu ergeben drohte, Regen geschickt. Außerdem sollte er Kranke geheilt und Sterbende durch bloßes Handauflegen und ein paar gemurmelte Worte ins Leben zurückgeholt haben. Man verglich diese Wunder mit den Taten der Schmiede und Fetischpriester aus Segu, und selbst die widerstrebendsten Leute mussten zugestehen, dass El-Hadj Omar die Fetischpriester übertraf. Unfruchtbare Frauen, die glaubten, dass seine Blicke ihnen helfen würden, wieder Kinder zu bekommen, Krüppel und unheilbar Kranke gebrauchten die Ellbogen, um einen Platz in der ersten Reihe zu bekommen. Die Blinden tasteten sich zwischen den Beinen der Leute hindurch, wobei sie ständig Klagen herunterleierten, um um Rücksicht zu bitten. Ein paar besonders gerissene Burschen boten für eine Kaurimuschel Kalebassen mit Wasser an, denn die Hitze war unerträglich. Die Tondyons überwachten die Hauptstraßen, aber der Mansa hatte ihnen den Befehl gegeben, nicht einzugreifen und die zahllosen Spione handeln zu lassen, die sich überall unters Volk gemischt hatten.

Nachdem Tiékoro den Mansa über die Ankunft des berühmten Gastes unterrichtet hatte, war er El-Hadj Omar zum Empfang mit einer kleinen Gruppe von Sklaven und

Soninke-Glaubensbrüdern nach Sansanding entgegengeritten; die Somono waren bei ihrer ablehnenden Haltung geblieben. Sie hatten sogar einen Brief von Cheikh El-Bekkay aus Timbuktu erhalten, in dem folgender Satz stand: »Unter dem Vorwand, den Islam zu erneuern, wird dieser Mann den Tod vieler Unschuldiger verursachen.«

Plötzlich war der Joliba schwarz von Pirogen, von Pferden, deren Mähnen im Wind flatterte, von Flößen, die mit Kühen, Schafen, Körben mit Geflügel, Männern und Frauen beladen waren. Die Menge, die sich vor den Stadtmauern drängte, stieß einen gewaltigen Schrei aus: »Sie kommen!«

Alle Leute, die noch in der Stadt geblieben waren, stürzten mit einem Mal zu den Stadttoren, um die Ankömmlinge zu sehen, sodass die Tondyons große Mühe hatten, sie in Schach zu halten.

El-Hadj Omars Zug bestand aus gut tausend Menschen – Schülern, Anhängern, Dienern, Frauen und Kindern. Die Vorhut bildeten Lanzenreiter aus Massina, die Cheiku Hamadu ihnen als Eskorte mitgegeben hatte. Sie trugen Kettenhemden, hohe weiche Stiefel und riesige Turbane aus schwarzer Seide. Aber die Tondyons weigerten sich, diese Feinde in Segu-Sikoro einzulassen, und so mussten sie von den Pferden steigen und am Ufer des Flusses ihr Lager aufschlagen. Es war so gut wie unmöglich, El-Hadj Omar selbst zu sehen. Zum einen, weil seine Begleiter zu zahlreich waren, zum anderen aber auch, weil sie ihn absichtlich abschirmten. Wer wusste schon, wo in dieser gottlosen Stadt, diesem Nest von Fetischanbetern, nicht alles Gefahr drohte? Ein Pfeil war schnell von einem Dach abgeschossen oder eine Kugel aus einer Doppelflinte, die man dann irgendwo verlassen im Staub finden würde. Daher blieb den Bewohnern von Segu nichts anderes übrig, als sich den Hals zu verrenken und sich beim Anblick eines jeden Fürstengesichts unter einem großen Turban oder eines Burnusses mit Posamenten zu fragen: »Ist er das? Ist er das?«

Die Eleganz und Schönheit der Frauen, von denen manche Prinzessinnen aus Syrien, Ägypten und Arabien sein sollten, ließ den Bewohnern Segus den Atem stocken. Man bewunderte die seidige Fülle ihrer langen schwarzen Haare unter dem Schleier, die warme Farbe ihrer Haut, die nicht so blass war wie die der Maurinnen. Die Tukulor-Frauen, die von ebenso graziler Eleganz waren wie die Fulbe-Frauen, unterschieden sich von diesen nur durch ihren Schmuck: Halsbänder mit länglichen Anhängern, die auf einen Baumwollfaden gezogen waren, Schläfenschmuck, der unter den Kopftüchern hervorschaute, und durchbrochene Filigranarmbänder aus einer Legierung von Kupfer und Feingold, die die Arme von oben bis unten bedeckten. Es war nicht zu leugnen, dass dieser Zug weitaus prunkvoller war als das Aufgebot des Mansa, wenn er den Palast verließ. Die alten Leute nutzten die Gelegenheit, um einmal mehr klarzustellen, dass es seit Monzon, Sohn des Makoro, keine gut aussehenden Männer mehr in Segu gab. Alles Schwächlinge wie diese *bimi*, die man nicht ganz zu unterwerfen vermochte.

Tiékoro ritt im Galopp neben dem großen Marabut. Ihm schien, sein Herz würde unter dem Druck der Gefühle, die ihn überwältigten, zerspringen. Glück, Stolz und Dankbarkeit gegenüber Gott, der ihm erlaubt hatte, einen solchen Tag zu erleben. Als der Herr des Krieges für das Gebiet um Dschenne, Amiru Mangal, ein im ganzen Reich hoch angesehener Mann von über achtzig Jahren, Massina verließ, hatte er El-Hadj Omar gebeten, ihm die Gunst zu erweisen, das Totengebet für ihn zu sprechen. Dann hatte er sich in ein Leichentuch gewickelt und wie ein Leichnam in eine Matte rollen lassen, damit der Marabut ihm diese höchste Ehre erweisen konnte. Wie gern hätte Tiékoro es ihm gleichgetan! Nicht mehr die Sonne aufgehen sehen nach diesem Tag, dem kein anderer an Glückseligkeit gleichkam. Ihm fehlte jetzt nur noch Nadié. Wie glücklich wäre auch sie gewesen! Was für einen Weg hatte er seit dem Tag zurückgelegt, an dem er sie in jenem stinkenden Hof wie ein Tier besessen hatte! Seit jener erbärmlichen Spelunke in Timbuktu! Er hoffte nur, El-Hadj Omar würde Segu nicht verlassen, ohne ihm zuvor einen Titel verliehen zu haben, der seine Laufbahn krönte. Er war bereits El-Hadj*. Also vielleicht Alim** oder Halifa***? Andererseits war er kein Anhänger des Tidjani-Weges. Wie all jene, die in Timbuktu studiert hatten, gehörte er der Kadiriya Kunta an. Sollte er sich mit der Tidjaniya vertraut machen? Aber wenn er das tat, bestand dann nicht die Gefahr, dass er Cheiku Hamadu vor den Kopf stieß? Er seufzte und gab seinem Pferd, das allmählich den Anschluss verloren hatte, die Sporen.

Plötzlich zuckten Blitze über den Himmel, der wie an jedem Morgen in der Trockenzeit von strahlendem Blau war, gefolgt von so heftigen Donnerschlägen, dass die Mauern mehrerer Anwesen in sich zusammenfielen, während sich gleichzeitig ein gähnender Spalt in der Nordwand des Palastes des Mansa auftat. Die Menge schrie entsetzt auf. Tausend Köpfe hoben sich, um das undurchdringliche Gewölbe abzusuchen, aus dem jetzt ein brennend heißer Regen, rot wie das Blut eines Verletzten, niederströmte. Das dauerte nur wenige Minuten, sodass die Bewohner von Segu es für einen Traum hätten halten können, wenn sie nicht auf ihren Körpern und Kleidern

* Titel eines Mekka-Pilgerers.
** Gelehrter.
*** Offizieller Vertreter des Islam.

deutlich sichtbare Spuren davon zurückbehalten hätten. Man brauchte kein Schmied und Fetischpriester und mit den dunklen Mächten vertraut zu sein, um diese Zeichen zu deuten. Der Tukulor-Marabut würde in Segu Blut fließen lassen. Aber wann und wie? Die Menge floh in wildem Durcheinander vor den Pferden, deren Getrappel wie Siegestrommeln dröhnte. Die Bewunderung wich Entsetzen, und man war nahe daran, den Mansa dafür zu tadeln, dass er El-Hadj Omar in die Stadt gelassen hatte. Tiékoro betrachtete verzweifelt seinen rot befleckten Burnus. Auch wenn er sich noch so sehr vom Aberglauben seines Volkes gelöst hatte, spürte er doch, dass nun die Ahnen ihrem Unwillen Ausdruck verliehen hatten. Er blickte auf die menschenleeren Straßen und hatte plötzlich Angst. In diesem Augenblick wandte sich El-Hadj Omar um und lächelte ihm zu, und zum ersten Mal bemerkte Tiékoro die Grausamkeit, die in diesem scharf geschnittenen, kantigen Gesicht lag. Dieser Mann war gewiss eine bedeutende Persönlichkeit, der Gott eine große Rolle für den Islam zugedacht hatte. Aber zu welchem Preis? Wie viele Leichen? Wie viele Totenklagen?

Sie gelangten zum Anwesen der Traoré. Sklaven stürzten herbei, um die Pferde zu versorgen, das Gepäck der Ankömmlinge wegzutragen und den Frauen die Kinder abzunehmen, die diese auf dem Rücken oder auf der Hüfte trugen. Unterdessen trafen andere die letzten Vorbereitungen, um den Gästen große Schüsseln mit Kuskus und Fleischgerichten vorzusetzen, zu denen Fruchtsäfte serviert wurden, denn der Islam verbot fermentierte Getränke. Das Wasser in den Krügen war mit Minze oder Ingwerschalen parfümiert. Weiße und rote Kolanüsse wurden in Körbchen angeboten. An jede Einzelheit hatte man gedacht, und dennoch war Tiékoro beklommen zumute, und er war unzufrieden wie die Gattin im Märchen, die sich plötzlich vor ihrem Gefährten fürchtet. Er erinnerte sich an das Gespräch, das Maryem mit ihm begonnen hatte. Sie hatte versucht, ihn zu warnen. Aber er hörte eben nie auf diese Frau, die zu schön und von zu hoher Geburt war und die, wenn er sie gelassen hätte, alles beherrscht hätte, auch ihn. Er musste sie unverzüglich befragen. Aber würde ihm die Anwesenheit des Marabut Zeit dazu lassen?

»Modibo Umar Traoré, es gibt zwei Arten von Ungläubigen: jene, die Götzen und heidnische Gottheiten anstelle des wahren Gottes verehren, aber auch jene, die heidnische Praktiken mit den Praktiken des Islam vermischen. Bist du sicher, dass du nicht zu der zweiten Gruppe gehörst?«

Tiékoro verschlug es den Atem, während der Tukulor-Marabut mit freundlicher Miene, die in schroffem Gegensatz zum Ernst seiner Worte stand, fortfuhr: »Nicht direkt natürlich, aber indem du es denen, die unter deinem Dach wohnen, erlaubst. Du kennst das Wort: ›Wenn sich der Islam mit dem Polytheismus vermischt, kann er nicht in Betracht gezogen werden.‹ Kannst du schwören, dass deine Brüder, ihre Frauen, ihre Söhne und ihre Töchter keine Götzen verehren? Und selbst die jungen Leute, die du in deiner Zauia unterrichtest?«

Tiékoro senkte den Kopf. Was sollte er darauf erwidern? Er wusste sehr genau, dass der Islam in seiner Familie und selbst bei seinen Schülern nur oberflächlich war. Aber er hatte die Hoffnung, dass er sich vertiefen, allmählich Wurzeln schlagen und die Herzen grundsätzlich verändern würde. Der Marabut sagte unnachgiebig: »Wer *muwalat** mit Ungläubigen unterhält, wird selbst ein Ungläubiger!«

* Bande der Solidarität und Freundschaft.

Tiékoro fiel auf die Knie und fragte: »Meister, was soll ich tun?«

El-Hadj Omar antwortete nicht direkt auf seine Frage: »Weißt du, dass Cheiku Hamadu anders ist, als du glaubst? Er hat den Tidjanisten in Massina bei einem widerrechtlichen Überfall Hab und Gut weggenommen. Überall im Reich gibt es Streitigkeiten unter den Clans und alle möglichen Intrigen … Das ist der Niedergang des Islam.«

Eine Weile schwiegen beide. Der Boden der großen blättergedeckten Hütte war mit einem marokkanischen Teppich ausgelegt, und an den Wänden hingen Behänge aus Brochégeweben. Mehrere, fünfzig Zentimeter breite Bahnen stellten abwechselnd rote und grüne Arkaden dar und waren mit arabischen Schriftzeichen versehen. Stearinkerzen vermischten ihr Licht mit dem Schein von Karitefettlampen, die auf Hockern mit einfarbig bestickten Deckchen standen. Der Duft von Räucherkerzen und aromatischen Pflanzen war stärker als der Geruch des Pfefferminztees, den Sklavinnen, die eigens für diesen Anlass weiße Seidenbubus trugen, auf ziselierten Kupfertabletts servierten. El-Hadj Omar fuhr fort: »Umar Traoré, hast du *Djawahira el-Maani* gelesen?«

Tiékoro musste gestehen, dass er es nicht gelesen hatte.

»Lies es aufmerksam. Lass dich von seiner Weisheit durchdringen. Komm anschließend zu mir.«

»Wo werde ich dich finden, Meister?«

»Das werde ich dir zu gegebener Zeit mitteilen.«

Tiékoro war völlig niedergeschlagen. Dieser Augenblick, auf den er so sehnsüchtig gewartet hatte, wurde für ihn zum Misserfolg. Der Tukulor-Marabut würdigte nicht, was Tiékoro allein in einem heidnischen Volk vollbracht hatte. Im Gegenteil, er warf ihm Laschheit und Toleranz vor. Was wollte er? Dass Tiékoro im Namen des

Dschihad seine Geschwister, seinen Vater und seine Mutter umbrachte? Jetzt war die Sache klar. Nicht nur, dass er Tiékoro keinen Titel verleihen würde, er behandelte ihn noch dazu wie einen Schuljungen! Tiékoro hätte sich verteidigen und all das aufzählen können, was er geleistet hatte, aber er war es leid. Wieder einmal war er zutiefst verbittert und enttäuscht. Warum ist das Leben nur ein schmaler Steg, der von Enttäuschung zu Enttäuschung führt? Wie zu sich selbst murmelte Tiékoro inbrünstig: »Ruf mich zu dir, o Gott! Wenn ich doch mit sieben Kleidungsstücken, in ein Leichentuch gehüllt, in eine Matte gerollt und auf der rechten Seite liegend, begraben sein könnte. Warum verweigerst du mir das?«

Es war Zeit für das Gebet zu Nachtbeginn, und alle kamen nach draußen, um sich in Richtung Mekka auf den Boden zu werfen. Plötzlich bemerkte Tiékoro die Silhouette von Tiéfolo, der umgeben von seinen Söhnen und jüngeren Brüdern mit gekreuzten Armen im Hof stand. Ihm wurde klar, dass es kein Zufall war und dass sie gegen die Anwesenheit des Tukulor-Marabut unter ihrem Dach öffentlich protestierten. El-Hadj Omar wandte sich an Tiékoro und murmelte mit seinem unnachahmlichen Lächeln: »Ich habe dir doch gesagt, Umar, wer *muwalat* mit Ungläubigen unterhält, wird selbst ein Ungläubiger ...«

Als Tiékoro niederkniete, berührte ihn ein Sklave am Arm. In seiner verzweifelten Wut und seinem Schmerz wollte Tiékoro den Unglückseligen schon anherrschen und schlagen, als dieser rief: »Vergib mir, Herr, aber soeben sind Boten des Mansa eingetroffen!«

Boten des Mansa?

Eine ganze Abordnung wartete im ersten Hof. Königliche Griots in grünen, mit roter oder dunkelblauer Seide gefütterten Samtjacken. Weiß gekleidete Ratsmitglieder mit Gehstöcken. Sklaven mit nacktem Oberkörper, die mit Geschenken beladen waren. Vor allem fiel Tiékoro jedoch auf, wie viele Amulette und Talismane sie an Armen, Beinen, Hals und Hüfte trugen, als wollten sie damit jeden Zweifel ausräumen, welchem Lager sie angehörten. Segu widersetzte sich dem Islam. Der Berater Mande Diarra ergriff das Wort: »Hier sind Geschenke, die der Mansa deinem Gast sendet. Der Mansa möchte ihn morgen im Palast empfangen. In deiner Begleitung natürlich.«

Tiékoro wurde immer verwirrter. Würde der Tukulor-Marabut angesichts der unversöhnlichen Stimmung, in der er sich zu befinden schien, zustimmen, einen götzendienerischen Herrscher zu treffen und ihm vor allem den Respekt zollen, den jener erwartete? Tiékoro stammelte: »El-Hadj Omar betet gerade, ich kann ihn dabei nicht stören. Ich werde dir seine Antwort morgen früh ausrichten lassen.«

Mande Diarra blickte seine Begleiter an, als wolle er sie als Zeugen nehmen, und fragte: »Traoré, hast du den Verstand verloren? Dein Herrscher ruft dich, und du reagierst mit Widerwillen?«

Zu viele Dinge hatten sich seit dem Morgen ereignet. Tiékoro war außer sich, nicht mehr fähig, diplomatisch zu sein. Er entgegnete schroff: »Ich habe keinen andern Herrn als Allah!«

Ein entsetztes Schweigen breitete sich aus. Hätte Tiékoro einen Kult entweiht, ein Verbot übertreten oder einen Schwur gebrochen, all das wäre nicht so schlimm gewesen wie öffentlich zu versichern, dass er dem Mansa nicht ergeben war. Mande Diarra, der den Übertritt zum Islam immer als Zeichen des Wahnsinns angesehen hatte, hatte Mitleid mit ihm und flüsterte: »Bitte um Verzeihung für deine Worte, Tiékoro Traoré! Ich habe genügend Achtung für deine Familie, um überzeugt zu sein, dass ich deine Worte nicht gehört habe ...«

Aber Tiéfolo, seine Söhne, seine Brüder und die Söhne seiner Brüder waren inzwischen dazugekommen. Jetzt stand Tiékoros Ehre auf dem Spiel. Er warf einen hochmütigen Blick auf die Anwesenden und schloss sich wortlos seinen Glaubensbrüdern an, die ins Gebet vertieft waren.

Er presste seine Stirn in den feinen, sorgfältig gefegten Sand und wünschte sich wieder zu sterben. Was war ihm bloß für ein Leben beschieden! Nach außen hin schien es vielleicht erfolgreich zu sein, tatsächlich jedoch war es voller Reue und Enttäuschung. Was bedeuteten schon Frauen, Söhne, Töchter, volle Speicher und Haustiere, wenn das Herz bitter ist wie die Rinde des Zedrachbaumes? Und konnte es anders sein, solange er noch seine körperliche Hülle mit sich schleppte? Tiékoro sagte wieder zu sich selbst: »Erlös mich, mein Gott, damit ich zu dir kommen und die Seligkeit erfahren kann!«

Er hatte geglaubt, der Islam würde ihn von all den Praktiken erlösen, die ihn an der Religion seiner Väter entsetzten. Und jetzt begannen die Menschen, auch den Islam zu verderben wie ungezogene Kinder, die alles kaputtmachen, was sie anfassen. Kadiriya, Suhrawardiya, Shadiliya, Tidjaniya, Mewlewi ... Hatte Allah nicht gesagt: »Lass den Menschen ihre eitlen Spiele?«

Unterdessen waren die Gefährten des Marabut mit dem Aufsagen der Gebete des tidjanistischen *wird** fertig. Da Tiékoro auf dem Boden liegen blieb, glaubte El-Hadj Omar, er denke über die Unterhaltung nach, die sie soeben gehabt hatten, und ging in seine Hütte, ohne Tiékoro zu stören. Als Tiékoro schließlich den Kopf hob, erblickte er im Schatten eines der Bäume des Anwesens eine Gestalt. War es der Tod? Endlich! Aber der Schatten bewegte

* Gebete, die sich aus Koranauszügen zusammensetzen.

sich: Es war nur Siga. Tiékoros schlechte Laune kam mit einem Mal zurück, und er sagte barsch: »Bist du auch schon da? Bist du vielleicht ein Abtrünniger?«

Siga erwiderte hastig: »Pass auf, Tiékoro. Es ist ein Komplott gegen dich im Gang. Wenn du morgen mit dem Marabut in den Palast gehst, wird der Mansa euch festnehmen lassen. Noch habt ihr Zeit zu fliehen. Wenn ihr Segu sofort verlasst, könnt ihr bei Tagesanbruch in Massina in Sicherheit sein.«

Aber noch während Siga das sagte, wusste er, dass er seine Zeit vergeudete. Tiékoro war zu stolz, um vor der Gefahr zu fliehen. Im Gegenteil, das würde ihn nur noch mehr anstacheln. Tiékoro schob den Arm unter den Ellbogen seines Bruders, und diese einfache, freundschaftliche Geste überraschte Siga. Tiékoro sagte: »Lass uns ein wenig durch die Stadt gehen, ja?«

Die Nacht hatte Segu umschlossen, nur die Geräusche wollten nicht verstummen. Hinter jeder Mauer erzählten Stimmen flüsternd die unglaublichen Ereignisse dieses Tages. Man rechnete mit dem Schlimmsten. Mit einem unerhörten Wunder des Marabut, das die Stadt in Schutt und Asche legen und die Wasser des Joliba anschwellen lassen würde, sodass die Strömung Hütten, Bewohner und Tiere mitreißen würde. Siga spürte die Verzweiflung seines Bruders, und da er nicht wusste, was er sagen sollte, schlug er vor: »Komm, lass uns zu Yankadi gehen und etwas trinken! Ob Moslem oder nicht, manchmal muss ein Mann einfach trinken ...«

Tiékoro stützte sich stärker auf Sigas Arm und flüsterte: »Wenn mir etwas zustößt, heirate Maryem, da sie sich so gut mit Fatima versteht, und vor allem kümmere dich um Mohammed. Ich spüre, dass er mir ähnlich ist: Er wird nie glücklich sein.«

Siga suchte vergeblich nach tröstenden Worten. Er

wusste, dass sein Bruder in höchster Gefahr war. Sie gelangten an den Joliba, der sich wie ein schwarzes Band zwischen den verschlafenen Booten der Somono-Fischer hinzog. Am anderen Ufer des Flusses sah man die Lagerfeuer der Lanzenreiter aus Massina leuchten, sodass der Busch zu einem unwirklichen Hintergrund verwandelt wurde. Siga fragte seufzend: »Glaubst du, dass dein Allah das wert ist?«

Tiékoro antwortete ohne Zorn: »Lästere Gott nicht!«

»Das ist keine Gotteslästerung. Kommen dir nie Zweifel?«

Tiékoro schüttelte im Dunkeln den Kopf. Siga glaubte, dass schon wieder der Stolz aus ihm sprach, doch Tiékoro log nicht. Wenn er etwas wirklich besaß, dann den Glauben. Der hatte ihn natürlich nicht davon abgehalten, ein elender Sünder zu sein, aber er war vom Glauben so erfüllt wie seine Adern mit Blut. Der Glaube ließ sein Herz schlagen und bewegte seine Arme und Beine. Seit jenem Tag, an dem er an einer Straßenecke den Ruf des Muezzins der Mauren gehört, neugierig die Moschee betreten und einem alten Mann gegenübergestanden hatte, der Koranverse auf eine Tafel schrieb, wusste er, dass Allah der einzige wahre Gott ist. Tiékoro setzte sich auf einen Bootsrand und sagte ruhig und unbeteiligt: »Ja, heirate Maryem. Für Adam und Yankadi lass die Familie entscheiden, aber bestehe darauf, Maryem zu nehmen. Ich werde in Frieden gehen können, wenn ich weiß, dass sie bei dir ist ...«

Siga wurde durch diese, wenn auch reichlich späte, Ehrerweisung zu Tränen gerührt. Er blickte Tiékoro an. Jetzt, da sein Bruder möglicherweise bald sterben würde, wurde Siga klar, dass Kumaré damals Recht gehabt hatte. Tiékoros Schicksal war untrennbar mit seinem eigenen verbunden, wie der Tag mit der Nacht. Wie die Sonne mit dem Mond, da diese beiden Gestirne die Erde in Licht tauchen und so das Leben ermöglichen. Tiékoro war mit Ehren überhäuft worden, aber er hatte auch großen Kummer erlitten. Siga dagegen hatte geduldig die Mittelmäßigkeit ertragen, mit kleinen Enttäuschungen und kleinen Freuden. Aber jetzt standen sie beide mit leeren Händen da. Besiegt.

Besiegt? War Tiékoro besiegt? Siga blickte hinüber zu den Feuern der Lanzenreiter aus Massina auf der anderen Seite des Joliba, und diese Feuer vor der Stadt kamen ihm wie ein Symbol vor. Das Feuer des Islam, das von den Fulbe und den Tukulor verbreitet wurde, würde schließlich Segu in Brand stecken. Diese Überzeugung gab Tiékoro seine Gewissheit und seinen Stolz. Früher als die anderen hatte er die Entwicklung vorausgesehen.

Die beiden Brüder gingen in die Stadt zurück. Aus den Schenken kamen die *dolo*-Trinker und übertrieben im Dunst der Trunkenheit die Ereignisse des Tages. Sie vervierfachten die Stärke der Eskorte des Marabut, verzehnfachten die Zahl seiner Schüler und seines Gefolges und verhundertfachten die seiner Frauen. Angeblich war ein ganzer Flügel des Königspalasts eingestürzt und waren Blutklümpchen vom Himmel gefallen. Ihre Phantasie und ihr Bedürfnis zu träumen, überrascht und erschreckt zu werden, fanden an diesem außergewöhnlichen Tag reichlich Nahrung.

5

Die Stadt und das Reich erfuhren, dass der Mansa El-Hadj Omar, einige Moslems aus dessen Gefolge und Tiékoro Traoré hatte festnehmen lassen. Dadurch wurde der Mansa Tiéfolo, den die Leute nie sonderlich gemocht hatten, plötzlich sehr beliebt. Man fühlte sich an die großen Tage der früheren Herrscher erinnert, als die Tondyons noch Sieg um Sieg errangen und beutebeladen heimkehrten, während hinter ihren Pferden Gefangene in langen Reihen herstolperten. In ähnlicher Begeisterung versammelte sich nun die Menge auf dem Platz vor dem Palast. Doch kein Wort drang durch dessen dicke Mauern. Alles schien zu sein wie immer. Die Maurer besserten bereits den Riss aus, den der Donner am Tage zuvor verursacht hatte. Sklaven brachten Wasser oder Nahrungsmittel, Kaufleute und Handwerker kamen und gingen durch den Torbogen.

Niemand wusste genau, was geschehen war. Die einen sagten, der Mansa habe den Tukulor-Marabut und seinen Gastgeber aufgefordert, ihn in seinem Palast aufzusuchen, doch die beiden hätten sich geweigert. Daraufhin habe der Mansa sie holen lassen und in Ketten gelegt. Die anderen behaupteten, der Marabut und Tiékoro hätten sich freiwillig in den Palast begeben, aber der Herrscher habe, sobald sie dort gewesen wären, den Befehl gegeben, sie festnehmen zu lassen. Was für ein Verbrechen hatten sie begangen? Sie hatten natürlich den Sturz des Mansa geplant. Im geeigneten Moment sollte die Schwadron der Lanzenreiter aus Massina weitere Soldaten, die sich auf der anderen Seite des Flusses versteckt hielten, als Verstärkung holen, und dann hätten alle Bewohner von Segu das furchtbare Glaubensbekenntnis ablegen müssen: »Außer Allah gibt es keinen Gott!« Sonst wäre ihnen der Kopf abgeschlagen worden!

Als die Nachricht bekannt wurde, ging Nya in ihre Hütte, während die anderen Frauen schrien und sich im Staub wälzten. Sie zog ihre kostbarsten dunkelblauen Wickeltücher aus festem Stoff an, legte Bernstein- und Perlenhalsketten an und steckte einen Reifen in ihr ergrautes Haar. Als sie wieder in den Hof kam, musste jeder daran denken, dass sie einst die schönste Frau ihrer Generation gewesen war, und auch die würdevollste. Selbst das Alter hatte nicht viel mehr ausgerichtet, als hier und dort eine Falte einzugraben, ihr Fleisch erschlaffen und ihren Hals, der früher dem einer *impala** geglichen hatte, faltig werden zu lassen. Ihre jüngsten Söhne versuchten, sie zurückzuhalten, doch Nya schob sie sanft beiseite.

Nya machte sich auf den Weg zum königlichen Palast. Während sie durch die Straßen ging, kamen die Leute aus ihren Anwesen, und es war eigenartig, dass selbst jenen, die Tiékoro hassten, die Tränen in die Augen traten, als sie seine Mutter vorbeigehen sahen. In Windeseile verbreitete sich die Nachricht, dass Nya Kulubari, Tochter von Fale Kulubari und Witwe von Dusika Traoré, den Mansa zur Rechenschaft ziehen wollte. Sogleich besangen Griots, die den Stammbaum der beiden Familien kannten, die Heldentaten von deren Ahnen und bildeten einen Zug, dem sich, teils aus Neugier, teils aus Mitleid, immer mehr Frauen, Männer und Kinder anschlossen.

Man benachrichtigte den Mansa, dass Tiékoro Traorés Mutter auf dem Weg zum Palast sei. Was sollte er tun? Sich weigern, sie zu empfangen? Das war unmöglich, sie war alt genug, um seine Mutter sein zu können. Sie herein-

* Gazelle

lassen? Dann würde sie weinen oder ihn anflehen, und wie sollte er ihren Tränen widerstehen?

Nach langem Hin und Her hatte der Griot Makan Diabate eine Idee: »Herr, lass ihr sagen, du seist krank, und bitte deine Frauen, sich mit ihr zu unterhalten.«

Dabei kam Nya weder, um zu weinen, noch um den Mansa anzuflehen. Sie wollte ihn nur um die Erlaubnis bitten, ihren Sohn zu sehen. In der letzten Nacht hatte Dusika ihr im Traum mitgeteilt, dass Tiékoro bald sterben würde. Daher wollte sie ihn noch ein letztes Mal an sich drücken. Was für ein Unglück ist es für eine Mutter, ihre Söhne begraben zu müssen! Eigentlich hätte er sie in die Leichenmatte rollen müssen, aber die Ahnen hatten es anders bestimmt. Umgeben vom Lärm der Musik, der Lobgesänge, Mitleidsbekundungen und tröstenden Worte ging Nya durch die Straßen und nahm von alledem nichts wahr. Sie sah im Geist Tiékoros ganzes Leben seit seiner Geburt noch einmal vor sich abrollen. Wie süß waren doch die ersten Schreie des ersten Kindes gewesen! Benommen von der Erinnerung an den Schmerz hatte sie zugesehen, wie die Matrone das kleine blutige, unansehnliche Wesen wusch, das bald ihr ganzer Stolz sein würde. Dann hatte die Matrone es ihr gegeben, und sie hatte mit den ersten Blicken, die sie mit dem Säugling gewechselt hatte, einen Pakt besiegelt: »Du wirst viele Frauen in den Arm nehmen. Du wirst vielen Männern die Hand schütteln. Du wirst mit den einen und den anderen ein Stück Wegs gehen. Du wirst dich von mir entfernen, und doch wird nichts und niemand für dich zählen außer mir, deiner Mutter ...«

Und nach dem Säugling der frühreife Junge, der sie mit Fragen bestürmt hatte: »Ba, was hält den Mond am Himmel?«

»Ba, warum sind die da Sklaven und wir Adlige?«

»Ba, warum mögen die Götter Hähnchenblut?«

Verwirrt und erschrocken über diese Fragen hatte Nya ihre Unwissenheit hinter einer gelassenen Miene verborgen: »Tiékoro, die Ahnen haben gesagt ...«

Sie hatte jeden Satz so angefangen, um sich hinter einer höheren Autorität zu verschanzen. Und dadurch, dass er ständig gefragt, Dinge in Zweifel gezogen und seine eigene Erklärung gesucht hatte, war er schließlich auf einen gefährlichen Weg geraten. Doch Nya dachte nicht daran, Tiékoro zu tadeln. Sie war nicht da, um über ihn zu urteilen, sondern um ihn zu lieben.

Als Nya die erste Vorhalle betrat, kam die Bara Muso, gefolgt von drei oder vier Nebenfrauen und Griots, auf sie zu, verbeugte sich und sagte: »Mutter von Söhnen, du bist gewiss müde, komm und ruh dich aus ...«

Nya folgte ihnen in die Gemächer der Frauen. Außer den Soldaten, die sie beschützen, und den Griots, die sie besingen sollten, war den Männern der Zugang zu diesem Teil des Palastes verwehrt. Er war durch eine mit spitzen Hartholzpflöcken gespickte Mauer mit nur einem einzigen Tor aus Zedrachholz gesichert, das in einem schweren Rahmen hing. Im ersten Hof standen strohgedeckte Hütten. Daneben lagen im Schatten einiger Bäume Matten, Teppiche und Kissen auf dem Boden, außerdem befanden sich dort ein paar mit dicken Baumwolldecken bezogene Bambusbetten. Die Bara Muso wies auf eine dieser Sitzgelegenheiten, und kaum hatte Nya Platz genommen, kamen Sklavinnen und boten ihr frisches Wasser an, massierten ihr Füße und Knöchel oder fächelten ihr die Stirn. Höflich ließ Nya sie gewähren. Nach einer Weile fragte sie: »Sag mir, warum empfängt mich dein Gatte nicht?«

Die Bara Muso senkte den Blick und antwortete: »Er ist krank, Mutter! Nach dem Essen fühlte er sich nicht wohl und musste brechen.«

Nya war klar, dass sie log, aber sie wollte die Bara Muso nicht kränken und murmelte daher: »Mögen die Ahnen ihm baldige Genesung gewähren! Hat man ihm einen Brei aus Affenbrotmehl gegeben?«

Die Bara Muso versicherte, dass sich sechs Heilkundige um ihn bemühten. Nya wandte ihr den Kopf zu und fragte: »Meine Tochter, hast du Söhne?«

Die Bara Muso fürchtete sich jedoch vor einem Gespräch dieser Art und überlegte noch, wie sie ihm eine andere Wendung geben könnte, als Nya bereits fortfuhr: »Was haben wir nur für eine schreckliche Rolle! Während uns unsere Töchter Reichtum, Freude und Enkelkinder schenken, überhäufen uns unsere Söhne mit Sorgen, Qualen und Kummer. Sie suchen den Tod im Krieg. Wenn sie ihn dort nicht finden, durchstreifen sie die Welt auf der Suche nach ihm, und eines Morgens kommt ein Fremder und teilt uns mit, dass sie nicht mehr leben. Oder sie beginnen, das zu zerstören, was unsere Väter aufgebaut haben, und erzürnen die Ahnen. Manchmal frage ich mich, ob sie wohl an uns denken. Was meinst du?«

Die Bara Muso hielt die Tränen zurück und sagte: »Mutter, ich verspreche dir, wenn es in meiner Macht steht, wird deinem Sohn nichts geschehen ...«

Nya lachte verbittert, wenn auch nachsichtig, und entgegnete: »Wenn es in deiner Macht steht? Wir haben keinerlei Macht, meine Tochter!«

Währenddessen hatte sich der Mansa mit seinen Beratern und Griots zu einer Besprechung zurückgezogen. Die königlichen Fetischpriester waren sich einig: Man durfte dem Tukulor-Marabut nichts antun, sondern musste ihn so schnell wie möglich freilassen. Sie rieten dazu, ihn unter strenger Bewachung bis an die Grenzen des Reiches zu geleiten. Und dort sollte man ihm klar machen, dass er den Boden des Reiches nie wieder betreten dürfe.

Der Mansa hätte dagegen lieber den Moslems eine deutliche Lehre erteilt und diesen falschen Propheten hinrichten lassen. Was hatte er dadurch zu befürchten?

Seine Spione hatte ihm berichtet, dass El-Hadj Omar und Cheiku Hamadu inzwischen verfeindet waren, auch wenn die Gründe für dieses Zerwürfnis nicht bekannt waren. Daher würde sich Massina nicht rühren, wenn man den Tukulor umbrachte. Warum wollten ihn also seine Berater vom Handeln abhalten? Wollte man vielleicht El-Hadj Omar Zeit geben, ein großes Heer aufzustellen und wiederzukommen, um Segu anzugreifen? War es das?

Der Ratgeber Mande Diarra nahm allen Mut zusammen und sagte: »Herr, es reicht, die Feinde im Innern des Landes zu vernichten, all jene, die Segu islamisieren und dich stürzen wollen. Hab kein Mitleid mit diesem Tiékoro zum Beispiel. Was aber die Feinde von außen angeht, hat sich Segu nicht immer gegen sie behaupten können? Wenn der Tukulor wiederkommt, nun, dann wird ihn eben dasselbe Schicksal erwarten wie den Kuhhirten aus Fittuga ...«

Im Morgengrauen, als die Bewohner von Segu noch schliefen, geleiteten mehrere Abteilungen Tondyons den Tukulor-Marabut und sein Gefolge an die Grenzen des Reiches in Richtung Kankan. Die Lanzenreiter aus Massina, die von ihrem Befehlshaber die ausdrückliche Weisung erhalten hatten, die Bambara nicht anzugreifen, stiegen auf ihre Pferde und ritten zu ihrer Ausgangsstellung zurück. Und um das Maß voll zu machen, gingen die Tondyons zu den Bambara, die zum Islam übergetreten waren, und steckten sie in die Gefängnisse des Palastes. Die Tondyons behelligten jedoch nicht die moslemischen Soninke und Somono, zum einen, weil diese nicht am Empfang für

El-Hadj Omar teilgenommen hatten, und zum anderen, weil sie wegen ihres Handels dem Mansa hohe Steuern zahlten.

Das meiste Aufsehen erregte jedoch die Zerstörung von Tiékoros Zauia. Soldaten zertrümmerten die Mauern, stürzten die Hütten um, die als Schlaf- und Essräume gedient hatten, sowie die Wetterdächer, unter denen Unterricht und Meditation stattgefunden hatten. Dann schichteten sie trockenes Holz auf und steckten alles in Brand. Sie warfen auch Tiékoros Handschriftensammlung in die Flammen, rissen aber vorher ein paar Seiten heraus, um daraus Amulette herstellen zu lassen, und steckten sie in die Tasche.

Tiékoro verfolgte dank der Erzählungen seiner Wärter, mit denen er sich angefreundet hatte, diese Ereignisse aus seiner Zelle heraus. Im Allgemeinen wird der Mensch im Gefängnis zum Tier. Er geht auf und ab, tobt, brüllt und schimpft oder versucht, sich auf primitive Weise umzubringen. Tiékoro tat nichts von alledem. Er verbrachte seine Zeit im Gebet, rollte die Perlen seiner Gebetsschnur durch die Finger, wobei auf seinem Gesicht ein solch entrückter Ausdruck lag, dass die Wärter überzeugt waren, er stehe mit den Geistern in Verbindung. Daher nahmen sie alle die Gelegenheit wahr, ihn um etwas zu bitten: Einer wünschte sich berufliches Weiterkommen, ein anderer die Rückkehr seiner Frau, die nach der letzten Tracht Prügel zu ihrer Familie geflüchtet war, und ein dritter die Geburt eines Sohnes. Tiékoro lachte: »Brüder, ich kann nur für euch beten. Ich übe keine Magie aus!«

Seit Nyas Besuch war er völlig zur Ruhe gekommen. Er hatte seinen Kopf in ihren Schoß gelegt, und sie hatte sein geschorenes Haupt gestreichelt wie damals, als er noch ein Kind war. Von ihrem Geruch umgeben, hatte er sich in jene selige Zeit zurückversetzt gefühlt, als er noch in ihrem Leib war, und geflüstert: »Sorg dafür, dass Maryem Siga gegeben wird. Alles Übrige überlasse ich dir.«

Nya hatte seufzend erwidert: »Glaubst du, dass Maryem dem zustimmt? Ach, Tiékoro, ich sehe große Probleme auf die Familie zukommen!«

Das war der einzige leise Vorwurf, den sie ihm machte, aber er verletzte Tiékoro zutiefst.

Inzwischen wartete Tiékoro auf den Tod, wie man auf eine Verlobte wartet, deren Gesicht man nie gesehen, die aber den Ruf hat, sehr schön zu sein. Er bemühte sich, El-Hadj Omars Vorwürfe zu vergessen und nur an die Worte zu denken, die Mustapha al-Rammasi in der *Hasiya** geschrieben hat: »Gott – er sei gelobt und gepriesen! – hat gewollt, dass der Glaube eine unabwendbare Konsequenz hat, und diese Konsequenz ist die ewige Seligkeit.«

Bald würde er seinem Gott gegenüberstehen. Die Wärter, die Tiékoros Zelle bewachten, hießen Seba und Bo. Seba hatte ihn gebeten, die Rückkehr seiner Frau zu bewirken, und Bo hatte sich die Geburt eines Sohnes gewünscht. Und nun stellte sich heraus, dass Seba, als er nach Hause kam, seine geflohene Ehefrau, offensichtlich reuevoll und ergeben, im Hof sitzen sah. Und Bo teilte man mit, dass ihm endlich, nach zehn Töchtern, ein Sohn geboren war. Das genügte, um die beiden Männer an ein Wunder glauben zu lassen und sie davon zu überzeugen, dass Tiékoro tatsächlich mit den Geistern im Bunde stand. Bald wusste ganz Segu, dass Tiékoro ein Magier war, der die größten Fetischpriester an Macht übertraf. Seba und Bo erzählten jedem, der es hören wollte, von diesen seltsamen Sitzungen: »Er arbeitet nur mit seinem Kopf. Er gibt dir nichts zu trinken und nichts, womit du deinen Körper einreiben musst. Alles nur mit seinem Kopf ...«

* Eines der wichtigsten Bücher des Islam.

Die beiden Männer ließen sich für einige Kaurimuscheln oder ein paar Maß Hirse überreden, Tiékoro Gesuche zu übermitteln, bis es schließlich auch den Spionen des Mansa zu Ohren kam.

Infolge des Drucks, den die Bara Muso nach Nyas Besuch auf den Mansa ausübte, zögerte dieser, Tiékoro zum Tode zu verurteilen. Manchmal dachte er daran, Tiékoro ein paar Jahre lang in seinem Kerker schmoren zu lassen, um ihn dann, wenn er zur Vernunft gekommen war, seiner Familie wiederzugeben. Manchmal wollte er ihn auffordern, öffentlich dem Islam abzuschwören, aber würde sich dieser hochmütige Kerl darauf einlassen? Und dann wiederum dachte er daran, Tiékoro in das entlegene Gebiet von Bagoé zu verbannen. Aber als der Mansa erfuhr, dass Tiékoro noch im Gefängnis den Islam verbreitete – und zwar auf eine so spektakuläre Weise, die die Phantasie des Volkes anregte –, schloss er sich der Meinung seiner Ratgeber an.

Der Tag seiner Hinrichtung wurde festgesetzt.

Nur eine einzige Kraft hielt Nya aufrecht, und das war ihre Liebe zu Tiékoro. Als sie erfuhr, dass er sterben sollte, wurde dadurch ihr Leben gleichsam überflüssig. Wozu noch die Sonne bewundern, wenn er sie nicht mehr sehen würde, sich an ein Feuer setzen, wenn es ihn nicht mehr wärmen würde, eine Mahlzeit genießen, wenn er sie nicht mehr mit ihr teilen könnte? Wenn Dusika noch gelebt hätte, hätte Nya vielleicht noch an der Gesellschaft ihres alten Gefährten Halt finden können, aber Dusika war tot. An ihrer Seite befand sich nur noch Diémogo, der so greisenhaft war, dass man sich fragte, wann der Tod ihn endlich holen würde.

Und so brach Nya eines Tages in ihrer ganzen Größe zusammen. Wie ein Baum, der innen von Termiten und

Holzläusen zerfressen ist. Die Fetischpriester, die man sofort befragt hatte, wussten, dass sie nichts mehr für Nya tun konnten, aber sie eilten geschäftig hin und her, um die Familie noch im Glauben zu lassen, sie könnten die geistigen Kräfte zurückholen, die Nyas Körper verließen. Sie lag unbeweglich auf ihrer Matte, kurzatmig und den Kopf zur Tür ihrer Hütte gewandt, als lauschte sie den Worten der Familienangehörigen, die sich sofort dort versammelt hatten, nachdem sie von Nyas Zusammenbruch erfahren hatten, und, um sie zum Leben zu ermutigen, wiederholten: »Nya, Tochter von Falé, deine Ahnen haben die Welt wie eine Sichel gekrümmt. Sie haben sie wie einen schnurgeraden Weg wieder aufgerichtet. Nya, komm zu dir!«

Irgendwann erwachte sie aus ihrer Benommenheit und flüsterte: »Ich will Kosa sehen ...«

Kosa war ihr jüngster Sohn, den sie nach ihrer Wiederverheiratung mit Diémogo bekommen hatte. Ein hübscher kleiner Kerl, lebhaft und kräftig wie viele Kinder, die von ihren Eltern noch im Alter gezeugt worden sind. Ängstlich und leicht verschreckt vom Geruch der Räucherkerzen, die den Geruch des nahen Todes nicht zu überdecken vermochten, trat Kosa näher. Was wollte man von ihm? Er setzte sich widerwillig auf die Matte zu seiner Mutter.

»Wenn du mich nicht mehr siehst, werde ich dennoch überall bei dir sein, noch näher, als sähest du mich ...«

Da alle weinten, begann auch Kosa zu schluchzen. Dann ließ Nya Tiéfolo rufen.

Sie hatte keinen Beweis dafür, dass er an der Verschwörung gegen Tiékoro beteiligt war, aber sie wusste, dass er mehrere Abende nacheinander zum Königspalast gegangen war, um sich mit dem Mansa zu unterhalten.

Tiéfolo betrat die Hütte ebenso zögernd wie der kleine Kosa, aber aus anderen Gründen. Er fürchtete sich nicht vor dem Aufgebot des Todes, sondern vor seiner eigenen Verantwortung. Er hatte geglaubt, für das Wohl der Familie zu sorgen, indem er Tiékoro wie eine gefährliche Macht, einen Unruhestifter, bekämpft hatte. Und nun würde Blut an seinen Fingern kleben. Er murmelte: »Mutter, du hast mich gerufen?«

»Wie geht es deinem Vater Diémogo?«

»Er wird die Nacht nicht überstehen ...«

Nya seufzte: »Dann werden sich unsere Seelen zusammen auf den Weg machen ...«

»Mutter, sag nicht so etwas ...«

Nya schien diesen Worten keine Aufmerksamkeit zu schenken. Ihre Augen hatten ihren ganzen Scharfblick wiedererlangt und waren nur leicht vom Kummer getrübt, als sie sagte: »Hör zu, die Leitung der Familie muss bedacht werden. Wenn sich der Rat versammelt, sorg dafür, dass Siga zum Fa ernannt wird ...«

Tiéfolo rief entrüstet: »Siga! Siga! Aber er ist der Sohn einer Sklavin ...«

Nya ergriff seine Hand und sagte: »Einer Sklavin, der großes Unrecht zugefügt worden ist! Erinnerst du dich nicht daran, wie sie gestorben ist? Außerdem hat Siga nicht viel Glück im Leben gehabt. Lassen wir ihm wenigstens diese Freude ...«

Tiéfolo betrachtete ihr altes Gesicht. Was für eine List heckte sie jetzt schon wieder aus? War das alles nicht nur ein Vorwand, um ihren Lieblingssohn zu rächen? Tiéfolo war weder ehrgeizig noch stolz. Aber er legte Wert darauf, dass die Regeln eingehalten wurden. Und als ältestem Sohn des letzten noch lebenden Bruders standen ihm Titel und Verantwortung des Fa zu. Aber zugleich empfand er Nya gegenüber ein solches Schuldgefühl, dass er zu allem bereit war, nur um ihr einen Gefallen zu tun. Er fügte sich und entgegnete: »Geh in Frieden, Mutter. Ich werde dem

Familienrat Siga als Fa vorschlagen. Er ist tatsächlich würdiger als ich ...«

Er konnte nicht verhindern, dass in den letzten Worten eine gewisse Bitterkeit mitschwang.

Dann ging er hinaus.

Je mehr er darüber nachdachte, desto leichter fand er sich mit Nyas Vorschlag ab. So würde man nicht sagen können, er habe Tiékoro ausgeschaltet, um seine eigenen Absichten verfolgen zu können. Er lehnte seine Stirn gegen den *dubale*-Baum im Hof, verletzte sich an der rauen Rinde und empfand wohlig den leichten Schmerz. Die Ahnen und Götter wussten es, er hatte den Tod seines Bruders nicht gewollt. Er hatte nur gehofft, dass der Mansa Tiékoro in irgendeine Provinz verbannen oder ihn zwingen würde, jegliche Verbindung zu den Moslems aus Massina und sonst wo abzubrechen. Wenn Tiékoro ins Jenseits kam, würde er schon merken, dass sein Bruder unschuldig war und ihn nicht mit seiner Rache verfolgen können. Er hatte nichts getan. Nichts. Er hatte nur gesehen, dass der Islam die Familie entzweit hatte: Die Söhne wurden bei den Feinden des Reiches erzogen, die Treuepflicht gegenüber dem Mansa wurde verletzt und die Bräuche der Ahnen mit Füßen getreten. Tiéfolo hörte sich weinen und wunderte sich, wie heftig er seufzte. Seit Tagen waren seine Augen trocken geblieben, und jetzt kamen ihm die Tränen in solchen Strömen, dass sie ohne weiteres den Joliba hätten versorgen können. Seit Nabas Verschwinden hatte er nicht mehr so geweint. Naba. Auch dessen Tod hatte er in gewisser Weise verursacht, indem er ihn zu jenem Jagdausflug mitgenommen hatte, von dem er nicht zurückgekommen war. Er hatte Dreck an den Händen. Sehr viel Dreck.

Er kniete nieder und sank ein wenig in das weiche Erdreich zwischen den riesigen Wurzeln ein. Über seinem

Kopf hörte er die schrillen Schreie der Fledermäuse, die über seinen Schmerz und seine Reue zu spotten schienen. Warum ist das Leben solch ein Sumpf, in den man ungewollt hineingezogen wird und aus dem man besudelt, mit klebrigen Händen, herauskommt? Wäre es nach ihm gegangen, wäre er nur ein Jäger, ein *karamoko*, geworden, der die wilden Tiere zu einem fairen Kampf voller Achtung und gegenseitigem Respekt herausforderte. Ach, warum sind die Menschen nicht so rein wie die Raubtiere!

Tiéfolo weinte lange.

Dann verließ er das Anwesen und machte sich auf den Weg zu Siga. Als er sich dem Haus seines Bruders näherte, fragte er sich, ob diese späte Ehre nicht die letzte Falle war, in die Siga stolperte. Die Niederlage in Form eines Sieges. Denn er würde sein Haus verlassen müssen und mit Fatima und den Kindern wieder in das Anwesen ziehen. Außerdem würde er seine Arbeit als Gerber aufgeben müssen, über die sich die Familie so aufregte und die wohl eines Fa in keiner Weise würdig zu sein schien. Damit wäre dann sein Misserfolg besiegelt.

Tiékoro würde sterben und Siga leben und sich Genugtuung dafür verschaffen, dass er immer im Schatten seines Bruders gestanden hatte. Aber was für eine traurige Vergeltung, sie hinterließ einen bitteren Geschmack.

6

Mohammed war auf dem Weg zum Speiseraum, als man ihm Mitteilte, dass seine Mutter ihn bei Cheiku Hamadu erwartete. Ein paar Tage zuvor hatte er von der öffentlichen Hinrichtung seines Vaters erfahren. Aber er hatte keine Träne vergossen. Im Gegenteil, sein Herz hatte sich mit Stolz erfüllt. Sein Vater war als Gläubiger gestorben, als Märtyrer des wahren Glaubens. Da Cheiku Hamadu sich verpflichtet hatte, Tiékoros Taten bekannt zu machen, würde sein Grab bald zu einer Pilgerstätte der Moslems werden. Mohammed hatte seine dünne Stimme unter die der Erwachsenen gemischt, die ihn umgaben, und gebetet: »Gott segne ihn und gebe ihm und seinen Nachfolgern in der ganzen Gemeinde bis zum Tage des Jüngsten Gerichts dauerndes, vollkommenes Seelenheil!«

Als Mohammed erfuhr, dass Maryem da war, wurde er wieder zu einem ungeduldigen, unbefangenen Kind und rannte los. Alfa holte ihn ein, hielt ihn am Arm zurück und flüsterte: »Vergiss nicht, dass sie nur die Mutter deines Leibes ist.«

Während Mohammed durch die Höfe ging, fand er die Haltung wieder, die der Situation angemessener war.

Als Maryem ihren geliebten Sohn wieder sah, weinte sie. Der Junge war sehr gewachsen und hatte jetzt fast die Größe eines Erwachsenen, aber er war unbeschreiblich dünn und bestand fast nur aus Haut und Knochen. Arme und Beine ähnelten den trockenen Zweigen des Kapokbaumes. Aber wie hübsch er gleichzeitig war! Seine Züge waren feiner geworden, weil sie jetzt etwas Vergeistigtes hatten, das seinen hellbraunen Augen, von sehr dunklen, dichten Wimpern umrandet, einen fast unerträglichen Glanz verlieh. Sein Haar, das er nicht wie andere Schüler von Cheiku Hamadu, die sich auf den Propheten beriefen, geschoren hatte, fiel in dichten Locken, und die Anmut seiner Bewegungen erinnerte an die Fulbe-Hirten. Mohammed wäre gern gerannt, um sich seiner Mutter in die Arme zu werfen und die Tränen zu trocknen, die ihr über die Wangen liefen, aber er wagte es nicht. Er wusste, dass ein solches Verhalten eines Mannes unwürdig war.

Cheiku Hamadu, der auf einer Matte in der Mitte des großen Ratssaales saß, sagte leise: »Deine Mutter berichtet uns gerade von den letzten Augenblicken deines Vaters. Ich möchte, dass du dabei bist, damit du von ihm lernst, wie man sterben soll.«

Maryem unterdrückte mit Mühe das Schluchzen: »Dann banden sie ihm, einem Adligen, die Ellbogen auf den Rücken und geißelten ihn. Das Blut lief ihm über den Rücken. Ich rief: ›Genug! Genug!‹ Aber niemand hörte mich. Anschließend ließen sie ihn auf ein Podest steigen, das sie vor dem Palast aufgebaut hatten. Mit einem Lächeln auf den Lippen blickte er ruhig nach allen Seiten. Der Henker, einer dieser brutalen Kerle, wie es sie nur bei den Bambara gibt, mit bestialischem Gesicht und blutrünstigen Augen, trat von hinten auf ihn zu und trennte ihm mit einem einzigen Säbelhieb den Kopf ab. Sein Körper fiel nach vorn. In doppeltem, langem Strahl spritzte das Blut aus seinem Hals …«

Maryem schwieg eine Weile, bevor sie fortfuhr: »Auf das Drängen seiner Mutter Nya haben sie uns seinen Leichnam gegeben. Aber das Schlimmste war, dass seine Familie eine fetischistische Zeremonie abhalten wollte. Sie haben, sie haben …«

Da das Schluchzen ihre Stimme erstickte, schaltete sich Cheiku Hamadu ein: »Denk daran, meine Tochter, dass es sich nur um seinen seelenlosen Körper handelte. Was macht das schon!«

Dann stand er auf und sprach mit getragener Stimme ein paar Worte des Trostes, wie nur er es vermochte. Mohammed fragte sich, wann man ihm erlauben würde, seine Mutter zu umarmen, aber niemand schien daran zu denken. Maryem, die sich auf den Boden geworfen hatte, erhob sich und wandte sich erneut an Cheiku Hamadu: »Vater, ich bin nicht nur zu dir gekommen, um dir von seinem Tod zu berichten. Der Familienrat ist zusammengetreten und hat beschlossen, dass ich Siga, dem Bruder meines verstorbenen Mannes, gegeben werden sollte. Ich habe nichts gegen diese Sitte einzuwenden, ich weiß, dass sie sinnvoll und gut ist. Aber Siga ist ein Fetischgläubiger, ja noch schlimmer, ein Abtrünniger, denn während seiner Lehrzeit in Fes war er zum Islam übergetreten. Kann man mich dazu zwingen, die Frau eines Fetischgläubigen und Abtrünnigen zu werden?«

Während dieser Worte leuchtete ihr stolzes Gesicht vor Zorn auf. Ihr weißer Schleier war nach hinten gerutscht und lag zwischen den schweren silbernen Halsbändern. Mohammed hätte am liebsten laut geschrien vor Bewunderung, weil er glaubte, dass sie von allen Anwesenden geteilt wurde. Aber als sein Blick auf Cheiku Hamadu fiel, wurde ihm klar, dass dieser verlegen war. Cheiku Hamadu sah die Mitglieder des Großen Rates fragend an, als erwartete er ihre Vorschläge. Schließlich ergriff Burema Khalilu das Wort: »Das Problem, das du uns darstellst, ist zweifellos sehr ernst, Maryem. Wie du gesagt hast, ist es gut und gerecht, dass eine Frau dem jüngeren Bruder ihres Mannes gegeben wird. Aber einem Abtrünnigen? Was schlägst du selbst vor?«

»Gebt mir eine Eskorte, damit ich zu meinem Vater zurückkehren kann.«

Die Mitglieder des Großen Rates sahen sich fragend an. Das war immerhin denkbar. Und sogar eine ausgezeichnete Möglichkeit, dem Sultan von Sokoto, der es gewiss nicht ertrug, seine Tochter in den Armen eines Abtrünnigen zu wissen, einen Gefallen zu tun. Maryem beging nur den Fehler, hinzuzufügen: »Ich habe meine Töchter mitgebracht. Jetzt fehlt nur noch mein Sohn.«

Obwohl der Islam den Menschen Zurückhaltung in Benehmen und Worten auferlegt, erhob sich nun Protestgeschrei. Seit wann gehört ein Sohn der Mutter? Ja, aber der Vater war tot, und die Familie des Vaters waren Fetischanbeter! Wem sollte man den Sohn also anvertrauen? So standen vielleicht zum ersten Mal die Rechte der Familie zu denen des Islam in Widerspruch. Man konnte in noch so vielen Werken großer Gelehrter nachschlagen, von Al-Buharis Sahíh bis zu Al-Ugharis *Alfiyyat al-Siyar**, nirgendwo war ein Hinweis für diesen speziellen Fall zu finden. Cheiku Hamadu erhob sich, klatschte in die Hände und sagte: »Lass uns allein, Maryem. Wir werden nachdenken und dir unsere Entscheidung mitteilen.«

Maryem wagte nicht zu protestieren und wollte sich bereits zurückziehen, als Cheiku Hamadu sich an Mohammed erinnerte und ihm freundlich bedeutete, ihr zu folgen.

Welches Kind, das fast ein Jahr lang von seiner Mutter getrennt war, ist nicht außer sich vor Freude, wenn es sie wieder sieht? Mohammed bedeckte ihre zarte, weiche Haut, die nach Haussa-Parfum duftete, mit Küssen. Er setzte sich auf ihren Schoß und zerknitterte ihre Schleier und Wickeltücher. Maryem lachte und vergaß darüber beinah die schrecklichen Tage, die hinter ihr lagen. Sie sagte: »Benimm dich, du bist doch kein Säugling mehr ...«

* Bücher von moslemischen Heiligen.

Dann rannte Mohammed zu seinen Schwestern. Wie entzückend die kleine Aida doch war, die noch ein Säugling gewesen war, als er Segu verließ. Sie lief, sprach ein paar Worte und klammerte sich aus Angst vor diesem unbekannten Bruder an die Wickeltücher ihrer Schwestern.

Zwischen zwei Küssen erkundigte sich Mohammed nach der Familie: »Und wie geht es meiner Mutter Adam?«

»Und meiner Mutter Fatima?«

»Und meinem Vater Siga?«

»Und meinem Vater Tiéfolo?«

Maryems Gesicht verzerrte sich, und sie sagte: »Sprich diesen Namen nie wieder aus, dieser Mann hat sich mit den Feinden deines Vaters verbündet!«

Tiékoros Tod hatte bei Maryem eine tief gehende Wandlung bewirkt. Hatte sie bis dahin immer bezweifelt, dass es Tiékoro mit seinem Glauben ernst war, und in allen seinen Handlungen ein hohes Maß an Eigenliebe zu erkennen geglaubt, musste sie nun plötzlich feststellen, dass sie ihn verkannt hatte. Nachträglich begann sie ihn wie einen Heiligen und großen Menschen zu verehren.

Nach dem Mittagessen ging die ganze Familie zu M'Pènè, um die Großmutter Sira zu begrüßen, auch wenn diese kaum noch etwas wahrnahm. Aber Maryem und M'Pènè fielen sich in die Arme und erzählten sich schon nach kurzer Zeit aus ihrem Leben. M'Pènè trauerte Tenenku nach, wo sie aufgewachsen war. Hamdallay war so streng, dass Cheikh El-Bekkay aus Timbuktu gekommen war, um Cheiku Hamadu Vorhaltungen zu machen. Aber Maryem schüttelte den Kopf und meinte, das sei immer noch besser als Segu: »Diese Fetischanbeter! Sie sind nur damit beschäftigt, sich gegenseitig zu schaden oder jemanden zu suchen, der ihnen geschadet hat ...«

Dann sprachen sie über das rätselhafte Zerwürfnis zwischen El-Hadj Omar und Cheiku Hamadu. Dabei waren beide doch Moslems! Wie war das möglich? Was war da eigentlich geschehen? M'Pènè wusste nichts Genaues. Ein Streit zwischen zwei Bruderschaften, sagte man. Tidjaniya gegen Kadiriya. Aber was steckte tatsächlich dahinter? Man flüsterte, dass El-Hadj Omar es auf den Handel der Gegend abgesehen hatte und politisch Einfluss nehmen wollte.

M'Pènè bot in Karitefett gebratene Reispfannkuchen und kleine Krapfen aus Bohnenmehl mit Honig an.

Als Maryem und die Kinder sich auf den Rückweg machten, wurde es bereits dunkel. Diese kalte Stadt voller leidender Kinder und mit einer Koranschule in jeder Straße ließ Maryem erschauern. An jeder Kreuzung riefen die Erleuchteten den Namen Allahs, auf einem Platz wurde ein Verurteilter gegeißelt. Angesichts solcher Szenen trauerte sie schon fast Segu nach. Sie verschwand in Cheiku Hamadus Anwesen.

Anscheinend war es dem Großen Rat nicht leicht gefallen, eine Entscheidung zu treffen, denn er hatte den ganzen Morgen getagt und sich am Nachmittag erneut versammelt, bis er schließlich seinen Urteilsspruch fällte. Man würde Maryem eine Eskorte und Geschenke mitgeben, damit sie nach Sokoto zurückkehren konnte, wie es ihrem Rang entsprach. Mohammed dagegen würde in Hamdallay bleiben. Sein Vater hatte ihn persönlich Cheiku Hamadu anvertraut, konnte man das nicht als letzten Willen eines Sterbenden ansehen?

Als Mohammed dieses Urteil hörte, schwanden ihm fast die Sinne. Es überlief ihn heiß und kalt. Ein Schleier legte sich über seine Augen, durch den er seine Mutter und seine Schwestern wie märchenhafte Inseln sah, von denen er für immer getrennt war. Warum nur, warum? Im Namen welchen Gottes? Er hätte am liebsten geschrien und Gott gelästert. Doch äußerlich verriet sein Verhalten nichts von diesem Aufruhr, und alle waren sich darin einig, dass er ein würdiger Sohn seines Vaters war.

Gegen Ende der Regenzeit wurde Mohammed krank. Vermutlich hatten ihm zu viele schmerzhafte Ereignisse wie der Tod seines Vaters und die Trennung von Maryem zugesetzt. Eines Morgens jedenfalls, als die Schüler ihre Bubus anzogen, nach draußen rannten, um die rituellen Waschungen vorzunehmen, und dann zur Moschee liefen, versagte ihm sein Körper den Dienst. Er bat Alfa, ihm eine Kalebasse Wasser zu bringen, aber kaum hatte er sie getrunken, erbrach er alles wieder. Danach hatte er den Eindruck, als tauchte ihn eine Hand in einen Brunnen und zöge ihn dann wieder heraus, um ihn einem blendenden, weißlichen Licht auszusetzen. Da dieser Zustand schon mehrere Tage dauerte, schickte M'Pènè, die von Alfa benachrichtigt worden war, ihren Mann, Karim, und ihren ältesten Bruder, Tidjani, zu Cheiku Hamadu, um ihn zu bitten, ihnen das Kind anzuvertrauen. Cheiku Hamadu stimmte zu, was ungewöhnlich war, denn normalerweise griff niemand, wenn einer der Schüler krank war, in diesen Kampf zwischen Leben und Tod ein. Karim und Tidjani legten Mohammed in eine Hängematte und befestigten deren Enden an einer Stange, die sie sich auf die Schulter legten. Bei jedem Schritt, durch den er von einer Seite auf die andere geschaukelt wurde, stöhnte Mohammed auf.

Mehrere Tage lang schien Mohammed bewusstlos zu sein. In Wirklichkeit jedoch verfolgte ihn hinter den geschlossenen Lidern immer wieder die Hinrichtung seines Vaters, deren Bericht ihn anfänglich, vor lauter Freude, seine Mutter wieder zu sehen, nicht beeindruckt zu haben schien.

»Anschließend ließen sie ihn auf ein Podest steigen, das sie vor dem Palast aufgebaut hatten. Mit einem Lächeln auf den Lippen blickte er ruhig nach allen Seiten. Der Henker trat von hinten auf ihn zu und trennte ihm mit einem einzigen Säbelhieb den Kopf ab. Sein Körper fiel nach vorn. In doppeltem, langem Strahl spritzte das Blut aus seinem Hals …«

Ach, dieses Blut, dieses Blut! Das musste gerächt werden. Aber wie? Indem man dem Islam in diesem Land der Fetischanbeter zum Sieg verhalf. Es war paradox, dass sich Mohammed dabei gleichzeitig immer mehr zu Segu bekannte, obwohl seine Mutter ihm beigebracht hatte, die Stadt zu verachten. Segu gehörte ihm. Er war ein Bambara. Er würde eigenhändig den Halbmond auf den Minaretten der Moscheen anbringen. Unruhig wälzte er sich auf seiner Matte hin und her.

Besorgt suchte M'Pènè einen der wenigen Fetischpriester auf, die sich heimlich innerhalb der heiligen Mauern von Hamdallay aufhielten. Der Mann mit den Büffelhörnern verschrieb einen Wurzelsud und Blätterbäder und versicherte, dass es dem Körper des jungen Mannes bald besser gehen werde.

Niemand half M'Pènè mit mehr Hingabe bei der Pflege Mohammeds als die kleine Ayisha, Tidjanis älteste Tochter. Man hätte sich kein hübscheres Mädchen vorstellen können. Wenn sie ihren Brüdern, die außerhalb der Stadt die Kühe hüteten, das Essen brachte, schüttelten die Leute, die sie vorbeilaufen sahen, den Kopf und sagten lächelnd: »Eine echte Fulbe!«

Sie war hellhäutig wie eine Maurin, hatte langes, glattes Haar, in das bunte Fäden geflochten waren, hübsche Füße, die in Sandalen aus Ziegenleder steckten, und wenn sie sich bewegte, klingelten ihre fein ziselierten Silberarmbänder. Als Mohammed noch halb benommen die Augen aufschlug, sah er sie neben seiner Matte sitzen und flüsterte: »Wer bist du?«

»Erkennst du mich denn nicht? Ich bin deine Schwester Ayisha …«

Er erinnerte sich allmählich wieder und schüttelte heftig den Kopf, als er erwiderte: »Du bist nicht meine Schwester. Du bist die Tochter von Tidjani …«

Ayisha brach in Tränen aus und lief nach draußen. Dabei hatte Mohammed sie gar nicht verletzen wollen, sondern hatte sich nur instinktiv, ohne eigentlich zu wissen warum, gegen eine Verwandtschaftsbezeichnung gewehrt, die die Art ihrer Beziehung festlegte. Tidjani war zwar der Sohn von Mohammeds Großmutter Sira, aber sein Vater war Amadu Tassiru und nicht Mohammeds Großvater Dusika Traoré. Ayisha war also keine Blutsverwandte. Mohammed stand zum ersten Mal seit langer Zeit auf und folgte Ayisha auf den Hof. Sie lehnte am Brunnenrand und schluchzte herzzerreißend. In ihrem weißen Bubu hob sie sich vom grünen Geflecht des Zauns ab, und ein leichter Wind bewegte ihren Schleier. Zum ersten Mal entdeckte Mohammed die weibliche Schönheit; bisher hatte er seine Mutter als einzige Frau schön gefunden. Plötzlich hatte sie eine Rivalin.

Er sah, wie vollkommen der Körper einer Frau war. Die Wölbung der Schultern, die leichte Krümmung des Rückens und die Rundung des Gesäßes. Die aufrechten Brüste. Die zarten Linien des Bauches.

Er ging zu Ayisha, nahm sie in die Arme und bedeckte sie mit Küssen, aber sie stieß ihn zurück und protestierte: »Lass mich, du hast mir zu wehgetan.«

Doch nach einer Weile ließ sie ihn gewähren. Da er nicht aufhörte, sie zu küssen, ahnte sie eine Gefahr und machte sich von ihm los. Anschließend standen sie beide da und blickten sich an. Mohammed war nicht mehr ganz unschuldig. Er wusste, was sich nachts zwischen einem Mann und seinen Ehefrauen abspielte und warum deren

Bauch zeitweise so schön gewölbt war. Doch er hatte sich wohl nie selbst als Ehemann vorgestellt. Natürlich würde er eines Tages selbst Frauen haben, doch dieser Tag lag in weiter Ferne wie das andere Ufer eines Flusses, den man nicht überqueren will. Plötzlich wurde er von einer solchen Ungeduld und Erregung ergriffen, dass seine Beine, die noch sehr schwach waren, unter ihm nachgaben. Er fiel hin und saß mitten im Hof unter den erschrockenen Hühnern, die gackernd das Weite suchten. Ayisha lachte laut los und sagte: »Das geschieht dir nur recht!«

Sie half ihm aufstehen und stützte ihn, während sie ins Haus zurückgingen. Er legte sich wieder auf seine Matte. Als sie ihn mit einem Wickeltuch aus Baumwolle zudeckte, ergriff er ihre Hand, presste sie gegen seinen Mund und flüsterte: »Sag nie mehr, dass du meine Schwester bist. Nie mehr, hörst du? Nie mehr.«

Von da an machte seine Genesung schnelle Fortschritte, sein Wesen veränderte sich jedoch gleichzeitig. Er, der immer ein sehr umgänglicher Junge gewesen war und alles getan hatte, um Gott zu gefallen und zu dienen, wurde plötzlich verschwiegen, ruhelos und von unerklärlichen Zornausbrüchen gepackt. Nur Ayishas Gesellschaft schien ihm zu gefallen. Stundenlang lag er da, den Kopf in ihren Schoß gebettet, und lauschte den Geschichten, die sie ihm erzählte, obwohl M'Pènè ihr wiederholt Vorhaltungen gemacht hatte, dass man Geschichten nur abends beim Feuer erzählen dürfe. Als er in Cheiku Hamadus Anwesen zurückkehrte, schenkte er Ayisha ein schmales Silberarmband, das er bisher getragen hatte.

Kurz darauf erhielt Cheiku Hamadu einen Brief von Siga, den er Mohammed zu lesen gab. Schrift und Stil waren vollkommen, und man merkte deutlich, dass Siga die Dienste eines Schreibers in Anspruch genommen hatte, der sich mit den Schwierigkeiten der arabischen Sprache gut auskannte:

»Sehr verehrter, ehrwürdiger Cheiku Hamadu,

Ich könnte dir zum Vorwurf machen, dass du die flüchtige Ehefrau meines verstorbenen Bruders aufgenommen hast, die mir nach den sowohl in deinem wie in meinem Volk gültigen Gesetzen zum Wohle der Familie zustand. Ich könnte dich dafür tadeln, dass du ihr eine Eskorte und Geschenke gegeben hast, als sie zu ihrem Vater zurückkehrte. Und dieser hat mir geschrieben, dass sie nie wieder einen Fuß nach Segu setzen werde.

Wenn du so handelst, dann gehorchst du deiner Wahrheit, da du uns für die Feinde Gottes hältst. Hast du schon einmal daran gedacht, dass jedes Volk seine Götter hat, so wie es seine Sprache und seine Ahnen hat?

Doch es ist nicht meine Absicht, dich davon zu überzeugen, dass wir das Recht haben, den Islam abzulehnen, der nicht die Religion unserer Väter ist. Ich schreibe dir wegen unseres Sohnes Mohammed, den du in Hamdallay festhältst. Unserer Familie widerfuhr das traurige Schicksal, dass ihre Söhne über die ganze Welt verstreut wurden. Einer von ihnen ist als Sklave nach Brasilien verschleppt worden. Ein anderer ist in Dahome gestorben. Beide haben sie Söhne in diesen fremden Ländern zurückgelassen. Als Familienoberhaupt werde ich nicht eher ruhen, als bis alle diese verstreuten Kinder wieder unter einem Dach vereint sind, damit unsere Ahnen Genugtuung und Trost erfahren. Ich sage dir, wo auch immer unsere Kinder zurzeit sein mögen, sie werden nach Segu zurückkehren. Ehe ich die erforderlichen Maßnahmen gegen dich einleite, möchte ich dich bitten, unser Kind freiwillig herauszugeben. Es gehört uns. Sein Clan ist Traoré. Sein Totem ist der Kronenkranich.

Ich grüße dich in Frieden und Respekt.«

Cheiku Hamadu blickte Mohammed an und fragte zurückhaltend: »Was meinst du dazu?«

Mohammed erinnerte sich an seinen Vater Siga, einen liebenswürdigen Mann, der stets ein freundliches Wort für jeden übrig hatte. Seine Familie hatte ihn also doch nicht vergessen. Sie hing an ihm und wollte ihn in ihren Schoß zurückholen. Eine Welle des Glücks überkam Mohammed, während er sich selbst wiederholte: »Wo auch immer unsere Kinder zurzeit sein mögen, sie werden nach Segu zurückkehren.« Was für ein schöner Satz und wie bedeutungsvoll! Ja, er würde nach Segu zurückgehen. Auch wenn es ein öder Boden war, aber das Blut seines Vaters hatte ihn fruchtbar gemacht. Er würde dort den Glauben an den Islam aufgehen lassen, ein Gewächs, das weder Regen- noch Trockenzeit kannte und dessen Wurzeln sich das Wasser und alles, was es zum Leben brauchte, aus den tiefsten Tiefen des Bodens holte. Mohammed lächelte Cheiku Hamadu zu und fragte: »Vater, was wirst du ihm antworten?«

Cheiku Hamadu stellte ihm eine Frage, die so manchen schockiert hätte, denn man zieht nie ein Kind zurate: »Was soll ich ihm antworten?«

»Dass ich ihn liebe, dass ich ihn achte und dass ich wiederkommen werde …«

Das Kind und der alte Mann wechselten einen Blick völligen Vertrauens und Einverständnisses. Dann schickte Cheiku Hamadu Mohammed zu seinen Mitschülern zurück und ließ wieder die Perlen seiner Gebetsschnur durch die Hand gleiten. Mohammed kehrte in den Unterrichts- und Meditationsraum zurück. Er setzte sich neben Alfa, der ihm zuflüsterte, obwohl es verboten war, zwischen dem Aufsagen der Koransuren zu sprechen: »Was hat dir der Meister gesagt?«

Mohammed hörte ihn nicht einmal. Sein Kopf dröhnte

von Sigas Satz: »Ich werde nicht eher ruhen, als bis alle unsere verstreuten Kinder wieder unter einem Dach vereint sind!«

7

»Eucaristus da Cunha. Wie kann ein Neger solch einen Namen haben?«

Reverend Williams zuckte die Achseln und sagte: »Er ist der Nachkomme eines befreiten Sklaven aus Brasilien. Sein Vater hatte den Namen seines Herrn angenommen ...«

»Aber das ist ungesetzlich!«

Williams hob den Blick zum Himmel und entgegnete: »Ungesetzlich? Warum? Diese armen Teufel haben jede Identität verloren, als sie über den Atlantik kamen. Irgendeine musste man ihnen doch geben.«

Reverend Jenkins starrte den jungen Mann weiterhin von weitem an und fragte: »Wie alt ist er?«

Williams lachte. Diese Fragen verrieten, dass sein Gesprächspartner nichts über afrikanische Verhältnisse wusste. Er sagte: »Ach wissen Sie, die Neger und ihre Papiere ... Einem Pass zufolge, der auf den Namen seiner Mutter ausgestellt ist und von dem ich eine Abschrift gesehen habe, ist er gegen 1810 geboren. Jenkins, dieser junge Mann ist ein Juwel. Er hat im Fourah Bay College in Sierra Leone studiert, und Reverend Kissling versichert, dass er zusammen mit Samuel Ajayi Crowther eine unserer größten Hoffnungen in diesem Land der Barbarei ist ...«

Jenkins' Abneigung war nicht mit Argumenten zu überwinden. Er fragte: »Warum hat man dann Crowther für die Flussexpedition vorgezogen?«

»Was weiß ich? Ich kenne die Geheimnisse der ›Gesellschaft zur Zivilisierung Afrikas‹ nicht. Crowther ist kräftiger und spricht perfekt Yoruba ...«

Jenkins unterbrach ihn: »Ich glaube, dass er vor allem nicht so arrogant ist.«

Dann stellte er noch eine letzte Frage: »Warum ist er nicht verheiratet?«

Er rechnete schnell und fügte dann hinzu: »Alt genug ist er ja, fast dreißig ...«

Reverend Williams zog es vor zu lachen und sagte: »Warum fragen Sie ihn nicht selbst?«

Reverend Williams war der erste anglikanische Missionar, der sich in Lagos niedergelassen hatte, auch wenn man ihm vorausgesagt hatte, dass das ungesunde Klima ihn noch vor Ablauf eines Jahres ins Grab bringen würde. Und nun war er schon seit drei Jahren dort und hatte ohne jegliche Hilfe die erste Hütte gebaut, in der er Gottesdienste abhielt. Im ersten Jahr hatte er keine zehn Anhänger gehabt. Aber seit kurzem kamen immer mehr Familien von »Brasilianern«* oder »Saro« aus Sierra Leone, die ihre Kinder unbedingt in die Schule schicken wollten. Außerdem lebte dort eine Reihe von Europäern, die trotz des Verbots weiterhin mit Sklaven handelten und wie an der Goldküste außerdem einträgliche Geschäfte mit Palmöl machten. Daher hatte ihm die Missionsgesellschaft in London Jenkins zur Verstärkung geschickt. Aber leider nahm dieser Engländer, der nie aus seinem Dorf Chelsea herausgekommen war, an allem Anstoß. An den lockeren Sitten der Europäer. An der Nacktheit der heidnischen Schwarzen. An der großen Anzahl von Mulatten, die aus der unmoralischen Verbindung von Weißen mit schwarzen Frauen hervorgegangen waren. Aber nicht genug damit, jetzt hatte er auch noch etwas gegen Eucaristus.

Dabei war Eucaristus wirklich ein Juwel. In Abeokuta,

* Die »Brasilianer« sind wie die Aguda ehemalige Sklaven, die aus Brasilien oder Kuba zurückgekommen sind.

wo er beim Onkel seiner Mutter wohnte, war den anglikanischen Missionaren seine Intelligenz aufgefallen; sie hatten von ihrem Mutterhaus ein Stipendium für ihn bekommen und ihn auf das Fourah Bay College geschickt, zu dessen ersten Schülern er gehört hatte.

Zugegeben, Eucaristus war nicht immer einfach. Aber Reverend Williams, der in ihm las wie in einem Buch, wusste, dass er nicht arrogant, sondern schüchtern und verängstigt war. Eucaristus kam nicht über den Tod seiner Eltern hinweg und war von einer völlig irrationalen Idee besessen: Er wollte die Wiege der Familie seines Vaters wieder finden, die sich irgendwo im Sudan befand, in Segu.

Reverend Williams hatte nur einen Wunsch: Eucaristus sollte Priester werden. Doch aus irgendwelchen Gründen weigerte dieser sich. Vermutlich war er auch in diesem Punkt ein Opfer seines Bemühens um Vollkommenheit. Aber der Mensch ist schwach, und nur die göttliche Barmherzigkeit kann ihn zur ewigen Seligkeit führen.

Eucaristus spürte im Klassenraum, wie der Blick der beiden Priester auf ihm lag, und wusste, dass sie über ihn sprachen. Die feindliche Haltung von Reverend Jenkins störte Eucaristus nicht im Geringsten. Im Gegenteil, er bewunderte die Fähigkeit des Neuankömmlings, jene Eigenschaften an ihm zu erkennen, die er vor allen zu verheimlichen suchte. Seinen Hang zu Frauen. Seine Vorliebe für Alkohol und selbst fürs Spiel. Hatte er nicht eines Abends in einer Spelunke sein ganzes Monatsgehalt von einem Pfund verloren, das ihm die Mission zahlte? Und vor allem seinen Stolz, seinen unvergleichlichen Stolz. Statt mit den anderen »Brasilianern« im Viertel von Popo Aguda, auch »Portuguese Town« genannt, zu wohnen, hatte er es vorgezogen, in Marina, dem Händlerviertel von Europäern und Mulatten, zu leben. Denn er hielt sich für etwas Besseres. Aber warum eigentlich?

Eucaristus klappte sein Gesangbuch zu und klatschte in die Hände, um den Kindern zu bedeuten, dass der Unterricht zu Ende war. Sie stoben lachend auseinander. Sobald sie das Missionsgelände verlassen hatten, sprachen sie kein Wort Englisch mehr und benutzten nur noch Portugiesisch oder Yoruba. Eucaristus selbst sprach Portugiesisch und Yoruba, die Sprachen seiner Mutter, Englisch, die Unterrichtssprache vom Fourah Bay College, ein wenig Französisch und eine Mischung aus alledem, Pidgin genannt, die Verkehrssprache der Küste. Diese Sprachverwirrung, die ihn an den Turm von Babel erinnerte, erschien ihm wie ein Abbild seiner eigenen Identität. Wer war er eigentlich? Ein bunt gemischtes Wesen, das nicht wusste, wohin es gehörte.

Er schloss sein Pult ab und ging zum Haus hinüber. Die beiden Priester saßen auf der Veranda und fächelten sich mit breiten Blättern der Schraubenpalme Luft zu, denn es herrschte eine glühende Hitze. Reverend Williams ertrug die Hitze ganz gut, aber sein Glaubensbruder war ständig in Schweiß gebadet, hatte rot geränderte Augen und sah abgespannt aus. Eucaristus fragte sich einmal mehr, was diese Männer so weit von zu Hause zu suchen hatten.

Nachdem er sie begrüßt hatte, reichte ihm Reverend Williams einen Brief und sagte: »Hier, das ist für dich …«

Dieser Brief war von Eucaristus' einzigem Freund, Samuel Ajayi Crowther, mit dem er in Freetown zusammen gewesen war.

Wenn es schon im Leben von Eucaristus zahlreiche Ereignisse gegeben hatte, die die Phantasie beflügeln konnten, war Samuel Ajayi Crowthers Leben dagegen geradezu ein Roman. Mit dreizehn Jahren war er von Sklavenhändlern in seinem Heimatdorf im Yorubaland gefangen genommen, nach Lagos verschleppt und dort auf ein

Schiff verfrachtet worden, das nach Brasilien segelte. Ein Boot der britischen Küstenwache hatte ihn auf See befreit und in Freetown an Land gesetzt, wo er getauft worden war. Als Eucaristus ihn im Fourah Bay College kennen gelernt hatte, war Samuel gerade aus einer Schule in Islington in England zurückgekommen, wo er seine Lehrer durch seine Intelligenz beeindruckt hatte. Im Gegensatz zu Eucaristus war er ein äußerst ausgeglichener Mensch, der im Übrigen fest an seine Aufgabe glaubte, Afrika zu zivilisieren.

»Mein lieber Freund,

zunächst muss ich dir berichten, dass meine Frau Susan und ich uns guter Gesundheit erfreuen und dank eines Wundermittels, das aus England kommt, von den Fieberanfällen genesen sind. Unseren Kindern, Samuel, Abigail und Susan, geht es ebenfalls gut, und wenn Gott will, werden wir bald einen vierten kleinen Christen unter unserm Dach haben. Dann muss ich dir von dem Glück berichten, das mir zuteil geworden ist. Man hat mich auserwählt, die britische Expedition zu begleiten, die in zwölf oder vierzehn Monaten aufbrechen wird, um den Niger zu erforschen, mit der Hoffnung, in Lokoja, am Zusammenfluss von Niger und Benue, eine Modellfarm zu errichten. Ziel der Expedition ist der Handel, aber auch die Bekehrung unserer schwarzen Brüder. Diese beiden Ziele dienen in Wirklichkeit ein und demselben Zweck. ›Der Pflug und die Bibel‹, das ist die neue politische Richtlinie der Mission. Ach, lieber Freund, was steht uns für eine erhebende Aufgabe bevor! Dank unserer Bemühungen wird unser geliebter Kontinent den wahren Gott kennen lernen. Nein, das wird nicht das Werk von Fremden sein …«

Eucaristus faltete den Brief wieder zusammen und steckte ihn in die Tasche. War er neidisch, dass man seinen

Freund für diese Aufgabe auserwählt hatte? Ja. Aber das war nicht der entscheidende Grund. Er beneidete seinen Freund um sein ruhiges, geregeltes Leben. Und um seinen Glauben. Seinen unangefochtenen Glauben. Afrika zu zivilisieren, indem man es zum Christentum bekehrte. Was sollte das heißen? Besaß nicht jedes Volk seine eigene Kultur, der der Glaube an seine Götter zugrunde lag? Wenn man Afrika zum Christentum bekehrte, was tat man dann anderes, als ihm eine fremde Kultur aufzuzwingen?

Eucaristus folgte den beiden Missionaren ins Innere des Hauses und sprach mit ihnen das Tischgebet. Als er seinen Löffel in den Yamswurzelbrei steckte, sagte Reverend Williams in spöttischem Ton: »Weißt du, was Reverend Jenkins mich heute gefragt hat? Warum du nicht verheiratet bist.« Eucaristus zuckte zusammen. Wusste Reverend Jenkins etwas? Aber so scharf Eucaristus ihn auch musterte, er entdeckte in seinen Zügen nur die Feindseligkeit gewisser Europäer, ob Priester oder nicht, die die Schwarzen hassten. Eucaristus senkte den Blick auf seinen Teller und flüsterte: »Ich habe nur noch nicht die christliche Gefährtin gefunden, die zu mir passt.«

Eugenia de Carvalho war bestimmt die hübscheste Mulattin in Lagos. Ihr Vater war ein reicher portugiesischer Händler, der alles verkaufte, Sklaven, Palmöl, Gewürze, Elfenbein und Holz. Es wurde erzählt, er habe in seiner Heimat einen Mann umgebracht und könne deshalb nicht mehr dorthin zurück, doch sagte man das von allen Europäern, die es zu Reichtum gebracht hatten und Afrika so liebten, dass sie dort begraben werden wollten. Eugenias Mutter war eine Yoruba, die aus der königlichen Familie von Benin stammte, und oft, wenn sie die Trunksucht und Grausamkeit ihres Mannes leid war, kehrte sie in den Palast des Oba zurück.

Sie wohnten in einem Sobrado*, das von »brasilianischen« Maurern erbaut worden war. Es war ein großes rechteckiges Gebäude, einstöckig und mit einem Dachgeschoss. An drei der Außenfassaden befanden sich jeweils fünf Bogenfenster und zwei Türen, deren oberer Teil mit kleinen blauen, roten und grünen Scheiben verziert war. Durch das bunte Glas fiel weiches, verschwommenes Licht, das nicht bis in die schattigen Winkel der inneren Galerie drang. Hinter dem Haus befand sich ein großer, mit Papaya-, Apfelsinen- und Guajavenbäumen bepflanzter Hof, auf dem eine ganze Schar von Sklaven lärmte, deren Quartiere durch eine Hecke vom Hof abgetrennt waren. Abends wurden an die lange Fassade Laternen gehängt, damit die Bewohner und die Besucher des Hauses nicht in die Abfälle traten, die überall zwischen Pfützen aus stinkenden Abwässern herumlagen.

Eucaristus war in diese Familie gekommen, um dem Erben, Jaime de Carvalho junior, einem Jungen von etwa zwölf Jahren mit ungesunder Gesichtsfarbe, der bereits seine Zeit damit verbrachte, mit den Sklavinnen des Hauses zu schlafen, Englischunterricht zu erteilen. Denn Jaime senior war trotz seines ausschweifenden Lebenswandels ein gebildeter Mann, der eine grenzenlose Bewunderung für die Engländer empfand: »Das sind wirkliche Herren. Vergleichen Sie sie doch nur mit den romanischen Völkern, den Portugiesen, Spaniern und Franzosen. Bald werden die Engländer diese ganze Küste und das riesige Hinterland in ihrer Gewalt haben. Im Augenblick zögern sie noch und begnügen sich damit, Handel zu treiben, die Flüsse zu erforschen und ihre Leute an bestimmten Standorten einzusetzen. Aber bald wird ihre Flagge über den Palästen der Oba, der Alafin und der Sul-

* Brasilianisches Stadthaus im Unterschied zur Fazenda.

tane wehen ... Englisch sprechen zu können ist für einen Menschen das höchste Privileg!«

Als Eucaristus zu den de Carvalhos ging, um seinen täglichen Unterricht zu geben, erinnerte er sich an Malobalis Worte, als dieser Wida mit Segu verglichen hatte: »Du hast noch nie eine Stadt wie Segu gesehen. Die Städte hier sind Schöpfungen der Weißen. Sie sind durch den Menschenhandel entstanden. Sie sind nur große Lagerhäuser ...«

Wie er Lagos und den Geruch von Laster und Schmutz dieser Stadt hasste! Wie glücklich wäre er, wenn er sie verlassen könnte! Aber wohin sollte er gehen? Er wusste es nicht und konnte sich nicht entscheiden. Nachdem er allerdings Eugenia de Carvalho kennen gelernt hatte, war es ihm nicht mehr so eilig, die Stadt zu verlassen. Denn er hatte sich noch leidenschaftlicher in das Mädchen verliebt, da er wusste, dass seine Liebe hoffnungslos war. Auch wenn es ihm gelang, Afrikaner zu beeindrucken, die noch nie ein Buch aus der Nähe gesehen hatten und halb nackt herumliefen, war er in den Augen einer Person, die auf der einen Seite mit einer einheimischen königlichen Familie und auf der anderen mit einem Weißen verwandt war, nur ein namenloser, unwürdiger Mann. Wurden die Weißen nicht von manchem als die neuen Herren angesehen? Sie sprachen wie Ebenbürtige mit den mächtigsten schwarzen Herrschern. Sie machten ihnen Vorhaltungen und wollten ihnen um jeden Preis beweisen, dass sie einem falschen Glauben anhingen, und nach und nach setzte sich das Gesetz der Weißen durch. Wieder einmal empfand Eucaristus tiefen Hass, der dazu noch völlig unlogisch war, denn war er, Eucaristus, nicht selbst ein Geschöpf der Weißen, eine ihrer »größten Hoffnungen in diesem Land der Barbarei«, wie Reverend Williams immer wieder sagte? Gedankenverloren trat Eucaristus in eine Pfütze und betrachtete wütend seinen schmutzigen Schuh und das nasse

Hosenbein aus schwarzem Stoff. Mit einem noch heftigeren Unbehagen als sonst betrat er das Haus. Eugenia saß auf einem Hocker und ließ sich frisieren. Ihr Haar, das eher kraus als richtig gelockt war, bedeckte ihren Rücken bis über die Taille und verbreitete einen zwar angenehmen, aber scharfen Geruch wie das Fell mancher Tiere. Als sie sich nach vorn beugte, um sich von ihren Sklavinnen kämmen zu lassen, öffnete sich ihr Morgenrock aus geblümter Seide über ihren kleinen, runden, fast weißen Brüsten mit auberginenfarbenen Brustwarzen. Eucaristus überlief ein heißer Schauer. Sie hob den Kopf, lächelte ihm zu und sagte: »Ach, guten Tag, Senhor Eucaristus da Cunha ...«

Immer, wenn sie seinen Namen aussprach, lag ein nicht zu überhörender spöttischer Unterton in ihrer Stimme, als wollte sie damit hervorheben, wie unpassend es für einen Afrikaner sei, einen solchen Namen zu tragen. Er entgegnete hochmütig: »Ich habe Ihnen doch gesagt, dass Sie mich Babatunde nennen können, wenn Sie wollen. Das ist mein Yoruba-Vorname.«

Sie begann zu lachen: »Babatunde da Cunha?«

Die Sklavinnen brachen ebenfalls in Gelächter aus, als verstünden sie, worum es ging. Eucaristus kannte im Übrigen durch Malobali auch den Namen seiner Familie väterlicherseits. Aber jedes Mal, wenn er ihn aussprechen wollte, ließ ihn etwas stocken und führte ihm vor Augen, wie entfremdet er war. Babatunde Traoré, nein, niemals! Er zog es vor, sich zurückzuziehen, und fragte: »Wo ist Jaime junior?«

»Ich glaube, er hat gerade mit Bolanle geschlafen, aber er dürfte jetzt fertig sein. Sie können ihn daher ganz für sich haben ...«

Zutiefst schockiert, ja fast entsetzt, drehte sich Eucaristus um, blickte zum Ende der Galerie hinüber, als erwarte er, dass der Vater des Mädchens dort auftauchte, und protestierte: »Senhorita de Carvalho?«

Sie lachte aus vollem Hals und fragte: »Und Sie, Senhor da Cunha, schlafen Sie denn nicht mit Frauen?«

Das war zu viel für Eucaristus. Eilig ging er in den Empfangsraum, in dem ein großer Billardtisch stand, denn dieses Spiel war die große Leidenschaft von Jaime senior, und lief dann beinah in das Arbeitszimmer, wo Jaime junior ihn ausnahmsweise bereits erwartete.

»Und Sie, Senhor da Cunha, schlafen Sie denn nicht mit Frauen?«

Dieses teuflische Mädchen hatte den Finger auf die Wunde gelegt.

Eucaristus war in Missionsschulen erzogen worden. Dort hatte er gelernt, dass der Liebesakt außerhalb der geheiligten Bande der Ehe die größte Sünde und Reinheit die größte Tugend ist. Malobali hatte ihm sicherlich etwas anderes erzählt, aber da war Eucaristus noch ein Kind gewesen, und Malobali war tot. Wie sollte Eucaristus also jetzt sich und seinen Körper akzeptieren? Diese heftige Begierde, die ihn schüttelte? Diese Begegnungen in den übelsten Spelunken mit einer Hure, die Portugiesen und Engländer abwechselnd bestiegen hatten?

Jaime junior stotterte: »Und der Herr sprach zu Mose: ›Gehe hin vor dem Volk und nimm etliche Älteste von Israel mit dir und nimm deinen Stab in deine Hand, mit dem du den Strom schlugst, und gehe hin. Siehe, ich will daselbst stehen vor dir …‹«

Das Schweigen seines Lehrers, der sonst pedantisch genau war, ihn ständig verbesserte und ganze Sätze wiederholen ließ, wunderte ihn, und er warf ihm einen verstohlenen Blick zu. Eucaristus mit seiner hohen Stirn, seinen glänzenden Augen und dem sanften Schwung seiner Wangen war hübsch. Aber für Jaime junior, der gewohnt war, nur nach der Hautfarbe zu urteilen, war Eucaristus mit seiner pechschwarzen Haut und seinem ebenso dunklen Haar abscheulich. Wenn Eucaristus ihnen den Rücken gedreht hatte, krümmten sich Jaime und Eugenia vor Lachen und ahmten sein übertriebenes, gekünsteltes Gehabe nach. Wie hässlich ist doch ein Schwarzer, wenn er einen Weißen nachäfft! Eucaristus blickte seinen Schüler an und sagte mit bemerkenswerter Freundlichkeit: »Sehr gut, Jaime! Sie machen erstaunliche Fortschritte ...«

Seine Stimme und sein Blick verrieten, dass er außergewöhnlich erregt war. Jaime beschloss, ihm einen harten Schlag zu versetzen, und sagte: »Wissen Sie, dass Eugenia heiratet? Mein Vater hat schließlich den Antrag von Jeronimo Medeiros angenommen. Wissen Sie, dass Jeronimo nur zu einem Viertel Neger ist? Sein Vater ist Portugiese, und seine Mutter eine Mulattin ...«

Eucaristus war zunächst wie versteinert. Er wusste zwar, dass er Eugenia nie bekommen würde, aber jetzt zu erfahren, dass sie bald einem anderen gehören würde! Dann stürzte er sich auf Jaime, packte ihn an den Schultern, schüttelte ihn und stieß hervor: »Das ist nicht wahr! Sie lügen, Sie lügen!«

Der Junge konnte sich aus dem Griff befreien, lief um den Schreibtisch herum und suchte hinter schweren Sesseln Zuflucht. Aus der sicheren Deckung heraus schrie er: »Es ist wahr, es ist wahr, sie wird heiraten! Glauben Sie vielleicht, wir hätten nicht gesehen, wie Sie ständig nach ihr geschielt haben? Aber sie ist nicht für Sie! Dreckiger Neger, Kannibale, du stinkst, frisst Menschenfleisch. Dreckiger Neger! Hau ab ... Geh zurück in den Busch ...«

»Wenn man bedenkt, dass diese Leute von einer schwarzen Frau zur Welt gebracht worden sind! Ob sie das vergessen haben?«

Eucaristus mochte diesen Satz noch so oft wiederholen, er besänftigte ihn nicht. Schmerz, Zorn und Erniedrigung vereinigten sich in ihm mit dem sehnlichen Wunsch, wie ein Kind getröstet zu werden. Ach, Romana! Warum hatte sie ihre Kinder zurückgelassen, um Malobali in den Tod zu folgen? Wo würde er eine Brust finden, die ebenso liebevoll war? Immer wenn Eucaristus an seine Mutter dachte, mischte sich ein gewisser Groll in die kindliche Liebe. Darf man sterben, wenn man vier Söhne hat, die damit hilflos dem Kampf ums Dasein ausgeliefert werden?

Eucaristus tröstete sich zunächst einmal mit einem Glas Schnaps. Aber je mehr er trank, desto stärker wurde seine körperliche Begierde, und er fand sich betrunken und torkelnd auf dem Weg nach Ebute-Metta wieder.

Eine Schande, dieses Viertel von Ebute-Metta! Es war eine Ansammlung von Hütten, zu denen die Seeleute der Sklavenschiffe kamen, um sich mit Frauen, meistens Mulattinnen, zu vergnügen. Im Jahr zuvor hatte eine Pocken- und Grippeepidemie, die durch die Wolkenbrüche einer außergewöhnlich heftigen Regenzeit noch schlimmer geworden war, unzählige Opfer gefordert. Dennoch waren die Huren schon wieder so zahlreich, als vermehrten sie sich ebenso schnell wie die Insekten und die Ratten, von denen es dort nur so wimmelte. Mitten in dem Matsch, durch den man stapfen musste, verkauften Frauen unerschütterlich *acarajé** und in Palmöl gebratene Kochbananenscheiben.

Eucaristus stieß die Tür zur »Flor do Porto« auf, einem Bordell mit den billigsten Huren von Lagos. Oft ließen sie sich mit einem roten Kopftuch und einer Kette aus Glasperlen bezahlen. Dementsprechend zeichneten sie sich

* Krapfen aus Bohnenmehl.

auch nicht gerade durch große Schönheit oder blühende Jugend aus. Dennoch war Filisberta hübsch. Sie hatte bestimmt europäisches Blut in den Adern, denn sie war sehr hellhäutig und trug stets nach brasilianischer Art einen weiten roten Rock aus gemustertem Kattunstoff, eine weiße Baumwollbluse und ein kariertes Kopftuch. Die Seeleute der Sklavenschiffe waren nicht sonderlich versessen auf sie, da sie die traurige Angewohnheit hatte, nach dem Liebesakt zu weinen, und was gingen die Männer schon Filisbertas Tränen an? Aber Eucaristus war sie lieber als jede andere. Verblüfft starrte sie den jungen Mann an, der zwar nicht unbedingt weniger trank als alle anderen, die in die »Flor do Porto« kamen, sich aber nur selten betrank, und fragte: »Was ist denn mit dir los?«

»So ein Mistkerl von einem Mulatten hat mich einen dreckigen Neger genannt …«

Filisberta zuckte die Achseln, um anzudeuten, dass so etwas schließlich jeden Tag vorkam. Die Mulatten waren viel arroganter als die Weißen, denn sie bemühten sich, das schwarze Blut in ihren Adern vergessen zu machen. Die »Saro« und »Brasilianer« waren auch nicht viel besser. Die »Saro« ahmten in ihrem Verhalten die Engländer nach und verachteten die »Brasilianer«, weil diese ehemalige Sklaven waren oder von ihnen abstammten. Beide Gruppen verabscheuten gleichermaßen die Einheimischen und machten gemeinsame Sache mit Mulatten und Weißen. So war nun einmal die Welt – eine schlimme Zeit!

Eucaristus folgte Filisberta. Ein Brettersteg führte im Zickzack durch den Schlamm zu einer Baracke mit einzelnen Zellen, in der die Mädchen ihre Kunden empfingen. Durch die dünnen Bretterwände hörte jeder den obszönen Lärm der anderen.

Es gibt Augenblicke, in denen ein Mensch sein Leben verabscheut. Es blickt ihn mit pockennarbigem Gesicht und verfaulten Zähnen an und der Mensch sagt sich: »Nein, ich halte das nicht mehr aus. Das muss sich ändern!« Das dachte Eucaristus, als er in den Raum trat, in dem ein säuerlicher Geruch hing, während sich Filisberta gerade die Bluse über den Kopf zog.

Er sah sich, wie er war – ein Lehrer ohne Rang an einer Missionsschule, unfähig, sich in der Gesellschaft, die ihm Eindruck machte, durchzusetzen, und gezwungen, mit einer Hure das Bett zu teilen. Er musste da heraus. Aber welchen Ausweg gab es? Welchen einzig möglichen Ausweg? Er musste nach London, um Theologie zu studieren und Priester zu werden. Waren nicht die Priester die Helden der neuen Zivilisation, die ihren Siegeszug angetreten hatte? Aber sein Körper? Nun, er würde ihn besiegen. Er würde aus seiner erbärmlichen fleischlichen Hülle einen Tempel machen, der seines Schöpfers würdig war. Was für eine erhebende Aufgabe, sich selbst zu besiegen. Hatte nicht Jesus gesagt, dass man sich bemühen müsse, durch die enge Tür einzutreten?

Unterdessen wurde Filisberta, die nackt auf ihrer Matte lag, allmählich ungeduldig und sagte: »Worauf wartest du denn noch?«

Schon halb ausgezogen, hob Eucaristus seine Kleider wieder auf, blickte Filisberta starr an und sagte mit Nachdruck: »Du wirst mich nie wieder sehen. Ich werde nie wieder hierher kommen, verstehst du?«

8

Der Empfang war in vollem Gange.

Die Braut tanzte vielleicht etwas lebhafter, als es sich für ein Mädchen aus gutem Haus gehörte. Sie trug ein mit Apfelsinenblüten geschmücktes weißes Kleid aus weicher Seide mit einer Schleppe aus weißem Seidensamt und Handschuhe an den Händen, die auf den Schultern eines großen und ziemlich stämmigen jungen Mannes von heller Hautfarbe lagen. Er hatte seine pomadeglänzenden Locken seitlich über die Schläfen gekämmt, und ein langer Backenbart fiel ihm auf den Umschlagkragen. Er trug einen hellgrauen Frack zu einer schwarzen Hose. Die anderen Tänzer wahrten einen gewissen Abstand zu dem Paar, als wollten sie damit dem jungen Glück ihren Respekt erweisen. Es war eine verschwenderische Fülle von kostbaren Spitzen, Broschen, Armbändern mit Anhängern und Blütenkränzen, die für diese Breiten höchst ungewöhnlich waren. Kinder schlängelten sich zwischen den weiten Röcken der Tänzerinnen durch und stürzten sich auf die mit Laub geschmückten Tische, auf denen zwischen Kandelabern und geschliffenem Kristall die Reste des Hochzeitsmahls standen. Sie tauchten die Finger in Gläser mit spanischen Weinen, Rum oder Branntwein und verschlangen die letzten Scheiben kalten Fleisches, das von bernsteinfarbenem Gallert überzogen war.

Die Walzermelodie brach ab, und in der darauf folgenden Stille, die sehr schnell von dem schrillen Gelächter der Frauen, dem dröhnenden Lachen der Männer und dem Geklapper gestört wurde, das rot befrackte Diener mit den Silbertabletts veranstalteten, klatschte Jaime de Carvalho senior in die Hände, um anzukündigen, dass er eine Ansprache halten wollte.

Eucaristus hasste sich selbst dafür, dass er sich in dieser Menge von Neugierigen befand, die voller Begeisterung und Neid diese vornehme Gesellschaft anstarrte. Und was hatten diese Männer getan, um so reich zu werden? Sie hatten ihresgleichen verkauft! Sie waren nur Menschenhändler. Dennoch versuchten sie, mit allen Mitteln Eindruck zu machen, und gaben vor, eine Aristokratie zu bilden. Noch schlimmer war nur, dass alle diese Ansprüche anerkannten und sich diesen Leuten unterordneten. Von der Stelle, wo Eucaristus sich befand, konnte er Jaime nicht hören. Er sah nur einen Hampelmann mit aschgrauer Gesichtsfarbe, fettigem Haar und einem durchdringenden Blick, der durch den Umgang mit sämtlichen üblen Tricks der Welt geschärft war. Eucaristus musste sich eingestehen, dass er litt. In seinem Stolz. In seinem Fleisch. Und auch in seinem Herzen, denn er begehrte und liebte Eugenia. Was hatte dieser Jeronimo Medeiros ihm voraus? Er war zu drei Vierteln weiß, das war alles. Hinter Eucaristus' Rücken flüsterten die Schaulustigen, dass Jaime de Carvalho für die Hochzeit seiner Tochter sechs Schatullen mit Tafelsilber, die jede siebenhundert Pfund Sterling gekostet hatten, Silbergeschirr und Hunderte von feinsten Havanna-Zigarren bestellt hatte. Dieses bewundernde Flüstern, das von Ausrufen unterbrochen wurde, flößte ihm Abscheu ein, und er fand die Kraft, wegzugehen.

Es regnete. In Lagos regnete es immer. Ein schwerer Regen, der auf dem kleinsten Stück Land alle möglichen Bäume und Sträucher wachsen ließ, sodass man den Eindruck hatte, durch einen heimtückischen Wald zu gehen, von dem man erwürgt wurde wie von einem Reptil. Wenn es nicht regnete, lag in der Luft ein ekliger Dunst, der böses Fieber verursachte. An der ganzen Küste sangen die Seeleute:

Hüte dich und sieh dich vor
in der Bucht von Benin,
denn für einen, der sie lebend verlässt,
*sind vierzig dort geblieben.**

Das Marina-Viertel, in dem Eucaristus wohnte, setzte sich aus Faktoreien, die befestigt waren, um eventuellen Angriffen vorzubeugen, und Häusern aus Lehmziegeln zusammen. Tagsüber war der Anblick der Lagune mit ihrem klaren Wasser und den Fischerbooten ziemlich angenehm. Nachts nahm man nur unheimliche Silhouetten wahr. Eucaristus stieg schnell die Stufen zu der Galerie hoch, die die beiden Räume seines Hauses umgab, und blieb überrascht stehen. Drinnen brannte Licht, und Reverend Williams saß im Schneidersitz auf einer Matte und las die Bibel. Eucaristus zuckte zusammen, da er nicht gerade ein ruhiges Gewissen hatte, aber der Missionar blickte freundlich zu ihm auf und fragte: »Nun, war es eine schöne Hochzeit?«

»Das nehme ich an ... Sämtliche Weißen, Viertelneger und Mulatten aus Lagos waren dort ...«

In seiner Stimme lag eine Bitterkeit, die Reverend Williams nicht entging, die dieser aber lieber nicht zur Kenntnis nahm. Der Priester sagte: »Ich bin nicht hergekommen, um mit dir über diese Menschenhändler zu sprechen. Wir haben eine Antwort aus London bekommen. Die Missionsgesellschaft möchte, dass du nach Freetown fährst, damit sich Reverend Schonn mit dir unterhalten kann. Anschließend wirst du dann wohl nach England gehen können ...«

In dieser Anwort steckten zu viele Vorbehalte und Bedenken, und das zu einer Zeit, da die Missionsgesellschaft

* Englisches Lied aus jener Zeit: *Beware of the Bight of Benin.*

verzweifelt nach Afrikanern suchte, überzeugt, dass Gottes Wort am besten von Afrikanern auf dem Schwarzen Kontinent verkündet wurde. Eucaristus blickte Reverend Williams überrascht an, und dieser erklärte ein wenig verlegen: »In meinem Antrag habe ich die Vorbehalte, die Reverend Jenkins dir gegenüber hat, berücksichtigen müssen. Er glaubt nicht an deine Berufung. Er findet dich hochmütig, eigensinnig und ohne Seelenwärme.«

»Wirft er mir nicht nur einfach vor, dass ich schwarz bin?« Reverend Williams wollte sich nicht auf ein Gespräch über die Einstellung mancher Weißer gegenüber den Schwarzen einlassen. Die Händler und dann die weißen Kolonisatoren hatten die Schwarzen erniedrigt, indem sie sie wie Tiere verkauft und auf ihren Plantagen hatten arbeiten lassen. Dadurch hatten sie bei diesen Schwarzen ein Verhalten geweckt, das bei allen anderen schwarzen Völkern völlig unbekannt war. Williams war davon überzeugt. Die Neger der Küste, die durch den Menschenhandel mit ihren Brüdern verdorben, ständig betrunken und zu allem bereit waren, um die Gegenstände der Weißen zu erwerben, hatten nichts mit den Schwarzen aus dem Landesinnern gemein, die rein, herzlich und weise waren, sodass man sie nur noch zu dem einen wahren Gott führen musste. Und diese Aufgabe fiel Männern wie Eucaristus zu. Gebildeten Afrikanern. Die Weißen, die wie Jenkins verallgemeinerten und sagten: »Die Schwarzen sind dies, die Schwarzen sind das«, erbosten ihn. Er ging zur Tür und sagte: »Schon morgen gehen wir zum Hafen. Die Brigantine *Thistle* lichtet bald den Anker …« Eucaristus ging ins Schlafzimmer, zog sich aus und legte seine Kleider sorgfältig auf einen Hocker neben seine Matte. Alle Ereignisse des Tages gingen ihm noch einmal durch den Kopf. Eugenia würde ihm nie gehören. Sie würde Achtelneger zur Welt bringen und sich über deren

Hautfarbe freuen. Sie wäre sicherlich nicht die bescheidene, tugendhafte Ehefrau gewesen, die sich ein Christ suchen sollte, aber wie köstlich mussten ihre Küsse sein! Und ihr Körper, was für eine Wonne!

In diesem Augenblick klopfte es an der Tür. Eucaristus glaubte, Reverend Williams sei zurückgekommen, weil er vielleicht etwas vergessen habe, und sprang auf, um die Tür zu öffnen. Es war Filisberta.

Eucaristus hatte sie seit seiner Gewissenskrise in der »Flor do Porto« nicht wieder gesehen. Wenn Satan persönlich vor ihm aufgetaucht wäre, hätte er nicht erschrokkener sein können. Sie schlüpfte schnell in den Raum. Eucaristus, der sich beinah auf sie gestürzt hätte, um sie hinauszuwerfen, fragte: »Was willst du hier?«

Sie lachte und sagte: »Wie ich gehört habe, willst du nach England gehen.«

Wie schnell sich in Lagos nur alles herumsprach! Als ob jeder mit dem Ohr am Schlüsselloch des anderen klebte.

»Um Priester zu werden?«

In ihrer Stimme lag unverhohlene Ironie. Filisberta trat in den zweiten Raum, als sei sie dazu aufgefordert worden, und ihre Selbstsicherheit verwirrte Eucaristus. Sie begann, sich auszuziehen. Zuerst ihren roten brasilianischen Rock. Dann ihr kurzes Yoruba-Wickeltuch. Eucaristus brüllte: »Was machst du da?«

Sie zog sich weiter aus, dann legte sie sich auf die Matte, die Hände im Nacken gefaltet, und sagte: »Ich werde Lagos verlassen, ich halte es nicht mehr aus. Weißt du, mein Vater ist ein weißer Dreckskerl, ein Portugiese, Engländer oder Holländer, ich habe es nie erfahren und meine Mutter wahrscheinlich auch nicht. Der Schweinehund, der sie vergewaltigt hat, hat ihr seine Papiere nicht gezeigt. Aber sie kommt aus Dada, wo unsere ganze Familie lebt. Ich will dahin zurück ...«

Eucaristus glaubte ihr kein Wort. Er sagte schroff: »Dann geh doch dahin zurück. Was geht mich das an?«

»Ich brauche nur zwei Pfund dafür ...«

Er setzte sich erschrocken neben sie, spürte, dass sie ihn erpressen wollte, und stotterte: ›Wie soll ich zwei Pfund auftreiben? Hältst du mich für einen Sklavenhändler?«

Sie entgegnete lachend: »Das ist dein Problem, *darling.*«

Gleichzeitig strich sie ihm mit der Hand, deren Geschicklichkeit er kannte, über den Schenkel, direkt neben seinem Geschlechtsteil, das zu seiner eigenen Überraschung bereits steif und schwer war wie ein Sack Steine.

»Glaubst du, dass sich deine Priester freuen würden, wenn sie erführen, dass ich ein Kind von dir erwarte?«

Er stammelte: »Gott sei Dank sind Nutten wie du unfruchtbar...«

Sie lachte, während ihre Zärtlichkeiten noch gezielter wurden, und entgegnete: »Das sagst du ... Zwei Pfund, oder ich bin morgen mit meiner kleinen Geschichte in der Missionsstation. Zwei Pfund, das ist doch nicht sehr teuer, um sich Gottes Reich zu erkaufen, nicht wahr?«

Sie zog ihn an sich, und er dachte nicht einmal daran zu protestieren. Während er sich in ihr verlor, wurde er von einer richtigen Wut auf Gott gepackt, überraschend bei einem Mann, der Priester werden wollte. Warum hatte Gott die Sexualität geschaffen, um sie dann einzig und allein auf das öde Ehebett zu beschränken? Warum hatte er ihr diesen schmutzigen Beigeschmack, diesen Ruch von Sünde gegeben? War der fleischliche Akt nicht etwas völlig Natürliches und Schönes, da er doch der Ursprung des Lebens war?

»Unserem armen Kontinent könnte nichts Besseres passieren, als dass die europäischen Nationen und besonders

England und Frankreich die Regierung übernehmen und unsere unwissenden, fetischgläubigen Könige absetzen würden.«

Eucaristus konnte es nicht mehr hören und entgegnete: »Samuel, sag so etwas nicht! Du glaubst, dass die Engländer, denn über die Franzosen weiß ich nichts, großzügige Idealisten sind. Ich sage dir, dass sie nur den Handel im Kopf haben. Sie wollen uns mit ihrem Alkohol und ihrem wertlosen Zeug überschwemmen. Uns zwingen, Kakao und Baumwolle für sie und Palmöl für ihre Maschinen zu produzieren ...«

Während er das sagte, warf sich Eucaristus vor, dass er sich vom Zorn hatte hinreißen lassen und eine Diskussion begonnen hatte, die völlig sinnlos war. Aufgrund besonderer Umstände in seinem Leben war Samuel Crowther von einer grenzenlosen Verehrung für England erfüllt. Für ihn war England zugleich Vater und Mutter, die große Nation, die ihn aus der Sklaverei befreit hatte. Samuel fuhr fort: »Haben sie nicht als Erste den Sklavenhandel abgeschafft? Und haben sie nicht jetzt auch noch die Sklaverei in ihren Besitzungen auf den Antillen abgeschafft?«

Eucaristus brach in Lachen aus und sagte: »Mein Freund, ich komme aus Lagos. Weißt du, wie viele Sklavenschiffe sich dort im Hafen drängen?«

»Natürlich, die britischen Patrouillen können nicht überall zugleich sein und gegen die europäischen Sklavenstaaten vorgehen, Frankreich, Spanien ...«

Seufzend ergriff Eucaristus die Hand seines Freundes und sagte: »Lass uns von etwas anderem sprechen, einverstanden?«

Samuel holte eine Karaffe mit Portwein und zwei Gläser, stellte sie auf den Tisch und sagte: »Vielleicht sollten wir über deine Berufung sprechen. Kommt das alles nicht etwas überstürzt? Mich drängt Reverend Schonn bereits seit geraumer Zeit, Priester zu werden, und ich habe mich immer noch nicht entschließen können ...«

Verlegen füllte Eucaristus sein Glas und leerte es sehr schnell, wobei er ein schönes Ölporträt von Samuel betrachtete, das an der Wand hing. Er entgegnete: »Ich habe Angst, meine Seele zu verlieren, wenn ich sie nicht mit unüberwindbaren Barrieren umgebe ...«

Samuel blickte ihn nachsichtig an und sagte: »Du liebst die Frauen zu sehr, das ist alles! Das ist das wilde Tier in dir. Ich habe daher beschlossen, dir zu helfen ...«

Er sagte geheimnisvoll: »Ich werde dir ein Mädchen vorstellen, das die Vollkommenheit selbst ist ...«

Eucaristus hatte das absurde Verlangen, ihn zu schokkieren, und unterbrach ihn spöttisch: »Von welcher Vollkommenheit redest du? Von der Vollkommenheit ihrer Brüste, ihres Hinterns oder ihrer Schenkel? Weißt du, ob sie gut im Bett ist?«

Samuel schien darüber nicht im Geringsten verärgert zu sein. Er stand auf, nahm seinen Hut von einem Stuhl und gab Eucaristus ein Zeichen, ihm zu folgen.

Die Stadt Freetown, die wegen ihrer ausgedehnten Handelsbeziehungen auch das afrikanische Liverpool genannt wurde, lag in einer wunderschönen Umgebung. Eucaristus, der zwei Jahre lang in der erdrückenden Atmosphäre von Lagos gelebt hatte, berauschte sich an diesen Hügeln voller grüner Büsche, den kleinen sandigen Buchten, die mit geraden Reihen von Kokospalmen bepflanzt waren, und dieser Fülle von Blumen und Sträuchern: Jasminbäume, Magnolien, Oleander. Da das Gebiet von Freetown seit 1808 im Besitz der britischen Krone war, gab es in der Stadt eine Reihe von eindrucksvollen Gebäuden, besonders die Kathedrale St. George.

Ins Gespräch vertieft schlenderten die beiden Freunde durch die Stadt. Freetown hatte einen ähnlichen Grundriss wie die meisten afrikanischen Städte und war in mehrere Viertel unterteilt, in denen die Bevölkerung in ethnischen Gruppen lebte. Es gab das Viertel der Akku, also befreiter Yoruba-Sklaven, das der Fulbe, die an ihren weiten Bubus zu erkennen waren, das der Ibo und das der *marron.* Die *marron* waren Nachkommen der berühmten aufständischen Sklaven, die aus Jamaika zurückgekommen waren, nachdem sie dort lange Jahre besonders ausgebildeten britischen Truppen getrotzt hatten. Erst als man auf Neger abgerichtete Bluthunde gegen die *marron* eingesetzt hatte wie in Kuba, waren sie besiegt worden. Eucaristus fragte: »Wohin gehen wir?«

Samuel lächelte und sagte: »Keine Fragen ...«

Der größte Zauber von Freetown war nach Meinung aller der starke westliche Einfluss im Lebensstil der Bevölkerung. Die Sklaven, die von englischen Patrouillen auf See befreit worden waren, die freigelassenen Sklaven von den britischen Antillen und die *poor blacks*, die man aus London heimgeschickt hatte, erinnerten sich häufig nicht einmal mehr an ihre Muttersprache, ihre Religion und ihre Traditionen und hatten begeistert die Sitten der Weißen angenommen. Die einzige Ausnahme bildeten die *marron*, deren Hass und Misstrauen gegenüber den Engländern auch im Laufe der Zeit nicht nachgelassen hatten. Deshalb zeigte sich Eucaristus äußerst verwundert, als Samuel ihn in deren Viertel führte und fragte: »Verkehrst du jetzt mit den *marron*?«

»Die Mädchen sind oft anders als ihre Väter. Ich kann dir nur sagen, Emma ist die Vollkommenheit selbst. Du müsstest sie nur in der Kathedrale singen hören ...«

Aus den Holzhäusern, die alle eine Veranda hatten, kamen inzwischen Männer und Frauen mit abweisender Miene, um die beiden argwöhnisch zu mustern. Samuel rief plötzlich: »Fast hätte ich es vergessen! Erinnerst du dich an die Geschichte von dem Weißen, die du mir so oft erzählt hast, der sich am Tag, als dein Vater geboren wurde, vor den Toren von Segu befand? Nun, jetzt weiß ich, wer es war ...«

Eucaristus sagte verblüfft: »Du weißt, wer es war?«

Samuel setzte seine Predigermiene auf und sagte: »Ja, und das ist der Beweis für die krankhafte, abergläubische Phantasie unserer Völker. Es war weder ein böser Geist noch ein Albino oder sonst etwas, sondern ein Schotte namens Mungo Park ...«

Eucaristus ergriff Samuels Arm. Diese Geschichte, die Malobali ihm so oft erzählt hatte und die ihm ebenso frei erfunden vorgekommen war wie die Geschichten von Suruku und Badeni, stimmte also.

»Wie hast du das herausbekommen?«

»Ganz einfach, weil er ein Buch geschrieben hat, das mir zufällig in die Hände geraten ist ... du solltest es unbedingt lesen.«

Sie waren vor einem großen, ungepflegten Haus angelangt, dessen gelb gestrichene Wände vom Spinatgrün der Fensterläden abstachen. In der Veranda stapelten sich die Gartengeräte, die anscheinend nicht allzu oft benutzt wurden, denn im Garten wucherte hoch das Unkraut, das Süßkartoffeln, Yamswurzeln und Maniok erstickte. Ein pechschwarzer Mann von wildem Aussehen, ein echter *marron*, spaltete mit kräftigen Hieben Kokosnüsse mit dem Buschmesser und forderte die Besucher durch ein Zeichen auf, ins Haus zu gehen, ohne Samuels Gruß zu erwidern. Eucaristus hätte seinen Freund am liebsten mit Fragen bestürmt und verwünschte diesen ihm ungelegen kommenden Besuch. Ein Buch, das von diesem Besuch in Segu berichtete! Es war also doch kein Märchen voller Magie?

Im Inneren des Hauses stand an nicht zu übersehender

Stelle neben dem Fenster ein Klavier, und zwei verdreckte Jungen spielten vierhändig, wobei sie jeden neuen Akkord mit Gelächter begleiteten. Beim Anblick der beiden Männer unterbrachen sie das Spiel in schöner Gleichzeitigkeit und brüllten: »Mama ...«

Eine kleine rundliche Frau tauchte augenblicklich auf und entschuldigte sich wortgewandt für den Zustand des Hauses. Wie sollte sie bei all den Kindern, ihren eigenen, den Kindern aus erster Ehe ihres Mannes und den Kindern des kürzlich verstorbenen Bruders ihres Mannes, noch das Haus sauber und in Ordnung halten? Sei das der Freund, dessen Ankunft Mr. Crowther angekündigt hatte? Kam er aus Lagos? Sie habe Verwandte in Abeokuta. Nein, sie sei keine Yoruba. Hundertprozentige Jamaikanerin. Eucaristus fragte sich, wie er dieses ermüdende Geschwätz noch länger ertragen sollte, als er ein zierliches, auffallend wohlproportioniertes junges Mädchen eintreten sah, die Tochter der Familie. Sie trug ein eng anliegendes Spitzenmieder und einen weiten, blauweiß karierten Rock. Sie war mit gesenktem Blick eingetreten, doch als sie den Kopf hob, verschlug es Eucaristus den Atem. Zwei strahlende graue Augen blickten ihn an, die in diesem schwarzen Gesicht in höchstem Maße überraschend wirkten. Sie hatte eine fein geschnittene Nase und einen schön geschwungenen, leicht malvenfarbenen Mund, dem man die Sinnlichkeit ansah. Eucaristus hätte nie erwartet, dass die Tochter eines *marron* so schön und vornehm sein könnte. Verblüfft drehte er sich zu seinem Freund um und las in dessen Gesicht einen triumphierenden Ausdruck, der besagte: »Das ist die seltene Perle, die ich für dich gefunden habe. Christlich, tugendhaft und zugleich von hinreißender Schönheit. Das ist die Frau, die du brauchst. Sie wird dich davon abbringen, hinter anderen Frauen herzuschielen, und sie wird dir hübsche Kinder schenken, die ihr in Ehrfurcht im Namen Gottes erziehen werdet ...«

Die Mutter schwatzte jedoch immer weiter. Da sie Eucaristus' Überraschung bemerkt hatte, erklärte sie, dass graue Augen in der Familie Trelawny häufig waren. Die hatten sie von der Ahnin Nanny, die den Aufstand gegen die Engländer in den Blue Mountains von Jamaika angeführt hatte. Ja, Nanny! Sie hatte die Engländer gezwungen, einen Vertrag zu unterzeichnen, der die Insel aufteilte und den *marron* die Freiheit zusicherte. Später hatte es natürlich Verräter gegeben, die die Engländer zu den Wehrdörfern der *marron* geführt hatten ... Und das Ganze hatte schließlich mit dem Exil geendet. Zunächst in Neu-Schottland und dann in Freetown.

Eucaristus hörte kaum zu. Er hatte nur Augen für Emma, die jetzt Tee in feinen Tassen aus Wedgwood-Porzellan servierte. Was für zarte Hände und anmutige Bewegungen! Wer vergessen haben sollte, wessen Tochter Emma war, wurde durch das Verhalten von Vater Trelawny eines Besseren belehrt. Nachdem er die Kokosnüsse aufgeschlagen hatte, kam er ins Haus, durchquerte den Raum, wobei seine großen Füße eine deutliche Fährte auf dem Boden hinterließen, und holte ein Banjo, das auf einem Stuhl lag. Dann ging er ebenso wortlos wieder hinaus. Mrs. Trelawny blickte mit gequälter Miene auf die Schmutzspuren, die ihr Mann gemacht hatte, und erklärte, dass die ganze Familie sehr musikalisch sei. Alle Kinder spielten Klavier. Emmeline spielte außerdem noch Harfe, Samuel Flöte und Jeremie Bratsche. Emma dagegen sang. Ihre Stimme sei ebenso melodisch wie die des *keskedee,* der jamaikanischen Nachtigall.

Als Emma sich zu Eucaristus herüberbeugte, um ihm Tee nachzugießen, sah sie ihm tief in die Augen. Wie ein Schlag traf ihn ihr strahlender Blick, in dem etwas Rätselhaftes, Geheimnisvolles verborgen lag, ein undurchsichtiger See. Eucaristus spürte, dass Emma ein Spiel spielte, sich mit einer schützenden Hülle umgab. Aber warum? In diesem betörenden Körper steckte eine außergewöhnliche Persönlichkeit, die sie aus unerfindlichen Gründen lieber verbarg. Sie hatte nicht nur eine verführerische Figur, war hübsch und tugendhaft und konnte so gut singen, dass sie die Gläubigen sonntags in der Kathedrale entzückte, in ihr steckte noch etwas anderes. Aber was? Eucaristus hatte das vage Gefühl, dass er besser aufstehen, fliehen und dem armen Samuel, der es nur gut gemeint hatte, mitteilen sollte, dass dieser sich ganz und gar über die Beschaffenheit der Ware getäuscht hatte. Aber dazu war Eucaristus schon nicht mehr in der Lage. Er war bereits umgarnt …

Das Gespräch mit Reverend Schonn nahm einen ungünstigen Verlauf, denn er war offensichtlich vor Eucaristus gewarnt worden. Manche seiner Fragen versetzten Eucaristus in Wut.

»Da Cunha? Sie stammen also von Brasilianern ab. Wie kommt es, dass Sie nicht katholisch sind?«

»Als mich der Bruder meiner Mutter zu sich nach Abeokuta holte, gab es dort nur eine Schule der anglikanischen Mission, und auf die bin ich gegangen.«

Dann fuhr der Priester mit offener Feindseligkeit fort: »Sie sind beinahe dreißig Jahre alt und unverheiratet. Wissen Sie nicht, dass es nicht gut für einen Mann ist, allein zu leben?« Das war Eucaristus' wunder Punkt, denn er fürchtete ständig, dass man auf sein ausschweifendes Leben aufmerksam werden könnte. Insgeheim war er für seine schwarze Haut dankbar, die zumindest verhinderte, dass ihm die Schamesröte ins Gesicht stieg, und er stotterte: »Ich hoffe, dass es mir gelingt, eine junge Christin zu überzeugen, meine Frau zu werden ... Samuel Crowther hat sie mir vorgestellt.«

Eucaristus benutzte Samuels Namen wie einen Talisman, denn er wusste, welch hohe Meinung Schonn von Samuel hatte. Die gewünschte Wirkung ließ nicht auf sich warten, und Schonn sagte, milder gestimmt: »Samuel mag Sie gern und spricht nur lobend über Sie. Ich befürchte nur, dass Ihre Intelligenz größer sein könnte als Ihre Herzensgüte.«

Eucaristus kochte vor Wut: Mit welchem Recht urteilte dieser Mann über ihn? Was wusste der schon über sein Herz und seine Intelligenz? Dennoch beherrschte er sich und erreichte dadurch sein Ziel.

Als die Engländer das Fourah Bay College gegründet hatten, hatten sie dort zunächst nur Handwerker in den europäischen Tischler-, Maurer- und Metallbearbeitungstechniken und Hilfskräfte für die Verwaltung der Kolonie ausbilden wollen. Aber sehr bald hatte sie der Wissensdurst ihrer Schüler wie eine Welle überrollt, und sie bildeten nun auch Priester und Lehrer aus, die sie in ihre Missionsstationen an der Goldküste und seit kurzem auch nach Lagos, Abeokuta, Badagry und Calabar in der Bucht von Benin schickten. Fourah Bay war zu einer Pflanzschule für Talente, zu einer Fabrik für »Neger in Hosen*« geworden, die Gottes Wort und die westliche Zivilisation verbreiteten. Das College befand sich in einem schönen Gebäude, das von säuberlich geharkten großen Rasenflächen umgeben war, und die Studenten, trotz der prallen Sonne ganz in Schwarz gekleidet, schlenderten durch die Alleen und lasen in ihren Lehrbüchern. Vor einigen Jahren war Eucaristus einer dieser strebsamen Studenten gewe-

* Der Ausdruck stammt von Mary Kingsley, einer englischen Reisenden.

sen. Dennoch freute er sich nicht, als er diesen Ort jetzt wieder sah, im Gegenteil, er empfand eher ein gewisses Unbehagen. War das Afrikas neues Gesicht, was sich da abzeichnete? Wie unerfreulich es doch war! Alles, was den Ahnen wert und teuer gewesen war, wurde hier verachtet und verraten.

Eucaristus ging über die Hauptstraße.

Vater Trelawny besaß eine Möbeltischlerei an der Ecke der Wilberforce Street, und alle waren sich darin einig, dass er wahre Kunstwerke herstellte. Dieser ungesellige, schweigsame Mann, der zehn Kinder in die Welt gesetzt hatte, ohne mit seinen beiden Frauen ein Wort zu wechseln, liebte das Holz, und dieses war offenbar empfänglich für seine Gefühle, denn es beugte sich seinem Willen und gab sein Bestes. Schränke, Tische, Kommoden, Anrichten und Sessel, alles hätte als echte Sammlerstücke Platz in einem Museum finden können. Vater Trelawny ließ sich von zweien seiner Söhne helfen, die er widerwillig in seine Geheimnisse eingeweiht hatte.

Auch Emma machte sich in der Werkstatt nützlich, indem sie die Aufträge annahm und in ein großes Heft eintrug, denn sie hatte eine hübsche, runde Schrift. Sie empfing Eucaristus mit einer anmutigen Gelassenheit, die ihn immer wieder verwirrte. Doch nach einer Weile bat sie einen ihrer Brüder, sie abzulösen, und stand auf und ließ mit einer Drehung ihren Kattunrock schwingen, sodass ihre Stiefeletten hervorblitzten, die auch einer Londonerin gut gestanden hätten. Sie gingen in den Hinterhof, wo Vater Trelawny und seine Söhne mit gesenktem Kopf arbeiteten. Emma setzte sich auf einen Baumstumpf und sagte: »Die Heirat ist eine ernste Angelegenheit, Eucaristus. Es ist wichtig, dass beide Partner in allem denselben Standpunkt haben …«

Eucaristus erlaubte sich ein Lächeln und entgegnete:

»In Ihrer Familie scheint das nicht gerade der Fall zu sein. Man kann sich schlecht zwei Wesen vorstellen, die unterschiedlicher wären als Ihr Vater und Ihre Mutter.«

»Das stimmt. Und daher waren wir in unserer ganzen Kindheit hin- und hergerissen und konnten uns nicht entscheiden, da wir sie beide gleichermaßen liebten ... Ich muss also unbedingt wissen, wer Sie sind ...«

Eucaristus, der vor solchen Gesprächen furchtbare Angst hatte, stotterte: »Aber, aber ...«

Emma fuhr fort: »Sie scheinen zum Beispiel ungeheuer stolz auf Ihren Namen zu sein, dabei ist es doch ein Sklavenname!«

Verletzt protestierte Eucaristus: »Und Ihr Name?«

»Trelawny? Das ist der Name von Männern und Frauen, die nie die Knechtschaft hingenommen haben. Kaum waren meine Ahnen in Jamaika gelandet, da sind sie in die Freiheit, in die Berge, geflüchtet ... Aber das ist nicht alles ...«

»Was denn noch?«

Sie betrachtete ihre hübschen Hände, die sie auf dem Rock gefaltet hatte, und wägte ihre Worte sichtlich ab: »Sie sind so in England und die Engländer vernarrt. Sie glauben, dass die Weißen unsere Freunde sind und wir ihnen alles nachmachen müssen ...«

Eucaristus protestierte heftig: »Da täuschen Sie sich sehr, Emma. In dem Punkt verwechseln Sie mich vielleicht mit Samuel. Wenn Sie wüssten, welche Fragen mir immer wieder durch den Kopf gehen ... Zum Beispiel, ob die Kultur der Weißen wirklich besser ist als die unserer Ahnen.«

Sie hörte ihm mit der kritischen Aufmerksamkeit eines Lehrers zu, der einen Schüler beurteilt, und unterbrach ihn: »Aber warum liegt Ihnen dann so viel daran, in England zu studieren?«

Was sollte er darauf antworten? Er zog es vor, aufrichtig zu sein: »Das ist eine Art Einsatz für die Zukunft. Ich glaube, dass sich das Vorbild der Weißen, ob wir es wollen oder nicht, bei uns durchsetzen wird. Bald wird die Welt nur noch denen gehören, denen diese Dinge vertraut sind …«

Bei den letzten Worten machte sie eine unerwartete Geste, die nicht zu der Zurückhaltung passte, die sie bis dahin gezeigt hatte, und streichelte ihm die Wange. Dann sagte sie außerordentlich sanft: »Ich werde Sie heiraten, Eucaristus. Ich habe sofort gemerkt, dass Sie mit Ihren großen Worten nur verheimlichen wollen, wie einsam und ruhelos Sie sind …«

Er fiel ihr zu Füßen, und ihre beiden kleinen Brüder, die im Hinterhof einen Drachen steigen ließen, krümmten sich vor Lachen.

»Heiraten Sie mich noch vor meiner Abreise nach England, falls ich tatsächlich fahren sollte?«, fragte Eucaristus.

Sie nickte mit einem Ausdruck, in dem zugleich Spott und Zärtlichkeit lagen, als wollte sie ihm dadurch andeuten, dass sie ihn auch in diesem Punkt durchschaut hatte. Er glaubte, er würde sie durch eine offizielle Zeremonie an sich binden können, als ob nicht die einzigen Ketten, die sie sich anlegen ließ, nur jene wären, die ihr Wille und ihre Entschlossenheit schmiedeten.

9

In Afrika hatte Eucaristus keinerlei Möglichkeiten gehabt, die Welt zu verstehen. Er hatte eine vage Vorstellung davon, dass sie aus verschiedenen Ländern mit Regierungen, unterschiedlichen politischen Zielen und Strömungen bestand, die in Kriege ausarteten und Bündnisse bestimmten. Als er gegen Ende des Winters 1840 in London ankam, entdeckte er, wie komplex die Welt war. Die Welt, das war Europa, aber auch die Vereinigten Staaten von Amerika, Brasilien, Mexiko und noch weiter entfernt Indien, Japan und China. Er stellte sehr schnell fest, dass die Welt in zwei Lager geteilt war. Auf der einen Seite die abenteuerlustigen, räuberischen Nationen, die Flotten ausrüsteten und Soldaten bewaffneten, um Schätze zu erobern, die ihnen nicht gehörten. Auf der anderen Seite passivere Nationen, die zurückgezogen lebten und mit sich selbst beschäftigt waren. In der Welt ging's zu wie im Dschungel. Zwei Länder faszinierten ihn vor allem. Zunächst England, das auf allen Jahrmärkten zugegen war wie ein Handwerker, der keine Mühe scheut. China, Indien, Neuseeland, Kanada. Was suchte es nur jenseits der Meere? Was für eine Energie! Was für eine Leidenschaft! Und dann Spanien. Eucaristus verschlang die Berichte über die Taten der Konquistadoren. Kolumbus, als Erster. Magellan, Pizarro, Valdivia, Almagro und vor allem Cortés. Hernán Cortés. Cortés und Montezuma. Der Konquistador und der letzte Aztekenherrscher. Der Europäer und der Indianer. Zwei Zivilisationen, die sich gegenüberstanden. Die eine, die unerbittlich die andere zerstörte. War das das Schicksal, das Afrika erwartete?

Afrika! Im Augenblick zählte es nicht auf der Weltkarte. Man nannte es *the Dark Continent*. Man verleugnete seine Geschichte und seine Kultur, konnte kaum seine Umrisse nachzeichnen. Frankreich und England holten aus dem Dunkel, in das es getaucht zu sein schien, einige Gebietsfetzen heraus. Die Franzosen einen Strich um die Mündung des Senegalstroms und in Gabun. Die Engländer erforschten, nachdem sie unermüdlich wie immer an den Küsten entlanggefahren waren, den Flusslauf von Niger, Kongo, Sambesi und bemühten sich, Bündnisse mit den Herrschern im Landesinnern zu schließen.

Zudem litt Eucaristus sehr unter der Neugier, der er zum Opfer fiel, sobald er das Priesterseminar in Islington verließ. Auf der Straße und in den Cafés verstummten die Leute mitten im Gespräch, und Hunderte von grauen, blauen und grünen Augenpaaren starrten ihn mit unerträglichem Staunen an. Man fasste seine Haut an, um zu sehen, ob sie nicht angemalt war. Man fasste sein Haar an. Man rief, sobald er den Mund aufmachte: »Er kann sprechen! Und er spricht Englisch!«

War das vielleicht das Verhalten von zivilisierten Menschen? Eucaristus erinnerte sich, wie höflich man die Weißen in Dahome empfing, wo er aufgewachsen war. Sie wurden wie Fürsten behandelt. Warum betrachtete man ihn hier wie ein seltenes Tier? Schließlich war es nicht das erste Mal, dass man in England Schwarze sah. Am Ende des vorigen Jahrhunderts waren es so viele gewesen, dass das Parlament ein Gesetz erlassen musste, um sie nach Sierra Leone zurückzuschicken. Aber wahrscheinlich waren das nur arme Kerle gewesen, die in Vierteln vor sich hinvegetierten, in die sich die vornehme Gesellschaft nie traute. Eucaristus überraschte die Leute, denn er wagte es, diese Viertel zu verlassen. Seit seiner Ankunft in London hasste er diese Stadt, die sich im Geruch von Pferdemist aalte wie eine Hure in einem schmutzigen Bett. Und der Verkehr jagte ihm Angst ein.

Karren, Fuhrwerke, kleine Pferdeomnibusse, Droschken, Reitpferde, Kutschen und Einspänner, ab und zu auch Karossen, deren Kutscher hoch oben auf einem glänzenden Bock saß, während zwei Lakaien hinten auf den Trittbrettern hin- und hergeschüttelt wurden. Der Pferdemist auf den Kreuzungen wurde von zerlumpten Straßenfegern beseitigt. Es waren zumeist Inder, deren Haut ebenso schwarz war wie die von Eucaristus, die sich ihm gegenüber aber seltsam kühl verhielten. Der Schmutz stieß ihn ab. Zwei Schritte vom Trafalgar Square entfernt führten von einer Prachtstraße mit Luxusgeschäften dunkle Gassen und Durchgänge voller Unrat und menschlicher Exkremente zu Elendsquartieren, in denen menschliche Wracks zusammengepfercht waren, die auf Strohballen und Lumpenbergen voller Ungeziefer schliefen und sich paarten. Wenn Eucaristus das sah, stellte er sich jedes Mal dieselbe Frage. Warum verbreiteten die Engländer ihren Glauben und ihre Lebensweise am andern Ende der Welt, wenn ihnen bei sich zu Hause noch so viel zu tun blieb? Sie mussten daher wohl ein anderes Ziel im Auge haben: den Handel. Handel zu treiben, damit die Reichen noch reicher wurden. Eucaristus senkte den Blick, wenn er durch die Viertel ging, in denen die Prostituierten wohnten. Überall standen dort auf den Straßen und Gassen Frauen und sogar kleine Mädchen. Im Schein der Gaslaternen kam ihm ihre blasse Haut noch fahler vor, und ihre Haare glichen altem Stroh, das muffig roch wie eine schlecht gelüftete Matratze.

Natürlich gab es auch die Baudenkmäler. St. Paul's Cathedral. Westminster Abbey. Buckingham Palace, wo Königin Victoria wohnte. Doch wie soll man sich für Schöpfungen aus Stein interessieren, wenn die schönste

Schöpfung, der Körper des Menschen, Tempel seiner Seele, so heruntergekommen ist?

Im Norden von St. Paul's Cathedral war Eucaristus eines Tages, durch Lärm und Gestank stutzig geworden, auf den Eingang eines unterirdischen Schlachthauses gestoßen. In einem Viereck aus blut- und fettverschmierten Mauern schlachteten Männer (waren das wirklich Männer?) Hammel und nahmen die Eingeweide heraus. Als Eucaristus aus dem höllischen Keller herauskam, wurde ihm übel. Er war so verwirrt, dass er nicht einmal den Spott einiger *costermongers** hörte, in Tuchmäntel und betresste Hosen gekleidete freche junge Burschen, die auf der Straße Obst und Gemüse verkauften, das sie zuvor auf dem Markt von Covent Garden gestohlen hatten.

Wenn Eucaristus gerade keinen Unterricht im Priesterseminar in Islington hatte, zog er sich gewöhnlich in eine Buchhandlung in der Charles Street 20 in Westminster zurück, um gegen die Einsamkeit und jene Mischung aus Zweifel und Hass zu kämpfen, die mit dem Priesteramt nur schwer zu vereinbaren ist, ihn aber ständig begleitete. Diese Buchhandlung gehörte William Sancho, einem der Söhne von Ignatius Sancho, der der berühmteste Schwarze seiner Generation gewesen war, ein Freund von Sterne, dem Autor von *Tristram Shandy*, und bevorzugtes Modell des Malers Gainsborough. Ignatius, der im Alter von zwei Jahren nach England gekommen war, war in verschiedenen Adelshäusern aufgewachsen, unter anderem bei John, Herzog von Montagu, der ihm voller Begeisterung über die Intelligenz des Jungen jegliche Hilfe gewährt hatte, damit Ignatius sich dem Schreiben widmen konnte. Ignatius war mit einer Antillanerin verheiratet gewesen, die ihm sechs Kinder geboren hatte. Im engen Raum der

* Gemüseverkäufer.

Buchhandlung las Eucaristus seine geliebten Reise- und Entdeckungsberichte, wobei er unzählige Tassen Tee trank. Aber er las auch die Romane von Laurence Sterne, Charles Dickens, Jane Austen ...

O ja! Eines Tages müssten alle Kinder in Afrika lesen und schreiben lernen, damit sie jenseits von Zeit und Raum die großen Denker und Schriftsteller aus anderen Teilen der Welt kennen lernen konnten. Eucaristus war völlig verwirrt. Noch vor einer Minute hatte er diese Europäer gehasst, und auf einmal empfand er eine grenzenlose Bewunderung für sie, weil sie diese wunderbaren, magischen Objekte geschaffen hatten, die den Geist beschäftigen und gestalten: die Bücher.

Selbstverständlich ging Eucaristus, der sich doch nicht ganz beherrschen konnte, auch in die Charles Street, um Williams Frau den Hof zu machen. Vielleicht weil sie ebenfalls Jamaikanerin war, hatte er den Eindruck, dass sie Emma ähnelte, seiner Frau, die er so vermisste und deren Reize er nur kurz hatte genießen können. Williams Frau war ähnlich lebhaft und unkonventionell wie Emma, und sobald ihr Mann nicht in der Nähe war, flüsterte sie Eucaristus ins Ohr: »Was war doch dieser Ignatius Sancho für ein Dummkopf! Wenn du seine Briefe liest, merkst du, dass er sich für einen Engländer hielt, nur weil ihm ein paar Lords auf die Schulter geklopft hatten ...«

Jedes Mal wenn Eucaristus die Buchhandlung betrat, in die allerdings kaum Kunden kamen, stellte er William dieselbe Frage: »Hast du mein Buch endlich bekommen?«

Es handelte sich um das Werk *Reisen im Innern von Afrika, auf Veranstaltung der afrikanischen Gesellschaft, in den Jahren 1795 bis 1797, unternommen von Mungo Park, Wundarzt*, von dem Samuel ihm erzählt hatte.

Aber das 1799 erschienene Buch schien unauffindbar zu sein.

Eucaristus hatte gerade seine Mahlzeit im Speisesaal beendet, als er einen sehr hellhäutigen Mulatten auf sich zukommen sah. Seit seinem Missgeschick mit Eugenia de Carvalho mochte Eucaristus die Mulatten nicht sonderlich. Doch der Mann hatte ein warmes Lächeln und streckte ihm die Hand entgegen. Er trug einen gelockten rötlichen Backenbart, was ihm sehr gut stand, und sagte: »Ich habe erfahren, dass Ihre Frau aus Jamaika stammt. Ich bin ebenfalls von dort, noch dazu aus Port Antonio, das im selben Distrikt liegt wie Nanny Town, die Wiege der Trelawnys. Ich heiße George Davis.«

Obwohl ihm Emma ausführlich die Geschichte der Trelawny erzählt hatte, hatte Eucaristus ihren Worten nicht mehr Bedeutung beigemessen als jenen erfundenen Berichten, mit denen jede Familie ihren Ursprung verherrlicht. Besonders jene Großmutter Nanny mit den grauen Augen, die mit Magie und Schwert so viele Engländer niedergemetzelt hatte, war ihm ebenso unwirklich vorgekommen wie die Göttin Sakpata oder der Gott Shango. Es hatte sie also wirklich gegeben? Eucaristus bat den Missionar, neben ihm Platz zu nehmen, und George setzte sich bereitwillig und sagte: »Ich bin hier mit einer Delegation von jamaikanischen Missionaren aller Glaubensrichtungen: Methodisten, Baptisten, Wesleyaner, Anglikaner ... Wir wollen mit Lord Howick sprechen, dem Staatssekretär für koloniale Angelegenheiten, denn die Situation in Jamaika ist Besorgnis erregend ...«

Eucaristus, dessen Vater unter tragischen Umständen in der Sklaverei ums Leben gekommen war, hatte sich nie darum gekümmert, was in den Plantagen der Neuen Welt geschah. Vielleicht, weil die Aguda ihre Jahre der Knechtschaft in Brasilien mehr wie einen Aufenthalt im Paradies betrachteten. Beiläufig fragte er: »Aber warum? Ist die Sklaverei nicht schon seit fast zehn Jahren abgeschafft?«

George Davis schüttelte traurig den Kopf und entgegnete: »Was nützt es schon, die Sklaverei abzuschaffen, wenn man den Negern keine Lebensmöglichkeiten lässt? Wir brauchen unbedingt eine Agrarreform. Den weißen Pflanzern muss das Land abgenommen und denen gegeben werden, die es bearbeiten ...«

Eucaristus fragte vorsichtig: »Glauben Sie, dass so etwas auch eines Tages in Afrika passieren kann? Ich meine, dass die Weißen das Land unserer Ahnen an sich reißen?«

»Mein armer Freund, ich kenne Afrika nicht, aber ich fürchte schon ...«

Eucaristus hätte sich gern weiter mit George darüber unterhalten, doch dieser stand bereits auf, versprach aber, ihn am folgenden Tag wiederzutreffen. Wie Recht dieser Jamaikaner hatte! Eucaristus hatte immer gespürt, dass die Weißen eine Gefahr waren. Vom Oberdeck ihrer Schiffe aus kauften und verkauften sie. Dann verschwanden sie wieder. Manchmal ließen sich zwei oder drei von ihnen in einer erbärmlichen Hütte nieder und redeten von ihrem Gott. Aber diese Händler und Missionare waren nur die Vorboten. Armeen würden ihnen folgen, Männer, die erobern und befehlen wollten. Was ließ sich tun, um eine Invasion zu verhindern? Er fühlte sich wie ein Fetischpriester, der das zweite Gesicht hat, aber unfähig ist, die Ereignisse abzuwenden, die er nur zu deutlich kommen sieht.

Verwirrt verließ Eucaristus das Seminar. Draußen herrschte schneidende Kälte, die ihn anfiel wie ein wildes Tier. Er ging an der schwarzen Fassade eines Asyls entlang, nahm ziellos einen Weg, den er schon oft gegangen war, und gelangte an die Themse. Seit kurzem verkehrten dort Dampfschiffe und boten einen außergewöhnlichen Anblick. Sie spien schwarzen Rauch aus, der den grauen

Schleier über der Stadt noch undurchsichtiger machte. Ohne Ruder oder Segel fuhren die Schiffe den Fluss hinauf oder hinab, dessen Wasser wirbelnd gegen das Ufer schlugen. Doch dieser Anblick, der Eucaristus sonst faszinierte, ließ ihn an diesem Nachmittag kalt. Zu seiner Abneigung gegen London gesellte sich jetzt noch Angst, als befände er sich in den Klauen des Satans. Diese Kraft und diese Energie des englischen Volkes, die an sich bewundernswert waren, richteten sich gegen ihn und die Seinen. Wie konnte man sich dagegen wehren?

Als er sich gerade auf die Steinbrüstung lehnte, hörte er eine Stimme rufen: »Sir!«

Er drehte sich um und sah einen Lakai aus herrschaftlichem Haus in auberginefarbener Livree mit glänzenden Messingknöpfen vor sich, der ihm einen unversiegelten Brief überreichte. Eine Zeit lang verdrängte der Duft des Billetts den Pferdemistgestank der Straße.

»Wir würden Sie gern näher kennen lernen. Könnten Sie um 20 Uhr zum Belgrave Square Nummer 2 kommen?«

Eucaristus blickte den Diener verblüfft an. Dieser wandte mit dem Zeremoniell, der seinem Stand eigen war, leicht den Kopf und deutete auf eine Karosse, die auf der anderen Seite der Brücke stand. Eucaristus nahm seinen ganzen Mut zusammen und überquerte trotz seiner Angst vor den Pferden, die von allen Seiten zu kommen schienen, die Straße. Doch als er fast am Ziel war, gab der Kutscher den Pferden die Peitsche und die Karosse verschwand. Eucaristus blieb wie angewurzelt stehen und hörte nicht die anzüglichen Bemerkungen, die auf ihn einhagelten: »He, Negro! Willst du in die Hölle zurück, aus der du kommst?«

Er erwog nicht einen Augenblick, diese seltsame Einladung auszuschlagen, denn der Duft des Billetts und die Schrift ließen keinen Zweifel daran, dass es von einer Frau kam. Anfangs hatte Eucaristus die Engländerinnen beinahe verabscheut. Ihre Hautfarbe erinnerte ihn an Vanillepudding, ihre Haare an Algen und ihre Augen an die von der Dunkelheit geweiteten Augen von Nachtvögeln, die auf Jagd sind. Doch dann hatte sich seine Neugier sehr schnell in eine Begierde verwandelt, die ihn immer stärker verfolgte. Wie waren wohl ihre Brustwarzen und die Schamhaare? William Sancho, der angeblich nähere Bekanntschaft mit ihnen gemacht hatte, behauptete, dass sie im Bett schrien. Nur der Gedanke an Emma, die er zutiefst liebte und achtete, hielt Eucaristus schließlich noch davon ab, einer Prostituierten in Haymarket zu folgen. Was sollte er nur bis acht Uhr tun? Er konnte in Williams Buchhandlung gehen, aber er befürchtete, seine Ungeduld angesichts des Abenteuers, das ihn erwartete, nicht verbergen zu können und sich zu verraten. Er stieß die Tür zu einem Café auf.

Der Besuch von Cafés war in London eine so weit verbreitete Sitte, dass man jemanden, mit dem man sich treffen wollte, nicht mehr nach seiner Adresse fragte, sondern nach dem Namen des Cafés, das er besuchte. Dort saßen die Gentlemen in dunkler Kleidung und weißer Seidenkrawatte und lasen die Zeitung, unterhielten sich über die Neuigkeiten in der Welt, kritisierten die internationale Politik und brachten ihr Vertrauen in dieses gesegnete Vaterland England zum Ausdruck, dessen Bürger zu sein sie das Glück hatten. Anfangs löste Eucaristus' Erscheinen in den Cafés eine gewisse Verwirrung aus. Mit ausgesuchter Höflichkeit überhäufte man ihn mit Fragen. War er mit dieser Hautfarbe geboren worden, oder war sie die Folge einer schweren, womöglich ansteckenden Krankheit? Wie kam es, dass er so perfekt Englisch sprach? Eucaristus konnte es nicht fassen, dass in einem Land, in dem der Kampf für die Abschaffung der Sklaverei mit so viel Ausdauer geführt worden war, solche Unkenntnis herrschte. Aber vielleicht war es nur eine Angelegenheit von Intellektuellen und Politikern gewesen, die von der Mehrzahl der Bevölkerung nicht zur Kenntnis genommen worden war. Schließlich war Eucaristus Stammgast im Will's geworden. Dort traf er jedenfalls gebildete Leute, die sowohl über die englischen Forschungsreisen in Afrika, die Sklavenaufstände auf den Antillen wie auch über die Schwierigkeiten des französischen Königs Louis-Philippe I. informiert waren. Ja, gewöhnlich ging Eucaristus gern ins Will's. Für einen Penny kam er in den Genuss eines warmen Feuers, einer Tasse köstlichen Getränks und vor allem des Gefühls, einem gehobenen Kreis der Menschheit anzugehören. Aber heute Nachmittag stand ihm nicht der Sinn danach, und er warf nicht einmal einen Blick in die *London Gazette.*

Mit dem Glockenschlag tauchte er um 20 Uhr im Belgrave Square auf.

Lady Jane, Marquise von Beresford, war in einem Alter, in dem der Zauber einer Frau ihren Höhepunkt erreicht. Noch einige Jahre, dann würden ihr Fleisch und ihre zarten Gesichtszüge unerbittlich welken und ihre straffen Brüste erschlaffen. Ihre weißen Zähne würden stumpf werden und ihre blauen Augen, die jetzt noch unter den dunklen Wimpern strahlten, verblassen. Noch war ihre Schönheit vollkommen. Sie trug ein Moirékleid mit Ballonärmeln und lag halb ausgestreckt auf einem Diwan, der, bis auf einige Chippendalemöbel aus spanischem Mahagoni, wie die Einrichtung des Raumes im Louis-quinze-Stil war.

»Mögen Sie Wein von den Kanarischen Inseln?«

Eucaristus brachte mit Mühe ein geflüstertes Ja hervor. Es war sehr warm. Im Kamin brannte ein munteres Feuer, und Eucaristus fragte sich erneut, ob er nicht träumte. Zum ersten Mal hatte er ein englisches Adelshaus betreten, und er sah sich plötzlich in eine Welt des Luxus und der Schönheit versetzt, wie er sie nie zuvor gesehen hatte. Aus Angst, seine naive Bewunderung zu zeigen, wagte er nicht, die Bilder und Wandteppiche, die Malereien auf den chinesischen Wandschirmen und die vielen Nippesfiguren, die auf allen Möbeln standen, zu betrachten. Lady Jane neigte anmutig den Kopf und sagte: »Erzählen Sie mir von sich. Was machen Sie in London? Ich habe immer geglaubt, die Neger arbeiteten auf den Zuckerrohrfeldern der Antillen …« Eucaristus schluckte kräftig und bemühte sich, eine geistreiche Antwort zu geben: »Manchmal wollen sie eben Theologie zu studieren wie ich …«

Lady Jane entgegnete lachend: »Theologie? Das müssen Sie mir schon mehr aus der Nähe erklären …«

Da Eucaristus zögerte, klopfte sie einladend neben sich auf den Diwan: »Kommen Sie schon …«

Völlig verlegen gehorchte Eucaristus. Eine ähnliche Situation hatte er nur erlebt, als er das erste Mal mit einem Mädchen geschlafen hatte. Es war eine Sklavin seines Onkels gewesen, die ihn verspottet hatte, als er aus der Schule gekommen war: »Man sagt, die Priester hätten dir verboten, von deinem Palmenschößling Gebrauch zu machen …«

Da hatte er sich auf sie geworfen und sich gerächt. Auch wenn Lady Jane kein kleines Mädchen und erst recht keine Sklavin war, war sie auf dasselbe aus, das sagte ihm sein männlicher Instinkt. Aber war das möglich?

Eucaristus nahm all seinen Mut zusammen und erklärte: »Meine Geschichte beginnt natürlich vor meiner Geburt mit der meines Vaters, einem adligen Bambara …«

Lady Jane lachte erneut und unterbrach ihn: »So so, es gibt also Adlige bei Ihnen?«

Als Eucaristus sie anblickte, kam er schnell zu der Überzeugung, dass sie sich überhaupt nicht dafür interessierte, was er sagte. Er trank drei Schluck Wein von den Kanarischen Inseln und fragte: »Madam, warum haben Sie mich kommen lassen?«

Anschließend ging alles sehr schnell. Wie im Traum, wenn sich Ereignisse und Gesten wild überstürzen. Nachher wusste Eucaristus nicht mehr, ob er sich auf sie geworfen oder sie ihn an sich gezogen hatte. Oder ob ihre ungeduldigen Körper sich auf halbem Weg getroffen hatten. Jedenfalls kämpfte er in einer Duftwolke von schwerem Nelkenparfum mit Seide, Musselin, Spitze und Perlmuttknöpfen. Als seine Hand das nackte, warme Fleisch berührte, schreckte er zurück, denn er dachte plötzlich an Emma. Hatte er ihr nicht die Treue geschworen? Doch als er sich schon von ihr losmachen wollte, sah er ihre weiße Haut ganz nah vor sich, die an manchen Stellen von einem dunkleren Flaum bedeckt war, und die Worte des Hohen Liedes kamen ihm in den Sinn:

Deine zwei Brüste sind wie zwei junge Rehzwillinge,
die unter den Rosen weiden.

Wenn die Liebe Verdammung war, dann sollte er verdammt werden!

William Sancho hatte Recht. Diese Weibchen schrien, kratzten und wanden sich wie Schlangen, die man am Schwanz hochhebt. Jedes Mal, wenn Eucaristus erschöpft in die Kissen sank, ermunterte ihn Lady Jane mit flinker Hand, das Spiel erneut zu beginnen. Eucaristus kam in dem luxuriösen Boudoir erst wieder zu sich, als es plötzlich in Dunkelheit gehüllt war, weil die Kerzen in den Kandelabern ausgebrannt waren. Dankbar für so viel Lust, wollte er die weiße Haut von Lady Jane mit Küssen überschütten, aber sie stieß ihn zurück und flüsterte: »Gehen Sie jetzt. Mein Mann …«

»Wann sehe ich Sie wieder?«

»Morgen natürlich, um dieselbe Zeit.«

Die Kälte auf der Straße ernüchterte ihn wieder. Er betrachtete die hohe Fassade des herrschaftlichen Hauses und hätte sich nicht gewundert, wenn sie plötzlich verschwunden wäre wie jene Gebäude der Phantasie, die sich beim Erwachen in Luft auflösen. Auf einmal überkam ihn eine unbändige Freude. Jetzt dachte er nicht mehr an Emma, der er auf so gemeine Weise unrecht getan hatte, sondern an Eugenia de Carvalho. Sie hatte ihn verachtet und verspottet und ihren erbärmlichen Bruder Jaime junior dazu angestiftet, ihn einen »dreckigen Neger« zu nennen. Aber jetzt hatte er eine weiße Geliebte. Und sie war nicht nur weiß, sondern auch noch adlig!

Mit beschwingtem Schritt kam er zum Leicester Square. In den von Gaslaternen hell erleuchteten Bars leerten Männer ihren Grog, während französische Musiker in roten Jacken Walzermelodien spielten. Nachtschwärmer kamen aus den Vergnügungslokalen, in denen sich tanzende Paare zu Polkas und Quadrillen im Kreis drehten, und ihr Gelächter schallte durch die kalte Nacht. Dieses Nachtleben, das Eucaristus immer in Schrecken versetzt hatte, nicht weil er darin etwas Sündiges sah, sondern weil er sich für immer davon ausgeschlossen hielt, schien ihm auf einmal zugänglich zu sein. Er würde es genießen, so wie er das Zusammensein mit Lady Jane genossen hatte. Im Wirbelsturm der Gefühle. Wie schnell diese Augenblicke nur vergangen waren. Doch morgen würde er es ihr zeigen, denn erst beim zweiten Mal kann man sich richtig an der Liebe erfreuen.

Die Nacht verging wie im Traum. Eucaristus sah noch einmal jeden Augenblick vor sich, den er mit Lady Jane verbracht hatte. Morgens klopfte es an die Tür. Es war George Davis, der rief: »Mein Gott, wie schlecht Sie aussehen! Sie müssen sich gut zudecken, dieses Klima hier ist heimtückisch. Wollen Sie mitkommen? Wir sind mit Sir Fowell Buxton verabredet. Er wird Lord Howick unser Anliegen vortragen ...«

Eucaristus gab vor, er müsse noch eine Seminararbeit beenden. Zum Teufel mit den Gegnern der Sklaverei und den Negern der Antillen! Seine Geliebte war weiß und adlig. Und pünktlich um 20 Uhr erschien er am Belgrave Square. Der stattliche Lakai, der ihn am Vorabend eingelassen hatte, öffnete ihm die Tür und führte ihn in die Eingangshalle, aber bevor Eucaristus ein Wort sagen konnte, nahm der Lakai einen versiegelten Brief von einer Boullekommode. Eucaristus fasste sich ein Herz und sagte: »Die Marquise ist also nicht da?‹.

Wortlos brachte ihn der Koloss zur Tür, während urplötzlich zwischen den Grünpflanzen zwei lange Kerle vom selben Kaliber auftauchten. Draußen im fahlen Licht der Gaslaternen entzifferte Eucaristus den Brief.

»Bravo! Ich gebe Ihnen ein paar Punkte mehr als Känguru. Adieu.«

»Känguru? Das ist ein Tier, was soll ich weiter dazu sagen?«

»Aber nicht ohne Artikel ...«

»Ohne Artikel?«

William Sancho kratzte sich am Kopf. Er hatte Eucaristus nie verstanden und ihn schon immer für etwas eigenartig gehalten, aber dass Eucaristus ihn heute Morgen aus dem Bett holte, um ihn nach der Bedeutung eines Wortes zu fragen, das ging nun wirklich zu weit. Als Mrs. Sancho mit halb offenem Mieder, da sie gerade ihrem Neugeborenen die Brust gegeben hatte, in den Laden kam, fragte Eucaristus sie: »Schwester, weißt du, wer Känguru ist?«

Mrs. Sancho hob beschwörend den Blick zum Himmel. Mein Gott, wie beschränkt die Männer doch manchmal waren. Dann entgegnete sie: »Du weißt doch, das ist dieser schwarze Akrobat vom Haymarket …«

Wie soll man Eucaristus' Gefühle beschreiben?

Zunächst dachte er daran, zum Belgrave Square zurückzugehen. Aber die Lakaien würden ihn vor die Tür setzen wie einen Flegel. Oder sollte er zu den Argyll Rooms gehen, wo Känguru auftrat, um zu sehen, mit wem er verglichen wurde? Aber was nützte das schon!

Je mehr er darüber nachdachte, umso weniger verstand er Lady Janes Verhalten. Um ihn so grundlos zu verletzen und zu demütigen, musste sie ihn hassen. Dabei hatte sie ihm viel zu wenig zugehört, um sich ein Bild von ihm machen zu können, und außerdem hatte er ihr nur Lust verschafft. Es konnte also nur mit seiner Rasse zu tun haben. Aber warum? Hassten die Weißen die Schwarzen von Natur aus? Was warfen sie ihnen eigentlich vor? Welches Verbrechen hatten sie begangen, als sie auf die Welt kamen?

Wenn Eucaristus sich nicht auflehnte, überkam ihn die Verzweiflung. Er dachte an die Frau, die er einen Abend lang geliebt hatte, an ihr weißes Fleisch. Halb schluchzend betrat er das Seminar, und der Portier, der ihn wie einen Schatten vorbeihuschen sah, nahm sich vor, ihn dem Superior zu melden. Wenn dieser Neger schon glaubte, Priester werden zu müssen, täte er gut daran, ein bisschen mehr auf sein Benehmen zu achten!

Auf der Fußmatte vor seiner Tür fand Eucaristus einen Brief und ein Päckchen vor. Sie waren beide von Emma. Er öffnete den Brief.

»Mein armer Babatunde,

wenn ich mir vorstelle, dass du in der Hölle von London bist, erzittere ich, und Tränen treten mir in die Augen. Du bist so empfindlich und anfällig für alle Versuchungen …«

Wie gut Emma ihn kannte. Wenn er doch bloß in ihre Arme flüchten könnte! Warum hatte man ihn nur so grundlos verletzt und gedemütigt?

Nach einer Weile las er weiter.

»Dein Freund Samuel ist mit Reverend Schonn und hundertfünfundvierzig Engländern aufgebrochen, um den Niger zu erforschen. Du kennst ja bereits den Plan. Sie wollen eine Modellfarm errichten, auf der Baumwolle und andere Pflanzen angebaut werden sollen, um unsere Völker dazu anzuregen, sich einer Gewinn bringenden Landwirtschaft zuzuwenden … Anscheinend stammt diese Idee nicht von den Missionaren, die eine solche Expedition gar nicht finanzieren könnten, sondern von Politikern. Hast du Gelegenheit gehabt, Sir Fowell Buxton zu treffen? Wie ich höre, mag er die Menschen unserer Rasse wirklich …«

Eucaristus lachte höhnisch. Kein Engländer mochte die Schwarzen. Darauf durfte man nicht hereinfallen. Hinter jedem noch so verführerischen Lächeln und hinter jedem noch so freundlichen Wort verbargen sich mörderische Waffen.

Verräterische Frau!

»Du wirst es kaum glauben, aber nach langer Suche habe ich endlich das Buch gefunden, von dem du seit langem träumst. Es war, wer hätte das gedacht, in der Bibliothek des Fourah Bay College.«

Das Buch, von dem er seit langem träumte? Eucaristus öffnete das Päckchen.

Reisen im Innern von Afrika, auf Veranstaltung der afrikanischen Gesellschaft, in den Jahren 1795 bis 1797, unternommen von Mungo Park, Wundarzt.

Emma hatte aufmerksam ein Lesezeichen ins dreizehnte Kapitel gelegt: »Segu, die Hauptstadt von Bambara, bei der ich nun angekommen war, besteht eigentlich aus vier verschiedenen Städten. Zwei davon, Segu-Korro und Segu-Bu, liegen am nördlichen Ufer des Niger, und die anderen beiden, Segu-Su-Korro und Segu-Sih-Korro, am südlichen. Alle sind mit hohen Erdmauern umgeben, die viereckigen Häuser sind aus Lehm erbaut, mit flachen Dächern; einige haben zwei Stockwerke, viele sind weiß getüncht …«

Während seine Augen über die Zeilen glitten, glaubte Eucaristus gleichzeitig Malobalis Stimme zu hören, wie dieser sagte: »Eines Tages wirst du nach Segu kommen. Du hast noch nie eine Stadt wie Segu gesehen. Die Städte hier sind Schöpfungen der Weißen. Sie sind durch den Menschenhandel entstanden. Sie sind nur große Lagerhäuser. Segu dagegen ist wie eine Frau, die du nur mit Gewalt besitzen kannst …«

Schluchzend vor Scham, Reue und Schmerz warf sich Eucaristus aufs Bett.

Worüber weinte er?

Über sich selbst und die Demütigung, die er am Abend zuvor erfahren hatte. Aber auch über die Reinheit seiner Ahnen aus Segu, eine Reinheit, die er für immer verloren hatte. Segu, jene in sich geschlossene, uneinnehmbare Welt, die sich geweigert hatte, den weißen Mann einzulassen, und ihn gezwungen hatte, am Fuße der Mauern umherzuirren. Er selbst würde niemals in den Wassern des Joliba schwimmen können, um dort Kraft und Stärke zu schöpfen. Niemals würde er die stolze Selbstsicherheit jener Zeiten wiederfinden.

Langsam trockneten seine Tränen, und er richtete sich auf seinem Bett auf. In wenigen Monaten würde er die Priesterweihe empfangen. Er wusste bereits, dass seine Missionsgesellschaft ihn wieder nach Lagos senden würde. Afrika zum Christentum zu bekehren und zu zivilisieren, das war seine Aufgabe.

Afrika zum Christentum zu bekehren und zu zivilisieren, hieß das nicht, es zu verderben?

FÜNFTER TEIL

Die Fetische haben gezittert

1

Seit einigen Jahren litt Siga an Elefantiasis. Diese Krankheit demütigte ihn zutiefst. Nach all den Enttäuschungen seines Lebens kam ihm dies wie der höchste Verrat vor, denn es war ein Verrat seines Körpers. Sein linkes Bein war vom Knie abwärts geschwollen und erreichte am Knöchel den Umfang eines Guajavenstamms. Die Haut war rissig, aufgequollen und stellenweise von eitrigem Ausschlag bedeckt. Um dieses Gewicht zu schleppen, musste er sich auf einen Stock stützen, den ihm sein ältester Sohn geschnitzt hatte. Wenn er saß, konnte er sich nicht ohne Hilfe erheben, und wenn er lag, war es noch schlimmer. Außerdem hatte er einen großen Teil seiner Zähne verloren, sodass er keine Kolanüsse mehr kauen konnte. Yassa, die junge Sklavin, musste ihm die Nüsse raspeln, ehe sie sie ihm in einer Tonschale reichte. Siga fragte sich, was er seinem Körper angetan hatte, damit dieser ihn, noch weit entfernt vom Grab, im Stich gelassen hatte; er hatte kein ausschweifendes Leben geführt, er war jedenfalls nicht maßloser als die anderen Männer auch. Als etwa Tiéfolo, der noch aufrecht wie eine Palmyrapalme war und noch immer das Wild über lange Strecken verfolgen konnte.

Im Alter entwickelte Siga eigentlich erst richtig eine Vorliebe für sinnliche Genüsse, vermutlich um gegen die Angst anzukämpfen, die das Ende allen Lebens begleitet. Am frühen Morgen streichelte er Yassa, die neben ihm lag. Instinktiv wich sie zunächst zurück, was Sigas Feingefühl nicht entging. Dann schlug sie die Augen auf und flüsterte: »Was willst du, Herr?«

»Nichts, nichts ...«

Er tätschelte ihr die Hüfte. Yassa war bereits wach und erhob sich behände. Siga starrte von seiner Matte aus auf das Geflecht von Zweigen, die das Dach stützten. Der heutige Tag würde unweigerlich genauso verlaufen wie alle anderen. Er würde seinen ersten Brei essen, nachdem er sich mit warmem Wasser den Mund ausgespült hatte. Nach dem Bad würde er sich unter den *dubale*-Baum setzen und den Klagen der einen und anderen lauschen, während er auf seinem Kauhölzchen herumbiss.

Yassa kam in Begleitung einer anderen Sklavin wieder und brachte eine Kalebasse mit heißem Wasser und zu seinem Erstaunen einen versiegelten Brief. Das Mädchen beugte das Knie und sagte: »Der ist heute Nacht abgegeben worden, Herr. Ein Fulbe, der aus Hamdallay kam, hat ihn gebracht ...«

Siga drehte und wendete den Brief. Die geringen Arabischkenntnisse, die er sich angeeignet hatte, waren längst verblasst. Er konnte nicht mehr schreiben oder lesen. Er befahl: »Hol Mustapha ...«

Mustapha war sein sechster Sohn, der einzige, der sein Vaterherz vor Stolz schwellen ließ. Denn alle anderen Kinder hingen zu sehr an Fatima und ergriffen ständig Partei für seine mürrische, alternde Ehefrau. Siga erhob sich mit Yassas Hilfe, ging in den Hof und wartete auf Mustapha. Die Sonne ging am Horizont auf. Aus den Moscheen von Segu ertönte der höllische Lärm der Muezzins. Es war nicht zu leugnen, der Islam verbreitete sich wie eine tückische Krankheit, die man erst erkennt, wenn es bereits zu spät ist. Offensichtlich hatte Tiékoros Aufsehen erregender Tod selbst innerhalb der Familie das Interesse für den Islam eher gesteigert. Manche Leute, die Tiékoros Tod miterlebt hatten, hatten sich vermutlich gefragt: »Was ist das für ein Glauben, für den ein Mensch bereit ist, sein Leben hinzugeben?« Und sie waren in seine Fußstapfen getreten, als gäbe es einen Schatz zu entdekken.

Über den Himmel zogen sich schwarze Streifen von Osten nach Westen, und Siga fragte sich mutlos, ob er wohl das Ende dieser Regenzeit noch erleben würde. Und den Beginn und das Ende wie vieler anderer? Er spülte sich den Mund aus, spuckte das Wasser nach links und nach rechts, gab Yassa, die hinter ihm wartete, die Kalebasse wieder und rief: »Wo bleibt denn Mustapha?«

Yassa lief eilig davon und kam kurz darauf mit dem Jungen wieder. Mustapha erbrach geschickt das Wachssiegel und überflog den Text. Siga gab erneut seiner Ungeduld Ausdruck, aber nicht, weil er sich über Mustaphas Langsamkeit ärgerte, sondern weil er die Rolle eines launischen alten Mannes spielte.

»Worauf wartest du noch?«

»Der Brief ist von Mohammed, Fa, dem Sohn meines Vaters Tiékoro.«

»Was schreibt er? Oder muss ich dir erst den Bauch aufschlitzen?«

Mustapha tat, als würde er sich beeilen, und las:

»Vater,

meine Schulzeit ist zu Ende, und ich habe den Titel *hafiz kar** verliehen bekommen. Wenn ich wollte, könnte ich nun islamisches Recht oder Theologie an der Universität studieren, aber ich bin nicht sicher, ob mir daran liegt, zumindest im Augenblick. Außerdem war das einzige Band, das mich in Hamdallay hielt, mein Lehrmeister Cheiku Hamadu. Seit er tot ist, ist alles anders geworden. Sein Sohn Amadu Cheiku, der seine Nachfolge angetreten

* Titel, der einem Schüler verliehen wird, der den gesamten Koran auswendig gelernt hat.

hat, ist ein ganz anderer Mensch. Auch wenn er nach seiner Inthronisierung erklärt hat: ›Ich habe nicht die Absicht, irgendetwas an der Ordnung der Dinge zu ändern‹, ist nichts mehr wie zuvor. Intrigen um politische Macht und materiellen Besitz haben den Glauben und das Bemühen um Gott verdrängt. Kurz, Hamdallay ist nicht mehr Hamdallay, und ich habe hier nichts mehr zu suchen. Daher möchte ich dir mitteilen, dass ich zu dem Zeitpunkt, da du diesen Brief erhalten wirst, bereits auf dem Weg nach Segu sein werde.

Ich grüße dich in Achtung und Frieden. Dein dich liebender Sohn.«

Mustapha verstummte, blickte seinen Vater an und wartete darauf, dass dieser ihn aufforderte zu gehen, aber Siga war mit seinen Gedanken bereits weit weg. Er empfand große Freude, in die sich gleichzeitig eine tiefe Angst mischte. Tiékoros Sohn kam in seine Vaterstadt zurück, obwohl er auch nach Sokoto hätte gehen können, wo seine Mutter und seine Schwestern lebten. Die Wege der Ahnen sind unergründlich. Mohammed war ein überzeugter Moslem, der in einer heiligen Stadt, zumindest nannte sie sich so, aufgewachsen war. Würden die unterschwelligen religiösen Auseinandersetzungen, die es in der Familie gab, nicht wieder zum Ausbruch kommen? In seiner Ratlosigkeit ließ Siga seinen Zorn an Mustapha und Yassa aus, die immer noch vor ihm standen und ihn anstarrten: »Worauf wartest du, um mir meinen Brei zu bringen? Und du, hau ab …«

Dann setzte er sich mit großer Mühe auf einen kleinen hölzernen Schemel und versuchte, sein Bein auszustrecken. Er musste den Familienrat einberufen und ihn von Mohammeds Ankunft unterrichten. Doch sollte er nicht zuvor mit Tiéfolo sprechen? Wusste Mohammed, welche Rolle dieser bei der Festnahme und dem Tod seines Vaters gespielt hatte? War Mohammeds Herz nicht voller Rachegelüste? Nun war der zerbrechliche Frieden, den er unter allen Mitgliedern der Familie aufrechtzuerhalten suchte, schon wieder bedroht.

Siga legte sich im Geist die Worte zurecht, die er Tiéfolo sagen wollte, als Yassa wieder auftauchte. Sie war nicht allein, und Siga ärgerte sich darüber, bereits so früh am Morgen einen Besucher empfangen zu müssen. Der Fremde trug einen Mantel aus roter und gelber Seide über einem Kittel aus blauer Broché-Seide. Auf dem Kopf hatte er eine bei den Manding übliche Mütze aus grünem Tuch, die mit einem orientalischen Seidenturban aus Goldbroché umwickelt war. Ganz offensichtlich war der Besucher eine bedeutende Persönlichkeit.

»As salam aleykum ...«

Siga brummte: »Wa aleyka salam ...«

Diese verfluchten moslemischen Grußformeln hatten sich selbst bei den Ungläubigen durchgesetzt. Dann gewann seine natürliche Gastfreundschaft die Oberhand, und er bat den Unbekannten, Platz zu nehmen, und bot ihm eine Kolanuss an, die Yassa eilig geholt hatte. Nach einem kurzen Moment des Schweigens stellte sich der Besucher vor: »Ich heiße Cheikh Hamidu Magassa und komme aus Bakel. Ich bin kein Anhänger der Tidjaniya ...«

Siga deutete durch eine Geste an, dass er von diesen Sektenstreitigkeiten nichts verstand, und der Besucher fuhr fort: »Ich bin gekommen, um dir zu sagen, dass uns das Grab deines Bruder Umar gehört und dass es als Pilgerstätte verehrt werden muss. Wir wissen aber, dass es sich eurer Tradition entsprechend in euerm Anwesen befindet. Daher bitten wir dich in aller Bescheidenheit, uns Zugang zu dem Grab zu gewähren ... du hast nicht das Recht, uns das zu verweigern. Für uns ist Modibo Umar Traoré ein Märtyrer des wahren Glaubens.«

Das Anliegen war so aberwitzig, dass Siga beinah in Gelächter ausgebrochen wäre. Dann wurde er verbittert. Selbst nach seinem Tod rief Tiékoro noch Zwiespalt hervor und zog vor allem die Aufmerksamkeit auf sich. Tiékoro ein Heiliger und ein Märtyrer! Gleichzeitig war Siga doch irgendwie geschmeichelt, wenn er sich vorstellte, dass dieser Mann mehrere Tage und Nächte gereist war, um sein Anliegen vorzubringen. Auch der Gedanke, dass das Anwesen der Traoré bald den Ruf einer heiligen Stätte haben würde, war ihm nicht unangenehm. Dadurch würde das Ansehen der Familie, das in den letzten Jahren stark gelitten hatte, wieder zu neuem Glanz kommen. Doch dann verfiel Siga wieder in seine Lieblingsbeschäftigung und übte Selbstkritik. War es nicht sein Fehler, wenn die Familie ihr Ansehen verloren hatte? Zwar besaßen die Traoré immer noch ausgedehnte, fruchtbare Ländereien, die von Hunderten von Sklaven bestellt wurden, die Speicher des Anwesens waren voller Korn, und in den Umfriedungen drängten sich Schafe, Ziegen, Geflügel und Reitpferde mit glänzendem Fell. Doch wer konnte schon in Segu vergessen, dass der Fa dieses Clans eine Zeit lang den *garankè* Konkurrenz gemacht und Stiefel und Sandalen hergestellt hatte? Wenn Siga sich an seine Jugendträume erinnerte, verstand er sie selbst nicht mehr. Er blickte seinen Besucher wieder an, der ernste, von Reife und Erfahrung gezeichnete Gesichtszüge hatte. Dieser Mann war mit seinen Landsleuten davon überzeugt, dass Tiékoro ein Heiliger war. Und was war ein Heiliger? Vielleicht auch nur ein gewöhnlicher Sterblicher mit guten und schlechten Eigenschaften wie jeder andere, nur dass er all sein Handeln in den Dienst einer Sache stellte.

Siga sagte langsam: »Bei uns werden alle Entscheidungen gemeinsam getroffen. Ich werde den anderen Mitgliedern der Familie von deinem Ansinnen erzählen.

Aber du weißt doch wohl, dass wir deinen Glauben nicht teilen?«

Cheikh Hamidu Magassa lächelte wohlwollend und sagte: »Es vollziehen sich zur Zeit große Veränderungen, Traoré. Weißt du das nicht? Schenkst du den Dingen kein Gehör, die sich um dich herum abspielen? Segu wird sich bald mit allen Mitteln bemühen, zu beweisen, dass es dem Islam anhängt ...«

»Segu wird sich mit allen Mitteln bemühen, zu beweisen, dass es dem Islam anhängt ...« Was sollte das heißen?

Dieser Satz verfolgte Siga immer noch, als er aus seiner Wasserhütte kam, wo er sich gründlich gewaschen hatte, weil er insgeheim nicht die Hoffnung aufgegeben hatte, dadurch die Fäulnis aufzuhalten, die ihn zerfraß. Da jetzt zwei wichtige Entscheidungen auf ihn zukamen, hatte er das Bedürfnis, sich den Rat von gebildeteren Männern zu holen, ehe er der Familie gegenübertrat. Die Welt veränderte sich in der Tat. Früher brauchte ein Mann nur Stärke und Entschlossenheit, um Frauen, Kinder, jüngere Brüder und Sklaven im Zaum zu halten. Das Leben war ein vorgezeichneter, geradliniger Weg, der vom Schoß einer Frau zum Schoß der Erde führte. Wenn man im Gefolge eines Herrschers kämpfte, dann nur, um mehr Frauen, mehr Sklaven oder mehr Gold zu erhalten. Heute dagegen lauerten überall gefährliche neue Ideen und Wertvorstellungen. In seiner Verwirrung beschloss Siga, den Mauren Awlad Mbarak aufzusuchen, der die Koranschule leitete, in die Fatima die Kinder schickte.

Wegen seiner Elefantiasis konnte Siga nur langsam gehen. Doch das störte ihn nicht. So war er gezwungen, wie ein Spaziergänger den Blick schweifen zu lassen, und nahm dadurch Dinge wahr, die ihm sonst entgangen wären. Segu wandelte sich zunehmend. Allenthalben entstanden neue Häuser mit Dachterrassen und Türmchen mit dreieckigen Zinnen, Strohdächer wurden immer seltener. Die Kinder waren überall in Koranschulen eingesperrt, bei deren Anblick Siga widersprüchlicherweise von später Reue erfasst wurde. Warum war sein Lerneifer nur so schnell erlahmt, als er in Fes war? Aber da Lernen an den islamischen Glauben gebunden war, war es ihm verhasst gewesen.

Awlad Mbarak war in meterlange Bahnen zerknitterten indigoblauen Tuchs gehüllt und trug dazu hellgelbe Lederpantoffeln von derselben Machart, wie Siga sie gern hergestellt hätte. Wie alle Mauren trank er Pfefferminztee und schob sich jedes Mal, wenn er eine Tasse geleert hatte, mit einem Silberstäbchen Kautabak zwischen die Zähne. Er hatte alle zehn Kinder von Siga unterrichtet, mit Fatima an Festtagen gemeinsam Kuskus gegessen und fühlte sich fast wie ein Verwandter der Familie. Er erkundigte sich zunächst nach Sigas Befinden: »Wie geht es deinem Bein?«

Siga seufzte: »Sprechen wir lieber nicht davon, einverstanden?«

»Die Weißen sollen gegen solche Dinge wirksame Pulver und Salben haben ...«

»Die Weißen?«

Awlad Mbarak nickte bedächtig und sagte: »Sie stellen nicht nur Waffen und Alkohol her, weißt du. Ich habe einen meiner Verwandten besucht, der in Saint-Louis am Senegalstrom wohnt. Dort habe ich gesehen, was die Franzosen alles können. Ich sage dir, diese Leute vollbringen wahre Wunder ... Sie bringen es fertig, Pflanzen wachsen zu lassen, die du dir nicht einmal vorstellen kannst. Sie haben Medikamente gegen alles: Bauchschmerzen, Kopfschmerzen, Wunden, Fieber ...«

Siga hörte mit offenem Mund zu. Spanier waren ihm wohl schon einmal begegnet, als er in Fes war, aber Franzosen hatte er noch nie gesehen. Er fragte: »Wie sehen die Franzosen aus?«

Awlad Mbarak zuckte die Achseln: »Für mich sieht ein Weißer aus wie der andere.«

Siga kam auf den Grund seines Besuches zu sprechen: »Awlad, mein Vater hat länger gelebt als ich, und doch kommt es mir vor, als sei ich älter als er und verstünde nichts mehr. Heute Morgen hat mich ein Mann aus Bakel besucht. Er meint, mein Bruder Tiékoro sei ein Heiliger ...«

»Das ist wahr ...«

Siga ging nicht auf die Bemerkung ein und fuhr fort: »Dieser Mann will Tiékoros Grab zu einer Pilgerstätte machen. Aber vor allem hat er mir Folgendes gesagt: ›Bald wird sich Segu mit allen Mitteln bemühen, zu beweisen, dass es dem Islam anhängt ...‹ Was soll das bedeuten?«

Awlad schürte die Glut im Feuerbecken, und nach einer Weile schenkte er Siga und sich eine Tasse Tee ein. Siga wartete geduldig, bis der Maure seinen Tee getrunken hatte und das Wort ergriff: »Weißt du, lange habt ihr hier in Segu geglaubt, Cheiku Hamadu aus Massina sei euer erbittertster Feind. Ihr habt eure Heere gegen ihn ausgesandt und ihn unablässig bekämpft. Doch jetzt ist auf einmal ein viel gefährlicherer Feind aufgetaucht, der von politischem Machthunger verzehrt wird. Es ist der Tukulor-Marabut; vor einigen Jahren hat er in euerm Haus genächtigt ...«

»El-Hadj Omar?«

Awlad nickte und sagte: »Ich kann dir nicht die ganze Geschichte erzählen, das wäre zu lang. Außerdem kenne ich selbst nicht alle Einzelheiten, aber ich weiß, dass der Tukulor-Marabut sehr mächtig geworden ist und Segu einnehmen will. Um sich zu verteidigen, muss Segu sich mit Massina verbünden ...«

Ungläubig starrte Siga Awlad Mbarak an. »Du meinst,

Moslems würden sich mit Nicht-Moslems gegen Moslems verbünden?«

»Genau das. Frag mich nicht warum, denn da wird es zu kompliziert ...«

Auch der Himmel schien diesen erstaunlichen Neuigkeiten Nachdruck verleihen zu wollen, denn urplötzlich entluden sich die Wolken, sodass die beiden Männer sich in Awlads Haus retten mussten. Eine Holzleiter, aus zwei krummen Stangen gefertigt, an denen Holzsprossen mit ungegerbten Lederriemen befestigt waren, diente in der schönen Jahreszeit als Aufgang zur Dachterrasse. Im größten Raum des Hauses standen Korbsessel aus Hirserohr, in denen Siga und Awlad sich niederließen. Siga hasste die Regenzeit, die nichts für alte Leute war. Nicht nur, weil sich tausend Schmerzen in seinem Körper bemerkbar machten, dessen Gelenke wie die Spanten einer schwer beladenen Piroge auf dem Joliba knackten, sondern weil dieses ständige Gemurmel des Wassers ihn an das Geräusch eines Webstuhls erinnerte, auf dem Leichentücher gewebt werden. Und doch wünschte er sich den Tod. Er wünschte ihn herbei und fürchtete sich zugleich vor ihm. Wie mochte er wohl aussehen? Mit welchem Lächeln würde er sich über seine Matte beugen?

Siga nahm die dritte Tasse Tee entgegen, die Awlad ihm anbot, und fragte: »Verstehst du die Anziehungskraft des Islam? Warum senken so viele der Unseren die Stirn in den Staub?«

Awlad entgegnete lachend: »Du vergisst, dass du einen Gläubigen fragst. Was soll ich dir darauf antworten? Auf mich übt der Islam große Anziehungskraft aus, ganz einfach, weil es die Religion des wahren Gottes ist ...«

Natürlich, die Frage war töricht gewesen. Über Glauben lässt sich nicht streiten. Siga stand mit Mühe auf. Awlads Antworten brachten ihn nicht weiter. Im Gegenteil, sie hatten das Rätsel nur noch größer werden lassen. Um ein Bündnis gegen den Tukulor zu rechtfertigen, verlangte Massina also von Segu »den Beweis, dass es dem Islam anhängt«? Der Regen hatte die Straßen nicht völlig leer gefegt. Nackte oder nur mit einem Lendenschurz bekleidete Kinder spielten in den Wasserlachen unter den Regenrinnen aus Bambus. Als sie Siga mit seinem geschwollenen Bein langsam vorbeigehen sahen, unterbrachen sie ihr Spiel. Stumm, ja fast verängstigt, blickten sie ihm nach.

Als Siga in das Anwesen zurückkam, sah er, wie Fatima, so schnell es ihre Leibesfülle erlaubte, aus dem Hof der Frauen auftauchte. Das Alter hatte Siga grausam zugesetzt und ihm nichts von seiner früheren Schönheit gelassen, doch auch mit Fatima war es nicht gerade gnädig umgegangen. Was erinnerte noch an das junge Mädchen, das die kühnen Worte »Bist du blind? Siehst du nicht, dass ich dich liebe?« geschrieben hatte, ohne zu wissen, dass das Wort »Liebe« sie zu einem endlosen Exil in einem fremden Land verdammen würde?

Schöne Augen in einem aufgeschwemmten Gesicht. Seidiges Haar, das leider immer unter hastig geknüpften Kopftüchern versteckt war. Dreizehn Schwangerschaften – drei ihrer Kinder waren jung gestorben – hatten ihre Bauchmuskeln und ihre Brüste erschlaffen lassen. Aber zu Sigas Erstaunen, der das Schlimmste befürchtet hatte, schien Fatima, nachdem sie in den Rang der Bara Muso des Familienoberhaupts aufgestiegen war, ihren Frieden mit Segu gemacht zu haben und die Bambara wie ihresgleichen zu behandeln. Bei allen Taufen, Hochzeiten und Todesfällen war sie zugegen, und niemand konnte besser als sie eine Gesellschaft mit einem großen Kuskusgericht und einem ganzen, am Spieß gebratenen und mit Kräutern gefüllten Hammel bewirten. Da sie ein wenig arabisch lesen und schreiben konnte, genoss sie unter den Frauen des Anwesens und denen aus der Nachbarschaft hohes Ansehen und wurde von ihnen bei jeder Gelegenheit um Rat gefragt. Fatima wandte sich wütend an Siga: »Ich habe gehört, Tiékoros Sohn kehrt zurück, und ich bin natürlich wieder die Letzte, die es erfährt.«

Bevor Siga irgendetwas erklären konnte, fuhr sie bereits fort: »Wo soll er wohnen? Hast du schon daran gedacht?« Siga ging in den Vorraum seiner Hütte, ließ sich schwerfällig auf einem Hocker nieder und fragte: »Was hältst du für das Beste?«

Fatima, die es liebte, dass man sie nach ihrer Meinung fragte, beruhigte sich wieder und entgegnete mit wichtigtuerischer Miene: »Er ist in Hamdallay erzogen worden, ein echter Moslem. Er wird es nicht ertragen, bei Fetischgläubigen zu wohnen.«

Siga brummte: »Fetischgläubige, Fetischgläubige …«

Doch er protestierte nur, um die Form zu wahren, denn er wusste, dass Fatima in heiklen Situationen viel bessere Lösungen fand als er. Wie doch hohes Alter zwei Menschen einander näher bringt und zugleich voneinander entfernt! Keine körperliche Begierde mehr. Keine Herzensaufwallungen mehr. Aber auch nicht mehr das Bedürfnis zu beherrschen, zu erniedrigen, wehzutun. Eine tiefe Innigkeit. Seit Jahren hatte Siga Fatima nicht mehr besessen. Wenn sie die Nacht in seiner Hütte verbrachte, plauderten sie, wie sie es in ihrer Jugend nie getan hatten. Sie sprachen von den Tagen in Fes. Sie sprachen von Tiékoro, als ob die Liebe, die Fatima kurze Zeit für diesen empfunden hatte, ein Geheimnis wäre, das sie einander noch näher brachte. Sie sprachen über den Islam, und immer noch versuchte Fatima, ihren Mann zu überreden, seine ablehnende Haltung Allah gegenüber aufzugeben. Aber in diesem Punkt endeten all ihre Gespräche mit einem Achselzucken Fatimas, die schließlich sagte: »Der Islam wird sowieso siegen …«

Und Siga beneidete den unerschütterlichen Glauben von dessen Anhängern.

Fatima fuhr nach kurzem Schweigen fort: »Lass das Haus, das du am Rande der Stadt für uns hast erbauen lassen und in dem sich jetzt Mäuse und Ratten tummeln, neu verputzen und gib Mohammed ein paar Sklaven, die ihm zu Diensten sind …«

Siga hätte beinah gefragt: »Wird er sich dort nicht ausgeschlossen fühlen?«

Aber er hielt sich zurück, denn war das Ausgeschlossensein nicht ein fester Bestandteil des Islam? Als Fatima gegangen war, trat er vor die Hütte, blickte auf den *dubale*-Baum und wandte sich an Tiékoro: »Hilf mir. Was soll ich tun? Teil mir heute Nacht im Traum deinen Willen mit …«

Seit Tiékoro nicht mehr lebte, verließ er seinen Bruder nicht mehr, und Siga war wie ein Neugeborenes vom Geist eines Verstorbenen erfüllt. Er traf keine Entscheidung, ohne sich vorher zu fragen: »Was hätte er an meiner Stelle getan?«

Siga aß keinen Bissen, ohne Tiékoro vorher einen kleinen Teil seines Essens anzubieten, den er auf den Boden stellte. Und jede noch so kleine Freude wollte er mit dem Verstorbenen teilen.

Er war so in seine Gedanken versunken, dass er nicht hörte, wie Yassa sich näherte, und bemerkte sie erst, als sie ihm seine Kolanusspaste reichte. Yassa war keine Haussklavin. Sie stammte aus dem Reich von Beledugu, mit dem Segu wieder einmal eine kriegerische Auseinandersetzung gehabt hatte. Yassa war also tränenüberströmt und halb nackt in einer langen Reihe von Gefangenen in Segu angekommen, und Tiéfolo, der seiner fünften Frau ein Geschenk machen wollte, hatte sie und noch ein paar weitere Gefangene gekauft.

Als Siga sie wenige Tage später im Anwesen gesehen hatte, hatte sein alter Körper eine unerwartete Regung gezeigt, ohne dass Siga so recht wusste warum. Sein erschlafftes Geschlechtsteil, für das er keine Verwendung mehr hatte, hatte sich plötzlich in seiner weiten Hose aufgerichtet und deren weichen Stoff gespannt. Ein wenig verschämt hatte Siga Tiéfolo aufgesucht und ihn gebeten, ihm gegen eine Entschädigung das Mädchen zu überlassen.

Als Siga die bittere, wohltuende Kolanusspaste auf der Zunge zu einer Kugel rollte, näherte sich Yassa und sagte leise: »Herr, ich bin schwanger ...«

Sigas Herz erfüllte sich mit Stolz und Freude. Obwohl er schon so alt und leidend war, konnte er also doch noch Leben zeugen. Doch er verbarg seine Gefühle, wie es sich gehörte, und sagte zwanglos: »Mögen die Ahnen dafür sorgen, dass es ein Junge wird.«

Yassa lag noch immer vor ihm im Staub, sodass er das hübsche Muster ihrer Zöpfe sah. Sie sagte leise: »Herr, wenn du nicht mehr da sein wirst, was soll dann aus mir und meinem Kind werden?«

Diese Worte verblüfften Siga. Seit wann wagte es eine Sklavin, ihrem Herrn Fragen zu stellen? Aber bevor er seinen Ärger zum Ausdruck bringen konnte, fuhr Yassa schon fort: »Du hast zehn Kinder von unserer Mutter Fatima und ebenso viele von deinen beiden Konkubinen. Was wird da für mein Kind übrig bleiben? Denk daran, Herr, denk daran ...«

Daraufhin, als habe ihr eigener Mut sie erschreckt, verschwand sie hastig. Zum Glück, denn Siga holte bereits seinen Stock, um sie zu schlagen. Was für ein unverschämtes, freches Wesen! Für wen hielt sie sich eigentlich? Und nur, weil sie mit ihm das Bett geteilt hatte? Welches Recht gab ihr das?

Zugleich musste Siga an seine Mutter denken. Jene-Unglückliche-die-sich-in-den-Brunnen-gestürzt-hatte. Warum hatte sie es getan? War es nicht geschehen, weil man über sie verfügt hatte? Und er, war er nicht sein ganzes Leben davon gezeichnet gewesen? Wie sollte man bloß mit den Frauen umgehen? Was wollten sie? Versteckten sie unter ihrer Schönheit und Fügsamkeit nicht lauter Fallen, um die Männer in Ketten zu legen?

Mit Sira hatte alles angefangen, die eines schönen Morgens nach Massina zurückgekehrt war und Dusika das Herz gebrochen hatte. Dann hatte Maryem den Ehemann abgelehnt, den ihr die Tradition vorschrieb, hatte ihre Kinder genommen und war gegangen. Und jetzt forderte Yassa Rechte für ihr Kind. Als ob sie sich abgesprochen hätten, um sich aufzulehnen, jede auf ihre Weise ... Um sich aufzulehnen? Aber wogegen? Genügte es ihnen nicht zu wissen, dass jeder Mann vor der Frau, die ihn zur Welt gebracht hat, klein ist? Dass jenseits des von beiden aufrechterhaltenen Spiels kein Mann über die Frau, die er liebt und begehrt, wirklich Macht hat?

Da die Dunkelheit immer weitere Schatten warf, brüllte Siga nach Licht. Hatte man ihn etwa vergessen? War er vielleicht schon tot? War er nicht mehr der Herr dieses Anwesens? Ein junger Sklave rannte herbei, um die Karitefettlampe anzuzünden. Um seinem Zorn Luft zu machen, hielt Siga ihn am Arm fest. Doch als er ihn gerade schlagen wollte, sah er den schicksalergebenen, fast mitleidigen Ausdruck des Kindes angesichts dieser greisenhaften Wut und schämte sich vor sich selbst. Da ließ er ihn gehen.

Sämtliche Ereignisse des Tages gingen ihm noch einmal durch den Kopf. Die Ankündigung von Mohammeds

Rückkehr. Das erstaunliche Anliegen von Cheikh Hamidu Magassa. Awlad Mbaraks Worte. Und schließlich Yassas Schwangerschaft. Welche Verantwortung kam da auf ihn zu! Und wie viele Entscheidungen musste er fällen!

Das Wichtigste aber war, Tiékoros Sohn einen würdigen Empfang zu bereiten. Siga glaubte, die Stimme seines Bruders am Tag vor dessen Festnahme zu hören: »Vor allem kümmere dich um Mohammed. Ich spüre, dass er mir ähnlich ist. Er wird nie glücklich sein.«

Aber wer ist schon glücklich auf dieser Erde?

Ja, er würde sein Möglichstes tun und Mohammed vor jenen schützen, die noch immer einen Groll gegen dessen Vater hegten. Das würde nicht immer leicht sein. War Fatimas Vorschlag gut, sollte man Mohammed tatsächlich in einem Haus außerhalb des Anwesens der Familie unterbringen?

Siga seufzte, nahm etwas Kolanusspaste aus der Schale und stand mühevoll auf, um Tiéfolo einen Besuch abzustatten.

Als er das Bein über den Sandboden der Hütte schleifte und sich dabei schwer auf seinen Stock stützte, spürte er plötzlich einen stechenden Schmerz in der Seite, und gleichzeitig wurde ihm schwarz vor Augen. Er hatte gerade noch die Zeit, Tiékoros Gesicht zu sehen, das sich lächelnd über ihn beugte, bevor er nach hinten fiel. Verstört wie ein gefangenes Tier, begann sein Geist, sich im Kreis zu drehen. War das der Tod?

Noch nicht, noch nicht! Er hatte noch so viele Dinge zu regeln.

2

Mohammeds Pferd ging im Schritt. Es spitzte die Ohren, zuckte beim kleinsten Geräusch zusammen und nahm in der Dunkelheit den Geruch von Büffel- und Antilopenherden wahr, die, in ihrer Ruhe gestört, in das schützende Dickicht flohen.

Mohammed selbst, der von den Bewegungen seines Pferdes leicht hin- und hergeschüttelt wurde, betete unablässig seine Gebetsschnur ab. Er tat dies nicht aus Angst, um sich vor den bösen Geistern zu schützen, die sich in der Nacht herumtreiben, sondern einfach, weil die Vertiefung ins Gebet für ihn ein natürlicher Zustand war.

Vor einigen Monaten wäre es noch sehr gefährlich gewesen, den Weg von Hamdallay nach Segu über die Furt von Thio einzuschlagen. Denn die Tuareg-Meharireiter, die jeweils zu zweit auf ihren schnellfüßigen Dromedaren saßen, nutzten die Dunkelheit, um die Fulbe-Dörfer zu überfallen; eine Vergeltungsmaßnahme dafür, dass die Fulbe Timbuktu in ihre Gewalt gebracht hatten. Die Bambara vom linken Ufer des Joliba wiederum hatten diese Auseinandersetzungen unter »roten Affen« genutzt und waren bis nach Tenenku geritten, um den Fulbe die Rinderherden zu stehlen und die Hirten zu töten. Die Fulbe, nun von zwei Seiten angegriffen, blieben auch nicht untätig und schleuderten ihre Wurfspieße auf alles, was sich bewegte.

Doch seit kurzem war wieder Ruhe und Frieden in der Gegend eingekehrt. Tuareg, Fulbe und Bambara pflegten ihre Wunden und trafen Anstalten, sich gegen El-Hadj Omar zu verbünden, der Heere von Gläubigen und Gefangenen aufstellen ließ. Seine Absichten waren zwar noch nicht bekannt, lösten aber bereits bei allen große Furcht aus.

Diese von Herrschern und religiösen Führern beschlossene Umkehrung der Bündnisse erfüllte die Völker mit Bestürzung. Seit Generationen hatte man ihnen beigebracht, einander zu hassen und zu verachten. Plötzlich verlangte man von ihnen, dass sie friedlich zusammenleben sollten, und stellte die Tukulor als ihre neuen Feinde hin. Mohammed hatte zufällig einen Brief gelesen, den Cheikh El-Bekkay, einst ein erbitterter Feind von Massina, an den Nachfolger von Cheiku Hamadu geschrieben hatte. Darin hieß es: »Lass nicht zu, dass Segu in El-Hadj Omars Hände fällt. Wenn er das Reich einnimmt, dessen Macht an sich reißt, all das Gold, die Pferde, Männer und Kaurimuscheln, was soll dann aus dir werden? Du kannst sicher sein, dass er dich nicht in Ruhe lassen würde, selbst wenn du ihn nicht bedrohtest. Und dann würde das Volk deines Landes, darüber besteht kein Zweifel, sich auf seine Seite schlagen.«

Diese Verhandlungen waren Mohammed zuwider. Er merkte deutlich, dass es nicht um religiöse Auseinandersetzungen ging. Es waren vor allem Kämpfe um Macht und Vorherrschaft.

Plötzlich stolperte das Pferd über eine Wurzel. Das Tier war müde und brauchte Ruhe. Mohammed beschloss, im nächsten Dorf zu übernachten.

Mohammed war zwanzig Jahre alt und adlig. Doch sein Herz war voller Trauer. Am Tage zuvor hatte Tidjani Mohammeds Traum zerstört wie ein Henker, der mit einem Krummschwert dem Verurteilten den Hals abtrennt, als er gesagt hatte: »Sprich nicht mehr davon. Es ist unmöglich. Du wirst Ayisha nie heiraten.«

Mohammed hatte geahnt, dass die Antwort so ausfallen

würde. Doch als er sie hörte, war es ihm vorgekommen, als läge er in einem dunklen Grab, bedeckt mit kalter Erde. Er hatte gestottert: »Aber, Vater, Ayisha und ich sind doch nicht blutsverwandt.«

Tidjani war wutentbrannt aufgestanden und hatte entgegnet: »Sprich nicht mehr davon …«

Mohammed war bereit zuzugeben, dass er nicht verfahren war, wie es Brauch und Sitte vorschrieben. Zweifellos hätte er erst nach Segu zurückkehren und die Familie über seine Absicht in Kenntnis setzen müssen. Dann hätten Griots mit Geschenken entsandt werden müssen, um Tidjani den Antrag zu machen. Aber war seine Ungeduld nicht verzeihlich, da er sich doch auf eine gefährliche Reise begab? Er wollte sich nicht eingestehen, dass er auf diese Weise Ayisha hatte zwingen wollen, sich zu entscheiden und sich endlich ihre Gefühle einzugestehen. Aber leider war diese Rechnung von vorn bis hinten falsch gewesen. Nach dem Gespräch mit Tidjani war er in den Vorraum gegangen, wo Ayisha Dickmilch mit Honig süßte. Sie hatte nur gesagt: »Mein Vater hat gesprochen, Mohammed.«

Hieß das, dass sie ihn nicht liebte? Dann wollte er lieber sterben. Seinen Burnus und seine Kleider ablegen. Ins schwarze Wasser des Joliba gehen. Sich von der Strömung forttragen lassen. Eines Tages würden Somono-Fischer seinen Leichnam finden. Mohammed sah in der Ferne die dunkle Silhouette eines Dorfes und tätschelte die Flanke seines Pferdes, um es zur Eile anzuspornen.

Es war ein Dorf der Sarakole, erkennbar an der Form der Hütten, die von Hirsespeichern auf dünnen Pfählen umgeben waren. In der Mitte befand sich eine schöne Moschee aus Lehm. Mohammed ging in den ersten Hof und klatschte in die Hände. Nach einer Weile kam eine Gestalt mit einer Karitefettlampe in der Hand auf die Veranda, deren Boden aus gestampftem Kuhmist bestand.

Mohammed rief: »As salam aleykum. Ich bin ein Moslem wie du. Kannst du mich heute Nacht unterbringen?«

»Bist du ein *bimi*?«

Mohammed trat lachend näher und konnte jetzt die Umrisse eines jungen Mannes mit buschigen Augenbrauen und ebenso dichtem Haar erkennen, der ihn ziemlich misstrauisch anstarrte. Mohammed entgegnete: »Halb *bimi*, halb *n'ko** … Ist das nicht eine schöne Mischung?«

Der Mann zögerte offensichtlich, hin- und hergerissen zwischen dem alten Brauch der Gastfreundschaft und der Erinnerung an so viele Schikanen und Überfälle, denen die Bauern ausgesetzt gewesen waren. Wie oft hatten Krieger jeglicher Rasse, Fulbe wie Sarakole, den Koran als Vorwand genommen, um den Bauern die Ernte und die Frauen wegzunehmen und sie mit ihren Waffen zu bedrohen? Mohammed hob im Scherz die Hände über den Kopf und sagte: »Sieh, ich habe nur eine Gebetsschnur!«

Der Mann machte Mohammed schließlich ein Zeichen, näher zu treten.

»Binde dein Pferd neben dem Hof mit den Hühnern an. Ich hoffe, es wird ihnen keine Angst einjagen …« Mohammed gehorchte und folgte dann seinem Gastgeber, dessen Frau bereits aufgestanden und, ohne die Aufforderung ihres Mannes abzuwarten, auf die Veranda gekommen war, um Hirsekuskus aufzuwärmen. Bei jedem Schritt bewegten sich die Perlenketten, die sie unter dem für die Nacht lose gebundenen Wickeltuch um die Hüfte trug, und diese sanften Klänge erinnerten Mohammed an das Geklimper der gedrehten Silberreifen um Ayishas Knöchel. Ja, wenn Ayisha ihn nicht liebte, wollte er lieber sofort sterben. Aber war es überhaupt möglich, dass sie ihn nicht liebte?

* N'ko ist ein Spitzname, mit dem die Fulbe die Bambara bezeichnen; das Wort bedeutet: »Ich sage.«

Konnte es sein, dass seine Liebe nicht zu ihr durchgedrungen war und ihr Herz erfüllt hatte, und nicht bis zu ihren Lippen aufgestiegen war, um alle ihre Gedanken einzuhüllen? Und doch hatte er in ihren Blicken nie etwas anderes gelesen als geschwisterliche Zärtlichkeit.

Als die Frau des Gastgebers Mohammed eine Kalebasse Wasser reichte, wachte dieser aus seinen Träumereien auf und dankte ihr mit einem Lächeln. Nach der Einrichtung der Hütte zu urteilen handelte es sich um einen wohlhabenden Bauern. Auf dem Bett, das aus zwei niedrigen Lehmmauern mit dicken Matten aus Palmrippen bestand, lag eine europäische Decke. Zwischen Körben mit Kleidung bedeckten kleine Teppiche den Boden, und als höchster Luxus steckten Kerzen, die allerdings nicht angezündet waren, in Metallleuchtern. Doch diese faszinierende Mischung aus traditionellen Gegenständen und solchen, die durch den Sklavenhandel von der Küste aus Freetown oder Saint-Louis am Senegalstrom ins Landesinnere gelangt waren, vermochte nicht Mohammeds Aufmerksamkeit zu erwecken, der nur von einem Gedanken erfüllt war.

Sobald er in Segu wäre, würde er seinen Vater Siga bitten, für ihn bei Tidjani um die Hand von dessen Tochter anzuhalten, und dann würde Tidjani sich schon überreden lassen. Sonst ... Sonst? Mohammed wagte nicht, diesen Gedanken zu Ende zu denken.

»Angeblich will Mansa Demba aus Segu zum Islam übertreten ...«

Mohammed blickte seinen Gastgeber lächelnd an und entgegnete: »Oder vielleicht nur so tun als ob. Denn mehr verlangt Amadu Cheiku nicht von ihm ...«

Eine Weile hörte man nur Mohammed kauen, dann fuhr der Bauer fort: »Widert dich das nicht alles an? Um ihre Reiche zu behalten, tun sie wirklich alles. Sie treten zu einer anderen Religion über. Sie senden sich Geschenke, nachdem sie erst gegeneinander gekämpft haben. Sie behandeln sich wie Brüder, nachdem sie nur danach getrachtet haben, sich gegenseitig umzubringen ...«

Mohammed wusch sich die Hände und entgegnete: »So ist das nun einmal in der Welt der Mächtigen. Im Vergleich dazu geht es unter den Tieren im Busch friedlich und harmonisch zu.«

Mohammed machte sich schon vor Sonnenaufgang wieder auf den Weg, weil er es eilig hatte, nach Segu zu kommen. Während die Nacht den Geistern gehört und Tiere und Menschen in ihre Schlupfwinkel treibt, ist es am frühen Morgen umgekehrt. Wilde Perlhühner und Rebhühner rannten vor den Hufen des Pferdes her. Hundskopfaffen mit Mähnen wie junge Löwen saßen auf Felsen und bellten wütend, als sie diesen unerschrockenen Menschen vorbeireiten sahen, und Bienenschwärme summten um seinen Kopf. Ab und zu waren die Spuren von Hyänen zu sehen, die jetzt in irgendeinem Gebüsch schliefen. Plötzlich stand der Busch in Flammen, und im Licht des Feuers, das noch heller war als das Morgengrauen, sah Mohammed Gazellen, Wildschweine und Büffel fliehen. Der Wind vermochte nicht die dicken Rauchschwaden zu vertreiben, die ebenso schwarz waren wie die Regenwolken, die sich zum Glück am Himmel auftürmten und bald wieder alles in Ordnung bringen würden.

Die Frau seines Gastgebers hatte ihm außer dem Mundvorrat einen Korb mit weißen Hühnern, Eiern und einen Beutel Bohnen als Friedens- und Freundschaftsgeschenke mitgegeben. Mohammed hatte in der Besucherhütte geschlafen und hatte sich kaum auf dem Bett ausgestreckt, als schon eine junge Sklavin eingetreten war, denn der Bauer und seine Frau wollten Mohammed ehren.

Das Mädchen war gerade erst im geschlechtsreifen Alter.

Ihre Zöpfe waren mit Glasperlen und Karneolschmuck verziert, während an ihrer Nase ein kleiner Metallring glänzte. Es war zu spüren, dass man sie hastig geweckt und aufgefordert hatte, sich zu waschen und zu parfümieren, um sich dem Unbekannten hinzugeben. Mohammed hatte sie gefragt: »Wie heißt du?«

Mit kaum vernehmbarer Stimme hatte sie geantwortet: »Assa …«

Da war er auf sie zugetreten und hatte gesagt: »Geh wieder in deine Hütte zurück, Assa. Ich werde dich nicht beflecken …«

Hin- und hergerissen zwischen der Furcht, den Zorn ihres Herrn auf sich zu ziehen, und dem Glück, ihren Körper nicht hingeben zu müssen, hatte sie zitternd gehorcht. Morgens hatte der Bauer Mohammed verstohlen angeblickt und hätte ihn am liebsten ausgefragt. Doch Mohammed war rein. Seine Liebe zu Ayisha verbot es ihm, eine andere Frau zu begehren.

Das Pferd begann nun zu traben. Auch Mohammed war wieder voller Lebensfreude, denn die Sonne war aufgegangen. Die große rote Kugel stieg langsam am Horizont hoch und kämpfte gegen die Dunstschwaden des Regens. Mohammed ritt durch Sansanding, ohne anzuhalten. Es war eine große Stadt, in der Moslems und Nicht-Moslems friedlich nebeneinander lebten. Dank der Spenden von Händlern, deren Karawanen sich trotz der vielen, aus Europa eingeführten Waren behaupten konnten, hatten die Moslems dort einige der schönsten Moscheen der Gegend erbauen lassen. Anscheinend nahm hier niemand Anstoß an den Fetischhütten, die sich oft in der Nähe der Märkte und Kreuzungen befanden. Mohammed wusste, dass El-Hadj Omar diese Toleranz, die Nachgiebigkeit des Islam gegenüber den Ungläubigen, verabscheute. Hatte er Recht? Mohammed selbst hatte in diesem großen Streit, der die Menschen immer stärker aufwiegelte, keine feste Meinung. Sein großmütiges Herz sagte ihm, dass alle Menschen Brüder waren, wie auch immer der Name ihres Gottes sein mochte. War das ein ketzerischer Gedanke? Bedeutete es nicht, jenen zu vergeben, die seinen Vater ermordet hatten?

Als Mohammed Sansanding hinter sich gelassen hatte, lenkte er sein Pferd an das mit großen Muscheln übersäte Ufer des Flusses und suchte sich neben einem Gehölz aus *cram-cram** ein trockenes Fleckchen im Gras. In der Ferne zog ein Boot vorüber, dessen geblähte Segel aus Raphiafasern nur mit Mühe dem Wind standhielten. Mohammed versenkte sich lange ins Gebet. Als er schließlich wieder aufstand, sah er mehrere Frauen auf sich zukommen, die auf dem Kopf Kalebassen mit Wäsche trugen. Im Laufe der Zeit hatte er allmählich Angst davor bekommen, wie er auf Frauen wirkte. Solange er noch als Heranwachsender in Hamdallay um Essen gebettelt hatte, hatten sie sich damit begnügt, seine Kalebasse mit Hähnchenresten, Reis und Süßigkeiten zu füllen. Aber je älter er geworden war, desto deutlicher hatte er in ihren Blicken noch etwas anderes gespürt als nur das Verlangen, ihn mit Essen zu verwöhnen. Und Mohammed war darüber so entsetzt, als hätte er mitansehen müssen, wie Maryem, seine geliebte Mutter, oder Ayisha, die unerreichbare Prinzessin, auf diese Weise einen Mann anblickten. Darf eine Frau Verlangen spüren? Nein, sie muss das Verlangen des Mannes hinnehmen, das durch seine Liebe zu ihr geläutert wird.

Die Frauen packten ihre Wäsche aus, weichten sie ein

* Eine Dornensträucherart der Gegend.

und rieben sie mit Sennesseife ein, aber ihre glänzenden, kholumrandeten Augen ließen gleichzeitig ihre Beute nicht los. Es waren keine Mohammedanerinnen. Ihre Religion zwang sie nicht dazu, Männern mit äußerster Zurückhaltung zu begegnen. Im Gegenteil, sie waren es gewöhnt, Männer mit spöttischen Bemerkungen voller sexueller Anspielungen zu necken, was Mohammed, der in Hamdallay aufgewachsen war, nicht kannte.

Was sollte er tun? Aufs Pferd steigen und davonreiten? Doch noch bevor er den Gedanken ausführen konnte, hatten die Frauen bereits ein kleines, zugleich ironisches und zärtliches Lied angestimmt:

Der Wind brauste, der Regen fiel,
der bimi *setzte sich unter einen Baum.*
Armer bimi!
Er hat keine Mutter, die ihm Milch bringt,
keine Frau, die ihm Korn stampft.
Armer bimi!

Mohammed nahm seinen ganzen Mut zusammen, ging auf sie zu und sagte: »Erstens bin ich kein *bimi*, sondern ein *n'ko* wie ihr, und außerdem kehre ich zu meiner Familie zurück, wo mir noch heute Abend jemand Milch bringt und Korn stampft ...«

Eine der Frauen war besonders hübsch, mit Brüsten wie Mangofrüchte und einem gewölbten Bauch, der mit mehreren Reihen von Perlenketten gegürtet war. Sie fragte unerschrocken: »Bist du verheiratet?«

Mohammed hockte sich hin und entgegnete: »Nein, die Frau, die ich liebe, kann mir nicht gehören.«

Die Frauen lachten aus vollem Hals. Das war ganz offensichtlich eine Sprache, die sie nicht verstanden. Zeichnet sich ein Mann nicht durch Kraft, Männlichkeit, ja Brutalität aus? Und wenn er eine Frau begehrt, muss er sie sich nehmen. Doch Mohammed waren Schwäche und

Sanftheit viel vertrauter. Er träumte nicht von Ruhm und Eroberungen, er wollte nur geliebt werden.

Eine andere Frau fragte: »Warum sprichst du wie ein *bimi*, wenn du ein *n'ko* bist?«

Mohammed lächelte und sagte: »Weißt du denn nicht, dass es bald keine *bimi* und keine *n'ko* mehr gibt? Alle werden sich gegen den Tukulor verbündet haben …«

Dann stand er auf und ging zu seinem Pferd zurück, das lustlos ein paar Halme am Ufer rupfte. Vor Einbruch der Nacht kam Mohammed in Segu an.

Nachdem er acht Jahre in der strengen Stille von Hamdallay gelebt hatte, die nur von den *Rufen* der Muezzins unterbrochen wurde, erschreckte ihn Segu geradezu durch seine Lebhaftigkeit. Als Kind hatte die Stadt für ihn aus dem Anwesen der Traoré, der Zauia seines Vaters und dem Palast des Mansa bestanden, dessen Wachen mit ihren Gewehren er oft bewundert hatte. Plötzlich wurde ihm klar, warum nach den Fulbe nun die Tukulor davon träumten, Segu in ihre Gewalt zu bringen. Sie begehrten die Reichtümer, die sich auf allen Märkten und an den Ständen der Handwerker anhäuften, und den Wohlstand, der sich in den Fassaden der massigen Häuser, deren Türmchen die unteren Zweige der Zedrachbäume berührten, zeigte. In den Straßen drängten sich Männer und Frauen in Gewändern aus festen Baumwollstoffen unter Burnussen oder Seidenbubus und blieben stehen, um Musikern zu lauschen oder Spaßmachern mit ihren akrobatischen Verrenkungen zuzuschauen. Gelb gekleidete Tondyons, das Gewehr über der Schulter, gingen in Schänken, die bereits voller lachender und plaudernder *dolo*-Trinker waren. Mohammed war überrascht, überall Moscheen zu sehen. Früher hatte es sie nur in den Vierteln der Somono und Mauren gegeben, und jetzt zierte der Halbmond unzählige Minarette, die wie riesige Hirtenstäbe in den Himmel ragten.

Mohammed zog viele Blicke auf sich. Man fragte sich, zu welcher Familie er gehörte, und blieb stehen, um zu verfolgen, welchen Weg sein Pferd einschlug. Nun, er ritt am Viehmarkt vorbei, wo junge Fulbe sich bemühten, ihre Herden im Zaum zu halten, ehe sie sie Seite an Seite mit den Dromedaren der Tuareg aus der Stadt führten. Wollte der Fremde etwa zum Somono-Kai? Nein, er ritt weiter die Straße hinunter, während die Hufe seines Pferdes auf den weichen Boden schlugen.

Dann blieb Mohammed beinah das Herz stehen. An der Stelle, an der sich früher die Zauia seines Vaters befunden hatte, war jetzt ein schlammiger Acker, der mit *nosiku* bepflanzt war, einer Pflanze, mit der man die Ahnen für begangene Fehler um Vergebung bittet. Das Anwesen selbst dagegen kam ihm noch eindrucksvoller vor. Er stieg vom Pferd, band es an einen Ring, der in der Fassade eingelassen war, klatschte in die Hände und ging in den ersten Hof.

Dort herrschte außergewöhnliche Unruhe. Sklaven liefen in alle Richtungen. Fetischpriester verbrannten Pflanzen oder befragten die Kaurimuscheln. Kinder waren sich selbst überlassen. Niemand beachtete Mohammed. Er trat in den zweiten Hof und ging auf einen jungen Mann zu, der kaum älter war als er, und sagte: »Ich bin ein Sohn dieses Hauses. Mein Name ist Mohammed ...«

Der junge Mann nahm ihn in den Arm und entgegnete: »Mohammed, ich bin dein Bruder Olubunmi. Wir hatten schon befürchtet, du kämst zu spät. Vater Siga geht es sehr schlecht ...«

Mohammed sah sich einem Menschen gegenüber, der bereits die unerbittliche Reise des Todes angetreten hatte. Sigas Geist weilte schon in weiter Ferne, seine Augen waren verdunkelt und seine Worte unhörbar geworden.

Die Hütte war erfüllt vom Rauch verbrannter Kräuter, und Mohammed hätte am liebsten all die Fetischpriester und Heilkundigen vertrieben, weil in den letzten Augenblicken nur das Gebet angemessen ist. Zugleich kreiste ihm immer wieder derselbe Gedanke durch den Kopf: »Mach, dass er mich ansieht! Mach, dass er von meiner Ankunft erfährt!«

Mohammed hatte den Eindruck, dass er nur dann von der Familie wohlwollend aufgenommen würde und dass er keinen anderen Halt hatte als diesen sterbenden Greis.

Olubunmi tippte ihm auf die Schulter und sagte: »Unser Vater Tiéfolo möchte dich sprechen …«

Mohammed steckte seine Gebetsschnur in die Tasche seines Burnusses.

Während Siga vom Alter übel mitgespielt worden war, hatte Tiéfolo die aufrechte Statur, den breiten Brustkorb und die kräftigen Beine behalten. Nur sein Haar, das er immer noch in langen Zöpfen trug, war inzwischen weiß geworden. Tiéfolo schwankte zwischen väterlichen Gefühlen und der Erinnerung an die Rolle, die Tiékoro in der Familie gespielt hatte. Er wusste nicht recht, wie er sich verhalten sollte.

Als er Mohammed so jung und verwundbar vor sich sah, regte sich sein Herz. Er drückte ihn an sich und sagte: »Was für eine traurige Rückkehr haben unsere Götter dir bereitet. Ein Haus in Tränen …«

Ohne es zu wollen, hatte er die Worte »unsere Götter« in herausforderndem Ton gesagt, als wollte er dadurch klarstellen, dass es nicht Mohammeds Götter waren. Dieser entgegnete: »Vater, nur der Ungläubige beweint die Toten, denn er vergisst das Glück der Seele, das Licht des Körpers, das endlich mit dem Glanz des Göttlichen verschmilzt.«

Der Ausdruck »Ungläubiger« war sicherlich unglücklich gewählt, aber Mohammed war durch die Umstände seiner Rückkehr und das Zusammentreffen mit diesem Vater zu verwirrt, der, seiner Mutter Maryem zufolge, »an Tiékoros Tod nicht ganz unbeteiligt war«, weil er sich sehr diplomatisch verhalten hatte. Tiéfolo ärgerte sich über diesen Ausdruck, denn er erinnerte ihn an die Belehrungen und den überheblichen Ton seines verstorbenen Bruders. Daher sagte er schroff: »Bist du bereit, bei ›Ungläubigen‹ zu wohnen, wie du uns nennst?«

Mohammed bemühte sich, so gut er konnte, seinen Fehler wieder gutzumachen, und sagte: »Ist das Blut nicht stärker als alles andere?«

Dabei hätte es nur einer Kleinigkeit bedurft, dass Tiéfolo und Mohammed sich gut verstanden hätten, denn es gab viele Dinge, die sie verbanden: Beide waren schüchtern und feinfühlig, beiden mangelte es an Selbstvertrauen, und beide besaßen vor allem einen ausgeprägten Familiensinn. Doch das war ihnen nicht bewusst. Tiéfolo glaubte, dass Mohammed aufgrund von Gerüchten und Klatsch, die seine Rolle bei der Festnahme von Tiékoro übertrieben, gegen ihn voreingenommen sei. Mohammed dagegen glaubte, er sei unerwünscht.

Plötzlich hörte man das Geschrei von Frauen und unmittelbar danach Gesänge, die durch rhythmisches Klatschen begleitet wurden:

Ich gehe in die Sümpfe, Mutter!
Ein böser Vogel hat ein Lied für mich gesungen!
Ich gehe in die Sümpfe, Mutter!
Ein böser Vogel hat ein Lied für mich gesungen!
Die Frauen weinen,
die Frauen jammern,
denn ihr großer Bauer hat sich zur Ruhe begeben!

Tiéfolo und Mohammed standen schnell auf. Als sie auf Sigas Hütte zugingen, sahen sie ein junges Mädchen tränen überströmt an einer Wand lehnen und schluchzen. Es war offensichtlich, dass es sich bei ihr nicht um die bei solchen Anlässen üblichen, mehr oder weniger rituellen Wehklagen handelte, sondern um eine ganz persönliche, einsame und bedauernswerte Verzweiflung. Tiéfolo sah Mohammeds fragenden Blick und sagte: »Das ist Yassa, die letzte Konkubine deines Vaters Siga …«

Mohammed entfernte sich und sah noch immer dieses junge, unendlich verzweifelte, unendlich verwirrende Gesicht vor sich.

3

Der Tod, der überraschend eintritt, ist gemein. Natürlich kündigt er sich nie durch Trommelschläge an. Doch manchen lässt er Zeit, Vorkehrungen für ihre Frauen und Güter zu treffen und ihren Nachfolgern Anweisungen zu hinterlassen. Bei Siga war all das nicht möglich gewesen. Nachdem die Beerdigung stattgefunden hatte, sah sich Tiéfolo, der die Leitung der Familie übernommen hatte, plötzlich einer großen Anzahl dringender Probleme gegenüber, die eine Weile von der durch Mitleid und Trauer um den Verstorbenen entstandenen Einmütigkeit verdeckt worden waren.

Cheikh Hamidu Magassa, der seit Tagen geduldig in einer Besucherhütte wartete, musste eine Antwort erhalten. Eine Form friedlichen Zusammenlebens von Nicht-Moslems mit den immer zahlreicheren Moslems des Anwesens musste gefunden werden. Sigas Witwen, die sich hinter religiösen Vorwänden verschanzten, dazu gebracht werden, die Männer zu heiraten, die ihnen die Familie zuwies. Und vor allem galt es, für Mohammed zu sorgen, zu verhindern, dass er in Tiékoros Fußstapfen trat und als Fackel des Islam die Anhänger des neuen Glaubens und die Wankelmütigen auf seine Seite zog. Dabei war der Junge eigentlich reizend. Unkompliziert. Höflich bis zur Selbstaufgabe. Doch Tiéfolo glaubte, gerade in diesen Eigenschaften eine Gefahr wittern zu können. Für sein Gefühl war Mohammed zu idealistisch, zu großzügig, und vor allem schien Mohammed all das abzulehnen, was in Segu einen Mann ausmachte. Jedes Mal, wenn Tiéfolo ihm begegnete, schwankte er daher zwischen dem

Wunsch, ihn wie ein verängstigtes Kind zu trösten, und dem Drang, ihn roh zu behandeln. Tiéfolo fragte ihn: »Warum bist du nicht an eine eurer Universitäten gegangen, um zu studieren?«

Mohammed stand mit gesenktem Kopf vor ihm, und wieder einmal staunte Tiéfolo über die Vollkommenheit dieser Gesichtszüge, die ihn aber zugleich abstieß. Diese fast weibliche Schönheit war ebenfalls eine Gefahr. Mohammed schien seinen ganzen Mut zusammenzunehmen und stotterte: »Vater, Sie müssen erfahren, was ich auf dem Herzen habe. Ich weiß, dass ein respektvoller Sohn die Frau heiratet, die ihm die Familie gibt, aber ich ... ich liebe ... ein Mädchen, und wenn ich sie nicht haben kann ... werde ich sterben ...«

Tiéfolo sah ihn verblüfft, ja fast entsetzt an. Für eine Frau sterben? Lehrte das der Islam? Das passte eigentlich gut zu einer Religion, die den Alkohol verbot, die Männer kastrierte und sie in Schafe verwandelte, die brav nebeneinander grasten. War das vielleicht auch der Grund dafür, dass Mohammed jede Nacht allein schlief, obwohl es genug Sklavinnen gab, um seine Sinne zu befriedigen?

Tiéfolo beherrschte sich und sagte: »Eine Fulbe aus Massina?«

Hastig erzählte ihm Mohammed von Ayisha, aber Tiéfolo unterbrach ihn mit gerunzelten Brauen: »Du sagst, sie sei die Enkelin deiner Großmutter Sira? Also deine Schwester?« Mohammed begann mit derselben Erklärung, die schon Tidjani nicht hatte überzeugen können: »Vater, meine Großmutter Sira hat sich mit einem Fulbe aus Massina wiederverheiratet. Was für ein Verwandtschaftsverhältnis besteht zwischen ihren Nachkommen und unserer Familie?« Tiéfolo dachte immer noch nach und verlor sich offensichtlich im Labyrinth der Geschlechterfolgen. Dann sagte er mit entrüsteter Miene: »Das geht nicht, Mohammed, sie ist deine Schwester ...«

Da Mohammed sich damit nicht zufrieden geben wollte, bedeutete Tiéfolo ihm mit der ihm eigenen Bestimmtheit, dass das Gespräch zu Ende sei. Todunglücklich ging Mohammed weg. Was war das nur für eine engstirnige, absurde Vorstellung von Blutsbanden! Sollte er sich dem Beschluss beugen und auf Ayisha verzichten? Nein, niemals! Zum tausendsten Mal wiederholte er seine stichhaltigen Begründungen, die nur den Fehler hatten, niemanden zu überzeugen. Er hatte noch nie im Leben den Gehorsam verweigert, aber jetzt hätte er sich gern über Tiéfolos Entscheidung hinweggesetzt und aufs Pferd geschwungen, um Ayisha zu entführen. Aber würde sie sich entführen lassen?

»Mein Vater hat gesprochen, Mohammed!«

Sind das die Worte einer verliebten Frau?

Mohammed ging in seine Hütte zurück, die sich in der Nähe der Familiengräber befand. Tiékoros Grab lag ein wenig abseits, wie um sein besonderes Schicksal zu symbolisieren. In seiner Verzweiflung setzte sich Mohammed neben das Grab seines Vaters. Wenn sein Vater doch noch lebte, er hätte ihn verstanden und die lächerliche Abneigung der beiden Familien überwunden. Aber er war eben allein. Seine Mutter war in der Ferne und all die, die ihn hätten verteidigen können, mehrere Fuß unter der Erde. Dann schämte er sich über diese Verzweiflung. Doch wie sollte er sein Herz bezwingen? Wenn er Ayisha nicht haben konnte, begehrte er nichts im Leben.

Während er noch da saß, kam Olubunmi zu ihm. Als einziger Sohn eines Sohnes, der in der Fremde gestorben war, war Olubunmi, der in der Familie Fanko* genannt

* Bambara-Wort, das bedeutet: »Nach dem Tod des Vaters geboren.«

wurde, wie ein Wunderkind verhätschelt worden. Doch selbst das hatte seinen Charakter nicht verdorben, und alle, die versuchten, Wesenszüge Malobalis bei ihm wiederzufinden, waren sich einig, dass der Sohn ganz anders war als der Vater. Mohammed hatte eine tiefe Zuneigung zu dem Bruder entwickelt, der am Tag seiner Rückkehr wie zufällig am Eingang gestanden und ihn empfingen hatte. Er bemühte sich nun verzweifelt, einen Moslem aus ihm zu machen, doch Olubunmi widersetzte sich all diesen Bekehrungsversuchen mit einem skeptischen Lächeln.

»Ein Gott ist so gut wie der andere. Warum soll man einen über die anderen erheben?«

Olubunmi setzte sich neben Mohammed, blieb jedoch dabei in respektvoller Entfernung von dem Grab und sagte: »Ein Bote des Mansa ist gerade zu unserm Vater Tiéfolo gekommen. Es scheint dich zu betreffen ...«

»Was meinst du damit?«

Olubunmi konnte dem Vergnügen nicht widerstehen, sich aufzuspielen: »Anscheinend will der Mansa eine Delegation nach Massina senden und möchte, dass du dabei als Dolmetscher dienst ...«

»Ich?«

Die Vorstellung, einen Jungen von kaum zwanzig Jahren, der sich durch nichts hervorgetan hatte, an einer Delegation des Reiches teilnehmen zu lassen, war gewiss ungewöhnlich. Olubunmi sagte mit pfiffiger Miene, obwohl er nur wiederholte, was er gehört hatte: »Segu ist reif für den Islam, und du kannst sicher sein, dass man das Blut unseres Vaters Tiékoro benutzen wird ...«

Mohammed war wieder einmal angewidert. Der Islam verwelkte und glich immer mehr einem verblichenen Kleidungsstück. Nach Cheiku Hamadus Tod hatten sehr bald weltliche Interessen den Glauben verdorben. Dieser von allen verehrte fromme Mann hatte sich bereits über alle Regeln hinweggesetzt und seinen Sohn Amadu Cheiku zu seinem Nachfolger bestimmt, und nun bereitete auch dieser schon zum Nachteil seiner eigenen Brüder seinen Sohn Amadu Amadu auf die Nachfolge vor. Welches sind die Antriebe des menschlichen Herzens?

Mohammed wusste nicht, dass sich hinter Olubunmis ruhigem Äußeren ein unsteter Geist verbarg, der nur von Reisen und Abenteuern träumte. Wer glaubte, dass Olubunmi nicht den Charakter seines Vaters geerbt hatte, irrte sich. Tatsächlich kochte dieselbe Ungeduld und derselbe Tatendurst in ihm. Er mischte sich unter die Menge, die sich in der Nähe der Märkte versammelte, um den Erzählungen derer zu lauschen, die an der Küste gelebt, die Weißen gesehen, mit ihnen in deren Sprache gesprochen hatten und mit deren Waffen umgegangen waren. So hatte ihm der alte Samba, der lange Jahre in Freetown verbracht hatte, diese Stadt, den Hafen und die Schiffe beschrieben, die mit Baumstämmen beladen nach Europa segelten. Von Samba hatte er auch erfahren, dass die Weißen eine andere Schrift als die Araber hatten und den Islam ebenso hassten wie die Fetischgläubigen. Samba hatte ihm sogar beigebracht, ein paar Buchstaben zu zeichnen, die aneinander gereiht dessen Namen ergaben: Samba. Wie man allerdings das Wort Olubunmi schrieb, das wusste der alte Samba auch nicht.

Als Mohammed und Olubunmi zu Tiéfolos Hütte kamen, sahen sie Tiéfolo im Gespräch mit dem Boten des Mansa und Cheikh Hamidu Magassa im Vorraum sitzen. Es wurden bestimmt wichtige Entscheidungen getroffen … Aber in welcher Hinsicht?

Mohammed wusste nicht recht, was er von der Sache halten sollte. Er würde also vielleicht nach Hamdallay reisen. Er hatte sich zwar geschworen, nur dorthin zurückzukehren, um Ayisha zu heiraten, aber wenigstens würde er sie ein paar Tage lang sehen und vor allem herausfinden können, was sie für ihn empfand.

»Mein Vater hat gesprochen, Mohammed!«

Waren das die Worte einer verliebten Frau?

Nach dem Abendessen informierte Tiéfolo die Männer der Familie über die Entschlüsse, die er unter dem Druck des Mansa hatte fassen müssen. Die Moslems würden das Recht bekommen, Tiékoros Grab als Pilgerstätte zu besuchen. Mohammed würde der Delegation angehören, die bald nach Massina reiste, um die Versöhnung zwischen den beiden Reichen auszuhandeln.

Die Bewohner von Segu nahmen mit hochmütigem Achselzucken zur Kenntnis, dass Mansa Demba und der Herrscher von Massina Anstalten machten, sich wieder zu versöhnen. Eine ansehnliche Menschenmenge versammelte sich in der Nähe der Stadttore, um zuzuschauen, wie die Delegation nach Hamdallay aufbrach. Angeführt wurde der Zug von Griots, dann folgten die Würdenträger auf ihren prachtvollen Pferden und schließlich Sklaven, die unter der Last der Geschenke fast zusammenbrachen. Den Leuten von Segu war gesagt worden, dass die Machenschaften des Tukulor diese Versöhnung nötig machten, was sie nicht sonderlich überrascht hatte, denn der Name El-Hadj Omar war ein Synonym für Bösartigkeit geworden. Die Ereignisse bei seinem Besuch in Segu waren maßlos übertrieben worden. Es war die Rede von Regen, Blut und Asche, die vom Himmel gefallen waren, von einem Erdbeben, das den Palast des Mansa hatte einstürzen lassen, und dann von einer schrecklichen Dürre, die die Ufer des Joliba in eine steinige Kruste verwandelt hatte. Die gut unterrichteten Leute wussten, dass sich El-Hadj Omar gegenwärtig in Dinguiray in Futa Dschallon aufhielt, einem Reich, in dem sie nie gewesen waren und das sich irgendwo in der Nähe des Joliba, aber viel weiter südlich befand. Reisende erzählten, dass Dinguiray zu einem uneinnehmbaren Ort und einer noch fanatischeren Gebetsstätte geworden war als Hamdallay. In jeder Straße befände sich eine Moschee, und in der Mitte der Stadt erhöbe sich eine Festung mit zehn Meter hohen Mauern, in der El-Hadj Omar mit seinen Frauen, Kindern und Vertrauten wohnte. Die Reisenden erzählten weiter, dass El-Hadj Omars Anhänger jeden Reisenden zwängen, die berüchtigten Worte zu sagen: »Außer Allah gibt es keinen Gott ...«, sonst schlugen sie ihm den Kopf ab.

Wer sie mit den Fulbmon Cheiku Hamadu verglich, die einige Jahre zuvor ähnlich gewütet hatten, denen hielten die Reisenden entgegen, dass sich die Fulbe aus Massina im Vergleich zu El-Hadj Omars Horden sanft und tolerant verhalten hätten.

Als sich der Staub, den die Hufe der Pferde aufgewirbelt hatten, wieder gelegt hatte, ging Olubunmi traurig zum Anwesen zurück. Mohammed war inmitten von Erwachsenen fortgeritten, die ihn angesichts seiner Kenntnis des Islam und des Lebens in Hamdallay wie ihresgleichen behandelten. Was für Abenteuer mochten ihn wohl erwarten? Vielleicht würde er Gelegenheit haben, sich mit Ruhm zu bedecken? Auf jeden Fall entging er dem eintönigen Leben Segus, und allein darum war er schon zu beneiden.

Olubunmi hatte einige Jahre lang die Koranschule besucht und war gleichzeitig auf die Initiation in eine Geheimgesellschaft vorbereitet worden. Folglich trug er Amulette um die Taille, unter denen sich auch rechteckig gefaltete Pergamentstreifen mit Koranversen befanden, im Übrigen war er in der Lage, einige Suren aufzusagen. Er war nach moslemischer Art gekleidet, trug aber das Haar lang und in Zöpfen. Kurz gesagt, er verkörperte die Zeit des Umbruchs, die Segu erlebte. Außerdem konnte er das fremde Blut nicht vergessen, das er in sich trug. Seine Mutter war eine Aguda aus Benin. Wer konnte sich in Segu einer ähnlich originellen Abstammung brüsten? Und sein Vater war bis zur Küste hinabgereist, während die meisten Bambara nicht einmal den Joliba überquert hatten.

Olubunmi hatte ein zwiespältiges Verhältnis zu seinem verstorbenen Vater. Er bewunderte und beneidete ihn, weil er Reisen unternommen hatte, von denen er selbst träumte. Andererseits war sein Vater in der Fremde gestorben, sodass er nicht im Anwesen der Familie hatte bestattet werden können, und war sicherlich einer jener ruhelosen Geister geworden, die im Unsichtbaren herumirren und verzweifelt versuchen, wieder geboren zu werden. Daher glaubte Olubunmi manchmal abends, das Klagen seines Vaters im Heulen des Winds, im Prasseln des Regens oder im Knistern der Karitefettlampe zu hören. In seiner Treue vergaß er nie, seinem Andenken zu opfern, auch wenn Mohammed ihm die Worte des Propheten wiederholte: »Weder ihr Fleisch noch ihr Blut werden irgendeine Bedeutung haben, nur auf deine Frömmigkeit kommt es an ...«

Olubunmi betrat die Hütte des alten Samba. Dieser saß auf seinem Bambusbett, verzog das Gesicht und sagte: »Nun, ist dein Bruder abgereist?«

Olubunmi, dem es schwer ums Herz wurde, wenn er daran dachte, dass sein Bruder jetzt auf einem schönen Pferd dahingaloppierte, entgegnete achselzuckend: »Ja, der Tafelschmierer ist fort ... Samba, erzähl mir doch von deinen Reisen ...«

Der alte Samba zierte sich spaßeshalber und sagte: »Ich habe dir doch schon ein Dutzend Mal davon erzählt. Was willst du denn noch hören?«

Dann stopfte er sich jene Pfeife, die sein Ansehen bei Olubunmi noch weiter erhöhte, denn sie war aus schottischem Bruyèreholz und kam aus einem Land der Weißen, und begann zu erzählen: »Ihr in Segu könnt euch gar nicht vorstellen, wie das Meer ist. Ihr wundert euch schon über den Debo-See, obwohl man dort noch das andere Ufer sehen kann, überall kleine Inseln sind und eure Boote im Zickzack durch das Schilf fahren. Das Meer ist wie ein sich ständig bewegender Himmel. Es versteht sich nicht mit dem Wind, und wenn dieser sich erhebt, wird es zornig und macht einen Katzenbuckel wie ein wütender Panther, und wehe den Schiffen, die sich dann an seiner Oberfläche befinden! Ich war drei Jahre lang Bootsmann. Als ich klein war, haben die Mauren mich von zu Hause entführt und nach Cayor mitgenommen. Dort habe ich Franzosen getroffen ...«

»Wie sind die Franzosen?«

Der alte Samba hatte es nicht gern, wenn man ihn unterbrach. Er tat, als hätte er diese Frage nicht gehört, und fuhr fort: »Ich habe für Monsieur Richard gearbeitet. Dieser Mann ließ alle möglichen Pflanzen aus seinem Land kommen und stellte Versuche damit an. Und dann erfand er andere. Wenn du gesehen hättest, was er alles aus dem Boden wachsen ließ! Baumwoll- und Indigosträucher, Gambiazwiebeln, Bananenstauden, Papayabäume, Sennessträucher, Erdnüsse ... Er sagte, unsere Länder seien Gärten. Aber eines Tages hatte ich genug davon, mich immer zu bücken, und bin weggegangen. Und so bin ich nach Freetown gekommen, aber da sind andere Weiße, Engländer...«

»Erzähl mir von Freetown, Samba!«

Samba ging wieder nicht auf die Bemerkung ein und fuhr fort: »Ich habe nie für die Engländer gearbeitet, da ich schon die Sprache der Franzosen konnte, und so bin ich auf deren Schiffe gekommen. Ich bin hinunter bis nach Cape Coast gefahren ...«

»Mein Vater ist auch dort gewesen!«

Der alte Samba spie einen schwärzlichen Saft aus und sagte: »Das mag wohl sein, aber er war kein Bootsmann.« Olubunmi musste ihm Recht geben und sagte noch einmal: »Erzähl mir von Freetown …«

»Was soll ich dir da erzählen. Du hast nie das Meer gesehen. Du weißt nicht, was eine Brigg, ein Schoner, eine Brigantine oder eine Feluke ist. Du kennst nur die Pirogen der Somono …«

Olubunmi senkte beschämt den Kopf, und der alte Samba fuhr fort: »Man hat mir erzählt, dass die Weißen jetzt ihre Schiffe mit Dampf antreiben …«

»Mit Dampf?«

Um zu vermeiden, dass ihn der Junge über dieses Thema ausfragte, über das er selbst nicht viel wusste, begann er von etwas anderem zu erzählen: »Bei den Weißen kann man auch Soldat werden. Du bekommst eine Doppelflinte, eine rote Hose mit Tressen, und dann bist du Soldat …«

»Was tut man, wenn man Soldat ist?«

»Man kämpft natürlich …«

»Aber gegen wen?«

Aber darauf wusste der Alte auch keine Antwort. Die Weißen brauchten nicht zu kämpfen, um sich Sklaven zu beschaffen, denn die wurden ihnen ja bis an die Küste gebracht. Was machten sie also mit ihren Gewehren? Olubunmi wagte nicht an den Worten des Alten zu zweifeln, aber das kam ihm denn doch sehr unwahrscheinlich vor. Soldaten? Vielleicht fuhren sie ja in die Länder der Weißen, um gegen deren Feinde zu kämpfen?

Verwirrt ging Olubunmi in das Anwesen zurück. Er versuchte den Gedanken zu verscheuchen, dass Mohammed jetzt in seinem schönen himmelblauen Bubu nach Massina galoppierte, während er sich hier langweilte und über den von den letzten Güssen der Regenzeit aufgeweichten Boden stapfen musste. Vor dem Eingang des Anwesens hatte sich eine ansehnliche Menge versammelt, während in den Innenhöfen Todesstille herrschte. Selbst die Kinder hatten aufgehört zu spielen und zu lärmen und standen wie angewurzelt zwischen den Erwachsenen. Olubunmi fragte leise: »Was ist los?

»Yassa. Sie hat Fa Tiéfolos Gift geschluckt ...«

Diese kurze Mitteilung erfüllte Olubunmi so mit Grauen, dass es ihm die Sprache verschlug. Sie hatte das Jagdgift geschluckt! Tiéfolo ging zwar wegen seines Alters und seiner Verpflichtungen seltener in den Busch, um zu jagen, aber er blieb dennoch einer der großen *karamoko* Segus, der bei allen fututègue* zugegen war. Er bewahrte seine Köcher und Pfeile in einer kleinen Hütte auf, in der er auch sein Jagdgift aus einer Mischung aus Strophanthussamen und verrotteten Tierkadavern in Wasser ansetzte. Im vergangenen Jahr hatten Schafe, die sich losgerissen hatten, neugierig dieses Getränk probiert und waren wie vom Blitz getroffen mit Schaum vorm Maul zusammengebrochen. Olubunmi stammelte: »Ist sie tot?«

»Man gibt ihr einen *tiliba*-Aufguss zu trinken ...«

Olubunmi hatte Yassa nie besondere Aufmerksamkeit geschenkt. Sie war nur eine Sklavin, die ein enges Verhältnis zu seinem Vater Siga gehabt hatte, das wusste er. Plötzlich gab ihr diese verzweifelte Handlung eine eigene Persönlichkeit. Warum hatte sie das getan? Olubunmi blickte die Hütte, in der Yassa möglicherweise im Todeskampf lag, wie einen Tempel an, in dem geheimnisvolle Kräfte am Werk waren. Was für eine furchtbare Tat, sich selbst dem Tod hinzugeben! Wie kann man die Ahnen nur so herausfordern! Eine Frau kam aus der Hütte und verjagte die Neugierigen und die Kinder aus dem Hof. Eine

* Gedenkfeier anlässlich des Todestages eines Jägers.

andere folgte ihr mit einer Kalebasse, die mit einem Tuch bedeckt war und einen üblen Geruch verbreitete …

Doch der Tod hatte Yassa noch nicht gewollt. Nachdem er sie berochen und mit ihr gespielt hatte wie ein Raubtier mit seiner Beute, hatte er sie laufen lassen. Aber nach dieser schrecklichen Begegnung hatte sich Yassas Körper geöffnet und vorzeitig ein winziges, schleimbedecktes Wesen ausgestoßen.

Musokoro, die Hebamme, die man hatte holen lassen, nahm den kleinen Körper und ging damit zum Eingang der Hütte, um ihn genauer zu betrachten. War es ein tot geborenes Kind, also ein Wesen, dessen Geist vor der Geburt geflohen war und sich irgendwo versteckte? Dann musste man ihn erst finden, ehe man das Kind begraben konnte. Aber Musokoro spürte ein schwaches Klopfen in ihren Händen. Das Kind lebte! Sie befahl einer Frau, ihr eine Mischung aus Hirsebier und Wasser zu bringen, um das Kind damit nach seiner furchtbaren Reise zu reinigen. Dann entdeckte sie eine kleine Knospe, zart wie ein Schößling, und Freude erfüllte ihr Herz. Sie wandte sich an eine ihrer Gehilfinnen: »Sage Fa Tiéfolo Bescheid, dass es noch einen *bilakoro* in der Familie gibt.«

Fatima, die sich als Witwe Sigas Yassa gegenüber wie eine ältere Schwester verhalten musste, hatte bereits erfahren, dass Mutter und Kind lebten, und eilte herbei. Sie hatte Yassa nie gehasst, sondern sie als letzte Freude betrachtet, die sich ein Mann, den das Leben nicht verwöhnt hatte, gegönnt hatte. Fatima kniete neben Yassa nieder, die noch regungslos, mit geschlossenen Augen dalag, und murmelte ohne allzu große Strenge: »Möge Allah dir deine Sünde vergeben!«

Dann betrachtete sie das Neugeborene, das Musokoro gerade in Hirsebier badete, bevor sie es mit Karitefett einrieb. Es war so klein, kaum größer als eine Hand voll Küken, dass man seine Gesichtszüge noch nicht erkennen konnte. Und doch glaubte Fatima, Sigas hohe Stirn und dessen Kinnlinie zu erkennen, und das Kind rührte ihr Herz. Sie sagte im Stillen: »Willkommen, Fanko!«

Denn sie wusste, dass man den Jungen so nennen würde, da er nach dem Tod seines Vaters geboren war.

Tiéfolo und der Fetischpriester Sumaworo kamen ebenfalls.

Eine Geburt war immer eine Freude. Sumaworo hockte sich hin, um einen rot gefiederten Hahn zu opfern, mit dessen Blut er das Geschlechtsteil und die Stirn des Kindes bestrich. Während dieser Zeremonie betrachtete er aufmerksam das Kind. Welcher Verstorbene war in ihm wieder geboren worden? Man legte Yassa ihren Sohn in die Arme. Er war so schwach und so zart, seine Lider ähnelten winzigen Muscheln, die die Augen bedeckten, seine Nase war nicht dicker als ein Hirsehalm, und sein runder, ein wenig faltiger Mund glich einer winzigen Tomate. Yassa bestaunte das Kind wie ein Wunder. War es möglich, dass ihr Körper, der, abgestoßen vom Geruch nach Krankheit und Tod und der röchelnden Lust eines Greises, sich Siga nur widerwillig hingegeben hatte, dieses Kind hervorgebracht hatte? Nein, ein solches Wunder konnten nur die Götter gezeugt haben. Ihnen musste man danken.

Sie drückte das kleine Wesen an sich. Mit erstaunlicher Gier für ein so winziges Geschöpf leckte das Kind die letzten Tropfen Ziegenmilch ab, mit denen man seine Lippen befeuchtet hatte. Das verriet, welche Lebenslust in ihm steckte, um die sie ihn beinahe gebracht hatte. Ein ganzes Leben voller Liebe, Sorge und Zärtlichkeit würde nicht ausreichen, um das Verbrechen zu sühnen, das sie zu begehen versucht hatte. Sie flüsterte ihm ins Ohr: »Willkommen in der Welt der Lebenden, Fanko, in der du zukünftig deinen Platz hast, mit mir …«

4

Alhadji Gidado, einer der sieben Marabut, die in Hamdallay für Ordnung sorgten, gehörte ebenfalls dem Großen Rat an, ohne den in Massina keine Entscheidung getroffen wurde, und war einer der einflussreichsten Männer des Reiches.

Der Große Rat setzte sich aus vierzig Mitgliedern zusammen, alles Doktoren des Rechts und der Theologie, von denen achtunddreißig gerade im Saal der Sieben Türen tagten. Der Saal öffnete sich auf das Grab von Cheiku Hamadu, das für die Moslems der Gegend zu einer Pilgerstätte geworden war. Alhadji Gidado gehörte zu jenen Männern, die gegen jedes Bündnis mit Segu waren, und erinnerte daran, dass der Islam, wenn er sich mit dem Polytheismus verbündet, kein Islam mehr ist. Doch zum ersten Mal hatte man auf seinen Rat nicht gehört, und Alhadji Gidado und seine Anhänger waren überstimmt worden. Er beherrschte seinen Gram und seine Wut und sagte nur: »Gebe Allah, dass wir die Entschlüsse, die wir heute gefasst haben, nicht bereuen. Aber ich möchte noch einmal betonen, dass es nicht mit dem Glauben vereinbar ist, wenn man Truppen aufstellt, um Ungläubigen gegen Moslems zu helfen, und meint, es sei erlaubt, Moslems zu bekämpfen.«

Alle Augen wandten sich Amadu Cheiku zu, der den Platz eingenommen hatte, an dem früher sein Vater gesessen hatte. Aber seit beinah drei Monaten war Amadu Cheiku von einer Krankheit geschwächt, gegen die Ärzte und Gebete machtlos waren. Daher ließ er sich völlig von Cheikh El-Bekkay manipulieren, der aus Timbuktu gekommen war und von der Notwendigkeit eines Bündnisses mit dem Mansa von Segu überzeugt war. Das gute Verhältnis zwischen den beiden Männern war umso erstaunlicher, als Cheikh El-Bekkay früher Massina gegenüber, das Timbuktu unterjocht hatte, eher feindlich gesinnt gewesen war. Aber das waren die Zeichen der Zeit. Die Freunde von gestern wurden die Feinde von heute. Die Feinde die Freunde.

Amadu Cheiku sagte kein Wort, sondern saß nur mit wächsernem Gesicht und abwesendem Blick da, bereits in stummem Zwiegespräch mit dem Unsichtbaren. Alhadji Gidado zog seine Lederpantoffeln an, die er neben der Tür hatte stehen lassen, und sagte: »Erlaubt mir, dass ich mich zurückziehe. Wie ihr wisst, verheirate ich heute meinen dritten Sohn Alfa ...«

Die versammelten Männer murmelten die rituelle Segensformel, während Amadu Cheiku ihn gütig fragte, ohne auf die rebellische Haltung des Marabut einzugehen: »Mit wem verheiratest du ihn, Alhadji?«

»Mit Ayisha, der Tochter von Tidjani Barri, dessen Vater Modibo Amadu Tassiru in Tenenko gelebt hat ...«

Amadu Cheiku nickte, um zu zeigen, dass ihn diese Ahnenfolge zufrieden stellte. Dann sagte er: »Ich komme nachher, um mit dem jungen Paar zu beten ...«

Das waren nur höfliche Worte, denn man wusste, dass er das Haus nicht mehr verließ. Daraufhin zog sich Alhadji zurück. Nachdem er den Saal mit den Sieben Türen verlassen hatte, ging er am Grab des Meisters vorbei, und sein Herz erfüllte sich mit Schmerz. Wenn dieser fromme Mann noch gelebt hätte, wäre es nie zu diesen opportunistischen Beschlüssen gekommen. Sein ganzes Leben lang hatte er die Ungläubigen aus Segu bekämpft. Zum Glück ähneln die Söhne nicht ihren Vätern. Wer weiß, ob nicht die Entscheidung, die Amadu Cheiku getroffen hatte, von dessen Sohn Amadu Amadu wieder rückgängig gemacht werden würde? Alhadji spürte eine schwache Hoffnung in sich aufkeimen, aber dann bemühte er sich, nur noch an die Hochzeit seines Sohnes zu denken. Im Grunde war er nicht sehr glücklich über dessen Wahl. Ayisha war zwar hübsch und vollkommen, aber sie stammte aus einer Familie von mittelmäßigen Moslems, Leute, die höchstens ein paar Koransuren aufsagen konnten, aber nie einen religiösen Text gelesen hatten. Alhadji hatte sogar den Verdacht, dass sie unter ihren Kleidern Amulette trugen und ab und zu den »Fetischen« Opfer brachten. Aber anscheinend war Alfa in das Mädchen vernarrt, und die heutige Jugend ging in der Liebe immer mehr ihre eigenen Wege, ohne auf die Wahl der Eltern Rücksicht zu nehmen. Wenn Alhadji sich dennoch hatte überreden lassen, so lag das daran, dass Alfa ihm in gewisser Weise Sorgen bereitete. Er war ein vorbildlicher Sohn. Er hatte gerade den ersten Teil seiner religiösen Ausbildung abgeschlossen und von allen seinen Lehrmeistern Bewunderung für seinen scharfen Verstand geerntet. Aber wenn man nicht auf ihn einwirkte, bestand die Gefahr, dass er durch die Anziehung, die das Klosterleben auf ihn ausübte, verdorben wurde.

So wiederholte Alfa etwa unaufhörlich die Sure: »Aber ihr zieht das Leben in dieser Welt vor. Und doch ist das zukünftige Leben besser und immer während. So steht es in den alten Büchern von Abraham und Moses geschrieben.« So Allah wollte, würde diese Ehe Alfa vielleicht wieder auf die Erde zurückbringen. Denn es ist nicht gut, dass der Mann zu einem Eunuchen wird, unfähig, sich für den Körper einer Frau zu entflammen.

Alhadji Gidados Anwesen lag der Moschee gegenüber. Während zahlreiche Fulbe aus Massina sich nach Art der Bambara oder der Bewohner von Dschenne große Häuser aus Lehm mit Terrassendächern hatten erbauen lassen, hatte Alhadji seine Ehre darangesetzt, die Bräuche seines Volkes zu bewahren. Sein Anwesen setzte sich aus runden Hütten mit Wänden aus geflochtenen Strohmatten zusammen. In der Mitte des Hofes befand sich ein großes Wetterdach, das von Pfeilern aus untereinander verbundenen Baumstämmen getragen wurde. Dort hatte sich die Menge um das künftige Paar versammelt. Kinder hielten an den Hörnern Fermagha-Hammel fest, die geopfert werden sollten und deren Wolle an Seide erinnerte. Die Frauen ließen Schüsseln mit Dickmilch herumgehen, vermischt mit Datteln und Minzeblättern, während aus den Küchen der Duft des *tatiré massina* herüberzog.

Ayisha sah bezaubernd aus. Sie trug ein einteiliges Seidenkleid, dessen Stoff aus Timbuktu stammte. Doch besonders ihre Frisur zog alle Blicke auf sich. Ihr Haar war oben auf dem Kopf gescheitelt und an den Seiten zu dicken Zöpfen geflochten, die mit Gold- und Silberfäden durchwirkt waren. Ihre Mutter und die anderen Frauen der Familie hatten ihr gewundene goldene Ohrringe angelegt, die bestimmt einen Durchmesser von sechs Zentimetern hatten, aber dennoch so leicht waren, dass sie sich im Wind bewegten. Die Armbänder, Ringe und Ketten an ihren Handgelenken und Knöcheln waren kaum zu zählen. Alfa war wie gewöhnlich mit einem einfachen Bubu aus feinem Stoff gekleidet. Eigentlich hätte dieser Tag sein Herz mit Glück und Stolz erfüllen müssen, doch wenn er Ayisha ansah, war sein Blick nüchtern. Wenn er seiner Neigung gefolgt wäre, hätte er nie geheiratet. Aber Ayisha liebte ihn so, dass er sich hatte erobern lassen. Es war wie ein Feuer, das plötzlich vor ihm aufgelodert war und dessen Glanz ihn fasziniert hatte. Alfa bedauerte, dass Mohammed nicht da war. Wie hätte ihn sein Freund verspottet!

»Nun, bist du jetzt auch den Reizen der Frauen erlegen?«

Aber selbst wenn Mohammed nicht da war, hatte er für diese Eheschließung eine wichtige Rolle gespielt, denn Ayisha war schließlich seine Schwester, und so kamen sie einander noch näher. Doch jedes Mal, wenn Alfa mit seiner Verlobten über dieses Thema hatte sprechen wollen, hatte sie sich seltsam widerwillig diesem Gespräch entzogen. Während die Gesellschaft auf den Imam wartete, der der Bruder von Alhadji Gidado war, wurde vor allem über Segu gesprochen. Späher hatten angekündigt, dass die Delegation Sansanding bereits hinter sich gelassen hatte und in Diafarabe eingetroffen war.

Manche waren einer Versöhnung mit Segu nicht abgeneigt. Sie verlangten nur, dass Amadu Cheiku vertrauenswürdige Männer dorthin schickte, um festzustellen, ob die religiösen Auflagen befolgt wurden. Wenn die Bambara es ernst meinten, dann sollten sie auch ihre Fetischhütten abreißen und Moscheen errichten lassen …

Andere waren entschieden dagegen. Sie wünschten, dass die Erbfolge aus der Seitenlinie der Familie, die seit dem Tod von Cheiku Hamadu außer Kraft getreten war, in Massina wieder zur Regel wurde. Denn dann würde Ba Lobbo, der Bruder des Verstorbenen und Oberbefehlshaber der Armee, auf den Thron kommen. Es gab keinen kompromissloseren Moslem als ihn, und man würde schon sehen, welches Lager er wählte.

Wieder andere wagten nicht zuzugeben, dass sie zum tidjanischen Weg neigten. Sie hatten El-Hadj Omars Hauptwerk *Ar-Rimah** gelesen, und dieser unversöhnliche Islam, wie er früher in Hamdallay praktiziert wurde, und der in gewisser Weise die Tugenden der frühen

* Die Lanzen.

*turuk** wieder aufnahm, reizte sie. Sie wiederholten elf- oder zwölfmal die *Dschawaratul-Kamal***:

O Gott, verbreite deine Gnade und deinen Frieden
über die Quelle der göttlichen Barmherzigkeit,
die, ihrer Wahrheit gewiss, wie ein Diamant funkelt,
und das Zentrum des Verstandes
und der Bedeutungen erreicht ...

Die Unterhaltungen brachen ab, als der Imam erschien. Ayisha wurde ein weißer Schleier angelegt. Die Hochzeitszeremonie begann.

Zur gleichen Zeit zog die Delegation aus Segu mit großem Prunk, der dieser moslemischen Stadt unbekannt war, in Hamdallay ein. Die Griots eröffneten den Zug. Das Dröhnen der *dunumba* wechselte sich mit dem hellen Klang der *tamani* ab, bis sie verstummten, um auch Flöten und Geigen Gehör zu verschaffen. Gelb gekleidete Reiter feuerten ihre Gewehre ab, und man atmete den Geruch von Pulver, den Hamdallay seit langem vergessen hatte. Die Bewohner eilten aus ihren Anwesen und standen vor den *kakka**** aus Hirserohr, hin- und hergerissen zwischen der Bewunderung, die ein so schöner Anblick hervorrief, und der Verachtung, die ihnen diese Fetischanbeter einflößten.

Mohammed befand sich im hinteren Teil des Zuges, direkt vor den Sklaven, die die Geschenke des Mansa Demba trugen. Seit mehreren Nächten wurde er von einem Traum verfolgt, immer demselben: Er betrat das Anwesen von Ayisha. Sie lag mit geschlossenen Augen auf ihrer Matte, den Kopf nach Süden gewandt, die Füße nach Norden. Die Familie war um sie versammelt und weinte. Er

* Islamische Bruderschaften.
** »Die Perle der Vollendung«, ein Segensspruch.
*** Zäune auf Fulbe.

traute seinen Augen nicht und ging fassungslos zu dem Leichnam, als ihm eine Stimme zuflüsterte: »Siehst du, sie war nicht für dich bestimmt. Jetzt ist sie für immer verloren.« Daraufhin erwachte er schweißgebadet und an allen Gliedern schlotternd wie bei einem Anfall von *suma**.

Die Delegation aus Segu war inzwischen vor der Moschee und dem Anwesen von Amadu Cheiku, das ihr gegenüber lag, angelangt. Die Koranschüler liefen neugierig auf die Straße, um die Bambara zu betrachten, und wunderten sich, dass diese hübsch und groß gewachsen waren und edle Gesichtszüge hatten, während man sie ihnen doch wie Teufel mit stinkendem Atem und vom Tabak geschwärzten Zähnen, dessen Genuss in Hamdallay verboten war, beschrieben hatte. Die ansehnliche Menge, die sich vor Alhadji Gidados Anwesen versammelt hatte, um der Hochzeit von Alfa und Ayisha zuzuschauen, stürzte ebenfalls herbei, um die Bambara anzustarren. Manche erkannten Mohammed wieder, der so viele Jahre bei ihnen verbracht hatte, und tauschten lachend Grüße und Segenswünsche mit ihm aus. Irgendjemand rief fröhlich: »Du kommst noch gerade rechtzeitig zur Hochzeit deines Freundes ...«

»Alfa Gidado?«

Mohammed stellte keine weiteren Fragen. Eine schreckliche Ahnung überkam ihn, die schnell zur Gewissheit wurde. Wenn Alfa Gidado nun auch den Reizen einer Frau erlegen war, so konnte es nur die Frau sein, die auch Mohammed liebte, denn war Alfa nicht sein zweites Ich? Mohammed stieg vom Pferd und betrat Ayishas Anwesen. Er machte solch einen verstörten Eindruck, dass die Gespräche verstummten, während er näher kam, und betretenes Schweigen sich ausbreitete. Ayisha hatte ebenfalls seit

* Malaria.

mehreren Nächten immer denselben Traum gehabt: Der Imam hatte gerade die rituellen Segensformeln gesprochen. Ihre Hand ruhte in Alfas Hand, während der Dichter Amadu Sandji mit erhobenem Blick eines seiner schönsten Werke vortrug. In diesem Augenblick tauchte Mohammed auf und schwang einen Tuareg-Dolch über dem Kopf.

Als daher Mohammed plötzlich zwischen den erschrockenen Musikern hereinwankte, glaubte sie, ihr Traum sei Wirklichkeit geworden, und hob instinktiv die Hand vors Gesicht, um sich zu schützen.

Doch sie hatte vergessen, dass Mohammed kein gewalttätiger Mensch war. Er ging nicht auf sie zu, um sie zu bedrohen oder zu verletzen, sondern nur, um sie zu umarmen und ihr weinend zu Füßen zu fallen.

»Warum hast du mir nie gesagt, dass du sie heiraten wolltest?«

Mohammed drehte den Kopf zur Seite. Wie sollte er das erklären? Er hatte sich geschämt, das war alles. Alfa war so ein reines Wesen. Er hatte nur Gott im Sinn. Er nahm die Erde gar nicht wahr. Die Schönheit einer Frau existierte für ihn nicht. Wie hätte Mohammed ihm da von den Regungen seines Herzens und der Begierde seines Körpers erzählen können? Wie hätte er ihm den Wunsch beschreiben sollen, mit Ayisha eins zu werden? Alfa hätte darauf sicher erwidert: »Jedes Geschöpf darf nur danach streben, mit seinem Schöpfer vereint zu werden.«

Alfa sah Mohammed scharf an und fragte: »Wusste sie, dass du sie liebtest?«

Mohammed war unfähig zu lügen. Alfa sprang wutentbrannt auf und rief: »Unreines gerissenes Weib!« Mohammed protestierte trotz seiner Schwäche: »Beschimpf sie nicht. Wie kannst du verstehen, wozu uns die Liebe treibt? Du denkst doch nur an Gott ...«

Nur an Gott? Diese Gotteslästerung war so ungeheuerlich, dass Alfa sich fragte, ob Satan nicht in seinen Freund gefahren war.

Nach diesem Skandal wurde Mohammed halb bewusstlos in eine Besucherhütte getragen. Aus Taktgefühl hatte man sein Verhalten der Ermüdung nach einer langen Reise in der Sonne zugeschrieben. Doch niemand fiel auf diese fromme Lüge herein, und Ayisha würde für immer davon gezeichnet sein, dass sie durch eine schuldige Liebe ihre Hochzeit befleckt hatte. Alfa ging zum Eingang der Hütte. Das Fest ging weiter. Von der Besucherhütte aus hörte er die Stimme des Dichters Amadu Sandji, begleitet von Flötenmusik:

Mit vollem Bauch erfreue ich mich an meinem Frieden.
O meine vielen Frauen, meine vielen Söhne,
ich habe viele Hirtenlager
und viele *Sklavendörfer!*

Alfa konnte nicht länger bei seinem Freund bleiben, wenn er nicht seinen Eltern und Gästen gegenüber unhöflich erscheinen wollte. Im Gegenteil, er musste so natürlich wie möglich auftreten. Zum Glück würden, dem Brauch zufolge, noch drei Tage vergehen, ehe er mit Ayisha allein sein würde, denn es wäre wohl unschicklich, wenn die Ehe zu schnell vollzogen würde. Bis dahin hätte er genügend Zeit, Ayisha gegenüber die richtige Haltung einzunehmen. Unfähig, sie anzusehen, ging er an ihr vorbei und gesellte sich zu seinem Vater. Dieser war gerade im Gespräch mit dem Imam der Moschee, der die Ehe geschlossen hatte.

Die beiden alten Männer redeten über El-Hadj Omar, der sein Hauptquartier Dinguiray verlassen hatte und nach Kaarta marschierte. Alhadji Gidado wiederholte seinen Standpunkt: kein Bündnis mit Segu; kein Bündnis mit Fetischanbetern. Wenn es nach ihm gegangen wäre, hätte

Amadu Cheiku dem Tukulor Verstärkung schicken müssen, um ihm bei seinem großen Werk zu helfen. Hatte der Prophet nicht gesagt: »Die Feuer des Gläubigen und des Ungläubigen können sich nicht treffen?«

Gedankenverloren hörte Alfa zu. Er litt. Nicht so sehr an Ayishas Verrat – ist die Frau nicht dazu da, Unruhe zu stiften? –, sondern dem Verhalten seines Freundes. Mohammed hatte ihm also etwas verheimlicht. Er, dem Alfa sich so nahe gefühlt hatte. Alles hatten sie geteilt, sodass Alfa geglaubt hatte, ihre Seelen seien aus demselben Stoff und ihre Brust sei von demselben Hauch beseelt. Doch Mohammed war nur von der Lust nach Unzucht besessen gewesen.

Ayisha verbarg ihr Gesicht unter ihrem weißen Schleier. Dieser Tag, auf den sie sich so gefreut hatte, sollte nun in Schmach und Kummer enden. Sie wusste, dass Alfa ihr nie verzeihen würde, seinem Freund wehgetan zu haben. Doch war sie wirklich schuldig? Was hatte sie getan? Nur weil sie schön war? Weil sie bei Mohammed Gefühle geweckt hatte, die sie nicht teilte? Schuldig. Schuldig. Die Frau ist immer schuldig. Wann hatte sie angefangen, Alfa Gidado zu lieben? Es schien ihr, als hätte ihr Herz schon immer für ihn geschlagen. Morgens hatte sie voller Ungeduld gewartet, bis sie den Klang seiner Stimme hörte, wenn Alfa mit seinen Kameraden vor den Anwesen um Nahrung bettelte. Jeden Abend hatte sie Essensreste für ihn aufbewahrt und war zur Tür geeilt, um seine Kalebasse damit zu füllen. Neben ihm waren ihr alle anderen Koranschüler, selbst Mohammed, gewöhnlich vorgekommen, wie aus gröberem Ton geformt. Liebe lässt sich mit keinem anderen Gefühl verwechseln. Mohammed war ein Bruder, für den sie große Zuneigung hegte. Alfa dagegen war der Meister, den sie sich erwählt hatte. Amadu Sandji sang ein traditionelles Hochzeitslied:

Der König hat Recht, wenn er uns schlägt.
Er schlägt die Königstrommel,
damit wir ihren Klang hören.
Er hüllt hellhäutige Frauen für uns in Schleier
und lässt sie in die Hochzeitsgemächer treten.
Er kauft Kolanüsse, damit wir sie essen.
Er kauft Streitrosse, damit wir sie reiten …

Die Frauen wiederholten im Chor:

Der König hat Recht, wenn er uns schlägt.

Plötzlich kam ein Koranschüler in den Hof gerannt, eilte zu Alhadji Gidado und flüsterte ihm ein paar Worte ins Ohr. Der Marabut klatschte augenblicklich in seine feingliedrigen Hände. Die Nachricht war von großer Wichtigkeit. Amadu Cheiku hatte einen Schwächeanfall erlitten und verlangte, seine Untertanen zu sehen.

Diese Nachricht, die das Fest eigentlich verdorben hätte, lenkte die Gesellschaft von der allgemeinen Betretenheit ab. Die Marabut gingen fort, um laut zu beten. Der Imam veranstaltete eine öffentliche Lesung des Koran. Die Neugierigen schlichen um das Anwesen des Herrschers. Man spürte, dass eine Zeit voller Intrigen und Verhandlungen auf Hamdallay zukam. Wer würde Amadu Cheikus Nachfolge antreten? Wer würde seine Kappe, seinen Turban, seinen Säbel und seine Gebetskette bekommen, die Insignien seiner Macht. Sein Sohn Amadu Amadu? Sein jüngerer Bruder? Einer der jüngeren Brüder seines Vaters? Es wurde erzählt, Amadu Amadu sei bereits vor einigen Monaten von seinem Vater als Nachfolger bestimmt worden.

Kurzum, das Fest endete früher als geplant, und die Frauen blieben mit halb vollen Schüsseln tatire massina, Körben voll frischer Datteln und Schalen mit Hirsemehl vermischter Dickmilch zurück.

Alfa ging zur Besucherhütte, wo er Mohammed zurückgelassen hatte. Sie war leer. Ängstlich befragte er Sklaven und Frauen, doch niemand wusste, was aus ihm geworden war.

Mohammed kam an den Amba-See. Zu dieser Jahreszeit stand das Wasser hoch und wurde von ungeduldigen Wellen bewegt. Schwärme von *dyi kono*, Vögeln der Regenzeit, flogen knapp über der Oberfläche und tauchten ihre Schnäbel auf der Suche nach einem Fisch oder einem fetten *burgu*-Stängel ins Wasser. Mohammed stieg vom Pferd und klatschte in die Hände, damit es sich entfernte und ihn nicht länger anstarrte, doch das Tier wieherte und weigerte sich, ihm zu gehorchen.

Mohammed war ohne anzuhalten von Hamdallay hierher galoppiert. Er hatte nur einen Gedanken: Schluss machen. Nein, er wollte nicht mehr leben. Er wollte nicht hinnehmen, dass sich sein Schmerz besänftigte und ihm nur noch lästig fiel wie eine Ehefrau, die man nicht mehr liebt, mit der man aber noch tausend Dinge teilt. Er wollte nicht wie all die Männer werden, die ohne Wunsch und Freude lebten, nur weil sie nicht den Mut hatten, sich vom Alltag zu lösen. Er wollte mit zwanzig Jahren sterben, um sein Leben nicht mit einer anderen Frau als Ayisha zu verbringen. Langsam legte Mohammed seine Kleider ab. Zunächst seinen Kaftan aus weißer Seide, dessen Ausschnitt mit Haussa-Stickereien verziert war. Anschließend seinen halb langen Kittel. Dann sein kurzärmliges Baumwollhemd. Und schließlich die kleine Kappe, die er auf dem Kopf trug, sodass er nur noch mit einer weiten Hose bekleidet dastand und in der kühlen Luft zitterte. Die Erde unter seinen Füßen war weich und voll gesogen mit Wasser. Er ging auf den See zu.

Als er das von Seerosen überwucherte Ufer fast erreicht hatte, sah Mohammed zu seiner Linken plötzlich einen

Fulbe-Hirten. Der Mann war in ein Wickeltuch aus schwarzer Wolle gehüllt, trug auf dem Kopf einen breitkrempigen Hut mit kegelförmiger Spitze und stand völlig unbeweglich wie ein Fischreiher auf einem Bein, das andere hatte er in Höhe des Knies angewinkelt. Mohammed war über das Auftauchen des Mannes verwundert, denn er glaubte, niemanden gesehen zu haben, als er zum See gegangen war. Und was machte dieser Hirte ohne Herde hier bei Einbruch der Nacht? Mohammed wäre beinahe geflohen, doch dann schämte er sich über seine Angst, die eines Gläubigen unwürdig war, holte seine Gebetsschnur aus der Tasche und ließ die Perlen durch seine Hand gleiten. Was sollte er jetzt tun? Sich unter den Blicken eines Zeugen ins Wasser stürzen? Halb nackt und frierend stand Mohammed da, als sich plötzlich ein starker Wind erhob. Das Wasser des Sees klatschte laut gegen das Ufer, während ein Schwarm durchsichtiger Krebse in wildem Durcheinander seine Schlupfwinkel verließ. Eine große schwarzweiße Schlange tauchte aus einem Bett von Seerosen auf und schwenkte den flachen Kopf mit den bernsteinfarbenen Augen hin und her. Das ging nicht mit rechten Dingen zu. Mohammed zog sich zurück, als er plötzlich seinen Namen hörte. Es war Tiékoros Stimme. Die Stimme seines Vaters, die er seit Jahren nicht mehr gehört hatte und bei deren Klang er wieder zu einem zitternden kleinen Jungen wurde, der mit ungeschickter Hand Buchstaben auf eine Tafel malte. Mohammed fiel auf die Knie und fragte: »Vater, wo bist du?«

Der Fulbe-Hirt nahm seinen Hut ab, und darunter kam sein vom Schmerz gezeichnetes Gesicht zum Vorschein. Tränen liefen ihm über die Wangen. Mohammed stammelte: »Vater, warum weinst du?«

Aber kannte er nicht die Antwort? Sein Vater weinte, weil sein Sohn den Tempel seines Körpers willentlich zerstören wollte und sich damit der ewigen Verdammnis aussetzte. Und warum? Aus Liebe zu einer Frau. Plötzlich trat Mohammed das grauenhafte Ausmaß seines Entschlusses vor Augen. Im Gegenteil, er musste leben. Leben und sich von den eitlen Wünschen und Empfindungen befreien. Wie gut, dass Ayisha seine Gefühle nicht geteilt hatte, sonst hätte er ein Leben geführt, das an ihren Körper gekettet gewesen wäre. Jetzt dagegen war er allein. Allein mit Gott. Mohammed stammelte: »Vater, vergib mir ...«

Als er auf die unbewegliche Silhouette zueilte, um den Vater zu umarmen und ihm seine Reue zu bezeugen, verschwand der Fulbe-Hirt. So plötzlich, dass Mohammed glaubte, einer Sinnestäuschung zum Opfer gefallen zu sein. Aber das war unmöglich, sein Name klang ihm noch in den Ohren. Auf seinem Gesicht spürte er noch das Feuer eines Blickes. Da wurde ihm klar, dass Tiékoro aus Liebe zu ihm einen Augenblick das märchenhafte Dschenne verlassen hatte, den Wohnort jener, die ihr Herz vor Leidenschaften bewahrt haben. Neue Kraft überkam ihn. Ja, er würde leben und kämpfen. Von nun an würde er ein Soldat Allahs sein. Er zog sich schnell wieder an, ergriff die Zügel seines Pferdes, das wie versteinert durch die Erscheinung unbeweglich auf der Stelle geblieben war, und sagte mit schmeichelnder Stimme: »Komm, meine Schöne, wir reiten zurück.«

Als Mohammed an das Damal-Fakala-Tor im Süden der Stadt gelangte, wurde er von Lanzenreitern angehalten.

Amadu Cheiku war gestorben.

An allen Ecken Hamdallays erhoben sich die Klagelieder:

Amadu ist tot, der Vater der Armen, ihre Stütze.
Amadu ist tot, der Allah immer ergeben war

und der so oft Gnade walten ließ,
obwohl ihm Strenge anstand.
Amadu ist tot, der den Namen der Fulbe
in neuem Glanz erstrahlen ließ …

Trotz der Dunkelheit drängten sich die Menschen auf den Plätzen. Die Frauen, die Gesichter verschleiert, verbargen sich im Schatten ihrer Brüder oder ihrer Männer. Die Leute waren unruhig. Sie wiederholten die Weissagung von Cheikh El-Bekkay: »Der Tod von Amadu Cheiku wird einen Orkan entfesseln. Noch bevor so viele Jahre vergangen sind wie Finger an zwei Händen, wird Hamdallay von einer Katastrophe aus dem Westen heimgesucht werden, und wir werden nur noch mit den Zähnen knirschen.«

Seit Jahren war die Gegend in der Gewalt der Fulbe. Selbst die Bambara fürchteten sie inzwischen und vermieden einen offenen Konflikt mit ihnen. Waren dieser Frieden und diese Sicherheit erneut bedroht? Kamen etwa die Zeiten wieder, da man den Fulbe ihr Vieh stahl, ihre Frauen und Kinder an Fremde verteilte und ihre Männer hinrichtete? Mohammed kehrte in das große, mehrstöckige Haus zurück, in dem die Bambara untergebracht waren. Man hatte sich dort bereits über sein Verschwinden Sorgen gemacht, weil Alfa Gidado nach ihm gefragt hatte, während alle geglaubt hatten, er sei auf der Hochzeit. Mande Diarra, der die Delegation anführte, befürchtete, dass der Tod des Herrschers sie noch länger in dieser Stadt aufhalten würde, die er bereits hasste. Andere fragten sich, ob der zukünftige Herrscher von Massina dieselben Ansichten vertreten würde wie Amadu Cheiku oder ob er nicht, statt ein Bündnis mit Segu anzustreben, versuchen würde, sich mit dem Tukulor zu verbünden, um gegen Segu in den Krieg zu ziehen.

Mohammed ließ sich im Kreis der Männer nieder, die

auf dicken marokkanischen Wollteppichen mit Blumenmustern saßen. Aufgrund seines jugendlichen Alters hatte er bisher im Kreis dieser erwachsenen Männer und Familienväter, die sich häufig im Krieg oder auf der Jagd ausgezeichnet hatten, schweigen müssen, es sei denn, er war gebeten worden, einen Text zu lesen oder zu übersetzen. Entgegen dieser Angewohnheit ergriff er nun das Wort: »Warum sollten wir vorzeitig jammern wie ein Klageweib, das die Seele des Toten bereits beweint, noch ehe diese den Körper verlassen hat?«

Die Männer blickten sich erstaunt an. Was war nur in den Sohn von Tiékoro Traoré gefahren?

5

Mande Diarra hatte Recht. Wegen des plötzlichen Todes von Amadu Cheiku musste die Delegation aus Segu fast drei Monate in Hamdallay bleiben.

Zunächst war die offizielle Trauerzeit einzuhalten, in deren Verlauf keine Ratsversammlungen abgehalten wurden. Dann wurden die sterblichen Überreste von Amadu Cheiku neben denen seines Vaters in die Erde gesenkt, eingehüllt in sieben Kleidungsstücke, die Hose, die Kappe, den Turban, dessen Ende um das Gesicht gelegt worden war, und in die Decken, die eine Art Kapuze bildeten.

Nach dieser Beisetzung, an der nur die Verwandten und die einflussreichen Würdenträger des Reiches teilnahmen, schickte man Sendschreiben durch ganz Massina und in die befreundeten Länder, um zu den Krönungsfeierlichkeiten des neuen Herrschers Amadu Amadu zu laden.

Amadu Amadu war noch sehr jung. Er war von seiner Mutter und seiner Großmutter verwöhnt und verhätschelt worden und daher unfähig, Entscheidungen zu treffen. So war er eine leichte Beute für Cheikh El-Bekkay, der nicht die geringste Mühe hatte, ihn auf die gleiche Politik wie die seines Vaters einzuschwören. Bald erfuhr man, dass Cheikh El-Bekkay Amadu Amadu eine Charta von zehn Punkten hatte unterzeichnen lassen, deren erster die Notwendigkeit eines Bündnisses mit Segu gegen El-Hadj Omar bekräftigte. Die Bambara waren wie auf die Folter gespannt. In ihren Augen war Hamdallay eine schreckliche Stadt, die sich hinter ihren Mauern versteckte wie eine prüde Frau in ihrer Hütte. Die Tage verliefen in völliger Eintönigkeit, nur unterbrochen von den ewigen

Rufen der Muezzins, nach denen sich die Männer wie Schafe zusammendrängten, um nach Osten zu blöken. Die Abende waren noch langweiliger. Man setzte sich nicht ums Feuer, um zu erzählen oder zu tanzen. Manchmal ertönte die piepsige Stimme eines *dimadio**, begleitet von einem lächerlichen Instrument, das auch nicht melodischer war als die Stimme des Jungen. Die Bestattungsfeierlichkeiten für Amadu Cheiku schockierten die Bambara ungemein. Das sollte eine königliche Beisetzung sein? Wo waren die Weihegaben, die Opfer, die Gesänge und die Musik? Wurden hier denn nicht die Ahnenfolge und die Taten des Verstorbenen besungen? Die Bambara verglichen diese hastige Zeremonie ohne jeden Prunk mit den Feierlichkeiten, die den Tod eines Mansa in Segu begleiteten.

Eines Morgens ließ Amadu Amadu sie schließlich rufen. Er war ein echter *bimi,* ziemlich hellhäutig, hatte gelocktes Haar wie ein Maure und war sehr einfach mit einem weißen Kaftan ohne Stickereien gekleidet, der dennoch eine gewisse Arroganz unterstrich. Amadu Amadu war von den vollzählig versammelten Mitgliedern des Großen Rates umgeben. Sogar die Männer, die im Hinterland von Fakal oder an den Ufern des Debo-Sees zu Hause waren, sowie die *amirabe*** der verschiedenen Regionen des Reiches waren zugegen. Zu Beginn wurden Gebete gesprochen, ebenjene Gebete, die die Bambara wütend machten: »O Gott, segne unsern Herrn Mohammed, der auftat, was geschlossen war, der beschloss, was voraufging, der die Wahrheit auf die Wahrheit gründet ...«

Endlich durfte man sich setzen.

Amadu Amadu ergriff das Wort und kündigte nüchtern

* Fulbe-Sklave.
** Militärische Oberbefehlshaber der Fulbe.

an: »Kaarta ist in den Händen von El-Hadj Omar. Der Mansa Mamadi Kandian ist bereit, zum Islam überzutreten. Dieser Brief, den der Tukulor an mich gerichtet hat, bestätigt es.« Kaarta! Das Bambara-Reich Kaarta! Das Reich, das Niangolo Kulubari gegründet hatte, während sich sein Bruder in Segu niederließ. Es hatte zwar an Streitigkeiten zwischen den beiden Bambara-Reichen nicht gefehlt, aber diese Nachricht ließ alles andere in Vergessenheit geraten. Jetzt empfand man nur noch Kummer und den Wunsch nach Vergeltung. Amadu Amadu reichte Mohammed, dem einzigen Bambara der Delegation, der lesen konnte, ein Pergament, das von einem runden Siegel beglaubigt war. Es war der Brief von El-Hadj Omar. Mohammed überflog die Zeilen, ehe er seinen Landsleuten den Inhalt vorlas.

»Die Ungläubigen von Kaarta sind unterworfen. Das Land ist von der Karte ausgelöscht. Das war Gottes Wille. Mein Wunsch ist allein zu reformieren, soweit ich es vermag. Allah ist mein einziger Beistand. Bilden wir einen gemeinsamen Block gegen seine Feinde, gegen unsere Feinde und die Feinde unserer Väter, die Polytheisten! Mögen allein Liebe, Zuneigung, Respekt und Hochachtung unter uns herrschen ...«

Es wurde still im Saal. Die Bambara waren starr vor Schreck. Wenn Kaarta bezwungen und Matnadi Kandian zum Islam übergetreten war, dann musste man sich auf alles gefasst machen.

Amadu Amadu ergriff erneut das Wort: »Ich will euch nicht verschweigen, dass der Große Rat nicht einstimmig hinter mir steht. Ich habe mich sogar über den Willen von Männern hinwegsetzen müssen, die weiser und erfahrener sind als ich. Dennoch habe ich folgende Entscheidung getroffen: Eine Delegation unter der Führung von Alhadji Gidado und Hambarke Samatata wird euch nach Segu begleiten, um eure Fetischhütten niederzureißen und die Bekehrung eures Mansa zu bezeugen …«

Sogar Mohammed war niedergeschmettert. Er hatte zwar der Religion seiner Ahnen abgeschworen, aber wie konnte man die Fetischhütten zerstören! Dazu würde sich das Volk von Segu nie hergeben. Alle Anwesen würden sich dagegen auflehnen. Das Reich würde in seinen Grundfesten erschüttert werden. Amadu Amadu fuhr fort: »Wenn ihr damit einverstanden seid, sende ich El-Hadj Omar ein Schreiben, in dem ich ihm mitteile, dass Segu mir Treue geschworen hat. Dann kann er euch nicht mehr angreifen, und der Frieden wird gewahrt …«

»Segu hat mir Treue geschworen!« Das waren Worte, die man nicht hinnehmen konnte. Wutentbrannt sprang Mande Diarra auf und wollte den Fulbe ohrfeigen, sodass ihn die anderen zurückhalten mussten. In größter Verwirrung zog sich die Bambara-Delegation zurück.

Vor dem Saal mit den Sieben Türen, in dem die Ratsversammlung abgehalten worden war, stieß Mohammed auf Alfa Gidado. Obwohl dieser die Ruhezeit hätte genießen können, die auf die Hochzeit folgt und während deren sich die junge Ehefrau besonders liebevoll um ihren Gefährten bemüht, verließ Alfa jeden Abend das Haus, um seinen Freund zu besuchen, und blieb bis spät in die Nacht bei ihm. Die beiden sprachen nie von Ayisha. Anfangs war Mohammed versucht gewesen, Alfa zu fragen, wie er sich seiner Frau gegenüber verhielt, ob er ihr verziehen, ja sogar, ob er die Ehe wirklich vollzogen hatte. Aber dann hatte er sich beherrscht. Wenn er sich schon bemühte, diese Frau zu vergessen, die ihn fast zur größten aller Sünden verleitet hätte, warum sollte er sich dann nach ihr erkundigen? Und so sprachen Alfa und Mohammed endlos über den Hadith, über die Zukunft Massinas und Segus und vor allem über die übernatürliche Erscheinung Tiékoros. Diese hatte Alfa keineswegs überrascht, denn er sagte: »Weißt du, wenn ein Mann das strahlende Licht der Religion in sich trägt, vermag er alles. Dein Vater war ein Heiliger, und deshalb konnte er auch zu dir kommen … Es würde mich nicht wundern, wenn er in jedem entscheidenden Augenblick deines Lebens wieder auftauchte …«

Alfa hakte Mohammed unter und sagte: »Gore*, wenn du nach Segu zurückkehrst, werde ich mitkommen. Mein Vater hat mir die Erlaubnis gegeben, die Delegation aus Massina zu begleiten …«

Mohammed riss sich so heftig los, dass es ihn selbst erstaunte, und rief: »Sei dir deiner Sache nicht so sicher! Die Entscheidung darüber, ob wir euern Vorschlag annehmen, ist noch nicht gefallen.«

Alfa sah ihn traurig an und sagte mitleidig: »Euch bleibt gar keine andere Wahl …«

Zum ersten Mal waren die beiden Jungen gegenteiliger Meinung, denn es war das erste Mal, dass Mohammed als Bambara und nicht als Moslem dachte. Und doch hatte er nie die belehrenden Worte seines Vaters vergessen, als dieser ihm angekündigt hatte, dass er ihn nach Hamdallay schicken werde: »Auch wenn sie nur entfernt miteinander verwandt sind und fern voneinander wohnen, so sind die Gläubigen doch ›Brüder‹, denn durch die Religion haben sie eine gemeinsame Abstammung, den Glauben.«

Außerdem war Mohammed an der Seite Alfa Gidados aufgewachsen, und seine Empfindungen wie sein Verstand waren von denselben Lehrmeistern geprägt worden, dennoch trennte ihn jetzt etwas von Alfa, weil Mohammed bereit war, ein Erbe zu übernehmen, das er kaum kannte und das er in gewisser Weise zu verachten gelernt

* Freund, Bruder auf Fulbe.

hatte. Segu war in ihm, und er nahm dieses Erbe für sich in Anspruch.

Mit all seinen Fetischhütten, blutigen Opfern sowie den finsteren und geheimnisvollen Bräuchen.

Das sonst so ruhige Hamdallay befand sich in Aufruhr. Der Tod von Amadu Cheiku, die Krönung des neuen Herrschers, die Nachricht vom Fall Kaartas, also das Eindringen von El-Hadj Omar in eine Region, für deren Bekehrung sich Massina allein berufen fühlte – all diese Ereignisse hatten schließlich die sowohl vom Islam als auch durch die Fulbe-Erziehung auferlegte Zurückhaltung gesprengt. Man sah sogar Frauen, die sich an den Plätzen versammelten, um die letzten Neuigkeiten zu erfahren, die von wer weiß woher kamen. Die Lehrer verließen die Koranschulen, und die Kinder begannen wieder zu lachen und fröhlich zu lärmen. Da sie niemand mehr beaufsichtigte, fraßen die Rinder die Hirsehalme der *kakka* auf, die die Anwesen umgaben. Vor dem Haus, in dem die Bambara-Delegation untergebracht war, trennten sich Alfa und Mohammed. Zum ersten Mal hatten sie nicht mehr den Wunsch, zusammen zu sein.

Und doch hatte Alfa Recht. Segu konnte das Angebot von Amadu Amadu nicht abschlagen. Segu musste das Bündnis mit Massina eingehen. El-Hadj Omar war zu mächtig, seine Heere von einer Kraft beseelt, die zu gefährlich war.

In Gemu-Banka hatte er alle Männer töten lassen. In Barumba hatte er die ganze Bevölkerung niedergemetzelt.

In Sirimana hatte er sechshundert Männer hinrichten und Tausende in die Gefangenschaft führen lassen. In Nioro in Kaarta hatte er sich besonders blutrünstig gezeigt. Zunächst hatte er den Mansa verschont, weil dieser versicherte, zum Islam übertreten zu wollen. Dann besann sich El-Hadj Omar jedoch eines anderen und ließ den Mansa vor den Augen seiner Frauen und Kinder enthaupten, bevor er auch diese hinrichten ließ. Anschließend gab er seiner Armee die Erlaubnis, die Bevölkerung zunächst mit dem blanken Säbel und dann mit den Gewehren niederzumetzeln. Die Toten waren nicht mehr zu zählen.

Man fragte sich allmählich, ob El-Hadj Omar ein menschliches Wesen war, das eine Frau zur Welt gebracht hatte. War er nicht vielmehr das Werkzeug eines schrecklichen Zorns der Götter und Ahnen? Aber welche Verbrechen konnten sie nur so erzürnt haben? Mande Diarra traf nach reiflicher Überlegung schließlich eine weise Entscheidung. Die Bambara würden zusammen mit der Delegation aus Massina nach Segu zurückkehren und deren Vorschläge dem Mansa unterbreiten.

Wie groß ist der Schmerz, wenn man in dem Freund, den man wie ein zweites Ich liebt, einen Feind entdecken muss!

Diese Erfahrung machte Mohammed, als er neben Alfa nach Segu ritt.

Äußerlich hatte sich zwischen den beiden nichts geändert, und doch war nichts mehr wie zuvor. Alfa war ein Fulbe aus Massina, dessen Herrschaft sich Segu möglicherweise würde beugen müssen.

Wortlos durchquerten sie Gegenden, die wegen der Regenzeit ebenso düster wirkten wie die Laune der beiden. Sie mieden den hochwasserführenden Joliba, schlugen den Weg nach Tayawal ein und überquerten den Bani mehrere Tagereisen von Dschenne entfernt. Kein Mensch war zu sehen.

Die Bauern verschanzten sich in ihren Dörfern, die sie in aller Eile befestigt hatten. Büffelherden schauten den Pferden nach, während der Gesang der Bambara-Griots, die ihre Herren begleiteten, Gazellen verscheuchte, die unter den Karitebäumen wie fahle Flecken aussahen.

Die Männer verbrachten die Nacht in einem von den Sklaven der Fulbe errichteten Lager, weil diese es dank ihrer alten nomadischen Gewohnheiten verstanden, sich überall vor der Natur zu schützen. Sie hieben junge Zweige von den Karitebäumen, steckten sie in die Erde und befestigten darüber große *secco*-Matten*, die mit Hirserohr gestützt wurden. Noch vor Mittag erreichten sie Segu.

Mohammed hatte sich nie gefragt, ob er Segu liebte. Als er nach seiner religiösen Ausbildung dorthin zurückgekehrt war, hatte er sich sehr gefreut, die Stadt wieder zu sehen. Es war der Ort, an dem er seine Kindheit verbracht hatte, von seiner Mutter und seinen Schwestern verwöhnt. Ein Ort voller persönlicher, vertrauter Erinnerungen. Und nun entdeckte er die Stadt plötzlich mit anderen Augen.

Die Mauern aus Lehm erhoben sich über dem grauen Wasser des Joliba. Doch jetzt wimmelte es dort nicht wie gewöhnlich von Frauen, Kindern und Fischern, rings um die Mauern drängten sich nun Strohhütten, Fellzelte und primitive, erschütternde Unterkünfte.

Es war das Lager der Bambara, die der Plünderung von Nioro entronnen und nach Segu geflüchtet waren, weil sie hofften, dort Schutz zu finden. Ausgezehrte Gesichter, abgemagerte Körper. Die Männer hatten mit ansehen müssen, wie ihre Frauen und Töchter vergewaltigt wurden. Die Frauen hatten erlebt, wie man ihre Männer niedermetzelte. Die Kinder hatten Vater und Mutter verloren und verdankten ihr Leben nur der starken Solidarität der Frauen, denn jede Mutter hatte zwei Säuglingen die Brust gegeben und sich zwei Kinder auf den Rücken gebunden. Auf einem Erdhügel stand ein Griot und sang. Die Anhänger von El-Hadj Omar hatten ihm seine drei Söhne

* Matten aus den getrockneten Fasern der Dumpalme.

ermordet und seine Frauen unter sich aufgeteilt, da sie zu ihrem Unglück hübsch waren. Und so blieb ihm nur noch der Gesang:

Der Krieg ist gut, denn er macht unsere Könige reich.
Frauen, Gefangene, Vieh, all das verschafft er ihnen.
Der Krieg ist heilig, denn er macht uns zu Moslems.
Der Krieg ist heilig und gut.
Möge er mit seinen Flammen unsern Himmel röten
von Dingairay bis Timbuktu,
von Gemu bis Dschenne …

Als Mohammed dieses Lied hörte, konnte er seine Tränen nicht zurückhalten. El-Hadj Omar führte zwar im Namen Allahs, des einzigen wahren Gottes, Krieg. Es war der Dschihad. Doch dieses war Mohammeds Volk und dessen Wunden seine eigenen. Plötzlich stellte Mohammed verwundert fest, dass er diesen Gott hasste, der sich durch Feuer und Schwert offenbarte. Er hielt sein Pferd neben dem Griot an, der mit seiner zerfetzten, mit Kaurimuscheln besetzten Lederhaube, seinem fast nackten Körper, der notdürftig in ein Ziegenfell gehüllt war, und seinen offenen, eiternden Wunden ein wahrhaftiges menschliches Schreckgespenst war.

»Wie heißt du?«

Der Mann starrte ihn mit Augen an, die von all dem Leiden dieser Welt verdunkelt waren, und entgegnete: »Faraman Kuyaté, Herr!«

»Folge mir!«

Auf seinen wunden, mit Baobabblättern umwickelten Füßen hinkte der Mann hinter ihm her und sang immer noch:

O ja, der Krieg ist heilig und gut.
Möge er mit seinen Flammen unsern Himmel röten …

Von den Bambara-Würdenträgern begleitet, betrat die Delegation aus Massina den Palast des Mansa, wo sie untergebracht werden sollte. Mohammed machte sich auf den Weg zum Anwesen seiner Familie und ließ sein Pferd langsamer traben, damit Faraman ihm folgen konnte. Er war froh, dass er nicht mehr mit Alfa zusammen war. Zu anderen Zeiten hätte er ihn mit nach Hause genommen, die Hütte mit ihm geteilt und ihn seiner Familie vorgestellt, besonders Olubunmi, aber jetzt wäre er sich wie ein Verräter vorgekommen, wenn er es getan hätte. Oder war er im Grunde nur ein schlechter Moslem? Die Liebe zu einer Frau hatte in seinem Herzen ja bereits einmal über die Liebe zu Gott gesiegt, und jetzt war die Bindung an sein Volk stärker als die brüderlichen Bande des Islam. Er dachte an seinen Vater, der El-Hadj Omar empfangen, eine Zauia gegründet und einem König die Stirn geboten hatte. Er fühlte sich plötzlich unwürdig. Nie würde er diesem Vorbild gleichen.

Olubunmi, der von der Ankunft der Delegation gehört hatte, stand mit Mustapha, dem kleinen Kosa und anderen Brüdern im Eingang des Anwesens. Die beiden jungen fielen sich in die Arme und hielten sich fest umschlungen.

Aus Spaß spottete Olubunmi: »Der *bimi* ist wieder da ...« Der *bimi*? Es stimmte, dass Mohammed von seiner Mutter her Fulbe-Blut hatte. Das hatte er doch tatsächlich vergessen. Er schob seinen Arm unter Olubunmis Ellbogen, betrat das Anwesen und freute sich, die Hütten, den *dubale*-Baum und den Geruch nach verbrannten *makalanikama*-Blättern wahrzunehmen, die den Familienzusammenhalt stärken. Olubunmi war glücklich, seinen liebsten Gefährten wiederzuhaben, und redete ununterbrochen: »Weißt du, dass Yassa einen Sohn zur Welt gebracht hat? Man hat ihn Fanko genannt ... Er ist also mein Namensvetter, und ich passe gut auf ihn auf. Und jetzt machen sich alle über mich lustig und fragen mich, ob ich eine Frau geworden bin.«

Mohammed wurde plötzlich bewusst, dass Faraman ihm die ganze Zeit wortlos gefolgt war und geduldig darauf wartete, dass er sich um ihn kümmerte. Er schämte sich ein wenig über seine Leichtfertigkeit, nahm den Griot bei der Hand und führte ihn in den Hof, wo Tiéfolos Bara Muso wohnte, damit sie ihm etwas zu essen gab.

Der Mansa Demba nahm Amadu Amadus Vorschläge an, die ihm die Delegation aus Massina übermittelte.

Unter Aufsicht der Fulbe betraten kleine Gruppen von Tondyons jedes einzelne Anwesen in Segu, durchquerten die verschiedenen Höfe, bis sie zu den Hütten kamen, in denen sich die *pembélé* und die *boli* befanden. Sie holten sie ans Tageslicht und trugen sie zu dem Platz vor dem Palast, wo die Verbrennung stattfand. Alhadji Gidado und Harnbarke Samatata, umgeben von den königlichen Marabut, überwachten das Geschehen. Ein knisterndes Feuer verschlang die Haare, Rinden, Wurzeln, Holzklötze und Tierschwänze, aus denen die Fetische bestanden. Aus allen Winkeln der Stadt schleppten die Tondyons die Kultgegenstände herbei und zerschlugen die roten Steine, die die Ahnen darstellten und die das Feuer nicht zerstören konnte. Dann nahmen sie sich das Viertel der Schmiede und Fetischpriester vor, das nicht weit vom Mugu-Susu-Tor am Stadtrand lag. Das Werkzeug der berühmten Ahnen, das man in Erinnerung an die einst unterirdischen Behausungen der Schmiede in Gwonna in tiefen Erdlöchern verborgen hatte, wurde aus diesen heiligen Stätten herausgeholt. Da man das Eisen der Hacken, Hauen und Äxte, die man in den Schmieden fand, nicht verbrennen konnte, riss man die hölzernen Stiele heraus und schleppte dann die Fetischpriester auf den Platz vor dem Palast, wo man ihnen ihre Ketten aus Tierhörnern, Zähnen, Federn und Blättern, die sie um den Hals trugen, sowie ihre Gürtel mit magischen Gegenständen wegnahm. Anschließend zwang man sie auf die Knie und ließ ihnen von einem Barbier die ehrwürdigen Köpfe kahl scheren. Bei jeder Haarlocke, die auf die Erde fiel, stieß die auf dem Vorplatz des Palastes dicht gedrängte Menge ein schmerzliches und zorniges Stöhnen aus. In seinem Übereifer zerriss ein Tondyon das aus Pflanzenfasern gefertigte Kleid eines Hohen Priesters des Komo, sodass der Greis verdutzt dastand und seinen knotigen, vom Alter gezeichneten Körper den Blicken darbot.

Was hatte der Mansa im Sinn? Die Leute waren ratlos. Wie konnte er erwarten, seine Macht zu bewahren, wenn er den Göttern von Segu den Rücken kehrte und die Ahnen beleidigte, die ihn beschützt hatten? Nur Verblendung und Wahn konnten ihn dazu gebracht haben. Nach solchen Verbrechen würde der Name Segu von der Erdoberfläche verschwinden. Oder Segu würde zu einem armseligen Flecken, der am Ufer des Stroms dahinvegetierte und von der Welt nicht mehr zur Kenntnis genommen wurde. Die Leute würden dann fragen: »Segu, wo ist das?«

Die Männer zögerten. Sollten sie sich nicht auf den Platz stürzen und die Fetische verteidigen? Aber die Tondyons hatten Gewehre, und diese Dreckskerle würde nichts davon abhalten, von den Waffen Gebrauch zu machen. Doch konnten die Bewohner Segus untätig zusehen, wie ihre Götter geschändet wurden? Machten sie sich nicht dadurch mitschuldig und setzten sich der Gefahr aus, einen Teil der Strafe, die dieser Tat folgen musste, auf sich zu ziehen?

Noch während die Verbrennung stattfand, durchstreiften andere Tondyons und Fulbe die Stadt und stellten die Standorte der Moscheen fest. Die Moscheen der Somono und der Mauren berücksichtigten sie dabei nicht, da diese traditionell islamische Gemeinschaften waren. Die Fulbe gaben sich erst zufrieden, wenn der Imam, der Muezzin und auch alle Gläubigen Bambara waren. Deshalb war der Mansa auf einen Trick verfallen, um die Fulbe zu täuschen, und hatte Männer in langen Gewändern und geschorenem Haupt ausgeschickt, die im Chor psalmodierten:

»Al hamdu lillahi!«*

*»La ilaha ill'Allah**!«*

Und andere ruchlose Sätze.

Außerdem zählten die von Alhadji Gidado beauftragten Fulbe die Koranschulen und befragten die Lehrer nach der Anzahl der Schüler und deren Ausbildung. Manchmal stellten sie ihnen auch schwierige Fragen:

»Worin besteht der *ihsan****?«

»Worin besteht die verborgene Lehre der *schahada*****?«

Wohl vorbereitet, gaben die angeblichen Lehrer stets die richtige Antwort.

Wer hatte nur diese Maskerade veranstaltet, fragte sich Mohammed. Die Fulbe aus Massina wussten durchaus, dass sie es nicht mit richtigen Moslems zu tun hatten und dass die großen königlichen Fetische unversehrt im Schutz der Altarhütten des Palastes geblieben waren, in denen man auch einige Albinos in Verwahrung hielt, um sie gegebenenfalls dem Gott Faro zu opfern. Sie wussten auch, dass diese zur Schau gestellte Bekehrung nichts besagte und keinerlei Einfluss auf die Mehrzahl der Einwohner hatte, die umgehend ihre Fetischpriester beauftragen

* Gelobt sei Gott.
** Außer Allah gibt es keinen Gott.
*** Das vollkommende Verhalten.
**** Gemeint ist die Formel: Außer Allah gibt es keinen Gott.

würden, ihnen neue *boli* und *pembélé* anzufertigen, und die doppelt so viele Opfer bringen würden, um zu versuchen, die Götter zu besänftigen. Was für ein schändliches Bündnis wurde hier geschmiedet, auf welcher Grundlage und mit welchem Ziel? Verachtung und Wut lösten sich in Mohammeds Herzen ab.

Gefolgt von Faraman Kuyaté, der nicht mehr von seiner Seite wich, erreichte Mohammed den Platz vor dem Palast, als ein Mann auf ihn zukam und fragte: »Bist du nicht ein Traoré, ein Sohn von Tiékoro Traoré und Enkel von Dusika?«

Mohammed bejahte. Da stieß der Mann aufgeregt hervor: »Dann beeile dich, Unglück ist über dein Haus gekommen.« Mohammed rannte davon, so schnell er konnte.

6

Als Alhadji Gidado den Platz vor dem Palast verließ, um das Anwesen der Traoré aufzusuchen, war er mit einer wichtigen Aufgabe betraut. Jeder wusste, dass El-Hadj Omar die Toleranz des Islam gegenüber dem Fetischglauben und die Mischung von islamischen und fetischistischen Riten ein Dorn im Auge waren. Es gab jedoch ein geeignetes Mittel, ihm zu beweisen, dass Massina diese Praktiken genauso wenig duldete wie er und diese Dinge nicht auf die leichte Schulter nahm. Tiékoro Traoré war ein Heiliger gewesen, ein Märtyrer des wahren Glaubens. Gegenwärtig befand sich sein Grab mitten in einem Anwesen von Ungläubigen, nur zwei Schritte entfernt von den mit Blut besudelten Altären, sodass seine sterbliche Hülle den verderblichen Dämpfen von Pflanzen mit Zauberkräften ausgesetzt war. Es wurde erzählt, dass ein Moslem aus Bakel, der mit dem Anliegen nach Segu gekommen war, Tiékoros Grab in eine Pilgerstätte zu verwandeln, sechs Monate hatte warten müssen, ehe man ihm eine halbherzige Antwort gegeben hatte. Das sollte nun anders werden. Unter Aufbietung aller Kräfte würde man die Altarhütten niederreißen und das Grab von Tiékoro Traoré würdigen, wie es das schon immer verdient hatte. Und wenn man die umstehenden Hütten abreißen müsste, damit es sich wie eine Lilie aus einem Brennnesselgestrüpp erhob, würden die Tondyons das schon besorgen.

Gleichzeitig aber hasste Alhadji Gidado diesen Auftrag, denn er war der Gipfel an Heuchelei. Massina unter Amadu Amadu machte sich der *muwalat* mit dem Reich des Mansa Demba schuldig, nur um an dessen Reichtum teilzuhaben. Verurteilte die Sure des Allerhöchsten nicht ebendieses:

»Ihr aber, die ihr gläubig seid, nehmt nicht zum Verbündeten ein Volk, gegen das sich Allahs Zorn richtet?«

O Amadu Amadu, unwürdiger Sohn deines Vaters Amadu Cheiku, dem Feind der Ungläubigen und Freund Allahs, der sein Leben in Furcht vor Allah verbracht hat!

Alhadji Gidado stand vor dem Anwesen der Traoré und bewunderte gegen seinen Willen die Fassade mit den Rippenreliefs, die durch die abwechselnd rot oder kaolinweiß angemalten Muster zur Geltung gebracht wurden. Diese Menschen verstanden etwas vom Bauen!

Gefolgt von seinem Sohn, mehreren Fulbe-Würdenträgern und zahlreichen Tondyons betrat Alhadji Gidado den ersten Hof und stand einem gut aussehenden alten Mann gegenüber, der sich ihm entschlossen in den Weg stellte und sagte: »Ich bin Tiéfolo Traoré, der Fa dieses Hauses.«

Tiéfolo trug ein kurzes Hemd aus zwei zusammengenähten, rot gefärbten Baumwollstreifen, die an der Seite mit drei Schnüren zusammengehalten wurden, einen ledernen, mit Kaurimuscheln besetzten Lendenschurz, und einen hohen Kopfschmuck aus Tierfellen, der über und über mit Kaurimuscheln und Amuletten behängt war. Am auffälligsten waren die Halsketten und die Gürtel aus Tierschwänzen, die Brust und Arme schmückten, und über seiner linken Schulter hingen ein Bogen und ein großer, mit Pfeilen gefüllter Köcher. Alhadji Gidado betrachtete all dies mit Abscheu. Er war sich darüber im Klaren, dass Tiéfolo nicht zufällig so gekleidet war und nicht umsonst so viele Amulette zur Schau trug, und sagte schroff: »Ich bin ein Gesandter Allahs. Lass mich meine Pflicht tun …«

»Wer ist Allah?«

Alhadji verabscheute zwar den Auftrag, mit dem er betraut war, aber er war ein überzeugter, sittenstrenger Moslem. Er konnte es nicht zulassen, dass der Name seines Gottes lächerlich gemacht wurde, vor allem da inzwischen eine stattliche Zahl von Frauen, Kindern und Männern aus den Innenhöfen gekommen war, um sich seine Auseinandersetzung mit dem Fa nicht entgehen zu lassen. Die ruhige Unverfrorenheit dieses Bambara, der so tat, als kenne er den Namen Allahs nicht, versetzte ihn in Wut, und so ging er auf ihn zu und herrschte ihn an: »Frevler, beuge dich vor dem einzigen wahren Gott!«

Was danach geschah, lässt sich nicht mit Sicherheit sagen. Die Traoré behaupteten, dass Alhadji Gidado nach diesen Worten handgreiflich geworden sei und Tiéfolo, der sich dadurch gedemütigt fühlte, zum Köcher gegriffen habe. Daraufhin hätten sich die Tondyons auf ihn gestürzt und ihn zu Boden geworfen. Die Fulbe dagegen behaupteten, dass Tiéfolo Alhadji ins Gesicht gespuckt und dieser als Antwort auf diese Beleidigung den Tondyons den Befehl gegeben habe, sich seines Gegners zu bemächtigen, und bei dem Versuch, sich loszumachen, sei Tiéfolo zu Boden gestürzt. Sicher jedoch ist, dass Tiéfolo eine Zeit lang am Boden lag und verzweifelte Anstrengungen machte, wieder auf die Beine zu kommen. Durch die Wut wurden seine Bewegungen noch ungeschickter, aber es gelang ihm schließlich, sich hinzuknien und die Schöße des weißen Seidenkaftans von Alhadji Gidado zu umklammern. Gleichzeitig öffneten sich seine Lippen, als wollte er etwas sagen. Er gab jedoch keinen Laut von sich und fiel leblos zu Boden. Einen Augenblick herrschte völliges Schweigen. Die Mitglieder der Familie Traoré, die Fulbe aus Massina, die königlichen Marabut und die sie begleitenden Tondyons waren wie erstarrt. Dann ging Tiéfolos Bara Muso auf ihren Mann zu. Er war auf die Seite gefallen und lag mit dem Gesicht im Schlamm. Sie drehte ihn um, und man sah nun sein verkrampftes Gesicht, den Schaum auf den Lippen, die so rot waren, als wären sie mit *ngalama* gefärbt. Die Bara Muso schrie: »Allah hat meinen Mann erschlagen!«

Dieser Schrei versetzte alle Männer des Anwesens in Aufruhr. Selbst jene, die insgeheim zum Islam übergetreten waren oder es vorhatten, weil auch sie von ihren Frauen bewundert werden wollten, wenn sie auf Tafeln schrieben, griffen zu irgendwelchen Waffen: Knüppeln, Steinen, Pfeilen. Doch wenn sie geglaubt hatten, damit die mit Gewehren bewaffneten Tondyons in Schach halten zu können, wurden sie schnell eines anderen belehrt, denn im Handumdrehen fanden sie sich in einer Reihe mit dem Rücken an einer Hüttenwand wieder, während schwarze, kreisrunde Mündungen auf sie gerichtet waren. Ohne Tiéfolos Leiche auch nur mit einem Blick zu würdigen, gingen Alhadji Gidado und mehrere Fulbe-Würdenträger zum letzten Hof, in dem sich, wie sie inzwischen wussten, die Altarhütten befinden mussten. Sie rissen die *boli* auseinander, stürzten die *pembélé* um, zertrümmerten die roten Steine und zerschlugen die Tongefäße, in denen der Hauch der Verstorbenen auf die Geburt eines Kindes wartete, um in dessen Körper ein neues Leben zu beginnen. Dann ließen sie die weißen Hähne frei, die in einem eingezäunten Stück Land gehalten wurden, um dem Gott Faro geopfert zu werden.

Niedergeschlagen hockte Alfa Gidado neben Tiéfolos Leichnam. Noch nie zuvor hatte er seinen Glauben in Zweifel gezogen. Immer hatte er nur für Allah und durch Allah gelebt. Er war imstande, achtundvierzig Stunden lang weder zu essen noch zu trinken. Er hielt den Fleischesakt, zu dem ihn sein Stand als verheirateter Mann verdammte, da er Ayisha nie verstoßen hatte, für unrein und betete, sobald er die Augen aufschlug. Und doch hallte ihm dieser Schrei: »Allah hat meinen Mann erschlagen!« noch in den Ohren. Plötzlich wurde ihm klar, dass es keinen Gott gibt, der von allen Menschen verehrt werden kann, und dass jeder das Recht hat anzubeten, wen er will, und dass man einen Menschen zum Tode verurteilt, wenn man ihm seinen Glauben, den Grundstein seines ganzen Lebens, raubte. Warum sollte Allah mehr wert sein als Faro oder Pemba? Wer konnte das entscheiden?

Tränen rannen ihm über das Gesicht. Er presste seine Stirn auf Tiéfolos Brust, als habe auch er den Vater verloren wie die Waisen des Anwesens, die sich allmählich ihres Unglücks bewusst wurden. Olubunmi, der Mohammed ausnahmsweise nicht zum Platz vor dem Palast begleitet hatte, kniete neben ihm nieder. Dann hoben sie weinend zu zweit den Leichnam hoch und trugen ihn in Tiéfolos Hütte.

Tiéfolo ähnelte einem Baum, der zu einem Zeitpunkt gefällt wird, da der Saft noch im Stamm aufsteigt, das Laub noch voller Glanz ist und die Krone sich stolz in die Höhe reckt. Nach und nach hatte der Frieden des Todes seine Züge geglättet. Nur auf seinen Lippen war noch eine weiße Kruste zurückgeblieben, die die Totenwäscherinnen bald mit warmem, mit Basilikum parfümiertem Wasser abwaschen würden. Da Tiéfolo einer der größten Jäger seiner Generation gewesen war, liefen die Sklaven in alle Winkel von Segu, um den Jägergemeinschaften seinen Tod mitzuteilen. Mehrere *karamoko* und deren Schüler, die die Nachricht bereits erhalten und auch von den Umständen seines Todes gehört hatten, eilten herbei und feuerten ihre Gewehre ab. Insgeheim hofften sie, sie bald auf die Fulbe richten zu können, die an diesem ganzen Unglück schuld waren. Die Frauen aus der Familie und aus der Nachbarschaft, mit Ausnahme von Tiéfolos Frauen, hatten schon die Klagegesänge angestimmt. Die lärmende Totenfeier begann.

Olubunmi und Alfa kamen gerade wieder aus Tiéfolos Hütte, als Mohammed wie ein Besessener ins Anwesen stürzte. Wortlos umarmten sich die drei jungen Leute. Mohammed und Alfa hatten sich wieder gefunden. Sie hielten einander so fest umschlungen wie ein Liebespaar, das beinah getrennt worden wäre. In kürzester Zeit hatten sie all die Schrecken des religiösen Fanatismus kennen gelernt und die Intrigen der Macht, die sich oft dahinter verbargen. Alfa hatte das Gefühl, dass das Bild seines Vaters, wie er die Altäre der Traoré schändete, nie mehr aus seinem Gedächtnis verschwinden würde. Gott ist Liebe. Gott ist Achtung vor dem anderen. Nein, Alhadji Gidado diente nicht Gott, er war nur ein Werkzeug des weltlichen Ehrgeizes von Amadu Amadu, aber das wusste sein Vater nicht.

Unterdessen war der Familienrat zusammengetreten. Es war zwar noch zu früh, um Tiéfolos Nachfolger für das Amt des Fa zu bestimmen, auch wenn man bereits wusste, dass Tiéfolos jüngerer Bruder diese verantwortungsvolle Aufgabe übernehmen würde. Zunächst einmal galt es, Tiéfolos Tod zu rächen und Forderungen an den Mansa zu stellen. Man musste von diesen Fulbe, die in das Anwesen eingedrungen waren, als ob sie hier zu bestimmen hätten, Genugtuung verlangen. Manche zögerten. Sollte man damit nicht bis zur Bestattung Tiéfolos warten? Hieß es nicht, ihm die gebührende Achtung zu verweigern, wenn man die Zeit, die für die Beisetzungsfeierlichkeiten bestimmt war, für andere Dinge verwandte? Andere behaupteten, man müsse sofort handeln, und sie setzten sich auch schließlich durch. Kurz darauf verließen die Brüder des Verstorbenen, seine ältesten Söhne und einige Herren der Jagd, die mit Tiéfolo befreundet gewesen waren, in einem feierlichen Zug das Anwesen. Mohammed, Olubunmi und Alfa gingen ganz am Schluss. Ihre Anwesenheit war zunächst auf Widerstand gestoßen, denn man hielt sie für zu jung.

Als sie jedoch den Platz vor dem Palast erreichten, auf dem noch die letzten *boli* qualmten, hörten sie den dumpfen Klang des großen königlichen *tabala.* Der Mansa Demba war gestorben.

Beim Tod eines Mansa ist das Königreich verwaist. Dann hört man nur noch Trauergesänge, Wehklagen und Weinen. Außer den großen Zeremonien, die in der Öffentlichkeit stattfinden, wird auch in jedem Anwesen ein Zicklein geschlachtet, bevor jeder Mann in den Palast geht, um von dem in der ersten Vorhalle aufgebahrten Leichnam Abschied zu nehmen. Überall wird getrauert.

Dembas Tod machte eine Ausnahme von dieser Regel, denn er löste fast ein Volksfest aus. Für alle Bewohner Segus war sein Tod ein Zeichen dafür, dass die beleidigten Götter schnell und machtvoll geantwortet hatten und dass Allah besiegt worden war. Man erzählte, dass Demba, der sich bis dahin bester Gesundheit erfreut hatte, mitten im Gespräch mit den Fulbe aus Massina plötzlich von seltsamen Schmerzen gepackt worden sei. Dann sei ein Blutschwall aus seinem Mund hervorgebrochen, und das Gespräch habe nicht fortgesetzt werden können. Anschließend habe sich sein Körper, vor allem aber sein Gesicht mit Pusteln überzogen. Ein paar Minuten später sei er tot gewesen, und sein Leichnam habe sofort einen entsetzlichen Gestank verbreitet.

Die Nachricht löste Freude und Glück aus! Doch da aus Angst vor den Tondyons niemand wagte, diese Empfindungen offen zu zeigen, tanzten die Leute hinter den Mauern der Anwesen, und ab und zu hörte man, wie sie in schallendes Gelächter ausbrachen. Ein Lied machte die Runde:

Pemba, du bist der Erbauer der Dinge,
Faro, alle Dinge der Welt sind in deiner Macht.
*Jener-der-sich-auf-das-Rinderfell-setzt**
hatte dies vergessen.

Das Lied wurde schnell verboten. Doch wie wollte man verhindern, dass ein Lied von Mund zu Mund ging und dass es dort wieder erklang, wo man es am wenigsten erwartet hätte? Ein Lied ist ebenso wenig greifbar wie die Luft. Und die Frauen, die ihre Stößel in die Mörser fallen ließen, summten im Chor:

Jener-der-sich-auf-das-Rinderfell-setzt hatte dies vergessen.

Trotz des Todes von Tiéfolo herrschte im Anwesen der Traoré große Freude. Wozu sollten sie jetzt noch persönliche Genugtuung verlangen, wenn die Vergeltung bereits erfolgt war, die göttliche Vergeltung? Die Familie hatte Tiéfolos Frauen aufgeteilt, einen neuen Fa bestimmt, Ben, den jüngeren Bruder des Verstorbenen, einen friedlichen Bauer, der sich nicht zu fein war, an der Seite der Sklaven mit der *daba*** selbst Hand anzulegen, und der dem Islam gegenüber eine versöhnlichere Haltung einnahm als sein älterer Bruder, denn er hatte drei seiner Söhne auf die Koranschule der Mauren geschickt.

Während die Fulbe aus Massina wegen der offiziellen Trauerzeit im Palast bleiben mussten, bis ein neuer Mansa ernannt wurde, hatte Alfa Gidado seinen Vater und die Würdenträger verlassen. Er teilte nun mit Mohammed und Olubunmi die Hütte und genoss mit ihnen das Glück, jung zu sein und weder Sorgen noch unmittelbare

* Ausdruck, mit dem der Mansa bezeichnet wird.
** Hacke.

Verantwortung zu haben. Hatte er bisher nicht gewusst, wie es mit seiner Ehe weitergehen sollte, so war er jetzt überzeugt, dass Gott es aufs beste geregelt hatte. Weit weg von Ayisha wohnte er nun in Segu, wo er seinen Freund wieder gefunden und einen weiteren Gefährten aufgetan hatte. Er war von Olubunmis unruhigem Geist und dessen Neugier, die er selbst nicht kannte, ebenso bezaubert wie Mohammed. Und dass Olubunmi herausfinden wollte, wie die Welt jenseits von Joliba, Bagoe und der Wüste vor den Toren Timbuktus beschaffen war, begeisterte Alfa. Olubunmi hatte die beiden zu dem alten Samba mitgenommen, der ihnen seine üblichen Geschichten von Schiffen und Weißen erzählt hatte: »Wisst ihr denn nicht, dass sogar die Weißen vor El-Hadj Omar Angst haben? Die Toubab* haben am Senegalstrom ein Fort gebaut, und El-Hadj Omar will sie daraus vertreiben ...« Dies gab Stoff zu endlosen Diskussionen. Warum hatten die Toubab am Strom ein Fort gebaut? Hatte El-Hadj Omar nicht Recht, wenn er sie von dort vertreiben wollte? Die jungen Leute teilten keineswegs die Bewunderung des alten Samba für die Weißen, für ihre Gewehre und Medikamente. Diese albinofarbenen Eindringlinge hatten in jener Gegend nichts zu suchen. Sie waren die eigentlichen Ungläubigen. Sie tranken Alkohol, aßen unreines Fleisch und sprachen außerdem noch ein abscheuliches Kauderwelsch, das niemand verstand.

Nur in zwei Dingen waren Mohammed und Alfa nicht einer Meinung mit Olubunmi: beim Alkohol und bei den Frauen. Olubunmi verschmähte es nie, in eine Schänke einzukehren, um sich den Bauch mit *dolo* voll laufen zu lassen. Außerdem verging kaum eine Nacht, in der er nicht mit irgendeiner Sklavin des Anwesens schlief. Er

* Die Weißen.

verspottete seine Freunde, vor allem Mohammed, der noch nie mit einer Frau zusammen gewesen war: »Wenn ihr nicht aufpasst, verfault euch die Rute zwischen den Schenkeln …«

Und so kam es, dass Mohammed und Alfa schließlich über Ayisha sprachen. Bei Einbruch der Nacht waren sie allein in ihrer Hütte und genossen den Frieden der Stunde und den Frieden dieser Zeit, obwohl sie genau wussten, wie unsicher er war, denn El-Hadj Omars Drohung grollte immer noch in der Ferne. Eben war Yassa mit ihrem Sohn an der Brust vorübergegangen, und es war wundervoll zu sehen, dass dieses kleine Wesen seiner Mutter die Lebensfreude wiedergegeben hatte. Und so war der Wunsch nach dem Körper einer Frau und – nicht ganz so unmittelbar, aber nicht weniger verwirrend – der Wunsch nach Vaterschaft in ihnen aufgekommen und mit der Erinnerung an Olubunmis schwärmerische Beschreibungen verschmolzen. Mohammed hatte damit angefangen: »Du hast also nie geliebt und hast doch Ayisha besessen. Ist es nicht eine Sünde, mit einer Frau zu schlafen, wenn man sie nicht liebt?«

Alfa schwieg erst eine Weile. Mohammed schien es, als würde sein Freund immer schöner. Vielleicht weil er sich weniger Entsagungen auferlegte und sich von den Müttern des Anwesens verwöhnen ließ, die immer bereit waren, ihm eine Schale *to* und eine leckere Soße mit Baobabblättern anzubieten. Dann drehte sich Alfa zu seinem Freund um und sagte: »Aus diesem Grund wollte ich nicht mit ihr schlafen, und auch weil sie dir wehgetan hat, aber da fing sie an zu weinen …«

»Sie hat geweint, aus Liebe … zu dir?«

Trotz all der guten Vorsätze, die Mohammed gefasst hatte, und ohne es zu wollen, war er voller Eifersucht. Warum lieben die Frauen den einen und nicht den anderen? Er hatte für Ayisha sterben wollen, obwohl er von ihr nur lächelnde Blicke harmloser Zuneigung erhalten hatte. Alfa fuhr fort, und es war zu spüren, dass diese Unterhaltung für ihn eine Qual war, aber er war fest entschlossen, sie bis zum Ende durchzustehen: »Sie weinte, schmiegte sich an mich, und sie war halb nackt. Ich weiß selbst nicht, was über mich gekommen ist ...«

Mohammed rückte näher und fragte fieberhaft: »War es schön? Selbst ... auf diese Weise?«

Wieder schwieg Alfa eine Weile, ehe er mit unsicherer Stimme erwiederte: »Schön? Das märchenhafte Dschanna hält bestimmt keine größeren Wonnen bereit als der Körper einer Frau.«

Mohammed fragte niedergeschmettert: »Auch wenn man sie nicht liebt?«

»Ich glaube, wenn ich in Hamdallay geblieben wäre, hätte ich ... dann hätte ich sie schließlich doch geliebt. Deshalb habe ich meinen Vater gebeten, mich mitzunehmen. Um weit weg von ihr zu sein ...«

Die beiden sprachen nicht weiter. Was soll man nach einem solchen Geständnis noch sagen? Mohammed war zugleich eifersüchtig und neugierig. Eifersüchtig, wenn er sich Ayisha in den Armen seines Freundes vorstellte und an die Liebkosungen dachte, die Seufzer und die Lust, die sie verband. Und neugierig, wenn er sich fragte, wann er diese Empfindungen endlich selbst kennen lernen würde. Bald würde die Familie daran denken, ihn zu verheiraten. Eine Schwierigkeit bereitete allerdings, dass man ihm als einem in Hamdallay erzogenen Sohn von Tiékoro nur eine Mohammedanerin zur Frau geben konnte. Oder ein Mädchen, das bereit war, zum Islam überzutreten. Aber würde diese Frau so schön sein wie Ayisha, und würde er sie wie Alfa dann schließlich auch lieben, nachdem er sie erst begehrt hatte?

Im Nebenhof wurde gesungen und gelacht, und man hörte das fröhliche Kreischen der Kinder, die die Schlafenszeit immer weiter hinauszögerten. Welche Wärme herrschte in diesem Anwesen! Alfa und Mohammed mussten an ihre strenge Erziehung in Hamdallay denken. Ständig waren sie ausgehungert gewesen, hatten vor Kälte gezittert und waren noch dazu von ihren Lehrern geschlagen worden. Und all das im Namen Allahs. Sie standen auf und gingen nach draußen, wo die übrige Familie um den *dubale*-Baum versammelt war.

Faraman Kuyaté erfreute die Zuhörer mit seinem Lied, das seltsamerweise in ganz Segu die Runde gemacht hatte, als symbolisierte es die zugleich spöttische und fatalistische Haltung des Volkes gegenüber den Entscheidungen der Mächtigen:

Der Krieg ist gut, denn er macht unsere Könige reich.
Frauen, Gefangene, Vieh, all das verschafft er ihnen.
Der Krieg ist heilig, denn er macht uns zu Moslems.
Der Krieg ist heilig und gut.
Möge er mit seinen Flammen unsern Himmel röten
von Dinguiray bis Timbuktu,
von Gemu bis Dschenne …

Seit er im Anwesen der Traoré lebte, war der Griot wie verwandelt. Die Frauen hatten seine Wunden verbunden und ihm zu essen gegeben. Deshalb würde er nicht zögern, sich für die Traoré den Kopf abschlagen zu lassen. Besonders Mohammed verehrte er wie einen Gott.

7

Segu erfuhr am gleichen Tag zwei furchtbare Neuigkeiten. Kaum war der neue Mansa Oitala All gekrönt, da erneuerte er auch schon das von seinem älteren Bruder geschlossene Bündnis mit Massina, und um seine Bereitschaft zu zeigen, schickte er Soldaten zur Unterstützung der Fulbe-Bataillone aus, die versuchen sollten, El-Hadj Omars Vormarsch in Beledugu zu stoppen.

Alle waren wie vor den Kopf geschlagen. Wurden die Herrscher denn nie klug? Demba war tot, und wie war er gestorben! Und jetzt versteifte sich Oitala All darauf, denselben Fehler zu begehen. Wollte er dasselbe Ende finden? Doch es erhoben sich auch Stimmen, die dem Mansa beipflichteten. Was blieb ihm denn sonst übrig? Sollte er untätig zusehen, bis El-Hadj Omar vor den Toren Segus auftauchte? Sollte er ihm ganz allein entgegentreten? Sah man denn nicht, dass dies völlig unmöglich war?

Sollten jene, die so schnell von einem Sieg der alten Götter sprachen, doch einmal nachdenken. Sieg? Wo war der Sieg, wenn diese Geißel Allahs alles auf ihrem Weg niedermachte? Demba war tot. Aber warum? Weil er die Fetische des Volkes hatte zerstören lassen? Oder weil er sich insgeheim geweigert hatte, auch seine eigenen Fetische zu vernichten, und geglaubt hatte, er könne sich mit einer List aus der Affäre ziehen? Gott lässt sich nicht täuschen. Diese Einwände, die von den Moslems der Stadt vorgebracht wurden, übertönten allmählich die Stimmen der anderen, und niemand wusste mehr, woran er war. Die Schmiede und Fetischpriester, die seit dem Tod des Mansa erneut zu Ansehen gekommen waren, begannen es merklich wieder zu verlieren. Moslemische Marabut in Kaftan und Burnus liefen durch die Straßen und riefen: »Bekehrt euch! Bekehrt euch! Segu ist eine von Blattern befallene Frau. Die Pocken bedecken zwar ihr Gesicht noch nicht, aber der Tod wütet bereits in ihr.«

Ein Schwärmer hatte sich neben einem Barbier auf dem Platz vor dem Palast niedergelassen und ermahnte die Vorübergehenden: »Legt den alten Menschen ab … Schneidet euch die Zöpfe ab … Findet zu Gott!«

Die Leute zögerten. Diese öffentlichen Bekehrungen gefielen ihnen nicht. Die Bewohner Segus hatten kein Verständnis für diese Zurschaustellung des Islam. Ist nicht jede Religion an ein Geheimnis gebunden? Die allgemeine Verstörung wurde noch größer, als der Mansa Truppen ausheben ließ, als ob die Tondyons nicht gereicht hätten. Sogar Sklaven wurden rekrutiert. Man wollte Männer, die nicht älter als zweiundzwanzig Trockenzeiten waren. Man gab ihnen eine Axt, eine Lanze oder Pfeile und Bögen, ganz selten ein Gewehr. Und angeführt von einem Mann, der einen Krummsäbel über der Schulter hängen hatte, schickte man sie zu den Lanzenreitern aus Massina, die jenseits der Furt von Thio warteten.

Immer mehr Freiwillige strömten herbei, als ob die große Gefahr, die El-Hadj Omar darstellte, auch außergewöhnliche Reaktionen hervorriefe. Alle Familien von Segu zählten bald ein halbes Dutzend Freiwilliger, die im Hof des Königspalastes ihr Lager aufgeschlagen hatten und auf den Tag ihres Abmarsches warteten. Die Mütter wussten nicht, ob sie weinen oder stolz sein sollten. Die Väter bedauerten insgeheim, das erforderliche Alter überschritten zu haben, denn sie hatten durchaus Lust, die Tukulor das Fürchten zu lehren.

Es war zwar nicht das erste Mal, dass Segu in den Krieg zog, denn die Stadt lebte seit ihrer Gründung vom Krieg, von Razzien, Beutezügen und Gefangennahmen und den von den unterjochten Völkern erhobenen Steuern, aber die Kriegszüge hatten nie ein solches Ausmaß angenommen, dass die Existenz des Reiches auf dem Spiel stand und jeder Krieger wusste, bei dem bevorstehenden Kampf ginge es darum, zu siegen oder zu sterben.

Olubunmi kehrte in das Anwesen zurück. Den ganzen Morgen war er durch die Stadt gestreift, erregt vom Geruch des Pulvers, den Klängen der Hörner und dem Dröhnen der Trommeln. Unentwegt erklang das *tabala*, das nach dem Tod des Mansa mit einem neuen Rinderfell bespannt worden war. Zwei Männer hielten die Trommel, während ein Dritter, halb nackt und von der Anstrengung schweißüberströmt, auf das Instrument einschlug. Seine Schläge wurden jedoch oft von den jugendlichen Stimmen der Rekruten übertönt, die im Chor die Devise der Diarra hinausschrien: »Löwe, Brecher großer Knochen ... du hast die Welt wie eine Sichel gekrümmt und sie wieder aufgerichtet wie einen Weg. Zwar kannst du keine Toten wieder auferwecken, doch du vermagst viele junge Seelen zu bezwingen.«

Olubunmi hatte Feuer gefangen, und sein Kopf füllte sich mit gewaltigen Bildern von Ruhm und Abenteuern. Endlich würden ihn die Älteren nicht mehr bevormunden können. Er würde in die Welt hinausziehen wie einst sein Vater Malobali. In Olubunmis Vorstellung war der Aufbruch in den Krieg nur das Vorspiel zu weiteren Abenteuern. Die Religionsstreitigkeiten interessierten ihn nicht.

Mohammed und Alfa lagen auf einer Matte im Schatten des *dubale*-Baums und tranken grünen Tee, den eine Sklavin ihnen gebracht hatte. Sie diskutierten über den Hadith. Vielleicht zum ersten Mal verspürte Olubunmi so etwas wie Entrüstung beim Anblick seiner beiden Gefährten, die er sehr schätzte. Wollten sie denn ihr ganzes Leben lang über Allah sprechen und sich in den Staub werfen, wenn sie nicht gerade auf einer Matte lagen? Würden ihre Tage dahingehen, ohne dass es ihren Geist oder ihr Geschlecht nach ein wenig irdischer Befriedigung gelüstete? Er hockte sich neben sie und sagte: »Ich habe mich gerade gemeldet.«

»Gemeldet?«

»Ja, ich werde auch in den Krieg ziehen ...«

Eigentlich hatte Olubunmi das als Herausforderung gesagt, um Alfa und Mohammed aus ihrer Trägheit zu reißen, und kaum erwartet, dass sie ihm glauben würden. Aber Alfa blickte ihn mit seinen glänzenden Augen an und murmelte: »Wisst ihr, was ich geträumt habe? Ich sollte noch einmal beschnitten werden. Da protestierte ich und versteckte mein Geschlechtsteil, damit das Messer es nicht zum zweiten Mal berührte, und rief, dass ich schon ein Mann sei. Plötzlich brach jemand, dessen Gesicht ich nicht erkannte, in Gelächter aus und sagte: ›Du! Du kannst doch nicht einmal das Anwesen deiner Mutter beschützen.‹«

»Und was bedeutet dieser Traum, deiner Ansicht nach?«

Alfa wurde noch ernster und sagte: »Meine Mutter! Man könnte natürlich sagen, dass es die Frau ist, die mir das Leben geschenkt hat. Aber könnte es nicht auch das Fleckchen Erde bedeuten, auf dem ich geboren bin, mein Land?« Er verstummte und schaute seine Gefährten an, die ihn ansahen, ohne zu verstehen, worauf er hinauswollte. Dann fuhr er fort: »Mein Land, Massina, das der Tukulor früher oder später bezwingen wird. Es heißt, er habe Amadu Amadu einen wütenden Drohbrief geschrieben.«

Olubunmi hatte mit allem gerechnet, nur nicht mit dieser Reaktion Alfas, den er für noch ängstlicher hielt als Mohammed. Verlegen stammelte er etwas Unverständliches. Alfa senkte den Blick und sagte: »Ich bin bereit, das Anwesen meiner Mutter zu verteidigen.«

Mohammed verschlug es die Sprache. Er schaute seine Gefährten an, als seien sie verrückt geworden. Er hatte nicht die geringste Lust, sich für diesen Krieg zu melden. Warum denn eigentlich? El-Hadj Omar war ein Moslem, und wenn er den Tod verbreitete, so geschah dies im Namen Allahs. Es wäre ein Verbrechen, das Schwert gegen ihn zu erheben. Zugleich fragte sich Mohammed, was aus ihm werden sollte, wenn seine beiden Gefährten in den Krieg zogen. Sollte er vielleicht allein mit den Familienvätern, Frauen und Kindern in dieser Stadt bleiben, die ihre ganze Jugend in den Krieg geschickt hatte?

Olubunmi erriet, was in Mohammed vorging, und sagte schließlich mit einem sarkastischen Lächeln: »Hast du Angst, etwas zurückzulassen? Die Frau, die du liebst, gehört dir nicht einmal.«

Der lange Heereszug, der zehntausend Krieger zählte, durchquerte das Dorf Uossebugu. Es regnete. Die Männer versanken bis zu den Knien im Schlamm, was die jungen Rekruten vollends entmutigte und selbst die *keletigi** beunruhigte.

Die Regenzeit ist eine schlechte Jahreszeit für den Krieg, denn sie verlangt zu viel von den Kriegern. Sie erschöpft Männer und Tiere, verlangsamt das Marschtempo, lässt die Flüsse über die Ufer treten und schneidet dadurch die Wege ab.

Nur den Lanzenreitern aus Massina mit ihren dicken gefütterten Kettenhemden machte das schlechte Wetter nichts aus. Außer ihnen hatte sich jeder so angezogen, wie er es gerade konnte, da es keine einheitliche Kleidung gab. Die einen trugen einen eng gewebten moslemischen Burnus, die anderen eine Wolldecke, wieder andere hatten

* Militärische Oberbefehlshaber der Bambara.

Jagdröcke oder Baumwollhemden an. Die Fetischgläubigen stellten ihre Amulette zur Schau, die Moslems ihre Koransprüche.

Doch alle hatten sie in den Falten ihrer Kleider die Talismane versteckt, die ihnen ihre Mütter vor dem Abmarsch mitgegeben hatten. Das Heer bestand nicht ausschließlich aus Freiwilligen. Außer den Lanzenreitern gab es noch zwei Trupps von *sofa** in weiten roten Hosen. Sie gehörten zur Leibgarde des Mansa und hatten auf allen Schlachtfeldern der Gegend Angst und Schrecken verbreitet.

Und doch war es nicht die Anwesenheit ihrer Landsleute, der *sofa,* die den jungen Rekruten wenigstens etwas Mut einflößte, sondern die der Fulbe-Lanzenreiter, die ihre aus einem weißen Baumwollwickeltuch gefertigte Fahne über sich schwangen, eine Fahne, die sie in Nukuma** berühmt gemacht hatte. Mit ihren Pferden, die eigens darauf abgerichtet waren, die Mauern, die die Dörfer umgaben, im Sturm zu nehmen, galten sie als unbesiegbar. Außer ihren großen Lanzen mit den flachen, herzförmigen Eisenspitzen*** hatten sie einen Säbel, ein Messer, einen langen, wie eine Sichel gebogenen Stab sowie eine Eisenkugel, die an einer Kette geschwungen wurde. Erstaunlicherweise verstanden sich die *amirabe* der Fulbe sehr gut mit den *keletigi* der Bambara, als sei für einen Moment jeder ethnische und religiöse Zwist verstummt. Sie hatten sich über die Zahl der Aufklärer verständigt, die den Weg von Gestrüpp befreien, erweitern und befestigen sollten. Hinter den Aufklärern kam das Hauptheer, das

* Reiter.
** Ort einer berühmten Schlacht der Fulbe gegen die Bambara im Jahre 1818.
*** Gawal auf Fulbe.

von den Lanzenreitern gedeckt wurde, während Wachposten die Marschkolonne beschlossen. Späher auf kleinen, schnellen Pferden stießen immer wieder zur Armee und berichteten über die Neuigkeiten, die sie aufgefangen hatten. Rings herum liefen die Griots, die mit ihrem Gesang und Spiel die Männer anfeuerten.

In den zwei Tagen, die das Heer unterwegs war, war von El-Hadj Omars Vorhandensein noch nichts zu spüren gewesen, als ob er sich gut versteckt hätte oder nur in den Vorstellungen und Ängsten des Volkes existierte. Da die meisten von denen, die gegen ihn ins Feld zogen, noch nie einen Tukulor gesehen hatten, stellten sie sich darunter ziemlich brutale, gedrungene, stämmige Männer vor; doch diejenigen, die geographische Kenntnisse besaßen und wussten, dass die Tukulor mit den Fulbe verwandt und demnach hochgewachsen und von heller Hautfarbe waren, belehrten sie eines Besseren.

Faraman Kuyaté begleitete das Heer neben dem *bolo** von Mohammed, der zwischen seinen beiden Freunden marschierte. Um Mohammed Mut zu machen, sang er wieder:

Der Krieg ist gut, denn er macht unsere Könige reich.
Frauen, Gefangene, Vieh, all das verschafft er ihnen.

Faraman Kuyate wusste nämlich, dass Mohammed, wenn er eine Möglichkeit gehabt hätte, am liebsten nach Segu zurückgekehrt wäre. Mohammed hatte keine leichte Kindheit gehabt. Aber die Leiden, die er hatte erdulden müssen, hatten einen Sinn gehabt, denn sie waren dazu bestimmt gewesen, ihn so vollkommen wie möglich zu machen und ihn dem göttlichen Vorbild näher zu bringen. Aber hier? Wofür litt man hier? Für den Islam. Und wenn, für welchen? Den der Fulbe aus Massina oder den

* Bambara-Wort für Kampfeinheit.

von El-Hadj Omar? Nein, man zog in den Krieg, um dem Stolz und den Interessen eines Königs Genugtuung zu verschaffen. Mohammed hätte sich am liebsten hoch aufgereckt und geschrien. Doch das Dröhnen der Kriegstrommeln hätte seine Stimme erstickt ... Das ist der Sinn der Kriegstrommeln: Sie sollen die Empörungsschreie der Männer übertönen.

Da es unentwegt regnete und die Nacht bald hereinbrechen würde, machte man mitten auf einer kahlen Ebene Halt, auf der sich weder Baum noch Strauch befand und nur blaue Steine von der Nässe glitzerten. Die Kolonne löste sich auf. Die *sofa* zündeten Feuer an, die erst nach längerer Zeit richtig brannten und auf denen sie sich dann zarte Maiskolben rösteten und Hammelfleisch brieten. Das Hauptheer dagegen musste sich mit zerstampfter Hirse, die mit Wasser vermischt wurde, begnügen. Ohne von ihren Tieren abzusteigen, leerten die Lanzenreiter Schläuche mit Dickmilch. Wieder fragte sich Mohammed, warum er sich nur auf dieses Abenteuer eingelassen hatte, warum er nicht Alfa zurückgehalten und gemeinsam mit ihm auf Olubunmi eingewirkt hatte. Armer Olubunmi. Was versprach er sich nur davon? Was für einen bitteren Beigeschmack hinterließ dieses Abenteuer. All die Träume, die seinen Geist beflügelt hatten, würden nicht einen einzigen Feldzug überdauern.

Dank der Geschicklichkeit der Fulbe wurden Unterstände gebaut, und jeder rollte sich in seine Kleider, um sich vor dem Schlamm zu schützen. Mohammed legte sich sofort hin und schloss die Augen. Seit er in den Krieg gezogen war, hatte Ayisha wieder völlig von ihm Besitz ergriffen. Wie sehr hatte er sich getäuscht, als er geglaubt hatte, sie vergessen zu können. Tag und Nacht verfolgte sie ihn. Vielleicht, weil er gegen all das Hässliche, das ihn umgab, ankämpfen musste und sich deshalb dieses Bild der Schönheit bewahrte. Jedenfalls tauchte ihr Bild immer wieder hinter seinen geschlossenen Lidern auf; sie kämmte ihr langes Haar, rieb ihre Haut mit Haussa-Parfum oder mit Karitefett ein und hängte goldene Ringe an ihre zarten Ohren. Was tat sie wohl in all der Zeit, da ihr Mann nicht da war? Wartete sie voller Ungeduld auf seine Rückkehr? Vielleicht hatte Alfa, bevor er sie verlassen hatte, einen Sohn gezeugt, und sie schaute nun zu, wie sich der Kürbis ihres Bauches rundete. Nein, das würde Allah nicht zulassen: Ayisha von einem anderen schwanger als von ihm, Mohammed. In diesem Augenblick betrat Alfa den Unterstand und begann mit seinen Gebeten. Mohammed fiel ein, dass er selbst nicht daran gedacht hatte, und schämte sich.

Die Männer hatten noch keine drei oder vier Stunden geschlafen, als sie wieder geweckt wurden. Die Wachposten vermuteten El-Hadj Omar in der Nähe. Die Ruinen mehrerer Dörfer rauchten noch, und man hatte Berge von grauenhaft verstümmelten Körpern gefunden. Die Kolonne setzte den Marsch fort. Beim Morgengrauen kam sie zu einem völlig verlassenen Dorf. Wo waren die Einwohner? Hatten sie sich im nahe gelegenen Unterholz versteckt?

Es hatte aufgehört zu regnen, doch die feuchte Hitze war unerträglich drückend. Einstimmig gaben die *keletigi* und die *amirabe* den Männern den Befehl Halt zu machen. Der Beschluss löste allgemeine Erleichterung aus. Da das Gelände eine Art Talkessel bildete, stellte man am Ende der Mulde unmittelbar neben einem kleinen Wasserloch Unterstände aus Stroh auf. Die nähere Umgebung war von Elefanten und Nilpferden zertrampelt, und in den riesigen Löchern sammelte sich trübes Wasser an. Faraman begann, Mohammed die schmerzenden Füße zu massieren, denn dessen Sandalen aus Rindsleder waren zerfetzt. Olubunmi, der wie immer ungeduldig und von rastloser Geschäftigkeit war, entfernte sich mit einigen jungen Rekruten, um wilde Früchte zu suchen. Man hörte sie lachen. Lachen? Wie kann man lachen, wenn man im Krieg ist? Mohammed nahm sich diese abschätzigen Gedanken übel und wälzte sich auf die Seite. Alfa, dem der Schmutz und das Massenlager offenbar nichts ausmachten, der auch den Hunger nicht zu spüren schien, las neben Mohammed den Koran. Dachte er manchmal an seine junge Frau, deren Körper er, wie er Mohammed gestanden hatte, geliebt hatte? Begehrte er sie? Durch die Zwischenräume der Matten betrachtete Mohammed den Himmel. Dunkel wie das Eisen in einer Schmiede. Niedrig wie ein Deckel. Er schloss wieder die Augen.

Mohammed schlief ein und hatte einen Traum. Der Krieg war aus. Er kehrte nach Hause zurück und sah auf der gegenüberliegenden Seite des Joliba die Mauern Segus. Hinter ihm sang Faraman. Sie setzten sich beide in eine Piroge, aber als diese am Ufer anlegen wollte, stürzte die Mauer zwischen dem Tintibolada- und dem Dembaka-Tor in sich zusammen, ganze Heere von Termiten krabbelten unter den Trümmern hervor und stürmten die Boote der Somono-Fischer. Der Traum beeindruckte Mohammed so sehr, dass er aufwachte. Um ihn herum schliefen seine erschöpften Gefährten. Alfa schlief tief, sein Gesicht war abgemagert, seine Wangen von dunklen Bartstoppeln übersät, und sein Turban diente ihm als Kopfkissen. Eine Welle der Zuneigung überkam Mohammed, und er machte sich Vorwürfe, weil er kein sonderlich angenehmer Gefährte gewesen war, seit sie Segu verlassen hatten. Er hatte sich benommen, als wollte er die ganze Welt für sein Soldatendasein verantwortlich machen. Da er nun schon einmal im Krieg war, musste er ihn auch mitmachen. Vielleicht würde er ja sogar noch Geschmack daran finden.

In diesem Augenblick hörte er Schreie und ein schreckliches Geheul. Im Handumdrehen war die ganze Kompanie auf den Beinen, und die Rekruten stürzten aus den Unterständen. Die Abhänge des Kessels waren schwarz vor Männern, die in dichten Strömen näher kamen. Über ihren gelben Kappen trugen sie breite Hüte mit einer kegelförmigen Spitze und einem Strohbüschel daran. Ihre Bubus waren rostfarben, und über den Köpfen schwenkten sie ein gewaltiges rotes Banner. Reiter mit blauen Turbanen gaben ihren Pferden die Sporen.

Ein Schrei erhob sich: »Die Tukolor, die Tukolor sind da!«

Auf einen Schlag erklang das Getöse der Hörner und Kriegstrommeln, und über allem tönten die Stimmen der Griots, als ob der unmittelbar bevorstehende Kampf ihnen eine außergewöhnliche Macht verliehen hätte. Während die *keletigi* Ordnung in die Reihen der schon jetzt entsetzten Rekruten brachten, gingen die Lanzenreiter aus Massina zum Angriff über.

»La ilaha ill'Allah ...«

Wer hatte das gerufen? Zweifellos all jene, die im Namen Gottes zu kämpfen glaubten. Mohammed wurde mit anderen Männern in eine beißende Dunstwolke von Schweiß, Pulver und Pferdemist gerissen. Bald hörte er das Geklirr von Waffen, Säbel gegen Säbel, Lanzen gegen Lanzen und immer wieder Schüsse. Einen flüchtigen Moment verspürte er den Drang, zu fliehen und dieser Schlacht, deren Sinn er nicht verstand, den Rücken zu kehren. Doch Alfa und Olubunmi, als hätten sie seine Schwäche geahnt, nahmen ihn in ihre Mitte.

Direkt hinter ihm sang Faraman Kuyate:

Der Krieg ist gut, denn er macht unsere Könige reich.
Frauen, Gefangene, Vieh, all das verschafft er ihnen.
Der Krieg ist heilig, denn er macht uns zu Moslems.

Der Krieg ist heilig und gut.

Möge er mit seinen Flammen unsern Himmel röten …

Mohammed dachte an seine Mutter Maryem, die er seit so vielen Jahren nicht mehr gesehen hatte. Er dachte an Ayisha. Dann biss er die Zähne zusammen und dachte an nichts mehr, außer dass er am Leben bleiben wollte.

Historische und ethnographische Anmerkungen

Die Reihenfolge entspricht der Erwähnung in der Erzählung.

Die Bambara oder Banmama gehören zur Mande-Gruppe, die ebenfalls die Malinke, Senufo, Sarakole, Diula, Khasonke umfasst. Sie leben hauptsächlich im heutigen Mali, dessen zahlenmäßig größtes Volk sie darstellen. Sie bildeten vom 17. bis zum 19. Jahrhundert zwei mächtige Reiche. Eins davon hatte sein Zentrum in Segu, das andere umfasste eine Region namens Kaarta zwischen Bamako und Nioro. Die Bambara sind Ackerbauern und bauen Hirse, Reis und Mais an. Sie leben eng mit einem Fischervolk, den Bozo, zusammen.

Die Religion der Bambara ist eine animistische Religion, die oft fälschlicherweise als Fetischglauben bezeichnet wird. Die Bambara fassen die Welt als ein Netz von Kräften auf, auf die der Mensch hauptsächlich mit Hilfe von Opfern Einfluss hat. Zwei einander ergänzende Prinzien, Pemba und Faro, haben das Leben auf der Erde geschaffen. Pemba ist der Schöpfer, der Faro sein Wort und seine Macht übermittelt. Der Mensch selbst ist ein Mikrokosmos, in dem die Gesamtheit der Wesen und Dinge vereinigt ist. Er ist »das Samenkorn der Welt«.

Gefeilte Zähne. Kindern werden, sobald ihre Zähne voll ausgebildet sind, vom Schmied und Fetischpriester die oberen und unteren Schneidezähne zugefeilt, um dem Wort seine wirkliche Macht zu verleihen.

Der Mansa Monzon regierte von 1787 bis 1808. Er gehörte der zweiten Dynastie an, die in Segu an der Macht war, nachdem die erste Dynastie, die Kulubari, vom Thron verdrängt worden war. Sein Vater Ngolo Diarra hatte nach einer langen Zeit der Anarchie die Macht an sich gerissen, und Monzon war einer der angesehensten Herrscher, der in der Erinnerung der Griots lebendig geblieben ist.

Da Monzon löste seinen Vater Monzon ab. Er regierte von 1808 bis 1827 und hatte die schwere Aufgabe, das Reich gegen den Fulbe Amadu Hammadi Bubu aus dem Clan Barri, ebenfalls genannt Cheiku Hamadu aus Massina, zu verteidigen. Monzon und sein Vater gehören zu den bekanntesten und am meisten besungenen Herrschern in der Bambara-Tradition.

Die Fulbe sind Rinderhirten, die man von der Atlantikküste, Kap Verde, dem Tschadsee, Adamaua bis hin zum Nilbecken antrifft. Es gibt die verschiedensten Hypothesen über ihre Abstammung. Man hat in ihnen sogar die Nachfahren von Semiten gesehen, die von den Nachfolgern Alexanders des Großen und den Römern im 4. Jahrhundert vor Christus verfolgt wurden und nach Afrika flüchteten. Sie leben im Allgemeinen getrennt von den Ackerbauern, deren Rinder sie manchmal aufziehen. In Mali bilden sie, umgeben von ihren Sklaven und den Nachkommen von Sklaven, große Gruppen. Ursprünglich waren sie Nomaden oder Halbnomaden und sind allmählich sesshaft geworden. Sie sprechen dieselbe Sprache wie die Tukulor, das Pular. Im 18. Jahrhundert traten sie zum Islam über und wurden zu dessen eifrigen Verfechtern.

Amadu Hammadi Bubu, genannt *Cheiku Hamadu* aus dem Clan Barri, gründete das moslemische Reich Massina, dessen Hauptstadt Hamdallay war. Er wurde in Malangal als Sohn eines Marabut aus Fittuga geboren und studierte in Dschenne, bis die Marokkaner, die zu jener Zeit die Stadt beherrschten, an seinem immer größer werdenden Ansehen Anstoß nahmen, sodass er gezwungen war zu fliehen. Er rief anschließend den heiligen Krieg aus, den Dschihad, nahm den Titel Cheikh an und bekämpfte die Bambara. Auch wenn es ihm nie gelang, die Bambara völlig zu unterwerfen, befreite er die Fulbe von der Herrschaft Segus und gründete das Massina-Reich, ein mächtiges Reich, das nach ihm seine Söhne regierten. Er starb am 18. März 1843.

Der Sufismus entstand im 6. Jahrhundert der Hedschra (im 12. Jahrhundert nach christlicher Zählung) in der islamischen Welt und wurde von großen Bruderschaften *(turuk)* verbreitet. Die wichtigsten dieser Bruderschaften in Afrika südlich der Sahara waren:

Die Kadiriya, genannt nach ihrem Gründer Abdel Kadir el-Jilani, der 472 (1078 n. Chr.) in Persien geboren wurde und 561 (1166 n. Chr.) starb. Ihr Zentrum war Bagdad.

Die Kunti, nach dem Namen einer alten Familie arabischen Ursprungs in Timbuktu, den Kunta.

Die Tidjaniya geht auf Cheikh Ahmed Tidjani zurück, der 1150 (1737 n. Chr.) in Algerien geboren wurde und 1230 (1815 n. Chr.) in Marokko starb. Dort befindet sich noch heute seine Grabstätte. Diese Bruderschaften gründen sich auf das islamische Recht und die Erleuchtung des Korans und sind ein Versuch, diese zu vertiefen und zu verinnerlichen.

Ahmed Baba, mit richtigem Namen Abu Abbas Ahmed al-Takruri al-Mafusi, wurde 1556 in der Nähe von Timbuktu in einer Familie von Schriftgelehrten geboren. Als

1591 die marokkanischen Truppen in diese Stadt drangen, organisierte er unter den Intellektuellen den Widerstand gegen die Fremdherrschaft. Er wurde gezwungen, nach Marokko ins Exil zu gehen. Er hinterließ ein umfangreiches Werk an Handschriften.

Bei der Unterlippentätowierung der Bambara-Frauen wird mit Hilfe eines Pflanzendorns eine Mischung aus Kuhbutter und Kohle in die Lippe eingeführt. Die Tätowierung wird von Frauen aus der Kaste der Schuster vollzogen. Ein Sprichwort besagt, die Frau sei nicht Herrin ihrer Worte; die Tätowierung soll diesen Mangel beheben.

Anne Pépin war eine Signare, d. h. eine Mulattin mit französischem Vater und afrikanischer Mutter, und wurde gegen 1760 geboren. Sie wurde durch ihr Verhältnis mit dem Chevalier de Boufflers bekannt. Sie war die Tochter des Chirurgen Jean Pépin. Mit ihrem Bruder Nicolas gehörte sie eine Zeit lang zu den reichsten Bewohnern von Gorée. Die Ruinen ihres Hauses existieren noch heute. Weitere berühmte Signares waren Caty Louet, Hélène Aussenac, Jeanne Laria und Marie-Thérèse Rossignol.

Der Chevalier de Boufflers war von 1785 bis 1787 Gouverneur von Senegal. Da er Saint-Louis verabscheute, ließ er sich in Gorée nieder, wo er laut eigener Aussage eine wundervolle Zeit verbrachte. Er machte diese Insel zum Regierungssitz und Flottenstützpunkt. Seine Korrespondenz mit der Comtesse de Sabran ist 1875 in Paris veröffentlicht worden.

Michel Adanson war ein französischer Botaniker, der die landwirtschaftliche Nutzung in Senegal erforschte. 1754 verbrachte er mehrere Monate in Gorée, in Kap Verde, in

Saint-Louis und am Senegalstrom. Seine Eindrücke und Ergebnisse sind unter dem Titel *Reise nach Senegal* erschienen.

Kommandant Schmaltz wurde mit einem Heer von Landarbeitern nach Senegal geschickt, um nach Abschaffung der Sklaverei und des Sklavenhandels die landwirtschaftliche Nutzung der Halbinsel Kap Verde zu erproben. Diese landwirtschaftliche Kolonisierung blieb ein Misserfolg, dennoch hat sich Schmaltz mehrere Jahre lang darauf versteift, an den Ufern des Senegalstroms Indigo, Kaffee und Zuckerrohr anzubauen. 1820 wurde er nach Frankreich zurückbeordert und vom Baron Roger abgelöst, der den Botanischen Garten von Richard Troll anlegte.

João VI. König von Portugal, ging infolge der napoleonischen Kriege 1811 nach Brasilien und erklärte Rio de Janeiro zur Hauptstadt Portugals. Sein Sohn wurde unter dem Namen Pedro I. nach der Unabhängigkeit Brasiliens dessen erster Kaiser.

Die Malé. Vermutlich eine Verballhornung von Malinke, denn diese kamen zusammen mit moslemischen Haussa als Sklaven nach Brasilien. Einer anderen Etymologie zufolge könnte das Wort auch »Abtrünniger« auf Yoruba heißen. Die Malé waren moslemische Sklaven, die sich vor allem in der Gegend von Bahía durch ihren Widerstand gegen die Sklaverei hervortaten. Von 1822 bis 1835 gab es mehrere Aufstände. Der am besten organisierte Aufstand sollte 1835 beim Fest von Na Sa da Guia, acht Tage nach dem Aufstand von Senhor do Bomfim, stattfinden. Die Polizei entdeckte bei Haussuchungen Papiere mit arabischer Schrift. Wenigstens vierzig Sklaven wurden getötet, Hunderte verletzt, und es gab ebenso viele Flüchtlinge.

Die Ganhadores waren befreite Sklaven in Brasilien, die vom Einkommen aus ihrer Arbeit lebten.

Die Aschanti. Im 11. und 12. Jahrhundert fanden in der Region zwischen den Flüssen Bandama und Volta mehrere Völkerwanderungen statt. Die Akan kamen aus dem Norden und bildeten kleine Reiche, die schließlich unter der Führung eines hoch angesehenen Herrschers, Osei Tutu, der von 1697 bis 1712 regierte, zusammengefasst wurden. Das war der Beginn des Aschanti-Reiches, dessen Oberhaupt den Titel Aschantihene trug. Es erlebte seine Blütezeit unter Osei Kodscho und brachte den Engländern, die vom Gold angezogen in der Region Fuß zu fassen suchten, eine Reihe von Niederlagen bei. So schlug etwa der Aschantihene Osei Bonsu die Engländer 1824 in Bonsaso. Nach vielen vergeblichen Versuchen gelang es diesen schließlich, die Aschanti zu unterwerfen.

Die Fante sind ebenfalls ein Akan-Volk. Sie sprechen dieselbe Sprache wie die Aschanti, das Twi. Aber da sie an der Küste lebten, wurden sie von den Engländern protegiert. Die Auseinandersetzungen zwischen Fante und Aschanti waren zahlreich und blutig.

Wargee, in Kisliar (Astrachan) geboren, war vermutlich Moslem. Er fiel wahrscheinlich um 1787 den Türken in die Hände und wurde versklavt. Es gelang ihm jedoch, sich freizukaufen, und er ließ sich zunächst in Istanbul nieder, bevor er weite Reisen unternahm. Mit der Absicht, die Sahara zu durchqueren, besuchte er 1817 Kano, Dschenne, Kung, und Timbuktu. In Kumasi, der Hauptstadt des Aschanti-Reiches, wurde er als Gefangener festgehalten und schließlich mit einem Geleitschutz zur Küste gebracht, damit die Engländer für seine Heimreise sorgen konnten.

MacCarthy war zunächst Gouverneur von Sierra Leone, ehe er sich von 1822 bis 1824 in Cape Coast aufhielt. Er starb im Kampf gegen die Aschanti bei Bonsaso.

Die Aguda. Ab 1835 begannen Tausende von befreiten afrikanischen Sklaven aus Brasilien in die afrikanischen Hafenstädte Wida, Porto Novo, Lagos etc. zurückzukehren. Es handelte sich größtenteils um Katholiken, aber auch Moslems, die sich mit den Sklavenhändlern aus Portugal und Brasilien vermischten und von deren Bediensteten unterschiedslos als »Aguda« bezeichnet wurden. Sie alle sprachen Brasilianisch oder in seltenen Fällen Spanisch (wenn die Aguda aus Kuba zurückgekommen waren). Die Aguda trugen die Namen ihrer ehemaligen Herren. Sie spielten eine Vermittlerrolle zwischen Afrikanern und Europäern.

Die Yoruba leben im südwestlichen Teil Nigerias. Sie sind eines der dynamischsten und schöpferischsten Völker Afrikas. Ihre Wiege ist Ife, eine Stadt, in der, der Mythologie zufolge, zum ersten Mal Götter und Menschen erschienen. Die Yoruba gründeten mehrere Reiche, dessen mächtigstes wohl das Reich von Oyo war. Sie hatten einen starken Einfluss auf die ganze Region und unterwarfen zahlreiche Völker wie etwa die Edo aus Benin. Im 19. Jahrhundert wurden sie von den Fulbe-Heeren überrannt. 1830 wurde Oyo zerstört und Ife teilweise verwüstet.

Dahome war im 18. und 19. Jahrhundert eines der mächtigsten afrikanischen Reiche. Seine Hauptstadt war Abomey. Es eroberte jene Reiche, die ihm den Zugang zum Meer versperrten, Alada und Wida, und entwickelte einen regen Handel mit den Europäern, der zum königlichen Monopol erklärt wurde. Seine Blütezeit erlebte es unter

König Ghezo (1818 bis 1856). Die Kolonialinteressen Frankreichs, das den Ländern am Niger Zugang zum Meer verschaffen wollte, wurden Dahome zum Verhängnis. König Behanzin wurde 1894 von General Dodds abgesetzt und in Agoli-Agbo ein Protektorat eingerichtet. Das war das Ende der Monarchie in Dahome. Yoruba und Fon, die beiden Sprachen, die im Reich von Dahome gesprochen wurden, gehören derselben Sprachfamilie an und gehen zusammen mit dem Gun aus Porto Novo und dem Mina auf einen gemeinsamen Stamm zurück. Die Grenzen des ehemaligen Reiches von Dahome decken sich nicht mit den Grenzen des heutigen Staates Benin, der zuvor ebenfalls den Namen Dahome trug.

Chacha Ajinakou, mit richtigem Namen Francisco Felix de Souza, starb 1894. Ob er Brasilianer oder Portugiese war, lässt sich nicht mit Bestimmtheit sagen, da es darüber widersprüchliche Angaben gibt. Auf jeden Fall war er in Dahome der reichste Mann seiner Zeit und ein persönlicher Freund des Königs Ghezo, dem er zum Nachteil von dessen Bruder auf den Thron verhalf. Einige Historiker behaupten, er sei nach Wida geflüchtet, um in seiner Heimat dem Gefängnis zu entgehen. Mit Sicherheit kann gesagt werden, dass er als armer Mann nach Wida kam, vermutlich als Beamter der Faktorei von Ajuda. Er hatte Dutzende von Konkubinen und eine nicht bestimmbare Anzahl von Kindern.

König Ghezo regierte Dahome von 1818 bis 1856. Er war einer der größten Monarchen dieses Reiches, dehnte dessen Grenzen sehr weit aus und wurde durch das Heer seiner Amazonen berühmt. Die blutigsten Feldzüge, die er unternahm, richteten sich gegen die Machi im Norden und die Yoruba im Osten. Ghezos »Kraftname« lautete:

»der Kardinalsvogel, der den Busch nicht in Brand setzt«, wobei ein Kraftname schon selbst Macht und Wirksamkeit besitzt. Die gut organisierte Verwaltung des Reiches beeindruckte die europäischen Reisenden jener Zeit stark. Die einzige Schattenseite waren die Menschenopfer, die bei königlichen Begräbnissen oder großen religiösen Zeremonien dargebracht wurden.

Die Tukulor siedelten sich erst in der zweiten Hälfte des 19. Jahrhunderts in Mali an. Sie stammen von den Ufern des Senegalstroms aus Futa Dschallon, Futa Toro etc. Sie sprechen ebenso wie die Fulbe Pular. Ihre ziemlich fanatische Hinwendung zum Islam ließ sie zu legendären Vorkämpfern dieses Glaubens werden.

El-Hadj Omar Saidu Tall stammte aus Futa Toro. Er wurde um 1797 als Sohn eines bekannten Marabut geboren. Er war zunächst zwölf Jahre lang Lehrer an einer Koranschule, ehe er 1825 eine Pilgerreise nach Mekka unternahm. Er bereiste sämtliche islamischen westafrikanischen Länder und hielt sich lange in Sokoto (im heutigen Nigeria) auf. Durch die Unterweisung des marokkanischen Gelehrten Mohammed el-Gali wurde er ein Anhänger der Tidjaniya. Nach seiner Rückkehr stieg er bald zum Herrscher über die ganze Region des oberen Senegal auf. Er löste einen Dschihad aus, der noch mörderischer wütete als der heilige Krieg der Fulbe aus Massina 1854, und geriet mit den Franzosen aneinander, die sich allmählich in der Region niederließen. Er besiegte die Fulbe und zog am 9. März 1861 siegreich in Segu ein. Sein Tod im Jahre 1864 bleibt geheimnisvoll. Belagert von den Fulbe aus Massina, die sich in Hamdallay erhoben, soll er sich mit einem Pulverfass in die Luft gesprengt haben. El-Hadj Omar beschrieb selbst seine Auseinandersetzung mit den

Fulbe aus Massina im Kampf um Segu in dem Werk *Bayab ma waga'a.*

Sierra Leone. 1787 hatte ein englischer Philanthrop namens Granville Sharp, ein Freund von Wilberforce, dem Wortführer der Gegner der Sklaverei, die Idee, ein Stück Land an der westafrikanischen Küste zu erwerben. Es sollte den befreiten Sklaven, die von der britischen Flotte von den Antillen nach Afrika zurückgebracht wurden, als Zuflucht dienen. Das war der Anfang von Freetown, der Hauptstadt von Sierra Leone. 1827 wurde dort die erste höhere Lehranstalt eingerichtet, das Fourah Bay College, ein Seminar, in dem Priester und Lehrer ausgebildet wurden.

Samuel Ayaji Crowther. Ein Yoruba, der um 1821 auf ein Sklavenschiff verfrachtet, von einem englischen Schiff befreit und nach Sierra Leone gebracht worden war. Er war der erste Student des Fourah Bay College. Er nahm 1841 an der Expedition auf dem Niger teil und wurde 1842 in Islington (England) zum Priester geweiht. 1864 wurde er als erster Afrikaner zum Bischof von Nigeria ernannt. Das Ende seines Lebens ist tragisch, denn er wurde ein Opfer des Rassismus und seiner Stellung enthoben. 1890 starb er verbittert und enttäuscht.

Nanny of the Maroons. Eine fast legendäre Figur der jamaikanischen Geschichte. Sie war die Schwester oder die Frau von Kodscho, einem anderen berühmten Rebellen. Sie gründete eine Stadt in den Blue Mountains, am Zusammenfluss von Nanny und Stony, und leistete dort den Engländern um 1734 Widerstand. Ihre angebliche Grabstätte ist in More Town, Provinz Portland, auf Jamaika zu besichtigen.

Mungo Park. Schottischer Forschungsreisender, der herausfand, in welcher Richtung der Niger (Joliba für die Bambara) fließt. Ihm wurde die Erlaubnis verweigert, Segu zu betreten.

Ignatius Sancho. Geboren im Jahre 1729 an Bord eines Sklavenschiffes. Nach dem Verkauf seiner Eltern wurde er Diener zweier Engländerinnen, die ihn sehr schlecht behandelten. Anschließend nahm ihn John, Herzog von Montagu, auf, der ihm eine Ausbildung ermöglichte und eine größere Geldsumme hinterließ. Er war der Liebling des englischen Adels, wurde von Gainsborough gemalt und stand mit berühmten Schriftstellern, besonders L. Sterne, in Briefwechsel. Seine Briefe sind veröffentlicht in dem Band *Letters of the Late Ignatius Sancho, an African.* Einer seiner Söhne, Billy, hatte eine Buchhandlung in der Charles Street 20, Westminster.

Sir Thomas Fowell Buxton. 1786 in Essex geboren. Berühmter Philanthrop und Gegner der Sklaverei. Nachfolger von William Wilberforce. Autor des Werkes: *The African Slave-Trade and Its Remedies.*

Känguru. Schwarzer Akrobat, der um 1840 in den Argyll Rooms in Haymarket auftrat.

Cheikh El-Bekkay. Aus der großen Familie der Kunta, nahm 1847 den Titel Cheikh El-Kunti an, der eigentlich seinem älteren Bruder zustand. Er kämpfte mit aller Kraft gegen die Hegemonie der Tukulor und riet daher den Nachfahren von Cheiku Hamadu, ein Bündnis mit Segu einzugehen.

Amadu Cheiku, auch Amadu II. genannt, und *Amadu Amadu*, auch Amadu III. genannt, sind Sohn und Enkel von Cheiku Hamadu. Der Erste regierte von 1844 bis 1852. Die Regierungszeit des Zweiten wurde durch das Vordringen von El-Hadj Omar unterbrochen. Er starb im Jahre 1862 unter rätselhaften Umständen.

Der Traum ist für die Bambara von großer Bedeutung und stützt sich auf ihre sehr komplexe Sicht des Menschen. Der Mensch besitzt außer seinem Körper eine Seele (*ni*), die in den Wochen nach der Geburt in den Bewegungen der Fontanellen sichtbar wird; einen (unsichtbaren) Doppelgänger (*dya*) von entgegengesetztem Geschlecht; ein *tere*, das seinen Sitz in Kopf und Blut hat, und ein *wanzo*, eine schädliche Kraft, die besonders in der Vorhaut des Mannes oder der Klitoris der Frau ihren Sitz hat. Das *ni* verlässt den Körper im Schlaf; jeder Traum ist daher die Erinnerung an das, was das *ni* gesehen hat und zudem eine wichtige Vorahnung für den Einzelnen oder die Gemeinschaft. Der Tod hat zur Folge, dass sich die verschiedenen Elemente, aus denen sich der Mensch zusammensetzt, voneinander trennen. Das *dya* bleibt bis zur Geburt eines Kindes im Wasser, das *ni* entflieht mit dem letzten Atemzug, das *tere* wird ebenfalls freigesetzt, kann aber die Lebenden verfolgen, falls es sich nicht um einen natürlichen Tod gehandelt hat. All diese Elemente werden unversehrt an ein Neugeborenes in der Familie weitergegeben, nachdem die Schmiede und Fetischpriester die Opfergaben dargebracht und die erforderlichen rituellen Handlungen vollzogen haben.

Albinos, auch nach Vorstellung der Bambara gezeugt, wenn ein Verbot übertreten wird, also bei Geschlechtsverkehr am helllichten Tag, was die helle Farbe der Albinos erklärt. Als die Bambara noch Menschen opferten, waren Albinos gesuchte Opfer.

Oitala Ali war der letzte Bambara-Mansa vor der Ankunft El-Hadj Omars in Segu und regierte von 1856 bis 1861.

Glossar

adimo	Gottesurteil
Aguardente	Schnaps, der zur Zeit des Sklavenhandels im Golf von Benin sehr geschätzt wurde
Aguda	aus Brasilien zurückgekehrte ehemalige Sklaven
amirabe	militärische Oberbefehlshaber der Fulbe
Ardo	Kriegsoberhaupt der Fulbe aus dem Stamm Diallo
Arma	herrschende Schicht in Timbuktu
Aschanti	Volk aus Ghana
Askia	Songhai-Wort für König
Ba	»Mama« auf Bambara
Baba	»Papa« auf Yoruba
Babalawo	Yoruba-Priester und -Wahrsager
bala	hölzernes Xlophon
Bambara	Volk aus Mali
baracoon	Sklavenhaus
Bara Muso	die erste Frau eines Mannes
bilakoro	ein noch unbeschnittener Junge
bimi	Spitzname, mit dem die Bambara die Fulbe bezeichnen
Bokono	Fon-Priester und -Wahrsager
boli	Fetische
Bozo	Volk aus Mali und Niger
Bubu	muselmanisches Kleidungsstück
burgu	Wasserpflanze

buru	Musikinstrument
Cachaça	Zuckerrohrschnaps
cellé	Freund, Bruder auf Songhai
dègué	Mischung aus Hirsebrei, Sauermilch und Honig
diély	Bambara-Wort für Griot
dolo	Hirsebier
Dschihad	der heilige Krieg
dunumba	Trommel für heitere Anlässe
dyimita	Teigwaren aus Reismehl, Honig und Pfefferschote
El-Hadj	Titel eines Mekka-Pilgers
Fa	Patriarch, Familienoberhaupt
fama	Herr (Anrede)
Fante	Volk aus Ghana
Fassi	aus Fes stammend
Feitor	Verwalter einer Plantage in Brasilien
flé	Flöte
Fon	Volk aus Benin
Fulbe	Nomadenvolk der Sahelzone
garankè	Bambara-Handwerker, die Leder bearbeiten
Hadith	das Leben und die Taten des Propheten
Haussa	Volk aus Nigeria und Niger
iphène	Strauch
Iya	»Mama« auf Yoruba

Kadiriya	islamische Bruderschaft in Afrika
kakka	Zaun
karamoko	Jäger
Karawiyyin	Universität von Fes
keletigi	militärische Oberbefehlshaber der Bambara
koddé	Hirsemehl mit Sauermilch
kokè	Anrede einer Ehefrau für ihren Mann
Komo	Geheimgesellschaft
Koro	Großer Bruder auf Bambara
Kunta	große arabische Familie aus Timbuktu, Begründer der Kunti
Kunti	islamische Bruderschaft in Afrika
Machi	Volk aus Benin
Malé	Haussa und andere moslemische Sklaven in Bahía
Malinke	siehe Manding
Manding	Volk aus Mali, Guinea, Senegal
Mansa	Bambara-König
Marka	anderer Name für die Sarakole
marron	aufständische Sklaven der Antillen bzw. deren Nachkommen
Modibo	moslemischer Titel
Mokaddem	islamische Amtsinhaber
Mossi	Volk aus dem heutigen Burkina Faso
muwalat	Bande der Solidarität und Freundschaft
mwallidun	Mulattin
Nago	siehe Yoruba
n'ko	Spitzname, mit dem die Fulbe die Bambara bezeichnen
Oba	Titel von Yoruba-Herrschern

pembélé	Darstellung des Gottes Pemba
Podo	mittleres Überschwemmungsgebiet des Niger
Sarakole	siehe Soninke
Senzala	in Brasilien Bezeichnung für die Sklavenhütte im Gegensatz zum Herrenhaus
Somono	Volk aus Mali
Songhai	Volk aus Mali und Niger
Soninke	Volk aus Mali und Niger
tabala	Königstrommel
talibé	einem Marabut anvertrauter junger Schüler einer Koranschule
tamani	Trommel
tatiré massina	Gericht aus Reis, Fisch und frischer Butter
Tidjaniya	islamische Bruderschaft in Afrika
Tiè	Mann bzw. Bruder auf Bambara
to	Hirsebrei
Tondyons	vom Gründer Segus Biton Kulubari geschaffenes Soldatenkorps
Toubab	die Weißen
Tuareg	Nomadenvolk aus dem nördlichen Afrika
Tukulor	Volk aus Senegal (Futa Toro)
yèrèwolo	Adliger
Yoruba	Volk aus Nigeria
Yovogan	Beamter des Königs von Dahome
Zauia	Schule für Koran-Lehre und Meditation